KALTES GROLLEN

KALTES GROLLEN

COLD SNAP

TONI ANDERSON

Übersetzt von
MARTIN WICK

IMPRESSUM

Cold Snap

Englische Ausgabe Copyright © 2022 Toni Anderson Inc.

Kaltes Grollen - Cold Snap

Deutsches Urheberrecht © 2023 Toni Anderson Inc.

Toni Anderson. Toni Anderson Inc. Fillmore Riley LLP, 1700-360 Main Street, Winnipeg, MB, Canada. R3C3Z3. Telephone: (612) 440-1355.

Einbandgestaltung: Regina Wamba von ReginaWamba.com

Print ISBN: 978-1-990721-61-8

Digital ISBN: 978-1-990721-62-5

Die in diesem Buch dargestellten Personen und Ereignisse sind rein fiktiv. Jede Ähnlichkeit mit realen Personen, ob lebend oder tot, ist zufällig und von der Autorin nicht beabsichtigt.

Dieses eBook ist nur für Ihren persönlichen Gebrauch lizenziert und darf nicht weiterverkauft oder an andere Personen weitergegeben werden. Wenn Sie dieses Buch mit einer anderen Person teilen möchten, erwerben Sie bitte für jede Person ein zusätzliches Exemplar. Wenn Sie dieses Buch lesen und es nicht gekauft haben oder es nicht nur für Ihren Gebrauch gekauft wurde, dann geben Sie es bitte zurück und kaufen Sie Ihr eigenes Exemplar. Danke, dass Sie die harte Arbeit der Autorin respektieren. Alle Rechte vorbehalten. Kein Teil dieser Veröffentlichung darf in irgendeiner Form oder mit irgendwelchen Mitteln, elektronisch oder mechanisch, ohne schriftliche Genehmigung der Autorin vervielfältigt oder übertragen werden, außer im Falle von kurzen Zitaten in kritischen Artikeln oder Rezensionen.

E-Mail: info@toniandersonauthor.com

Weitere Informationen zu Toni Andersons Büchern erhältst du, wenn du dich für ihren Newsletter anmeldest oder auf ihrer Website (https://www.toniandersonauthor.com/german/).

DEUTSCHE BÜCHER VON TONI ANDERSON

KALTE GERECHTIGKEIT SERIE

Ein kalter, dunkler Ort (A Cold Dark Place)

Kalte Jagd (Cold Pursuit)

Kaltes Morgenlicht (Cold Light of Day)

Kalte Angst (Cold Fear)

Kalte Schatten (Cold in the Shadows)

Kaltes Herz (Cold Hearted)

Kalte Geheimnis (Cold Secrets)

Kalte Bosheit (Cold Malice)

Eiskaltes Versprechen (A Cold Dark Promise)

Kaltblütig (Cold Blooded)

KALTE GERECHTIGKEIT – DIE VERHANDLER SERIE

Kalt und tödlich (Cold & Deadly)

Kälter als die Sünde (Colder Than Sin)

Kalte böse Lügen (Cold Wicked Lies)

Kalter grausamer Kuss (Cold Cruel Kiss)

Eiskalt (Cold as Ice)

KALTE GERECHTIGKEIT – MOST WANTED SERIE

Kalte Stille (Cold Silence)

Kalter Verrat (Cold Deceit)

Kaltes Grollen (Cold Snap)

IHR - ROMANTISCHER SPANNUNGSROMAN

Ihr Zufluchtsort (Her Sanctuary)

Ihr letzter Ausweg (Her Last Chance)

Ihr Risiko (Her Risk To Take)

Romantischer Militär-Thriller
Tödliches Spiel (The Killing Game)

Andere deutsche Titel
Im Sog Der Gefahr
Wogen Des Zorns

Für Kaylea Cross – weil sie eine fabelhafte Freundin und ein wunderbarer Mensch ist. Und auch weil ich mir den Namen ihres Hundes für Brynns fiktiven Freund ausleihen durfte.

1

FREITAG, 22. JANUAR

8:00 Uhr, morgendliche Besprechung des FBI HRT

Grady Steel, Mitglied des FBI-Geiselrettungsteams, lehnte sich mit verschränkten Armen in einem der Hartplastikstühle zurück und streckte die Beine unter dem Tisch aus, während er dem Big Boss zuhörte, wie dieser über den letzten Einsatz in der Wüste von Arizona vor zwei Nächten berichtete.

Grady war vor Ort gewesen, und seine Teamkollegen hatten ihn über alles informiert, was er verpasst hatte. Er kannte bereits die Details. Das Gold Team hatte insgesamt Glück gehabt – Glück, das sie sich durch tägliches hartes Training verdient hatten, aber dennoch Glück. Keine Todesfälle. Keine schweren Verletzungen. Viele Bösewichte waren auf die eine oder andere Weise ausgeschaltet worden.

Meghan Donnelly und Seth Hopper hatten beide leichte Verletzungen erlitten. Hop hatte sich einen Knochen im Fuß gebrochen, aber der Kerl war heute Morgen mit einem breiten Grinsen in seinem potthässlichen Gesicht hereingehumpelt.

Grady warf einen Blick auf seinen Freund und verdrehte die Augen.

Er schüttelte den Kopf.

Liebe machte die Menschen dumm.

„Wir haben einen Defekt an Operator Donnellys Fallschirm gefunden, der für die Fehlfunktion in geringer Höhe verantwortlich war. Wir überprüfen die gesamte Ausrüstung, um sicherzustellen, dass die anderen Fallschirme einwandfrei sind, damit so etwas nicht noch einmal passiert."

Grady schaute Donnelly an, die mit steinerner Miene dasaß. Der Defekt hatte dazu geführt, dass sie nach einem nächtlichen HAHO-Sprung gegen eine Felswand geprallt war. Sie hätte leicht umkommen oder sich das Genick brechen können, aber zum Glück war sie abgesehen vom Schrecken und einigen üblen Prellungen unverletzt geblieben. Grady vermutete, dass die Lebensgefahr und die leichten Verletzungen nicht das waren, was sie am meisten störte.

Sie mochte es sich nicht anmerken lassen, aber Grady wusste, dass sie erleichtert war und sich angesichts des handfesten Beweises bestätigt fühlte, dass es nicht *ihre* Schuld gewesen war.

Donnelly war wie er.

Sie hatte sich mit aller Kraft und Entschlossenheit durch das Auswahlverfahren gekämpft, und als sie es endlich geschafft hatte, war sie immer noch nicht hundertprozentig überzeugt, dass sie es verdiente, hier zu sein. Donnelly war der erste weibliche Agent, der es ins Geiselrettungsteam geschafft hatte, was bedeutete, dass sie doppelt so hart gearbeitet hatte wie alle anderen, um hier zu sein. Der Druck, es nicht zu vermasseln, musste groß sein.

Vor allem, wenn sie an sich selbst zweifelte.

Es war schwer, diese beunruhigende Mischung zu erklären – tief verwurzeltes Selbstvertrauen, das insgeheim Hand in Hand mit einem perfekt verborgenen Gefühl der Unsicherheit einherging. Es hielt einen auf Trab, das war schon mal verdammt sicher.

Sie beide teilten sich einen Spind für die Ausrüstung, und er lernte seine schweigsame Kollegin langsam kennen.

Sie war solide.

Er mochte sie.

Aber genau wie er fürchtete sie in einer kleinen Ecke ihres

Gehirns, was sie jedoch nie zugeben würde, dass irgendwann jemand einen Fehler bemerken und sie aus dem Team werfen würde. Es war sein wiederkehrender Albtraum, aber er begann endlich, daran zu glauben.

Dass das hier real war.

Dass er dazugehörte.

Daniel Ackers räusperte sich.

Der Direktor des FBI-Geiselrettungsteams nahm nicht oft an der täglichen Teambesprechung teil, aber wenn er es tat, mochte er den Klang seiner eigenen Stimme. „Angesichts der bisherigen Ereignisse im Januar wollen wir sicherstellen, dass jeder mit der Psychologin spricht. Vereinbaren Sie innerhalb der nächsten zwei Wochen einen Termin, oder wir werden es für Sie tun."

Ackers sah Grady in die zusammengekniffenen Augen, bevor er zu Cowboy blickte. Ryan Sullivans Miene war finster.

„Es ist ein obligatorischer Termin", fuhr Ackers fort.

Grady setzte eine neutrale Maske auf, seinen Protest hinter den zusammengepressten Lippen eingesperrt. Er hasste Seelenklempner. Das taten sie alle. Die Tatsache, dass der ihnen zugewiesene Seelenklempner eine hübsche Blondine war, war das einzig Gute. Trotzdem würde Grady lieber Kaltwetterübungen in der Arktis machen, als seinen Kopf untersuchen zu lassen.

Aaron Nash, Angehöriger der Einheit Charlie im Gold Team, schaute auf seine Uhr. „Es bleiben weniger als zehn Tage im Januar. Je schneller dieser Monat vorbei ist, desto besser."

Amen.

Grady schluckte den dicken Kloß aus Kummer in seiner Kehle hinunter, der ihn erdrosseln wollte. Er weigerte sich, es zuzulassen.

Er hatte vor langer Zeit gelernt, dass jeder Anflug von Schwäche bestraft wurde. Er war am Leben. Er war gesund. Er hatte seinen Traumjob, bei dem es zum Tagesgeschäft gehörte, aus Hubschraubern zu springen und Dinge in die Luft zu jagen. Er hatte Glück gehabt, und er hatte nicht vor, es zu versauen. Er wollte es so lange wie möglich genießen und sich dann zur Ruhe setzen, um in einer der großen Städte einer Kopfgeldjägertruppe beizutreten, Bösewichte zu jagen und ihnen in den Arsch zu treten, bis er nicht mehr mithalten konnte. Er hatte keine Ahnung, was er danach tun würde. Ein Boot kaufen und um die Welt segeln? Walbeobachtungstouren veranstalten, wie er und einer seiner Jugendfreunde es sich einst erträumt hatten? Solange es nur nichts mit Florida oder Golf zu tun hatte. Er würde sich schon etwas einfallen lassen.

Er verbarg ein Gähnen.

Seit Wochen hatten sie ununterbrochen gearbeitet.

Grady freute sich darauf, das Wochenende mit Schlafen zu verbringen. Allerdings hatte er angeboten, Grace Monteiths Kinder am Sonntagmorgen zum Schwimmunterricht zu bringen. Die Witwe seines Freundes und ehemaligen Teamkollegen war mit ihrem dritten Kind schwanger. Das Team hatte ihr zwar allgemein geholfen, aber Grady wusste aus Erfahrung, dass praktische Unterstützung einen großen Unterschied machte. Es gab genug Leute, die ihr die Hand halten konnten. Er würde derjenige sein, der die Wände strich und die Kinder herumfuhr, wenn er zu Hause war.

Ackers kam schließlich zum Abschluss – es gab keine neuen Informationen über Kurt Montanas Unglücksflug aus Harare heraus – und der Leiter des Gold Teams, Payne Novak, übernahm. Ein Klopfen an der Tür ließ Novak innehalten.

Grady zog eine Augenbraue hoch. *Seltsam.* Niemand unterbrach die tägliche Besprechung, es sei denn, es ging um Leben und Tod.

Die Tür öffnete sich und zwei FBI-Agenten in Geschäftsanzügen standen mit herausgezogenen Dienstmarken und säuerlicher Miene vor der Tür. Einer von ihnen hielt ein Stück Papier in der Hand.

Oh-oh. Jemand steckt in Schwierigkeiten.

Alle zuckten zusammen, als das Wort „Haftbefehl" über dem hektischen Geflüster schwebte.

Irgendjemand hatte es definitiv vermasselt.

Grady bewegte sich nicht, aber er runzelte die Stirn. Entweder hatte ein Mitglied des HRT oder die Agenten einen großen Fehler gemacht. Dennoch hatten die Agenten wirklich Nerven, den Haftbefehl so vor allen zu präsentieren.

Grady dehnte den Nacken und starrte an die Decke. Noch mehr Drama. Er hasste Drama.

Die beiden Agenten bahnten sich ihren Weg an der Seite des Raumes entlang und schlängelten sich an den angespannten Gestalten vorbei, die an einer Wand standen. Alle hielten den Atem an und fragten sich, wer zum Teufel es verbockt hatte.

Dann bemerkte Grady Novaks besorgten Blick, und eine eisige Welle der Angst durchflutete jede Zelle seines Körpers.

Nein. Auf keinen Fall.

Einen Moment später spürte er, wie die kleine, weiße, blonde Agentin hinter ihm stehen blieb. Panik kroch ihm den Rücken hinauf und breitete sich in seinem Mund aus.

„Grady Steel", sagte sie. „Ich bin Agent Ropero. Das ist Agent Dobson."

Was zum Teufel …?

Sie zog ihre Handschellen aus der Tasche. Der große schwarze Agent neben ihr beobachtete ihn nervös.

„Ich verhafte Sie aufgrund–"

Grady sprang auf. „Einen Scheißdreck werden Sie." Er schaute seine Teamkollegen an, auf der Suche nach der kontrollierten Belustigung, die zeigte, dass es sich um einen ausgeklügelten Scherz handelte, den sie sich für seinen morgigen Geburtstag ausgedacht hatten. „Soll das etwa witzig sein?"

Seine Teamkollegen wirkten besorgt und unbehaglich.

„Das ist kein Scherz, Operator Steel. Wir haben Grund zu der Annahme, dass Sie vor ein paar Tagen in einen Unfall mit Fahrerflucht verwickelt waren, bei dem eine ältere Person ums Leben gekommen ist."

Grady zuckte zurück. Er hatte keine Ahnung, wovon zum Teufel sie redeten. Auf keinen Fall würde er es versäumen, einen Unfall zu melden oder einer verletzten Person zu helfen. Verwirrt schaute er sich um und bemerkte, dass einige sich weigerten, ihm in die Augen zu sehen.

Glaubten sie wirklich, dass er jemanden mit seinem Wagen getötet und das dann verschwiegen hatte? Bitterkeit machte sich in seinem Magen breit.

Ryan Sullivan kam herüber und packte Gradys Arm. Die beiden gerieten oft aneinander, aber sie waren gute Freunde. „Wir werden das schon klären. Sag kein Wort, bis dein Anwalt auftaucht."

„Ich habe keinen Anwalt." Ein kaltes Stahlarmband legte sich um Gradys Handgelenk und zog sich fest zusammen, während seine Hände hinter den Rücken gezogen wurden.

Agent Dobson nahm Grady die Schusswaffe ab, und Grady biss die Zähne zusammen, um dem anderen Mann nicht ins Gesicht zu schlagen. Der Agent machte nur seinen Job – schlecht, aber egal.

Grady war unschuldig. Sich der Verhaftung zu widersetzen, würde nicht gut aussehen, egal wie falsch und ungerecht das alles war.

„Ich werde mich darum kümmern und dir so schnell wie möglich jemanden besorgen." Ryan packte ihn an der Schulter und starrte ihm fest in die Augen. „Du sagst kein Wort, verstanden? Ich weiß, dass du das nicht getan hast. Es liegt ein Irrtum vor, aber sag kein Wort ohne Rechtsbeistand."

Grady nickte, aber er war so verwirrt von dem, was da passierte, dass er keine Ahnung hatte, was der nächste Schritt sein könnte.

Er begegnete Novaks durchdringendem Blick, als er den Raum verließ. War das Zuversicht oder Verachtung, die in den Augen seines Chefs stand?

Gradys ganze Welt brach vor ihm zusammen. Alles, wovon er jemals geträumt hatte, entglitt ihm, und er wusste nicht, warum.

2

———

Scham brannte in Gradys Innerem, als die beiden Agenten ihn an seinen schweigenden Kollegen vorbeimarschieren ließen. Er hielt den Kopf streitlustig erhoben. Niemand würde ihn kriechen sehen.

Er wollte ausrasten, aber er wusste, dass er dadurch als Teamplayer neu bewertet würde. Nein, er musste es durchstehen und wie eine Trainingsübung behandeln, bei der er auf keinen Fall versagen wollte.

Es war nicht das erste Mal, dass er Handschellen trug.

Donnelly unterbrach die unangenehme Spannung. „Mach dir keine Sorgen, Grady. Wir wissen, dass das ein Fehler ist. Wir bringen das schon in Ordnung. Du wirst bald wieder zurück sein."

Ihre öffentliche Unterstützung schnürte ihm die Kehle zu, aber er verbarg es hinter einer ausdruckslosen Maske. Hinter ihm ertönte Stimmengewirr, aber er wurde zu schnell weggeführt, um zu hören, ob er verteidigt oder gekreuzigt wurde.

Trotz seines Trainings lief ihm der Schweiß den Rücken hinunter und ließ sein dünnes schwarzes T-Shirt an seiner Haut kleben.

Sie hielten nicht an, um seine Ausrüstung zu holen, nicht

einmal eine Jacke. Sein Telefon summte wie eine Biene in seiner Hosentasche.

Die beiden Agenten setzten ihn auf den Rücksitz eines Dienstfahrzeugs und fuhren ihn zu einem Gebäude auf dem Campus, das letzte Woche als Hauptquartier der Taskforce zur Jagd auf einen bösartigen Serienmörder genutzt worden war.

Dobson öffnete die Autotür und ließ ihn selbständig aussteigen. Krähen flogen über ihm durch die Äste der winterkahlen Bäume, gestört durch das Geräusch der Schüsse von einem nahegelegenen Schießstand der FBI-Akademie.

Wenigstens war niemand da, der seine Demütigung mitansehen konnte.

Ropero zerrte ihn am Arm und drängte ihn hinein. Grady hätte sie gegen die Wand schlagen und entwaffnen können, auch wenn er Handschellen trug, aber er war sich nicht sicher, ob er es mit beiden aufnehmen konnte, ohne dass jemand erschossen wurde.

Was auch immer er sich vormachte, das hier war kein Training. Das hier war echt. Für sie war er der Bösewicht, und er konnte nirgendwo anders hin als in sein eigenes Verderben laufen.

Er musste einen kühlen Kopf bewahren, so sehr er sich auch wie ein eingesperrtes Tier fühlte.

Ein kurzer Gedanke an seinen Vater schoss ihm durch den Kopf, aber er verdrängte ihn. Dieses Arschloch hatte alles verdient, was er bekommen hatte. Dieses Debakel war keine Gerechtigkeit. Das war ein Fehler epischen Ausmaßes. Er musste es nur beweisen.

Sie eskortierten ihn die Treppe hinauf in ein Zimmer, das einem Verhörraum sehr ähnlich sah. Ein am Boden verschraubter Tisch. Drei Stühle.

„Ich will einen Anwalt. Ohne Anwalt werde ich nicht mit Ihnen reden.“

Der große Mann schloss die Tür und stellte sich mit verschränkten Armen und ernster Miene davor. Die Blondine zog einen Schlüssel hervor und schloss Gradys Handschellen auf.

Grady rieb sich die Handgelenke, während er überrascht in ihr ernstes Gesicht starrte.

„Sie brauchen keinen Anwalt, Operator Steel", sagte Agent Ropero.

Grady funkelte sie an, denn nur ein Idiot würde ohne Rechtsbeistand mit den Strafverfolgungsbehörden sprechen. Er öffnete den Mund, um zu widersprechen.

Agent Ropero kam ihm zuvor. „Sie sind nicht verhaftet. Sie werden nicht im Zusammenhang mit einer Fahrerflucht gesucht. Es steht Ihnen jederzeit frei zu gehen."

Grady runzelte die Stirn. „Soll das ein Scherz sein?"

„Kein Scherz." Ropero warf ihrem Partner einen Blick zu, dann ging sie langsam um den Tisch herum und setzte sich. „Wir müssen mit Ihnen reden."

„Schon mal was von Handys gehört?" Er holte seines aus der Hosentasche und stellte es auf *Nicht stören*.

Ein Teil von ihm wollte den Wahrheitsgehalt ihrer Worte überprüfen und von hier verschwinden. Doch die Neugier siegte.

Ropero öffnete eine Mappe und holte das Foto eines Mannes Anfang dreißig heraus. Es war ein Foto, das Grady jeden Tag bei der Arbeit sah.

„Was wir Ihnen jetzt sagen werden, ist streng geheim und vertraulich. Sie dürfen es keinesfalls Ihren Freunden erzählen."

Freunde? Nach diesem Fiasko konnte er froh sein, überhaupt welche zu haben. Grady war immer noch nicht davon überzeugt, dass es sich nicht um einen ausgeklügelten Streich handelte, den die Jungs sich ausgedacht hatten. Wenn die beiden anfangen würden zu strippen, würde er den Verstand verlieren.

„Wir brauchen Ihre Hilfe, um einen der zehn meistgesuchten Flüchtigen des FBI zu fangen. Jemanden, den das FBI schon seit siebenundzwanzig Jahren jagt."

Sein Magen begann sich zu beruhigen. Grady reckte den Hals, um zu sehen, was sich noch in ihrer Mappe befand, aber der Inhalt war verborgen. „Eli Kane?"

Ropero sah überrascht aus. „Sie kennen den Fall?"

Grady schnaubte. „Jeder kennt den Fall."

Kane war ein Schandfleck für die Menschheit und für das FBI nicht einfach nur ein Misserfolg, sondern die größte Blamage.

Gradys Schweiß kühlte auf seiner Haut. Absichtlich setzte er sich neben die Agentin, anstatt ihr gegenüber, wobei er sie so bedrängte, dass sie ihn vor Verärgerung mit zusammengekniffenen Augen ansah.

Willkommen im Club.

Dobson schloss die Tür ab, kam herüber und ließ sich schwerfällig nieder.

Grady warf einen Blick auf die Kameras.

„Sie nehmen nicht auf. Wir sind die einzigen Leute im Gebäude." Ropero sah nicht glücklich aus, ein Gefühl, das Grady nur erwidern konnte.

Grady nahm das Foto von Kane in die Hand. „Wozu das Theater?"

Ropero tauschte einen Blick mit ihrem Partner aus. Ihre Lippen wurden schmal. „Es tut uns leid, dass das nötig war, aber alle sollen glauben, Sie seien vom FBI suspendiert worden und in Ungnade gefallen."

Wut brannte in seinen Nerven. „Sie platzen also in eine Besprechung des Geiselrettungsteams und zerstören meinen Ruf vor allen, mit denen ich zusammenarbeite, weil es erneut eine vage Sichtung eines Mannes gab, der vor siebenundzwanzig Jahren verschwunden ist? Haben Sie irgendeine Ahnung, wie lange und hart ich trainiert habe, um in die Spezialeinheit zu gelangen?"

Ihre Augen blitzten. „Ich weiß genau, wie hart Sie gearbeitet haben. Ich weiß alles, was es über Sie zu wissen gibt. Ich habe Agent Dobson gesagt, dass das nicht funktionieren wird und Sie kein Interesse daran haben, die Bedürfnisse des FBI über Ihre eigenen zu stellen."

Wut verwandelte sich in Groll. Wie konnte sie ihn nur nach dem beurteilen, was in seiner Personalakte stand – während sie gleichzeitig sein Leben durcheinanderbrachte, als bedeuteten seine Wünsche und Gefühle nichts. Aber er hatte irgendwie das Gefühl, dass sie mit ihm spielte, und er war nicht mehr derselbe Junge, der früher überstürzt sein Mundwerk und seine Fäuste eingesetzt hatte. Seine Ausbildung übertraf die von Ropero um ein Vielfaches. Das machte ihn nicht unbedingt zu einem besseren Agenten, aber er hatte gelernt, seine inneren Dämonen an die Leine zu legen und sie sogar zu nutzen, um die bösen Jungs zu fangen.

„Woran wäre ich nicht interessiert?", fragte er ruhig.

Ihre Augen blitzten auf. „Das sind vertrauliche Informationen für Agenten, die diesem Fall zugewiesen sind."

Grady schob seinen Stuhl zurück. „Sie haben den Verstand verloren, wenn Sie glauben, ich würde mich für irgendeine schwachsinnige Geheimmission auf Kosten meiner Karriere verpflichten, ohne Informationen –"

„Hören Sie fünf Minuten lang nur zu." Dobson übernahm das Wort, da er offensichtlich spürte, dass Grady mit ihren Spielchen fertig war. „Sie wissen wahrscheinlich, dass Eli Kane im Laufe der Jahre überall in den USA und auf der ganzen Welt gesichtet worden ist. Erst letztes Jahr hat das FBI eine Gruppe von Agenten nach einem Hinweis ins australische Outback geschickt, um einen Mann, der auf Kanes Beschreibung passte, zu überwachen und festzunehmen. Es passte alles zusammen. Alter, Größe, Augenfarbe, Gesichtszüge. Seine Lebensgeschichte in groben Zügen. Das FBI dachte, sie hätten ihren Mann. *Wir* dachten, wir hätten unseren Mann. Leider ist es uns nicht gelungen, DNS-Proben von ihm zu bekommen, so sehr wir uns auch darum bemüht haben."

„Es ist nicht einfach, sich in einer Stadt mit nur ein paar hundert Einwohnern zu verstecken", fügte Ropero hinzu. „Wo jeder jeden kennt." Sie warf Grady einen kühlen Blick zu.

Er erwiderte ihn.

„Die australischen Polizeikräfte haben den Verdächtigen schließlich auf unsere Bitte hin zum Verhör geladen. Er hat nicht geredet, also haben sie uns erlaubt, es einmal zu versuchen. Er hat nicht nachgegeben. Dann verriet einer der örtlichen Polizisten der

Presse, nach wem wir suchten, und die Sache wurde zu einem verdammten Zirkus." Dobson lehnte sich in seinem Stuhl zurück. „Die Publicity erwies sich am Ende als Segen. Ein Foto des Verdächtigen erschien in der Zeitung und genügte, damit eine Frau in Sydney ihn als den Angreifer identifizierte, der sie zehn Jahre zuvor vergewaltigt hatte. Das gab den Einheimischen genügend Anlass, eine DNS-Probe von ihm zu nehmen und sie mit der aus dem ungelösten Fall der Frau zu vergleichen."

„Es erübrigt sich zu sagen, dass es nicht Kane war", übernahm Ropero. „Aber er war ein Serienvergewaltiger, der vor zwanzig Jahren aus den USA nach Australien ausgewandert war und einen guten Grund hatte, nicht mit der Polizei zu reden oder eine DNS-Probe abzugeben."

Grady tippte mit den Fingern auf die Tischplatte. „Das ist alles, was Sie tun? Eli Kane jagen?" Mit zusammengekniffenen Augen betrachtete er die Leute, die ihn so leichtfertig in ihre halbgare Suche hineingezogen hatten. „Siebenundzwanzig Jahre sind eine lange Zeit, um auf der Liste der Meistgesuchten des FBI zu stehen. Er liegt wahrscheinlich irgendwo tot in einem Graben."

„Das könnte sein. Aber wir glauben das nicht." Ropero stieß einen langen Atemzug aus und zögerte sichtlich, die Informationen weiterzugeben, die ihr im Hintern steckten. Sie blickte ihm eindringlich in die Augen. „Was ich Ihnen jetzt sage, darf nicht weitergegeben werden, auch nicht, wenn Sie sich weigern, uns zu helfen."

„Ich arbeite täglich mit streng geheimen Informationen. Ich weiß, wie es läuft. Aber was genau soll ich den Jungs denn sagen? Dass das alles nur ein dummes Missverständnis war?"

„Sag es ihm", drängte Dobson.

Ropero warf ihrem Partner einen kurzen Blick zu. „Vor zehn Tagen gab es einen Banküberfall. Eine Bausparkasse in einer kleinen Gemeinde in den USA. Bei der Durchsuchung des Tresorraums nahm die örtliche Polizei Fingerabdrücke und ließ sie durch IAFIS laufen."

Das Integrierte Automatisierte Fingerabdruck-Identifizierungssystem war Bestandteil des hochmodernen FBI-Systems, das die Identifizierung von Fingerabdrücken mit Gesichtserkennungstechnologie und anderen biometrischen Daten kombinierte.

„Und?", drängte Grady ungeduldig.

„Der Abdruck gehörte zu Eli Kane."

Grady zuckte überrascht zusammen.

Dobson meldete sich zu Wort. „Der Treffer wurde uns gemeldet aber an die örtliche Polizei als unbekannt zurückgeschickt."

„Hat Kane die Bank ausgeraubt?", wollte Grady wissen.

„Wir kennen die Identität des Bankräubers noch nicht, aber wir wissen, dass er Handschuhe trug und etwas kleiner und jünger als Kane zu sein scheint. Die Überwachungsaufnahmen reichen nur ein paar Tage vor dem Überfall zurück. Die Analysten konnten Kane darauf nicht identifizieren."

„Wir nehmen an, dass er operiert wurde. Ohne Gesichtsrekonstruktion wäre er auf keinen Fall so lange auf freiem Fuß geblieben." Dobson schlug die Beine übereinander und tippte mit dem Finger langsam auf den verkratzten Tisch. „Eine Belohnung von zwei Millionen Dollar ist Grund genug für die Öffentlichkeit, ihn auszuliefern – wenn er leicht zu identifizieren ist."

„Abdrücke auf Metall können jahrelang halten", warf Grady ein. „Sie haben keine Ahnung, wann dieser Fingerabdruck entstanden ist."

„Das ist uns bewusst." Ropero wirkte angespannt und verbissen.

Dadurch fühlte er sich auf jeden Fall besser. Das Eisen um seine Brust hatte sich weiter gelockert.

Sein Leben war nicht zerstört worden.

Diese Idioten konnten sich einen anderen suchen, der auf Undercover-Arbeit spezialisiert war – keinen Angehörigen einer taktischen Eliteeinheit. Er hatte zu hart gearbeitet, um seine gesamte Karriere zu zerstören, aber er war zugegebenermaßen neugierig auf diesen Fall. Kane war Teil der unvollendeten

Geschichte des FBI. Wie Waco und Ruby Ridge, wie Hanssen und Stone.

Heute bemühten sie sich, es besser zu machen, aber es wurden immer noch Fehler gemacht. Und Kane hatte es verdient, für seine abscheulichen Verbrechen bestraft zu werden.

Dobson sah Ropero stirnrunzelnd an. „Die Bank behauptet, dass die metallische Außenseite der Behälter regelmäßig poliert wird, was darauf schließen lässt, dass der Fingerabdruck irgendwann in den letzten paar Monaten entstanden ist." Er seufzte. „So peinlich es auch war, Australien hat uns eine wichtige Lektion erteilt. Die Chancen, dass wir uns in eine Kleinstadt schleichen und Fragen stellen, ohne Kanes Aufmerksamkeit zu erregen und sein sofortiges Verschwinden zu verursachen, sind gleich null."

„Sie fügen sich nicht gerade in die Menge ein." Die Agenten sahen wirklich aus wie Regierungsbeamte. Selbst in ihrer Freizeitkleidung rochen ihr Auftreten und ihr Verhalten nach Strafverfolgung. „Er ist wahrscheinlich verschwunden, sobald er von dem Banküberfall gehört hat." Grady sprach mit einem Hauch von Boshaftigkeit, auf den er nicht stolz war. Aber sie hatten ihn in diese Sache hineingezogen, ohne nach seiner Meinung zu fragen. Er würde sich nicht auf den Rücken legen, sich von ihnen den Bauch kraulen lassen und sagen, dass alles vergeben war. Grady war nicht der nachsichtige Typ.

„Das ist uns auch klar", erwiderte Dobson geduldig.

„Warum hat die Spurensicherung überhaupt Fingerabdrücke genommen, wenn der Räuber Handschuhe getragen hat?"

Ein Lächeln umspielte Dobsons Lippen. „Wenn ich das nur wüsste. Ein ruhiger Tag? Oder eine glückliche Fügung, die der Gerechtigkeit dient?"

Grady fuhr mit einem Fingernagel über einen Kratzer im Tisch, um sich Zeit zum Nachdenken zu geben. Die Information war faszinierend.

„Was hat das alles mit mir zu tun?" Jeder im Geiselrettungsteam wäre froh, den ehemaligen Agenten zur Strecke bringen zu können, der seine Frau und seine beiden Jungen kaltblütig ermordet hatte, bevor er untertauchte, aber Grady war sich nicht sicher, warum diese Agenten ausgerechnet mit ihm sprachen und warum sie ihn wie einen gewöhnlichen Kriminellen aus der Teambesprechung herausgeholt hatten.

Ein weiterer stummer Austausch zwischen den beiden Agenten, während sie ausfochten, ob sie ihm ihre wertvollen Informationen anvertrauen sollten oder nicht.

Dobson sprach. „Die Bank, die ausgeraubt wurde … befindet sich in Deception Cove, Maine."

Grady erstarrte.

Blinzelte.

Fluchte.

„Unseren Unterlagen zufolge", Dobson hielt seinen Blick, „sind Sie nicht nur in dieser Stadt aufgewachsen, sondern besitzen auch ein Konto bei der betreffenden Bank mit einem Schließfach in ihrem Gebäude, haben dort Immobilien und Familie."

Grady schloss die Augen und hob sein Gesicht zu den Deckenplatten. Um jegliche Zweifel zu zerstreuen, stieß er hervor: „Sie glauben doch nicht, dass ich etwas mit diesem Arschloch zu tun habe, oder?"

Dobson schüttelte den Kopf. „Nein, aber Sie kennen die Leute dort. Sie sind ein Einheimischer."

Grady richtete sich auf. „Ich sage es Ihnen nur ungern, aber ich weiß einen Scheißdreck über die Leute in dieser Stadt. Ich lebe seit fast fünfzehn Jahren nicht mehr dort und habe sie seit acht Jahren nicht mehr besucht." Das letzte Mal war er zu einer Beerdigung dort gewesen.

„Sie haben dort Familie und kennen sich vor Ort aus. Sie können Informationen und Beweise sammeln …"

Grady runzelte die Stirn. Er hatte eine Schwester. Sie hasste ihn. „Für wie lange genau?"

Roperos Miene verfinsterte sich. „So lange wie nötig."

„Sie können mich mal am Arsch lecken. Sie stürmen mit einem unausgegorenen Plan in mein Leben und erwarten von mir, dass ich den Rest meiner Karriere für Ihren Kreuzzug aufgebe –"

„Sie gehen dorthin, wo das FBI Sie hinschickt", schnauzte Ropero, die Lippen zu einer schmalen Linie aufeinandergepresst.

„Einen Scheiß tue ich", knurrte Grady zurück.

Dobsons Schultern sackten ab.

Grady schaute die beiden an. „War das der beste Plan, der Ihnen eingefallen ist? Dass ich allein in meine Heimatstadt zurückkehre, nachdem ich wegen Fahrerflucht mit Todesfolge aus dem FBI geflogen bin, in der Hoffnung, dass jemand auf magische Weise ein Geheimnis lüftet, das Kane fast drei Jahrzehnte lang erfolgreich gewahrt hat?"

Ropero zuckte mit den Schultern. „Wir dachten, wenn Sie den Ernst der Lage erkennen–"

„Ich kenne den Ernst der Lage nur zu gut." Er bemühte sich, nicht die Stimme zu heben. „Sie zwei Clowns hingegen scheinen Probleme damit zu haben."

Ropero warf die Hände in die Luft, sprang auf die Füße und marschierte angewidert davon.

„Gut." Dobson beugte sich vor. „Was schlagen *Sie* vor?"

3

VOR ACHTUNDZWANZIG JAHREN

Winter

Special Agent Eli Kane saß in einem hauchdünnen Kittel auf dem Untersuchungstisch beim Arzt. Heute war er jedoch nicht Eli Kane. Er benutzte einen der vielen Decknamen, die er sich für seine Undercover-Arbeit zugelegt hatte.

Von einigen wusste das FBI.

Von anderen nicht.

Er wollte auf keinen Fall, dass sein ASAC *hiervon* erfuhr.

Eine Geschlechtskrankheit in seinem Alter zu bekommen war beschämend. Er musste es seiner Frau sagen, aber er arbeitete an einem Fall, bei dem er frühestens in einer Woche zu Hause sein würde, und er wollte es ihr nicht am Telefon beichten. Er würde es ihr sagen, wenn er zurückkam. Vorschlagen, dass sie sich untersuchen lassen sollte, nur für den Fall, dass sie keine Symptome gehabt hatte. Er würde auf die Jungs aufpassen.

Auf der letzten Party war es wild zugegangen.

Seine Finger zitterten ein wenig, als er sie in seine Oberschenkel presste.

Zu wild.

Unangenehme Erinnerungsfetzen blitzten in seinem Kopf auf. Schmerzen, die sich schnell in etwas anderes verwandelt hatten.

Er schluckte angestrengt.

Ja. Viel zu wild.

Es war besser, nicht daran zu denken.

Er war bei einer Orgie gewesen, um Himmels willen. Was hatte er denn erwartet? Nüchternheitstests und handgeschriebene Einladungen?

Die meiste Zeit hatte er ein Kondom benutzt, aber nicht bei den Blowjobs und … nun, er war sich nicht bei *jedem* Mal sicher.

In Zeiten von AIDS war das unverantwortlich. Er wusste es besser.

Aber es war schwer gewesen, klar zu denken, wenn so viel Alkohol, Drogen und Muschis verfügbar gewesen waren, wie bei einem ausschweifenden römischen Festmahl. Und wie er es genossen hatte, vor allem, nachdem er eine experimentelle Pille ausprobiert hatte, die versprach, seinen Schwanz stundenlang hart zu machen. Scheiße, das hatte tatsächlich funktioniert.

Er hatte so oft gefickt und einen geblasen bekommen, dass er wund geworden war.

Aber die Frauen, die er genommen hatte …

Die Männer, die er seine schöne Frau hatte ficken lassen …

Sie hatten Schlange gestanden, um sie zu bekommen. Sie war so verdammt umwerfend.

Zwei Kinder, und sie hatte immer noch den Körper einer Göttin. Das Lächeln einer Sirene.

Selbst in dieser kalten, sterilen Umgebung, die ungefähr so sexy war wie ein Kühlschrank, bescherte ihm der Gedanke daran, seiner Frau beim Sex mit einem anderen zuzusehen, eine halbe Erektion.

Ein großer, gutaussehender Kerl hatte es zweimal mit ihr getrieben, einmal auf dem Esszimmertisch, inmitten des Essens wie ein saftiger Braten. Später dann in den Hintern über der Couchlehne.

Lisa ließ ihn das nie mit ihr machen, aber er vermutete, dass sie genauso high gewesen war wie er. Sie hatte auf jeden Fall so ausgesehen, als würde sie es genießen. Während des ersten Aktes hatte sie seinen Blick aufgefangen. Sie hatte gelächelt, als wäre er der Einzige im Raum. Bis der Kerl sie so heftig gerammt hatte, dass er den Tisch dabei bewegte und ihre Aufmerksamkeit wieder auf ihn lenkte.

Sie hatten großartig zusammen ausgesehen, das musste Eli zugeben. Als seien sie beide einem Pornofilm entsprungen, um den Rest der anwesenden Sterblichen zu unterhalten.

Nachdem er zugesehen hatte, wie sie beim zweiten Mal wie eine Rakete gekommen war, war er einer kleinen Blondine in ein Schlafzimmer gefolgt und hatte mit ihr das gemacht, was seine Frau ihm nicht erlaubte. Die Blondine war jung und süß gewesen, aber nicht zu jung – man hätte sie nicht auf die Party gelassen, wenn sie nicht volljährig gewesen wäre. Die Organisatoren waren sehr streng in diesem Punkt.

Die Frau hatte es auch genossen. Sie schrie vor Lust, als sie kam und forderte ihn auf, weiterzumachen, ihr wehzutun. Er hatte ihr den Hintern versohlt, bis er rot war, und sie hatte jede verdammte Sekunde genossen.

Wenn das FBI das jemals herausfand, wäre er erledigt.

Er wischte sich den Schweiß von der Stirn.

Seine Erregung durch das Vögeln anderer Frauen und das Zusehen, wie seine Frau andere Männer vögelte, war sein kleines schmutziges Geheimnis.

Mein Gott.

Lisa war die meiste Zeit über so anständig. Sie fluchte nicht einmal. Es brachte ihn zum Lachen, wenn er daran dachte. Wenn er an sie dachte. Er liebte sie. Er liebte sie wahnsinnig, auch wenn sie ihr ganzes Geld für Dinge ausgab, die sie nicht brauchten und die sie sich nicht leisten konnten.

Verdammt.

Er wischte sich über die Stirn.

Vielleicht sollte er einen Nebenjob annehmen oder Lisa dazu drängen, den Job anzunehmen, von dem sie gesprochen hatte.

Wenn sie arbeitete, würde sie vielleicht kein Geld ausgeben, das sie nicht hatten.

Aber es gefiel ihm, sie zu verwöhnen.

Die Partys waren ihre Idee gewesen, und er hatte sich zuerst gesträubt, weil der Vorschlag gleichzeitig unerwartet aber auch verdammt verlockend war. Dann hatte er aber sein Fachwissen genutzt, sodass er sich keine großen Sorgen über die Aufdeckung ihrer Identität machen musste.

Bei der ersten Veranstaltung hatte er einen Richter, einen Millionär und einen Senator erkannt. Wenn sie es konnten, warum sollten er und Lisa es nicht auch tun?

Wer zum Teufel hatte das Recht, ihm zu sagen, was er zu tun und zu lassen hatte? Solange er keine Gesetze brach.

Auf der letzten Party hatte die Frau des Richters ihn zwischen ihren Brüsten kommen lassen und ihn dann wie ein verdammter Hund sauber geleckt.

Sie war diejenige, die eine Linie Kokain mit ihm geteilt hatte. Er hatte noch nie Koks genommen. Es hatte ihn ordentlich fertig gemacht, aber damals hatte er nicht das Gefühl gehabt, Nein sagen zu können. Danach war alles ein wenig verschwommen.

Die Erinnerungen flackerten wieder auf ... Gewicht. Druck. Schmerz. Vergnügen.

Hitze brannte in seinen Wangen, als der Arzt den Raum betrat.

Sein Herz hämmerte, und seine Hände zitterten, als der Arzt ihn bat, den Kittel höher zu ziehen, damit er die verkrustete Spitze von Elis wundem Penis untersuchen konnte. Der Arzt schaute ihn sich aufmerksam an und bedeutete Eli dann, dass er den Kittel wieder an seinen Platz ziehen könne.

Gott sei Dank.

„Ich habe eine gute und eine schlechte Nachricht. Die Ergebnisse der Probe, die Sie letzte Woche abgegeben haben, Mr. Fullam, sind da. Sie haben Chlamydien bestätigt."

Scheiße.

Der Arzt schürzte die Lippen. „Sie sind Single, richtig?"

Eli kratzte sich an der Stirn, in der Hoffnung, der Arzt würde ihm keine prüde Rede über Sex außerhalb der Ehe halten. „Ja."

Er und Lisa sollten wahrscheinlich auf keine weitere Party gehen, oder vielleicht nur noch einmal, in dem Wissen, dass es das letzte Mal war, und das Beste daraus machen.

Die Partys waren ein zu großes Risiko. Er liebte seinen Job. Er brauchte seinen Job. FBI-Agent zu sein war alles für ihn. Aber der Sex … Mann, der Sex war unglaublich. Besser als Kokain.

„Die gute Nachricht ist, dass die Antibiotika wohl wirken, aber wir werden die Behandlung um weitere zehn Tage verlängern."

Eli lachte unbeholfen. „Und die schlechte Nachricht?"

Der Arzt schürzte die Lippen. Er starrte auf seine Notizen. „Sie haben eine sehr niedrige Spermienzahl."

Ein Schock durchfuhr Eli. Was hatte das zu bedeuten? „Wegen der Chlamydien?"

Der Arzt schüttelte seinen kahlen, glänzenden Kopf. „Das glaube ich nicht. Ich vermute, dass Ihre Spermienzahl schon immer niedrig war. Das ist nichts, wofür Sie sich schämen müssen", beruhigte ihn der Arzt. „Das ist eine Erkrankung wie jede andere auch."

Die Worte schwirrten in Elis Gehirn herum und prallten von seinem Schädel ab.

„Vielleicht können die Fortschritte der modernen Medizin es Ihnen eines Tages ermöglichen, ein Kind zu zeugen. Und dann gibt es noch die Möglichkeit der Adoption …"

Eli saß einfach nur da. Dann lachte er, ein wenig verwirrt. „Was wäre, wenn ich Ihnen sagte, dass ich bereits Kinder habe?"

„Ich fürchte, das ist sehr unwahrscheinlich. Wirklich sehr unwahrscheinlich." Der Ausdruck auf dem Gesicht des Arztes bekundete keine Missbilligung. Es war Mitleid. Dann richtete er sich auf. „Aber Wunder geschehen jeden Tag. Holen Sie sich Ihr Rezept am Empfang ab. Ich wünsche Ihnen einen schönen Tag, Sir."

4

GEGENWART

Es war zweiundzwanzig Uhr an einem Samstag, als Grady in die Einfahrt des vertrauten mit Schindeln verkleideten Hauses bog, das einst seinen Großeltern gehört hatte und nun technisch gesehen ihm gehörte.

Es war in gutem Zustand. Besser als in seiner Kindheit.

Seine Schwester und ihr Mann hatten es widerwillig für ihn instandgehalten und sich um notwendige Reparaturen gekümmert. Und, wie er feststellen musste, hatten sie gute Arbeit geleistet.

Grady stieg aus dem Jeep, den er sich von Grace Monteith geliehen hatte, und streckte seine Glieder nach stundenlangem Sitzen aus. Die Luft war feucht und kalt. Dort, wo die Sonne zu dieser Jahreszeit nicht hinkam, türmte sich der Schnee zu Hügeln auf. Die Einfahrt und die Holzstufen waren vereist, obwohl sie mit Sand bestreut worden waren.

Die Lichter waren ausgeschaltet.

Er wappnete sich und ging langsam die Stufen hinauf, die er jeden Tag nach der Schule genommen hatte. Seine Großmutter hatte oft auf der Veranda gesessen und auf ihn gewartet, wenn er nach Hause kam, mit einem Lächeln im Gesicht, aber mit sorgenvollen Augen.

Er hatte es ihr nicht leicht gemacht.

Das war vermutlich das, was er im Leben am meisten bedauerte. Ihr Sorge bereitet zu haben.

Er steckte den Schlüssel ins Schloss, fast überrascht, dass es noch funktionierte. Drinnen schaute er sich in dem modern renovierten Raum mit seinen weißen Wänden und der ungewohnten Ordnung um.

Er atmete zittrig aus.

Scheiße.

Es war acht Jahre her, seit er das letzte Mal hier gewesen war – zur Beerdigung seiner Großmutter. Etwa zur gleichen Zeit war sein Antrag zur Aufnahme in das FBI-Programm für neue Agenten in Ausbildung genehmigt worden. Es kam ihm wie eine Ewigkeit vor.

Vor dem Gedanken an eine Rückkehr hatte es ihm immer gegraut. Seine Großmutter war die einzige Freude in seiner Kindheit gewesen, das einzig Gute in diesem Leben. Sein Großvater war ein paar Jahre nach Gradys Mutter gestorben. Gran hatte ihn und seine ältere Schwester allein großziehen müssen.

Die Vorstellung, von den Sachen seiner Großmutter umgeben zu sein, ohne dass sie da war, hatte ihm mehr Angst gemacht als der Sprung von einer Navy-Fregatte oder die Konfrontation mit einem bewaffneten Radikalen.

Deshalb war er nie wieder zurückgekommen, zusätzlich zu der Tatsache, dass es hier nichts mehr für ihn gab.

Er hatte verschwinden müssen. Fliehen. Sich beweisen.

Aber Gran war nicht mehr da, und ihr Tod traf ihn erneut.

Er warf einen Blick ins Wohnzimmer, wo er viele lange Nachmittage vor dem Fernseher verbracht hatte, und reckte den Hals, um in den angrenzenden Essbereich zu sehen, wo er an seinen Hausaufgaben gearbeitet hatte, während seine Großmutter ihn je nach ihrer und seiner Laune ermutigt oder ihm gedroht hatte. Eine anständige Bildung war ihre einzige Forderung gewesen. Sie hatte ihm immer verziehen, wenn er sich stritt, prügelte oder Mist baute, aber nie, wenn er eine Aufgabe verspätet oder schlampig abgab.

Er verdankte ihr alles, was er heute war.

Alles, was er erreicht hatte. Jede Verhaftung. Jede Rettung. Jeden Moment der Freude und Zufriedenheit in seinem Leben. All das, weil sie ihn dazu gebracht hatte, etwas im Leben zu erreichen, anstatt apathisch in die Fußstapfen seines Verlierervaters zu treten.

Eine Welle von Schuldgefühlen und Scham überkam ihn, dass er sich so sehr davor gefürchtet hatte, zurückzukehren und sich seiner Vergangenheit zu stellen. Von ihrem Wesen war hier nicht viel übriggeblieben, außer einigen Möbeln, die er wiedererkannte und die bis auf das nackte Holz abgeschliffen und schellackpoliert worden waren.

Warum hatte er gedacht, dass alles so bleiben würde, wie es war?

Warum tat es so weh, dass das nicht der Fall war?

Der Kloß in seinem Hals war wie ein Felsbrocken. Sie war weg und würde nie erfahren, wie sehr er sie geliebt hatte.

Er ließ seinen schweren Seesack auf das neu lackierte Parkett fallen und ging den Flur entlang in die Küche. Er holte ein sauberes Glas aus einem glänzenden weißen Schrank und ließ den Wasserhahn laufen. Er trank und wischte sich mit einer Hand über das Gesicht.

Er war erschöpft. Er war wütend. Und unter all dem lag diese dünne Schicht von Trauer, die er jahrelang zu meiden versucht hatte.

Als er hörte, wie die Haustür geöffnet wurde, drehte er sich langsam um.

„Grady?" Seine Schwester Crystal stand plötzlich in der Nähe der Küchentür. Sie hatten einander seit acht Jahren nicht mehr gesehen, aber sie trat nicht vor, um ihn zu umarmen, ebenso wenig wie er.

Ihr Mann, Bob Grogan, stand wie ein stummer Schatten hinter ihr. Grady musterte Bob einen Moment lang und sah dann in die wütenden himmelblauen Augen seiner Schwester, die genau den gleichen Farbton hatten wie seine eigenen.

„Was machst du hier?" Ihr Akzent war stark von der Ostküste geprägt. Grady hatte den Akzent etwa zur gleichen Zeit verloren, als er die Stadt verlassen hatte.

Er ließ sich Zeit, sein Wasser auszutrinken, bevor er antwortete. Er wischte sich den Mund mit dem Handrücken ab.

„Ich bin mir ziemlich sicher, dass das mein Haus ist, Crys. Schön zu sehen, dass du dich so gut darum kümmerst." Er machte sich keine Mühe, seinen Sarkasmus zu verbergen.

Seine Schwester presste die Lippen zusammen. Sie hatte ihn noch nie gemocht – nicht einmal, als sie noch kleine Kinder gewesen waren und sie beide gemeinsam gegen den Rest der Welt kämpften.

Sie verschränkte die Arme vor der Brust. „Wenn es nach dir gegangen wäre, wäre es eine von Mäusen bevölkerte Müllhalde. Verfallen. Verdammt."

Bei dem letzten Wort zuckte er zusammen. Daran würde er sich gewöhnen müssen.

Er lehnte sich mit dem Rücken gegen den Tresen und täuschte Lässigkeit vor. „Wenn es nach mir gegangen wäre, hätte ich das Haus nach Grans Tod verkauft. Jetzt verstehe ich, warum du mich überredet hast, es zu behalten, und es war nicht, weil ich meine Meinung ändern und zurück nach Deception Cove ziehen könnte." Das war ihr Argument in den Tagen nach der Beerdigung ihrer Großmutter gewesen. Nichts zu überstürzen. Er könnte eines Tages nach Hause kommen wollen.

Der Anflug eines schlechten Gewissens huschte über ihre Züge, wurde dann jedoch von langanhaltendem Groll überdeckt. „Im Gegensatz zu anderen Leuten konnten wir es nicht ertragen, es verrotten zu sehen." Sie zuckte unter ihrer dicken Winterjacke mit den Schultern. Maine im Januar war ein eiskaltes Pflaster. „Bob und ich haben das Haus komplett renoviert und eingerichtet. Wir vermieten es gelegentlich, um die Reparaturkosten zu decken."

Seine Lippen verzogen sich zu einem grimmigen Lächeln. Es war eine gut einstudierte Geschichte, aber sie vergaß eines – er kannte die Wahrheit.

„Ich glaube mich zu erinnern, dass ich dir im Laufe der Jahre viele tausend Dollar geschickt habe, um die ‚Reparaturkosten‘ zu decken." Außerdem zahlte er die Grundsteuer. „Du hast mich die ganze Zeit über betrogen und das Haus für Einnahmen vermietet."

„Es hätte mir gehören sollen!", kreischte seine Schwester.

Lieber Gott.

„Gran hat das Haus mir vermacht." Grady presste die Lippen zusammen, um die einzigen Worte zu unterdrücken, die sie wirklich verletzen konnten. Denn ihre Großmutter, die Frau, die sie beide großgezogen hatte, als ihre Mutter gestorben und ihr Vater ins Gefängnis gewandert war, hatte Grady mehr geliebt, als sie Crystal geliebt hatte. Und Crystal war nie in der Lage gewesen, sich damit abzufinden.

Vielleicht war es nicht fair, aber Grady hatte es ihr nie unter die Nase gerieben. Doch jetzt, Gott steh ihm bei, wollte er es.

Sie sammelte sich und nahm einen langen, beruhigenden Atemzug. Als Kinder hatten sie beide Probleme mit ihrem Temperament gehabt, und er hatte hart daran gearbeitet, seines zu zügeln. Die Arbeit im Geiselrettungsteam lenkte diese Energie in positive Bahnen – wenn man Nahkampftraining und Rettungssimulationen mit scharfer Munition als positiv betrachtete. Er war sich nicht sicher, wie er ohne dieses Ventil zurechtkommen sollte.

Heißer Sex mit einer willigen Frau?

Wohl kaum. In letzter Zeit hatte er weder die Zeit noch die Energie für Romantik gehabt. Seine gute Laune war durch den Verlust seiner Teamkameraden und den Wunsch, die dafür Verantwortlichen zu finden, strapaziert worden.

In seiner nahen Zukunft lagen vermutlich zermürbende Läufe bei beschissenem Wetter.

„Wie lange wirst du bleiben?" Crys ließ ihre Stimme süßlich klingen, während sie sich nervös die Unterarme rieb. Sie brauchte ihn im Moment mehr als er sie. Zumindest wollte er sie das glauben lassen.

Er richtete sich auf. „Ich bin zurück, vielleicht für immer."

Crystals Kinnlade fiel vor Entsetzen herunter. Dann wurde ihre Miene verächtlich. „Sie haben dich gefeuert, stimmt's? Das FBI hat dich gefeuert. Was hast du getan? Etwas gestohlen? Jemanden umgebracht?"

Grady hob sein Kinn an. *Steh es durch, Kumpel.* Er musste sich an die Demütigung und Schande gewöhnen, wie ein überfahrenes Tier, das von scharfen Schnäbeln aufgepickt wurde.

Das klang sehr nach seiner Kindheit.

„Sie haben endlich herausgefunden, dass du ein Nichtsnutz bist, und haben dich rausgeschmissen, oder?" Sie trat einen Schritt vor, wobei sie eine Faust schüttelte.

Bob hielt sie mit einer Hand am Arm auf. „Crys. Lass ihn in Ruhe."

Sie schüttelte ihn ab. „Warum sollte ich?"

„Weil er dein *Bruder* ist."

Grady musterte den großen Mann erneut. Er war in Crystals Schulklasse gewesen. Wenn Grady sich richtig erinnerte, hatte Bob einen Stiefvater, der ihn als kleines Kind adoptiert hatte. Der Typ war in etwa in Eli Kanes Alter.

„Mir ist klar, dass ich eher das gemästete Kalb als der verlorene Sohn bin, aber du wirst dich von deiner goldenen Gans verabschieden müssen, bis ich ein Missverständnis aus der Welt geschafft habe."

Crystal war über sein Wortspiel nicht amüsiert. „Das kannst du nicht machen."

„Ich glaube, ich kann es." Er hob ein laminiertes „Willkommensblatt" vom Küchentisch auf. „Irgendetwas sagt mir, dass du online gehen und ein paar Buchungen stornieren musst, bis ich weiß, wie es weitergeht."

„Wenn Rückerstattungen fällig werden, werden sie aus deiner Tasche kommen." Ihre Stimme wurde lauter.

Der Tonfall seiner Schwester ging ihm auf die Nerven. Er kniff die Augen zusammen und fragte sich, wie sie so gemein geworden war. Lag es daran, dass sie in Armut aufgewachsen war, oder war Habgier Teil ihrer DNS? Wie der Vater, den sie vor Jahren verleugnet hatten und der einen Mann wegen seiner Brieftasche getötet hatte. „Ich übernehme die Rückzahlungen für die nächsten zwei Wochen, Crys. Danach bist du auf dich allein gestellt."

Sie hatte verdammtes Glück, dass das Haus heute Abend nicht besetzt war, sonst würde er in diesem Moment lautstark Leute rausschmeißen und Crystals perfekte Gastgeberbewertung ruinieren. Es würde sie als Betrügerin entlarven, die ein Haus vermietete, das ihr nicht gehörte, aber er war sich nicht sicher, ob er damit bei den Einheimischen punkten oder gar seine Sache vorantreiben würde.

Sie leckte sich über die Lippen, während sie wahrscheinlich überlegte, wie viel sie noch aus ihm herausquetschen konnte. „In der Kellerwohnung wohnt eine Langzeitmieterin. Sie macht keinen Ärger. Sie hilft für ein paar Monate ihrer Familie in der Stadt."

Grady wollte gerade den Mund öffnen und „auf keinen Fall" sagen, als ihn die nächsten Worte seiner Schwester innehalten ließen.

„Brynn Webster, die kennst du doch noch aus der Schule."

Grady runzelte die Stirn. Er erinnerte sich vage an den Namen.

„Sie ist ein paar Jahre jünger als wir – ihr Mann ist vor ein paar Jahren abgehauen und hat sie sitzenlassen. Das arme Ding." Der Tonfall seiner Schwester klang nicht gerade mitfühlend. „Ihren Eltern gehört das Sea Spray Café."

Er nickte langsam. Jetzt erinnerte er sich an sie. Brynn musste fünf oder sechs Jahre jünger sein als er. Ein schrecklich schüchternes Kind, das jedes Mal rot geworden war, wenn jemand auch nur in ihre Richtung schaute.

Er rieb sich den Kiefer, als er an das Sea Spray Café dachte. Es war ein beliebter Treffpunkt für Touristen und Einheimische. Vielleicht würde es sich lohnen, damit eine Verbindung zu knüpfen.

„Warum kann sie nicht bei ihren Eltern wohnen?" Er drängte, denn er wollte nicht, dass Crystal Verdacht schöpfte, wenn er zu schnell kapitulierte.

„Ihre Mutter ist krank und will nicht, dass jemand ihren Verlauf sieht. Krebs. Sie wird nicht mehr lange leben, die Arme. Sie leben draußen bei Pikes Turning, und du weißt, wie tückisch die Straßen zu dieser Jahreszeit sind. Brynn wollte eine Wohnung in der Stadt, da sie Tag und Nacht im Café ist und den Laden führt." Crystal rang die Hände. Dann wurden ihre Lippen zu einer harten Linie. „Und ich nehme an, du wirst irgendein Einkommen brauchen, um nicht zu verhungern, es sei denn, du bist derjenige, der vorletzte Woche die Hearst-Bausparkasse ausgeraubt hat."

Grady verzog seine Miene zu einem überraschten Interesse. „Jemand hat die Bank ausgeraubt?"

„Ja. Es wurden über fünfhunderttausend Dollar erbeutet und eine Reihe von Schließfächern aufgebrochen und geplündert. Dem Wachmann wurde ins Bein geschossen – erinnerst du dich an Saul Jones?"

Grady nickte. Er und Saul waren auf der Highschool beste Freunde gewesen, zusammen mit Darrell York, der den Posten seines Vaters als Sheriff von Montrose County übernommen hatte. Bei der letzten Volkszählung hatte Montrose zehntausend Einwohner gehabt, die in den Sommermonaten leicht auf das Doppelte anschwollen. Deception Cove war die größte einer Reihe von Kleinstädten, die sich entlang der felsigen Küste der Halbinsel erstreckten, und der Sitz der Verwaltung, in dem sich das Büro des Sheriffs befand.

Grady bezweifelte, dass der neue Sheriff sich sonderlich freuen würde, ihn zu sehen.

„Er wurde vor ein paar Tagen aus dem Krankenhaus entlassen und wohnt wieder bei seiner Mutter – seine Frau hat sich letztes Jahr von ihm scheiden lassen und ihn gezwungen, das Haus zu verkaufen." Crystal schien sich in der vertrauten Routine des Trat-schens zu entspannen. In einer Kleinstadt gab es nicht viel anderes zu tun als Kirche, Angeln und die Bewirtung von Touristen... scheinbar abgesehen davon, anderer Leute Häuser zu vermieten. „Jetzt fragen sich alle, was die Leute in den Schließfächern versteckt haben." Sie schnaubte.

In seiner Kindheit hatte Grady den Mangel an Privatsphäre hier gehasst. Ihm missfiel die Tatsache, dass jeder über seine beschissene Kindheit und seinen Arschlochvater Bescheid wusste. Aber wie Ropero und Dobson schon vermutet hatten, könnte es sich schließlich noch als nützlich erweisen.

„Die untere Wohnung ist vom restlichen Haus abgetrennt", sagte Crystal und zeigte auf die abschließbare Tür, die von der Küche nach unten führte. „Brynn macht keinen Ärger. Sie ist zwölf Stunden am Tag im Café, außer montags, da haben sie geschlossen. Den Rest der Zeit besucht sie ihre Mutter. Du wirst gar nicht merken, dass sie hier ist."

Grady hob eine Augenbraue. Brynn Webster bezahlte ihre Miete offenbar pünktlich, sonst wäre Crys nicht annähernd so positiv ihr gegenüber gestimmt.

„Sie kann vorerst bleiben", stimmte er widerwillig zu. „Gibt es noch mehr Bewohner, von denen ich wissen sollte, bevor ich mich ins Bett lege?"

Seine Schwester und ihr Mann schüttelten beide den Kopf.

Crystals Gesichtszüge zeigten eine wütende Niedergeschlagenheit. Bob trat vor und streckte eine Hand aus. „Schön, dass du wieder zu Hause bist, Grady. Es hat viel zu lange gedauert."

Grady schüttelte die Hand des Mannes.

Nicht lange genug. Und vorläufig saß er hier fest.

Alles Gute zum Geburtstag.

5
———

Brynn Webster erlebte derzeit ihre eigene private Version der Hölle.

All die Jahre, die sie auf dem College verbracht hatte – wo sie gelernt und geübt hatte, um dann ihr eigenes Geschäft von Grund auf aufzubauen –, und jetzt war sie hier und putzte Tische im kleinen Restaurant ihrer Eltern in Deception Cove, Down East, Maine, während ihre Mutter gegen den Krebs kämpfte.

Wenigstens war sie bei ihrem Mitleidsfest allein.

Der Koch war vor etwa einer Stunde nach Hause gegangen, nachdem er sich für den morgigen Tag vorbereitet hatte. Angus Hubner war ein hervorragender Koch und hatte ihre Mutter fast von Anfang an begleitet. Brynn kannte ihn so lange, wie sie sich erinnern konnte. Sie hoffte, dass er sich nicht so bald zur Ruhe setzen würde.

Das Sea Spray Café war der ganze Stolz ihrer Mutter. Die hellen Holzdielen und die weiß getünchten Wände schufen einen sauberen, offenen Raum mit genau der richtigen Menge an rustikalem Seefahrtcharme. Die Möbel waren aus blankem Holz oder blau gestrichen wie das Meer. Die Einrichtung war wunderschön und zeugte vom guten Geschmack ihrer Mutter. Die Wände waren mit Originalgemälden lokaler Künstler geschmückt, die hier zum Verkauf angeboten wurden.

Ihre Eltern hatten den Raum vor Jahren übernommen und renoviert und das Café zu einem der angesagtesten Lokale in Down East gemacht. Es war den ganzen Tag über gut besucht, sogar im Winter, wenn die Einheimischen ihren Aufenthalt in relativer Ruhe genießen konnten. Im Sommer öffneten sie die große Außenterrasse, die fast jeden Tag überfüllt war. Zwischen Rockport und Bar Harbor gelegen, gab es viel Durchgangsverkehr, obwohl sie weit von der Hauptstraße entfernt waren.

Brynn schaltete alle Lichter aus, bis auf die Lichterkette, die das große Panoramafenster mit Blick auf die hintere Terrasse umrahmte. Das Fenster bot einen spektakulären Blick auf den Hafen, der eine der Hauptattraktionen des Cafés war. Das Bild war der Inbegriff des Hafenviertels von Maine mit dem Leuchtturm auf der nahen Landzunge. Es war wunderschön und eindrucksvoll. Und sie hatte sich noch nie so fehl am Platz gefühlt.

Sie betrachtete die Schnapsflaschen hinter der kleinen Bar und dachte über einen Absacker nach, bevor sie sich auf den Rückweg zu ihrer Einzimmerwohnung machte. Aber sie war zu müde, um einen guten Single Malt zu genießen, und der Gedanke, allein beim Trinken erwischt zu werden, ließ sie diese Idee verwerfen. Sie liebte diese Stadt, aber sie mochte die Wichtigtuer nicht, die sich in jedermanns Angelegenheiten einmischten.

Nachdem Aiden sie verlassen hatte, verfolgten Gerüchte und Klatsch sie jedes Mal, wenn sie aus Boston zu Besuch kam. Aber hier war sie, zurück in Deception Cove, bis –

Sie schob den Gedanken beiseite. Sie weigerte sich, so zu denken.

Stattdessen ging sie zum Kleiderständer, zog sich einen Pullover über, nahm ihren Schal und wickelte ihn sich um den Hals, dann schlüpfte sie in ihren dunkelblauen Wollmantel, bevor sie ihre hübsche graue Wintermütze aus der Tasche klaubte und sich über den Kopf zog. Sie überprüfte ein letztes Mal die Küche, denn so verlockend es auch war, sie konnte es sich nicht leisten, dass das Haus abbrannte. Dann verriegelte sie die Vordertür und schlüpfte hinten raus auf die Terrasse mit Blick auf den Hafen.

Sie vergewisserte sich noch einmal, dass die Tür verriegelt war, da diese im Winter dazu neigte, ein wenig zu klemmen. Der Holzboden war rutschig, also ging sie vorsichtig. Sie musste daran denken, die Stufen und den vorderen Gehweg zu streuen, wenn sie morgen früh zurückkam.

Die Nachtluft war kalt, aber das Meer war ruhig und die Spiegelung auf dem Wasser perfekt. Der Geruch des Meeres beruhigte sie wie immer, aber das Gefühl, hier gefangen zu sein, in einem Leben, das sie nicht wollte, drohte sie herunterzuziehen, wie ein Bleigewicht um ihr Herz.

Dann dachte sie an die Chemotherapie ihrer Mutter und schob das Selbstmitleid beiseite. Brynn würde alles für ihre Eltern tun, sogar das Restaurant weiterführen, bis ihre Mutter wieder bei Kräften war, sie einen festen Geschäftsführer fanden oder den Laden verkauften – wozu sie sie immer wieder ermutigte.

Es würde ihrer Mutter das Herz brechen, aber Brynn konnte nicht ewig bleiben. Sie hatte ihre Wohnung in Boston für sechs Monate untervermietet und ihre persönlichen Sachen eingelagert. War das lange genug, damit ihre Mutter die Krankheit besiegen konnte?

Ihre Finger krampften sich in ihrer Tasche zu Fäusten zusammen.

Natürlich würde sie es tun. Es musste so sein.

Brynn war erschöpft, und ihre Füße schmerzten. Sie war seit acht Uhr morgens im Café gewesen, ohne eine richtige Pause, nachdem einer der Kellner sich krankgemeldet hatte. Dreizehn Stunden später brummte ihr der Schädel, also beschloss sie, zum Ufer zu gehen, um den Kopf freizubekommen, wie sie es oft tat, bevor sie zu ihrer Wohnung zurückkehrte.

Sie musste dringend mehr Servicepersonal einstellen.

Ihr Atem war sichtbar, und sie fröstelte in ihrem Mantel, als sie die schmale Gasse zwischen den Geschäften entlangging, eine Abkürzung, die sie schon als Kind benutzt hatte. Ein Geräusch ließ sie herumwirbeln.

Unbehagen kroch ihren Rücken hinauf. Was zum Teufel war das?

Sie konnte nichts außer tiefen Schatten und schmutzigen Schnee sehen.

War da jemand?

Es war nicht das erste Mal, dass sie das Gefühl hatte, jemand würde sie beobachten …

Nichts bewegte sich.

Sie hielt den Atem an und tastete in der Dunkelheit nach einem Anhaltspunkt.

Plötzlich sprang eine Katze auf den Zaun und fauchte sie an. Brynn blieb beinahe das Herz stehen.

Der streunende rote Kater, der unter der Terrasse des benachbarten Ladens lebte, fletschte seine scharfen Zähne.

„Du verrückter kleiner Kerl! Du hast mich zu Tode erschreckt!" Sie hatte ihn mit Resten aus der Küche gefüttert, aber er war zu widerspenstig, um sich ihm zu nähern.

Brynn schüttelte ihre Angst ab. Was hatte sie denn erwartet? Einen Serienmörder, der wie in einem Teenager-Horrorfilm herumhing?

Sie schnaubte.

In Deception Cove passierte nie etwas Interessantes – bis auf diesen Banküberfall, der noch immer die ganze Stadt in Atem hielt. Das jahrelange Leben in der Stadt musste auf sie abgefärbt und sie nervös gemacht haben.

Der Kies knirschte unter den Sohlen ihrer Arbeitsschuhe, als sie den steilen Abhang hinunterging. Sie konzentrierte sich darauf, sich nicht den Knöchel zu brechen. Letztes Wochenende hatte es Neuschnee gegeben, gefolgt von ein paar ungewöhnlich warmen Tagen, die das meiste davon zu einem hässlichen grauen Matsch schmelzen ließen.

Ein weiterer Sturm war vorhergesagt.

In diesem Teil der Welt gab es zu dieser Jahreszeit immer einen weiteren Sturm am Horizont, aber der nächste Kälteeinbruch sah so aus, als würde er brutal werden.

Brynn kam aus der engen Gasse am Fuße des Hügels heraus und atmete tief durch. Dank der verdammten Katze schlug ihr Herz schneller als sonst, und sie legte eine Hand auf ihre Brust, um sich zu beruhigen.

Manchmal hasste sie es, eine Frau zu sein. Sie wettete, dass Männer sich nicht jedes Mal vor Vergewaltigung oder Mord fürchteten, wenn sie allein irgendwo hingingen.

Sie überquerte die ruhige Straße und ging am Kai entlang, wo die angebundenen Fischerboote sanft mit den Wellen schaukelten und ihre Taue leise gegen die Masten schlugen.

Der Geruch von Salzwasser erfüllte Brynns Nase, und sie zog einen feuchten, frischen Atemzug ein, der die verbliebenen Spinnweben wegblies. Sie liebte diesen kleinen Hafen mit seinen kreischenden Möwen und dem leichten, allgegenwärtigen Geruch von Fisch.

Sie kuschelte sich in ihren Mantel, ging zum Ende des kurzen Piers und starrte in die dunkle Tiefe des Wassers. Eine Möwe hob vom Mast eines der Segelboote ab und erschreckte sie.

„Verdammt." Sie lachte unsicher. Früher war sie nie so ein Angsthase gewesen.

In der Ferne entdeckte sie eine Gestalt, die schnell in die andere Richtung lief. Den Kopf gesenkt. Zu weit weg, um zu erkennen, wer es war.

Sie wollte sich umdrehen und nach Hause ins Bett gehen, hielt aber inne, als etwas die Wasseroberfläche durchbrach.

Eine Robbe?

Sie runzelte die Stirn. *Nein. Eine Plastiktüte?* Oder eine Plane, die aus ihrer Verankerung geweht worden war? Langsam erkannte sie die Umrisse eines langen, schmalen Objekts, das wie ein Baumstamm aussah. Dann entdeckte sie Äste, die ausgestreckt im Wasser lagen.

Nein, keine Äste, erkannte sie schließlich. *Arme.*

„Hilfe! Ich brauche Hilfe!", schrie sie, während sie ihren Mantel, ihren Schal, ihre Socken und ihre Schuhe auszog und ihre Zehen sich instinktiv gegen die unangenehme Temperatur krümmten. Sie schaute sich um, aber es war niemand in der Nähe. Sie biss die Zähne zusammen, bevor sie sich den Pullover vom Leib riss und ihn auf ihren Kleiderstapel warf.

Erneut sah sie sich hoffnungsvoll um. „Verdammt."

Sie wappnete sich und sprang ins Wasser, wobei sie den Atem anhielt, als sie eintauchte. Beim Auftauchen sog sie erschrocken die Luft ein, als das eisige Wasser ihre Knochen lähmte.

Sie hustete und prustete. „Oh, verdammt noch mal."

Sie schüttelte ihre Reaktion auf die Kälte ab und setzte sich in Bewegung. Sie war nicht die beste Schwimmerin der Welt, aber der Hafen war abgeschirmt und ruhig. Die äußere Mole schützte die Stadt vor den heftigsten Stürmen, und heute Nacht war sogar der mächtige Atlantik träge.

Ihre Zähne klapperten. Sie glaubte zu sehen, wie sich die Gestalt bewegte, und schaute dann entsetzt zu, wie sie sich zu drehen und unter die Wasseroberfläche zu sinken begann.

„Halt. Moment!" Sie trat fester und erreichte die Stelle, an der sie die Person hatte untergehen sehen. Jetzt war nichts mehr von ihr zu sehen.

Brynn tauchte ab und streckte die Arme nach vorn und zur Seite aus, während sie vorwärts schwamm. Sie öffnete die Augen, aber es war zu dunkel, um etwas zu erkennen, also schloss sie sie wieder und suchte mit den Händen das Wasser um sie herum ab. Sie fand nichts und begann sich zu fragen, ob sie sich alles nur eingebildet hatte.

Ihre Lungen brannten vor Verlangen zu atmen, aber sie streckte die Arme noch ein Stück weiter nach links aus. Ihre Fingerrücken berührten etwas Weiches. Sie griff danach und packte zu. Ein Ärmel. Sie klammerte sich fest an den Arm im Ärmel, während sie nach oben trat und die Gestalt mit sich zog.

Als sie die Oberfläche durchbrach, atmete sie eifrig ein.

„Hilfe!" Sie konnte nicht sagen, ob die Person, die sie festhielt, atmete oder nicht, aber sie reagierte nicht. Wie lange war sie unter Wasser gewesen?

Brynn spuckte einen Mund voll von etwas aus, das nach totem Fisch und Dieselabgasen schmeckte. Sie war nicht erfahren genug, um schwimmend eine Mund-zu-Mund-Beatmung durchzuführen, also begann sie, die Person zum Pier zu ziehen.

Plötzlich war jemand neben ihr im Wasser, der den anderen Arm des Opfers packte und half, es zurück zum Steg zu ziehen.

„Geht es Ihnen gut?", fragte der Mann.

Sie zitterte so heftig, dass sie kaum sprechen konnte. „J-Ja."

Sie spürte die Augen des Fremden auf ihrem Gesicht. Er schien sie beim Wort zu nehmen, denn er schwamm plötzlich von ihr weg und zerrte das Opfer schnell zur nächsten Leiter. Sie entdeckte eine weitere Person an der Anlegestelle, die hinunter griff und half, das bewusstlose Opfer aus dem Wasser und auf den Steg zu ziehen.

Brynns Finger waren taub vor Kälte, ihr ganzer Körper war ein einziges riesiges, krampfhaftes Zittern, aber sie strampelte beharrlich weiter und kämpfte sich zurück ans trockene Land. Es dauerte ewig, aber schließlich erreichte sie den Steg und bemerkte, dass der Fremde im Wasser auf sie gewartet hatte. Wahrscheinlich hatte er Angst, er würde auch sie retten müssen.

„Glauben Sie, Sie kommen allein raus?", erkundigte er sich.

Ihr war jetzt zu kalt, um zu sprechen, also nickte sie, legte ihre steifen Finger ungeschickt um die Metallsprossen der rostigen Leiter und zog sich aus dem Wasser, als würde sie eine Tonne wiegen. Die eisige Lufttemperatur traf ihren durchnässsten Körper wie ein Peitschenhieb, und sie wollte weinen.

Gott steh ihr bei, das Wasser war wärmer als die Nachtluft, die sie wie mit Klingen durchbohrte.

Der Fremde war direkt hinter ihr. Sobald sie beide sicher aus dem eiskalten Wasser waren, lief er zum Opfer, das auf den Holzplanken lag.

Caleb Quayle – ein junger Mann, der oft mit seinen lauten

Freunden ins Café kam, um die jüngste Kellnerin anzubaggern – stand über der reglosen Gestalt. Caleb und der Fremde starrten auf den Menschen hinunter, machten aber keine Anstalten, mit der Wiederbelebung zu beginnen.

Muss ich denn alles selbst machen?

Brynn stolperte nach vorn. „Atmet er? Hat er einen Puls?"

Der Fremde sah sie seltsam an. Seine kantigen Gesichtszüge kamen ihr im grellen Schein der Straßenlaternen vage bekannt vor, aber sie konnte ihn nicht einordnen. Calebs Gesichtsausdruck war entsetzt, sein Mund stand offen.

Sie trat einen Schritt vor und starrte auf die Person hinunter, die sie gerettet hatte.

Oh, Gott.

Milton Bodurek.

Geschäftsführer der Hearst-Bausparkasse.

Sein Gesicht war milchweiß, und seine Gesichtszüge waren schlaff – was wahrscheinlich eher an dem kleinen kreisrunden Loch lag, das in der Mitte seiner Stirn glitzerte, als an der Tatsache, dass er zu lange im Wasser gelegen hatte.

Sie stolperte einen Schritt zurück. Sie konnte nicht glauben, was sie da sah.

Tot.

Er war tot.

Jemand hielt sie am Arm fest und legte ihr den Mantel um die Schultern. „Sie müssen sich aufwärmen. Wie heißen Sie?"

Brynn konnte nicht antworten. Sie konnte nur auf den Mann am Boden starren.

„Sie heißt Brynn Webster. Ich hörte sie um Hilfe schreien, als ich aus der Bar kam. Sie ist direkt hierher gerannt."

„Und wer bist du?", fragte der Fremde.

„Caleb." Caleb klang jetzt verärgert, was sein üblicher Tonfall war. „Caleb Quayle."

Der andere Retter schnaubte. „Hast du ein Telefon dabei, Caleb?"

Caleb nickte mit misstrauischer Miene.

„Ruf die Polizei an, während ich Miss Webster zurück in ihre Wohnung bringe, bevor sie an Unterkühlung stirbt. Fass die Leiche nicht an", fügte er scharf hinzu, während er sich seine Socken und Schuhe anzog.

„Da besteht keine Gefahr." Der junge Mann blickte sich vorsichtig um, als sei er plötzlich um seine eigene Sicherheit besorgt. „Hey, woher soll ich wissen, dass du es nicht getan hast?"

„Woher soll ich wissen, dass du es nicht warst?", konterte der Fremde.

Brynn blickte auf und machte einen Schritt von den beiden Männern weg. *Gute Frage.*

„Hör zu, Caleb, wir können die ganze Nacht hier stehen und *Cluedo* spielen, aber Miss Webster und ich müssen uns abtrocknen und warm werden. Jemand anderes – das wärst *du* – muss die Leiche bewachen, bis die Polizei kommt." Der Ausdruck des Mannes wurde verschlossen. „Sag Sheriff York, dass sein alter Freund und Kollege Grady Steel Miss Webster zu ihrer Wohnung begleitet. Sag ihm, dass er den Gerichtsmediziner anrufen soll. Darrell weiß, wo er mich finden kann."

Deshalb war er ihr so bekannt vorgekommen, stellte Brynn fest. Grady Steel.

Er war sechs Jahre älter als sie, und sie hatte ihn seit Jahren nicht mehr gesehen. Damals hatte er mit Darrell York und Saul Jones rumgehangen. Die drei waren ein Magnet für Ärger gewesen. Dann hatten sie alle überrascht, als sie nach der Schule dem Montrose County Sheriffs Department beigetreten waren.

Sie stampfte mit ihren nackten Füßen auf und suchte nach ihren Socken und Schuhen.

Caleb fluchte. „Bob Grogan hat uns gesagt, dass du zurück bist. Er sagte, du seist vom FBI gefeuert worden. Wir haben im Internet nachgeschaut, und in den Nachrichten stand, du hättest Fahrerflucht mit Todesfolge begangen."

Brynn schnappte schockiert nach Luft.

Grady hob sein Kinn noch ein Stück an, begegnete ihrem Blick aber nicht. „Ich bin ein FBI-Agent, der eines Verbrechens beschuldigt wird, das ich nicht begangen habe. Ich bin im bezahlten Urlaub, während eine offizielle Untersuchung stattfindet."

Caleb zog die Oberlippe zurück. „Und das sollen wir glauben?"

„Es ist mir scheißegal, was du glaubst. Mach dich einfach nützlich und ruf den verdammten Sheriff an."

Brynn war so kalt, dass sie ihre Gliedmaßen nicht mehr spüren konnte.

Caleb machte einen sturen Schritt nach vorn. „Vielleicht hast du Milton getötet."

„Warum zum Teufel sollte ich Milton erschießen?" Grady klang verärgert. „Wo ist das Motiv, Einstein?"

Caleb runzelte die Stirn, offensichtlich verwirrt von der Frage.

Grady Steel hob Brynns verstreute Habseligkeiten sowie seine eigene Jacke und Brieftasche auf. „Wenn ich jemanden umgebracht hätte, hätte er zwei Einschusslöcher und nicht nur eins, aber das ist meine persönliche Meinung und liegt an meiner jahrelangen Ausbildung, Arschloch."

Caleb hob eine dicke Faust. „Jemand sollte dir eine Lektion erteilen."

„Stell dich hinten an, Knallkopf."

Grady schien sich von den Drohungen des jüngeren Mannes nicht beeindrucken zu lassen.

Er wollte gerade seinen Arm um Brynns Schulter legen, aber sie wich aus und zog den Mantel enger um ihren gefrorenen Oberkörper.

Grady Steel hielt inne, dann deutete er vor sich. „Nach Ihnen, Ma'am." Dann brüllte er über seine Schulter. „Fass die verdammte Leiche nicht an, Quayle, sonst stehst du an dritter Stelle auf der Liste der Verdächtigen des Sheriffs."

Brynn klapperte mit den Zähnen, als sie fragte: „W-Wer sind eins und zwei?"

Grady schaute ihr direkt in die Augen, als wolle er ihre Reaktion abwägen. „Sie. Und ich." Das amüsierte Zucken seiner Mundwinkel überraschte sie. „Wahrscheinlich nicht in dieser Reihenfolge."

$$6$$

—————

„ollen Sie Ihre Socken und Schuhe?", fragte Grady die
hübsche Frau, die barfuß und blau vor Kälte war.
Sie blieb stehen und nahm ihm ihre Sachen aus seinen
Händen, wobei sie darauf achtete, ihn nicht zu berühren. Sie
taumelte, während sie sie anzog, aber er verzichtete darauf, ihr
Hilfe anzubieten. Sie schien Angst vor ihm zu haben, und das
konnte er ihr unter diesen Umständen nicht einmal verdenken.

„Edith wird außer sich sein", murmelte sie.

Miltons Frau.

Während er am Freitag mit Ropero und Dobson in Quantico
gewesen war, hatte Grady eine Liste mit Männern im Alter von
fünfzig bis fünfundsiebzig Jahren erstellt, die als Eli Kane in Frage
kommen könnten. Die Agenten hatten bei allen geeigneten Ziel-
personen Hintergrundüberprüfungen durchgeführt.

Milton stand auf dieser Liste.

Er war eine Persönlichkeit in der Gemeinde gewesen, aber er
hatte erst seit fünfundzwanzig Jahren in der Stadt gelebt. Er hatte
behauptet, der Enkel von Abraham Bodurek zu sein, womit er,
wie Grady, mit einer der Gründerfamilien der Stadt verwandt
war, die sich Ende des 18. Jahrhunderts hier niedergelassen
hatten. Miltons Vater war vor mehr als vierzig Jahren weggezo-

gen, und Milton hatte die Bank als nächster lebender Verwandter seines Großvaters geerbt.

Könnte Milton Eli Kane gewesen sein?

Unwahrscheinlich, aber nicht unmöglich. Das wäre ein gewagter Schachzug von Kane gewesen.

Es konnte kein Zufall sein, dass die Bank ausgeraubt worden war und Bodurek zwei Wochen später tot auftauchte. Was hatte er gewusst? Warum hatte ihn jemand ermordet?

„Haben Sie ihn im Wasser landen sehen?"

„Nein." Brynn Webster zog sich fertig an und ging in schnellem Tempo in Richtung ihres Hauses. *Seines* Hauses.

„Haben Sie etwas gehört?" Grady folgte ihr.

Sie schüttelte den Kopf.

„Was haben Sie da unten gemacht?" Könnte sie etwas mit dem Mord an Bodurek zu tun haben?

Sie wirbelte zu ihm herum, Empörung in ihren hübschen Augen, da sie eindeutig das Misstrauen in seinem Tonfall gehört hatte. „Ich habe etwas frische Luft geschnappt, bevor ich nach Hause ins Bett gehe."

Er grinste, und sie blinzelte ihn an. Sie war süß, wenn sie wütend war. „Machen Sie das oft?"

„Ja. Ja, das tue ich." Sie nickte, dann runzelte sie die Stirn. „Seit ich zurück bin, jedenfalls. Es hilft mir, nach einem langen Tag des Kellnerns abzuschalten." Sie atmete tief durch und eilte weiter. Das Haus war nicht weit entfernt. In Deception Cove war nichts weit entfernt.

„Haben Sie Milton Bodurek schon mal nachts dort gesehen?"

„Nein, aber ich bin erst seit ein paar Wochen hier. Er hat da unten sein schickes Segelboot vertäut. Wahrscheinlich war er dort." Sie warf ihm einen strengen Blick zu. „Was ist mit Ihnen? Haben Sie etwas gesehen?"

„Nicht das Geringste. Das war das erste Mal, dass ich Milton Bodurek seit der Beerdigung meiner Großmutter vor acht Jahren gesehen habe."

„Wie kommt es, dass *Sie* am Hafen waren?", wollte sie wissen.

Ihm entging die gesunde Portion Misstrauen in ihrem Tonfall nicht. Unter diesen Umständen war es nur fair. Klug sogar.

„Ich habe jemanden um Hilfe schreien hören."

„Mich."

Er nickte. Er machte sie nervös, obwohl er versuchte, es nicht zu tun.

„I-Ist Ihnen nicht kalt?", fragte sie.

Grady verbrachte viel Zeit in unangenehmen Situationen und fand es einfacher, damit umzugehen, indem er sie verdrängte. „Der Sheriff wird wahrscheinlich bald vorbeikommen, um mit Ihnen zu reden."

Brynn Webster schnaubte auf eine wenig damenhafte Weise.

Er legte den Kopf schief. „Normalerweise hätte ich Sie nicht vom Tatort weggehen lassen, aber es besteht die Gefahr einer Unterkühlung. Gehen Sie duschen, und machen Sie sich eine heiße Schokolade oder so."

Sie hob die feinen dunklen Augenbrauen. Sie mochte es offensichtlich nicht, wenn man ihr sagte, was sie tun sollte.

Sie näherten sich seinem weißen Schindelhaus, das drei Straßen vom Hafen entfernt lag.

„Es war mutig von Ihnen, zu ihm hineinzuspringen", fügte er an, auf der Suche nach einer Art neutralem Terrain.

„Ich muss den Verstand verloren haben." Sie zog die Schultern hoch und rollte sich praktisch in sich selbst zusammen. „Ich weiß es zu schätzen, dass Sie mir hinterhergesprungen sind. Ich bin nicht sicher, ob ich ihn allein ans Ufer hätte ziehen können."

Er presste die Lippen aufeinander. Sie war mutiger, als die meisten Zivilisten es wären. „Das ist mein Job – oder zumindest war es das bis vor Kurzem."

„Hat Caleb die Wahrheit gesagt?" Sie runzelte die Stirn und biss sich mit den Zähnen auf die blau angelaufene Unterlippe. „Über die Fahrerflucht?"

Die Kälte saß jetzt so tief, dass er seine Beine kaum noch spüren konnte, aber er bewegte sie trotzdem weiter. „Das FBI hat mich in bezahlten Urlaub geschickt, während sie meinen Truck und die Überwachungskameras in der Umgebung des Tatorts auf Beweise überprüfen. Das ist das übliche Verfahren. Die Medien und Klatschbasen kümmern sich nie wirklich um die Fakten, oder?"

„Da können Sie Gift drauf nehmen." Bitterkeit tropfte von ihren Worten wie das Wasser von ihrer nassen Kleidung.

„Es gibt keine Beweise für ein Fehlverhalten, denn ich hatte nichts mit dem Vorfall zu tun. Ich bin zuversichtlich, dass das FBI mich in Kürze entlasten kann."

Sie äußerte sich nicht dazu, ob sie glaubte, dass er die Schuld daran trug oder nicht. Warum sollte sie dem Wort eines Mannes glauben, den sie nicht kannte – außer vielleicht aufgrund seines zweifelhaften Rufes?

Sie zeigte auf das Haus. „Da wären wir. Ich lebe in der Kellerwohnung, die Ihre Schwester vermietet."

Er schnaubte.

„Was?", fragte sie.

Er schüttelte den Kopf.

„Was?"

„Nichts." Er steckte die Hände in die Taschen. „Ich bin oben."

Sie blieb stehen. Ihre Lippen bildeten einen perfekten Kreis. „Oh."

Sie zögerte, offensichtlich beunruhigt durch den Gedanken, ein Haus mit einem Fremden zu teilen.

Die Außenbeleuchtung ging an, und er konnte sie nun besser sehen. Lange, nasse Haare klebten an ihrem Kopf. Große, dunkle Augen blinzelten ihn an.

Er streckte eine Hand aus und strich ihr eine feuchte Strähne von der Wange.

Ihre Haut war erschreckend kalt.

Er bedeutete ihr, vor ihm die Einfahrt entlangzugehen. Er wollte sie auf seiner Seite haben. Er könnte sie gebrauchen. Das redete er sich zumindest ein, als er ihr dabei zusah, wie sie an der Seite des Hauses entlang zur Tür der Kellerwohnung ging.

„Ziehen Sie so schnell wie möglich die nassen Sachen aus."

„Scheiß auf heiße Schokolade. Ich nehme mir einen Whisky mit unter die Dusche."

„Gute Idee. Übrigens …" Er wartete, bis sie sich umdrehte und ihn ansah. „Sie sollten vielleicht anfangen, Ihre Tür abzuschließen."

Ihre Augen weiteten sich, als hätte er eine Drohung ausgesprochen. Dann dämmerte es ihr. „Sie glauben nicht, dass Milton sich umgebracht hat, nicht wahr?"

Er hatte keinen Zweifel daran, dass Milton Bodurek Opfer eines Verbrechens geworden war. „Ich habe noch nie gesehen, dass sich ein Selbstmörder zwischen die Augen geschossen hat."

Sie zuckte zusammen. „Haben Sie schon viele …", sie schluckte, „Leichen gesehen?"

„Zu viele."

Er verließ sie und stieg die Stufen zum Haupthaus hinauf. Dann schloss er die Tür hinter sich und verriegelte sie, etwas, das er in seiner Kindheit nie getan hatte. Er trug seine Ausrüstung die Treppe hinauf und zögerte vor dem ehemaligen Zimmer seiner Großeltern. Er schwang die Tür weit auf und schluckte schwer. Der Raum war komplett umgestaltet worden und hatte jetzt ein kleines eigenes Bad.

Schmerz durchzuckte ihn, als ihn die bittersüßen Erinnerungen an den einzigen Menschen überkamen, den er je wirklich geliebt hatte. Ihre Existenz war mit frischer Farbe und neuen Möbeln ausgelöscht worden.

Er schüttelte diese Empfindung ab.

Er war kein Kind mehr. Er war ein Agent des Geiselrettungsteams des FBI, der in den nächsten Wochen verdeckt arbeitete, um einen der berüchtigtsten Verbrecher zu fangen, der je eine Dienstmarke getragen hatte.

Er schleppte sein Gepäck ins Zimmer und warf es auf das Bett. Dann nahm er seine Waffe ab, zog seine Brieftasche heraus und die Lederjacke aus, bevor er voll bekleidet unter die Dusche ging, wo er das Wasser auf heiß drehte. Er stützte sich mit der Hand an

der Wand ab und fragte sich, warum jemand Milton Bodurek eine
Waffe zwischen die Augen gehalten und abgedrückt hatte.

47

7

Brynn stieg aus der Dusche und wickelte sich in einen dicken, flauschigen Bademantel. Eine Sekunde später hämmerte jemand an ihre Wohnungstür.

„Ich komme gleich!", rief sie.

Das heiße Wasser hatte ihr das Gefühl gegeben, wieder ein Mensch zu sein, aber der Anblick von Sheriff Darrell York, der in voller Uniform mit weitem Hut und schwerem Parka vor ihrer Tür stand, brachte das Geschehene wieder in den Vordergrund.

„Brynn", sagte der Sheriff langsam, „ich habe gehört, dass du heute Abend am Hafen ein kleines Abenteuer erlebt hast." Er nickte ihr zu, konnte aber nicht verhindern, dass seine Augen an ihrem Körper entlangwanderten. Ironischerweise hatte er sie in ihrer Jugend, als sie in ihn verknallt gewesen war, nicht einmal bemerkt.

Diese Schwärmerei hatte sie schon vor langer Zeit überwunden, verstärkt durch ein paar Dates mit dem zu der Zeit Deputy Darrell York, kurz bevor sie aufs College gehen musste.

Bevor Aiden ihr das Herz herausgeschnitten hatte.

„Ich würde es nicht gerade ein Abenteuer nennen." Sie zwang sich, ihren Tonfall mit einem Lächeln abzumildern. „Kannst du mir fünf Minuten geben, um mich anzuziehen? Dein alter Freund Grady Steel ist oben. Wenn du zuerst mit ihm reden willst ...“

Darrell ignorierte ihren Vorschlag.

„Was dagegen, wenn ich im Warmen warte?“ Er trat ein, ohne eine Antwort abzuwarten, aber da er in offizieller Funktion hier war, konnte sie ihn nicht einfach auf der Türschwelle stehen lassen.

Sie ging in Richtung Schlafzimmer und schloss die Tür zwischen ihnen.

Schnell zog sie sich weiche schwarze Leggings und dicke Socken an. Sie warf sich ein warmes gelbes Sweatshirt aus ihrer Zeit in Yale über, ein vielleicht nicht ganz so subtiler Hinweis darauf, dass sie nicht mehr von hier war.

Sie band ihr feuchtes Haar zu einem kurzen Pferdeschwanz zurück.

In ihrem kleinen Wohnzimmer stand Darrell vor dem Bücherregal, das voll mit Reiseführern und anderen Taschenbüchern war, die Urlauber zurückgelassen hatten.

Er drehte sich um, als sie den Raum betrat. Sein Blick glitt wieder über sie hinweg, und sie wusste nicht, ob es Anziehung oder einfach das war, was Gesetzeshüter eben taten. Sie hielten nach Waffen, Drogen und Lügen Ausschau.

„Kannst du mir erzählen, was heute Abend passiert ist, Brynn?“, fragte er sanft.

Sie knirschte verärgert mit den Zähnen. Sie war sich nicht sicher, warum sie so auf ihn reagierte. Seit Aiden war sie Männern gegenüber zynisch geworden, und manchmal war es schwer, sich von dieser Verbitterung zu lösen.

Sie wollte ihm gerade sagen, wie sie Milton gefunden hatte, als es erneut an ihrer Tür klopfte. Sie ging hin, um zu öffnen, und war überrascht, Grady Steel am Türrahmen lehnen zu sehen.

Sein Blick wanderte über ihre Schulter. „Ich habe den Streifenwagen vor der Tür gesehen. Ich dachte, ich erspare dem Sheriff Zeit und komme gleich zu ihm, um meine Aussage zu machen.“

„Warum nicht?“ Brynn trat zurück, um ihn hereinzulassen.

Egal, was die Leute über Grady Steel sagten, er hatte ihr heute Abend geholfen und nicht tatenlos zugesehen. Außerdem hatte sie einen Sheriff in ihrem Wohnzimmer, sie war also nicht wirklich in Gefahr.

Es ist einfacher, mutig zu sein, wenn man Verstärkung hat – einer der vielen Sprüche ihres Vaters ließ sie ein Lächeln unterdrücken.

„Ich weiß nicht genau, wie das FBI Befragungen durchführt, aber wir befragen Zeugen normalerweise getrennt." Darrell ließ die Hände auf seinem Gürtel ruhen und neigte den Kopf zur Seite. Sein goldener Stern glänzte matt auf seiner Brust. „Es ist lange her, Grady."

Die Schärfe im Ton des Sheriffs deutete darauf hin, dass es nicht lange genug gewesen war.

„Ich dachte, ihr zwei seid Freunde?", warf sie mit einer gewissen Belustigung ein. In der Highschool waren sie jedenfalls unzertrennlich gewesen.

„Grady war sich zu gut für uns, als er zum FBI ging, nicht wahr, Grady?"

„Das FBI hält mich ziemlich auf Trab, *Sheriff*."

Brynn entging das gefährliche Funkeln in der freundlichen Miene des Mannes nicht.

„Wer will einen Drink?", fragte sie fröhlich und ging in die kleine Küche. Wenn ein paar Alphamännchen aufeinander losgehen wollten, war das ihre Sache, aber sie hatte keine Lust, dem Spektakel beizuwohnen.

Sie hatte es satt, in ihrem eigenen Leben eine Zuschauerin zu sein.

„Ich nehme einen", sagte Grady mit erhobener Stimme.

„Ich bin im Dienst, Brynn. Vielleicht nächstes Mal."

Nächstes Mal?

Darrells warmer Tonfall suggerierte eine engere Beziehung, als sie tatsächlich hatten.

Seufzend entkorkte sie die Flasche des achtzehnjährigen Highland Park, die sie für besondere Anlässe und Notfälle aufbewahrte. Der heutige Tag gehörte definitiv zu Letzterem.

Sie holte zwei Trinkgläser hervor und goss jeweils zwei Finger breit Whisky hinein. Dann trug sie die Gläser zurück ins Wohnzimmer und reichte Grady eines. Er hatte sich in den Sessel in der Ecke gesetzt und nahm das Glas in beide Hände, während er die Ellbogen auf die gespreizten Knie stützte.

Er hob das Glas. „*Sláinte.*"

Sie blinzelte.

Hatte sie sein Lächeln jemals zuvor wirklich bemerkt? Sie bezweifelte es.

In der Schule hatte sie Grady Steel nie für besonders gutaussehend gehalten, aber als er ihr jetzt ein träges Lächeln schenkte, wurde ihr plötzlich bewusst, dass er auf raue Art attraktiv war.

Diese Erkenntnis überraschte sie. Seit mehreren Jahren war ihr offenbar das Aussehen anderer nicht mehr aufgefallen.

Darrell runzelte missbilligend die Stirn.

Es war ihr egal. Sie nahm einen großen Schluck, und das Brennen des Alkohols in ihrer Kehle brachte sie zum Husten. Wenigstens half es, den Geschmack von totem Fisch aus dem Mund zu bekommen.

„Wie wäre es, wenn ich anfange?", bot Grady an. „Ich bin kurz nach zweiundzwanzig Uhr in der Stadt angekommen. Frag Crystal, sie war etwa dreißig Sekunden, nachdem ich zur Tür hereinkam, hier. Ich nehme an, sie hat eine Art Kamera installiert, mit der sie die Leute beim Rein- und Rausgehen überwachen kann, und die du überprüfen kannst." Er zog die Oberlippe zurück. „Etwas, das ich morgen herausreißen werde."

Brynn zog die Augenbrauen hoch. Warum sollte er das Sicherheitssystem seiner Schwester herausreißen?

„Ich werde sie nach den Aufnahmen fragen." Darrell nickte, als sei es seine Idee gewesen.

Grady schenkte dem Mann ein freudloses Lächeln. „Als Crys ankam, haben wir eine Weile geplaudert."

Darrell grinste. „Ich wette, das habt ihr."

Es war kein Geheimnis, dass die Geschwister nicht miteinander auskamen.

„Hat sie dich erwartet?“, hakte Darrell nach.

„Ich habe mich selbst nicht erwartet.“ Ein selbstironisches Lächeln umspielte Gradys Lippen.

Brynns Herz flatterte unerwartet. Sie schob das Gefühl beiseite.

„Die Umstände haben sich in den letzten dreißig Stunden geändert.“ Grady nippte an seinem Whisky. „Guter Scotch.“ In seinem Tonfall lag Anerkennung.

Hätte das FBI ihn wirklich suspendiert, wenn sie keine Beweise dafür hatten, dass er an der Fahrerflucht beteiligt gewesen war? Sie erinnerte sich vage an ein paar Vorfälle in ihrer Kindheit. Auto- und Sachschäden mit Grady am Steuer. Auch deshalb waren alle so schockiert gewesen, als der damalige Sheriff ihm nach seinem Highschool-Abschluss eine Stelle als Deputy angeboten hatte.

„Ich beschloss, einen Spaziergang zu machen und mir die Beine zu vertreten, nachdem ich den ganzen Tag gefahren war.“ Grady schaute sie an, als könnte er ihre Gedanken hören.

Etwas beschämt wandte sie den Blick ab. Sie war nicht besser als die Klatschtanten in der Stadt.

„Gibt es jemanden, der deine Bewegungen bestätigen kann?“, fragte Darrell.

Ihr Blick wanderte zurück zu Grady. Es war ihr nicht in den Sinn gekommen, dass er mit jemand anderem hier sein könnte.

Gradys Blick traf auf den von Darrell. „Mein Handy und mein Jeep. Beide haben GPS-Funktionen.“ Er rieb sich den Nacken. „Ich habe ein paarmal getankt. Es ist ein weiter Weg von Quantico hierher.“

„Das ist es. In der Tat.“ Darrell wippte auf seinen Fersen, seine Miene wurde finster. „Nur eine Hinfahrt?“

„Definitiv nicht.“ Grady starrte auf das Glas in seiner Hand. „Das FBI kann es sich nicht leisten, mich nicht zu suspendieren, bis sie Tests an meinem Fahrzeug durchgeführt haben. Das ist die Standardprozedur. Das FBI verwendet in der Regel gegenständliche Beweise, um Verbrechen aufzuklären, nicht Hörensagen.“

Darrell sah weg. „Schuldig, bis die Unschuld bewiesen ist?"

„Unschuldig, Punkt." Gradys Gesichtsausdruck war zornig geworden. „*Ich* bin kein Lügner."

Darrell grinste spöttisch. „Das macht dich aber nicht unschuldig."

„Das müssen wir wohl das FBI herausfinden lassen, nicht wahr?"

Zwischen den beiden Männern herrschte eine Feindseligkeit, deren Hintergründe Brynn nur erahnen konnte.

„Wenn du mit mir über die Fahrerflucht in Virginia sprechen willst, kann ich eine Telefonkonferenz mit meinem Chef beim FBI oder mit meinem Anwalt organisieren. Damit die örtliche Dienststelle des Sheriffs beruhigt sein kann."

Darrell sah ungeduldig aus. „Erzähl mir von heute Abend. Was ist passiert, als du spazieren gegangen bist?"

„Ich war auf der Main Street unterwegs, als ich eine Frau um Hilfe schreien hörte."

„Und natürlich bist du ihr zu Hilfe geeilt?" Der abfällige Zug um Darrells Lippen war nicht gerade ansehnlich.

Brynn fragte sich, wie sie ihn jemals für attraktiv hatte halten können.

„Natürlich." Grady nahm einen weiteren Schluck von dem bernsteinfarbenen Getränk.

„Er sprang ins Wasser, um mir dabei zu helfen, Milton zurück zum Pier zu ziehen. Allein hätte ich es nicht geschafft." Das Bild des Einschusslochs auf Miltons Stirn schoss Brynn durch den Kopf. Sie glaubte nicht, dass sie es jemals würde auslöschen können. Sie nahm noch einen Schluck und stellte den Whisky beiseite, als ihr Magen sich drehte. „Ich wusste nicht, dass Milton tot ist. Ich dachte, wer auch immer es ist, sei bewusstlos. Ich habe ihn erst gestern noch gesehen, als er sich auf dem Weg zur Arbeit bei mir einen Kaffee und einen Brownie holte."

„Was hast du so spät noch am Hafen gemacht?", wollte Darrell von ihr wissen.

„Ich wollte etwas frische Luft schnappen, nachdem ich den

ganzen Tag drinnen festgesessen hatte. Ich bin durch die Gasse neben dem Café zum Kai hinuntergelaufen, bevor ich nach Hause ging." Sie runzelte die Stirn und erinnerte sich daran, wie sie von der Katze zu Tode erschreckt worden war.

„Ich wollte mich gerade umdrehen und nach Hause gehen, als ich etwas im Wasser treiben sah. Ich brauchte ein paar Sekunden, um zu erkennen, dass es ein Mensch war." Sie hielt sich den Mund zu. „Ich dachte, die Person – Milton – sei noch am Leben. Ich dachte, ich könnte ihn retten." Ihre Zähne begannen wieder zu klappern, und sie nahm ihr Glas, um den letzten Tropfen Whisky zu trinken, wobei sie sich auf den rauchigen Geschmack konzentrierte. „Ich weiß nicht, ob ich hineingesprungen wäre, wenn ich gewusst hätte, dass er schon tot war."

Sie schaute sich um. Sie wusste, wie schrecklich es war, wenn jemand verschwand und man nicht wusste, ob er tot oder lebendig war, und trotzdem hätte sie gezögert, ins Wasser zu gehen, um eine Leiche zu bergen. Das war eine schreckliche Erkenntnis über sich selbst und keine, auf die sie stolz war. „Ist es schlimm, das zuzugeben?"

„Nein." Grady schüttelte den Kopf. „Menschlich. Sehr menschlich."

Sie überlegte, ob sie sich noch einen Drink einschenken sollte, aber sie musste morgen früh aufstehen.

„Hast du da unten noch jemanden gesehen?", fragte Darrell Grady.

„Der junge Mann, Caleb Quayle, kam vor mir an."

„Brynn?", fragte Darrell.

Brynn runzelte die Stirn. „Ich dachte, ich hätte jemanden gesehen, der vom Hafen nach Norden in die Abbot Street ging, als ich dort ankam, aber ich konnte nicht erkennen, wer es war."

War es der Mörder gewesen? Der Gedanke ließ sie erschaudern.

„Habt ihr Überwachungskameras in der Stadt?", fragte Grady.

„Meine Güte, ich wäre nie auf die Idee gekommen, das zu

überprüfen", antwortete Darrell. „Gut, dass der ehemalige FBI-Agent hier ist, um zu helfen."

„Nicht ehemalig", korrigierte ihn Grady entschieden. „Und ich habe nur versucht zu helfen."

Darrell zog seinen Gürtel hoch. „Ich neige nicht dazu, Zeugen um Hilfe zu bitten."

„Ich war bei gar nichts Zeuge. Und es kommt nicht oft vor, dass einer der ersten Leute am Tatort ein ausgebildeter FBI-Agent ist." Grady stand auf und streckte sich.

Brynn fühlte sich ungewollt von seinen kräftigen Muskeln und breiten Schultern angezogen.

„*Suspendierter* FBI-Agent", beharrte Darrell, „und glaub mir, diesen Zufall habe ich nicht übersehen."

Brynns Augen wurden groß. Glaubte Darrell wirklich, dass Grady Steel verdächtig war? Bedeutete das, dass sie es auch war?

„Hast du eine Waffe dabei?", fragte Darrell ihn streng.

Brynn zuckte zusammen.

Gradys Mund wurde hart. „Ja."

„Ich muss sie für ballistische Tests mitnehmen."

Grady stieß einen hörbaren Atemzug aus. „Das ist doch nicht dein Ernst."

„So ernst wie ein Herzinfarkt."

Grady zog mit Zeigefinger und Daumen langsam eine tödlich aussehende schwarze Pistole aus einem Schulterholster, das von einem aufgeknöpften, weich aussehenden, rot karierten Hemd verdeckt wurde. „Hast du eine Beweistüte, oder soll ich eine aus meinem Gepäck holen?"

Darrell zog einen Beutel aus seiner Gesäßtasche. Er hatte sich offensichtlich vorbereitet. Grady machte einen Schritt nach vorn und legte sie vorsichtig hinein. „Ich brauche sie so schnell wie möglich zurück."

„Wenn wir schon dabei sind, sollten wir einen Test auf Schmauchspuren machen." Darrell neigte den Kopf zur Seite.

Grady setzte sich wieder hin. „Ich war eine Runde

schwimmen und habe danach heiß geduscht. Dein Zeitfenster für Schmauchspuren ist bereits geschlossen."

Darrells Miene verfinsterte sich.

„Und selbst wenn ich positiv auf Schmauchspuren getestet würde, gebe ich bei meiner Arbeit im Geiselrettungsteam jede Woche Tausende von Schüssen ab. Jede Pore meines Körpers könnte und würde wahrscheinlich ein positives Ergebnis auf Schmauchspuren angeben. Vor Gericht würde das nichts nutzen, und das weißt du."

„Ich denke, es ist wichtig, sich an die Vorschriften zu halten, aber du hast recht. Durch das Verlassen des Tatorts und dein eigenes Eingeständnis, dass du geduscht hast, hast du möglicherweise bereits Beweise vernichtet."

Gradys Gesicht füllte sich mit Zorn, aber er antwortete nicht.

Brynn merkte, wie sie Grady Steel in Schutz nahm. „Entweder das oder wir wären beide an Unterkühlung gestorben. Das Wasser hatte kaum fünf Grad. Hast du vor, mich auch zu testen?"

„Mach dir keine Sorgen." Darrell stellte sich vor sie, und sie erhob sich, weil ihr der Größenunterschied nicht gefiel. Sie wusste, dass es ein Fehler war, als Darrell die Hände auf ihre Schultern legte und sie auf übermäßig freundliche Weise drückte. Er versuchte, ihr in die Augen zu sehen, aber sie wandte den Blick ab. Seinen Worten konnte sie jedoch nicht entkommen.

„Ich brauche morgen früh eine schriftliche Aussage, Brynn. Komm aufs Revier, wenn du Zeit hast. Schließ deine Türen ab und sprich mit niemandem über das, was du heute Abend gesehen hast. Keiner von euch."

Sie eilte zur Wohnungstür, wobei sie absichtlich den Körperkontakt abbrach. „Ich weiß nicht, wann ich es schaffen werde. Ich rechne mit einer Warteschlange, wenn ich das Café morgen früh öffne, damit mich alle persönlich befragen können. Vergiss die Kirche. Die Kirchenbänke werden morgen leer sein."

„Nun, erwähne bloß nicht, dass du da unten noch jemanden gesehen hast, okay?", beharrte Darrell. „Im Moment sind wir die Einzigen, die dieses kleine Detail kennen."

„Glaubst du wirklich, dass es der Mörder gewesen sein könnte?", fragte sie, wieder fröstelnd. „Ich habe nichts gehört, was nach einem Schuss klang."

„Wir werden mehr wissen, wenn der Gerichtsmediziner die Autopsie durchgeführt hat. Er sollte in der Lage sein, den Todeszeitpunkt festzustellen."

Sie öffnete die Tür. „Du brauchst dir keine Sorgen zu machen. Ich werde mit niemandem darüber sprechen." Es war eine höllische Nacht gewesen. „Gute Nacht, meine Herren."

Die Männer machten sich auf den Weg zur Tür. Darrell drückte im Vorbeigehen ihren Arm, und sie schenkte ihm ein angespanntes Lächeln. Grady nickte ihr zu, und sie bemerkte, wie unglaublich blau seine Augen waren – wie ein azurblauer Himmel an einem wolkenlosen Tag.

Ohne ein Wort schloss sie die Tür hinter den beiden, drehte den Schlüssel und schob den Riegel vor. Sie hatte keine Lust, jemandes blaue Augen oder trainierte Muskeln zu bemerken. Sie konnte es nicht gebrauchen, einen Mann besser kennenzulernen, wenn sie keinerlei Absicht zu bleiben hatte – ebenso wenig wie er.

Sie wollte keinen Mann in ihrem Leben, Punkt.

Nicht mehr.

Und was, wenn Grady nicht so unschuldig war, wie er behauptete?

Das blutleere Gesicht von Milton Bodurek kam ihr in den Sinn, und sie erschauderte. Nur weil sie in Deception Cove zu Hause war, hieß das nicht, dass es sicher war. Tod und Gefahr lauerten überall.

8

———

„Wirst du wirklich meine Waffe zum Testen mitnehmen?", fragte Grady Darrell, als sie an der Seite des Hauses entlang zur Eingangstreppe gingen.

„Reine Routine, Grady. Du kennst die Prozedur."

Das tat er, aber es musste ihm nicht gefallen. Unten an der Treppe angekommen, zog er seinen Schlüssel heraus. „Willst du jede Neun Millimeter in der Stadt testen?"

„Wenn ich muss." Ohne Publikum verlor Darell seine Selbstgefälligkeit.

„Wie geht's Lorraine?"

Darrell wendete den Blick ab. „Gut. Viel zu tun mit den Kindern."

„Wie viele habt ihr jetzt? Zwei?"

„Drei." Darrells Lächeln war stolz. „Du bist nie sesshaft geworden?"

Es war schon eine Weile her, dass Grady jemanden kennengelernt hatte, mit dem er sich verabreden, geschweige denn sesshaft werden wollte. Er zuckte mit den Schultern. „Verheiratet mit dem Job, schätze ich."

„Jetzt nicht mehr." Darrells Augen funkelten bösartig.

„Du bist nie darüber hinweggekommen, oder D?" Grady beobachtete den anderen Mann genau.

„Was meinst du damit?"

„Die Tatsache, dass ich zum FBI gegangen bin und du nicht."

Darrell zuckte zusammen. „Ich habe Quantico freiwillig verlassen."

Grady verschränkte die Arme vor der Brust. Es war eiskalt draußen, aber er wollte nicht zeigen, wie sehr er fror. Stolz war eine seiner vielen Schwächen. „Nur weil du wusstest, dass sie dich wegen einer nicht bestandenen Prüfung rausschmeißen wollten."

„Blödsinn." Darrell grinste ihn höhnisch an. „Ich bin sicher, du hast dein Bestes getan, damit sie mich durchfallen lassen. Wie auch immer, ich habe beschlossen, dass es mir hier gut gefällt, dass ich gerne in einer Gemeinde arbeite, in der ich aufgewachsen bin und die ich gut kenne. Und nicht mit aufgeblasener Selbstherrlichkeit durch das Land zu stolzieren." Trotz der Kälte standen dem anderen Mann Schweißperlen auf der Stirn. „Du hast nie wirklich hierhergehört, also hast du es auch nie wirklich verstanden."

„Dafür haben du und dein Vater gesorgt."

„Du bist derjenige, der durch Erpressung Polizist geworden ist."

„Du bist der Grund, warum ich das tun musste", schnauzte Grady.

Das war ein Volltreffer, und sie wussten es beide.

Die Erinnerung an altes Unrecht ließ ihrer beider Zorn auflodern. „Es muss schön sein, einen Vater zu haben, der dir den Job des Sheriffs übertragen hat – auch wenn es im kleinsten und am dünnsten besiedelten County des Staates ist."

Der Spruch traf mit der Präzision eines HK PSG-1 Scharfschützengewehrs, aber Grady war noch nicht fertig. „Ich wette, du musstest nicht einmal neue Schilder für deine Kampagne anfertigen lassen. Du hast einfach die alten wiederverwendet." Er lachte leise. „Bist du sicher, dass die Leute nicht dachten, sie würden immer noch für deinen Daddy stimmen?"

„Ich habe mir diese Marke verdient. Die Leute haben für *mich* gestimmt." Darrell stand ihm so nah, dass sich ihre Nasen beinahe berührten. „Ein Sheriff als Vater ist auf jeden Fall besser, als einen Mörder als Samenspender zu haben. Ich schätze, der Apfel ist nicht weit vom Stamm gefallen, oder?"

Äußerlich ließ Grady sich von den Worten nicht aus der Ruhe bringen. Er hatte das alles schon eine Million Mal gehört. Er gähnte. „Willst du mich verhaften, weil ich mich nicht vor dem Feudalkönig verbeuge, oder kann ich jetzt ins Bett gehen?"

Darrell schüttelte den Kopf und trat ein paar Schritte zurück. „Ich sollte dich verhaften. Ich sollte dich allein deshalb in Haft nehmen, weil du den Tatort verlassen hast."

Darrell würde es nicht wagen.

„Du weißt, dass ich Milton Bodurek nicht umgebracht habe, aber wenn du Hilfe bei deinen Ermittlungen brauchst ..."

„Du wirst die letzte Person sein, die ich anrufe." Darrell warf die Hände in die Luft und schritt davon. „Du warst schon immer ein arrogantes Arschloch. Hoffen wir, dass das FBI dich zurückhaben will, hm? Wir wollen dich nämlich ganz sicher nicht hier haben."

Autsch.

Darrell riss die Autotür auf und kletterte in den aufgemotzten Geländewagen, auf dessen Seite das Logo des Sheriffs in Grün und Gold aufgemalt war.

Grady sah zu, wie der Mann durch die vertrauten engen Straßen davonfuhr. Wusste Darrell etwas über Eli Kane? Ahnte er, dass sich einer der meistgesuchten Verbrecher des FBI in der Stadt versteckt hielt? Grady bezweifelte es. Darrell war einfach nicht so schlau.

Was war mit dem ehemaligen Sheriff?

Sheriff Temple York war mit Adleraugen und Intuition ausgestattet und hatte noch nie eine List übersehen. Sein Sohn war ein arroganter Mistkerl, und sein Vater tat alles, um ihn zu schützen.

Darrells Eltern lebten in einem schicken modernen Haus oben auf der Landzunge. Angeblich stammte das Geld von der Familie seiner Frau. Grady würde sicherstellen, dass das FBI dem nachging. Nur für den Fall, dass es sich bei dem Vermögen um Schweigegeld handelte.

Plötzlich wurde es zu einer wichtigen Mission, Eli Kane zu finden und aufzudecken, wer in seiner Heimatstadt noch die Wahrheit wissen könnte. Welche anderen Lügen verbargen sich unter der Oberfläche dieser ruhigen, eng verbundenen Gemeinde, die ihn immer von oben herab behandelt hatte?

Er würde sein Bestes tun, um es herauszufinden.

Brynn konnte nicht einschlafen. Jedes Mal, wenn sie die Augen schloss, sah sie Miltons glasigen Blick. Eine Bodendiele über ihrem Kopf knarrte, und ihre Augen weiteten sich, als ihr einfiel, dass nur eine Tür die Kellerwohnung vom Rest des Hauses trennte.

Ihr Herz begann zu rasen.

Hatte Grady den Schlüssel zu dieser Tür? Sollte sie sich Sorgen machen?

Er müsste der dümmste Mörder der Geschichte sein, wenn er sie töten und damit davonkommen wollte ... aber sie wäre dennoch tot.

Sie sprang aus dem Bett und schlich sich zur kurzen Treppe, die zum Haupthaus hinaufführte. Vorsichtig stieg sie die lackierten Stufen hoch und zuckte zusammen, als eine von ihnen knarrte. Sie hielt inne und ging dann, als das Haus still blieb, langsam weiter.

Es war ja nicht so, als machte sie etwas Unrechtes. Das war sogar ihr Recht auf Privatsphäre als Mieterin.

Hatte Crystal Grogan ihr nachspioniert? Sie nahm an, dass es nicht unvernünftig war, Kameras an den Eingängen anzubringen. Aber was wäre, wenn Brynn sich einen Liebhaber für eine Nacht hätte nehmen wollen? Bei dem Gedanken, dass eine der größten Klatschtanten der Stadt wissen könnte, was in Brynns Privatleben vor sich ging, kribbelte es in ihrem Magen.

Oben an der Treppe angekommen, vergewisserte sie sich vorsichtig, dass die beiden Riegel oben und unten eingerastet waren.

Dann ging sie leise die Treppe hinunter, fast beschämt darüber, diese grundlegende Sicherheitsvorkehrung getroffen zu haben. Das war das Problem mit der Gesellschaft – sie erwartete von Frauen, dass sie höflich waren, anstatt ihnen zu erlauben, erbittert für ihre eigene Sicherheit einzustehen.

Sie überprüfte noch einmal die Eingangstür und schlüpfte zurück ins Bett.

Dann schnappte sie sich ihr Handy und suchte im Internet nach dem Namen Grady Steel. Es gab zahlreiche Artikel der letzten vierundzwanzig Stunden, und sie alle zeichneten das Bild eines skandalösen Vorfalls und eines in Ungnade gefallenen Agenten. Aber sie enthielten nur wenige Details. Der Name des Opfers wurde nicht genannt. Nur ein Foto von einem schwarzen Pick-up, der abgeschleppt wurde.

In den USA gab es Millionen von schwarzen Pick-ups.

Sie erinnerte sich an Gradys vehemente Zurückweisung. Wenn es Beweise dafür gäbe, dass er in die Tötung eines Menschen verwickelt gewesen war, selbst wenn es nur ein Unfall war, hätte man ihn doch sicher schon eingesperrt, oder?

Das FBI würde sich jedoch nicht einfach auf sein Wort verlassen, denn sie hatten einen Ruf zu schützen. Das war kein kleines Sheriffsdepartment in einem Provinznest. Es war das *FBI*.

Sie steckte ihr Telefon wieder ein und schaltete das Licht aus. Sie war müde und brauchte Schlaf. Die Bodendiele über ihrem Kopf knarrte wieder.

Verdammt.

Brynn drückte ihr Kissen an die Brust. Dann stand sie wieder auf, schloss die Schlafzimmertür und klemmte einen Holzstuhl unter die Türklinke. Zurück im Bett öffnete sie den Nachttisch und holte ihre kleine Neun-Millimeter-Pistole heraus. Sie vergewisserte sich, dass eine Kugel im Magazin war, bevor sie sie in Reichweite legte.

Als sie sich dieses Mal hinlegte, ließ sie sich von der Müdigkeit in die Tiefen des Schlafes hinabziehen.

9

G rady war am nächsten Morgen früh auf den Beinen und befreite die Gehwege und Treppen von der dünnen Schicht Schnee, der über Nacht gefallen war, als er Brynn Webster aus ihrer Kellerwohnung kommen sah.

„Guten Morgen." Er versuchte, ihre Stimmung einzuschätzen.

Die dunklen Ringe unter ihren Augen deuteten darauf hin, dass sie nicht gut geschlafen hatte. Ihre Stimme klang schroff vor Müdigkeit und Misstrauen. „Morgen."

Im Tageslicht konnte er sehen, dass ihr Haar einen tiefen rötlichen Bernsteinton hatte, fast die Farbe der Ahornblätter im Herbst. Es lugte unter einer grauen Mütze hervor. Stürmische graugrüne Augen mit dichten dunklen Wimpern wurden durch einige Sommersprossen auf der Stupsnase noch hervorgehoben.

Sie war viel hübscher, als er sie aus der Schule in Erinnerung hatte, aber er hatte damals nicht so sehr auf sie geachtet. Ein Altersunterschied von sechs Jahren war für einen Teenager eine ganze Generation. Sie war ein Kind gewesen, während er zum Mann heranwuchs.

Darrell York schenkte ihr mittlerweile definitiv Aufmerksamkeit.

Waren sie ein Liebespaar?

Aus irgendeinem Grund hinterließ der Gedanke einen sauren Geschmack in Gradys Mund.

Es war nicht nur die Tatsache, dass der Mann verheiratet war. Darrell hatte seine Freundinnen in der Highschool ständig betrogen. Grady bezweifelte, dass ein Ehering die Gewohnheiten eines ganzen Lebens ändern würde, und er bemitleidete Lorraine. Aber sie hatte gewusst, worauf sie sich einließ.

Er verstand nicht, wie jemand auf den Charme des guten Nachbarsjungen hereinfallen und den moralischen Verfall dahinter nicht durchschauen konnte. Darrell mochte zwar nicht offen korrupt sein, aber ein aufrechter oder besonders bewundernswerter Bürger war er sicher nicht. Er war ein Betrüger, ein Tyrann und ein Lügner.

Brynn war dem Sheriff gestern Abend nicht besonders freundlich gesonnen gewesen, aber die Art und Weise, wie Darrell sein Revier abgesteckt hatte, deutete darauf hin, dass er hoffte, das würde sich ändern. Auch Grady gegenüber war sie nicht besonders zuvorkommend gewesen. Das musste er ändern, aber er sah ein, dass sie immer noch zu Recht vorsichtig war.

Er lehnte die Schneeschaufel gegen die Hauswand, rieb seine nackten Hände aneinander und pustete in sie hinein. Er hatte irgendwo Handschuhe, die er ausgraben sollte. „Wo bekommt man hier in der Nähe am besten einen guten Kaffee?"

Sie schenkte ihm ein zögerliches Lächeln. „Ich werde nicht behaupten, dass es in dieser Stadt einen besseren Ort als den Laden meiner Mutter gibt."

Das war die Gelegenheit, auf die er gehofft hatte. „Gehen Sie jetzt dorthin, oder gehen Sie in die Kirche?"

„Ins Café."

„Was dagegen, wenn ich mitkomme?"

„Wir öffnen erst in einer Stunde."

Er ließ ein Lächeln über seine Lippen huschen und staubte seinen verrosteten Charme ab. „Ich werde Ihnen nicht im Weg sein, versprochen. Ich kann sogar selbst den Kaffee kochen." Der Vorschlag schien sie zu verblüffen. „Ich muss mich mit Lebensmitteln eindecken, aber die Läden machen erst in einer Stunde auf, und ohne Koffein sterbe ich hier."

„Ha. Wenn Sie die Kaffeemaschine ohne Hilfe bedienen können, gebe ich Ihnen sofort einen Job." Brynn schnaubte.

„Ich mag Herausforderungen."

Er ignorierte ihren überraschten Blick und lief die Treppe hinauf, um die Haustür abzuschließen. Das würde seine Schwester zwar nicht abhalten, aber dafür hatte er Pläne. Er war bereits wieder am Fuß der Treppe, bevor Brynn das Ende der Einfahrt erreicht hatte.

Sie runzelte die Stirn, als er neben ihr ging. „Hat Crystal wirklich Überwachungskameras installiert?"

„Das hat sie." Grady verzog das Gesicht. „Ich habe sie alle entfernt und werde sie ihr heute Nachmittag zurückbringen." Er wollte nicht, dass seine Schwester Tag und Nacht seine Handlungen beobachtete. Er stopfte die Hände tiefer in die Taschen seiner Jacke. „Soweit ich das beurteilen kann, haben sie nur die Außentüren und die Garage aufgenommen. Ich nehme an, das war eher aus Sicherheitsgründen als aus reiner Neugierde."

Brynn hob zynisch eine Augenbraue. „Ich glaube, Sie sind nett."

„Das wird mir nicht oft vorgeworfen." Er schenkte ihr ein Lächeln. Er hatte vor, sein eigenes Kamerasystem einzurichten, aber er würde Brynn so viel Privatsphäre wie möglich lassen.

Er wollte sie fragen, was mit ihrem Mann passiert war, aber er musste erst ihr Vertrauen gewinnen. Irgendetwas sagte ihm, dass sie nicht gerne darüber redete, verlassen worden zu sein. Wer würde das schon?

„Ich verstehe nicht, warum sie Sie bleiben lässt, und Sie denken, dass es in Ordnung ist, ihre Kameras abzumontieren?" Ihre klugen Augen musterten ihn und suchten in seinem Gesicht nach Antworten.

„Wenn es nach Crys ginge, würde ich in meinem Auto schlafen." Er stopfte die Hände noch tiefer in seine mit Fleece gefütterte Lederjacke und erklärte auf Brynns verwirrten Blick hin: „Sie lässt mich nicht bleiben. Es ist mein Haus."

„Was?" Sie schaute verblüfft. „Es gehört Ihnen gemeinsam?"

Er schüttelte den Kopf.

„Dann hat sie die Vermietungen für Sie übernommen?"

„Sagen wir es mal so. Von den Vermietungen habe ich erst gestern Abend erfahren, als ich ankam." Agent Ropero hatte ihn am Freitagnachmittag informiert. Meine Güte, er hatte sich wie ein Narr gefühlt.

Brynns Augen funkelten mit einer Mischung aus Empörung und Verwunderung. „Crystal hat allen in der Stadt erzählt, dass es ihr Haus ist."

Grady rollte mit den Schultern. Er verzog das Gesicht. „In diesem Fall wäre es für meinen Verstand besser, die Leute glauben zu lassen, dass sie mir einen Gefallen tut, als umgekehrt."

Sie zog die Augenbrauen zusammen. „Ich glaube, Sie sind viel netter zu ihr, als sie es je zu Ihnen war."

Er wies den unerwarteten Schmerz dieser Aussage mit einem Achselzucken von sich. Die Tatsache, dass seine und Crystals Beziehung so unwiderruflich zerbrochen war, machte ihn plötzlich traurig. Und obwohl das Haus rechtlich gesehen ihm gehörte, plagten ihn immer noch Schuldgefühle, dass ihre Großmutter sich so entschieden hatte.

„Vielleicht ist es an der Zeit, dass einer von uns es mit etwas Nettigkeit oder zumindest Mitleid mit dem anderen versucht." Ein zotteliger grauer Hund flitzte eine Seitenstraße entlang. Er trug kein Halsband, und Grady fragte sich, ob er entlaufen oder ein Streuner war. Als sie die Straße überquerten, war er bereits weg.

Sie näherten sich dem Café und gingen an anderen Menschen auf dem Bürgersteig vorbei, von denen er viele wiedererkannte. Grady sah den Leuten in die Augen und nickte ihnen zu, aber sie ignorierten ihn und grüßten stattdessen Brynn.

In ihm brodelte der Groll, aber er schob ihn beiseite. Er hatte selbst die Entscheidung getroffen, bei diesem Plan mitzumachen.

Er war praktisch und effizient. Der unerwartete Schmerz über die Ablehnung der Stadt war etwas, das er würde schlucken müssen. Daran sollte er inzwischen gewöhnt sein.

Sie erreichten das Café, und Brynn führte ihn an der Seite des Gebäudes entlang und die Holztreppe auf der Rückseite hinauf.

Sie wäre fast ausgerutscht, und er hielt sie fest, wobei er die weichen Kurven in seinen Händen ignorierte und sich stattdessen darauf konzentrierte, zu verhindern, dass sie beide mit dem Gesicht nach unten auf die eisverkrustete Terrasse fielen.

Er half ihr, sich am Geländer festzuhalten. „Alles klar bei Ihnen?"

Sie lachte, und das Geräusch schallte durch den stillen Morgen. „Ja. Danke."

„Bleiben Sie da." Er hielt sich an der Seite fest, während er nach vorn zu dem Holzfass voller Sand schlitterte, das neben einer Schneeschaufel auf der Terrasse stand. Er verteilte ein paar Schaufeln voll ringsum und streute dann noch mehr über die Stufen, während Brynn ihn beobachtete.

„Was?", fragte er.

Sie schüttelte den Kopf.

Ein Lächeln stahl sich auf seine Lippen, und er erkannte das aufkeimende Interesse in ihrem Blick. „*Was?*"

Sie hob eine zarte Augenbraue. „Sie scheinen sehr nett zu sein für jemanden, der den Ruf eines Schurken hat."

„Ganz zu schweigen vom Ruf des angeblichen Mörders", erwiderte Grady unverblümt.

Brynn zuckte zusammen, und ihr Gesicht wurde blass, als sie sich an das Einschussloch in Milton Bodureks Stirn erinnerte.

„Scheiße. Tut mir leid. Das hätte ich nicht sagen sollen." Er steckte die Schaufel zurück ins Fass. Dann drehte er sich um und blickte über den Hafen, der im frühen Morgenlicht grau war.

Er hätte nie gedacht, dass er nach dem Tod seiner Großmutter in diese Stadt, diese Gemeinde, zurückkehren würde. Hier zu sein erfüllte ihn mit einer Mischung aus Sehnsucht und Nostalgie, die er nicht erwartet hatte. Der Geruch des Meeres, der Wind, der über seine wettergegerbte Haut strich, das Kreischen der Möwen auf den Schornsteinen, das Geräusch der Boote, die sanft auf dem Wasser schaukelten. Nebel umgab das Meer, aber die Dächer dampften in den dünnen Strahlen der Morgensonne. Es war stimmungsvoll und gespenstisch und ließ ihm einen Schauer über den Rücken laufen.

Gut, dass er nicht an Gespenster glaubte.

Brynn stellte sich neben ihn, und beide blickten auf das Hafengelände hinunter. Gelbes Klebeband sperrte den Yachthafen ab, in dem Milton Bodureks Segelboot vertäut war. Zwei Streifenwagen parkten dort und versperrten den Zugang zum Steg.

„Glauben Sie, er wurde auf seinem Boot getötet?", fragte Brynn leise.

Grady hob die Schultern und kniff die Augen zusammen. „Wahrscheinlich."

„Glauben Sie, der Mörder ist jemand aus der Stadt oder ein Fremder auf der Durchreise?"

Er sah zu Boden und bemerkte den besorgten Ausdruck in ihren graugrünen Augen. „Was denken Sie?"

Sie drehte sich wieder um und beobachtete die Polizisten am Tatort. „Es ist immer einfacher zu glauben, dass Mörder nicht die Menschen sind, die unter uns leben."

Grady nickte. „Einfacher, aber nicht unbedingt richtig."

Sie zitterte. „Glauben Sie, es hat etwas mit dem Banküberfall zu tun? Milton war dort der Manager, und diese Stadt ist normalerweise kein heißes Pflaster für Verbrechen."

Er zuckte mit den Schultern. „Vielleicht." *Auf jeden Fall.*

Sie musterte ihn, auf der Suche nach besseren Antworten.

„Könnte der Mörder auch für andere eine Gefahr darstellen?" Sie atmete verzweifelt aus. „Ich weiß, dass Sie keine Antworten haben, aber Sie sind beim FBI, und ich mache mir Sorgen."

Er beobachtete das Tauchteam, das sich für den Sprung ins Wasser fertig machte, und wünschte sich, er wäre bei ihnen. Er mochte es, in Aktion zu sein, nicht am Rande zu sitzen und darauf zu warten, dass ihm Hinweise in den Schoß fielen.

„Ich schätze, das hängt davon ab, warum er getötet wurde. Aber es gibt da eine Sache ..." Er begegnete ihrem Blick und hasste es, wie die Angst einen Schatten über ihre Augen warf. „Ich würde nachts keine einsamen Spaziergänge mehr am Hafen machen. Nicht, bevor dieser Mistkerl gefasst ist."

10

———————

Brynn drehte die Heizung im Café hoch, um gegen die Kälte anzukämpfen, die ihr seit letzter Nacht in den Knochen steckte.

„Ich habe schon Bomben entschärft, die weniger kompliziert waren als diese Kaffeemaschine", knurrte Grady Steel, während er breitbeinig und leicht vorgebeugt dastand und sich darauf konzentrierte, das ausgeklügelte und temperamentvolle Gerät zu verstehen, das ihre Mutter vor zwanzig Jahren aus Frankreich importiert hatte.

Brynn versuchte, die kräftigen Muskeln nicht zu bemerken, als er in T-Shirt und Jeans dastand, aber sie würde lügen, wenn sie behauptete, dass ihr beim Anblick des Mannes nicht der Mund ein wenig trocken wurde. Vielleicht war es gut, dass sie sich endlich zu einem anderen Mann hingezogen fühlte. Es bewies, dass sie wirklich über Aiden hinweg war.

Grady fluchte erneut.

Brynn unterdrückte ein Grinsen, denn es gefiel ihr, dass sie nicht die Einzige war, die sich über das verdammte Ding aufregte. Ihre Eltern bestanden darauf, da sie so viel dafür bezahlt hatten, dass sie es niemals ersetzen würden.

Plötzlich zischte der Dampf, und der Duft von gutem Kaffee

lag in der Luft. Der Ausdruck in Gradys Gesicht zeigte pure Zufriedenheit darüber, ein Problem gelöst zu haben, auch wenn das Problem nur darin bestand, Kaffee zu machen.

„Aha!" Sein Gesicht strahlte vor Freude, seine himmelblauen Augen leuchteten vor Begeisterung. „Wie trinken Sie Ihren Kaffee, Miss Webster?"

Sie lachte und schüttelte den Kopf, als sie ihm zwei saubere Tassen aus dem Geschirrspüler zuschob. Es fühlte sich gut an, wieder lächeln zu können, nachdem sie letzte Nacht so viel erlebt hatte und die Sorge, dass ein Mörder frei herumlaufen könnte, sie um den Schlaf gebracht hatte. Dagegen konnte sie nicht viel tun. Sie war ein unwahrscheinliches Ziel, aber sie würde ein paar zusätzliche Vorsichtsmaßnahmen treffen, bis er – oder sie – gefasst war.

„Viel Milch für mich. Kein Zucker."

„Süß genug, was?"

Der warme Blick, den er ihr zuwarf, ließ sie innerlich erröten, und sie sagte sich, dass sie sich albern verhielt. Alles, was sie über diesen Mann wusste, deutete darauf hin, dass er mürrisch und potenziell gefährlich war. Nicht die Art von Mann, bei deren Anblick sie ein Kribbeln spüren sollte.

Aber vielleicht hatte er sich verändert. Immerhin war er normalerweise ein FBI-Agent.

Und verdiente nicht jeder eine zweite Chance? Jeder außer ihrem Ex.

Grady war das genaue Gegenteil ihres Ex-Mannes, was Aussehen und Verhalten anging. Die dunkle und leicht gefährliche Seite von Grady Steel stand im krassen Gegensatz zu Aidens höflicher blonder Perfektion. Er war viel zu perfekt gewesen, stellte sie fest. Wie eine unechte Ken-Puppe.

Verdammt.

Der Gedanke an Aiden verdarb ihr die gute Laune.

Grady schob ihr die Tasse vor die Nase, und sie blinzelte zurück in die Gegenwart.

Sie schüttelte sich aus ihren schmerzhaften Erinnerungen,

nahm den Kaffee und trank einen Schluck. „Oh. Der ist gut." Sie nahm einen weiteren Schluck. „Wirklich gut."

„Die US-Regierung hat Millionen von Dollar für meine Ausbildung ausgegeben." Der genüssliche Ausdruck, der über seine Züge ging, als er einen Schluck aus seiner eigenen Tasse nahm, war amüsant und verdammt sexy.

„Das, Ma'am, sind Ihre Steuergelder bei der Arbeit." Er hob die Brauen. „Ich schätze, ich muss für irgendetwas gut sein, oder?"

Mitgefühl durchfuhr sie. Sie konnte sich nicht vorstellen, dass dieser Mann eine verletzte Person am Straßenrand dem Tod überlassen würde, und sie wusste genau, wie schmerzhaft es war, wenn man beschuldigt wurde, etwas getan zu haben, dessen man sich nicht schuldig gemacht hatte. „Das FBI wird die Wahrheit schon herausfinden."

Er hob seine Tasse wieder an die Lippen und grinste. „Ja, dann sollten sie sich besser beeilen, bevor ich ein besseres Angebot bekomme."

„Sie würden sofort eingestellt werden, aber ich bin mir nicht sicher, ob ich Ihnen so viel zahlen kann wie die Bundesregierung." Sie schaute auf die Uhr und runzelte die Stirn.

Grady bemerkte die Bewegung. „Stimmt etwas nicht?"

„Nein." Sie stellte Tassen in die Regale und begann dann, die morgendliche Lieferung frischer Backwaren aus der Region in die Kühlvitrine zu stellen. „Meine Kellnerin, Jackie Somers, sollte mir eigentlich beim Öffnen helfen. Sie hat sich gestern krankgemeldet, aber ich habe heute noch nichts von ihr gehört, dass sie nicht kommen wird. Sie hätte schon vor einer Viertelstunde hier sein sollen."

„Ist sie normalerweise zuverlässig?"

Brynn verzog das Gesicht. „So würde ich es nicht nennen. Sie ist manchmal etwas flexibel, was ihre Arbeitszeiten angeht, aber wenn sie da ist, arbeitet sie gut."

„Soll ich aushelfen, bis sie auftaucht?"

„Nein, seien Sie nicht albern."

„Was ist daran albern, Ihnen zu helfen, wenn Sie Hilfe brauchen?" Sein Gesichtsausdruck wurde ernst. „Ich habe im Moment nichts Besseres zu tun. Wenigstens habe ich einen Sitz in der ersten Reihe, wenn Grady Steel angeschwärzt wird, und kann hören, was alle sagen."

„Wahrscheinlich, dass Sie Milton Bodurek auf seinem Boot umgebracht und ihn ins Wasser gestoßen haben, bevor Sie einmal um den Hafen herumgelaufen sind, um mir zu helfen, ihn herauszuziehen?"

„Ist es das, was Sie glauben?" Sein Tonfall blieb ernst.

Ein Anflug von Unbehagen glitt über ihren Rücken. Sie weigerte sich, sich von gutem Aussehen und netten Manieren bezaubern zu lassen. Sie war nicht so dumm, nicht mehr. „Ich weiß es ehrlich gesagt nicht."

Sie erwartete Wut, aber sein Blick war sachlich.

„Verständlich. Ich bin im Grunde ein Fremder für Sie, und mein Ruf eilt mir voraus. Außerdem sind die derzeitigen Umstände nicht gerade ideal. Aber ich kann Ihnen versichern, dass ich noch nie jemanden im Zorn verletzt habe." Sein Blick wurde reumütig. „Zumindest niemanden, der nicht vorher aktiv versucht hat, mir zu schaden."

Er starrte aus dem Fenster auf den Hafen, drehte sich um und sah sie wieder an. „Ich liebe meinen Job. Ich habe vor, wieder in Quantico zu sein und mit meinen Teamkollegen zu trainieren, sobald die Schwachköpfe, die die Tests an meinem Truck durchführen, mich für den Dienst freigeben."

Die Stimmung war schwer geworden, und Brynn musste sie um ihrer selbst willen auflockern. „Sie haben einen Jeep *und* einen Truck? Ich kann Ihnen definitiv nicht genug zahlen."

„Der Jeep gehört einer Freundin, die ihn im Moment nicht braucht." Er räusperte sich, als seine Stimme rau wurde. „Mein Truck bekommt im Labor die volle Behandlung. Er sollte besser noch funktionieren, wenn die Spurensicherung damit fertig ist."

„Sie machen sich wirklich keine Sorgen?"

„Ich mache mir absolut keine Sorgen um die Ermittlungen. Ich bin stinksauer." Er nahm einen weiteren langen Schluck Kaffee. „Wenn ich jemanden angefahren hätte, hätte ich den armen Kerl sicher nicht am Straßenrand sterben lassen. Aber Sie haben keinen Grund, mir zu vertrauen, und das verstehe ich."

Miltons Gesicht blitzte wieder in ihrem Kopf auf. Sie hoffte, dass er nicht gelitten hatte.

„Es muss frustrierend sein, dass die Leute Ihre Integrität anzweifeln." Sie verstand das besser, als ihr lieb war.

„Daran bin ich gewöhnt." Er grinste, und sie spürte wieder dieses Flattern in der Brust.

Grady Steel war ein trügerisch attraktiver Mann, und es gefiel ihr nicht, dass ihr die Augen über diese Tatsache geöffnet worden waren.

„Wie auch immer, genug von diesem Morast des Selbstmitleids, Miss Webster. Lassen Sie mich Ihnen helfen, bis Ihre abtrünnige Kellnerin eintrifft." Er hakte die Daumen in die Schlaufen seiner Jeans und auf einer Wange erschien ein Grübchen. „Sie können mich mit Kaffee bezahlen."

Ihr Mund wurde trocken. Vielleicht könnte sie ihn mit Sex bezahlen.

„Ähem." Sie räusperte sich bei diesem völlig unpassenden Gedanken. „Gut." Sie wusste, dass sie mit dem Feuer spielte, aber es war ihr egal. „Unter einer Bedingung."

Er neigte den Kopf zur Seite.

Sie warf ihm eine saubere Schürze zu. „Nenn mich Brynn."

„Brynn." Er ließ sich ihren Namen warm auf der Zunge zergehen, während er die schwarze Schürze um seine schlanken Hüften wickelte. „Ich habe mich immer gefragt... Ist das eine Abkürzung für irgendetwas?"

Er hatte sich Gedanken über ihren Namen gemacht? Sie war sich nicht bewusst gewesen, dass er überhaupt von ihrer Existenz gewusst hatte. Sie schüttelte den Kopf.

„Er gefällt mir."

Ihr Herz machte wieder dieses Ding in ihrer Brust. Vielleicht sollte sie sich mal untersuchen lassen.

„Nenn mich Grady."

„Nicht Beelzebub oder Mephisto?" Brynn zwang etwas Humor in das Gespräch.

Sein Grinsen wurde verrucht. „Du kannst mich Prinz der Finsternis nennen, wenn du willst. Unser kleines Geheimnis."

Sie lachte und zuckte zusammen, als die Hintertür sich öffnete und Angus Hubner hereinmarschierte.

Der alte Mann sagte kein Wort. Seine Augenbrauen hoben sich, als er Grady sah, der mit einer Schürze hinter dem Tresen stand. Dann zuckte er mit den Schultern, hängte seinen schweren Mantel an einen Haken und begann, geräuschvoll Dinge aus dem Kühlschrank zu holen.

11

Jackie Somers kam zwei Minuten vor Ladenöffnung durch die Hintertür gestürmt, und Grady war seltsamerweise enttäuscht.

„Tut mir leid, dass ich zu spät bin!"

Sie war groß und schlaksig. Ihr langes, dunkles Haar war vom Wind zerzaust, und ihre weißen Wangen hatten kleine rote Flecken. Sie war irgendwo zwischen sechzehn und achtzehn Jahren alt. Eins fünfundsiebzig. Ihre blauen Augen waren stark geschminkt und von Zynismus geprägt.

Die junge Frau stockte bei seinem Anblick. „Wer ist das denn?"

„Dein Ersatz." Brynn setzte ein spöttisches Lächeln auf.

Jackie blieb der Mund offenstehen, dann wurde sie wütend.

„Das war nur ein Scherz." Brynn beruhigte das Mädchen schnell. Grady wäre nicht so verständnisvoll gewesen. „Das ist … Mr. Steel, der mir freundlicherweise seine Hilfe angeboten hat, als meine Kellnerin unerwartet nicht pünktlich zu ihrer Morgenschicht erschienen ist."

Jackie runzelte die Stirn. „Die Straßen waren schrecklich –"

„Du wohnst nur fünf Minuten zu Fuß entfernt."

„Meinetwegen. Ich habe letzte Nacht noch lange mit Caleb

telefoniert. Er sagte, er habe dir gestern Abend geholfen, die Leiche aus dem Wasser zu ziehen. Das hat ihn aufgewühlt."

Geholfen war etwas übertrieben.

Beobachtet vielleicht.

Brynns Gesichtsausdruck verwandelte sich in Überraschung. „Ich wusste nicht, dass ihr zusammen seid. Ist er nicht ein bisschen zu alt für dich?"

„Er ist einundzwanzig." Jackies Miene wurde abweisend. „Ich wusste nicht, dass ich dir alles erzählen muss, was in meinem Leben passiert. Ich dachte, du magst Tratsch nicht."

Oh, das Mädchen ist vielleicht ein Hitzkopf.

Grady machte es sich für die Show bequem.

Brynn warf ihm einen kurzen Blick zu, wohl wissend, dass er jedes Wort mithörte.

„Du hast recht, es steht mir nicht zu, alles über dein Privatleben zu wissen, aber ich erwarte, dass du pünktlich hier bist, wenn du arbeiten kannst."

Die junge Frau schien sich endlich daran zu erinnern, dass sie sich gestern freigenommen hatte, unter der Behauptung, krank zu sein.

„Nun, jetzt bin ich ja da." Anstatt sich zu entschuldigen, verzog das Mädchen die Lippen zu einem säuerlichen Lächeln. Sie hängte ihre Jacke und ihre Handtasche neben Angus' Mantel und drängte sich dann an Grady vorbei, um zur Toilette zu gehen.

„Ich nehme an, du brauchst mich nicht mehr?", fragte er Brynn amüsiert.

Ihr Gesicht zuckte. Sie stellte sich auf die Zehenspitzen und starrte über den Verkaufstresen auf die neugierigen Gesichter, die durch das Fenster der Eingangstür schauten. „Wahrscheinlich nicht, aber ich denke, du könntest gut fürs Geschäft sein."

„Den Leuten immer Lust auf mehr machen, das ist mein Motto."

„Ach ja?"

Die Luft zwischen ihnen veränderte sich.

Für einen Moment leuchteten ihre Augen mit einem Schimmer

von Interesse, aber sie blinzelte ihn weg. Sie setzte ein strahlendes Lächeln auf, das jedoch nicht ganz die Schatten verbergen konnte, die wieder in ihren Augen lauerten. „Vielleicht werde ich mir dieses Motto zu eigen machen."

Gradys Lippen zuckten. „Vielleicht tust du das ja schon."

Ihre Augen weiteten sich und ihr Mund klappte vor Überraschung ein wenig auf.

Er flirtete, und das sollte er nicht.

Zu einem anderen Zeitpunkt und an einem anderen Ort hätte er nichts dagegen gehabt, diesen prallen Mund und den kurvenreichen Körper zu erkunden, aber im Moment war er undercover und sie war eine Ablenkung, die er sich nicht leisten konnte. Sie war ein Mittel zum Zweck. Daran musste er denken.

Sie richtete sich auf, als erinnerte sie sich daran, dass es Zeit war, die Türen für ihre hungrigen Kunden zu öffnen. Dennoch hielt sie inne, und ihre Stimme wurde sanft. „Danke für deine Hilfe heute."

„Kein Problem. Ich habe es gern gemacht."

„Weil es der geheime Wunsch eines jeden ist, in einem Café zu arbeiten." Sie verdrehte die Augen und lachte. Es war ein schönes Geräusch. „Nimm dir auf dem Weg nach draußen noch einen Kaffee und einen Muffin, Grady Steel. Betrachte es als Bonus."

Sie drehte sich um und ging weg.

Er hob vorsichtig ihre beiden Tassen auf und leerte den Inhalt in die Spüle. Dann schaute er sich um und stellte fest, dass niemand hinsah. Er zögerte einen Moment, dann schnappte er sich eine Papiertüte und schob Brynns Tasse zusammen mit einem Blaubeermuffin hinein, der wie für ihn geschaffen war. Da entdeckte er Angus' Tasse neben der Gasherdplatte, aber der Mann stand direkt daneben.

Schade.

Nicht, dass das ohne Gerichtsbeschluss legal wäre, aber er durfte die Chance nicht verpassen, ein paar Leute auszuschließen, wenn sich die Gelegenheit bot.

Er öffnete den Geschirrspüler und stellte seine eigene schmutzige Tasse hinein. Dann rollte er den oberen Teil der Tüte zusammen und stellte sie auf den Boden, während er in seine Lederjacke schlüpfte.

Da kam Jackie Somers aus der Damentoilette und hüpfte an ihm vorbei.

Der jungen Frau gefiel offenbar die Erkenntnis nicht, dass sie so leicht zu ersetzen war. Das konnte er nachvollziehen, aber wenigstens war er immer pünktlich und arbeitswillig.

Sie warf ihm einen bösen Blick zu, und Grady grinste. Er war sich ziemlich sicher, dass er sich an ihre Mutter Julie aus der Highschool erinnerte und daran, dass damals alle Angst vor ihr gehabt hatten.

Angus funkelte ihn aus der Küche an. Grady starrte direkt zurück. Alter, Größe und Körperbau passten zu Eli Kane. Braune Augen, nicht blau, aber das ließ sich mit farbigen Kontaktlinsen leicht ändern. Sein Gesichtsausdruck verriet nichts. Ein dicker Bart verdeckte die untere Gesichtshälfte. Der Mann wischte sich die Hände an einem Tuch ab, das er sich über die Schulter gelegt hatte, und wandte sich ab, um in einem Topf zu rühren.

Grady wollte Angus' DNS.

Er hob die Papiertüte auf und ging zur Hintertür, wobei er einen letzten Blick auf Brynn warf, die an der Vordertür die hereinströmende, begierige Horde anlächelte. Sie begegnete seinem Blick, und er hob eine Hand zum Abschied.

Er ging durch die Hintertür, stand auf der Terrasse, atmete die frische Luft ein und sah zu, wie die Polizeitaucher wieder in das trübe Wasser des Hafens glitten.

Auf der Suche nach einer Waffe? Oder etwas anderem?

Er glaubte nicht, dass sie gute Chancen hatten, und hoffte, dass sie Metalldetektoren dabeihatten.

Als spürte er, dass er beobachtet wurde, hob Darrell York den Kopf und sah zu Grady hinauf, der am Geländer lehnte.

Sein alter Freund lächelte nicht.

Glaubte er wirklich, dass Grady etwas mit dem Tod von

Milton Bodurek zu tun hatte? Oder war er auf der Suche nach einem geeigneten Sündenbock?

Grady hatte nicht die Absicht, sich in diesem verworrenen Netz zu verfangen. Hoffentlich würde der vom Gerichtsmediziner festgestellte Todeszeitpunkt Grady ein felsenfestes Alibi liefern.

Ein wachsendes Stimmengewirr aus dem Inneren des Cafés verriet ihm, dass sich das Lokal gefüllt hatte. Neugierige Blicke durch das Fenster kratzten an seinem Nacken wie Katzenkrallen, aber er drehte sich nicht um.

Hatte der Tod von Milton Bodurek irgendwie mit Eli Kane zu tun?

Wie?

Warum?

Es schien weit hergeholt, aber gleichzeitig hatte Deception Cove eine der niedrigsten Kriminalitätsraten im ganzen Land. Wenn man einen Mord und einen Banküberfall innerhalb von zwei Wochen in Betracht zog, wurde die Lage immer brenzliger.

War Kane bereits geflohen?

Es schien das Vernünftigste zu sein, was er tun konnte. Kane hatte nicht so lange als Flüchtiger überlebt, indem er etwas anderes als clever war.

Gradys Telefon klingelte und er schaute auf den Bildschirm. Ropero wollte sich mit ihm treffen.

12

Eli Kane sah zu, wie der schwergewichtige Taucher unter die Oberfläche des eisigen Wassers glitt, während der idiotische Sheriff zusah.

Milton war ein guter Freund gewesen. Ein guter Mann. Wer auch immer ihn getötet hatte, war auf der Suche nach etwas gewesen.

Geld?

Oder nach ihm – Eli Kane. *Der Meistgesuchte des FBI.*

Was für ein Witz.

Seit er von dem Banküberfall gehört hatte, schrien alle seine Instinkte danach, die Stadt zu verlassen.

Er dachte immer wieder daran, wie er eine Hand auf der Wand mit Metallschließfächern abgestützt hatte. Er schloss die Augen angesichts seiner eigenen Dummheit. Normalerweise war er so verdammt vorsichtig. Zu jenem Zeitpunkt hatte er keinen Gedanken daran verschwendet. Im Laufe der Jahre war er schlampig geworden, aber wer hätte gedacht, dass die Hearst-Bausparkasse jemals überfallen werden würde?

Fingerabdrücke hielten nicht ewig, und er wusste, dass Milton es mochte, wenn die Bank glänzte, also hatte es vielleicht gar keine Spuren gegeben, die darauf hinwiesen, dass er jemals in dem Raum gewesen war.

Laut Zeugenaussagen hatte der Räuber Handschuhe getragen. Es gab keinen logischen Grund für die Polizei, Fingerabdrücke zu nehmen – aber der Sheriff war scheinbar mehr daran interessiert, den Fall zu lösen, als sein Gehirn zu benutzen, um die Verdächtigen einzugrenzen und Polizeiressourcen zu sparen. Das Spurensicherungsteam war im Tresorraum gewesen, und wenn man das von ihnen hinterlassene Chaos bedachte, hatten sie definitiv nach Fingerabdrücken gesucht.

Eli hatte selbst ein wenig geschnüffelt. Er vermutete, eine gute Ahnung zu haben, wer für den bewaffneten Raubüberfall verantwortlich war. Vielleicht würde er demjenigen einen Besuch abstatten und ihn um die fünfhunderttausend Dollar erleichtern, die er gestohlen hatte. Es war immer praktisch, Bargeld zur Hand zu haben, auch wenn er sein Geld auf der ganzen Welt auf Nummernkonten gebunkert hatte.

Er beobachtete, wie Blasen an die Oberfläche stiegen, während die Taucher ein Suchraster durchschwammen und durch ihre Atemregler ausatmeten. Er war neugierig darauf, was sie finden würden, aber nicht so neugierig, dass er sich in die Ermittlungen einzumischen gedachte. Seine Haut fühlte sich bereits an, als wäre sie voller Ameisen.

Vielleicht würde er die Stadt verlassen. Vielleicht war es an der Zeit. Er hatte nicht vor, den Rest seines Lebens in einer Zelle zu verbringen.

Er berührte die Handfeuerwaffe, die er unter seiner Jacke trug. Er hatte keine Angst vor dem Sterben. Nicht mehr. Aber er würde es lieber zu seinen eigenen Bedingungen und zu seiner eigenen Zeit tun.

Wenn er bereit war.

Und er war noch nicht bereit.

13

———

G rady fuhr nach Bangor, parkte in einer ruhigen Seitenstraße und ging zum Regierungsgebäude in Harlow. Die Agenten Kelly Ropero und Noel Dobson empfingen ihn an der Tür. Der Empfangsbereich war bis auf sie leer, da es Sonntag war. Ohne ein Wort zu sagen, führten sie ihn in einen Konferenzraum, der zum kleinen FBI-Satellitenbüro im Gebäude gehörte.

Beim Anblick seines Chefs Payne Novak, flankiert von vier Angehörigen der Echo-Einheit – Aaron Nash, Cowboy, Malik Keeme und Will Griffin – verspürte er sofort einen Anflug von Erleichterung. Seine Partnerin Meghan Donnelly aus der Charlie-Einheit saß neben Griffin und nickte Grady kurz zu. Sie waren alle leger gekleidet, um keine Aufmerksamkeit auf sich zu lenken.

„Was ist letzte Nacht passiert? Sie sollten sich doch zurück-halten und nicht in einen weiteren verdächtigen Todesfall verwi-ckelt werden", schnauzte Ropero, noch während die Tür geschlossen wurde.

Grady ignorierte sie.

„Schön, dich ohne Handschellen zu sehen, Grade." Cowboy lehnte sich in seinem Stuhl zurück und warf den Ermittlern einen kühlen Blick zu. Offensichtlich waren sie über die vorgetäuschte

Verhaftung informiert worden, was die Eisenstangen um Gradys Brust noch lockerer werden ließ.

„Wem sagst du das." Er grinste, als er sich auf den Stuhl neben Novak fallen ließ.

Nach einigem Widerstand hatten Ropero und Dobson zugestimmt, mit Daniel Ackers und dem Geiselrettungsteam zusammenzuarbeiten. Ackers war zwar sauer über den Plan der Agenten gewesen, hatte die Operation aber genehmigt. Grady hatte nicht gewusst, in welcher Form die Unterstützung erfolgen würde.

Er hätte sich nichts Besseres wünschen können.

Er würde diese Menschen nie vergessen, die ihn in dem Moment, als seine Welt um ihn herum zusammenzubrechen schien, bedingungslos unterstützt hatten. Aber dann runzelte er die Stirn. „Wer bringt Graces Kinder zum Schwimmunterricht?"

„Livingstone hat sich freiwillig gemeldet. Yael erholt sich gut, aber sie ist noch im Krankenhaus", erklärte Cowboy. Yael Brooks war vor weniger als einer Woche schwer verletzt worden. „Kincaid und seine Verlobte gehen danach mit den Kindern ins Kino, damit Grace die Füße etwas hochlegen kann. Birdman und Levitt waren gestern mit Hausputz und Gartenarbeit beauftragt."

„Okay. Gut."

Eli Kane war wichtig, aber sie konnten Scotty nicht im Stich lassen, indem sie seine Witwe oder seine Kinder vernachlässigten. Das Gold Team war kürzlich auf grausame Art und Weise an ihre eigene Sterblichkeit erinnert worden. Jeder von ihnen musste wissen, dass seine Angehörigen unterstützt würden, wenn ihm oder ihr etwas zustieße.

Nicht dass Grady irgendwelche Angehörigen außerhalb seiner Einheit hätte. Seine Schwester würde wahrscheinlich eine Party schmeißen, wenn er starb.

Er verdrängte den Gedanken. Er musste aufmerksam bleiben. Konzentriert. „Wo ist der Rest des Teams?"

„In Quantico, bis wir eine handfeste Spur haben." Novak warf den Agenten einen gezielten Blick zu. „Ich fürchte, die Teams Rot und Blau glauben immer noch, dass du suspendiert wurdest."

In Gradys Magen kochte die Säure. „Dann sind es nur wir sieben?"

„Wir müssen diese Spur gut verbergen", mahnte Ropero, als seien sie alle sechs Jahre alt. „Wenn ein ganzes Team von Spezialagenten in der Nähe ist, könnte das Kane aufschrecken."

„Glauben Sie nicht, dass wir das in Betracht ziehen würden?", fragte Novak in einem trügerisch sanften Ton.

„Ich möchte nur nichts riskieren." Ropero gab sich sichtlich Mühe, sich zu beruhigen. „Das könnte unsere letzte Chance sein, ihn zu fassen und ihn für seine Verbrechen zur Rechenschaft zu ziehen. Die hohe Anzahl Handykameras in der breiten Öffentlichkeit bedeutet, dass wir bei allen Aktivitäten, die nicht der Norm entsprechen, äußerst vorsichtig sein müssen."

„Wir wissen, wie man verdeckt und vorsichtig vorgeht", erwiderte Novak. „Das ist nicht unser erstes Rodeo, Agent Ropero."

„Der Treffer mit den Fingerabdrücken kam direkt zu uns." Ropero blickte sich im Raum um. Dieser Abdruck hatte die beiden Agenten dazu gebracht, ihren raffinierten Plan auszuhecken, um Grady landesweit zu einem Ausgestoßenen zu machen. „Außer dem FBI Director, dem Assistant Director, dem HRT Director und ein paar Technikern im Hauptquartier sind die Leute in diesem Raum die Einzigen, die von der Möglichkeit wissen, dass Eli Kane irgendwo in oder in der Nähe von Deception Cove leben könnte. Wir können es uns nicht leisten, es zu vermasseln."

„Niemand in unserer Einheit wird Informationen weitergeben." Novak kochte sichtlich angesichts dieser Andeutung.

Ropero strich sich den Pferdeschwanz von der Schulter. „Ich bin nicht bereit, dieses Risiko einzugehen."

Novak funkelte sie an. „Aber Sie sind bereit, mein Team zu gefährden, indem Sie uns so wenige Leute übriglassen?"

Ropero presste die Lippen fest aufeinander. „Mein Plan, SSA Novak, sieht vor, dass Operator Steel Überwachungskameras in Gegenden installiert, zu denen wir nicht so leicht Zugang haben, ohne unerwünscht Aufmerksamkeit zu erregen. Seine Aufgabe ist dabei, mit den Einheimischen zu sprechen und sein Insiderwissen und seine Kontakte zu nutzen, um uns dabei zu helfen, Personen auszusondern, damit wir die Liste der Verdächtigen schnell eingrenzen und potenzielle Ziele ins Visier nehmen können. Sobald wir eine glaubwürdige Identifizierung haben, können wir ein komplettes Team zusammenstellen und Kane festnehmen."

Kein schlechter Plan, wenn man bedachte, dass es illegal war, die ganze Gemeinde unter Überwachung zu stellen und mit DNS-Abstrichen von Tür zu Tür zu gehen.

Apropos illegal … Grady legte die Papiertüte auf den Tisch und verdrängte seine Gewissensbisse über den Eingriff in Brynns Privatsphäre. Vor allem wollte er sie von der Liste der Verdächtigen streichen und nicht zu sehr darüber nachdenken, warum das so sein könnte. „Es ist mir gelungen, die DNS von Brynn Webster zu bekommen, die derzeit das Sea Spray Café für ihre Mutter führt, die laut meiner Schwester Krebs hat."

Ropero verschränkte die Arme. „Das ist vor Gericht nicht zulässig."

„Nein", pflichtete Grady ihr geduldig bei. „Aber wenn wir die Familien, die Zugang zu den Schließfächern der Hearst Bank hatten, mit weißen Männern zwischen fünfundfünfzig und fünfundsiebzig vergleichen, steht ihr Vater, Paul Webster, auf dieser Liste. Die Gelegenheit bot sich, also habe ich sie ergriffen." Grady starrte Ropero an. Er würde sich nicht dafür entschuldigen, dass er ein paar Regeln gebrochen hatte, nachdem sie selbst einige davon mit Füßen getreten hatte, indem sie ihn inmitten einer Teambesprechung verhaftete.

Ropero hatte ihm eindeutig noch nicht verziehen, dass er sich nicht wie ein braves Schoßhündchen in ihre Pläne einfügte. Damit waren sie quitt, denn er nahm es ihr immer noch übel, ihn mit ihrer Nummer am Freitagmorgen zu Tode erschreckt zu haben.

„Brynn Webster ist achtundzwanzig", warf Dobson ein, wodurch er die Spannung zwischen ihnen durchbrach.

„Kane verschwand vor *sieben*undzwanzig Jahren", merkte Ropero an.

Grady gähnte. Er hatte in letzter Zeit nicht besonders viel Schlaf bekommen. „Vielleicht hatte er schon eine zweite Familie. Er hat jahrelang verdeckt gearbeitet. Er war ein Meister der Verkleidung."

„Eine zweite Familie könnte erklären, warum er bis jetzt so schwer zu finden war", stimmte Novak zu. „Sein Ersatzplan war bereits vorhanden. Vielleicht lebte er zur Zeit der Morde teilweise in dieser anderen Identität."

Ropero sah nicht überzeugt aus.

Grady verschränkte die Arme. „Ich habe eine Gelegenheit genutzt, die sich mir bot. War es nicht das, was wir beschlossen hatten? Die Liste der möglichen Verdächtigen so lange einzuschränken, bis wir uns auf die wenigen Verbleibenden konzentrieren können, die den Vorgaben entsprechen? Wie auch immer", er nickte in Richtung Tasse, „Sie müssen keine Tests machen."

Ropero tippte mit einem Fuß und starrte nachdenklich auf die Tüte.

„Sie haben recht, Operator Steel. Das ist der Plan. Vielen Dank." Agent Dobson ignorierte seine Partnerin.

„Was ist letzte Nacht passiert?", fragte Novak.

„Ich wurde wie ein Held empfangen." Grady sah Ropero missbilligend an. „Meine Schwester hasst mich, was nichts Neues ist. Sie hatten recht, als Sie mir sagten, dass sie das Haus, das mir gehört, in den letzten Jahren ohne meine Erlaubnis vermietet hat. Sie war nicht gerade erfreut, als ich auftauchte, um den Geldhahn zuzudrehen." Er tippte mit den Fingern auf den Tisch. „Ich habe das Kamerasystem, das sie installiert hatte, entfernt und werde die Schlösser auswechseln, damit sie nicht herumschnüffeln kann. Oh, und ich habe eine Untermieterin im Keller, aber ich kann das Innenschloss verstärken, um sicherzustellen, dass sie keinen Zugang zum Rest des Hauses bekommt, falls das nötig wird."

„Wer ist die Untermieterin?", fragte Ropero.

„Brynn Webster."

„Haben Sie so die DNS-Probe erhalten?", fragte Ropero spitz.

Grady musterte die Frau mit zusammengekniffenen Augen. „Ich habe heute Morgen eine benutzte Tasse aus dem Café mitgenommen, nachdem ich ihr beim Öffnen geholfen habe. Das Sea Spray Café ist ein wichtiger Knotenpunkt in der Stadt und eine großartige Informationsquelle."

Ropero lenkte ein. „Sie haben recht. Tut mir leid, ich bin angespannt. Ich stelle mir immer wieder vor, wie Eli Kane in sein Auto steigt und über die Grenze flieht, um nie wieder gesehen zu werden."

Grady verstand. Eli Kane war ein Monster.

„Brynn ist die Person, die letzte Nacht ins Wasser gesprungen ist, um die Leiche von Milton Bodurek zu bergen." Grady erzählte ihnen, was passiert war.

„*Brynn?*", erkundigte Cowboy sich mit einem anzüglichen Lächeln. „Du kanntest sie schon vorher?"

„Nicht so, du Perverser. Sie war noch ein Kind, als ich wegging. Aber ich erinnere mich an sie."

„Wollen Sie sie benutzen?" Roperos Tonfall ließ darauf schließen, dass das akzeptabler war, als sich mit jemandem anzufreunden. „Was wissen wir über diese Miss Webster?" Sie wandte sich an ihren Partner.

Dobson setzte sich und begann zu tippen, vermutlich um eine Überprüfung von Brynns Strafregister zu beantragen.

„Woher weißt du, dass diese Frau den toten Mann nicht erschossen und in den Hafen gestoßen hat?", fragte Nash. Sie nannten Nash „den Professor", weil er brillant war und jede Situation aus allen Blickwinkeln betrachten konnte.

„Ich weiß es nicht", gab Grady zu. „Aber warum sollte sie ihn retten wollen, nachdem sie ihn hineingestoßen hat – vor allem, wenn niemand den Schuss bemerkt hat? Ich habe ihn jedenfalls nicht gehört. Sobald Milton Bodurek im Wasser war, wäre er wahrscheinlich mit der Ebbe aufs Meer hinausgetrieben. Nächster Halt, Bay of Fundy. Niemand außer dem Schützen hätte gewusst, was mit dem Mann passiert ist."

„Was vermutlich der Grund war, warum er überhaupt erst ins Wasser gestoßen wurde." Novak berührte einen Bericht, der vor ihm lag. „Durchsuchen die örtlichen Behörden den Hafen nach der Mordwaffe?"

Grady zog die Oberlippe zurück. „Ja."

„Haben sie schon etwas gefunden?", fragte Ropero.

„Nicht dass ich wüsste, aber ich habe auch keine nützlichen Kontakte in der Dienststelle des Sheriffs."

„Haben Sie nicht früher als Deputy dort gearbeitet?", drängte Ropero.

„Vor fünfzehn Jahren für etwa achtzehn Monate." Davor war er bei den State Troopers in Bangor gewesen und hatte seinen Abschluss in Kriminologie durch ein Teilzeitstudium gemacht. Er hatte gewusst, dass er aus Deception Cove wegmusste, um eine Chance auf Erfolg zu haben. Er hatte einen Neuanfang gebraucht. „Aber die Tatsache, dass ich suspendiert wurde, während das FBI untersucht, ob ich einen armen Unschuldigen am Straßenrand dem Tod überlassen habe oder nicht, hat mich bei den örtlichen Strafverfolgungsbehörden nicht gerade beliebt gemacht." Die Worte glitten heraus wie Glasscherben. „Außerdem ist der jetzige Sheriff ein Typ, mit dem ich in der Highschool rumgehangen habe. Sein Vater war der frühere Sheriff und hat uns beiden nach dem Schulabschluss einen Job als Hilfssheriffs angeboten."

„Vetternwirtschaft vom Feinsten", spottete Ropero.

So sauber und ordentlich war es nicht gewesen, aber Grady widersprach nicht.

„Sagen wir einfach, Sheriff York und ich haben eine Vorge-schichte. Keine angenehme."

„Ist er gut in seinem Job?", warf Novak ein.

Grady überlegte einen Moment lang. „Er weiß, wie man Leute einstellt, die ihn gut aussehen lassen. Er ist geschickt darin, Menschen zu umschmeicheln, vor allem Frauen."

Ropero und Meghan Donnelly verdrehten beide die Augen.

„Ich sage nur, wie ich es sehe." Er erinnerte sich daran, wie Darrell gestern Abend Brynn gegenüber übermäßig aufmerksam gewesen war. „Ich glaube, er wollte Brynn Webster anbaggern, als er sie über den Fund von Milton Bodureks Leiche befragte. Ich habe mich selbst zu der Party eingeladen, da sie in meinem Keller stattfand, und ich wollte wissen, was sie sonst noch gesehen haben könnte – nämlich jemanden, der vom Hafen wegging, als sie dort ankam. Sie hat weder ein Gesicht gesehen noch jemanden erkannt, aber es würde sich lohnen, alle Überwachungskameras in der Gegend nördlich des Hafens zu überprüfen."

Dobson machte sich eine Notiz auf dem Block an seiner Seite.

„Der Sheriff hat die Gelegenheit einer Zeugenbefragung genutzt, um sich an jemanden heranzumachen, der vermutlich traumatisiert war?", fragte Cowboy mit verächtlicher Miene.

Grady nickte. „Brynn Webster schien das auch nicht sehr geschätzt zu haben."

„Das kann ich verstehen", bemerkte Donnelly.

„Er ist verheiratet, nicht wahr?", fragte Novak.

„Ja. Drei Kinder. Ich habe mir nicht die Mühe gemacht, eine DNS-Probe von ihm zu nehmen, da sein Vater zehn Jahre lang Sheriff gewesen war, bevor Eli Kane verschwand. Er ist es nicht. Ich würde aber gern einen Blick auf die Finanzen des ehemaligen Sheriffs werfen. Er wohnt in einem schönen großen Haus auf der Klippe." Grady tippte mit einem Stift auf den Tisch. „Temple York ist ein schlauer Kerl. Wenn Eli Kane in der Stadt aufgetaucht ist, hätte er das merken müssen."

„Es sei denn, er wurde dafür bezahlt, es nicht zu tun?", fragte Dobson, der Gradys Gedankengang leicht nachvollziehen konnte.

„Oder Kane wurde so oft operiert, dass er nicht mehr zu erkennen ist." Grady hob eine Schulter. „Das ist ein weiterer Faden, an dem man ziehen kann."

„Du sagtest, der Tote war der Manager der Bank, die ausgeraubt wurde?", fragte Nash.

„Ja. Wir sollten seine DNS testen, damit wir ihn auch ausschließen können. Er kam vor etwa fünfundzwanzig Jahren in die Stadt. Kane könnte die Identität von Bodurek übernommen haben, aber das ist unwahrscheinlich. Nicht bei einem so großen

Erbe." Grady entdeckte eine Kaffeekanne und ging hinüber, um sich eine Tasse einzuschenken. Er nahm einen Schluck. Nicht so gut wie der, den er sich heute Morgen im Café gemacht hatte, aber besser als die meiste Polizistenbrühe.

„Angenommen, Milton Bodurek ist nicht Kane, könnte Eli Kane ihn getötet haben?", hakte Nash nach.

„Motiv?", erwiderte Novak.

„Vielleicht hat der Bankdirektor bei den Ermittlungen zum Raubüberfall Beweise dafür gefunden, dass Eli in der Stadt lebt und versucht, ihn zu erpressen?", schlug Nash vor.

„Ein gefährlicher Plan, wenn man Kanes Ruf bedenkt", meinte Dobson.

„Nun, der Typ *ist* tot", antwortete Grady.

„Vielleicht wollte Kane nur wissen, *ob* Bodurek weiß, ob das FBI etwas gefunden hat, das ihn mit der Bank in Verbindung bringt?", überlegte Nash. „Danach hat er ihn umgebracht, damit er ihn nicht identifizieren kann."

„Das ist nicht gerade unauffällig." Grady glaubte nicht an diese Möglichkeit.

„Der Manager wusste nichts von den Ermittlungen." Ropero lehnte sich gegen die Tischkante.

„Kane konnte nicht wissen, dass Bodurek keine Ahnung hatte", entgegnete Nash.

„Wenn es Kane *war*, der den Bankdirektor umgebracht hat, weiß er es jetzt ganz sicher", sagte Cowboy lakonisch. „Bodurek schwört, dass er nicht weiß, wovon Kane redet, also beschließt Kane, dass es sicher ist, in der Nähe zu bleiben – nachdem Bodurek tot ist. Er wirft ihn ins Wasser. Die Polizei könnte den Raubüberfall mit dem Mord in Verbindung bringen, aber solange niemand Kanes Namen erwähnt, ist er nicht sonderlich besorgt. Er lebt im Verborgenen. Keiner verdächtigt ihn."

„Gibt es bei Bodurek Hinweise auf Folterungen?", fragte Nash.

„Nicht dass ich wüsste." Grady sah Ropero fragend an.

„Ich warte darauf, dass der Gerichtsmediziner die Autopsie durchführt. Anscheinend arbeitet er am Wochenende nicht."

Ropero schien über die Verzögerung enttäuscht zu sein. „Aber Folter muss nicht unbedingt körperlich sein. Es kann auch eine Pistole am Kopf oder das Foto eines geliebten Menschen sein. Eine angedeutete Drohung. Man müsste ein sehr kaltes Herz haben, um einem solchen Druck nicht nachzugeben."

Eli Kanes Herz war ein Eisblock.

14

––––––

Brynn sah auf, als die beste Freundin und langjährige Kellnerin ihrer Mutter, Linda, in einem Wirbelwind aus Winterparka und Einkaufstüten ankam. Ihr schulterlanges, gewelltes, rotblondes Haar war vom Wind zerzaust, trotz der niedlichen erdbeerfarbenen Wollmütze, die sie trug.

Linda küsste Brynn auf die Wange, hängte ihren Parka auf und band sich die schwarze Schürze um die Taille. „Was habe ich da gehört, dass du den armen Milton Bodurek – Gott hab' ihn selig – letzte Nacht aus dem Hafen gezogen hast?"

„Nur ein weiterer Tag im langweiligen alten Deception Cove", erwiderte Brynn ironisch.

„Diese Stadt ist nicht langweilig." Linda schüttelte den Kopf. „Ich finde, in dieser Stadt ist jede Menge los. Du bist diejenige, die sich darüber beschwert, dass sie langweilig ist."

„Ich finde sie auch langweilig." Jackie trat hinter den Tresen und räumte einen Stapel schmutziges Geschirr in den Geschirrspüler. Sie war wahrscheinlich die Einzige, die Brynn nicht über die Geschehnisse der letzten Nacht ausgefragt hatte, und das lag vermutlich daran, dass sie zu beschäftigt gewesen waren, um überhaupt zu Atem zu kommen. Außerdem hatte Caleb in seiner Version wahrscheinlich wieder den Helden gespielt.

„Du bist siebzehn. Du hältst alles für langweilig." Linda senkte die Stimme zu einem Flüstern, sodass nur Brynn sie hören konnte. „Außer Sex oder Alkohol."

Brynn unterdrückte ein Grinsen. Linda war unverbesserlich. „Meinst du, Mom und Dad haben davon gehört?"

Linda lachte schallend. „Ich bin überrascht, dass sie nicht hier sind, um sich zu vergewissern, dass es ihrem süßen Baby gut geht."

„Mom hatte einen Behandlungstermin." Trübsinn wollte Brynn überrollen, aber sie verdrängte ihn.

„An einem Sonntag?" Linda runzelte die Stirn. „Die Chemo ist echt scheiße."

„Nicht, wenn sie funktioniert", argumentierte Brynn.

„Selbst dann." Die andere Frau hatte vor drei Jahren ihren eigenen Kampf gegen Brustkrebs ausgefochten. „Aber wenn es funktioniert, macht es dir nicht so viel aus."

Dafür beteten sie alle. Dass es funktionierte. Dass der Tumor ihrer Mutter in Remission ging.

„Ich vermute, dass Dad beschlossen hat, sie im Unklaren zu lassen, bis sie im Krankenhaus fertig ist. Sonst könnte sie die Behandlung abblasen und mich aufspüren."

„Dein Vater würde das nicht zulassen."

„Genau."

„Du bist wirklich in den Hafen gesprungen?" Jackie drehte sich vom Geschirrspüler weg, ihre schwarzen Augen funkelten interessiert.

„Das bin ich wirklich." Jackie war den ganzen Morgen über feindselig ihr gegenüber gewesen, und das war das erste Anzeichen dafür, dass sie aufgetaut war.

„Ich konnte es nicht glauben, als Caleb es mir erzählt hat. War das Wasser eklig?"

Der Geschmack von verfaultem Fisch lag Brynn noch immer im Mund und sie verzog das Gesicht. „Sehr."

„Ich vermute, dass die Erkenntnis, dass Milton Bodurek bereits tot war, es zehnmal schlimmer gemacht hat." Linda verzog die Mundwinkel nach unten.

Brynns Magen zog sich ein wenig zusammen. Sie drückte eine Hand auf ihre Körpermitte. „Danke für die Erinnerung."

„Als würde dich dieser Haufen auch nur einen Moment vergessen lassen", spottete Linda. Sie stellte sich auf die Zehenspitzen, um die Kundschaft zu inspizieren. „Meine Güte, ist das voll hier. Jackie, Tisch drei will seine Rechnung."

Jackie grummelte und machte sich auf den Weg zum Kartenlesegerät.

Linda hielt Brynn am Arm fest. „Bist du sicher, dass es dir gut geht?"

Brynn nickte.

„Wann bist du gestern Abend gegangen?" Linda wollte eindeutig alle Details wissen.

„Spät. Es war wahrscheinlich schon fast halb elf, als ich abgeschlossen habe."

Linda zog eine Grimasse. „Tut mir leid, dass ich nicht länger bleiben konnte. Du weißt ja, wie Kent ist."

Lindas zweiter Mann wollte, dass Linda kündigte. Linda weigerte sich, solange Brynns Mutter sie brauchte. Es war ein weiterer in einer langen Liste von Gründen für ihre Eltern, das Café zu verkaufen.

Brynn hatte das Gefühl, dass ihre Mutter als eine Art Symbol für ihr Überleben an dem Café festhielt. Verkaufen fühlte sich zu sehr nach Aufgeben an, obwohl ihre Eltern sich jeden Moment eines schönen, entspannten Ruhestands verdient hatten.

Linda schenkte sich einen Kaffee ein. Ihre Schicht begann offiziell erst in zehn Minuten. „Ich habe eine neue Bedienung für dich gefunden."

„Was?" Brynns Kopf schnellte so schnell herum, dass sie sich einen Muskel zerrte. Sie umklammerte ihren Nacken. „Aua. Du kommst wirklich direkt zur Sache, Linda."

„Jammerlappen." Linda legte ihre kalte Hand auf die von Brynn und drückte sie sanft. „Meine Nichte, Prudence. Sie ist gerade erst in die Stadt gekommen. Sie hat in einem Hotel in

Boston gearbeitet. Sie hat gekellnert, um sich das College zu finanzieren. Sie sagte, sie hätte Lust auf einen Tapetenwechsel und wohnt jetzt bei uns, bis sie eine eigene Wohnung gefunden hat. Ich hätte es ja schon früher erwähnt, aber ich wollte dir keine Hoffnungen machen, bevor ich nicht mit ihr gesprochen habe."

„Und sie will wirklich hier arbeiten?" *Verdammt.* Das war die Antwort auf eins ihrer Gebete. Brynn hatte seit ihrer Ankunft kaum einen freien Tag gehabt. Sie hatte ihre eigenen Arbeitsprojekte, die sie aufholen musste, und hatte nicht annähernd genug Zeit mit ihrer Mutter verbracht.

„Ja. Ich habe ihr gesagt, sie soll zu einem Vorstellungsgespräch kommen, oder aber du kannst mit ihr telefonieren. Vermassle es nicht." Linda wackelte mit einem Finger. Als sei Brynn nicht bereit, für eine gute Aushilfe zu Kreuze zu kriechen. „Geh jetzt in die Pause, während Jackie und ich hier die Stellung halten. Geh hinten raus, damit dich die Leute nicht verfolgen."

„Ich liebe dich." Sie schlang die Arme um den dünnen Körper der anderen Frau und drückte sie fest an sich.

„Ich dich auch. Deine Mutter ist eine Kämpfernatur. Wenn irgendjemand das durchstehen kann …"

„Ich weiß." Brynn drückte sie noch einmal fest an sich und ließ dann los.

Linda winkte sie weg. „Raus hier, bevor meine Wimperntusche verläuft."

Brynn schniefte, während sie in ihren Mantel schlüpfte und ihre Mütze aufsetzte.

Sie schenkte Angus ein breites Grinsen, und er nickte, wobei er seine Aufmerksamkeit kaum von dem Fisch löste, den er schwungvoll und wie beiläufig mit einer tödlichen Klinge fachmännisch filetierte.

Brynn betrat vorsichtig die hintere Terrasse, die dank Grady nicht mehr rutschig war. Die Polizisten waren immer noch unten am Hafen. Eine Gruppe von Schaulustigen hatte sich in der Nähe versammelt und wartete gespannt darauf, dass sie etwas aus dem Wasser zogen.

Ein Schauer fuhr ihr zwischen ihren Schulterblättern hinunter, als mehrere Augenpaare sich in ihren Nacken bohrten. Sie ignorierte absichtlich die neugierigen Blicke durch das Fenster hinter ihr.

Sie ging die Treppe hinunter und bog in die Main Street ein, um den Hafen und die Fragen, die zwangsläufig aufkommen würden, zu meiden. Sie musste nirgendwo hin, aber sie konnte es keinen Moment länger in dem Glashaus aushalten. Sie schlenderte ziellos die Straße entlang. Zu spät bemerkte sie, dass sie auf das Büro des Sheriffs zusteuerte und Darrell York aus seinem großen Geländewagen stieg und sie beobachtete.

Sie zwang sich, weiter auf ihn zuzugehen, anstatt wegzulaufen.

15

Grady hielt es für einen guten Zeitpunkt, Ropero mit weiteren schlechten Nachrichten zu überraschen. „Ich bin mir ziemlich sicher, dass ich auf der Liste der Verdächtigen für den Mord an Milton stehe. Sie haben meine Waffe mitgenommen, um sie ballistisch zu untersuchen."

Novak fluchte. „Ich werde dafür sorgen, dass sie die Ergebnisse nicht mit deiner Dienstwaffe in Verbindung bringen." Die Grady hätte abgeben müssen, wenn er wirklich suspendiert worden wäre. Novak beugte sich vor, um eine SIG Sauer P365 von seinem Knöchel abzunehmen, zusammen mit dem Holster.

Grady protestierte. „Ich habe eine Ersatzwaffe."

„Jetzt hast du zwei." Novak überreichte sie zusammen mit ein paar Magazinen voller Munition. „Ich fülle den Papierkram aus."

„Wie weit sind die Einheimischen mit der Ergreifung des eigentlichen Bankräubers?", fragte Grady.

Ropero machte ein verärgertes Gesicht. „Keine brauchbaren Spuren. Das Fahrzeug, das bei dem Überfall benutzt wurde, war ein schwarzer 2004er Ford Focus. Er wurde zwei Tage zuvor in Augusta gestohlen und ist noch nicht aufgetaucht. Der Räuber überfiel die Bank am späten Nachmittag, kurz vor Ladenschluss, und fuchtelte mit einer 1911er herum. Wir haben eine allgemeine Beschreibung eines weißen Mannes, eins fünfundsiebzig groß. Sein Alter liegt zwischen zwanzig und vierzig. Er verstellte absichtlich seine Stimme. Er entkam mit einer beträchtlichen Menge Bargeld, da sie auf einen Geldtransporter warteten, der die Wocheneinnahmen der örtlichen Geschäfte abholen sollte."

„Das klingt nach einem Insiderjob."

Ropero nickte. „Der äußere Tresorraum war offen – jemand hatte sich Zugang zu den Schließfächern verschafft – also stürmte er hinein und ließ den Geschäftsführer ein paar Behälter öffnen. Berichten zufolge stahl er ein paar Familienerbstücke und Gold. Die lokalen Behörden haben eine landesweite Warnung an die Pfandhäuser herausgegeben, falls jemand versucht, den Schmuck zu verkaufen. Der Fluchtwagenfahrer hupte, und der Mann im Laden ging sofort. Der Wachmann fand in diesem Moment seinen Mut wieder und griff den Räuber auf dem Weg nach draußen an. Leider wurde er dafür ins Bein geschossen, aber nicht schwer verletzt."

Grady nickte. „Gut."

„Rein und raus in nur fünf Minuten. Der Typ kletterte in das Fahrzeug und das machte sich aus dem Staub. Keine Spur des Fahrzeugs auf den umliegenden Highways. Auch vom Geld keine Spur, obwohl das vielleicht nicht verwunderlich ist, da die Bankkassiererin vergessen hat, ein Farbpaket in die Tasche zu legen."

„Sie hat es vergessen?", wiederholte Grady.

„Könnte sie etwas damit zu tun haben?", fragte Novak schnell.

Dobson sah sich den Bericht an. „Eine Miss Fancy Lucette."

„Mein Gott, sie lebt noch? Sie war eine Freundin meiner Großmutter." Grady schnaubte. „Als ich in der Stadt lebte, war sie schon längst im Ruhestand."

„Könnte sie etwas damit zu tun haben?", wiederholte Novak.

Grady schürzte die Lippen und schüttelte den Kopf. „Es ist möglich, aber höchst unwahrscheinlich. Sie kennt jeden in der Stadt und ist sehr beliebt. Alle alteingesessenen Senioren haben Konten in der Filiale, und ich kann mir nicht vorstellen, dass sie damit einverstanden wäre, dass ihre Freunde um ihr hart verdientes Geld gebracht werden."

„Sie haben dort ein Konto, richtig?", fragte Novak.

„Ja. Ich habe ein Schließfach von meiner Großmutter geerbt und bewahre dort die Urkunden für ihr Haus auf." Er wusste nicht, warum er das Konto nicht schon vor Jahren aufgelöst hatte. Er vermutete, dass er unterbewusst immer noch an der Verbindung zu seiner Großmutter festhielt.

„Ich habe vor, morgen zur Bank zu gehen und das Konto zu überprüfen, damit ich mir die Einrichtung ansehen und mit den Leuten dort sprechen kann. Ich brauche die Liste mit allen, die ein Schließfach gemietet haben, damit ich sie im Detail durchgehen kann." Den letzten Satz richtete er an die Ermittler.

Dobson drückte mit überschwänglicher Geste auf einen Knopf, und ein Drucker begann, Seiten auszuspucken.

„Wir haben Ihnen die Stammbäume geschickt, die wir bis jetzt erstellt haben", fügte Ropero hinzu. „Wenn Sie jemanden kategorisch ausschließen können, dann tun Sie das."

„Wenn der Räuber etwas mitgenommen hat, das Eli Kane identifizieren könnte, ist sein Leben vielleicht in Gefahr." Nash zupfte an seiner Unterlippe.

„Da stimme ich dir zu, aber das wäre wohl kaum unauffällig, oder?", argumentierte Grady. „Ich meine, ich weiß, dass er keine Skrupel hätte zu töten, aber jeder Tod erhöht das Risiko, es kommen mehr Polizisten, mehr Augen in die Gegend. Wenn bekannt wird, dass das FBI glaubt, dass Eli Kane in oder in der Nähe von Deception Cove lebt, wird die Hölle los sein, die Medien werden auftauchen, und wir werden aus allen Richtungen Hinweise von Leuten bekommen, die die Belohnung kassieren wollen."

Zwei Millionen Dollar waren ein gewaltiger Anreiz.

„Wird das FBI die Mordermittlungen vom Montrose County Sheriffsdepartment übernehmen?", fragte Grady Ropero.

„Nur, wenn die Einheimischen uns um Hilfe bitten oder wenn der Verdacht besteht, dass der Banküberfall mit anderen staatenübergreifenden Verbrechen zusammenhängt. Wir können es uns nicht leisten, anders zu handeln, als wenn wir Kanes Fingerabdruck nicht in der Bank gefunden hätten, denn er weiß genau, wie wir arbeiten." Ihre Miene verfinsterte sich. „Ich hätte fast das örtliche FBI eingeschaltet, aber ..." Ihre Augen suchten den Raum ab. „Je mehr Leute Bescheid wissen, vor allem diejenigen, die in der Nähe wohnen und vielleicht mit Freunden oder Ehepartnern reden, desto größer ist die Chance, dass Kane davon Wind bekommt und verschwindet."

Und jeder im FBI wollte diesen Mistkerl fangen.

„Sie wissen, dass er wahrscheinlich schon geflohen ist, oder?" Mit Blick auf Ropero nahm Grady einen weiteren Schluck von seinem Kaffee.

„Wir verfolgen diese Spur, bis wir sicher sind, dass sie ins Leere führt", erwiderte Ropero eindringlich.

Novaks Stuhl kratzte über den Boden, als er aufstand. „Das können Sie beide machen, aber mein Team kann sich nicht lange ausschließlich damit beschäftigen. Wenn sich anderswo eine dynamische Situation ergibt, die unsere Dienste erfordert, verschwinden wir von hier, Grady eingeschlossen."

Grady ignorierte die Wärme, die sich in seiner Brust ausbreitete.

„Aber bis es so weit ist, suchen wir weiter", gab Ropero zurück. „Einverstanden?"

„Es wäre schön, wenn wir diesen Wichser erwischen", murmelte Grady.

Novak nickte und warf ihm einen nachdenklichen Blick zu. „Ich mag es nicht, dass du allein und ohne Verstärkung hier bist."

Grady zuckte mit den Schultern. „Ich bin dort aufgewachsen. Ich kann damit umgehen."

„Das ist nicht der Grund, warum ich es nicht mag. Du bist Teil des Geiselrettungsteams, und wir arbeiten zusammen."

Die Emotionen wollten ihn ersticken, aber er zwang ein kurzes „Ja, Boss" heraus.

„Wie lautet der Plan?", fragte Ryan Sullivan ungeduldig. Er

sah heute aus wie ein Cowboy, in abgewetzten Jeans, kariertem Hemd und Schlangenlederstiefeln. „Wenn ich tagelang in einem beschissenen Motel sitzen müsste, um auf etwas zu warten, könnte ich durchaus verrückt werden."

„Ich bin mir ziemlich sicher, dass dieser Zug schon abgefahren ist." Meghan warf ihm einen abfälligen Blick zu.

„Leck mich", schoss Ryan zurück.

„Nicht mein Typ, schon vergessen?" Meghan zog die Augenbrauen hoch und senkte das Kinn.

Ryan warf ihr einen stummen Blick zu, den Grady nicht deuten konnte.

„Kinder", mahnte Aaron Nash sanft. „Kein Streit vor den Gästen." Nash musterte die beiden Ermittler. Er vertraute ihnen eindeutig noch nicht. Genauso wenig wie Grady.

Novak kniff die Augen zusammen und warf Meghan Donnelly einen langen, strengen Blick zu. „Weißt du, Grady, ich glaube, ich habe eine Idee, wie wir dir in Deception Cove ein wenig zusätzliche Unterstützung geben können, ohne dass es zu offensichtlich ist."

Cowboy beugte sich nach vorn.

„Wie gut bist du als Schauspielerin, Donnelly?", fragte Novak.

Das Kinn der Frau zuckte hoch. „Passabel."

Ihr Vater war Anfang letzter Woche gestorben, und die Trauerfeier war auf Ende nächster Woche verschoben worden. Die Tatsache, dass sie stets die Fassung zu wahren schien, obwohl Grady wusste, dass sie am Boden zerstört war, deutete darauf hin, dass sie eine sehr gute Schauspielerin war.

„Du willst, dass ich mich als Gradys Freundin ausgebe?", schloss sie interessiert.

Ohne jeden Grund tauchte das Bild von Brynn Websters stürmischen graugrünen Augen in seinem Kopf auf. Er verdrängte es. Dies war eine Mission, kein Urlaub.

Novak schüttelte den Kopf. „Nein, nicht Grady. Ich will seine Hintergrundgeschichte nicht verkomplizieren oder seine Möglichkeiten einschränken." Er durchbohrte Cowboy mit einem Blick.

„Was? Ich? Als Donnellys Freund?" Ryan Sullivans Stimme klang erstickt. „Das soll wohl ein Witz sein."

„Ich denke, bei der Anzahl Frauen, mit denen du ausgehst, solltest du die Rolle leicht spielen können."

„Mit vielen Frauen auszugehen, macht sie nicht austauschbar." Ryan schien von der Idee entsetzt zu sein.

„Ist schon okay, Cowboy." Donnellys Grinsen reichte von einem Ohr zum anderen. „Ich verspreche, dass ich vorsichtig mit dir umgehen werde, *Babe*."

Ryan stöhnte. „Kann mich jemand bitte erschießen?"

„Benimm dich besser, Sullivan", warnte Nash lachend.

„Verdammt richtig." Grady verschränkte die Arme und warf seinem Kumpel einen finsteren Blick zu. „Das ist meine Partnerin, der du nahekommen wirst. Wir gehen nicht mit Teamkollegen aus, denk dran."

Cowboy blickte zur Decke und schloss die Augen. „Großer Gott. Ich verspreche, dass ich mich nie wieder über Auszeiten beschweren werde. Schickt Nash. Ich wette, Donnelly mag ihn."

„Zu spät. Ich möchte, dass ihr beide in der Stadt seid, um bei Bedarf als Verstärkung zu fungieren. In der Zwischenzeit könnt ihr die Einheimischen auskundschaften. Macht Fotos für die Gesichtserkennung. Verhaltet euch wie Touristen." Novak stand auf, womit er die Diskussion beendete. „Ich kümmere mich um die Hintergrundstorys und die Buchungen. Ihr werdet ein tolles Paar abgeben und auf Kosten der Regierung Maine erkunden, ohne in einem beschissenen Motel festzusitzen."

„Ich denke darüber nach, mir den Arm zu brechen, so wie Livingstone es getan hat", verkündete Cowboy noch immer mit geschlossenen Augen.

„Ich werde dir helfen", bot Donnelly an.

„Das macht keinen Unterschied. Du kannst diese Mission auch mit einem gebrochenen Arm ausführen. Du könntest es sogar mit zwei gebrochenen Armen machen." Novak grinste.

Donnelly stupste Cowboy an. „Komm schon, Ryan. Das wird ein Spaß."

„Sicher wird es das. Banküberfälle, tote Manager, FBI-Flüchtige. Winter in Maine. Und jetzt auch noch eine falsche Freundin." Ryan erschauderte und schüttelte den Kopf. „Ich bin mir nicht sicher, ob ich diesen Einsatz überleben werde."

„Normalerweise passiert in Deception Cove nichts." Grady rieb sich das Gesicht. Er konnte es immer noch nicht fassen, dass er verdeckt in seiner Heimatstadt arbeitete und dieser Ort die Geheimnisse eines der größten Mysterien in der Geschichte des FBI verbergen könnte. Er schob seinen Stuhl zurück und stand auf. „Ich fahre jetzt zurück."

„Ja. Setzen Sie Ihren Charme bei dieser Brynn ein und finden Sie heraus, was sie weiß", sagte Ropero.

Grady biss die Zähne zusammen, um seine Kollegin nicht anzuschnauzen. Das mochte sein ursprünglicher Plan gewesen sein, aber zu hören, wie sie es aussprach, ärgerte ihn.

„Es gibt da eine Sache", erklärte er. „Ihr Mann hat sie vor ein paar Jahren verlassen. Ich möchte wissen, was es damit auf sich hat."

„Ich fange an zu recherchieren", bot Dobson an. „Was tun Sie als Nächstes?"

Grady machte sich auf den Weg zur Tür. „Ich habe vor, heute Nachmittag einen anderen Highschool-Freund von mir zu besuchen. Saul Jones, der Wachmann, der bei dem Banküberfall angeschossen wurde."

Roperos Augen glänzten beinahe vor Freude. „Vielleicht erweisen Sie sich ja doch noch als nützlich."

16

Darrell York rückte seinen Sheriffhut zurecht und schenkte Brynn das Lächeln, das einst alle Mädchen in der High-school verzaubert hatte. Aber der strahlende Glanz dieses klassischen jungen männlichen Quarterbacks war verblasst. Übermäßiger Genuss hatte zu einem Verlust an Muskeln geführt, und sein Lächeln war vor Zynismus bitter geworden.

Sie konnte es ihm nachempfinden. „Sheriff.“

„Brynn.“ Er sagte ihren Namen so anzüglich, als hätten sie ein gemeinsames Geheimnis.

Es war seltsam. Er hatte einmal um mehr gedrängt, als sie zu geben bereit gewesen war, und er war wütend geworden, als sie nicht nachgab. Aber jetzt tat er so, als hätte es diesen Teil ihrer Beziehung nie gegeben. Oder vielleicht war das alles nur die lange Fortsetzung eines Spiels, um sie ins Bett zu bekommen. Meine Güte, ihm stand eine Enttäuschung bevor.

„Kommst du, um deine Aussage zu machen?“

Das hatte sie ganz vergessen.

„Ja.“ Sie schaute auf ihre Armbanduhr. „Aber ich habe nur zehn Minuten Zeit. Ich dachte, es würde nicht lange dauern“, fügte sie hoffnungsvoll an.

„Ich kann damit auch später bei dir vorbeikommen …“

Ihr Lächeln erstarrte auf der Stelle. Sie fragte sich, woher dieser unerschütterliche Glaube kam. Dass er ihren Widerstand brechen könnte, wenn er weiter Druck machte. Dass er schließlich bekommen würde, was er wollte.

War es eine Männersache? Oder eine Polizistensache? Oder war es allein Darrell York zu eigen?

„Das ist nicht nötig. Du musst mit dem Überfall und dem Tod von Milton unglaublich beschäftigt sein. Wenn ich heute nicht fertig werde, komme ich morgen wieder."

Sie gingen die Treppe hinauf und in das quadratische rote Backsteingebäude, das auf der einen Seite das Montrose County Sheriffsdepartment und auf der anderen Seite das Rathaus beherbergte. Darrell legte die Hände auf seinen schwer beladenen Ausrüstungsgürtel und sah auf sie hinab. „Eine Mordermittlung sollte Vorrang vor dem Servieren von Kaffee haben, meinst du nicht?"

Sie behielt eine ausdruckslose Miene bei. Sie hatte letzte Nacht ihren Teil getan, als sie Miltons Leiche aus dem Meer geborgen hatte. Sie hatte nichts gesehen, was zur Ergreifung von Miltons Mörder beitragen könnte, und Darrell wusste das.

„Solange du auf den Aufruhr vorbereitet bist, der in der Stadt entsteht, wenn die Kunden ihr Koffein nicht bekommen, kann ich noch ein bisschen bleiben." Sie sprach leichthin, aber sie wollte nicht, dass Darrell eine Ausrede fand, um heute Abend vor ihrer Haustür zu stehen.

Er hielt ihr die Tür auf, und sie sah sich neugierig um. Sie war noch nie in der Dienststelle des Sheriffs gewesen. Sie hatte noch nicht einmal einen Strafzettel bekommen.

Darrell tippte die Kombination für eine Tür neben einem breiten, durch Plexiglas geschützten Tresen ein und winkte sie durch. Im Warteraum saßen zwei Personen, und Deputy Jean Trout wandte sich von einer der beiden ab, um sie anzulächeln.

„Hey Brynn. Wie geht es deiner Mutter und deinem Vater?"

„Bestens, Jean. Danke. Wie geht es deinen?"

„Mom ist momentan besessen von K-Dramas, und Dad ist sauer, dass sie ihm nicht genug Aufmerksamkeit schenkt."

„Warte, bis sie K-Pop entdeckt, dann wird er wirklich in Schwierigkeiten geraten. Grüße sie von mir, wenn du sie das nächste Mal siehst."

„Ebenso." Jean sah auf einmal ernst aus. „Wir beten alle für Gwen. Nur damit du es weißt."

Brynn spürte, wie ihr ein Kloß im Hals wuchs. „Wir wissen das zu schätzen." Ihre Mutter war überzeugte Atheistin, aber niemand in der Stadt schien ihr das übelzunehmen.

„Hier entlang." Darrell lenkte ihre Aufmerksamkeit erneut auf sich.

Sie folgte ihm und schlängelte sich zwischen den Schreibtischen hindurch, an denen einige der Beamten arbeiteten, während andere herumstanden und sich unterhielten. Sie winkte den Leuten zu, die sie kannte. Mit vielen von ihnen war sie zur Schule gegangen, die anderen hatte sie im Café bedient.

Darrell machte sich auf den Weg in sein Büro, und sie stockte an der Tür. „Ich bin sicher, dass einer der Deputys meine Aussage aufnehmen kann. Du hast sicher wichtigere Dinge zu tun. Du brauchst dich nicht zu bemühen."

„Es gibt nichts Wichtigeres." Darrell schenkte ihr ein viel zu freundliches Lächeln und hielt die Tür auf eine Art offen, dass sie gezwungen war, hineinzugehen.

Sie spürte, wie die Deputys sie misstrauisch beäugten, als Darrell die Tür schloss. Er nahm seinen breitkrempigen Hut und seine schwere Jacke ab und hängte sie an den Kleiderständer in der Ecke. Zweifellos hatte dieser bereits seinem Vater gehört.

Das Büro mit den Milchglaswänden und der altmodischen Holzvertäfelung war unordentlich, mit hoch aufgetürmten Aktenstapeln auf dem Tisch. Die Fenster waren hoch platziert, sodass es schwer war, etwas anderes zu sehen als den derzeit wolkenlosen Himmel, der dasselbe leuchtende Blau hatte wie Grady Steels Augen.

Sie verdrängte den Gedanken aus ihrem Kopf. Die Entdeckung, dass ihre Libido nicht tot war, war schockierend. Aber vielleicht war es keine schreckliche Erkenntnis. Sie hatte jedoch nicht die Absicht, darauf zu reagieren.

„Mach es dir bequem", beharrte Darrell und deutete auf den Bürostuhl auf der vorderen Seite des Schreibtisches.

Es war heiß drinnen von dem altmodischen Heizkörper, der unter dem großen Fenster saß und Wärme abgab. Widerwillig legte sie ihre Mütze und ihren Mantel ab. Es sah so aus, als würde sie eine Weile bleiben.

Sie faltete die Hände zusammen. Stand sie unter Verdacht, wie Grady vermutet hatte? Sollte sie ihren Anwalt anrufen?

Darrell holte ein Formular aus seiner Aktenschublade und reichte es ihr zusammen mit einem Stift. Er schob die Stapel von Ordnern über seinen Schreibtisch, um Platz für sie zu schaffen.

Dann setzte er sich gegen eine Ecke des Schreibtisches, so nah, dass sein Oberschenkel fast ihren Unterarm berührte. „Beschreibe genau, was gestern Abend passiert ist, nachdem du das Café verlassen hast, und erwähne auch, ob dir gestern etwas Ungewöhnliches aufgefallen ist. Irgendetwas."

„Etwas Ungewöhnliches?"

„Du weißt schon, irgendwelche Fremden im Café."

Ernsthaft jetzt?

„Wir haben jeden Tag Fremde im Café. Es wäre kein gutes Café, wenn es nicht so wäre. Heute war ein Pärchen mit osteuropäischem Akzent da. Denkst du, die Russen haben ein Killerkommando geschickt, um Milton zu ermorden?"

„Darüber scherzt man nicht, Brynn. Der Mann ist tot." Darrell war sichtlich enttäuscht von ihr.

Sie seufzte. „Glaub mir, das weiß ich."

Sie begann zu schreiben und ließ die Ereignisse der letzten Nacht Schritt für Schritt Revue passieren, wobei ihr unangenehm auffiel, wie Darrell sie beim Schreiben beobachtete.

„Habt ihr die Person identifiziert, die ich weggehen sah?", fragte sie.

Darrell grunzte verhalten.

„Habt ihr eine Ahnung, wer einen Grund gehabt haben könnte, ihn zu töten?" Sie blickte auf.

Darrells Mund wurde hart, aber er antwortete nicht.

„Oh." Da dämmerte es ihr. „Grady sagte, ich würde zu den Verdächtigen zählen ... Ich hätte nie gedacht ..." Sie zögerte. „Ist das wahr?"

Darrell begegnete ihrem Blick nicht. „Es ist üblich, dass jeder untersucht wird, der eine Leiche findet."

„Wenn ich Milton erschossen hätte, wäre ich sicher nicht ins Wasser gegangen, um ihn rauszuholen." Sie erschauderte bei der Erinnerung an die klirrende Kälte. Sie versuchte, nicht an das schwere Gewicht der Leiche zu denken, die sie an die Oberfläche gezogen hatte, oder an die schwarzen, ausdruckslosen Augen eines Mannes, den sie gekannt hatte, seit sie ein kleines Mädchen war.

Darrell legte eine Hand auf ihr Handgelenk, und sie zuckte überrascht zusammen.

„Ich muss mich an die Regeln halten, Brynn. Wir sind zwar eine kleine Polizeibehörde, aber wir machen die Dinge ordentlich."

„Natürlich." Sie bewegte sich, um den Körperkontakt zu unterbrechen. „Wann hatten wir das letzte Mal einen Mord in der Stadt?"

Normalerweise kümmerten sich die Polizisten nur um Verkehrsdelikte, Drogensucht und Eigentumsdiebstahl – nicht um Banküberfälle oder Mord. Die niedrige Kriminalitätsrate war sogar einer der Gründe, warum die Menschen gerne herzogen. Es lag sicher nicht an den Steuern.

„Vor ein paar Jahren hatten wir einen verdächtigen Todesfall, aber der Gerichtsmediziner führte es am Ende auf natürliche Ursachen zurück. Gelegentlich hatten wir auch einen fragwürdigen Vermisstenfall –" Er unterbrach sich, als Brynn zusammenzuckte.

Sie fuhr sich mit einer müden Hand durch die Haare. „Ja, ich weiß, wie die Welt über das unerwartete Verschwinden von

Menschen denkt. Als Aiden verschwand, dachten alle, ich hätte ihn ermordet und im Wald vergraben."

Darrell presste die Lippen zu einer dünnen Linie zusammen.

Brynn ignorierte ihn und schrieb ihre Aussage weiter.

„Milton war immer nett zu mir gewesen. Ich mochte ihn." Er war vielleicht ein wenig kriecherisch gewesen, aber höflich. Wann immer er ins Café kam, gab er ein gutes Trinkgeld, und seine Frau hatte einen trockenen Humor, den Brynn sehr schätzte.

Darrell schnaubte. „Offensichtlich haben nicht alle das Gleiche gedacht."

„Wie kommt Edith damit klar?"

„Ich bin letzte Nacht zu ihr gefahren, nachdem ich bei dir gewesen war." Er ließ es so klingen, als hätten sie miteinander geschlafen. „Sie war wirklich erschüttert. Der Arzt musste kommen und ihr etwas geben, damit sie sich ausruhen kann."

„Ich kann mir kaum vorstellen, wie schrecklich das für sie gewesen sein muss." Brynn umklammerte den Stift so fest, dass ihr die Knöchel wehtaten. Die Uhr an der Wand tickte laut, und sie nahm den Geruch des Mannes neben ihr wahr, der zwar nicht ganz unangenehm war, den sie aber nach Möglichkeit vermeiden wollte.

„Wie geht es dir, Brynn? Hast du dich schon von dem Schock erholt?", fragte Darrell, als sie den Bericht über ihre Ankunft im Haus mit Grady beendete.

Der Sheriff las mit, während sie schrieb, was zumindest Zeit sparte.

Sie ließ die Schultern hängen. „Es geht mir gut. Denke ich. Ich bin immer noch ein bisschen erschüttert. Meine erste Leiche." Sie zog eine Grimasse und sah dann auf. „Soll ich es datieren und unterschreiben?"

„Ja." Er stand auf und nahm ihr das Formular ab.

„Kann ich jetzt gehen? Jackie hat um vierzehn Uhr Schluss, und Linda ist dann allein. Ich kann es mir nicht leisten, sie zu verärgern – es sei denn, du kennst jemanden, der Vollzeit im Café arbeiten möchte?"

Er schüttelte den Kopf. „Nicht auf Anhieb, aber ich werde darüber nachdenken."

Er setzte sich auf seinen Stuhl.

Da sie verschwinden wollte, stand sie auf, aber er hob eine Hand.

Verdammt.

„Ich muss es auch noch unterschreiben, und dann kann ich dir eine Kopie geben." Anstatt es noch einmal durchzulesen, stützte er seine Hände auf den Schreibtisch und starrte sie an. „Brynn, ich weiß, dass es schwierig war, seit Aiden –"

„Dass dieser Mann mich verlassen hat, war das Beste, was mir je passiert ist." Sie verbarg die schmerzhaft pochende Wunde unter einem reumütigen Lächeln. „Schade, dass er es nicht getan hat, bevor wir geheiratet haben, denn der Papierkram war brutal."

Die Scheidung in Abwesenheit einreichen zu müssen, nachdem der Mann ihre gesamten Ersparnisse gestohlen hatte, um mit einer Tussi durchzubrennen, war die letzte Beleidigung gewesen. Sie wusste nicht einmal, ob er wusste, dass sie legal geschieden waren. Es war ihm offensichtlich egal.

Darrell schüttelte den Kopf und schaute auf ihre Aussage. „Ich habe den Kerl nie gemocht." Er blickte sie unter seinen Wimpern hervor an. „Er war nicht annähernd gut genug für dich. Du bist eine ganz besondere Frau, Brynn, die ich mir nicht durch die Finger hätte gleiten lassen sollen."

Was war sie, ein Fisch?

Er unterschrieb auf übertriebene Art und drehte sich um, um eine Kopie auf dem Drucker hinter ihm zu machen. Brynn wurde klar, dass er sie diese ganze Episode nur hatte durchmachen lassen, damit er sein Stück wie eine Art Performance-Kunst vorführen konnte.

„Nun, es hat sich alles zum Guten gewendet. Du hast Lorraine gefunden und bist mit einer so bezaubernden Familie gesegnet. Ich genieße sie alle, wenn sie ins Café kommen, und dieses Baby. Er wird ein paar Herzen brechen, genau wie sein Daddy."

Darrell öffnete den Mund, wahrscheinlich um sich darüber zu beschweren, dass seine Frau ihn nicht verstand, aber Brynn gab ihm keine Gelegenheit dazu. Sie nahm ihm ihre Kopie der Aussage aus der Hand.

„Ich kann es kaum erwarten, dass es Mom besser geht, damit ich zu meinem Freund Bowie zurückkehren kann." Verdammt, das war der Name des Hundes ihrer Freundin, aber mehr fiel ihr in der Not nicht ein.

„Du hast einen Freund?" Sein Tonfall war amüsiert, als glaubte er ihr nicht. Er lehnte sich in seinem Stuhl zurück, der unheilvoll knarrte.

Ihr Groll wuchs, also setzte sie noch einen drauf. „Ja. Bowie. Er ist ein wenig jünger als ich, aber ich finde jüngere Menschen viel … formbarer. Nicht wahr, Sheriff?" Sie lächelte strahlend.

Seine Augen wurden schmal, und vielleicht war ihr Seitenhieb nicht subtil genug gewesen.

„Solange er volljährig ist."

Sie blinzelte langsam. Es war ihr nie in den Sinn gekommen, dass „Bowie" kein volljähriger Erwachsener sein könnte.

„Nun, wenn du dich einsam fühlst, während du hier in der Stadt bist, oder eine Schulter zum Ausweinen brauchst", seine Augen waren mitfühlend und machten jedes Wort, das aus seinem Mund kam, zu einem einzigen Lügengarn, „kannst du mich jederzeit anrufen. Ich bin für dich da."

Wut stieg in ihr auf. Weil er sie gezwungen hatte, es für ihn zu buchstabieren, anstatt dass er die Nuancen ihrer Interaktion verstand.

„Ich habe nicht vor, etwas mit einem verheirateten Mann anzufangen, Darrell. Hab' etwas mehr Respekt vor mir." Sie stand auf und schnappte sich ihren Mantel und ihre Mütze vom Ständer. Die Wut ließ das Blut in ihren Adern heiß werden.

Darrell hielt ihren Arm fest, bevor sie die Tür erreichte. Sie riss sich von ihm los, als sie sich umdrehte.

Seine Augen waren hart und glühten vor Wut. „Ich wollte dir nur ein Freund sein, Brynn. Du würdest es vielleicht zu schätzen wissen, den Sheriff auf Kurzwahl zu haben, wenn du mal in Schwierigkeiten steckst."

„Wenn ich jemals in Schwierigkeiten stecken würde, würde ich hoffen, dass das Sheriffsdepartment mir bereitwillig hilft, ganz egal ob wir ‚Freunde' sind oder nicht", gab sie zurück. Kein Wunder, dass ihr Vater sie davor gewarnt hatte, mit diesem Typen auszugehen, als sie achtzehn Jahre alt gewesen war. „Immerhin wohnt ein FBI-Agent über mir. Vielleicht wird er bei einem Notfall rangehen."

Darrells Gesichtszüge wurden finster. „Nimm dich vor Grady Steel in Acht. Er weiß, wie er seinen Charme einsetzen muss, um zu bekommen, was er will, aber du solltest ihm keinesfalls vertrauen."

Ein bisschen wie du.

Aber das sprach sie nicht aus. Stattdessen sagte sie: „Was ist zwischen euch beiden vorgefallen?"

„Er kümmert sich nur um seine kostbare Karriere, die er jetzt ruiniert hat." Darrells Nasenflügel blähten sich auf und seine Oberlippe verzog sich auf hässliche Weise. „Er ist ein gerissener Mistkerl und nur freundlich, wenn es ihm passt." Sein Blick glitt an ihrem Körper hinunter. „Vergiss das nicht."

Sie riss die Tür auf. „Einen schönen Nachmittag, Sheriff." Hoch erhobenen Hauptes ging sie durch das Büro und trat durch die Seitentür hinaus, wobei sie Jean kurz zuwinkte.

Ihr Herz klopfte wie wild auf dem ganzen Weg zurück zum Café.

17

———

Grady steckte seine Hände tief in die Jackentaschen und machte einen Spaziergang, um den Kopf freizubekommen.

Angezogen von der Erhabenheit des Ozeans ging er zur südlichen Seite der Landzunge und beobachtete, wie die Wellen vom Atlantik heranrollten und mächtig und wütend auf den weißen Sandstrand schlugen. Der Himmel war bewölkt. Die frische Brise füllte seine Lunge mit dem Geruch des Ozeans, scharf wie Ozon und so schwer fassbar wie Rauch. Der Rausch der Liebe überraschte ihn. Es war, als sähe man eine ehemalige Geliebte, von der man nicht gewusst hatte, dass man noch Gefühle für sie hegte.

Der Wind hatte seit gestern Abend zugenommen, weiße Wellenkämme bildeten sich weit draußen auf dem Meer. Die Stadt lag dank der Landzunge, die als Kurve in den Atlantik ragte, versteckt und geschützt. Für eine klare Sicht im Wasser war dies allerdings nicht hilfreich.

Hatte das Sheriffsdepartment bei der Durchsuchung des Hafens heute die Mordwaffe gefunden? Selbst an einem guten Tag wäre sie in dem Schlick und dem trüben Wasser leicht zu übersehen.

Grady starrte auf das Meer hinaus.

Er war ein erfahrener Taucher. Er wäre gern bereit gewesen,

ihnen zu helfen, wenn sie ihn gefragt hätten. Die Tatsache, dass sie es nicht getan hatten, deutete darauf hin, dass er wirklich unter Verdacht stand.

Grady hatte letzte Nacht keinen Schuss gehört.

Entweder hatte der Mörder einen Schalldämpfer benutzt, oder Milton war anderswo getötet und zum Hafen gebracht worden, um die Leiche spät in der Nacht zu entsorgen, wenn alles ruhig war. Aber warum sollte man den relativ belebten Hafen als Ort für die Leichenentsorgung wählen, wenn es überall an der Küste abgelegene und verlassene Orte wie diesen gab?

Nein, Grady ging davon aus, dass Milton auf seinem Boot ermordet und dann über Bord geworfen worden war. Der Mörder hatte die Mordwaffe wahrscheinlich noch bei sich.

Aus den Augenwinkeln sah Grady eine Bewegung. Der graue Hund mit dem zotteligen Fell, den er schon einmal gesehen hatte, schnüffelte am Seegras entlang, das den Strand säumte. Unter dem schmutzigen, verfilzten Fell sah das arme Tier halb verhungert aus.

Grady machte einen Schritt auf ihn zu, aber der Hund hob misstrauisch den Kopf und lief davon. Grady wünschte sich, er hätte etwas zu essen dabei, um ihn damit anzulocken.

Vielleicht würde er mit dem Jeep zurückkommen. Den Hund mit etwas Essbarem locken, ihn einfangen und ins Tierheim bringen.

Er drehte um und ging auf der schmalen Straße zurück in Richtung Stadt. Im kleinen Schindelhaus der Jones am Stadtrand brannte Licht – ein Haus, in dem er als Teenager oft in Sauls Schlafzimmer rumgehangen hatte.

Er stieg die vordere Treppe hinauf und bemerkte die abblätternde Farbe an der Fassade sowie ein morsches Brett, das ersetzt werden musste. Er klopfte an die Tür und wartete.

Es dauerte einen Moment, bis jemand öffnete, wahrscheinlich weil die Besucher hier selten darauf warteten, dass jemand an die Tür ging. Sie klopften einfach an und traten ein. Aber nach so vielen Jahren der Abwesenheit fühlte sich das nicht richtig an. Er hatte keine Ahnung, wie er empfangen werden würde.

Saul öffnete die Tür mit skeptischem Blick, eine Krücke unter einen Arm geklemmt. Eine abnehmbare Gipsschiene umhüllte sein rechtes Bein unterhalb des Knies. Seine Miene hellte sich auf, als er Grady erblickte, und seine Augen strahlten.

Sein alter Freund grinste. Die vertrauten Gesichtszüge waren etwas älter und gröber, das Haar oben etwas dünner, aber seine Lippen hatten noch immer denselben schiefen Zug. „Du rufst nicht an, du schreibst nicht."

Grady lachte halb, zog die Schultern hoch und steckte die Hände tief in die Taschen, ähnlich dem Teenager, der er einst gewesen war. „Jetzt bin ich hier. Wie geht es dir?"

„Wer ist da?", rief eine mürrische Stimme von drinnen.

„Willst du reinkommen?", fragte Saul mit einem Blick über seine Schulter.

„Klar." Grady nickte.

Sauls Mutter saß in ihrem alten Sessel in der Ecke, und Grady fühlte sich sofort um ein halbes Leben zurückversetzt.

„Mrs. Jones. Wie geht es Ihnen?"

Die Frau runzelte die Stirn. „Ich habe gehört, dass du zurück bist. Ich habe außerdem vernommen, dass kurz darauf eine Leiche aufgetaucht ist." Sie schniefte und wandte sich wieder ihrer Fernsehsendung zu.

Verdammt und verurteilt.

Genau wie dein Vater.

Er hörte den unausgesprochenen Vergleich laut und deutlich.

Fasste das nicht zusammen, was diese Stadt von ihm dachte? Und vielleicht war das gar nicht so weit von der Wahrheit entfernt. Er sah seinem alten Herrn so ähnlich, dass er sein Doppelgänger sein könnte, und er war sicher kein Heiliger.

Seine Laune verschlechterte sich.

Saul zog eine Grimasse und deutete an, dass sie in die Küche gehen sollten. „Willst du Kaffee oder Bier?"

Grady erinnerte sich daran, warum er hier war, und gähnte

ausgiebig. „Scheiße. Tut mir leid. Ich hatte eine lange Fahrt, gefolgt von einer ereignisreichen Ankunft. Ich habe letzte Nacht nicht viel Schlaf abbekommen. Mach' besser Kaffee draus."

Saul schnaubte, während er durch die Küche humpelte und die Kaffeemaschine füllte. „Wir werden wohl langsam alt."

„Sprich für dich selbst." Auf keinen Fall wollte Grady zu alt für den Job werden, den er liebte. „Ich habe von dem Banküberfall gehört."

Saul zuckte zusammen. Seine Hände zitterten, und er verschüttete frisch gemahlenen Kaffee auf den abgenutzten Tresen. Er fluchte. Unbeholfen wischte er die Sauerei auf und schaltete die Maschine ein. Offensichtlich war er immer noch traumatisiert von dem Vorfall.

Dann stützte er sich auf seine Krücken, lehnte sich gegen den Tresen und verschränkte die Arme. „Wurdest du schon mal angeschossen?"

Grady schüttelte den Kopf.

„Es tut verdammt weh, Mann." Saul lachte, zuckte zusammen und wandte den Blick ab. Angst verdüsterte seine Miene. „Das Arschloch hat mir das Schienbein zertrümmert und der Chirurg musste mir eine Metallplatte einsetzen."

„Was ist passiert?"

Saul fuhr sich mit einer Hand über Nase und Kinn. „Das Arschloch kommt kurz vor Ladenschluss rein. Er hält Fancy eine Waffe ins Gesicht und sagt ihr, dass er ihr den Kopf wegblasen wird, wenn sie nicht das ganze Geld in den Sack steckt. Alle sind wie versteinert vor Schreck. Ich glaube nicht, dass jemand diese Worte jemals zuvor zu Fancy Lucette gesagt hat. Kannst du dir vorstellen, das einer Frau in den Siebzigern anzutun?" Saul schüttelte den Kopf. „Er sagte, wenn jemand den stillen Alarm auslöst, erschießt er uns alle." Saul presste eine Faust an sein Kinn. „Das wäre vielleicht lustig gewesen, wenn wir uns nicht vor Angst in die Hose gemacht hätten." Er schluckte. „Ich habe nicht einmal meine Waffe gezogen. Ich stand da wie ein kleines Kind, das sich in die Hose scheißt."

Die Kaffeemaschine zischte, und Saul zuckte erneut zusammen, bevor er verlegen dreinschaute.

Gradys Freund sah aus, als litte er unter posttraumatischer Belastungsstörung.

Grady empfand leichte Gewissensbisse, weil er über all die Jahre hinweg den Kontakt zu Saul nicht aufrechterhalten hatte. Sie waren zusammen mit Darrell ein Dreiergespann gewesen, aber Grady mochte diesen Kerl wirklich. Darrell war ein egoistisches Arschloch, aber das war Grady auch.

Irgendwann war er an dem Punkt angelangt, an dem Grady entweder dieser Stadt entfliehen oder an den mangelnden Erwartungen anderer ersticken müsste. Er hatte sich nie viele Gedanken über die zurückgebliebenen Menschen gemacht.

„Hast du ihn erkannt?", fragte Grady.

Saul schüttelte den Kopf und runzelte die Stirn. „Nein, aber gleichzeitig habe ich das Gefühl, dass ich ihn hätte erkennen müssen, weißt du. Seine Stimme kam mir bekannt vor, aber … eben nicht genug."

„Den Fluchtwagen hast du nicht gesehen?"

Saul schüttelte den Kopf. „Ich war zu sehr damit beschäftigt, mich auf dem Boden zu winden, um nicht zu verbluten."

„Scheiße. Tut mir leid, Mann."

„Ja. Eindeutig Scheiße. Ich wünschte, ich hätte nicht in letzter Minute Mut gefasst. Die Bank zahlt mir nicht genug, als dass es sich lohnen würde."

Er drehte sich unbeholfen um und goss zwei Tassen Kaffee ein. Grady erkannte sogar die verblasste Tasse.

Grady nahm sie von Saul. Er pustete auf die heiße Flüssigkeit, bevor er einen Schluck trank. „Ich habe gehört, dass Brandy dich verlassen hat."

Der Gesichtsausdruck seines Freundes wurde bitter. „Die Schlampe hat mich ausgenommen. Hat die Bankkonten geleert. Hat einen Kredit auf meinen Namen aufgenommen. Hat mich betrogen. Hat mich sitzen lassen. Und dennoch die Hälfte des Hauses verlangt." Verzweifelt sah er sich um. „Ich kann nicht glauben, dass ich mit vierunddreißig Jahren wieder bei meiner Mutter lebe. Und sie ist zänkischer als je zuvor." Sauls Blick schoss zu Grady. „Ich hätte verschwinden sollen, wie du es getan hast."

„Es tut mir leid, dass du angeschossen wurdest, und auch das mit Brandy tut mir leid, aber wenigstens bist du noch am Leben und hast ein Dach über dem Kopf." Im Laufe der Jahre hatte er gelernt, dankbar für das zu sein, was er hatte – denn er wusste, dass er es im Handumdrehen verlieren konnte.

„Da hast du wohl recht." Saul zuckte mit den Schultern. Sein Blick wurde abschätzend. „Es heißt, du hättest jemanden überfahren und am Straßenrand dem Tod überlassen."

Grady biss die Zähne zusammen und starrte aus dem salzverschmierten Fenster auf die Wolken, die sich am grauen Himmel zusammenzuziehen begannen. „Das ist Blödsinn."

Saul blickte ihn misstrauisch an. „Dann kommst du nach Hause und deine erste Tat besteht darin, meinen toten Chef am Hafen aus dem Wasser zu ziehen. Die Klatschtanten sitzen herum und haben reihenweise Orgasmen."

„Das ist ein Bild, das ich nicht in meinem Kopf hätte haben wollen." Grady rollte mit den Schultern. „Trotz gegenteiliger Behauptungen war ich nicht für die Fahrerflucht verantwortlich, und ich erwarte, freigesprochen zu werden, sobald die Spurensicherung meinen Wagen untersucht hat. Und wenn ich vorgehabt hätte, Milton Bodurek zu erschießen, hätte ich mich vorher nicht in der Stadt blicken lassen." Er grinste. „Ich hätte erst mal ein paar Tage gewartet."

Sauls Augen traten beinahe aus dem Kopf.

„Aber ich hatte ganz vergessen, dass er dein Chef ist." Er hatte gar nichts vergessen. „Es tut mir leid. Standest du ihm nahe?"

„Ja, er war mein Chef. Der gute alte Milt." Sauls Gesichtsausdruck war zurückhaltend. „Wir standen uns aber nicht nahe. Wie kommt es, dass du am Hafen warst?"

„Ich habe mich gestern Abend sofort mit Crystal gestritten, als ich hier ankam. Sie war sauer, dass ich sie daran gehindert habe, weiterhin heimlich mit meiner Immobilie Geld zu verdienen, weil ich eine Bleibe brauchte." Grady steckte die Hände in die Taschen. „Danach bin ich spazieren gegangen."

„Du wusstest nicht, dass Crys das Haus vermietet?", fragte Saul neugierig.

Grady schüttelte den Kopf.

„Sie hat allen erzählt, sie hätte das Haus nach dem Tod eurer Großmutter von dir gekauft. Ich war überrascht, aber als du dann nicht zurückkamst ..."

Grady erwartete, Zorn zu spüren, aber stattdessen stieg Mitleid in ihm auf. „Tu mir einen Gefallen. Sag niemandem, dass es mein Haus ist und nicht ihres. Crys würde lieber sterben, als ihr Gesicht zu verlieren."

„Eher würde sie töten, als ihr Gesicht zu verlieren", murmelte Saul in seine Tasse.

Grady schnitt eine Grimasse. „Stimmt. Und ich will nicht öfters eine Zielscheibe sein, als ich es sein muss."

„Du bist also spazieren gegangen und hast zufällig Milton im Hafen treiben sehen?"

Grady schüttelte den Kopf. Er fuhr mit dem Finger über die Kante des Furniers auf dem Tisch, das durch das Alter so glatt war, dass er die abgenutzten Schichten an den Rändern sehen konnte. „Als ich mich wieder mit der Seeluft bekannt gemacht hatte, hörte ich jemanden um Hilfe rufen."

„Brynn Webster?"

Grady nickte. „Du kennst sie?"

Saul zuckte mit den Schultern. „Nicht gut, leider. Hübsches Ding, aber ein bisschen arg zurückhaltend. Darrell ist ein paarmal mit ihr ausgegangen, bevor sie nach Yale ging, um Kunst oder so etwas zu studieren. Danach ist sie nach Boston gezogen und hat geheiratet. Sie ist erst vor Kurzem nach Hause gekommen, wegen der Sache mit ihrer Mutter."

Grady wusste nicht, warum er so überrascht war, dass sie mit Darrell ausgegangen war, aber er war es. Es war offensichtlich, dass Darrell diese Beziehung wieder aufleben lassen wollte, aber sie schien nicht so scharf darauf zu sein. Vielleicht war das aber auch nur Wunschdenken von Grady.

„Das war damals, als du als State Trooper gearbeitet hast, bevor du zum FBI gegangen bist", fuhr Saul fort und legte den Kopf schief. „Darrell schien in Brynn verliebt zu sein, aber dann fing er an, mit Lorraine auszugehen. Der Rest ist Geschichte."

„Was ist mit dem Mann passiert, den Brynn geheiratet hat? Crystal sagte, er habe sie verlassen."

„Ja. Er hat sie offenbar wegen einer anderen Frau sitzen lassen. Er hat ihr ein paar Fotos aus Vegas oder so geschickt und ihr gesagt, dass sie fertig sind."

Grady zog scharf den Atem ein. „Das ist hart."

„Sie hat mir leidgetan", gestand Saul mit verkniffener Miene. „Dann hat Brandy im Grunde dasselbe mit mir gemacht. Ich glaube, sie bekam die Idee von Brynns Mann. Wichser."

„Das ist echt scheiße, Mann."

Sauls Augen wurden neugierig. „Und du, hast du nie jemanden getroffen?"

Grady zwang sich zu einem grimmigen Lächeln. „Niemanden, der es für längere Zeit mit mir aushalten würde." Nicht dass er jemals etwas Ernsthaftes hatte entstehen lassen. Für eine echte Beziehung war er zu beschäftigt. Und vielleicht war er auch seinem Vater zu ähnlich, um es zu riskieren.

„Ich habe gehört, dass Brynn schon im Wasser war, als du den Hafen erreicht hast?"

Saul hatte offensichtlich viel mehr gehört, als er ursprünglich hatte durchblicken lassen.

„Ja. Es war eiskalt. Ich musste ihr hinterher springen. Ich konnte nicht wie ein nutzloses Arschloch am Rand stehen."

„Wie Caleb Quayle, meinst du?"

Grady stieß ein leises Lachen aus. „Du sagst es."

„Caleb ist ein großmäuliger kleiner Scheißer, wie der Rest seiner Familie." Saul rieb sich das Kinn.

„Nicht mehr so klein." Der Typ war größer und schwerer als Grady.

Saul runzelte die Stirn.

„Was ist los?", fragte Grady.

Saul blinzelte. „Nichts." Er pustete auf seinen Kaffee, um ihn abzukühlen.

Wollte Saul etwa dem Thema ausweichen? Oder vergiftete Gradys Misstrauen jedes Gespräch? „Fällt dir ein Grund ein, warum jemand deinen Chef ermorden sollte?"

„Abgesehen von mir?"

Das erschreckte Grady. „Du mochtest ihn nicht?"

Saul schüttelte den Kopf. „Alle hielten Milton Bodurek für den Größten, aber er drohte, mich zu feuern, als ich mit der Schusswunde im Krankenhaus lag. Er sagte, ich hätte meinen Job nicht richtig gemacht und drohte mir, die Verluste der Bank von meinem Lohn abzuziehen – als würde er mir so viel zahlen." Wut brannte auf Sauls Wangenknochen. „Das Schlimmste war, dass er recht hatte."

„Was meinst du damit?"

„Zum einen habe ich meine Waffe nicht gezogen."

„Wurde von dir etwa erwartet, in einer Bank voller Leute eine Schießerei anzufangen?"

„Nein, aber laut Milton Bodurek hätte ich eine beenden sollen." Saul blinzelte etwas weg, was Tränen hätten sein können.

Nicht jeder trainierte mit scharfer Munition, bis es ihm ins Muskelgedächtnis überging. Nicht jeder verstand, wie erhöhter Stress sich auf die Treffsicherheit auswirkte, wodurch selbst die Zielgenauigkeit guter Scharfschützen ins Wanken geriet. „Es war richtig, sie im Holster zu lassen."

„Tja, aber letzten Endes habe ich es versaut." Er strich sich mit einer Handfläche über sein Gesicht. „Ich weiß nicht, was mit meinem Job passiert, jetzt da er tot ist." Saul sah absolut elend aus.

„Besteht die Möglichkeit, dass du Anspruch auf eine Entschädigung hast?", fragte Grady.

„Vielleicht. Ich habe mit einem Anwalt gesprochen, aber ich weiß nicht einmal, was mit der Bank passieren wird, jetzt da

Bodurek tot ist. Ich meine, sie ist offiziell immer noch geöffnet, und die Polizei ermittelt, aber ich weiß nicht, wer jetzt das Sagen haben wird. Oder ob sie mich zurückhaben wollen."

Es war durchaus möglich, dass Miltons Tod etwas mit Habgier und persönliche Bereicherung zu tun hatte und nicht mit Eli Kane – aber es war ein verdammt großer Zufall.

Grady glaubte nicht an Zufälle.

Sauls Augen wurden abschätzend. „Ich nehme nicht an, dass du bei den Bullen ein gutes Wort für mich einlegen kannst? Die örtlichen Polizisten haben mich befragt, als glaubten sie, ich sei Komplize gewesen."

„Ich bin mir nicht sicher, ob es dir helfen würde, für dich zu bürgen, solange das FBI meinen Namen nicht offiziell rein-wäscht." Er rieb sich den Nacken. Es bereitete ihm ein schlechtes Gewissen, seinen alten Freund anzulügen, aber die Gemeinde war zu klein, als dass er es riskieren konnte, ihm die Wahrheit zu sagen – sein Job war zu wichtig. „Solange du nicht in den Überfall verwickelt warst, würde ich mir keine Sorgen machen."

Sauls Gesichtsausdruck wurde bitter. „Ich wünschte, ich wäre darin verwickelt gewesen. Ein paar Riesen wären jetzt sehr nütz-lich. Hey, wenn du das FBI verlässt, könnten wir vielleicht zusammen ein Geschäft aufziehen, so wie wir es als Kinder immer vorgehabt hatten."

Grady lächelte. „Walbeobachtungstouren für Touristen anbieten?"

„Besser als ein Schuss ins Bein." Saul rieb sich den Oberschen-kel, als schmerzten die Muskeln.

„Alles ist besser als ein Schuss ins Bein." Grady richtete sich auf. „Ich gehe jetzt besser. Sehen wir uns?"

„Ich gehe nirgendwo hin."

In seinen Worten schwang eine Bitterkeit mit, die Grady von seiner eigenen Frustration als Jugendlicher kannte.

Grady ging zur Hintertür hinaus, um Sauls Mutter aus dem Weg zu gehen, die in der Zeit, in der er hier gewesen war, wahr-scheinlich eine ganze Liste von Schimpfwörtern verfasst hatte.

Lieber würde er sterben, als zuzugeben, dass er vor einer alten Dame Angst hatte. Er öffnete die Tür und erhaschte einen weiteren Blick auf den grauen Hund. „Hey, hast du den streunenden Hund gesehen, der hier herumläuft?"

„Graues Ding?"

„Ja. Ein großer zotteliger Hund."

„Gehört zur Familie Quayle." Sauls Augen wurden hart. „Sie kümmern sich nicht um ihn. Das arme Ding ist halb verhungert. Neulich wurde er auf der Straße fast überfahren, aber niemand kann ihn einfangen."

Wut stieg in Grady auf.

Sauls Augen verengten sich mit einem Hauch von Belustigung. „Denkst du daran, dir einen Hund zuzulegen, Grade?"

„Ich habe keine Zeit für einen Hund." Das bedeutete jedoch nicht, dass er nicht etwas tun konnte, um diesem Streuner zu helfen.

Als er wegging, schaute er noch einmal zum Haus seines alten Freundes.

Saul hatte etwas zu verbergen.

Es tat ihm im Herzen weh, es in Erfahrung zu bringen, aber es war Gradys Aufgabe herauszufinden, ob dieses Etwas mit Eli Kane, dem Mord oder dem Banküberfall zu tun hatte.

18

———

Brynns Füße taten weh, als sie den Geschirrspüler einräumte. Zum Glück schloss das Café sonntags früher, und montags war Ruhetag. Sie hatte also nicht nur einen ganzen Tag frei, sondern Lindas Nichte Pru hatte angerufen und konnte am Dienstag für ein paar Stunden vorbeikommen.

Brynn hoffte, neben Pru noch eine weitere Kellnerin einstellen zu können, die hier und da ein paar Stunden arbeiten könnte, um ihren eigenen Zeitplan abzudecken. Sie hatte eine Anzeige in der Lokalzeitung aufgegeben, ohne es vorher mit ihrer Mutter abzusprechen.

Wenn ihre Eltern wollten, dass sie den Laden ein halbes Jahr lang führte, mussten sie ihr vertrauen, dass sie die richtigen Entscheidungen traf. Vielleicht konnte sie ein nachhaltiges System schaffen, das es ihrer Mutter erlaubte, ein paar Stunden pro Woche zu arbeiten, wenn sie Lust dazu hatte. Vielleicht würde das ausreichen, um sie zufriedenzustellen.

Brynn hatte einen Stapel ihrer freiberuflichen Arbeit, den sie morgen abarbeiten musste. Sie wollte den Kundenstamm, den sie sich bereits aufgebaut hatte, nicht verlieren, und die Einstellung von mehr Personal für das Café würde ihr etwas Luft verschaffen.

Außerdem würde sie dann mehr Zeit mit ihrer Mutter verbringen können.

Als hätte sie ihre Gedanken gespürt, klingelte Brynns Telefon. Sie schaute es überrascht an und fragte sich, warum ihre Mutter so lange gebraucht hatte, sie anzurufen.

„Hey, wie geht es dir?", fragte Brynn fröhlich.

„Mir geht es gut. Nachdem ich im Krankenhaus war, habe ich fast den ganzen Tag geschlafen, deshalb habe ich die großen Neuigkeiten in der Stadt verpasst."

„Oh?"

„*Oh*, in der Tat. Was habe ich da gehört, dass du letzte Nacht in den Hafen gesprungen bist?"

Brynn hörte die Müdigkeit und den Schmerz in der Stimme ihrer Mutter und zwang sich deshalb, einen fröhlichen Ton anzuschlagen. „Es ist ja nicht so, dass ich beschlossen habe, es könnte Spaß machen, nackt schwimmen zu gehen, Mom. Jemand war im Wasser. Wäre es dir lieber gewesen, ich hätte denjenigen ertrinken lassen?"

„Natürlich nicht, aber war er nicht …" Ihre Mutter brach ab.

Tot.

Komisch, wie sehr sie sich dieses Wortes nach der Diagnose ihrer Mutter bewusst geworden waren.

„Ja, das war er. Aber das wusste ich erst, als wir ihn rausgezogen haben. Wie war die Chemo?"

„Wechsle nicht das Thema."

„Das ist alles, was ich zu diesem Thema zu sagen habe."

„Wissen sie, wie er gestorben ist?"

„Durch einen Schuss zwischen die Augen."

Das scharfe Einatmen ihrer Mutter erinnerte Brynn an den Schock, den sie letzte Nacht verspürt hatte. „Armer Milton. Ich weiß nicht, was mit dieser Stadt los ist. Erst der Raubüberfall, jetzt ein Mord? Weiß jemand, was genau passiert ist?"

„Die Polizei sagt nichts." Brynn schaltete den Geschirrspüler ein und entfernte sich vom Geräusch der Maschine. „Aber die

Klatschbasen denken, dass der Bankraub vielleicht ein Insider-Job und Milton daran beteiligt war."

„Das ist doch lächerlich. Die arme Edith."

„Ja, laut Sheriff York musste sie ruhiggestellt werden, als sie die Nachricht hörte."

„Kann ich mir vorstellen. Wie geht es *Darrell*?" Im Tonfall ihrer Mutter schwang unterdrückter Spott mit.

„Er ist nervig."

Gwendolyn Webster schnaubte. „In den Monaten, nachdem du weggegangen warst, kam er immer ins Café und fragte, wie es dir ginge. Dann wurde Lorraine schwanger –"

„Sie ist nicht allein schwanger geworden", erinnerte Brynn sie.

„Das weiß ich." Ihre Mutter schnaufte. „Trotzdem habe ich ihm immer wieder gerne erzählt, wie viel Spaß du auf dem College hattest."

Brynn wollte nicht über Darrell sprechen. „Wie war die Behandlung heute?"

Ihre Mutter seufzte. „Ehrlich gesagt? Es war brutal."

Brynns Herz krampfte sich zusammen, und sie schloss die Augen. „Es tut mir leid, Mom."

„Ich frage mich langsam, ob es das wert ist –"

„Sag das nicht." Brynn schloss ihre Augen fest gegen die Worte.

„Du klingst wie dein Vater. Mir geht es gut, wirklich. Ich bin nur müde und beschwere mich gern. Was bringt es, alt zu werden und Krebs zu haben, wenn man sich nicht darüber beschweren kann?"

„Du bist nicht alt."

„Ha. Ich fühle mich alt. Dein Vater war wie immer fantastisch, aber auch er spürt die Belastung. Wie läuft das Geschäft?"

„Machst du Witze? Die Leute standen Schlange, weil sie hofften, ich würde ihnen Details über die Entdeckung des armen Milton erzählen."

„Sensationsjäger."

„Zahlende Kunden."

Ihre Mutter schnaubte. „Sie zahlen für gutes Essen und Ambiente, nicht für das Blut meiner Tochter." Ihre Stimme wurde heiser.

Der Gedanke, diese Frau aus ihrem Leben zu verlieren, löste in Brynns Brust Angst aus. „Ich werde morgen nach dem Mittagessen zu dir kommen." Dann würde sie ihr von der neuen Kellnerin erzählen.

„Das wäre reizend von dir. Warte, ich gebe dich an deinen Vater weiter. Er hat eine Einkaufsliste, falls du vorbeikommst."

„Ich hole mir einen Stift."

„Oh, er hat es sich anders überlegt und sagt, er schickt dir die Liste per SMS, und wir sehen uns morgen. Kein Sprung in den Hafen auf dem Heimweg!"

„Und dabei stehe ich schon im Badeanzug hier."

„Klugscheißerin."

„Woher habe ich das nur?"

Ihre Mutter lachte prustend, aber selbst das klang schwach. „Ich wette, es war kalt."

„Es war *furchtbar* kalt."

„Verrücktes Kind. Ruh dich ein bisschen aus. Du hast es dir verdient."

„Du auch, Mom. Hab' dich lieb."

„Ich dich auch."

Sie legten auf. Brynn betrachtete ihr Spiegelbild im Glas des Panoramafensters, bevor sie auf den Hafen hinausschaute.

Sie war achtundzwanzig Jahre alt, aber ihr Spiegelbild sah älter aus. Dunkle Ringe unter ihren Augen ließen sie müde aussehen. Was noch schlimmer war, sie fühlte sich alt und langweilig. Noch nicht ganz altbacken, aber auch nicht gerade jung und sexy.

Aiden hatte ihr das angetan. Nicht ihre Eltern. Nicht die Arbeit in einem Job, den sie nicht wollte. Aiden und sein beiläufiges Wegwerfen ihres gemeinsamen Lebens. Das hatte ihren Optimismus zerstört. Ihr Selbstvertrauen. Es hatte ihre Fähigkeit zu vertrauen zerstört und ihr jegliche Lebensfreude geraubt.

Tränen brannten ihr in den Augen, aber sie blinzelte sie weg.

Sie hatte eine Million Tränen über den Mann geweint, der ihr geschworen hatte, sie zu lieben, und dann ohne ein Wort gegangen war. Zuerst hatte sie sich Sorgen gemacht, dass er tot sein könnte und ihn bei der Polizei in Boston als vermisst gemeldet.

Die Demütigung kroch ihr mit vertrauter Hitze über die Wangen, als sie sich an das Mitleid der Polizisten erinnerte, als er sich schließlich bei ihr gemeldet hatte.

Sie weigerte sich, noch einen Moment an diesen fremdgehenden Idioten zu verschwenden. Alles was zählte war, dass ihre Mutter den Krebs besiegte.

Gwendolyn Webster war Brynns Fels in der Brandung, ihre Inspiration. Das Café zu leiten war vielleicht nicht ideal, aber sie würde es tun, wenn es sein musste. Mit mehr Personal würde sie hoffentlich mehr Zeit für ihre Eltern, sich selbst und ihre Kunden haben, und sich weniger erdrückt und überwältigt fühlen von all den Dingen, die sie nicht kontrollieren konnte.

Sie schaltete die restlichen Lichter aus und überprüfte ein letztes Mal die Küche. In Mantel und Mütze gehüllt, trat sie vor die Hintertür und drehte sich um, um sie abzuschließen. Ein Schatten löste sich von der Wand, und sie legte eine Hand auf ihre Brust, als sie einen Schrei ausstieß.

19

„Hoppla. Entschuldigung." Grady Steel stand mit erhobenen Händen vor ihr, die Handflächen nach vorn gerichtet. „Ich wollte dich nicht erschrecken. Ich hätte mir das besser überlegen sollen."

„Meinst du?" Brynns Augen traten ihr beinahe aus dem Schädel, und ihr Herzschlag fühlte sich an wie der Trommelwirbel vor einem großen Zirkuskunststück.

„Ich bin hier vorbeigegangen, um etwas trinken zu gehen und habe gesehen, wie du das Licht ausgemacht hast, also dachte ich, ich warte und frage dich, ob du mitkommen willst."

Sie zog die Augenbrauen hoch. „Wie bei einem *Date*?"

„Wenn man bedenkt, wie entsetzt du klingst, definitiv kein Date." Er lachte selbstironisch, und sein verdammtes Lächeln ging ihr wieder unter die Haut. „Ich dachte eher an einen nachbarschaftlichen Drink und eine gemütliche Unterhaltung nach einem langen Tag."

Sie atmete langsam aus. Ihr gewohnter Spaziergang nach der Arbeit am Hafen fiel aus, bis die Polizei herausgefunden hatte, was mit Milton Bodurek passiert war. „Besser nicht ..."

„Warum ...?"

Weil sie einen falschen Freund erfunden hatte, um der

Aufmerksamkeit von Sheriff Darrell York zu entgehen, und nicht in Stimmung für Komplikationen war.

Der Wind wehte über die Veranda, und sie fröstelte. Die Tatsache, dass sie die Art und Weise, wie sie ihr Leben führte, wegen eines Mannes, eines *verheirateten* Mannes, ändern musste, machte sie wütend. Das Bewusstsein, dass alle anderen ein Leben zu haben schienen, nur sie nicht, ließ ihre Entschlossenheit wanken …

„Hast du schon etwas vor?"

„Nein, ich habe nichts vor." Bitterkeit sickerte durch, die gegen sie selbst gerichtet war. „Ich dachte, ich gehe nach Hause und schlafe. Ich war letzte Nacht lange auf."

„Ich auch." Er trat einen Schritt zurück. „Keine Sorge. Ich dachte, ich frage lieber, bevor ich mich allein in die Höhle des Löwen wage, aber ich wollte dich nicht unter Druck setzen."

Sie würden ihn zerkauen und wieder ausspucken, aber das wusste er. Er war hier aufgewachsen.

„Ein Drink." Sie gab nach, da sie einen seltsamen Beschützerinstinkt für den Kerl fühlte, was lächerlich war. Er war ein FBI-Agent, um Himmels willen.

„Fantastisch."

Sie folgte ihm die Gasse hinauf auf die Main Street. Abgesehen von der Breite seiner Schultern hatte er sich über die Jahre kaum verändert, aber es sprach viel für breite Schultern und schmale Hüften, und sie wünschte, sie hätte beides nicht bemerkt.

Er wartete auf dem Bürgersteig, die Hände in den Taschen, und sah plötzlich lächerlich gut aus für einen Mann, den sie praktisch ihr ganzes Leben lang gekannt und ignoriert hatte.

„Das Thirsty Pig oder die Wine Bar?", fragte er.

Sie dachte darüber nach. Was wollte sie? In der Vergangenheit hatte sie immer Aiden die Wahl gelassen. Diese Zeiten waren vorbei. „Ich habe Lust auf ein Bier."

„Dann also das Thirsty Pig."

Er trug eine Lederjacke, verblichene Jeans und ein blau kariertes Hemd, das die Farbe seiner Augen hervorhob.

„Geschäftiger Tag?", fragte er, während er seinen Schritt dem ihren anpasste.

„Sehr."

„Wie lautet der Konsens?" Die Belustigung in seiner Stimme überraschte sie.

„Es gibt zwei konkurrierende Theorien, und beide scheinen gleich viel Unterstützung zu erhalten. Erstens, dass du nichts taugst und der Umstand, dass du in derselben Nacht aufgetaucht bist, in der Milton starb, kein Zufall sein kann und du ihn deshalb getötet haben musst. Oder Milton war an dem Banküberfall beteiligt, und sein Komplize hat ihn erschossen. Du bist einfach nur ein Nichtsnutz oder ein Vorbote des Unheils, je nachdem, an was du glaubst."

Er lachte. „Mein Gott. Warte noch fünf Minuten, und sie werden entscheiden, dass ich derjenige bin, der die Bank ausgeraubt und dann Milton erschossen hat."

Brynn lächelte widerwillig. „Ich war überrascht, dass sich niemand für diese Option erwärmt hat. Ich bin sicher, es ist nur eine Frage der Zeit."

„Ich sollte besser herausfinden, was ich am Tag des Überfalls gemacht habe. Wann war das?"

„Am fünfzehnten Januar – Freitag vor einer Woche."

„Ah. An diesem Tag war ich an einer Verhaftung von Verdächtigen in Charlotte beteiligt, also bin ich zumindest bei einer Sache aus dem Schneider."

Er sagte das so beiläufig, dass sie blinzelte. „Klingt gefährlich."

„In diesem Fall war es eine Menge müßiges Warten, aber wenigstens bringt es mich weit weg von hier, als jemand eine Waffe auf die arme Miss Fancy gerichtet hat." Seine Stimme war ruhig, aber Brynn ließ sich nicht täuschen.

„Wie du letzte Nacht bemerkt hast, ist es immer einfacher zu denken, dass ein Außenstehender es getan hat."

Er zuckte zusammen.

„Ich will damit nicht sagen, dass du ein Außenstehender bist –"

Er lachte heiser. „Oh, aber das bin ich. Ich bin seit acht Jahren nicht mehr hier gewesen und davor war ich in Bangor."

„Ja, aber im Gegensatz zu mir hast du hier familiäre Wurzeln, die Generationen zurückreichen. Du gehörst dazu, ob du oder sie es wollen oder nicht."

Er hob die Augenbrauen. „Deine Familie ist nicht von hier?"

Sie schüttelte den Kopf. „Vermont. Wir sind hergezogen, als ich zwei war."

„Ich war sieben, als Crystal und ich herzogen, um hier zu leben." Grady zog die Schultern hoch, als wollte er sich gegen die Kälte schützen. „Ich hasse es, hierher zurückzukommen, aber ich dachte mir, wenn ich schon so viel Zeit habe, sollte ich endlich entscheiden, was ich mit Grans Haus mache."

Brynn lächelte und ignorierte die Verlegenheit, die sich an ihr Herz klammern wollte. „Seit mein Ex mich abserviert hat, hasse ich es auch, hier zu sein. Alle schauen mich so mitleidig an, als sei mein eigener Charakter irgendwie auf sein Arschlochverhalten reduziert."

„Du bist trotzdem zurückgekommen."

„Ich habe keine andere Wahl. Ich liebe meine Eltern." Der Wind schnitt durch ihre Kleidungsschichten, und sie knöpfte ihren Mantel zu, obwohl sie nicht mehr weit zu gehen hatten. „Aber ich vermisse meine Wohnung in Boston. Ich vermisse meine Anonymität. Ich vermisse es, dass nicht jeder, den ich treffe, alle Details meines Lebens kennt und mich dafür verurteilt."

In Gradys Blick lag echtes Verständnis. „In den Augen dieser Stadt bin ich immer noch ein Teenager, der Ärger macht – sie scheinen die rund ein Dutzend Jahre vergessen zu haben, die ich in der Strafverfolgung verbracht habe." Er zuckte mit den Schultern, als würde ihn das nicht stören, auch wenn es das eindeutig tat.

Sie warf ihm einen kurzen Blick zu. „Was wirst du tun, wenn das FBI dich nicht entlastet?"

„Das werden sie."

„Aber was, wenn nicht?", beharrte sie, da sie es wissen musste. „Würdest du dann hierbleiben?"

Grady wirkte unbehaglich. „Wahrscheinlich würde ich das Haus und meine Wohnung in Quantico verkaufen und mir irgendwo im Warmen einen Job suchen. Vielleicht Walbeobachtungstouren leiten – in Hawaii?"

„Das klingt fantastisch."

Sie erschauderten beide, als der Winterwind heftiger wurde und sie mit eisiger Kälte umhüllte. Ein weiterer Schneesturm war für Ende der Woche vorhergesagt. Brynn konnte nicht glauben, dass sie letzte Nacht ins Meer gesprungen war. Es war zu verdammt kalt, um auch nur daran zu denken. Und jemand hatte Milton Bodurek nur wenige Meter entfernt ermordet – da war ihr nicht gerade warm und gemütlich zumute.

„Was machst du, wenn du nicht gerade das Café führst? Saul hat erwähnt, dass du Künstlerin bist."

Er hatte mit Saul Jones über sie gesprochen? Sie war sich nicht sicher, was sie davon halten sollte. Die beiden waren in der Highschool eng mit Darrell York befreundet gewesen, aber jetzt waren sie es offensichtlich nicht mehr.

„Ich bin Grafikdesignerin. Ich habe meine eigene Firma. Ich arbeite vor allem für Firmenkunden in Boston." Sie neigte das Kinn nach unten und zog die Schultern gegen den Ansturm des Januarwinds hoch.

„Das ist beeindruckend."

Sie zuckte mit den Schultern. „Nicht wirklich. Ich bin nichts Großartiges."

Aber sie bestritt ihren Lebensunterhalt selbst, und das hatte auch etwas für sich.

Sie kamen im Thirsty Pig an, das sich im unteren Stockwerk eines großen viktorianischen Hotels an der Ecke zwischen Main und Oak Street befand. Grady hielt ihr die Tür auf. Die Gästezimmer befanden sich im Obergeschoss, und das Gebäude war im Laufe der Jahre mehrfach renoviert und modernisiert worden, aber der Barbereich sah wahrscheinlich noch genauso aus wie vor hundert Jahren – mit dunklen Ecken und einem Feuer im Kamin.

Sie traten ein und wurden von einer Wand aus Wärme und dem Duft von Holzrauch und Bier empfangen. Die Leute lächelten, bis sie Grady hinter ihr sahen. Dann hoben sie die Augenbrauen und blickten finster drein.

Unbeeindruckt fragte Grady: „Suchst du uns einen Tisch, während ich bestelle?"

Sie schüttelte den Kopf. „Lass uns beide sitzen. Harry kommt bestimmt gleich."

Gradys intensive blaue Augen musterten sie, bevor er nickte.

Sie ging voran zu einem leeren Tisch in der Nähe des Feuers. Caleb Quayle saß auf einem Hocker an der Bar. Sein glasiger Blick verhärtete sich, als sie an ihm vorbeigingen.

Sie kannte die meisten Einheimischen, aber es gab auch ein paar Touristen, selbst zu dieser Jahreszeit. Ein großer Mann mit einem Cowboyhut stand an der Bar, eine hübsche Frau mit langen, offenen braunen Haaren saß auf einem Hocker neben ihm. Er war definitiv nicht aus der Gegend. Er erzählte den Einheimischen großartige Geschichten, und die Leute lachten lautstark. Die Frau machte Selfies mit ihrem Handy.

Das Pärchen mit dem starken osteuropäischen Akzent, das im Café gegessen hatte, saß an einem Tisch in der hinteren Ecke der Bar und beendete eine Mahlzeit.

Die Leute warfen immer wieder Blicke auf sie und Grady.

Brynn atmete resigniert aus. „Das ist es, was ich an diesem Ort immer gehasst habe."

„Angestarrt zu werden. Verurteilt."

Sie fing seinen Blick auf, als etwas zwischen ihnen aufblühte. Ein tieferes Verständnis dafür, wie es war, ein Außenseiter in der Stadt zu sein, in der man aufgewachsen war. „Das erinnert mich an die Hexenprozesse von Salem und daran, dass diese Zeiten gar nicht so weit hinter uns liegen."

Ein Lächeln ließ ein Grübchen auf seiner rechten Wange

erscheinen. „Wenn es dich tröstet, ich bin mir ziemlich sicher, dass ich derjenige bin, den sie verbrennen wollen."

Brynn erschauderte erneut. „Das macht mich auch nicht glücklicher. Ich dachte immer, die Menschen seien zivilisierter, aber ich glaube nicht mehr, dass wir das sind. Wir verstecken es besser, aber bei öffentlichen Hinrichtungen gibt es immer noch Menschenmassen, und die Leute jubeln immer noch."

„Das ist ein beängstigender Gedanke."

„Es ist die Realität." Brynn verzog das Gesicht. Ihre Geduld für Selbsttäuschung war mittlerweile völlig verpufft. Vielleicht war sie ja diejenige, die ein Problem hatte. Vielleicht ging es allen anderen gut. Bitter und zynisch fühlte sich bequem und vertraut an. Außerdem fühlte es sich klug an.

Der Besitzer der Bar, Harry Butler, nahm ihre Bestellung auf. „Schön, dich hier zu sehen, Brynn. Wie geht es deiner Mutter und deinem Vater?" Sein Gesicht zeigte eher Mitleid als Mitgefühl. Er wollte die blutigen Details über den Kampf ihrer Mutter gegen den Krebs und die emotionalen Folgen für ihre Familie wissen.

„Gut, danke, Harry. Beiden geht es den Umständen entsprechend gut."

Offensichtlich enttäuscht über den Mangel an pikanten Informationen, ließ Harry seinen Blick zu Grady gleiten, der den anderen Mann mit einem Lächeln musterte, das nicht bis zu seinen Augen reichte.

„Grady Steel." Harry nickte. „Es ist lange her."

„Das ist es in der Tat." Grady lehnte sich am Tisch zurück. „Hier hat sich aber nicht viel verändert. Wie ist es dir so ergangen?"

„Ich kann mich nicht beklagen."

Brynn konnte sich gerade noch verkneifen, laut zu schnauben. Der Typ tat nichts anderes, als sich zu beschweren, wenn er ins Café kam. Ihre Mutter vermutete, dass er nur kam, um sich die Konkurrenz anzuschauen. Glücklicherweise war der Kaffee im Thirsty Pig beschissen, und Harry konnte keinen anständigen Koch halten, weil er zu knauserig mit seinem Geld und zu anspruchsvoll mit seinen Anforderungen war. Sein derzeitiger Koch war nicht einmal annähernd so gut wie Angus.

Grady bestellte ein Pint Maine Beer Dinner, und sie bat um ein Stoneface Double Clip. Grady bestellte auch etwas zu essen, aber sie hatte bereits eine Schüssel von Angus' köstlicher Meeresfrüchte-Suppe gegessen und hatte keinen Hunger.

„Hast du Lebensmittel einkaufen können?", fragte sie, nachdem Harry gegangen war. Sie war neugierig auf diesen Mann, der genauso ein Außenseiter zu sein schien wie sie selbst.

„Ja, das habe ich. Allerdings koche ich nicht so gern, deshalb stehe ich morgens vielleicht als Erster in der Schlange für das Frühstück."

„Wir haben morgen geschlossen, also wirst du wohl leider hungern müssen." Sie wackelte mit den Zehen in ihren hässlichen, aber bequemen Schuhen und weigerte sich, sich schlecht zu fühlen. Grady Steel war ein erwachsener Mann, der mehr als in der Lage war, sich um sich selbst zu kümmern.

„Hast du große Pläne für deinen freien Tag?"

Sie lachte reumütig. „Ja, natürlich. Es wird ganz entspannt und glamourös zugehen, nachdem ich meine Designaufträge abgearbeitet und meine Mutter besucht habe. Die Aufregung hört nie auf."

Eine junge Frau, die Brynn nicht kannte, brachte die Getränke. Der interessierte Blick der Frau wanderte langsam über Grady und erwärmte sich, als er an dem unerwartet attraktiven Gesicht hängen blieb. In den Augen der Frau flackerte Anerkennung auf, und Grady schenkte ihr ein breites Lächeln. „Danke."

Ein Anflug von Missmut schoss durch Brynn, und sie fühlte sich kleinlich und mürrisch. Das war kein Date.

Sie musste an Bowie denken.

Sie nahm einen Schluck Bier.

Der Mann mit dem Cowboyhut breitete die Arme aus, während er irgendeine Geschichte erfand. Harry lachte laut über eine Bemerkung des Touristen, während die hübsche Brünette sich vor der Kamera räkelte.

Brynn spürte Gradys Augen auf sich und ließ den Blick zu ihm schweifen.

Da war Interesse, das in den klaren Tiefen lauerte. Sie ignorierte den köstlichen Schauer, der durch ihre Nerven glitt.

„Darf ich dich fragen, was genau mit deinem Ex passiert ist?"

Der Schock traf sie wie ein Schlag ins Gesicht. Sie stellte ihr Getränk auf den Tisch, hielt das Glas jedoch fest. „Er hat mich verlassen."

„Das tut mir leid."

„Mir auch, aber jetzt nicht mehr." Sie verzog die Lippen. „Wir waren erst achtzehn Monate verheiratet, aber wir hatten bereits einige Probleme. Eines davon war, dass er wollte, dass ich mein eigenes Geschäft aufgebe und einen besser bezahlten Bürojob annehme." Und ihre Seele damit zerstörte. „Ich hielt es für nichts Ernstes. Die Wachstumsschmerzen einer Ehe, weißt du?"

Grady nickte.

„Eines Tages fährt er zu einer Konferenz und kommt einfach nicht mehr nach Hause. Ich hätte wohl ahnen müssen, dass etwas nicht stimmt, als er seinen großen Koffer und seinen Reisepass packte, aber ich war selbst auf einer Konferenz in Boston und habe es erst bemerkt, als er nicht zurückkam. Ich bin ausgeflippt und habe eine Vermisstenanzeige bei der Polizei in Boston aufgegeben. Dann schickte er mir ein paar Fotos von sich im Bett mit irgendeiner Tussi und bat um die Scheidung. Ein paar Wochen später schickte er mir eine Postkarte aus Belize. Danach habe ich nie wieder etwas von ihm gehört."

Die Emotionen schnürten ihr die Kehle zu. Das Gefühl des Verrats hatte sie in die Knie gezwungen und tat auch zwei Jahre später noch weh.

„Scheißkerl."

„Ja. Scheißkerl." Ihre Finger umklammerten ihr Bierglas, bevor sie einen weiteren Schluck nahm. „Was ist mit dir? Wurdest du schon mal von jemandem ausgeweidet, den du geliebt hast?"

20

———

„Nun, ich wurde schon oft abserviert, aber ich bin mir nicht sicher, ob ich jemals verliebt war.“

Sie leckte sich den Schaum von der Oberlippe, und Grady bemerkte, dass seine Augen von ihrem glänzenden Mund angezogen wurden.

„Wenn du nicht ausgeweidet wurdest, als sie dich verließen, dann warst du nicht verliebt.“

Er schaute an sich herunter, um seinen Bauch zu prüfen. „Ich schätze nicht.“

Grady wusste nicht so recht, was er von dieser Frau mit ihrem kupferfarbenen Haar und den graugrünen Augen voller Schmerz und Traurigkeit halten sollte. Er hatte nicht vor, sich jemals so verletzen oder benutzen zu lassen, wie sein Vater seine Mutter verletzt und benutzt oder wie Brynns Ex sie verletzt hatte. Er war gern allein. Er war daran gewöhnt. Er ging Risiken in seinem Job ein, nicht mit seinem Herzen. Er war zielstrebig und widmete sich ausschließlich seiner Arbeit. Er stellte seine Teamkollegen über alle anderen.

Frauen gefiel das nicht. Sie mochten es nicht, wenn Pläne im letzten Moment über den Haufen geworfen wurden. Ihm würde es an ihrer Stelle auch nicht gefallen. Wenn ihm das in seinem

Privatleben eine allgemeine Unzufriedenheit bescherte, war es nichts, das er nicht gewohnt war.

„War es das wert?", fragte er. „Dich zu verlieben. Zu heiraten?"

Ihre Augen waren groß, als sie die seinen trafen. „Nicht einmal annähernd."

Er hatte Brynn auf einen Drink eingeladen, weil er sie besser kennenlernen und ihr Vertrauen gewinnen wollte. Jetzt sah sie einfach hundsmiserabel aus.

Er berührte die Hand, die auf dem Sitz zwischen ihnen ruhte, wo niemand es sehen konnte, und drückte sie. Er hatte nicht mit dem elektrisierenden Schauer gerechnet, der wie ein Blitz über seine Haut zuckte. Gestern hatten sie einander zwar berührt, aber sie waren beide kurz vorm Erfrieren gewesen. Dieses Mal war es anders.

Ihr Blick schnellte zu ihm.

Sie zog ihre Finger zurück, aber nicht bevor Grady bemerkte, dass ihre Wangen rot wurden. Sie hatte es auch gespürt, dieses seltsame und unpassende Kribbeln. Zumindest hatte es sie aus ihrem Herzschmerz gerissen.

Er presste reumütig die Lippen aufeinander. „Ich wollte nicht drängen oder dich deprimieren. Ich war neugierig und dachte mir, ich frage dich lieber direkt, als auf Gerüchte zu hören."

„Die Gerüchte lauteten damals, dass ich Aidan entweder getötet und die Leiche vergraben hatte oder so schlecht im Bett bin, dass der Typ keine andere Wahl hatte, als sich das, was er brauchte, woanders zu holen." Ein grimmiges Lächeln umspielte ihre Lippen und formte ihre Wangen zu kleinen Äpfeln, aber dann lachte sie, was sie selbst zu überraschen schien. „Ich weiß deine Direktheit zu schätzen. Es ist normalerweise schwierig, darüber zu reden, aber scheiß auf ihn."

Grady hob sein Glas. „Darauf stoße ich an. Scheiß auf diesen Verlierer."

Sie stießen mit den Gläsern an.

Verdammt, sie war hübsch. Der Schein des Feuers tanzte auf

ihrem glänzenden Haar und wärmte ihre blasse Haut bis ins Cremefarbene, und sie sah aus wie eine Märchenprinzessin.

Märchenprinzessin?

Was zum Teufel…?

Er konnte es sich nicht leisten, sich ablenken zu lassen. Sie war sein Pass, mit dem er sich wieder in die Gemeinde einbringen konnte, um die Geheimnisse der Stadt aufzudecken und vielleicht einen der bösesten Männer zu fassen, die je eine Dienstmarke getragen hatten. Den FBI-Agenten, der seine Frau und seine beiden kleinen Jungen kaltblütig ermordet hatte. Er hatte sie in seichten Gräbern im Wald zurückgelassen, wo er glaubte, dass sie nie gefunden werden würden.

Könnte Brynns Vater Eli Kane sein?

Er konnte keine körperliche Ähnlichkeit mit dem Flüchtigen erkennen, aber das bedeutete nicht viel. Solange sie nicht durch einen DNS-Test entlastet wurde, musste er daran denken, dass das hier nicht echt war. Verdammt, selbst wenn sie nicht Kanes Tochter war, konnte er es sich nicht leisten, sich von einem hübschen Gesicht und ihrem intelligenten Verstand ablenken zu lassen.

Grady nahm einen Schluck von seinem Bier und zwang seinen Verstand, sich wieder auf den Moment und das Ziel zu konzentrieren. Eli Kane.

„Wenn Harry etwas kann, dann ist es, gutes Bier zu verkaufen." Brynn leckte sich erneut über die Lippen und nahm einen weiteren großen Schluck.

„In der Nähe von zu Hause schmeckt es immer besser." Er leckte sich selbst über die Lippen. „Das ist wahrscheinlich das Einzige, was ich an Maine vermisse."

Sie lachte. „Das Bier? Nicht das wilde Meer, die zerklüftete Küste und die schöne Landschaft?"

„Jetzt, wo du es sagst." Sein Blick glitt zur Bar. „Es scheint immer noch die Touristen anzuziehen."

„Die romantische Vorstellung von einem Leuchtturm und Hummerfallen ist kaum zu übertreffen."

Grady täuschte ein Schaudern vor. „Auf den Antillen vielleicht."

Brynn schnaubte.

Grady beobachtete, wie Cowboy einen Arm um Donnellys Schultern legte und ihm im Spiegel hinter der Theke in die Augen sah. Er warf dem Mann einen scharfen Blick zu. Ryan Sullivan lebte gefährlich.

Donnelly zog sich wieder auf den Hocker neben ihm und unterbrach den Körperkontakt. Dann fuhr sie mit einer Hand über Ryans Hintern und zwickte ihn so fest, dass er sichtlich zusammenzuckte.

Grady verbarg sein Lächeln in seinem Bier. Donnelly konnte für sich selbst einstehen, aber sie hatte Teamkollegen, die es für sie tun würden, wenn es nötig war. Cowboy war ein notorischer Frauenheld, aber wenn er sich mit Donnelly anlegte, würde es Ärger geben.

Er schaute sich in der Bar um und erkannte ein paar der alten Kumpels, die am Tisch gegenüber saßen. Er nickte, und sie nickten zurück, aber ohne ein freundliches Lächeln.

Danke, Agent Ropero.

Er erkannte nicht jeden, aber es war schon eine Weile her.

Brynn schaute auf ihre Uhr. „Ich gehe auf die Toilette. Pass bitte auf meinen Drink auf, ja?"

Sie machte sich auf den Weg, und Grady war überrascht, dass sie ihm vertraute – obwohl es vielleicht gar nicht so überraschend war, denn alle in der Bar starrten ihn unverhohlen an.

Kaum war sie verschwunden, hörte er das Quietschen von Stuhlbeinen auf dem alten Dielenboden, das ihn darauf hinwies, dass Caleb Quayle endlich seinen Mumm am Boden seines Glases gefunden hatte.

Caleb schlenderte mit zwei seiner schlaksigen Freunde herüber. Sie waren alle große Jungs. Weiß, jung, dumm. Grady war genau wie sie gewesen, bevor er beschlossen hatte, sich zu bessern, und ein Leben zu führen, auf das seine Großmutter stolz sein würde.

„Hey, Arschloch. Brynn hat es nicht nötig, dass jemand wie du um sie herumschnüffelt."

Grady fing Cowboys amüsierten Blick auf, als dieser sich umdrehte, um die Show zu sehen. Grady nahm noch einen Schluck Bier. „Meinst du nicht, dass es Brynn selbst überlassen bleibt, mit wem sie ihre Zeit verbringt?"

Calebs gerötete Augen wurden schmal. Diese Idee missfiel ihm, und es gefiel ihm auch nicht, wenn man ihm widersprach. Er lehnte sich näher heran. „Warum gehst du nicht dahin zurück, wo du hergekommen bist? Keiner will dich hier haben. Du gehörst nicht mehr hierher."

Grady trank langsam sein Bier aus und stand dann auf. Die drei jüngeren Männer begannen sich zu entspannen, als dachten sie, sie würden ihn verjagen.

Ein großer Fehler.

„Ihr solltet zurücktreten und euch um eure eigenen Angelegenheiten kümmern. Ich will keinen Ärger, aber ich werde mich verteidigen, wenn ihr etwas anfangt", sagte er langsam.

Caleb hielt sein Gesicht dicht vor Gradys. Sein Atem war so leicht entzündlich wie Feuerzeugbenzin. „Verschwinde, bevor wir dir in den Arsch treten, alter Mann."

Es war das „alter Mann", das den Ausschlag gab.

Bevor der andere Mann auch nur blinzeln konnte, hatte Grady Caleb umgedreht und einen seiner Arme auf dem Rücken fixiert. Er benutzte den großen Trottel als Schutzschild gegen die Versuche der anderen Idioten, ihn zu schlagen.

Cowboy saß offen grinsend auf dem Hocker, während Donnelly missbilligend zuschaute.

Harry Butler kam aus der Küche. „Ich will hier keinen Ärger haben. Grady, du musst gehen –"

„Oh, das glaube ich nicht, Harry." Die Stimme war hoch und klar, aber Grady wandte seinen Blick nicht von einem kahlgeschorenen Idioten ab, der aussah, als sei er besonders hirnlos. „Caleb und seine Freunde sind offensichtlich betrunken und belästigen Special Agent Steel, der das Recht hat, sich zu verteidigen." Brynn stand mit erhobenem Kinn und verschränkten Armen am Ende der Bar. „Du solltest die Täter bestrafen, nicht das Opfer."

Grady hob die Augenbrauen angesichts der Tatsache, als Opfer bezeichnet zu werden, aber auch weil Brynn Webster, die als kleines Mädchen so schüchtern gewesen war, dass sie sich unter den Röcken ihrer Mutter versteckt hatte, für ihn eintrat. *Ihn.*

Wann hatte sich das letzte Mal jemand in dieser Stadt auf seine Seite gestellt?

Höchstwahrscheinlich war es seine Großmutter gewesen. Sie hatte ihn unterstützt, auch wenn er es nicht verdient hatte. Eine Frau, die er so sehr geliebt hatte, dass es ihn vor Trauer niedergeschmettert hatte, als sie starb. Er vermisste sie noch immer jeden einzelnen Tag.

Caleb versuchte, sich aus seinem Griff zu befreien, und ihm gelang ein fieser Tritt gegen Gradys Schienbein. Grady unterdrückte einen Fluch und drückte den Arm des jungen Mannes so weit nach oben, dass er bei einer weiteren Bewegung Calebs aus dem Schultergelenk springen würde. Grady war versucht, den Kerl zu verhaften – oder ihm in den Arsch zu treten. Ersteres würde seine Tarnung auffliegen lassen, und er war nicht bereit, für diesen kleinen Scheißer eine Chance auf die Verhaftung von Eli Kane zu opfern. Ihm in den Arsch zu treten, würde ihm vielleicht eine vorübergehende Genugtuung verschaffen, wäre aber unfair, wenn man Gradys Training und Calebs derzeitigen betrunkenen Zustand bedachte. Selbst bei einem Drei-gegen-Eins-Kampf würde es nur Sekunden dauern, sie alle niederzuschlagen. Er wollte niemandem Schmerzen zufügen, aber er würde sich und andere beschützen, wenn es sein musste.

„Sie haben Ihre Ehre verteidigt, kleine Lady." Cowboy sprach mit honigsüßem Montana-Akzent und sprang von seinem Hocker, bevor er sich an seinen Cowboyhut tippte.

Brynn starrte Ryan mit großen Augen an. „Was hat meine Ehre mit irgendetwas zu tun? Was *ist* das überhaupt?"

„Diese Männer haben vorgeschlagen, dass der Gentleman, mit dem Sie hier sitzen, Sie in Ruhe lassen sollte." Cowboys Akzent war so übertrieben, dass Grady kaum verstehen konnte, was er sagte. Aber er erkannte, dass Ryan das Feuer schürte – etwas, das er hervorragend konnte. „Sie haben behauptet, er sei nicht gut genug für Sie."

Die Muskeln in Brynns Kiefer spannten sich an, und sie tippte ungeduldig mit dem Fuß auf den Boden. „Niemand schreibt mir vor, mit wem ich meine Zeit verbringe, Caleb Quayle. Wenigstens hat mir Agent Steel letzte Nacht geholfen, Milton aus dem Wasser zu ziehen – im Gegensatz zu einigen Leuten, die nur zugesehen haben."

„Wahrscheinlich hat er ihn zuerst getötet", murmelte einer der anderen.

„Ich selbst hätte Milton genauso gut erschießen können." Brynn zeigte auf Caleb. „Es ist ebenso möglich, dass er Milton ermordet hat, bevor er auf die andere Seite des Hafens gerannt ist und dort wie bestellt und nicht abgeholt auf dem Pier stand, um mir und Grady beim Schwimmen im arktischen Meer zuzusehen."

„Ich habe niemanden umgebracht."

„Nun, du bist auch nicht reingesprungen, um mir zu helfen, als ich halb erfroren und kurz davor war, zu ertrinken. Du und deine idiotischen Freunde könnt eure Gedanken darüber, mit wem ich meine Zeit verbringe, für euch behalten. Das geht euch einen Scheißdreck an."

Brynn holte tief Luft.

Sie war herrlich, wenn sie wütend war, und Grady würde lügen, wenn er behauptete, dass er sich in diesem Moment nicht ein bisschen in sie verliebt hatte. Grady stieß den jüngeren Mann weg.

„Raus. Ihr drei. Raus, bevor ich die Polizei rufe, die Besseres zu tun hat." Harry war endlich zu dem Entschluss gekommen, die Störenfriede zu vertreiben.

Ein wenig spät, aber Grady hatte dem Mann nie wirklich getraut. Er musterte ihn erneut nachdenklich. Harry Butler entsprach dem Alter und der Größe von Eli Kane. Er hatte zwar kein Schließfach auf seinen eigenen Namen, aber es gab eines für das Geschäft.

Brynn kam herüber und schnappte sich ihren Mantel. „Wir gehen ebenfalls." Sie wickelte sich ihren Schal um den Hals und schaute Caleb und seine Freunde an, die alle dastanden, unsicher, was sie tun sollten. „Ihr habt so lange Hausverbot im Café, bis ihr euch bei mir und Agent Steel entschuldigt habt."

Alle drei schienen empört über ihren Beschluss zu sein, aber Calebs Stolz beherrschte noch immer seinen Mund. Er grinste höhnisch. „Wir werden warten, bis das Café neue Besitzer hat. Nach dem, was ich gehört habe, wird das nicht mehr lange dauern."

Brynns Gesichtsausdruck wurde leer und ausdruckslos, der Seitenhieb saß. „Dann habt ihr Hausverbot, solange jemandem namens Webster das Lokal gehört, und ich könnte es sogar zur Bedingung für den Verkauf machen, dass ihr auch danach Hausverbot habt." Sie wirbelte herum und ging davon.

Grady wollte dem Kerl eine reinhauen, aber das wäre nicht gerade die feine englische Art.

Er sah sie alle mit zusammengekniffenen Augen an. „Einen Bundesagenten anzugreifen ist eine Straftat." Daraufhin wurden Calebs Freunde kreidebleich. „Ich werde es dieses Mal bei einer mündlichen Verwarnung belassen, weil ich nicht nach Bangor fahren will, um euch alle abzufertigen. Das nächste Mal werde ich nicht so verständnisvoll sein." Er nahm seinen Mantel und warf Cowboy und Donnelly einen kurzen Blick zu, bevor er Brynn hinterherlief, die die Bar bereits verlassen hatte.

Er musste rennen, um sie einzuholen. Die Nacht war dunkel. Die Wolken spielten Verstecken mit dem Mond. „Hey, lass mich dich nach Hause begleiten. Ich gehe den gleichen Weg."

Es war als Scherz gedacht, um die Spannung zu lösen, aber sie warf ihm einen Blick zu, den er nicht deuten konnte. Sie war großartig gewesen. Er wollte sie umarmen. Schlimmer noch, er wollte ihr einen Kuss auf die Lippen drücken und sehen, ob sie so gut schmeckten, wie sie aussahen.

Sie sah aus, als würde sie sich gleich übergeben.

„Es tut mir leid, dass das passiert ist, Brynn." Er sprach vorsichtig und hatte Mühe, sich in ihrer Stimmung zurechtzufinden, wohl wissend, dass sie zu recht verärgert war.

Ihre Hand umklammerte ihren Mantel in der Nähe ihres Halses und ihre Augen blitzten im Schein der Straßenlaterne. „Es war nicht deine Schuld. Nichts davon war deine Schuld." Ihre Stimme vibrierte vor Emotionen. Der starre Blick war verschwunden. Er war durch brennende Wut ersetzt worden.

Seine eigenen Gefühle blieben ihm im Halse stecken. „Ja, aber es tut mir trotzdem leid."

Sie gingen ein paar Augenblicke schweigend weiter. Der Schnee war fast von den Gehwegen geschmolzen, aber die Temperatur war immer noch eisig. Sie sollte noch weiter sinken, bis der Schneesturm im Laufe der Woche eintraf. Er hoffte, dass sie Kane vor dem Schneesturm ausfindig machen würden.

„Hast du deine Waffe schon zurück?", wollte sie wissen.

„Noch nicht", antwortete er überrascht. Er trug die verdeckte Waffe, die Novak ihm gegeben hatte, am Knöchel, aber diese Tatsache würde er nicht hinausposaunen.

„Du solltest mit dem Sheriff reden, damit du sie so schnell wie möglich zurückbekommst." Sie stieß eine Wolke sichtbarer Luft aus. „Caleb Quayle ist ein Verbrecher. Schlimmer noch, er stammt aus einer ganzen Familie von Verbrechern. Die Tatsache, dass du vom Dienst suspendiert bist, bedeutet, dass er denken wird, dass er dir etwas antun kann, ohne dass es ernsthafte Konsequenzen hat." Sie warf ihm einen Blick zu. „Er ist ein Hitzkopf, aber er ist auch gerissen."

Er hatte nicht erwartet, dass sie sich darum scheren würde. „Ich kann auf mich selbst aufpassen."

Sie warf die Hände in die Luft. „Jetzt bist du auch noch ein Superheld."

„Das habe ich nie gesagt."

„Was ist, wenn er eine Waffe auf dich richtet, wenn er dich irgendwo allein trifft?"

„Das wird er nicht."

„Und wenn er es doch tut?", drängte sie.

Er kratzte sich an der Stirn. Machte sie sich wirklich Sorgen um ihn, oder beschäftigte sie etwas anderes? „Es tut mir leid, was er über neue Besitzer gesagt hat. Das war beschissen von ihm und hat dich verletzt."

Ihre Augen wirkten glasig vor Tränen. „Er wusste genau, was er sagt. Das Schlimmste ist, dass ich versucht habe, meine Eltern davon zu überzeugen, das Café zu verkaufen. Sie sollen es verkaufen und ihren Ruhestand genießen, solange sie noch können."

„Warum tun sie es nicht?"

Brynn blieb einen Moment stehen und schluckte angestrengt. „Meine Mutter hat den Laden von einer erfolglosen Spelunke zu einem florierenden Unternehmen gemacht. Ich glaube, sie sieht das Café als ein Spiegelbild ihrer selbst. Wenn sie nicht stark genug ist, um es zu führen, dann … ist sie nicht stark genug, um zu überleben." Sie brach ab und beeilte sich, weiterzugehen.

Scheiße.

Brynns Schmerz erinnerte ihn daran, warum es so viel einfacher war, allein zu sein.

Der Wind schnitt mit der Präzision eines Skalpells durch ihn hindurch. Verdammt, es war kalt.

„Was denkst du, warum jemand Milton Bodurek getötet hat?", fragte sie plötzlich.

„Ich weiß es nicht." Er dachte darüber nach, was Saul ihm erzählt hatte – dass Milton doch kein so netter Kerl gewesen war. Solche Leute machten sich stille Feinde. „Aber wie wir festgestellt haben, war ich lange weg."

Sie runzelte die Stirn.

„Warum eigentlich?"

Sie schüttelte sich. Schaute ihn von der Seite an. „Ich denke immer noch, dass er erschossen worden sein muss, als ich entweder im Café aufgeräumt habe oder als ich zum Hafen runterging."

„Ich dachte, du hättest gesagt, du hättest keinen Schuss gehört.“

„Habe ich auch nicht.“ Sie kaute geistesabwesend auf ihrer Unterlippe.

„Aber …“ Was verheimlichte sie ihm?

„Nichts.“

Gab es etwas in Miltons Leben, das zu seinem Tod geführt haben könnte? Oder hatte der Mord etwas mit Gradys Ermittlungen zu tun?

„Was bedrückt dich?“

„Es klingt albern.“

„Was denn?“, drängte er.

„Ich dachte, ich hätte jemanden hinter mir gehört, als ich letzte Nacht die Gasse entlang ging. Aber als ich mich umdrehte, war es nur ein Kater. Er hat mich zu Tode erschreckt.“

Könnte ihr jemand gefolgt sein? Sie beobachtet haben? „Hast du so etwas schon mal erlebt?“

Ihr Lachen kam als ein weiterer frostiger Hauch heraus. „Nur wöchentlich in Boston.“

Das Geschenk der Angst. „Du hörst auf deine Intuition. Das ist gut.“

„Ja, das sagt mein Vater auch immer.“

„Er ist ein kluger Mann.“

„Das ist er.“

„Und er liebt dich.“

Ihr Lächeln war sanft. „Das tut er.“ Ihre Augen bekamen wieder diesen abwesenden Ausdruck. „Ich weiß nicht, was er tun wird, falls wir Mom verlieren …“

Grady ergriff eine ihrer Hände und drückte sie durch den Handschuh hindurch. „Die Behandlungen werden immer besser.“

Sie nickte. „Ja. Das werden sie.“

Er wollte mehr über ihren Vater wissen, aber ihm fiel kein Weg ein, wie er das tun konnte, ohne Verdacht zu erregen.

„Gibt es Überwachungskameras an der Rückseite des Cafés?“, fragte er stattdessen.

„Nein, gibt es nicht." Sie drückte ihr Kinn in ihren Schal, um sich vor dem bitteren Wind zu schützen. „Jetzt klingst du wie ein Polizeibeamter."

„Ich *bin* Polizeibeamter."

„Ja", seufzte sie leise. „Ich vergesse das immer wieder."

<h1 style="text-align:center">21</h1>

„Sollen wir ihm nicht folgen?", fragte Donnelly, ihren Mund viel zu nah an seinem Ohr.

Ryan beobachtete, wie die drei betrunkenen jungen Männer wütend aus der Bar gingen, um Grady und der feurigen Rothaarigen zu folgen.

„Es könnte ein wenig verdächtig wirken, wenn wir alle gehen. Grady ist ein großer Junge. Er wird mit den Typen schon fertig."

Ryan warf einen Blick auf die beiden russischen Touristen, die ebenfalls aufstanden und sich zum Aufbruch bereit machten. Sie hatten sich vorhin in der Bar kurz unterhalten und über die besten Orte ausgetauscht, die einen Besuch wert sind. „Hast du Fotos von allen hier drin gemacht?"

Das war der Hauptgrund, warum er in die Bar gekommen war, zusätzlich zu der Tatsache, dass er es so lange wie möglich vermeiden wollte, mit Donnelly allein zu sein.

„Ja. Ich habe sie schon an Novak geschickt."

Hoffentlich würde die Biometrie einige der Leute hier ausschließen, aber es war möglich, dass Kane genug plastische Operationen an seinen Gesichtsknochen wie Stirn und Nasenbein vorgenommen oder Kiefer- und Kinnimplantate hatte einsetzen lassen, was die Algorithmen unbrauchbar machen könnte. Selbst Make-up konnte die Software gelegentlich durcheinanderbringen, wenn man wusste, was zu tun war.

Sie hatten nur wenige Fotos von Kane, und sie zeigten einen wesentlich jüngeren Mann, weshalb die Algorithmen bereits auf Projektionen aus begrenzten Quellen basierten. Kane hatte alle persönlichen Fotos von sich und seiner Familie mitgenommen oder vernichtet, vermutlich um die Jagd nach ihm zu erschweren.

Es hatte funktioniert.

Eli Kane war ein Meister der Tarnung gewesen. Er hätte überall auf der Welt hingehen können. Warum war er hierher nach Deception Cove gekommen? Die bessere Frage wäre vielleicht, warum nicht?

Es lag in der Nähe des Meeres und der kanadischen Grenze, was bedeutete, dass ihm alle Möglichkeiten offenstanden. Hatte er ein Schlupfloch bei den Canucks gefunden? Eine andere Identität mit einem Maple-Leaf-Pass?

Kane hatte in den Achtzigern eine Zeit lang für die Spionageabwehr gearbeitet. Hatte er die Verräter Ames, Hanssen oder Clarkson gekannt? Ryan beobachtete die Russen, als sie zur Tür gingen.

Waren das wirklich nur einfache Touristen? Oder etwas Schlimmeres?

„Gehen wir zurück ins Zimmer und sehen nach, ob es Treffer gegeben hat." Donnelly gähnte, scheinbar unbeeindruckt von der Situation, in der die beiden sich befanden. „Wir sollten ein wenig schlafen."

Schlafen?

Verdammt noch mal. Er wusste nicht einmal, was das Problem war. Er war schon mit hübscheren Frauen ausgegangen. Er hatte eine Vorliebe für Rothaarige wie die Frau, auf die Grady es abgesehen hatte.

Die Art und Weise, wie sie sich für Grady eingesetzt hatte, war bewundernswert, aber Ryan hielt sich mit einem Urteil zurück, weil er das Glitzern in Gradys Blick erkannte, wenn er Brynn Webster ansah.

Ryan wollte ausnahmsweise der objektive Beobachter sein, wenn es um Frauen ging.

Aber klar doch.

Er trank sein Bier aus, glitt vom Hocker und nickte dem Barkeeper zu, während er Donnelly zur Tür hinaus, die Holztreppe hinauf und durch ein Labyrinth von Gängen folgte, bis sie ihr Zimmer in einem gotischen Turm im obersten Stockwerk erreichten. Ihre Tarnung war, dass er eine Ranch in Montana besaß und mit seiner Freundin einen Kurzurlaub in der eher ruhigen Saison machte. Das war nahe genug an der Wahrheit, sodass er jeden, der ihn über das Leben auf der Ranch ausfragte, mit den Details zu Tode langweilen konnte. Donnelly war eine ehemalige Soldatin, die jetzt bei ihm lebte, und sie hatten sich vor ein paar Jahren im Urlaub auf Hawaii kennengelernt.

Sie schloss die Tür auf, und er wappnete sich, als er hineinging.

Bei Tageslicht hatten sie angeblich einen Blick aufs Meer. Er hielt seine Augen auf das Licht des Leuchtturms gerichtet, während Donnelly sich streckte und gähnte. Laut der Empfangsdame konnte man an einem guten Tag Nova Scotia vom Fenster aus erblicken. Bis jetzt hatten sie nur Nebel gesehen.

„Willst du zuerst duschen gehen?" Donnelly schien vergessen zu haben, dass sie ihn vor weniger als einer Woche angemacht hatte, aber ihm fiel es schwer, das zu verdrängen. Die Nachricht vom Tod ihres Vaters hatte sie aufgewühlt und nach etwas suchen lassen, das sie ablenken konnte. Er verstand diese Denkweise besser als die meisten anderen.

Zum Glück hatte er nur eine einzige unumstößliche Regel, wenn es darum ging, mit wem er Sex hatte – auf keinen Fall mit Arbeitskollegen, nicht einmal mit zivilen Auftragnehmern des FBI.

„Später. Mach du nur. Ich rufe Novak an."

Sie schenkte ihm ein dankbares Lächeln, während sie ihre Sachen zusammensuchte und ins Bad ging.

Ryan ging Komplikationen aus dem Weg wie die Mäuse den Katzen. Er führte keine Beziehungen. Er war offen und ehrlich, was die Tatsache betraf, dass alles, was passierte, eine rein körperliche Begegnung sein würde, die hoffentlich für beide Seiten angenehm war. Es gab Frauen, mit denen er mehr als einmal Sex hatte, aber nur mit denen, die nicht diese weiche Verletzlichkeit in ihren Augen hatten.

Obwohl Meghan Donnelly die erste Frau war, die in das Geiselrettungsteam aufgenommen worden war, war sie in höchstem Maße verletzlich. Und sie war seine Teamkollegin.

Eine Teamkollegin vögelte man nicht.

Niemals.

Das Bett war riesig und hatte diese Holzpfosten, die ihn an nichts anderes denken ließen als an verschiedene Möglichkeiten. Er warf seinen Cowboyhut auf die Kommode und zog seine Stiefel aus. Dann warf er einen Blick auf das Zweisitzer-Sofa und entschied sich stattdessen für den Liegesessel mit Blick auf das Meer.

Er hörte, wie die Dusche aufgedreht wurde, und sein Mund wurde trocken. Also kramte er sein Handy hervor, um Novak anzurufen, und das Hintergrundbild auf seinem Gerät verpasste ihm einen Schlag in die Magengrube.

Er ließ sich schwerfällig fallen, als seine Knie nachgaben. Seine Frau Becky, die auf einer ruhigen grauen Stute auf der Ranch ritt. Sie war die beste Freundin seiner Zwillingsschwester in der Highschool gewesen, und er hatte sie sich geangelt, sobald er die Gelegenheit dazu hatte.

Die Liebe seines verdammten Lebens.

Sie war kurz nach der Geburt ihrer Tochter gestorben, und er war mit ihr gestorben, für eine lange Zeit. Vor Emotionen stiegen ihm die Tränen in die Augen, und seine Kehle bettelte um die betäubende Wirkung eines Whiskys – oder zehn.

Er schloss die Augen, als das altbekannte Elend über ihn hereinbrach, aber dieses Mal war es anders, und er wusste warum. Er wusste genau, warum. Er atmete ein. Er zählte bis zehn.

Dann rief er Novak an.

22

Als sie das Haus erreichten, bedeutete Grady Brynn, vor ihm den dunklen Pfad hinaufzugehen. Aus dem Augenwinkel sah er, wie sich etwas Graues und Zotteliges im Schatten bewegte.

Er fluchte leise, dann lief er um Brynn herum und die Treppe zum Haupthaus hinauf. Er ging hinein und schnappte sich einen Napf, eine Gabel und eine Dose Hundefutter, die er zuvor im Laden gekauft hatte. Er rannte wieder nach draußen, während Brynn dastand und ihn anstarrte, als hätte er den Verstand verloren. Seine Augen suchten die Umgebung ab.

Er öffnete die Dose und stellte den Napf auf den Boden. Dann pfiff er und klopfte mit der Gabel gegen den Rand der Dose.

Brynn beobachtete ihn schweigend.

Er kam sich wie ein Idiot vor.

Er wollte gerade aufgeben, als der Hund um die Ecke des Nachbarhauses spähte.

„Hier, Junge." Grady schaufelte das Dosenfutter in den Napf und trat zurück.

Gemeinsam sahen sie zu, wie der Hund zu ihnen schlich. Er schnupperte vorsichtig und leckte dann an der Soße, bevor er sich misstrauisch wegduckte. Als das Fleisch seine Geschmacksnerven traf, beugte sich der Hund wieder nach vorn und begann hungrig zu fressen, wobei er das Futter hastig hinunterschlang.

„Nicht bewegen", murmelte Grady leise. Er nahm Brynns Hand, als sie aussah, als wolle sie sich dem Tier nähern. Sie hatte ihren Handschuh ausgezogen, und ihre Haut war kalt. Die Elektrizität zwischen ihnen flammte wieder auf, als er ihre Finger rieb.

Das Fell des Hundes war schmutzig und zerzaust. Seine Hüftknochen waren trotz des dichten Fells sichtbar und er schien eine Vorderpfote stärker zu belasten.

Grady zog Brynn nach unten, sodass sie beide auf Augenhöhe mit dem Hund waren, der wie ein ausgehungerter Wolf fraß, sie beide aber wachsam im Auge behielt.

„Armes Ding", sagte Brynn mitfühlend.

„Ja, armes Ding."

Grady ließ ihre Hand los und schabte mit Gabel im Rest des Futters in der Dose. Er streckte sie aus, als der Hund den Napf so sauber leckte, dass er glänzte.

Nach kurzem Zögern streckte der Hund seine Nase nach der Gabel aus, aber in der Nähe knallte eine Tür, und der Hund schoss die Straße hinunter.

Brynn atmete tief durch. „Hast du eine Ahnung, wem er gehört?"

„Saul hat gesagt, er hätte Caleb Quayle gehört." Seine Stimme wurde schärfer. Jetzt wünschte er sich, er hätte dem Kerl eine reingehauen.

„Was hast du vor?" Brynn musterte ihn, als würde sie ihn bereits kennen.

„Ihn füttern. Ich will sehen, ob ich sein Vertrauen gewinnen und ihn vor dem Schneesturm ins Haus holen kann. Ihn sauber machen und zum Tierarzt bringen."

„Ich bin mir nicht sicher, ob Caleb darüber erfreut sein wird."

„Darauf gebe ich einen feuchten ..." Er räusperte sich. „Caleb wird zu sehr mit dem Veterinäramt beschäftigt sein, um sich zu beschweren."

Plötzlich wurde ihm bewusst, dass sie beide auf dem gefrorenen Rasen im Mondlicht knieten. Sie starrten einander einen langen Moment an.

Grady hätte sie geküsst, wenn er nicht arbeiten müsste und es nicht unfair gewesen wäre, dieser Frau noch mehr Schmerz zuzufügen. Sie hatte etwas Besseres verdient.

Ihre Lippen zuckten. „Vorsicht. Die Leute werden noch hinter das harte Äußere blicken und merken, dass du in Wirklichkeit einen ganz weichen Kern hast."

Weich war das Letzte, was er im Moment fühlte.

Er half ihr auf die Beine und verspürte den seltsamen Drang, sie weiter festzuhalten. Stattdessen ließ er los. „Ich möchte sie nicht ihrer lang gehegten Vorurteile berauben."

Dann hob er die Schüssel auf. Er würde sie waschen, mit warmem Wasser füllen und am Fuß der Treppe abstellen. Sie würde über Nacht gefrieren, aber er würde das Wasser am Morgen wechseln.

„Es tut mir leid, dass ich das arme Ding noch nie bemerkt habe." Schuldgefühle zerrten an Brynns Gesicht.

Grady wollte eine Hand um ihren Hinterkopf legen und sie für einen Kuss näher zu sich ziehen. „Du hattest viel zu tun."

Sie schaute ihn an. „Vielleicht. Vielleicht auch nicht. Ich hätte merken müssen, dass er leidet." Abrupt trat sie zurück. „Gute Nacht, Grady."

„Gute Nacht, Brynn."

Sie warf nochmals einen Blick über ihre Schulter und zog die Lippen zu einer Seite, bevor sie sagte: „Du bist nicht der Bösewicht, als den die Stadt dich darstellen will, oder?"

Sein Blick blieb an ihrem haften. „Vielleicht gefällt es mir ja, als der böse Junge der Stadt angesehen zu werden."

„Weil du so alle Mädchen bekommst?"

Ihm wurde plötzlich klar, dass er nicht alle Mädchen wollte. Er wollte eines. Dieses hier. „Du solltest besser reingehen."

Stattdessen kam sie auf ihn zu und legte ihm eine Hand auf die Brust. Er hielt ganz still. Sie stellte sich auf die Zehenspitzen und küsste ihn auf die Wange, wobei sie gerade so seinen Mundwinkel streifte. Er schloss die Augen und konzentrierte sich auf das Gefühl ihrer weichen Lippen, auf ihren Duft, der so angenehm und blumig war wie die Freesien, die seine Großmutter hier im Garten gepflanzt hatte.

Noch bevor er die Augen öffnete, war sie verschwunden. Vielleicht hatte er das alles nur geträumt.

Nein, er hatte nicht geträumt.

Ein Grinsen machte sich auf seinem Gesicht breit.

Dann sank seine Laune. Sein Plan funktionierte, aber er wollte Brynn nicht noch mehr wehtun, als es ihr bereits widerfahren war. Er log sie an – nicht darüber, was er fühlte oder auch nicht fühlte, eine Portion Erregung und eine Mischung aus etwas anderem, etwas, das sich sehr nach Freundschaft anfühlte – sondern darüber, warum er hier war.

Er benutzte sie, und er war sich ziemlich sicher, dass sie ihm nie verzeihen würde, wenn sie es herausfände.

Es war zu spät, die Dinge zu ändern. Zu spät, um diesen unschuldigen, seelenverzehrenden Kuss abzuwehren. Nicht, dass er es getan hätte. Er hätte es aber tun können.

Er stapfte die Treppe zum Haus hinauf, wobei er sich wie das größte Arschloch der Welt vorkam. Er musste der Intimität mit Brynn entfliehen, egal wie sehr er sie genoss.

Es sollte freundlich, aber platonisch zwischen ihnen zugehen.

Nicht die Konzentration verlieren.

Er hatte einen Job zu erledigen. Eli Kane zu fangen war das Einzige, was zählte, genauso wie die Person, die Milton Bodurek letzte Nacht kaltblütig ermordet hatte. Vielleicht könnte er der Stadt beweisen, dass er wirklich nicht der Bösewicht war.

Na klar.

23

———

Brynn saß auf dem Bettrand und schaute auf die letzten Bilder von Aiden. Er lehnte mit einem albernen Lächeln im Gesicht am dunklen Holzkopfteil eines Bettes, mit nackter Brust und um die Taille geschlungenen Laken.

Der Grund für den albernen Gesichtsausdruck war wahrscheinlich die Frau, die neben ihm saß, so dicht an ihn gepresst, dass ihr Gesicht größtenteils von ihren glänzenden blonden Haaren verdeckt wurde.

Aiden hatte sich immer gewünscht, dass Brynn sich die Haare blond färbte – nur so zum Spaß.

Die blonde Frau hatte ihre Hand unter der Decke, und es gab keinen Zweifel daran, was sie gerade tat.

Wenn Blondinen sein Typ waren, warum zum Teufel hatte er dann sie geheiratet?

Das zweite Foto war ein Selfie von der Seite, auf dem die beiden im selben Bett lagen und sich küssten.

Es war das unschuldigere von beiden, aber die Tatsache, dass ihn die Lust nach der anderen Frau zu verzehren schien ...

Brynn erinnerte sich, dass die Polizisten sie nach ihrem Sexualleben gefragt hatten, als der Bastard verschwunden war, als dachten sie, dass sie Aiden irgendwie geschadet haben könnte. Sie hatte damals sterben wollen.

Sie hätte Aiden wahrscheinlich verzeihen können, dass er sie verlassen hatte, wenn er es so getan hätte, dass sie nicht so überrumpelt und gedemütigt worden wäre. Was er getan hatte, war grausam gewesen, auch wenn sie bezweifelte, dass er es so sah.

Er hatte überhaupt nicht an sie gedacht. Nicht mit der Blondine, die sich um seine Bedürfnisse kümmerte.

Waren sie noch zusammen?

Wen kümmerte das?

Er hatte alles von ihren gemeinsamen Bankkonten gestohlen. Sie hatten für die Anzahlung auf ein Haus gespart, in dem sie gemeinsam eine Familie gründen wollten.

Er hatte sich von seiner eigenen Familie entfremdet. Sie hätte das als Warnzeichen sehen müssen und nicht annehmen dürfen, dass sie die Arschlöcher waren.

Brynns Finger schwebte über der Löschtaste, aber sie zögerte dennoch. Sie schloss die Augen.

Sie war noch nicht bereit, die Bilder zu löschen, und das nicht, weil sie ihren fremdgehenden Ex immer noch liebte.

Es war eine Mahnung.

Dass Aiden sie trotz all der blumigen Versprechen nicht genug geliebt hatte, um zu bleiben. Beim ersten Anzeichen von Ärger hatte er sie ohne ein Wort der Reue abserviert.

Sie schaltete ihr Handy aus und warf es auf den Nachttisch.

Diese Erinnerung brauchte sie jetzt mehr denn je.

Männer waren Idioten.

Und doch …

Sie lächelte.

Die gute Nachricht war, dass sich der Kuss mit Grady Steel vorhin nicht wie Fremdgehen angefühlt hatte. Natürlich war es nur ein zurückhaltender, freundschaftlicher Kuss gewesen. Aber in ihrem Inneren begannen sich Gefühle und Begierden zu entfalten und sich aus den engen Zöpfen zu befreien, in die sie sie gezwängt hatte.

Plötzlich wuchs in ihr ein Schmerz, den sie gestillt haben wollte. Sie war nicht auf der Suche nach einem Mann in ihrem Leben, aber vielleicht würde ein bisschen Herummachen sie nicht umbringen.

Vielleicht würde es sogar Spaß machen.

Sie vermutete, dass der Mann da oben hervorragend im Bett war. Sie war nicht auf der Suche nach etwas Kompliziertem. Sie hatte keinen Platz in ihrem Leben für eine Beziehung.

Aber Sex …

Verdammt.

Jetzt konnte sie nicht mehr aufhören, daran zu denken.

Niemand musste es je erfahren. Er würde ja nicht hierbleiben.

Sie mochte Sex. Sie wollte ihr Leben nicht ohne gelegentlichen wilden, heißen Sex mit jemandem, der ihr ins Auge fiel, verbringen.

Seit Aiden war ihr niemand mehr ins Auge gefallen. Nur Grady Steel.

Ihr Herz raste ein wenig.

Warum nicht jetzt sofort?

Langsam warf sie die Decke zurück, schlich auf Zehenspitzen durch die Wohnung und die Treppe hinauf zum Haupthaus.

Leise schob sie die beiden Riegel zurück und öffnete das Schloss. Langsam drehte sie den Knauf und stieß die Tür auf. Es war ironisch, dass sie uneingeladen eintrat, wo sie doch in der Nacht zuvor so ängstlich gewesen war.

Sie war oben gewesen, bevor sie eingezogen war. Crystal hatte sie herumgeführt, in der Hoffnung, sie dazu zu verleiten, die größere Wohnung zu mieten.

„Grady?"

Im Haus war es still, nur das Geräusch der Heizung und der Wind an den Fenstern durchbrachen die Stille.

Sie schlich durch den Flur und stieg schnell die Treppe hinauf, bevor sie noch den Mut verlor.

„Grady? Bist du wach?" Sie schlich sich zur Tür des ersten Schlafzimmers und klopfte an, bevor sie sie aufstieß. „Grady?"

Das Zimmer war leer. Sie schloss die Augen und lachte, während sie ihre Stirn gegen das kühle Holz des Türpfostens lehnte.

Er war nicht hier. Oder er verhielt sich still und tat so, als sei er nicht hier …

Ein Gefühl der Albernheit überkam sie. Sie sah auf ihren alten, bequemen Pyjama hinunter. Was zum Teufel hatte sie sich nur dabei gedacht?

Schnell wich sie zurück und rannte die mondbeschienene Treppe hinunter, da sie nicht erwischt werden wollte.

Was *wusste* sie eigentlich über den Kerl? Dass er vom FBI suspendiert worden war, weil er eines schrecklichen Verbrechens beschuldigt wurde. Na und, dann war er eben nett zu einem Hund. Er könnte dennoch ein Schurke sein.

Sie schloss und verriegelte die Kellertür und schlich leise zurück in ihre Souterrainwohnung. Sie kroch ins Bett und kauerte sich unter die Bettdecke.

Männer wurden überbewertet. Sex wurde überbewertet.

Sie schloss die Augen und versuchte zu vergessen, dass beides existierte.

Ihr Telefon summte, und sie nahm es schnell in die Hand, aus Angst, dass etwas mit ihrer Mutter passiert war.

HALTE DICH VON GRADY STEEL FERN, WENN DU WEISST, WAS GUT FÜR DICH IST.

Sie blinzelte auf die SMS, die von einem unbekannten Absender kam. „Du willst mich wohl verarschen."

BIST DU DAS, CALEB?

Sie starrte auf den Bildschirm, aber das Telefon blieb stumm.

24

Grady hatte sich die Zeit genommen, sich ganz in Schwarz zu kleiden, bevor er sich wieder auf den Weg in die verschneite Nacht hinaus machte. Er hielt sich an die Schatten, als er sich lautlos zur Gasse vor dem Sea Spray Café vorarbeitete.

Hatte Brynn letzte Nacht etwas geahnt? Etwas anderes als eine streunende Katze gespürt?

Vielleicht den Mörder von Milton Bodurek?

Grady blieb ein paar Minuten lang stehen und lauschte auf jemanden, der sich hier draußen in der Dunkelheit aufhalten könnte.

Der Geruch von gefrorenem, abgestandenem Müll aus einer nahen Mülltonne drang durch die allgegenwärtigen Gerüche eines Winters in Down East – Salzwasser, Seetang, schmutziger Schnee.

Die Möwen waren ausnahmsweise still, aber die Boote trommelten unaufhörlich gegen die unruhige Bewegung des Ozeans an.

Die Luft fühlte sich angespannt an, als wartete sie darauf, dass etwas passierte.

Er ging die Gasse hinauf, bis er das Café erreichte und leuchtete mit seiner roten Taschenlampe über den Boden. Der schneidende Wind verwischte jede Spur von Fußabdrücken. Selbst seine eigenen waren hinter ihm verschwunden.

Ein leises Fauchen ließ ihn fast aus der Haut fahren, aber er schob den Schreck beiseite und stieß das Holztor auf, das in den Hof des Nachbargebäudes des Cafés führte.

Er leuchtete mit der Taschenlampe schnell auf den Schatten, aber es war niemand da, außer einem wild aussehenden orangefarbenen Kater, der Grady musterte, als würde er ihn als Abendessen in Betracht ziehen.

Er ignorierte die Katze und richtete seine Aufmerksamkeit auf den Boden. Pfotenabdrücke zogen sich über den gefrorenen Schlamm, zusammen mit einigen Vogelspuren und blutigen Federn.

Mehrere Schuh- und Stiefelabdrücke waren deutlich auf dem Boden zu erkennen, zusammen mit ein paar Zigarettenkippen.

Margery Tomey, die den Souvenirladen betrieb, war eine zierliche Frau Anfang sechzig. Er glaubte nicht, dass sie der Typ war, der Stiefel trug und Zigaretten rauchte.

Sie war weder verheiratet noch lebte sie mit jemandem zusammen. Vielleicht hatte sie jemanden, der für sie arbeitete, aber das hier schien nicht zu seiner Vorstellung von der Frau oder ihrem Laden zu passen. Soweit er sich erinnern konnte, kamen die Lieferungen durch die Vordertür.

Er legte eine Münze neben die Abdrücke und machte ein paar Fotos mit seinem Handy, darunter auch einige Nahaufnahmen.

Nachdenklich zog er einen Beweisbeutel aus einer Jackentasche und sammelte die Zigarettenstummel ein. Er stopfte sie in seine Tasche.

Es war wahrscheinlich nichts. Leute, die schnell eine rauchten. Vielleicht der Koch des Cafés …

Gradys FBI-Kollegen waren gerade dabei, Angus Hubner auf den Zahn zu fühlen, aber eine DNS-Probe von ihm zu bekommen könnte den Prozess beschleunigen.

Die Katze fauchte wieder, und Grady überlegte, ob er sie einfangen und zum Tierarzt bringen sollte, um ihr ein schönes Zuhause in einer warmen Scheune zu gewährleisten.

Das Tier schien seine Gedanken zu lesen, drehte sich um und sprang über den benachbarten Zaun.

Er lächelte.

Instinkt war eine wunderbare Sache.

Einen Moment später krachte etwas gegen seinen Schädel, und Grady wurde in die Knie gezwungen.

Er fluchte.

Ein weiterer Schlag ließ sein Gehirn klingeln, als er für den Bruchteil einer Sekunde mit dem Gesicht nach unten im Schnee lag und aus einer Kopfwunde blutete wie ein abgestochenes Schwein.

Schnell drehte er sich schwer atmend um. Er sah seinen Angreifer, der ebenfalls dunkle Kleidung und eine Skimaske trug, aus dem Tor huschen. Grady kämpfte sich auf die Knie und stützte sich mit einem Bein ab, um aufzustehen. Übelkeit überkam ihn in einer Welle und ließ ihn schwanken.

Scheiße.

Er übergab sich, dann richtete er sich taumelnd auf. Sogleich folgte er seinem Angreifer durch die Gasse und sah, wie das Arschloch in einen weißen Lieferwagen sprang und davonfuhr.

Grady lehnte sich gegen einen Laternenpfahl und fühlte sich wie ein verdammter Idiot. Er hatte sich von einer *Katze* ablenken lassen. Das Blut tropfte weiter über sein Gesicht und seinen Hals entlang, und seine Sicht war nicht so scharf, wie er es gern gehabt hätte. Er spuckte den sauren Geschmack in seinem Mund aus.

Die Schläge hätten ihn umbringen können. Hätte er nicht so einen dicken Kopf, hätten sie das wahrscheinlich auch getan. Die Kälte begann, seine Kleidungsschichten zu durchdringen, und er fragte sich, ob der Plan seiner Angreifer darin bestanden hatte, ihn bewusstlos im Schnee liegen zu lassen, damit er langsam verblutete und erfror.

Grady machte Fotos von den Reifenspuren und Fußabdrücken und sah zu, wie das Tatortband am Yachthafen flatterte. Dann rief er seinen Chef an.

25

———

Brynn trug die Einkaufstüten durch die Tür ihres Elternhauses und stellte sie auf den Küchentisch. „Hallo."

Ihr Vater drehte sich vom Herd um, wo er gerade aus einem großen Topf kostete. „Du bist früh dran."

Sie zog ihn zu sich herunter, um seine bärtige Wange zu küssen. Sie wollte ihm nicht sagen, dass sie nicht schlafen konnte, weil sie jedes Mal, wenn sie die Augen schloss, von Milton Bodureks bleicher Leiche träumte, die plötzlich aufwachte und sie anlächelte. Oder dass eine feige Person sie mit einer anonymen SMS vor dem Mann gewarnt hatte, dem sie sich letzte Nacht fast an den Hals geworfen hätte.

Sie schaute in den Topf. „Was kochst du da?"

Die äußeren Winkel der blauen Augen ihres Vaters legten sich in Fältchen, als er lächelte. „Hühner-Nudelsuppe. Gut für die Seele, wie es scheint. Nicht so gut wie die von Angus, aber verdammt lecker, wenn ich das mal so sagen darf."

„Keiner ist so gut wie Angus. Hoffen wir, dass er es nie herausfindet, sonst will er eine Gehaltserhöhung."

„Wir sollten ihm wahrscheinlich sowieso eine geben."

„Ich werde mit dem Manager sprechen." Sie nahm einen Löffel und probierte. „Wow, Dad, die ist köstlich. Ich weiß, wen ich anrufen muss, wenn wir im Café Schwierigkeiten bekommen."

Er gluckste so, wie sie es sich erhofft hatte.

„Ich hole den Rest der Einkäufe, bevor –"

„Ich mache das. Geh du rein zu deiner Mutter. Sie hat genug von meiner Person. Ich bringe euch gleich etwas zum Brunch. Im Wintergarten."

„Okay. Danke." Brynn schlüpfte aus ihren Schuhen, wickelte ihren Schal ab und legte ihn über die Lehne einer Bank, die unter dem Küchentisch verstaut wurde. Dann streifte sie ihren Mantel ab und tat dasselbe mit ihm, bevor sie durch das formelle Wohnzimmer in den hellen, sonnigen Wintergarten ging, den ihr Vater vor Jahren an das Haus angebaut hatte. Obwohl es Januar war, war der Raum voll von prachtvollen, blühenden Pflanzen und enthielt zwei passende Sessel. Ihre Mutter saß in einem davon, die Augen geschlossen, ihre Haut fast durchsichtig. Heute trug sie ein weiches T-Shirt und eine dehnbare Hose. Ihre Mutter hatte ein paar Pfunde zugenommen, entweder durch die Behandlung selbst oder durch die Tatsache, dass sie nicht mehr so aktiv war wie früher. Ihr ehemals dichtes rotes Haar war abrasiert, und sie trug ein purpurfarbenes Seidentuch auf dem Kopf.

Brynn wusste, dass das veränderte Aussehen ihrer Mutter sie störte, aber Haare wuchsen nach, und Menschen konnten ihre frühere körperliche Verfassung wiedererlangen – solange sie lebten.

Brynn hielt den Atem an, da sie die Ruhe ihrer Mutter nicht stören wollte, aber Gwendolyn Webster musste ihre Anwesenheit gespürt haben und öffnete die Augen. Sie musterte Brynn von oben bis unten, als wollte sie sich vergewissern, dass es ihr gut ging.

Brynn kam ganz ins Zimmer, beugte sich vor und küsste ihre pergamentartige Wange. „Wie fühlst du dich?"

„Besser als gestern. Ich dachte, du würdest nicht vor heute Nachmittag vorbeikommen. Es ist noch nicht einmal elf."

„Ich bin in aller Herrgottsfrühe aufgestanden und habe die

Projekte, die ich erledigen musste, in Rekordzeit fertiggestellt. Ich dachte mir, ich komme früher vorbei und schnorre etwas zu essen."

„Ha. Das kann man wohl kaum als Schnorren bezeichnen. Wir haben dir so viel zu verdanken, nachdem du zurückgekommen bist, um das Café zu leiten." Das Lächeln ihrer Mutter war ein wenig verschämt. „Ich schätze, dein Vater und ich hoffen beide insgeheim, dass du vielleicht bleibst." Sie drückte Brynns Hand. „Aber wir wissen auch, dass das egoistisch ist. Aber ich vermisse dich, wenn du nicht da bist."

Eine Welle von Schuldgefühlen überkam Brynn.

„Und ich möchte, dass du glücklich bist." Ihre Mutter mochte krank sein, aber sie übersah nur wenig. „Seit dieser Idiot weg ist, mache ich mir ständig Sorgen um dich."

„Ich will nicht über Aiden reden."

Brynn setzte sich in den Sessel, der normalerweise ihrem Vater zugedacht war. Von hier aus konnten sie nach draußen schauen und die Vögel an den Futterhäuschen beobachten, die ihr Vater an hohen Ästen außerhalb der Reichweite von Rehen aufgehängt hatte.

Im Sommer kehrten die Kolibris zurück, und die Futterhäuschen wurden gewissenhaft gepflegt.

Ihre Eltern besaßen fünf Hektar Land, umgeben von einem Mischwald aus immergrünen und laubwechselnden Bäumen. Hinter dem Grundstück floss ein kleiner Bach. Sie hatten ein großes Gemüsebeet und einen Blumengarten, der in der Blütezeit voller Gänseblümchen, Salbei, Lavendelbüschen und Hortensien war. Eine Kletterrose wucherte an der Backsteinmauer des ursprünglichen Teils des Hauses. Der Anbau saß in einem rechten Winkel dazu.

Ihre Mutter war die Architektin des Hauses und des Gartens, aber Brynns Vater war die Muskelkraft. Als ehemaliger Soldat genoss er diese Arbeit. Er murrte vielleicht, wenn er einen Strauch zum dritten Mal versetzen musste, aber Brynn hatte das Gefühl, dass er es insgeheim liebte. Solange ihre Mutter glücklich war, war auch er glücklich.

„Ich habe gehört, wir haben eine neue Kellnerin?" Ihre Mutter wechselte zum Glück das Thema.

„Du hast mit Linda gesprochen?"

„Ja, das habe ich. Ich konnte Kent im Hintergrund murmeln hören, dass er seine Frau zurückhaben will." Gwendolyn verdrehte die Augen. Sie mochte den Ehemann ihrer Freundin nicht besonders.

„Kent will, dass sie sich zur Ruhe setzt. Auch ihr beide solltet darüber nachdenken, euch zur Ruhe zu setzen."

„Und was tun? Tag für Tag hier sitzen und deinen Vater in den Wahnsinn treiben?"

„Das ist normalerweise genau das, was auch passiert." Brynn streckte eine Hand aus und nahm die ihrer Mutter. „Reisen vielleicht? Ein Hobby suchen?"

Ihre Mutter schnaubte. „Vielleicht fange ich mit dem Reiten an."

„Warum nicht?", stimmte Brynn zu. „Du hast Felder für ein paar Pferde und genug Platz in der Scheune, damit Dad dort einen Stall bauen kann. Und nur damit du es weißt, ich habe in der Zeitung eine Anzeige für eine weitere Bedienung aufgegeben."

Die Augen ihrer Mutter weiteten sich. „Können wir uns denn zwei neue Mitarbeiter leisten?"

Brynn lehnte sich im Stuhl zurück und löste damit den Mechanismus, der die Lehne nach hinten gleiten ließ. „Ja, ihr könnt euch zwei neue Mitarbeiter leisten, aber ich kann es mir nicht leisten, mein eigenes Geschäft zu vernachlässigen, was ich in den letzten Wochen getan habe. Jackie ist unzuverlässig, und Linda will ihr Arbeitspensum reduzieren oder in Rente gehen. Zwei neue Leute einzustellen, würde uns allen etwas Luft verschaffen."

Brynn beobachtete ihre Mutter unter den Wimpern hervor. Sie sah nicht glücklich aus, aber sie sah auch nicht so aus, als würde sie sich ihr widersetzen.

Eine willkommene Abwechslung.

Sie hörte das Rattern des Servierwagens, und einen Moment später kam ihr Vater mit zwei Schüsseln Suppe, frisch gebackenem Brot, das noch vom Ofen dampfte, und einem Teller mit Käse, Crackern und Obst.

„Isst du denn nichts?", fragte Brynn.

„Ich gehe kurz in den Baumarkt und hole ein paar Sachen. Ich will einen Hühnerstall bauen, damit wir unsere eigenen Eier haben."

Der Gesichtsausdruck ihrer Mutter war nicht sonderlich begeistert, ebenso wenig wie ihr Tonfall. „Hühner."

„Was ist falsch an Hühnern?", fragte ihr Vater geduldig.

Die Lippen ihrer Mutter zuckten. „Wer wird sich um sie kümmern, wenn wir in Rente gehen und die Welt bereisen?"

Ihr Vater grinste. „Vielleicht passt Brynn ja auf das Haus auf."

„Sie wird keinen Mann kennenlernen, wenn sie hier draußen sitzt und auf Hühner aufpasst."

„Ich will keinen Mann kennenlernen", murmelte Brynn verärgert. Genauso wenig hatte sie Lust, auf Hühner aufzupassen.

„Ich habe gehört, dass sich Grady Steel zu einem ziemlich heißen Kerl entwickelt hat." In den Augen ihrer Mutter lag ein Funkeln. „Ich mochte den jungen Mann schon immer, auch wenn manche Leute anderer Meinung waren."

Brynn zog die Augenbrauen hoch.

Sie dachte an den Kuss, den sie ihm gestern Abend auf die Wange gedrückt hatte. Er war keusch gewesen, und es war fast süß, dass er sie nicht gepackt und zu mehr gedrängt hatte – *möglicherweise enttäuschend*. Aber insgeheim war sie erleichtert, dass er nicht zu Hause gewesen war, als sie nach oben ging, obwohl sie sich fragte, wohin er verschwunden war. Jetzt wurde ihr klar, dass sie noch nicht bereit war, den Schritt in eine körperliche Beziehung zu wagen. Sie war sich nicht einmal sicher, ob sie jemals wieder dazu bereit sein würde.

„Du und Linda hattet anscheinend viel zu besprechen", bemerkte Brynn ironisch.

Ihre Mutter kicherte, dann begann sie zu husten. Ihr Vater hob schnell die Rückenlehne ihres Sessels an. Ihre Mutter winkte ab, als sie sich erholte. „Mir geht's gut. Mir geht's gut. Geh und kauf die Dinge, die du für deinen Hühnerstall brauchst. Obwohl, warum hast du nicht schon alles in deiner riesigen Werkstatt …"

Er blieb neben dem Sessel stehen. „Bist du sicher, dass es dir gut geht, Schatz?"

„Ja." Sie lächelte geduldig. „Mir geht's gut. Jetzt geh, damit ich essen kann, bevor die Suppe kalt wird."

„Ich bleibe hier, Dad. Nimm dir so viel Zeit, wie du brauchst." Brynn wusste, dass die Pflege ihrer Mutter ihm sehr zusetzte, nicht nur die täglichen Aufgaben, sondern auch, sie zur Behandlung zu fahren und sich ständig um sie zu sorgen. Vielleicht sollte Brynn tatsächlich zurück nach Hause ziehen und mehr mithelfen. Sie hatte sich ein bisschen Unabhängigkeit bewahren wollen, und ihre Mutter mochte es nicht, wenn man einen Wirbel um sie machte, aber …

Ihr Vater zögerte. „Bist du dir sicher?"

„Raus mit dir. Ich will Brynn nach Informationen über heiße Typen ausquetschen, und du brauchst eine Pause. Geh und nimm dir ein paar Stunden frei."

Er stemmte die Hände in die Hüften. „Ich werde Holz kaufen, nicht ins Wellness-Studio gehen."

„*Willst* du denn ins Wellness-Studio gehen?", neckte ihn ihre Mutter.

„Ich würde mir lieber Nadeln in die Augen stecken, aber wenn es dich glücklich macht, werde ich gehen."

Die Augen ihrer Mutter begannen zu glänzen. „Womit habe ich dich nur verdient?"

Ihr Vater beugte sich herunter und küsste sie. „Ich bin der Glückspilz. Du konzentrierst dich darauf, gesund zu werden." Die Stimme ihres Vaters war nicht ganz fest, als er die dünnen Schultern seiner Frau drückte und schnell zur Tür hinausging.

Ihre Mutter sah ihm hinterher und beide hörten zu, wie das Auto ansprang und er davonfuhr.

„Der Mann ist ein verdammter Heiliger, dass er es all die Jahre mit mir ausgehalten hat."

Brynn verdrehte die Augen. „Ich glaube, es gefällt ihm hier ganz gut."

„Ich schätze schon. Versprich mir, dass du dich um ihn kümmerst, wenn mir etwas zustößt, Brynn."

„So darfst du nicht denken."

„Ich habe Krebs. Ich muss so denken." Ihre Mutter zog die kahle Haut an der Stelle hoch, an der sich früher ihre Augenbrauen befunden hatten. Wenn sie ausging und eine schicke Perücke trug, zog sie sie akribisch nach, aber zu Hause machte sie sich nicht die Mühe. „Versprich es."

Brynn atmete tief durch und nahm ihre Suppenschüssel in die Hand. „Iss dein Mittagessen, und ich denke darüber nach."

„Dickköpfiges Biest."

Sie nippte an ihrer Suppe. „Nach wem komme ich wohl?"

Das Lächeln ihrer Mutter wurde traurig, als sie vorsichtig ein Stück Brot in die Hand nahm, es zum Mund führte und langsam zu kauen begann.

„Also, ist Grady Steel heiß oder übertreibt Linda?", hakte ihre Mutter nach ein paar Bissen nach. „Ich meine, sie hat Kent geheiratet." Sie kicherte über ihren eigenen Scherz.

„Ich schätze schon." Brynn schüttelte verzweifelt den Kopf. „Nun, er sieht aus, als würde er trainieren."

„Ha!" Ihre Mutter freute sich über diese Beobachtung. „Hat er gesagt, warum er in der Stadt ist, abgesehen von dem Offensichtlichen, das wir alle im Internet gesehen haben?"

„Nur, dass er überlegt hat, was er mit dem Haus seiner Großmutter machen soll, während das FBI seinen Namen reinwäscht." Brynn nahm sich ein Stück Brot zur Suppe und dachte über die SMS nach, die sie vor ihm gewarnt hatte. „Ich kann dir noch eine Sache sagen, die du niemandem weitererzählen darfst, nicht einmal Linda."

„Okay."

„Versprochen?"

„Ehrenwort.“

„Er wusste nicht, dass Crystal das Haus auf Zeit vermietet.“

„Was?“

„Soweit ich weiß, ist es sein Haus, aber sie sollte sich für ihn darum kümmern.“

„Aber sie hat uns allen gesagt, dass es ihnen beiden gehört und sie ihn ausgezahlt hat.“

„Anscheinend nicht.“ Brynn sprach um das Brot herum, das sie kaute.

„Das ist ja abscheulich. Sie hat jahrelang auf ihn eingedroschen, wenn er nicht da war, um sich zu verteidigen, und die ganze Zeit über hat sie ihn ausgenommen. Was für ein erbärmlicher Mensch Crystal Grogan doch ist.“ Sie nahm einen weiteren Schluck Suppe zu sich. „Warum darf ich das nicht weitererzählen? Dann würden die Leute hier vielleicht weniger schlecht über ihn denken. Verbanne sie aus dem Café.“

„Ich werde sie nicht aus dem Café verbannen. Grady will ihr keinen Grund geben, ihn noch mehr zu hassen.“ Sie räusperte sich. „Und es ist möglich, dass ich Caleb Quayle und zweien seiner dämlichen Freunde bereits Hausverbot erteilt habe, weil sie Grady gestern Abend in der Bar angegriffen haben. Wahrscheinlich sollten wir nicht jeden in der Stadt verbannen, wenn wir überleben wollen.“

„Caleb Quayle ist wie sein Vater und sein Onkel. Ein Säufer und ein Tyrann. Ich nehme an, Grady hat sich um sie gekümmert?“

„Ja. Er wurde nicht körperlich angegriffen. Caleb war betrunken und hat einige Dinge gesagt, die mich verärgert haben. Ich habe ihm lebenslanges Hausverbot erteilt.“

„Du warst in der Bar?“ Ihre Mutter trug ein unschuldiges Lächeln.

„Ich war nur kurz etwas trinken, nachdem ich geschlossen hatte–“

„Mit Grady?“

„Interpretiere da nichts hinein“, warnte sie.

„Das würde mir nicht im Traum einfallen." Das Lächeln auf dem Gesicht ihrer Mutter sagte etwas anderes.

„Ich bin nicht an Beziehungen interessiert. Nicht nachdem ..."

„Wer redet denn von einer Beziehung? Eine Affäre wäre aber schon in Ordnung."

„Mom!"

„Du bist achtundzwanzig Jahre alt, Brynn, nicht achtundsiebzig. Nur weil du einen Verlierer geheiratet hast, heißt das nicht, dass du aufhören musst zu leben."

Brynn erstarrte. „Ich habe nicht aufgehört zu leben."

Ihre Mutter pickte in ihrem Brot wie ein kleiner Vogel. „Du hast Angst, Liebes. Das verstehe ich." Sie aß ihre Suppe auf und legte den Löffel auf das Tablett. „Aber das Leben ist kurz, und es ist ein Verbrechen, es zu verschwenden."

„Verdammt, Mom." Sie streckte eine Hand aus und ergriff die ihrer Mutter. „Wie soll ich jetzt mit dir streiten?"

„Streite einfach nicht. Ich habe sowieso immer recht. Lebe ein bisschen. Genieße es, solange du kannst."

„Ironisch, wenn man bedenkt, dass du mir jahrelang gesagt hast, ich solle keinen Sex haben ..."

„Als du noch ein Kind warst, sicher. Das ist mein Job."

„Weißt du noch, wie ich damals ein paarmal mit Darrell York ausgegangen bin? Du hast mich danach praktisch zum Arzt geschleppt, damit ich die Pille bekomme."

Ihre Mutter erschauderte übertrieben. „Du wolltest aufs College gehen. Der Gedanke, dass du schwanger werden könntest, wenn sich die Welt gerade für dich öffnet, hat mir Angst gemacht."

Brynn konnte ihr nicht widersprechen. „Du hättest dir keine Sorgen machen müssen."

Sie hatte die altmodische Vorstellung gehabt, sich für jemand Besonderen aufzusparen. Leider hatte dieser besondere Mensch sie zerstört. Aber sie lächelte, als sie sich an das schreckliche erste Date mit Darrell erinnerte. „Die beste Verhütung der Welt war, ein wenig Zeit mit dem guten Deputy allein zu verbringen."

Sie fingen beide an zu lachen und fuhren fort, bis ihnen die Tränen über das Gesicht liefen.

Schließlich lehnte ihre Mutter sich wie erschöpft zurück und wurde ernst. „Ich muss wissen, dass du glücklich bist." Ihre Mutter schluckte mühsam. „Für den Fall, dass ich nicht da bin, um mit dir all die Schlachten auszufechten, denen du dich zweifellos wirst stellen müssen."

Kummer durchfuhr sie. Brynn drückte die Hand ihrer Mutter so fest, dass sie beide zusammenzuckten, aber keine ließ sie los.

„Ich bin glücklich, Mom. Ich brauche keinen Partner. Ich bin gern allein. Aber vielleicht werde ich darüber nachdenken, mich ab und zu mit heißen Fremden zum Sex zu verabreden."

„Du Plagegeist. So habe ich das nicht gemeint, und das weißt du auch."

Brynn hatte bereits letzte Nacht darüber nachgedacht. Mehr als nur darüber nachgedacht. Und sie begann zu bereuen, dass Grady nicht da gewesen war, als sie in seinem Schlafzimmer aufgetaucht war, bereit und willig.

26

Gradys Kopf pochte noch immer von der Begegnung der letzten Nacht. Er glaubte, dass er mit dem Kolben einer Pistole niedergeschlagen worden war, was zwar besser war als ein Hohlspitzgeschoss, aber immer noch beschissen.

Er hatte sich mit Ryan am Stadtrand getroffen und war auf Anweisung seines Chefs hin in die nächste Notaufnahme in Blue Hill gefahren. Die Scans hatten ergeben, dass nur sein Stolz ernsthaft verletzt worden war.

Trotzdem tat es höllisch weh.

Ryan hatte ihn gegen vier Uhr morgens wieder zu Hause abgesetzt, und Grady hatte ein paar Schmerzmittel genommen, bevor er einige Stunden schlafen konnte.

Jetzt ging er zu Fuß die Straße hinunter und zog seine Lederjacke enger um sich, als der Wind wie Reißzähne in seine Haut biss. Er trug eine Wollmütze, um die zwei Zentimeter lange Wunde zu verbergen, die mit vier Steri-Strips geschlossen worden war.

Brynn war vor einer Stunde mit ihrem Auto weggefahren. Er wusste nicht, wohin sie gegangen war.

Er hatte ein paar Stunden damit verbracht, die Schlösser auszutauschen und seine eigenen hochmodernen Sicherheitskameras zu installieren, die vorne und hinten auf die Straße gerichtet waren. Die Aufnahmen gingen direkt an die Taskforce. Ropero und Dobson ließen die Gesichter aller Passanten durch Gesichtserkennungsprogramme laufen, immer auf der Suche nach Kane.

Dann war Grady die Liste der Männer in der Gegend durchgegangen, die sie aufgrund seiner persönlichen Kenntnisse und ihres Körperbaus definitiv als Kane ausschließen konnten. Kane war ein weißer Mann, dreiundsechzig Jahre alt. Eins achtzig groß. Jeder, der nicht weiß war oder der sein ganzes Leben in der Stadt verbracht hatte, konnte ausgeschlossen werden. Das reduzierte die Liste drastisch, aber nicht genug.

Dank der Schönheit und Abgeschiedenheit dieser Gegend wuchs die Zahl der Rentner stetig an, und es blieben mehrere hundert Namen übrig. Aber als diese Namen mit den Personen abgeglichen wurden, die Schließfächer in der einzigen Bank der Stadt gemietet hatten, schrumpfte die Liste auf achtundzwanzig.

Zwischen Gradys Schulterblättern begann es zu jucken, als er auf die Namen starrte. Sie kamen dem Kerl immer näher. Er wusste es.

Möwen krächzten auf den Schornsteinen, und ihm wurde klar, wie sehr er dieses Geräusch vermisst hatte, so nervig es in seiner Kindheit auch gewesen war. Den streunenden Hund hatte er heute Morgen nicht gesehen, aber er hatte eine Schüssel mit Futter und eine weitere mit Wasser unten an der Treppe stehen lassen, bevor er aufgebrochen war.

Er ging zwei Blocks nach Norden und bog dann in Richtung des beeindruckenden roten Backsteingebäudes der Hearst-Bausparkasse ein. Die Bank befand sich auf einem großen Grundstück, das von ordentlich gemähtem Gras umgeben war, auf dem kein einziges heruntergefallenes Blatt lag. Das Gebäude hatte einen verschnörkelten Giebel über einem zentralen Bogenfenster mit der in Gold geprägten Jahreszahl 1876. Alle Fenster im Erdgeschoss waren mit zierlichen Bögen verziert. Die Doppeltür wurde von einer eleganten, geschwungenen Steinveranda geschützt, die von vier weißen Säulen gestützt wurde.

Er kannte nicht alle korrekten Bezeichnungen für die Architektur, aber es war ein prächtiges Gebäude. Bisher hatte Grady es nie wirklich zu schätzen gewusst.

Seltsam, wie die Zeit seine Gefühle für die Stadt selbst gemildert zu haben schien. Vielleicht lag es an dem Wissen, dass er hier nicht mehr festsaß. Er konnte kommen und gehen, wie es ihm gefiel – vorausgesetzt, er wurde nicht von einem Polizisten, der ihn offensichtlich hasste, wegen Mordes verhaftet.

Könnte sein Angreifer letzte Nacht Darrell gewesen sein?

Das war durchaus möglich. Aber was hätte der Kerl dort in der Dunkelheit zu suchen gehabt?

War er ihm gefolgt?

Er wusste es nicht.

Grady stieg die Stufen der Bank hinauf und ging durch die große Eingangstür. Es gab eine kurze Schlange von Kunden, also nutzte er die Gelegenheit, um sich umzusehen. Ein Wachmann, dessen Gesicht er nicht erkannte, stand gelangweilt auf einer Seite der Tür. Der Boden bestand aus denselben schwarz-weiß karierten Fliesen, an die er sich erinnerte, aber der Rest des Raums war komplett modernisiert worden. Die alten, hohen Schalter aus massivem Eichenholz waren herausgerissen und durch schicke Schreibtische in Augenhöhe ersetzt worden, an denen die Bankkassierer in bequemen Stühlen mit modernen Computerbildschirmen saßen.

Der Haupttresor befand sich immer noch in demselben großen Raum auf der linken Seite. Er war altmodisch, aber wahrscheinlich unüberwindbar, außer für die geschicktesten Tresorknacker. Die Schließfächer befanden sich im ersten Tresorraum. Der Tresor mit dem ganzen Geld befand sich in einer anderen Konstruktion, welche in die erste hineingebaut worden war.

Grady warf einen Blick auf die Kassierer und war überrascht, Miss Fancy Lucette trotz ihrer kürzlichen Tortur noch auf ihrem Posten zu sehen.

Die Stimmung war düster, viele Augen waren vom Weinen gerötet. Alle trugen Schwarz.

Was würde nun nach Miltons Tod mit der Bank geschehen? Vermutlich mussten die Angestellten um ihre Jobs bangen.

Das Glück war auf seiner Seite, und Fancy wurde gerade frei, als er an die Reihe kam.

Sie blickte auf, und ihre Augen weiteten sich vor Überraschung. „Ach, Grady Steel. Es ist schon lange her."

Sie war eine gute Freundin seiner Großmutter gewesen, aber sie hatte das Haus nur selten besucht. Seine Großmutter und Miss Lucette waren an Fancys freien Tagen immer irgendwo Tee trinken und Kuchen essen gegangen.

„Miss Lucette. Wie geht es Ihnen?"

Sie hatte eine Hakennase und tiefliegende braune Augen, denen nichts entging. Ihr Haar war stahlgrau und mittlerweile kurz geschnitten. „Es ging mir schon besser."

Grady presste die Lippen in einer mitfühlenden Geste zusammen. „Ich habe von dem Raubüberfall gehört."

Ein sichtbarer Schauer lief über ihre schmalen Schultern. „Ich dachte eher an den schrecklichen Mord an Mr. Bodurek, aber ich verstehe, was du meinst."

„Mein Beileid."

„Ich danke dir. Er war ein guter Mann – meistens jedenfalls. Es ist verabscheuungswürdig, was ein Mensch einem anderen antun kann."

Sie hatte nicht Unrecht.

„Ich habe gestern mit Saul gesprochen."

Ihre Augen blitzten auf, aber sie sagte nichts.

„Er hat mir erzählt, dass jemand eine Waffe direkt auf Sie gerichtet und Sie bedroht hat. Das muss schrecklich gewesen sein."

„Kein Respekt." Sie schüttelte den Kopf. „Nicht so wie früher." Sie blinzelte den plötzlichen Tränenschimmer weg.

Verbrechen gab es, seit die Menschen aus dem Sumpf gekrochen waren, aber Grady verzichtete darauf, sie zu berichtigen. „Haben sie schon jemanden verhaftet?"

Ihr Gesichtsausdruck wurde reumütig. „Ich hätte gedacht, du würdest es vor mir erfahren. Hat das FBI die Sache mit der Verwechslung schon geklärt?"

Er stand da und starrte sie entgeistert an.

„Was? Jeder Narr, der dich als kleinen Jungen kannte, würde wissen, dass du nie jemanden am Straßenrand liegen lassen würdest, schon gar nicht eine ältere Person." Ihr Blick war mitfühlend, und sie wartete offensichtlich darauf, dass er begriff. „Ich habe dich mit deinen Großeltern beobachtet. Du hättest dir selbst den Arm abgeschnitten, bevor du ihnen oder jemand anderem wehgetan hättest – es sei denn, sie waren in deinem Alter und haben dich zuerst bedroht."

„Vielleicht könnten Sie meine Vorgesetzten kontaktieren und den Labortechnikern sagen, dass sie sich endlich daran machen sollen, meinen Namen reinzuwaschen?"

„Das würde ich gern tun, junger Mann, gib mir einfach ihre Kontaktdaten." Sie lachte, ein süßes, zartes Lachen. „Aber vielleicht war es an der Zeit, dass du nach Hause kommst, wenn auch nur für einen kurzen Besuch."

„Fancy." Eine neue Stimme mischte sich in das Gespräch ein. „Wir haben noch andere Kunden, die warten."

Grady schaute auf. Dort stand eine Frau in einem schlichten schwarzen Tailleur, der Rock bis zu den Knien, eine einzelne Perlenkette an ihrem weißen Hals. Ihre Augen waren gerötet, ihr Blick war ernst.

Fancy drehte sich langsam zu der anderen Frau um und hob ihr Kinn. „Ich mache diese Arbeit seit mehr als fünfzig Jahren, Edith, und du erst seit ein paar Stunden. Glaub mir, ich kenne meinen Job."

Die Frau, Edith Bodurek – Grady erkannte sie nun – zuckte zusammen, eindeutig schockiert, dass Fancy so mit ihr sprach.

„Ich weiß, dass dies eine schwierige Zeit für dich ist, aber ich habe gelernt, dass wir uns von allen anderen Banken durch die

persönliche Beziehung zu unseren Kunden abheben." Fancy richtete sich zu ihrer vollen Größe auf, obwohl sie kaum eins fünfzig
groß war und im Moment saß. „Wenn sich das geändert hat,
werde ich heute meine Kündigung einreichen."

Edith schaute sich in dem still gewordenen Raum um, die
Wangen vor Verlegenheit gerötet. Sie schlug die Hände
zusammen und machte auf dem Absatz kehrt, um schnell ins
Büro zu gelangen, in dem ihr Mann die letzten fünfundzwanzig
Jahre gearbeitet hatte.

Fancy schürzte die Lippen. „Tut mir leid, dass du das mitansehen musstest. Ich mag Edith sehr, und ihr Verlust tut mir mehr
als leid. Aber ich bin zu alt, um mir von einem neuen Manager,
der mir seine Autorität aufzuzwingen versucht, sagen zu lassen,
wie ich meinen Job zu machen habe. Das habe ich mir weder von
Milton noch von seinem Großvater gefallen lassen, und ich werde
nicht jetzt damit anfangen, vor allem nicht mit jemandem, der
keine Ahnung hat, wie man dieses Geschäft führt."

„Sie hat Miltons Stellung übernommen? Warum stellt sie nicht
einen Manager ein?"

„Oh, ich vermute, dass sie das tun wird, sobald sie einen
findet, der bereit ist, für das, was sie ihm zahlt, hierherzuziehen,
aber sie hat Angst, dass die Leute in der Zwischenzeit das
Vertrauen verlieren, wegen des Überfalls und des Mordes. Wenn
die Leute abspringen, wird der Laden zusammenbrechen."

„Es ist nicht so, als hätten die Leute hier eine große Auswahl."
Grady lehnte sich näher heran und flüsterte: „Es ist die einzige
Bank in der Stadt."

„Im Moment noch. Diese seelenlosen Konzerne, die man an
der ganzen Küste sieht, schicken immer wieder Leute hierher, die
versuchen, das Familiengeschäft aufzukaufen. Jetzt werden sie in
Scharen kommen. Es würde mich nicht wundern, wenn Edith
verkauft."

„Was ist mit ihrem Sohn?"

Fancy schnaubte. „Er hat noch nie einen Tag in seinem Leben
gearbeitet. Ich würde darauf wetten, dass er verkaufen will, damit

er sein Erbe bekommt, ohne auf den Tod seiner Mutter zu warten."

Könnte der Mord an Milton Bodurek auf schlichte Habgier oder auf Machenschaften eines Unternehmens zurückzuführen sein? Das FBI konnte es sich nicht leisten, das auszuschließen.

„Also, junger Mann, was kann ich für dich tun?"

Er hielt den Schlüssel zum Bankschließfach hoch. „Ich dachte, es sei an der Zeit, in Grans Schließfach nachzusehen."

Freude erhellte ihre Züge, und sie stieß sich von ihrem Schreibtisch ab. „Ich vermisse diese Frau noch immer jeden Tag. Sie würde sich darüber freuen, dass du zurück bist."

Der emotionale Schlag ließ ihm den Atem stocken. Er schluckte schwer, um die Wirkung ihrer Worte zu verbergen.

Sie ging mit einer Schlüsselkarte zum Tresorraum, benutzte sie auf dem System und gab einen sechsstelligen Code ein.

Er ging langsam hinter ihr her und schaute sich im Raum um. „Diese Tür war am Tag des Raubes offen?"

„Ja, Jim Fehrman, der Postbote, war hineingegangen, um sein Schließfach zu überprüfen. Carol Tinto wartete vor der offenen Tür, als der Räuber hereinkam. Wahrscheinlich dachte er, er könne in den Haupttresor eindringen, aber der hat eine feste Zeitschaltuhr, und alle Drohungen der Welt reichen nicht aus, um ihn zu öffnen." Fancy nickte einer anderen Kassiererin zu, die gerade einen Kunden bediente.

Carol Tinto.

Die Frau schenkte ihm ein neugieriges Lächeln. Sie war dunkelhaarig und hübsch. Normalerweise sein Typ, aber er konnte das Bild einer gewissen feurigen Rothaarigen nicht ganz aus seinem Kopf vertreiben. Er runzelte die Stirn. Trotz des Moments, den sie im Mondlicht gemeinsam erlebt hatten, konnte er es sich nicht leisten, Brynn Webster als etwas anderes als eine potenzielle Quelle zu betrachten. Selbst wenn die DNS bewies, dass sie nicht mit Eli Kane verwandt war, war es unklug, sich mit jemandem einzulassen, während er einen der berüchtigtsten Flüchtigen des Landes jagte. Die letzte Nacht hatte bewiesen, dass er sich keinesfalls erlauben konnte, unvorsichtig zu sein.

Die Schlange war gewachsen, aber Fancy schien es nicht eilig zu haben.

„Haben Sie ihn erkannt?", wollte Grady wissen.

„Glaubst du, ich hätte es der Polizei verschwiegen, wenn dem so wäre?", fragte sie scharf.

„Natürlich nicht, aber manchmal fallen uns gewisse Dinge erst später ein. Kam Ihnen der Typ nicht irgendwie bekannt vor?"

Sie runzelte die Stirn und sah plötzlich unsicher aus. „Die Szene spielt sich immer wieder in meinem Kopf ab. Aber sie verändert sich jedes Mal ein bisschen, und mit jeder Person, die sie ebenfalls erzählt." Sie berührte ihre Lippen. „Jetzt bin ich mir über nichts mehr hundertprozentig sicher."

„Augenzeugenberichte sind bekanntermaßen unzuverlässig, weil wir alle anfällig für Suggestion sind, bewusst oder unbewusst. Deshalb werden die Aussagen nach Möglichkeit direkt nach dem Ereignis aufgenommen, während alles noch in unserem Kurzzeitgedächtnis gespeichert ist. Bis es in das Langzeitgedächtnis aufgenommen wird, kann es sich ständig verändern."

Staatsanwälte und Verteidiger nutzten Veränderungen in der Berichterstattung einer Person als Beweis für einen Mangel an Wahrhaftigkeit, aber die Psychologie dahinter war komplizierter als das.

„Es ging alles so schnell, und ich dachte, ich würde sterben." Sie griff sich an den Hals und lachte verlegen. „All die Jahre der Ausbildung, und als dann der Zeitpunkt kam, hatte ich alles vergessen. Ich habe ihm das ganze Geld gegeben, ohne einen Gedanken an die Farbbomben zu verschwenden. Ich bin mir sicher, dass die Polizei denkt, ich sei in den Überfall verwickelt gewesen."

Er zog die Augenbrauen hoch. Wenn sie etwas taugen würden, würden sie jeden überprüfen, der hier arbeitete, um nach Beweisen für einen Insider-Job zu suchen. Er hoffte, dass Ropero einen Weg finden würde, an die Akten des Sheriffs über den

Bankraub und den Mord an Bodurek heranzukommen. Er würde diese Zeugenaussagen gern lesen.

Er nahm Fancys Hand, wobei er die hauchdünne Haut bemerkte. „Dann kennen sie Sie offensichtlich nicht. Sie hätten schon vor Jahren in Rente gehen können. Sie sorgen sich zu sehr um die Menschen in dieser Stadt, als dass Sie ihnen wehtun oder ihr Geld stehlen würden."

Sie schenkte ihm ein zittriges Lächeln und drückte seine Finger, bevor sie losließ und ihr Haar glattstrich. „Die meisten Leute denken, dass ich immer noch hier arbeite, weil ich das Geld brauche."

„Wenn Sie in den letzten acht Jahren nicht spielsüchtig geworden sind, bezweifle ich das."

Sie wohnte in einem hübschen kleinen Häuschen, das nur wenige Schritte von der Bank entfernt war. Sie hatte das Haus gekauft und bereits abbezahlt, lange bevor er als gramgebeugtes Balg in die Stadt gekommen war.

„Glücksspiel ist ein Narrenspiel, es sei denn, du bist derjenige, der die Kontrolle über die Chancen hat." Sie rieb ihre Hände aneinander und fröstelte. Im Tresorraum war es kühl.

„Wie wahr." Er wettete lediglich mit seinen Teamkollegen um Geld und nur um irgendwelche Kleinigkeiten, da sie sich immer gegenseitig anfeuerten, besser zu sein als am Vortag.

Kummer überrollte ihn unerwartet, als er an die beiden Kollegen dachte, die er in diesem Monat verloren hatte. Niemand konnte sich auf Sprengstoff vorbereiten oder seine Chancen verbessern, einen Flugzeugabsturz zu überleben. Er verdrängte die Gedanken aus seinem Kopf, um seine Arbeit hier und jetzt zu erledigen. Er liebte sie, aber beide hätten gewollt, dass er Kane erwischte, anstatt sich in der Trauer über ihren Tod zu suhlen.

Er trauerte auf seine eigene Weise.

„Ich weiß, dass die Polizei ihren Job macht, aber wenn Darrell York *meine* Integrität in Frage stellt ..." Fancy Lucette schnaubte wenig damenhaft.

Grady grinste.

Er wusste, dass diese Frau sauber war. Seine Großmutter war eine ausgezeichnete Menschenkennerin gewesen und hatte keine Narren geduldet.

„Ich nehme an, Darrell hat sich nicht sehr verändert, obwohl er jetzt Sheriff ist." Grady wollte mehr über seinen Jugendfreund und scheinbaren Rivalen wissen.

„Er ist immer noch ein egoistisches und selbstverliebtes Arschloch."

„Das ist wahrscheinlich der Grund, warum wir uns früher so gut verstanden haben." Grady grinste. „Wann ist sein Vater in den Ruhestand gegangen?"

„Schon vor zwei Jahren." Sie schniefte. „Temple war ein guter Sheriff und hat den Leuten oft die Hand gereicht, um sie aus ihren Fehlentscheidungen herauszuholen."

„Das hat er in der Tat getan." Grady senkte den Kopf in Bezug auf seine eigene bewegte Vergangenheit. „Ich bin dankbar, dass er mir eine Chance gegeben hat." Auch wenn Grady ihn dazu hatte zwingen müssen, als der Mann ein Versprechen gebrochen hatte.

Fancy nickte. „Darrell hat diesen Teil des Jobs vergessen. Ihm geht es nur darum, wie die Dinge statistisch ausgewertet aussehen und deshalb positiv auf ihn zurückfallen. Diese Verbrechenswelle wird ihm die restlichen Haare ausfallen lassen."

Auch das FBI legte großen Wert auf seine Statistiken, aber die Mathematik drückte nur einen Teil der ganzen Geschichte aus. „Wenn er beide Fälle löst, wird er der Held der Stadt sein", gab Grady zu bedenken.

„Solange er die *richtigen* Schuldigen verhaftet. Das ist alles, was ich will." Ihr Ton war schroff.

Grady hoffte inständig, dass der Idiot ihn nicht verhaftete und damit die Ermittlungen des FBI gefährdete.

„Haben die Klatschbasen der Stadt eine Lieblingstheorie darüber, wer der Räuber oder der Mörder ist?"

„Abgesehen von dir?"

Er zuckte zusammen. „Verdammt. Ich wusste, es war nur eine Frage der Zeit."

„Ich habe dich so verteidigt, wie deine Großmutter es von mir erwartet hätte." Fancy lächelte ihn an.

Ihre Worte lösten eine seltsame Benommenheit in ihm aus. Vielleicht lag es an der Kopfverletzung. „Danke."

„Die meisten Leute geben Fremden, die auf der Durchreise sind, in beiden Fällen die Schuld. So können sie nachts besser schlafen. Wirst du das Schließfach heute noch öffnen, junger Mann?"

So viel zum Thema Hinhalten.

Grady drehte sich zu der Wand mit den kleinen rechteckigen Metallbehältern um. Er steckte seinen Schlüssel ein, öffnete die winzige Tür und zog die Kiste heraus. Er erwartete, einen Stapel Papiere vorzufinden, bei denen es sich wahrscheinlich um die Urkunden für das Haus handelte, und vielleicht ein paar andere langweilige Dokumente.

Stattdessen wurde er von alten Fotos überrascht. Seine Mutter als Kind. Seine Großeltern an ihrem Hochzeitstag. Er selbst als stämmiger kleiner Junge in Badehose, der lachend nassen Sand aus seiner Hand rinnen ließ.

Fancy beobachtete ihn mit einem wissenden Lächeln. „Ich war an dem Tag hier, als sie sie dort hineingelegt hat. Sie hat sich Sorgen um dich gemacht, obwohl du inzwischen ein State Trooper geworden warst. Ich schätze, sie dachte, Crystal würde sie dir nicht zeigen, vor allem, nachdem sie beschlossen hatte, dir das Haus zu überlassen."

„Davon wussten Sie? Warum haben Sie nichts gesagt, als Crys alle belogen hat?"

Sie stemmte eine Hand in ihre knochige Hüfte. „Erstens war das nicht meine Sache. Zweitens", sie hielt einen langen Moment inne, „habe ich darauf gewartet, dass du dich darum kümmerst und etwas unternimmst."

Die Worte taten mehr weh als der Schlag auf den Kopf letzte Nacht.

„Anscheinend bin ich immer noch ein egoistisches Arschloch." Er streckte eine Hand aus und berührte das Lächeln auf dem

Gesicht seiner geliebten Großmutter. Er schluckte und stieß die Worte hervor. „Es war nicht so, dass ich mich nicht darum gekümmert habe …"

Sie nickte und trat einen Schritt zurück. „Du hast dich zu sehr gekümmert. Das sehe ich jetzt ein. Ich warte draußen."

„Wissen Sie, warum sie mir alles hinterlassen hat, als sie starb?", fragte er schnell.

Ihre Augen wurden weich. „Du weißt, warum."

Weil sie ihn geliebt hatte. Weil sie sich Sorgen um ihn gemacht hatte. Der Kloß in seinem Hals schnürte ihm fast die Kehle zu.

Gott.

Er holte alles heraus und breitete es auf dem Tisch hinter dem Schließfach aus. Er war eigentlich nur hergekommen, um mit Fancy Lucette zu sprechen, und es beschämte ihn, dass er nach dem Tod seiner Großmutter nicht den Kopf aus dem Arsch gezogen hatte, um dieses Schließfach zu überprüfen.

Der Anwalt hatte eine Kopie des Testaments, und sie alle wussten, wo die Urkunden aufbewahrt wurden. Grady war auf dem Weg zur FBI-Akademie gewesen und hatte nie zurückgeblickt.

All die Jahre hatte er damit verbracht, vor dem Schmerz ihres Todes davonzulaufen. Und jetzt war er da, um sich der Sache endlich zu stellen, und es zwang ihn in die Knie.

So viel dazu, ein harter Kerl zu sein.

Er breitete die Bilder aus und sah die Gesichter seiner längst verstorbenen Familie, die ihn anschauten.

Sie sahen glücklich aus, wie er erstaunt feststellte.

Zwischen den Erinnerungen an Schmerz, Verlust und Bitterkeit hatte er viel von der Freude seiner Kindheit vergessen. Trotz all der Versuche seines Vaters, sie mit seinen Fäusten und seiner Gewalt zu zerstören. Baxter Steel hatte versagt.

Auch Crys sah glücklich aus.

Und dann war ihre Mutter gestorben, und alles war zerbrochen. Seine Großmutter hatte ihn gerettet, aber er hatte das

Gefühl, dass sie Crys nicht auf die gleiche Weise hatte retten können.

Wenigstens hatte seine Schwester jetzt jemanden in ihrem Leben, den sie liebte. Hoffentlich müsste er ihren Schwiegervater nicht wegen dreifachen Mordes verhaften.

Bob Grogans Stiefvater stand in der engeren Auswahl der Verdächtigen, Eli Kane zu sein. Seine Schwester würde ihm nie verzeihen, wenn er etwas tat, das ihre Familie ruinierte, selbst wenn es darum ging, einen der gefühllosesten Mörder des Landes zu fangen. Nicht, dass das einen großen Unterschied gemacht hätte. Er bezweifelte ohnehin, dass sie mit ihm Frieden schließen würde, und Eli Kane würde er auf keinen Fall davonkommen lassen, wenn er es verhindern konnte.

Wie würde das wohl in seiner Personalakte aussehen? Er und Grogans Stiefvater waren beide auf der Hochzeit gewesen, also wahrscheinlich nicht sehr gut.

Grady steckte die Fotos vorsichtig in die Innentasche seiner Jacke. Er würde sie einscannen und Crys Kopien geben, obwohl sie bestimmt einen ganzen Haufen davon hatte, da viele Bilder im Haus ihrer Großeltern an den Wänden und in den Schränken gewesen waren, die sie ihm nach dem Tod ihrer Großmutter nie gezeigt hatte.

Warum hatte seine Großmutter gerade diese Bilder für ihn aufbewahrt?

Und dann wurde es ihm mit einem Mal klar. Sie sollten ihn daran erinnern, dass es in seiner Vergangenheit sowohl Freude als auch Elend gegeben hatte. Er mochte ein armer, erbärmlicher kleiner Scheißer gewesen sein, dem es schwergefallen war, sich anzupassen, aber er war auch geliebt worden und hatte die Liebe erwidert.

Er legte die Dokumente beiseite und schob die Kiste zurück an ihren Ort. Schloss sie ab. Er schaute sich nach den Fächern um, die ausgeraubt worden waren, aber sie waren bereits ersetzt und repariert worden. Er konnte nicht erkennen, welche es waren. Er sah sich im Raum um, der durch einen hohen, schmalen Holztisch abgetrennt war.

Es schien ihm, dass es keinen Grund gab, die gegenüberliegende Wand mit den Schließfächern zu berühren, wenn die eigene auf dieser Seite des Raumes war oder umgekehrt.

Wenn sie wüssten, auf welcher Seite der Fingerabdruck gefunden worden war, könnten sie wahrscheinlich die Behälter auf der anderen Seite des Raumes ausschließen oder zumindest die Priorität herabsetzen, was die Liste der Verdächtigen erheblich reduzieren würde.

Sie kamen ihrem Ziel näher. Langsam. Die Schlinge um Eli Kanes Hals zog sich immer enger zusammen – vorausgesetzt, er war noch nicht geflohen. Aber die Zeit wurde knapp.

„Mr. Steel?"

Grady wurde aus seinen Überlegungen herausgerissen. „Mrs. Bodurek. Mein herzliches Beileid."

In Edith Bodureks braunen Augen schwammen Tränen, die sie nicht fallen lassen wollte. Sie räusperte sich geräuschvoll. „Ich habe mich gefragt, ob Sie ein paar Minuten Zeit haben?"

27

Brynn verließ leise das Haus. Ihre Mutter war eingeschlafen. Brynn war noch eine Weile bei ihr geblieben und hatte dann ihr frühes Mittagessen weggeräumt. Nachdem ein letzter Blick ergeben hatte, dass ihre Mutter immer noch schlief, beschloss sie, nach Hause zu gehen und mit zwei Projekten zu beginnen, die nächste Woche fällig waren.

Ihr Vater war zurück und arbeitete in seiner Werkstatt. Auf ihrem Grundstück gab es eine riesige Scheune, in der im Winter die Fahrzeuge untergebracht waren, und einen Traktor, mit dem ihr Vater bei starkem Schneefall, wie er für die nächsten Tage vorhergesagt war, die Straße räumte. Er räumte nicht nur ihre Einfahrt. Er war dafür bekannt, dass er auch zu allen Nachbarn fuhr und ihre Zufahrtsstraßen vom Schnee befreite.

Brynn war sich nicht sicher, ob er das aus Selbstlosigkeit tat oder ob er einfach nur eine Ausrede brauchte, um mit seinem Spielzeug zu spielen.

In einem anderen Gebäude befand sich ein großer Generator, den ihre Eltern für den Fall eines Stromausfalls installiert hatten, was regelmäßig vorkam. Einmal, als sie noch ein Kind gewesen war und nicht lange nachdem sie hergezogen waren, hatten sie drei Wochen lang keinen Strom gehabt. Es war schlimm gewesen, obwohl sie einen Holzofen hatten, der dafür sorgte, dass es im Haus ausreichend warm war.

Über dem Generator gab es einen Dachboden, den man zu einem Wohnraum hätte umbauen können, aber wenn der Generator lief, würde es dort nach Diesel stinken. Außerdem brauchten ihre Eltern den zusätzlichen Platz nicht. Sie lebten jetzt nur noch zu zweit.

Sie nutzten diesen Raum, um Weihnachtsdekoration oder saisonale Dinge aus dem Café zu lagern, wie die Außentische und ihre Sonnenschirme.

Brynn ging hinüber zur Werkstatt, um sich von ihrem Vater zu verabschieden.

„Fährst du zurück in die Stadt?" Paul Webster schaute von seiner Arbeit auf, als sie die Tür öffnete. „Könntest du eine Kettensäge bei Angus vorbeibringen? Ich habe sie für ihn repariert. Dann muss ich nicht wieder los. Ich habe sie bereits in den Kofferraum deines Autos gelegt. Lass sie im Holzschuppen, wenn er nicht zu Hause ist."

Angus' Haus lag zwischen hier und der Stadt. „Klar. Wie läuft es mit dem Projekt Hühnerstall?"

Er grinste und legte seine Säge weg. „Ihr beide macht euch jetzt über mich lustig, aber das wird sich ändern, wenn wir genug Eier für das Café produzieren."

Sie hob eine Augenbraue. „Das sind aber eine Menge Hühner."

„Ich mag Hühner. Sie halten Ungeziefer fern." Er zuckte die Achseln und sah plötzlich älter aus, seine Schultern hingen nach vorn. „Es ist schwierig, die Tage mit sinnlosem Zeug zu füllen, wenn ich sehe, wie deine Mutter jeden Tag kränker wird und ich nichts dagegen tun kann."

Sie berührte seinen Arm. „Die Ärzte haben dich gewarnt, dass es schlimmer werden würde, bevor es besser wird."

Er erschauderte und nickte. „Ich weiß. Ich weiß." Er sah weg, aber sie entdeckte rote Augen, die mit den Tränen kämpften. „Ich weiß nicht, was ich ohne sie tun würde, Brynn."

Sie schlang ihre Arme um seine Taille und legte den Kopf auf seine Brust. „Sie wird schon wieder. Du weißt, wie stark sie ist."

Er drückte sie so fest, dass es fast wehtat. „Ja. Ja. Ich weiß." Er ließ sie los und trat einen Schritt zurück. „Es tut mir leid, dass ich dich aus deinem Leben gerissen habe."

Ihr Mund zitterte. „Es ist nicht so, dass ich viel zurücklassen musste, wenn ich ehrlich bin. Ein paar Freunde, aber die ziehen jetzt alle aus der Stadt weg und bekommen Babys."

„Kein besonderer Mensch, von dem du uns nichts erzählt hast?"

Sie lächelte durch die Tränen hindurch. „Nicht seit Aiden."

Ihr Vater schlang wieder seine Arme um sie. „Dieser Mistkerl war deine Tränen nicht wert."

Sie lachte und stieß sich ab. „Wahrscheinlich nicht, aber es ist schwer, jemanden zu finden, der alle Kriterien erfüllt, weißt du? Nicht nur wegen Aiden, sondern auch wegen meiner Vorbilder. Du und Mom habt die beste Ehe, die ich je gesehen habe. Ich bin nicht bereit, mich mit weniger zufrieden zu geben, obwohl ich bezweifle, dass es ein nächstes Mal geben wird."

„Ich und deine Mutter sind nicht perfekt, Schatz, aber..." Er lächelte traurig. „Ich wusste von dem Moment an, als ich sie sah, dass *sie* perfekt ist." Seine Augen blickten in die Ferne, als würde er in Erinnerungen schwelgen. „Sie erfüllte definitiv alle meine Kriterien." Er zwinkerte ihr zu und seine Stimme wurde wehmütig. „Es wird passieren, wenn du es am wenigsten erwartest. Sei geduldig und überstürze nichts. Du wirst es merken, wenn es das einzig Wahre ist."

Sie schüttelte den Kopf und machte sich auf den Weg zur Tür. „Der heutige Tag war seltsam. Meine beiden Eltern geben mir Ratschläge zu meinem Liebesleben. Ich kann dir gar nicht sagen, wie sehr das das Gleichgewicht des Universums aus der Bahn wirft."

An der Tür hielt sie inne und drehte sich noch einmal um, um zu sehen, wie ihr Vater mit einem Lächeln kämpfte.

Er folgte ihr nach draußen. „Pass auf den Straßen auf. Sie sind vereist."

„Ja, Dad." Sie schüttelte den Kopf, als sie in ihren Honda Civic stieg und winkte, bevor sie die lange Auffahrt hinunterrollte, durch den Wald auf die Hauptstraße hinausfuhr und rechts abbog.

Wenigstens hatte sie ihre Eltern mit der Diskussion über ihr nicht vorhandenes Liebesleben etwas amüsiert.

Eine Vision von Grady Steel, der mit geschlossenen Augen in seinem Vorgarten stand, als sie auf Zehenspitzen zu ihm ging, um ihn zu küssen, schoss ihr durch den Kopf. Er war so süß zu dem streunenden Hund gewesen. Und sexy. Sehr sexy.

Sie bezweifelte sehr, dass jemand wie Grady auf der Suche nach der wahren Liebe war. Er schien viel zu unabhängig und karriereorientiert zu sein, als dass er sesshaft werden wollte. Aber eine Affäre? Sie glaubte nicht, dass er damit ein Problem hätte.

Der Gedanke, ihn zu verführen, jagte ihr einen wohligen Schauer über den Rücken, aber sie war sich immer noch nicht sicher, ob sie es durchziehen könnte.

Würde sie sich jemals sicher sein?

Wahrscheinlich nicht.

Und dann war da noch diese SMS, in der sie aufgefordert wurde, sich von ihm fernzuhalten. Das musste Caleb Quayle gewesen sein, um sich dafür zu revanchieren, dass sie ihm Hausverbot erteilt hatte. *Arschloch.*

Sie verdrängte es aus ihrem Kopf. Sie musste das nicht alles an ihrem einen freien Tag klären.

Fast auf Angus' Grundstück angekommen, sah sie ein Auto am Straßenrand, wo die beiden Touristen mit dem osteuropäischen Akzent mit einem Wagenheber und einem Ersatzreifen kämpften.

Sie hielt neben ihnen an und kurbelte, da der Verkehr auf der Straße ruhig war, ihr Fenster herunter. „Ist alles in Ordnung?"

„*Da.* Unser Reifen kaputt, also wir wechseln, aber finden nur das hier im Kofferraum." Der Mann hielt den Kurzzeit-Ersatzreifen hoch.

„Damit kommt Sie zur nächsten Autovermietung oder Werkstatt, aber weiter würde ich nicht fahren."

Der Mann sah verwirrt aus. Offensichtlich war das nicht die Art und Weise, wie sie die Dinge in seiner Heimat handhabten.

„Sind sie sicher, dass alles in Ordnung ist? Ich kann ihn Ihnen wechseln, wenn Sie Hilfe brauchen."

Der Mann winkte ihr Angebot ab, während seine Frau ungeduldig am Straßenrand stand.

Der Mann runzelte die Stirn. „Sie sind nicht die, die den toten Mann gefunden hat? Sie sind in den Hafen gesprungen?"

Ein Schauer lief ihr über den Rücken. Sie wollte nicht darüber reden.

„Haben Sie den Mörder gesehen?" Der Mann sah sich um. „Müssen wir uns Sorgen um unsere Sicherheit machen?" Er schaute sie mit großen Augen an und trat einen Schritt zurück, als hätte er plötzlich Angst, dass sie ihm etwas antun könnte.

Sie kniff die Lippen zusammen. „Ich habe nichts gesehen, und das hier ist eine sehr sichere Gemeinde – auch wenn überall schlimme Dinge passieren können. Ich bin mir sicher, dass es dort, wo Sie herkommen, genauso ist."

Ein weiteres Auto näherte sich im Rückspiegel. Es war ein Streifenwagen des Sheriffsdepartment. Er setzte den Blinker.

„Ich überlasse Sie den fähigen Händen dieses Polizisten. Er kann Ihnen helfen."

Brynn fuhr los, als der Sheriff selbst aus seinem Fahrzeug stieg. Es entging ihr nicht, dass er wütend aussah, weil sie weggefahren war. Egal. Sie hatte keine Gesetze gebrochen.

Zehn Minuten später, nachdem sie die Kettensäge wie befohlen in Angus' Holzschuppen deponiert hatte, fuhr sie hinter ihrem Mietobjekt vor und blickte auf das Haus, während der Motor abkühlte.

Sollte sie es wagen?

Wenn überhaupt stieg ihre Faszination durch die warnende

SMS nur noch mehr. Vielleicht hatte Grady sie selbst geschickt, in dem Wissen, dass sie tief im Inneren pervers und stur war.

Sie lachte und schüttelte den Kopf über sich selbst. Unwahrscheinlich.

Wo war er letzte Nacht hingegangen?

Vielleicht hatte er eine alte Freundin, die er hatte wiedersehen wollen, nachdem sie einander gute Nacht gesagt hatten, oder er war zurück in die Bar gegangen und hatte die hübsche Kellnerin nach Hause begleitet …

Sie schob diese Gedanken beiseite. Sie schienen nicht zu dem Mann zu passen, den sie kennenzulernen begann. Wahrscheinlich hatte er eine Partnerin in Virginia, was ihren unschuldigen Kuss nicht mehr ganz so unschuldig machte. Jemanden, der mit seinem durchtrainierten Körper mithalten und ihn zum Schwitzen bringen konnte.

Die Vorstellung, wie Grady schwitzte, brachte ihr Herz zum Flattern. Sie war sehr gut im Visualisieren. Sie war schließlich eine *Künstlerin*.

Außerdem hatte sie keine Milch mehr und hatte vergessen, welche zu kaufen, als sie vorhin einkaufen gewesen war. Mit einem erstickten Seufzer ließ sie den Motor wieder an und steuerte den Lebensmittelladen am Rande der Stadt an. Die Verführung würde warten müssen, bis sie ihren Kühlschrank wieder aufgefüllt hatte.

28

Grady folgte Edith Bodurek durch den Hauptbereich der Bank, vorbei an Miltons persönlicher Sekretärin, die ihr Gesicht abwandte, und in einen Raum mit hohen Fenstern, hohen Decken und altmodischen, schweren Möbeln, darunter dunkle Eichenholzregale, welche die Wände säumten.

Milton Bodureks Büro war nicht im gleichen Umfang renoviert worden wie der Rest der Bank und vermittelte immer noch den Eindruck von altem Geld und institutioneller Macht.

Edith war eine schöne Frau, wenn auch ein wenig spröde. Vielleicht war es der Kummer, der die harten Linien in ihr Gesicht zeichnete. Vielleicht war es auch ihr Charakter.

Grady hatte in der Vergangenheit nicht viel mit den Bodureks zu tun gehabt. Sie bewegten sich in sehr unterschiedlichen gesellschaftlichen Kreisen, und ihr einziger Sohn war noch jünger als Brynn.

Edith fuhr mit ihren Fingern über das glänzende Holz des ordentlichen Schreibtischs. Dort stand ein gerahmtes Foto, vermutlich von der Familie, neben einer altmodischen Schreibunterlage. Ein Computer stand leicht schräg, sodass sich nichts zwischen dem Manager und den Kunden oder Mitarbeitern befand, mit denen er sprach.

Sie setzte sich nicht, sondern wies ihm den Stuhl zu. „Bitte setzen Sie sich.“

Er tat es, mehr aus Neugierde als alles andere. Er kämpfte gegen den Instinkt an, seine Mütze abzulegen. Die zwei Zentimeter lange Wunde an seinem Hinterkopf könnte die Frau davon abhalten, sich ihm zu öffnen.

Für manche war der Schein alles.

„Ich wollte mich bei Ihnen bedanken, dass Sie meinen Mann gefunden und dafür gesorgt haben, dass seine Leiche zur Beerdigung an uns zurückgegeben wurde.“

Grady runzelte die Stirn. „Brynn Webster ist die Person, der Sie danken sollten. Wenn sie nicht hineingesprungen wäre …“ Und dabei eine Menge Lärm gemacht hätte. „Nun, wir hätten ihn nicht gefunden.“

Ediths gerötete Augen weiteten sich, und ihre Nasenflügel bebten. „Oh. Ich wusste natürlich, dass Sie beide dort waren, aber der Sheriff hat mir die Details vorenthalten. Ich nahm an, … Danke, dass Sie mir das gesagt haben. Ich werde mit Brynn sprechen und dafür sorgen, dass sie weiß, wie dankbar –“ Ihre Stimme stockte und stolperte.

Grady nickte, obwohl er nicht glaubte, dass Brynn den Dank mehr wollte als er selbst. Je mehr er darüber nachdachte, wie nahe Brynn vor zwei Nächten einem Mörder gewesen war, desto weniger gefiel es ihm.

„Haben Sie eine Ahnung, wer Ihren Mann vielleicht hätte ermorden wollen?“

Sie ließ sich schwer in den unbequem aussehenden Holzstuhl hinter Milton Bodureks Schreibtisch sinken. „Nein. Ich wünschte, ich wüsste es.“

„Wer profitiert finanziell von seinem Tod?“

Ihre Lippen bebten. „Das hat mich der Sheriff auch immer wieder gefragt. Als sei Milt tot irgendwie mehr wert als lebendig.“

„Leider ist Geld ein häufiger Beweggrund.“

„Ich bin die Frau eines Bankiers. Ich weiß, wie wichtig Geld ist", fauchte sie. Dann bedeckte sie ihren Mund und unterdrückte ein Schluchzen. „Zumindest war ich das mal."

Sie wischte sich eine Träne weg, die sich gelöst hatte. „Tut mir leid, ich hätte nicht so mit Ihnen reden sollen. Es ist nur, ich kann nicht glauben, dass er nicht mehr da ist und Sheriff York Junior sich mehr für die Tatsache interessiert, dass Milt eine hohe Lebensversicherung hatte, als für die Beantwortung meiner Fragen."

„Wie hoch?"

„Fünf Millionen."

„Das sind eine Menge Gründe."

„Nur wenn einem Geld wichtiger ist als Glück." Ihr Seufzer war fast ein Zischen. „Ich habe meinen Mann geliebt. Ich hatte vor, mit ihm alt zu werden. Er überlegte sich, sich zur Ruhe zu setzen."

Grady hielt ihrem Blick stand, auf der Suche nach Aufrichtigkeit. Er war sich nicht sicher, ob er sie fand. „Warum die große Versicherungspolice?"

Sie wandte den Blick ab und spielte mit dem Rand der Schreibunterlage. „Milt hat sich Sorgen gemacht, was mit mir passieren würde, wenn er stirbt. Der Bank geht es im Moment gut, aber ihm war klar, dass sich das bei der heutigen Marktlage schnell ändern kann. Er hätte die Police nie abgeschlossen, wenn er gedacht hätte, dass ich deswegen nach seinem Tod verdächtigt werde."

„Milton ist nicht gestorben. Er wurde ermordet."

Ihr Kinn ruckte nach oben. „Das habe ich gehört." Unter der Trauer war auch Stolz zu erkennen. Diese Frau war es nicht gewohnt, dass ihre Integrität in Frage gestellt wurde.

Er verstand das. Es machte etwas mit einem. Es verdrehte etwas, das entweder zerbrach oder stärker wurde.

„Was ist mit Ihrem Sohn?"

„Andrew? Andrew hat seinen Vater geliebt."

„Man munkelt, dass er Geld brauchte."

Sie lachte bitter. „Ich hätte gedacht, Sie seien die letzte Person, die mir mit Gerüchten kommt."

„Da haben Sie recht." Er wollte sie nicht mit Fragen und Polizeigerede vergraulen, aber es gab eine Million Gründe, gegen sie und ihren Sohn zu ermitteln – besser gesagt fünf Millionen. Grady war beeindruckt, dass Darrell die Witwe als Verdächtige in Betracht zog, da sie mit seinen Eltern befreundet war. „Vermutlich erbt Andrew nach dem Tod seines Vaters sehr viel Geld?"

Ihre Finger rissen an der Kante des lila Papiers, und sie strich es wieder glatt. „Andrew hat einen Treuhandfonds, der ihm zur Verfügung stehen wird, wenn er fünfundzwanzig ist. Er ist jetzt vierundzwanzig, also denke ich, dass er eher ein Jahr warten könnte, als seinen geliebten Vater kaltblütig zu ermorden."

Grady würde es nicht ausschließen. „Wenn nicht Geld das Motiv war, gibt es einen anderen Grund, warum jemand Milton etwas angetan haben könnte?"

„Nicht dass ich wüsste." Sie schüttelte den Kopf.

„War Ihre Ehe glücklich?"

Wut schimmerte durch die Tränen hindurch. „Milt hatte keine Affäre."

Und Ehefrauen waren immer die Letzten, die davon erfuhren.

„Ist er nachts oft zum Hafen gegangen?"

Sie schien ein wenig verwirrt über den Themenwechsel. „Mindestens einmal in der Woche. Öfter, wenn er vorhatte, segeln zu gehen."

„Hatte er vor, dieses Wochenende segeln zu gehen?"

Sie schüttelte den Kopf. „Ich glaube nicht. Es wurde erwartet, dass der Wind mit der heranziehenden Kaltfront wieder zunehmen würde. Er ... er mochte es nicht, Risiken einzugehen, vor allem, wenn er allein segelte."

„Sind Sie jemals mitgegangen? Oder Andrew?"

Sie sah plötzlich wehmütig aus. „Andrew ist als Junge immer mitgegangen, aber er hat das Interesse verloren, als er aufs College ging. Ich begleite ihn nur im Sommer, wenn es warm und die See ruhig ist. Ich bin kein großer Fan des Wassers, aber Milt liebt es …"

Sie schien die falsche Zeitform zu bemerken und presste einen Handrücken fest gegen ihre Lippen.

„Haben Sie eine Ahnung, was er am Samstagabend dort gemacht hat?"

„Nein." Sie schüttelte den Kopf. „Wir hatten den Tag damit zugebracht, um den Jordan Pond im Acadia National Park zu wandern."

Mount Desert Island war zu dieser Jahreszeit etwa vierzig Autominuten entfernt.

„Wir lieben es dort, aber im Sommer ist immer so viel los, dass wir unsere Ausflüge auf später im Jahr verschieben." Sie hob ihr tränenverschmiertes Gesicht. „Als wir zu Hause ankamen, war ich zu erschöpft, um zu kochen, also bestellten wir etwas zu essen und schauten einen Film. Ich war müde von der vielen frischen Luft und bin früh ins Bett gegangen, so gegen neun. Das war das letzte Mal, dass ich ihn lebend gesehen habe." Sie schluchzte herzzerreißend. „Ich gehe oft früh ins Bett. Ich stehe jeden Tag gegen fünf Uhr auf", erklärte sie, als müsse sie ihr Leben vor ihm rechtfertigen. „Milt war in vielerlei Hinsicht das Gegenteil. Er blieb lange auf und stand jeden Tag um acht Uhr auf." Sie blinzelte ein wenig. „Er war zwar jeden Morgen um Punkt neun im Büro, aber er war kein Morgenmensch."

„Haben Sie gehört, wie er in der Nacht das Haus verlassen hat?"

Sie schüttelte den Kopf.

„Ist er oft ausgegangen, ohne Ihnen zu sagen, wohin er wollte?"

„Wenn ich schlief, hat er mich nicht gestört." Das klang etwas ausweichend.

„Was glauben Sie, warum er zum Boot gegangen ist?"

„Ich kann mir nur vorstellen, dass es entweder ein Problem mit dem Schiff gab und der Yachthafen angerufen hat. Oder jemand hat ihn wegen des Raubüberfalls angerufen."

„Wegen des Raubüberfalls?"

„Es hat ihn sehr mitgenommen – mit einer Waffe bedroht zu werden. Deshalb habe ich ihn an diesem Tag zum Wandern überredet. Um ihn auf andere Gedanken zu bringen." Sie holte tief Luft. „Er sah es als persönliches Versagen an. Er glaubte, dass er alle im Stich gelassen hatte und wollte, dass die Täter mit der ganzen Tragweite des Gesetzes bestraft werden."

„Ich habe mit Saul Jones gesprochen." Er beobachtete, wie sich ihre Augen weiteten und sich dann Scham in ihren Wangen abzeichnete.

„Milt war normalerweise kein schlechter Mensch, aber er war so wütend. Er hat es an Saul ausgelassen, und ich muss mich bei dem Mann entschuldigen." Sie wirkte plötzlich völlig ausgelaugt.

„Hatte Milton eine Ahnung, wer die Bank ausgeraubt hat?"

„Ich glaube nicht."

„Sie scheinen sich nicht sicher zu sein."

Falten zeichneten sich auf ihrer glatten Stirn ab. „Anfangs war er damit zufrieden, die Polizei ermitteln zu lassen, aber nach ein paar Tagen schien er das Vertrauen in die Sheriffs zu verlieren und begann, selbst Fragen zu stellen. Ironischerweise sind gerade sie jetzt dafür verantwortlich, herauszufinden, wer ihn getötet hat." Ihre Hände ballten sich auf dem riesigen Schreibtisch zu Fäusten.

„Wen hat Milton befragt?"

Sie schüttelte den Kopf. „Er wollte es mir nicht sagen, aber ich fürchte, diese Fragen haben ihn vielleicht umgebracht."

„Haben Sie das dem Sheriff erzählt?"

Sie schnaubte. „Das habe ich, aber es schien ihn nicht zu interessieren." Sie warf Grady einen Blick zu, der von finsteren Gefühlen geprägt war. „Die Hauptverdächtigen des Sheriffs für den Mord an Milt befinden sich in diesem Raum, deshalb dachte ich, dass Sie in der Lage sein könnten, mir – und sich selbst – zu helfen."

„Inwiefern?" Er wollte nicht zu eifrig wirken, aber innerlich reckte er die Arme in die Luft.

„Sie sind ein ausgebildeter FBI-Agent, nicht wahr? Aktuell mit viel verfügbarer Zeit?" Als er schwieg, fügte sie hinzu: „Wenn Sie nicht verfügbar sind, könnten Sie vielleicht Ihre FBI-Freunde bitten, sich die Sache anzusehen?"

„So arbeitet das FBI nicht."

„Ich kann Sie bezahlen." Ihre Augen wurden hart.

„So arbeite ich nicht." Egal, was sie denken mochte, er ließ sich nicht kaufen. „Wie Sie schon sagten, bin ich FBI-Agent und kein Privatdetektiv."

Die Stille war plötzlich schwer vor Verzweiflung.

„Ich habe keinen Zugang zu den Tatortinformationen. Das macht die Ermittlungen schwierig." Auf ihren niedergeschlagenen Gesichtsausdruck hin fügte er hinzu: „Aber vielleicht kann ich mich ein wenig umhören, solange Sie mir alles mitteilen, was Sie selbst in Erfahrung bringen."

„Ich kann Ihnen sagen, was ich weiß. Alles weitergeben, was der Sheriff oder der Versicherungsermittler mir sagen."

Das könnte ihm einen Vorwand geben, ein wenig herumzuschnüffeln. „Wenn ich mich bereit erkläre, ein paar Nachforschungen anzustellen, darf niemand davon erfahren." Er hasste es, die Hoffnung in ihren Augen tanzen zu sehen. „Weder der Sheriff, wenn er etwas sagt, um Sie zu ärgern, noch Ihr Sohn, wenn er Sie anschreit, weil die Bullen denken, dass er seinen Vater umgebracht hat", ihre Augen weiteten sich bei dieser Bemerkung, „noch Ihre Freunde im Country Club."

Ihre Fingerknöchel waren weiß vor Anspannung. „Ich muss wissen, wer mir meinen Mann genommen hat. Wer das Leben zerstört hat, von dem ich dachte, dass ich es verdient hatte. Und irgendwie bezweifle ich, dass Sheriff York mir das geben wird."

Sie schien aufrichtig zu sein, aber Grady war nicht sehr vertrauensselig. Er war schon zu lange im Dienst. „Haben die Polizisten sein Handy und seinen Laptop?"

„Sie haben sein Handy auf dem Boot gefunden." Sie hielt sich eine Hand vor den Mund. „Ich glaube, dort wurde er umgebracht. Ich durfte noch nicht wieder an Bord gehen. Sie haben auch Milts

Lexus. Sie kamen zu unserem Haus und nahmen seinen Laptop aus unserem Arbeitszimmer mit …“

Grady versuchte, seine Enttäuschung zu verbergen.

„Aber …“

Grady hob den Kopf.

„Ich habe seinen alten. Laptop, meine ich. Das haben wir über die Jahre so gemacht. Ich habe sein älteres Gerät geerbt, das nie zu alt war, da er alles so aktuell wie möglich halten wollte.“

Grady schwieg, in dem Wissen, dass das Schweigen in der Regel freiwillig mit Informationen gefüllt wurde.

„Die Sache ist die, dass er seinen neuen Laptop erst kurz vor Weihnachten gekauft hat und ich noch nicht auf den neuen umgestiegen bin.“ Sie griff in eine Umhängetasche, die auf dem Boden stand, und holte einen Laptop heraus. Sie legte ihn auf den Schreibtisch.

„Sie haben also eine Kopie aller E-Mails und Nachrichten Ihres Mannes?“

„Alle, von denen ich weiß.“ Sie schluckte. „Ich weiß aus Filmen und Fernsehsendungen, dass er vielleicht eine Art geheimes Doppelleben hatte, aber ich kann mir nur schwer vorstellen, dass Milton etwas Wichtiges vor mir verheimlicht hat.“

Könnte Milton Bodurek Eli Kane sein? War dieses Gespräch eine Art Spiel, um Ediths Unschuld oder Unwissenheit zu bekräftigen, falls die Polizisten das herausfinden sollten? Könnte Edith im Mordfall ihres Mannes als Verdächtige gelten?

„Schreiben Sie das Passwort auf. Kann ich die Tasche auch mitnehmen?“

Ihre Augen weiteten sich vor Überraschung. „Die gehört mir, nicht Milt.“

„Die Leute merken vielleicht nicht, wenn ich mit einer Tasche rausgehe, aber sie merken ganz sicher, wenn ich einen Laptop in der Hand habe, den ich auf dem Weg hierher nicht dabeihatte.“

„Ja, natürlich.“ Sie griff nach unten und stellte die Tasche auf den Schreibtisch. Sie war dünn und schwarz. Mrs. Bodurek schob den Laptop wieder hinein. „Wollen Sie meine Handynummer?“

Er dachte darüber nach. Dann schüttelte er den Kopf. „Wenn wir anfangen, uns SMS zu schreiben, wird der Sheriff uns noch vor der Beerdigung Ihres Mannes wegen Mordes verhaften."

Diese Erkenntnis schien sie zu entsetzen.

„Wenn Sie mich erreichen müssen, rufen Sie mich von hier aus an, dann können wir es ganz offiziell halten. Wenn Sie auf irgendwelche Informationen treffen, die mir nützlich sein könnten oder die Ihnen ungewöhnlich erscheinen, lassen Sie es mich wissen. Wenn es dringend ist, kommen Sie zu mir nach Hause, oder wählen Sie den Notruf."

Es war möglich, dass auch sie in Gefahr war. Je nachdem, woher die Bedrohung kam.

Er schob seine Visitenkarte über den Schreibtisch. Das geprägte Siegel glitzerte spöttisch im Sonnenlicht, das durch das Fenster hereinströmte. Seine persönliche Nummer stand auf der Rückseite. „Sie können wenigstens so tun, als hätten wir über mein Konto gesprochen, wenn Sie von hier aus anrufen."

Grady nahm die Umhängetasche in die Hand und steckte seine Familienfotos in die Seitentasche, bevor er sie sich über die Schulter warf.

„Wenn es noch etwas gibt, das Sie mir verheimlichen, wäre es besser, es jetzt zu sagen."

Ihr Gesichtsausdruck blieb traurig und leicht verwirrt. „Ich will, dass der Mörder meines Mannes der Gerechtigkeit zugeführt wird, Mr. Steel." Ihre Augen wurden hart. „Ich will, dass er in der Hölle schmort, weil er einen Mann erschossen hat, der freundlich und rücksichtsvoll war, und weil er mir die Zukunft gestohlen hat, auf die ich mich mein ganzes Eheleben lang gefreut habe. Aber ich gebe mich mit dem zufrieden, was wir Gerechtigkeit nennen, wenn das alles ist, was ich bekommen kann. Solange er für das bezahlt, was er getan hat."

Ihr Blick brannte sich in Gradys Rücken, als er fortging.

29

Brynn schnappte sich die Lebensmittel aus dem Kofferraum und schloss das Auto auf dem ihr zugewiesenen Parkplatz hinter dem Haus ab, bevor sie sich auf den Weg zu ihrer Haustür machte. Ein unbekanntes Geräusch ließ sie die Stirn runzeln, und sie ging weiter, bis sie den Vorgarten erreichte.

Der zottelige graue Hund fraß geräuschvoll aus dem Napf, den Grady ihm hingestellt haben musste.

Sie hielt den Atem an, aber der Hund spürte ihre Anwesenheit, wandte sich ihr zu und musterte sie misstrauisch, während er weiter fraß.

Die Angst in seinen Augen traf sie wie ein Schlag.

„Ist schon gut, Junge." Es tat ihr im Herzen weh, dass sie nicht bemerkt hatte, wie seine geisterhafte Gestalt durch die Stadt spukte. Grady hatte es ihr erst zeigen müssen.

Sie ging in die Hocke, um weniger bedrohlich zu wirken, denn sie wollte nicht, dass er sie genauso fürchtete wie den Rest der Welt.

Er belastete seine linke Vorderpfote stärker. Sie runzelte die Stirn. Er musste wirklich zum Tierarzt, und Grady hatte nicht Unrecht mit dem Schneesturm, vor dem die Meteorologen warnten. Es wurde erwartet, dass die Windkälte weit unter null Grad und mindestens dreißig Zentimeter Schnee fallen würden, wahrscheinlich sogar mehr.

Der Hund aß sein Futter auf und senkte den Kopf zum Wassernapf, wobei die Tropfen überall hin spritzten.

Sie wollte ihn streicheln, aber sie glaubte nicht, dass sie ihn würde einfangen können, und sie wollte ihn nicht erschrecken oder gebissen werden. Sie musste sich sein Vertrauen verdienen, was Grady offensichtlich mit dem Futter erreichen wollte.

Sie kramte in der Einkaufstasche und holte eine Packung Haferflockenkekse heraus, die sie eigentlich nicht brauchte, und riss sie auf. Sie warf einen neben den Hund ins Gras, und er schnupperte vorsichtig daran, bevor er ihn fast zärtlich fraß.

Zucker war wahrscheinlich nicht gut für Hunde, aber sie hatte nichts anderes zur Hand. „Ist schon gut, Junge. Ich tue dir nichts."

Sie warf das nächste Stück näher, und er machte einen weiteren Schritt nach vorn, um es sich zu schnappen, bevor er sich wieder zurückzog.

Den nächsten brach sie in zwei Hälften und warf ihn noch näher, wobei sie die ganze Zeit leise gurrte. „Du armes Ding. Ist dir kalt? Ich glaube, du brauchst ein Bad und ein warmes Plätzchen, wo du dich einkuscheln kannst."

Und einen Tierarzt, der sich die Vorderpfote ansah.

Es brauchte Zeit und Geduld, aber als sie ihm schließlich einen Keks hinhielt, streckte er sich vor und nahm ihr den Bissen mit unendlicher Vorsicht aus den Fingern.

Ihr Herz gab einen kleinen Ruck.

„Braver Junge. So ein braver Junge."

Er kaute den Keks und schaute zweifelnd von der Kekspackung zu ihrem Gesicht. Aber sie musste ihn irgendwo hinbringen, wo sie ihn festhalten konnte, und sie hatte nichts, was einer Leine ähnelte. Er trug kein Halsband.

Sie schaute auf ihre Tür und kam langsam auf die Beine.

Der Hund sprang ein paar Meter zurück und blieb stehen, um sie zu beobachten.

Sie hielt noch ein kleineres Stück Keks hoch, da sie ihr nicht ausgehen sollten, bevor sie ihn ins Haus gebracht hatte. *Falls* sie ihn überhaupt reinbringen konnte.

In ihrem Mietvertrag stand zwar, dass Haustiere nicht erlaubt waren, aber sie glaubte nicht, dass der jetzige Besitzer etwas dagegen hätte.

Kleine schwarze Augen blickten nervös durch verfilztes Fell.

Was wenn er wieder weglief? Was wenn er merkte, dass sie ihm eine Falle stellen wollte?

Er wich einen Schritt zurück.

Sie fürchtete, sein Vertrauen zu verlieren und zwang sich, sich zu beruhigen. *Entspann dich.* Hunde spürten Angst.

Sie nahm ihre Tüten, ging langsam rückwärts und bot einen weiteren Bissen an. Der Hund folgte ihr. Verspätet erinnerte sie sich an den Schinken, den sie gekauft hatte. Sie riss an der Verpackung. Der Hund sah sie erwartungsvoll an.

„Du armes Ding." Sie schloss ihre Tür auf und stieß sie auf.

Sie hielt ihm ein Stück Schinken hin und der Hund fraß es. Er leckte sich die Lefzen und warf ihr einen vorwurfsvollen Blick zu, als dachte er, sie hätte ihm etwas vorenthalten.

Sie ging hinein und stellte ihre Tüten auf dem Beistelltisch neben der Tür ab. Den Schinken und die Kekse behielt sie bei sich.

Sie gab ihm noch ein Stück und ging zur kleinen Küchenzeile hinüber, wo sie eine große Metallschüssel aus dem Schrank holte. Der Hund beobachtete sie von der Türschwelle aus, als sie die Schüssel mit Wasser füllte und auf den Boden stellte.

Der Hund sah unbeeindruckt aus, und sie lachte.

„Du hast wohl eine von Gradys Hundefutterdosen erwartet, was?" Sie musste den Mann anrufen. Sie tat das für ihn, denn sie konnte sich auf keinen Fall gleichzeitig um einen Hund kümmern und das Café führen.

Theoretisch gesehen war es Caleb Quayles Hund, obwohl er ihn offensichtlich weder wollte noch sich um ihn kümmerte. Die Vorstellung, dass dieser Mann das arme Tier zurückforderte, missfiel ihr.

Sie ging näher heran und hockte sich mit einem weiteren Stück

Schinken hin. Der Hund kam näher, wobei er beinahe mit dem Bauch über den Boden robbte, verunsichert durch die veränderte Umgebung.

Traurigkeit erfüllte sie, als er ihr die Finger ableckte.

Sie warf ein Stück Fleisch auf den Küchenboden. Er erwartete, es aus der Hand zu bekommen, aber als sie sich nicht rührte, ging der Hund näher an das Essen heran, während sie zur Tür schlich.

Sie verbrauchte den größten Teil des Schinkens und die restlichen Kekse, bevor sie schließlich die Tür erreichte und sie sanft schloss, um sie beide einzuschließen.

Der Hund fing an, hin und her zu laufen, als er merkte, dass er festsaß. Die Tatsache, dass er so offensichtlich verzweifelt war, brach Brynn das Herz.

„Ist ja gut. Ich werde dir nicht wehtun. Versprochen."

Der Hund sah verängstigt aus.

Hatte ihn jemand geschlagen?

Der Gedanke erfüllte sie mit Wut, aber sie verdrängte sie. Sie setzte sich wieder auf den Boden und lehnte sich gegen den Küchentisch. Sie musste irgendwie Gradys Nummer herausfinden und ihn anrufen, um ihm zu mitzuteilen, dass sie seinen Hund hatte. Aber zuerst musste sie wiederholen, was sie draußen getan hatte, und das Vertrauen des armen Tieres gewinnen.

„Ich werde dir nicht wehtun, Kleiner. Ich sorge dafür, dass du gut versorgt wirst und deine Vorderpfote wieder in Ordnung kommt."

Er blieb stehen und legte den Kopf schief. Er hörte zu.

Als sie den letzten Streifen Schinken aus der Packung zog, kam er wieder zu ihr, wobei ihr das leichte Schwanzwedeln Tränen in die Augen trieb. Und als er sich schließlich neben sie legte und seinen Kopf auf ihrem Oberschenkel ruhen ließ, gab sie sich ihnen hin.

30

___

Grady traf Ropero ein paar Kilometer außerhalb von Bangor auf dem Parkplatz eines kleinen Industriekomplexes.

Sie stieg in sein Auto. „Ich habe nicht viel Zeit. Wir dürfen nicht zusammen gesehen werden. Was haben Sie für mich?"

Nicht einmal ein „Wie geht's Ihrer Kopfverletzung?"

Er unterließ es, die Augen zu verdrehen, als er ihr den Laptop reichte. „Milton Bodureks Witwe Edith hat mir den vor einer Stunde gegeben. Es scheint, als hätte er sich zu Weihnachten einen neuen Computer gekauft, der jetzt in den Händen des Montrose County Sheriffsdepartment ist. Bodurek hat ihr den alten gegeben, aber sie hat ihn noch nicht auf ihre eigenen Nutzerdaten und so umgestellt."

Ropero runzelte die Stirn, als sie ihn entgegennahm. „Glauben Sie, sie wollte ihn im Auge behalten, weil sie dachte, er hätte eine Affäre?"

„Ich denke, wenn er eine Affäre hatte, hätte er das Gerät vorher zurückgesetzt. Die Passwörter stehen auf Klebezetteln drin."

„Haben Sie den Laptop eingeschaltet?", fragte sie misstrauisch.

„Nein", antwortete er mit mehr Geduld, als sie verdiente. „Ich weiß, wie ich meinen Job zu machen habe, Agent Ropero."

Sie fluchte und fuhr sich mit einer Hand durch ihr Haar. „Tut mir leid. Ich verhalte mich wie ein Miststück."

„Ich wusste gar nicht, dass Sie andere Umgangsformen haben."

Die Agentin überraschte ihn mit einem Grinsen. „Ich entschuldige mich auch dafür, dass ich Sie in diesen Fall hineingedrängt habe. Dobson sagte mir, ich solle Sie als Kollegen ansprechen, aber ich habe nicht auf ihn gehört."

„Warum nicht?"

Ihre Augen blitzten. „Weil Eli Kane auch einmal ein Kollege war. Eine Dienstmarke ist keine Garantie für einen guten Charakter – und dann ist da noch die Sache mit Ihrem Vater …"

„Ich bin nicht mein Vater." Er ignorierte die Beleidigung. Er war nicht in der Stimmung, über den Elternteil zu sprechen, den er verleugnet hatte. Eine Sache hatte ihn schon immer gestört. „Wie hat Kane in den Achtzigern den Lügendetektortest bestanden? Ich meine, ich mache mir jedes Mal in die Hose, wenn ich einen machen muss, und ich habe dabei nie etwas falsch gemacht. Es ist wie eine Beichte, nur mit Elektroden, die dem großen Gott helfen."

Ropero schnaubte. „Das gute alte katholische Schuldgefühl. Das ist eine Sache, über die man nie hinauswächst." Sie rutschte in ihrem Sitz hin und her. „Heutzutage ist das System viel robuster. Damals waren die Agenten mit denen, die die Polygraphen bedienten, befreundet. Oder sie haben das Ganze ausgetrickst, indem sie vorher eine Xanax genommen und mit ihren Kumpels gelacht haben."

Grady dachte an den Polygraph-Fachmann, der wegen seiner Rolle im Fall Stone vor einem Jahr an Weihnachten ermordet worden war. Grady war beauftragt worden, das Haus von Senator LeMay und seiner Frau in Washington zu bewachen, während das FBI nach ihrer entführten Tochter suchte.

Lügendetektoren waren ein Mittel, um ein Geständnis oder

Informationen zu erlangen. Kein Wahrheitsserum. Sie waren nicht einmal vor Gericht zulässig.

„Die Tests sind nicht unfehlbar, wie Sie wissen. Und meine Theorie ist, dass Kane ein Psychopath war und ist, der es versteht, positive Emotionen vorzutäuschen und gar keinen Stress hat, den er verstecken muss."

Jeder Mann, der seine Frau und seine Kinder so umbringen konnte, wie Kane es getan hatte, musste einen Defekt in seinem Gehirn haben.

„Menschen, die ihre Familien vernichten, haben normalerweise eine Art Auslöser. Haben wir je herausgefunden, was Kanes Auslöser war?"

„Nicht wirklich." Sie starrte aus der Windschutzscheibe. „Laut der besten Freundin der Frau wollte Kane ein paar Monate vor den Morden die Scheidung, aber Lisa flehte ihn an, es noch einmal zu versuchen. Die Dinge schienen sich wieder zu beruhigen, und die Frau erzählte allen, dass jetzt alles in Ordnung sei und sie einen Familienurlaub in Florida machen würden."

„Sie hatte keine Ahnung?"

„Laut ihrer Freundin waren sie und die Jungs ganz aus dem Häuschen."

„Stattdessen hat er sie umgebracht." Grady beobachtete, wie der Wind an den Wipfeln der nahen Bäume rüttelte.

„Unter dem Deckmantel der Reise konnte er drei Wochen lang verschwinden, ohne dass jemand merkte, dass er nicht da war, wo er sein sollte. Dann meldete er sich krank – wie wir jetzt wissen, von einem Münztelefon in New Mexico aus – und es dauerte eine weitere Woche, bis sich seine Kollegen wirklich Sorgen machten und nach ihm suchten. Aber erst als einige Wanderer über das für den Urlaub gepackte Auto der Familie stolperten, das im Cumberland Gap National Historical Park im Gebüsch versteckt war, wurde dem FBI klar, dass etwas Schlimmes passiert war. Suchhunde fanden die Leichen, und der Rest ist Geschichte."

„Warum sie töten? Warum nicht einfach weiterziehen?"

Wenigstens hatte sein eigener Vater ihnen das erspart. „Menschen werden ständig verlassen."

„Kontrolle? Hass?"

Sie starrten beide schweigend auf die kahle Winterlandschaft.

„Wir sollten jemanden von der BAU hinzuziehen, der mit uns an seinem Profil arbeiten kann. Wir wissen, dass sie ihn seit Jahren studieren."

„Ich will nicht riskieren –"

„Ja, ja, ja. Ich weiß, was Sie wollen und was nicht, aber niemand von der BAU wird uns verraten, und sie könnten uns den nötigen Einblick verschaffen."

Ihr Kiefer war angespannt, als sie ihn anblickte. Schließlich gab sie nach: „Ich werde mit Dobson reden. Mal sehen, was er von der Idee hält."

Grady vermutete, dass die beiden Agenten mehr als nur Kollegen waren, aber er würde keine Fragen stellen.

Ein Bild von Brynn tauchte in seinem Kopf auf, und sein Puls raste ein wenig, als er sich an den verdammten Kuss erinnerte. So unschuldig und so heiß.

Sie war hübsch, und es machte Spaß, Zeit mit ihr zu verbringen, aber es gab etwas, das darüber hinausging, und das machte ihm zu schaffen.

War es ihr Sinn für Humor? Die Intelligenz in ihren hübschen Augen oder der Schmerz, den er darin lauern sah? Er wollte nicht das Arschloch sein, das diesen Schmerz noch vertiefte. Ihrer beider Zukunft würde sich nicht miteinander verschmelzen. Ihre Wege würden sich bald trennen.

Aber er mochte sie.

Mehr als er sollte.

„Warum hat die Witwe Ihnen den Laptop gegeben?", fragte Ropero nach einer Minute des Schweigens.

„Sie will, dass ich ihr helfe, den Mörder ihres Mannes zu finden. Sie glaubt, dass wir beide die Hauptverdächtigen des Sheriffs sind, was mir einen guten Grund geben würde, weiter zu ermitteln." Grady kurbelte sein Fenster herunter und ließ die frische Luft herein.

„Was haben Sie ihr geantwortet?"

„Ich habe ihr gesagt, dass ich ihr helfen würde, wenn sie es niemandem erzählt, nicht einmal ihrem Sohn, der trotz der Nachricht vom Mord an seinem Vater immer noch auf dem College ist und einen Master in Wirtschaft macht. Vielleicht hat sie vor, mir die Schuld in die Schuhe zu schieben, aber ich schätze, wir wissen etwas, was sie nicht weiß."

Sie tauschten einen amüsierten Blick aus.

„Ich dachte mir, dass sie vielleicht Informationen hat, die sich irgendwann als nützlich erweisen könnten, also habe ich beschlossen, sie auf meiner Seite zu behalten. Es gibt eine Lebensversicherung über fünf Millionen Dollar auf den Toten. Leute haben schon für weniger getötet."

Ropero strich sich über die Stirn. „Wenn dieser idiotische Sheriff Sie verhaftet und die Operation vermasselt, werde ich ihn selbst erschießen."

Er drehte sich in seinem Sitz um und runzelte die Stirn. „Die Sache mit Kane scheint für Sie etwas Persönliches zu sein. Ich meine, ich verstehe, dass Sie diesen Bastard festnageln wollen, aber ..."

Sie sah ihn verärgert an, dann lenkte sie ein. „Ich schätze, das ist es, obwohl ich keine persönliche Verbindung zu dem Fall habe. Meine Familie lebte während meiner Kindheit in der gleichen Stadt in Maryland wie Kane. Seine Kinder waren ähnlich alt wie ich und meine Schwester. Das hat einen Eindruck bei mir hinterlassen – dass eine ganze Familie auf diese Weise verschwinden kann. Ich weiß noch, wie schockiert alle waren. Erst das Verschwinden, dann die Entdeckung der Leichen. Normalerweise wurde uns Kindern damals die Gefahr durch Fremde eingehämmert, also habe ich da zum ersten Mal begriffen, dass die Gefahr auch aus dem Schoß einer Familie kommen kann."

Sie warf Grady einen kurzen Blick zu, aber er sagte nichts. Er war in einen Haushalt hineingeboren worden, der von Anfang an gefährlich gewesen war.

„Die Erwachsenen haben wochenlang nur darüber geredet. Die Leute begannen, das Vertrauen in das FBI und die Polizei zu verlieren. Das hat mich beunruhigt, obwohl ich noch jung war. Dieser eine Mann hatte so viel zerstören können. Das ist eine meiner ersten Erinnerungen.“

Sie wischte das Kondenswasser von ihrer Seitenscheibe. „Ich bin zum FBI gegangen, um gewissermaßen das Gleichgewicht wiederherzustellen, denke ich. Ich hätte nie gedacht, dass ich einen Platz in der Einheit bekomme, die ihn jagt. Ich war gerade im Begriff, ins Hauptquartier zu wechseln, als der Hinweis aus Australien eintraf. Dobson gehörte zu dem Team. Ich habe darum gebeten, auch daran zu arbeiten.“ Sie schüttelte den Kopf und sah ihn an. „Ich würde dieses Arschloch gern zu Fall bringen.“

„Sie sind eine Idealistin.“

„Ich bin eine verdammte Pragmatikerin“, schnauzte sie und kreuzte die Arme.

„Sind wir das nicht alle?“ Die Luft war eiskalt, aber Grady gefiel die Brise. „Haben Sie den Autopsiebericht von Bodurek in die Finger bekommen?“

„Ja. Ein Kopfschuss aus nächster Nähe aus einer Neun Millimeter.“

„Eine Hinrichtung.“

„Die Kugel ist für die Ballistik wertlos. Sie ist zu stark zersplittert. Das Labor testet die Bestandteile, falls wir einen Treffer landen, aber ich bezweifle es. Kugeln sind in den USA nicht gerade ungewöhnlich.“

„Haben Sie Bodureks DNS überprüft?“

Sie nickte müde. „Er ist nicht Kane. Der Vater von Brynn Webster übrigens auch nicht. Das wäre zu einfach gewesen“, murmelte sie niedergeschlagen.

Diese Nachricht machte ihn sehr glücklich, aber er verdrängte seine Erleichterung. Brynn war tabu. Er arbeitete.

Er kramte in seiner Tasche und holte die Tüte mit den Zigarettenstummeln heraus, die er vergangene Nacht aufgesammelt hatte. „Fast hätte ich es vergessen. Die habe ich neben den Stiefelabdrücken gefunden, die ich Ihnen geschickt habe, bevor mir der Kopf eingeschlagen wurde."

„Warum waren Sie überhaupt dort?"

Er zuckte mit den Schultern. „Brynn dachte, sie hätte in der Nacht, als Bodurek den Löffel abgegeben hat, jemanden in der Gasse hinter ihr gehört. Sie schob es auf eine streunende Katze. Ich habe mich gefragt, ob jemand das Tier absichtlich aufgeschreckt hat, als sie innehielt und hinter sich schaute."

Ropero nahm die Tüte mit den Zigarettenstummeln mit einer Grimasse des Abscheus entgegen. „Ich werde sie so schnell wie möglich analysieren lassen, aber ich weiß nicht, was uns das sagen wird."

Grady zuckte mit den Schultern. „Jemand, der sich herumtreibt."

„Es könnte auch jemand sein, der obdachlos ist."

„Die Person, die mich angegriffen hat, war gut ausgebildet."

„Es könnte Ihr Ego sein, das da spricht." Sie grinste.

„Mein Ego starb an dem Tag, als Sie mich in Handschellen aus einer Teambesprechung gezerrt haben."

„Ich habe gesagt, dass es mir leidtut."

„Der Typ hätte mich umbringen können." Sein Kopf pochte noch immer. „Es ist nicht mein Ego, wenn ich sage, dass er wusste, was er tat, um mich so schnell und effektiv niederzuschlagen."

„Wir haben die Überwachungskameras untersucht, aber das Nummernschild des Lieferwagens war unkenntlich gemacht. Weiße Lieferwagen sind in diesem Teil der Welt nicht gerade selten."

Grady fluchte. „Ich war bei meinem alten Freund Saul Jones. Er hat mir erzählt, dass Bodurek ein Arschloch zu ihm war, nachdem er angeschossen worden war. Edith hat es zugegeben und behauptet, dass es nicht zu seinem Charakter passt, aber wir sollten Bodureks Hintergrund weiter erforschen."

„Er könnte einen schlechten Tag gehabt haben." Ropero grinste. „Das kommt vor."

„Sagen Sie mir nicht, dass Sie einen Sinn für Humor haben, Ropero. Nicht jetzt, nachdem ich Sie bereits als herzloses Miststück abgestempelt habe."

Sie schüttelte den Kopf. „Ich bin genau die, für die Sie mich halten." Wenigstens gab sie es zu. „Ich werde weiter in Bodureks Vergangenheit recherchieren, falls etwas Ungewöhnliches auftaucht. Was denken Sie, wer ihn getötet hat?"

„Sein Tod so kurz nach dem Überfall kann kein Zufall sein." Grady starrte in die Ferne. „Vielleicht geschah es aus finanziellen Gründen, und einer aus der Familie hat den Raub und den Mord begangen – oder ein Konkurrent. Edith war sehr überzeugend in der Rolle der trauernden Witwe. Ich würde mich mit dem Sohn beschäftigen." Er zog einen Kaugummi aus einer Packung auf dem Armaturenbrett des Jeeps. Er bot Ropero einen an, den sie annahm. „Ein Teil von mir möchte glauben, dass Kane ihn getötet hat, aber ich denke, dass er lieber Ärger vermeiden würde, als noch mehr zu verursachen. Es sei denn, Milton hatte etwas, das Kane brauchte, um wieder zu fliehen… in diesem Fall ist er schon weg. Eine andere Sache, die mir in den Sinn gekommen ist, ist ein wenig beunruhigender."

Ropero drehte sich zu ihm um.

„Was ist, wenn noch jemand nach Kane sucht?"

„Wer zum Beispiel?"

Er zuckte mit den Schultern.

„Woher sollte derjenige wissen, dass er hier suchen muss? Er müsste wissen, dass wir den Fingerabdruck gefunden haben." Sie runzelte die Stirn.

„Ihre Paranoia hat wahrscheinlich auf mich abgefärbt." Grady zuckte mit den Schultern.

Roperos Gesichtsausdruck wurde grimmig. „Donnelly und Sullivan haben einige Bilder zur Analyse geschickt. Sullivan war besonders interessiert an –"

„Den beiden russischen Touristen, die gestern Abend in der Bar waren?"

Sie nickte.

„Kane arbeitete für die Spionageabwehr, richtig?"

„Ja, aber in seiner Akte gab es keine Hinweise darauf, dass er für Russland spioniert hat, und in der Datenbank gab es keine Treffer bezüglich der Touristen. Es handelt sich um eine Moskauerin, und sie hat ein dreimonatiges Touristenvisum. Sie flog nach Boston und traf sich dort mit ihrem Freund, der aus Prag kam. Die beiden haben die letzte Woche damit verbracht, sich die Küste hinaufzuarbeiten."

Grady rollte mit den Schultern. „Wie ich schon sagte. Paranoia."

Sie zog die dunklen Augenbrauen zusammen. „Ich werde noch einmal mit Kanes altem Chef sprechen."

„Konnten Sie den Anruf zurückverfolgen, der Milton Bodurek in den Hafen gelockt hat?"

Sie schüttelte den Kopf. „Er kam von einem Wegwerfhandy, das wahrscheinlich auf dem Grund des Hafens liegt."

„Haben die Taucher etwas gefunden?"

Sie schüttelte den Kopf. „Nichts Brauchbares, soweit wir Zugriff darauf hatten."

Grady knirschte mit den Zähnen. Der Mangel an Hinweisen wurde immer frustrierender. „Ich habe ein paar Kameras um mein Haus herum aufgestellt. Hat die Überwachung irgendwelche Treffer für die Person ergeben, die Brynn Webster vom Hafen weggehen sah?"

„Nichts. Die einzige Kamera in der Stadt befindet sich über dem Geldautomaten auf der Main Street. Wir haben einen Berater namens Alex Parker hinzugezogen, der die Aufnahmen so weit wie möglich zurückverfolgen soll, für den Fall, dass wir Glück haben und Kane den Automaten benutzt oder daran vorbeigeht." Sie rieb sich das Auge. „Ich wollte das nicht, aber der Techniker im Team hat mir gesagt, dass es ihn wochenlang in Anspruch nehmen würde, das Material zu analysieren. Dieser Parker kann das in ein paar Tagen erledigen. Wie ist das überhaupt möglich?" Sie sah wütend aus. „Mir wurde versichert, dass dieser Typ diskret ist und ihm nicht gesagt wurde, nach wem er sucht, nur dass er nach Treffern in der Datenbank suchen soll."

„Wir haben schon mit Parker zusammengearbeitet." Grady zwang sich, seine Stimme ruhig zu halten, als die Erinnerungen an das letzte Mal hochkamen. „Er ist gut."

Und trotzdem war sein Freund gestorben.

Emotionen drohten hochzukommen, aber er verdrängte sie. Er hoffte, dass es Grace und den Kindern gut ging, aber wie sollte das möglich sein? Er hoffte, dass er in der Nähe sein würde, um zu helfen, wenn das Baby kam. Und der Tod von Montana war noch immer ein verheerender Schlag.

Sie versuchten immer noch, genug von ihm zu finden, um ihn zu begraben.

Ropero brummte. „Gut."

Das rüttelte ihn aus seinem Trübsinn auf. Selbst er wusste, dass „gut" alles andere als gut war.

„Ich habe vor, heute Nachmittag den ehemaligen Sheriff zu besuchen", erklärte Grady. „Ich will mich bei ihm bedanken, weil er mir als Teenager geholfen hat und so einen Scheiß."

„Er wird denken, dass Sie versuchen, von der Liste der Verdächtigen gestrichen zu werden."

„Ohne schlechte Polizeiarbeit können sie mir nichts anhängen."

Ropero schnaubte. „Als wäre das noch nie passiert. Haben Sie Ihre Waffe schon zurückbekommen?"

„Nein. Ich schätze, Quantico ist nicht das einzige Labor, das überlastet ist." Er verzog die Lippen zu einem schiefen Lächeln. „Wenn Sie in den nächsten zwölf Stunden nichts von mir hören, sollten Sie sich nach einem seichten Grab umsehen."

„Das ist nicht lustig. Das ist genau das, was Eli Kane seiner Familie angetan hat."

„Galgenhumor. Haben Sie etwas in den Finanzunterlagen des ehemaligen Sheriffs gefunden?"

Sie legte den Kopf schief. „Ja und nein."

Er hob eine Augenbraue und wartete.

„Sie leben einfach und innerhalb ihrer Verhältnisse, aber sie haben für das Land und den Neubau Tiefstpreise bezahlt."

„Hm. Haben Sie herausgefunden, wer es ihnen verkauft hat?"

„Eine Firma namens ‚Serenity Construction', was sich wie ein Widerspruch anhört. Wir recherchieren gerade, wem sie gehört hat. Das Unternehmen wurde kurz nach der Fertigstellung des York-Hauses geschlossen. Wir haben es zu einer Briefkastenfirma in der Karibik zurückverfolgt."

Eindeutig verdächtig.

„Wir gehen der Sache nach, aber wir haben viel zu tun, und ich bin nicht überzeugt, dass das etwas mit Kane zu tun hat."

Gradys Telefon klingelte und er sah auf das Display. Eine unbekannte Nummer. „Ich gehe besser ran."

„Nur zu."

„Steel", antwortete er, das Telefonat auf Lautsprecher gestellt.

„Grady. Hier ist Brynn, Brynn Webster?"

„Du bist die einzige Brynn, die ich kenne." Er lächelte und ignorierte das Stolpern seines Pulses.

„Hast du eine Leine und ein Halsband?"

Er lachte. „Äh, hast du einen Fetisch, von dem ich wissen sollte?"

Ropero hielt sich eine Hand vor den Mund, um nicht zu lachen.

„Nein", erwiderte Brynn ungeduldig. „Ich habe deinen Hund."

„Meinen Hund? Ich habe keinen Hund." Er runzelte verwirrt die Stirn, dann richtete er sich auf. „Der Streuner?"

„Ja."

„Du hast ihn eingefangen?"

„Ich schätze schon."

Er hörte ein Winseln im Hintergrund. Und Kratzen.

„Ich habe ihn mit einem Angebot in meine Wohnung gelockt, das er nicht ablehnen konnte. Jetzt habe ich Angst, die Tür zu öffnen, weil ich befürchte, dass er wieder rausschlüpft und mir auch mit Keksen oder Schinken nicht wieder vertrauen wird."

Er schaute auf seine Uhr. „Ich brauche ungefähr vierzig Minuten, eigentlich mehr, weil ich unterwegs noch eine Leine kaufen muss. Meinst du, du kannst so lange durchhalten?"

Das Kratzgeräusch wurde lauter. „Es ist dein Haus."

„Setz dich auf den Boden und sieh fern oder so. Er wird sich schon wieder beruhigen."

„Okay. Es ist ja nicht so, als hätte ich ein Leben oder so."

„Danke. Ich rufe auf dem Weg den Tierarzt an und melde ihn an, damit er untersucht wird. Ich bin gleich da." Er legte auf.

Ropero hielt mit offener Tür inne. „Lassen Sie sich nicht von dem Grund ablenken, warum Sie wirklich in Deception Cove sind."

„Gerade als ich anfing, Sie zu mögen." Grady schüttelte den Kopf.

Sie stieg aus, knurrte und beugte sich zurück ins Innere des Autos. „Ich wollte noch sagen, dass der Hintergrundcheck des Rotschopfs sauber rauskam, aber irgendetwas ist seltsam an dem Ex."

„Inwiefern seltsam?" Grady hatte den Rückwärtsgang eingelegt und wartete ungeduldig darauf, dass die Agentin die Tür schloss.

„Wir haben ihn nicht ausfindig machen können."

„Versuchen Sie es weiter."

„Das tun wir." Sie knallte die Tür zu, und er parkte schnell aus und raste davon.

31

VOR SIEBENUNDZWANZIG JAHREN

Frühling

Eli saß vor einem kleinen, exklusiven Boutique Hotel in Maryland. Weit genug entfernt, um nicht entdeckt zu werden, und nah genug, um die Eingangstür zu beobachten. Es war Frühling und die Kirschbäume blühten. Seine Lieblingsjahreszeit in diesem Teil der Welt.

Er beobachtete seine pflichtbewusste Frau, die hineineilte. Sie trug ein marineblaues Etuikleid und scharlachrote Stöckelschuhe. An diesem Morgen hatte sie ihn geküsst und ihm dann gesagt, dass sie einen Zahnarzttermin hätte und danach noch ein wenig einkaufen gehen wolle, während ein Babysitter auf die Jungs aufpasste.

Es waren nicht seine Jungs.

Vor ein paar Monaten hatte er Proben ihrer DNS entnommen und sie zusammen mit seiner eigenen an ein privates Labor zur Analyse geschickt.

Es waren nicht seine Jungs, aber Geschwister, mit braunen Augen wie dunkle Schokolade.

Diese Offenbarung hatte ihn am Boden zerstört.

Lisa war tatsächlich vorhin beim Zahnarzt gewesen und hatte sich die Zähne reinigen und polieren lassen.

Sie hatte großartige Zähne.

Wahrscheinlich eine Voraussetzung für ihren Job.

Sie war jedoch nicht einkaufen gegangen, jedenfalls noch nicht. Er vermutete bereits, was da passierte, aber er konnte nicht verhindern, dass die ausgeklügelte Falle zuschnappte und ihn ganz verschlang.

Aber er war noch nicht bereit, aufzugeben und zu sterben.

Er blickte an der eleganten Steinfassade hoch und hörte ohne Überraschung zu, wie seine Frau ihren Liebhaber begrüßte. Er wollte wissen, wer er war, wollte sein Gesicht sehen.

Er hörte zu, wie sie fickten. Er hörte zu, wie sie im Bett lagen und seinen Untergang planten.

Er dachte über seine Möglichkeiten nach. Selbst wenn er jetzt mit allem, was er wusste, zu seinen Vorgesetzten ginge, würde er aus dem FBI geworfen und zum Gespött werden.

Sein Stolz wollte das nicht zulassen.

Er könnte sich das Leben nehmen. Diese Idee war verlockend. Die Russen wären wahrscheinlich verärgert, dass sie so viel Zeit mit ihm verschwendet hatten. Seine Frau wäre zu Recht wütend, dass sie so lange mit ihm hatte zusammen sein müssen, nur um mit leeren Händen dazustehen.

Er könnte verschwinden …

Und was dann?

Würden sie nach ihm suchen? Würde es seine Kollegen überhaupt interessieren? Wahrscheinlich nicht so sehr wie die verdammten Russen, dachte er verbittert. Sie wären wütend, dass ihr langfristiger *Kompromat*-Plan nicht aufgehen würde.

Aber dann würde Lisa, die trauernde Witwe, wahrscheinlich einen seiner Kollegen verführen, der „Elis" Halbwaisen mit Freuden als seine eigenen aufzog.

Die DNS-Ergebnisse wären für sie nicht ganz so schockierend, dachte er mit schwarzem Humor.

Er hörte den beiden ohne einen Hauch von Eifersucht zu, wie sie stöhnten, ächzten und vögelten.

Sie gehörte ihm nicht. Das hatte sie nie getan.

Er war der Idiot, der Betrogene. Und sie hatte mit ihm gespielt wie ein Profi – sie tat es immer noch.

Wie lange würde Lisa diese Scharade noch aufrechterhalten? Bis die Russen ihn nach Informationen ausquetschten, mit derselben Intensität, die ihr Liebhaber im Bett an den Tag legte? Oder bis sie beide in Rente gingen und ihr ganzes Leben mit einer Lüge verschwendet hatten?

Ja, Letzteres. Sie hatte ihn diese Bälger wie seine eigenen aufziehen, sie füttern, kleiden, erziehen und lieben lassen, aber sie waren Kuckucksjungen im Nest. Parasiten.

Eli lächelte.

Nein, er würde sich einen anderen Plan ausdenken. In der Zwischenzeit würde er seine schöne Frau bei jeder Gelegenheit festnageln. Er würde so viel Geld sparen, wie er konnte, während er diese Schlampe von ihren Konten abschnitt. Seine Finger trommelten auf das Lenkrad. Er würde ihr ein Taschengeld geben. Eine kleine Summe mit Boni, die nur er verstand, für verschiedene sexuelle Handlungen. Denn das war sie ja im Grunde, eine Prostituierte.

Eine Hure.

Eine verlogene, verdammte Hure.

Er wartete, bis sie fertig waren. Der Liebhaber seiner Frau hatte Durchhaltevermögen, das musste er ihm lassen.

Er sah zu, wie sie aus ihrem Schäferstündchen kam, wobei sie genauso frisch und zurechtgemacht aussah, wie sie gekommen war. Sie stieg in die kleine Limousine, die er mit einem Kredit für sie gekauft hatte.

Die würde er morgen zurückgeben.

Sie hatte nicht geduscht. Würde er das Arschloch noch an ihr riechen, wenn er heute Abend nach Hause kam?

Er dachte an ihren kleinen Esstisch, während seine Hände das Lenkrad drückten. Sobald die Jungs schlafen gingen, würde er sie genau dort ficken, bei weit geöffneten Vorhängen, sodass jeder, der am Haus vorbeikam, sie sehen konnte.

Er lächelte grimmig.

Er würde dieses Spiel in den nächsten Monaten genießen. Sie so verunsichern, wie er es gewesen war, bevor er es endlich herausgefunden hatte.

Wütend. Gedemütigt. Dumm. Benutzt.

Als der Liebhaber das Hotel verließ, war seine Identität kein Schock. Es war nicht einmal eine Überraschung. Es bestätigte alles, was Eli bereits vermutet hatte. Demütigung und Abscheu glitten seine Wirbelsäule hinunter bis zu seinem Steißbein.

Aber er war jetzt derjenige, der die Kontrolle hatte.

Er war derjenige, der das Sagen hatte.

32

GEGENWART

Brynn beobachtete, wie Grady mit seiner Hand sanft über den knochigen Schädel des Hundes und entlang des Sagittalkamms fuhr, als sie zu dritt im Wartezimmer des Tierarztes saßen.

Es hatte Zeit und unendlich viel Geduld gekostet, bis der Hund das Halsband und die Leine akzeptiert hatte. Die große Tüte mit Hundeleckerlis, die er mitgebracht hatte, hatte geholfen. Es war fast unmöglich gewesen, den Hund ins Auto zu locken, bis Grady Brynn die Schlüssel zuwarf und mit dem großen, dreckigen Hund auf dem Schoß in den Laderaum des Jeeps kletterte.

Sie waren jetzt seit zehn Minuten hier, und der Hund hatte sich endlich beruhigt, vor allem dank Gradys Berührung. Sie fragte sich, wie es sich wohl anfühlen würde, auf diese Weise gestreichelt zu werden ...

Eine lebhafte Assistentin kam aus einem Untersuchungsraum und riss Brynn aus ihren anzüglichen Gedanken. In den letzten vierundzwanzig Stunden hatte sie mehr Zeit damit verbracht, über Sex nachzudenken als in den ganzen zwei Jahren zuvor.

Die Assistentin führte sie hinein. Brynn entgingen die missbilligenden Blicke nicht, als die Frau das verfilzte Fell und das ausgeprägte Hinken des Hundes bemerkte.

„Er ist ein Streuner. Wir haben ihn so gefunden", erklärte Brynn schnell.

Die Miene der Assistentin hellte sich auf. „Gut, dann übernehmen wir die Angelegenheit von hier aus. Wir werden nachsehen, ob er gechipt oder tätowiert ist. Sicherstellen, dass er wiedervereint wird –"

„Sein Besitzer hat ihn offensichtlich ausgesetzt. Er kann nicht zu ihm zurückkehren", unterbrach Grady sie scharf.

Die Assistentin schürzte die Lippen. „Es ist möglich, dass er weggelaufen ist und sie ihn nicht einfangen konnten. Ich vermute, seine Familie wird sich freuen, ihn zurückzubekommen."

Grady saß mit verschränkten Armen da und sah täuschend entspannt aus. „Jemand hat mir erzählt, dass er Caleb Quayle gehört hat. Warum rufen Sie ihn nicht an, um es zu bestätigen? Fragen Sie ihn, ob er herkommen und seinen Hund abholen will. Zuerst möchte ich, dass der Tierarzt ihn untersucht, nach alten Verletzungen sucht und die Infektion in der linken Vorderpfote überprüft. Ich bezahle die Behandlung, wenn der Besitzer … nicht dazu bereit ist."

Der Gesichtsausdruck der Frau wurde leer. „Okay, untersuchen wir erst einmal den Hund, und dann überlegen wir uns, was wir als Nächstes tun."

Die Assistentin nahm die Leine des scheuen Hundes aus Gradys festem Griff. Das Tier war nicht begeistert und warf Brynn und Grady einen elendigen Blick des Verrats zu. Brynn wollte ihm versichern, dass alles gut werden würde, aber seine Zukunft war ungewiss. Brynn konnte keine falschen Versprechungen machen, nicht einmal gegenüber einem Hund.

„Was wird jetzt mit ihm passieren?", fragte sie, als die Assistentin den Raum verließ.

„Ich weiß es nicht, aber es muss auf jeden Fall besser sein, als auf der Straße zu leben."

„Es sei denn, er wird gezwungen, zu seinem ursprünglichen Besitzer zurückzukehren."

„Das wird nicht passieren." Grady schaute sie an. „Soll ich dich nach Hause fahren? Ich vermute, dass es noch eine Weile dauern wird."

Die blauen Augen, die sie ansahen, waren trügerisch ruhig. Aber sie war sich der Emotionen bewusst, die direkt unter der Oberfläche brodelten.

„Es macht mir nichts aus, noch eine Weile zu warten." Sie lächelte, um die Spannung zu lindern, die von ihm abzufärben schien. „Zu Hause wartet nichts Dringendes auf mich und mein Terminkalender ist für heute Abend leer."

Sein Gesichtsausdruck wurde weicher, und er streckte unerwartet die Hand aus, um ihre Wange zu streicheln, wobei sein Daumen über ihre Unterlippe strich.

Das dadurch entstehende Feuer legte ihre Nerven blank und ließ ihr den Atem stocken.

„Warum ist das so?" Drei Falten bildeten sich zwischen seinen Augenbrauen. „Eine schöne, kluge, aufgeschlossene Frau wie du?"

Die Berührung schickte weiterhin Schockwellen von Empfindungen über sie. Sie überspielte ihre Reaktion mit Humor, als er seine Hand wegnahm.

„Aufgeschlossen ist nicht die übliche Beschreibung, die die Leute für mich verwenden." Sie hatte sich selbst noch nie als schön empfunden, aber sie würde ihm nicht widersprechen.

Er schürzte die Lippen. „Was würden sie dann verwenden?"

Sie atmete zittrig ein. „Langweilig, mürrisch, anspruchsvoll."

„Fleißig, ernst, jemand, der weiß, was er will? Das kann ich sehen."

Sie zog eine Grimasse. „Ich schätze, das ist mein Ex, der immer noch in meinem Kopf ist. Mir war gar nicht klar, wie viel Schaden seine Ablehnung und seine schlechte Meinung von mir angerichtet haben."

„So hat er dich tatsächlich genannt?" Grady klang entrüstet.

„Nein." Sie atmete aus. „Verdammt, das kann ich ihm nicht einmal verübeln." Es waren zwei Jahre vergangen, und sie fühlte sich endlich in der Lage, darüber zu sprechen. Vielleicht lag das aber auch nur daran, wer danach fragte. „Ich schätze, das habe ich verinnerlicht, nachdem er mich verlassen hat. Es ging so schnell, dass ich nie die Chance hatte, mich zu verteidigen. Ich habe all diese Worte und Argumente in meinem Kopf gespeichert, aber ich hatte nie die Gelegenheit, sie loszuwerden. Ich glaube, er hat mir einen Gefallen getan, wirklich. Warum die Energie für einen Streit verschwenden, wenn er so dringend verschwinden wollte?"

„Und warum solltest du dir die Mühe für jemanden machen, der dich nicht will?", stimmte er zu und sie wusste, dass er es wirklich verstanden hatte.

Er verstand die Macht der Zurückweisung.

„War ich wirklich so schrecklich, dass ich nicht einmal einen einfachen Abschied oder eine Erklärung verdient habe?" Sie hatte gewusst, dass Aiden etwas auf dem Herzen hatte, worüber er nicht mit ihr reden wollte. Als sie nachfragte, hatte er es geleugnet und behauptet, es sei nichts, bis der Keil, der damit zwischen sie getrieben wurde, sie voneinander trennte wie eine Axt ein Stück Holz.

„Seitdem gab es niemanden mehr?"

Die Frage fühlte sich schwer an, aber sie wollte diese Schwere nicht. Aidens Vermächtnis war schon lange genug ein Anker um ihren Hals gewesen. Sie wollte nicht, dass sich die Last ihrer Vergangenheit auf ihre Zukunft auswirkte. Nicht mehr.

„Nur Bowie."

„Bowie?"

Sie genoss es, zu sehen, wie sich seine Augen vor Überraschung weiteten. „Der falsche Freund, den ich gestern erfunden habe, um Darrells unerwünschte Aufmerksamkeiten abzuwehren."

„Er hat dich angemacht?"

„Als ich in seinem Büro meine offizielle Aussage abgab."

Grady streckte die Beine aus und überkreuzte sie an den Knöcheln. „Widerling."

„Ja, ich weiß. Er hat eine Frau und drei Kinder, die ich wöchentlich im Café bediene. Ich glaube, er denkt, dass ich immer noch auf ihn stehe, weil wir vor zehn Jahren ein paarmal miteinander ausgegangen sind."

Grady sah überrascht aus. „Du standest auf ihn?"

Sie verdrehte die Augen. „In der *Highschool*. Bei unserem ersten Date hielt das ungefähr eine Stunde an, bis er mir seine Zunge in den Mund steckte, als würde er eine orale Operation durchführen."

Grady neigte den Kopf zur Seite. „Aber du bist mehr als einmal mit ihm ausgegangen?"

Sie zog eine Grimasse und tat so, als würde sie sich mit einem Poster beschäftigen, auf dem der Lebenszyklus von Parasiten bei Hunden und Katzen beschrieben war. „Er war einer der beliebten Jungs hier, und es war das erste Mal, dass mich jemand zu einem Date eingeladen hatte. Ich war mir nicht ganz sicher, ob meine Erwartungen verzerrt waren. Beim dritten Date wollte er unbedingt, dass wir in seinem Auto Sex haben."

Grady verkrampfte sich.

„Ich sagte nein. Da wurde mir klar, warum mein Vater mir immer gesagt hat, ich solle bei Verabredungen selbst fahren und mich nicht abholen lassen. Es ist einfacher, dich aus ungewollten Situationen zu befreien, wenn du dein eigenes Fahrzeug hast, und –"

„Und sie wissen nicht, wo du wohnst", beendete Grady den Satz. „Aber in Deception Cove weiß jeder, wo der andere wohnt."

„Ich glaube, deshalb haben sich meine Eltern in Pike's Turning niedergelassen. Das ist nah genug an der Stadt, aber nicht so nah, dass die Nachbarn auf dem Heimweg von der Arbeit durch die Vorhänge gucken können."

Grady grinste. „Wie hat der junge Darrell die Zurückweisung aufgenommen?"

„Er war etwa eine Woche lang sauer, aber er rief mich immer

wieder an, in der Hoffnung, dass ich meine Meinung ändere. Aber ich war im Herbst schon auf dem Weg zum College, also war es leicht, nein zu sagen."

„Er war damals außerdem schon Polizist. Und du warst, wie alt, achtzehn?" Grady verzog die Lippen. „Was für ein verdammtes Arschloch."

Sie wollte mit ihrer Handfläche über die sexy Bartstoppeln auf seiner Wange fahren. „Ich bin überrascht, dass ihr jemals Freunde wart."

Grady gab ein angewidertes Geräusch von sich. „Er dachte wohl, Saul und ich würden ihm wie idiotische Handlanger folgen und alles tun, was er vorschlägt. Aber das war nicht unsere Art."

„Warum hat er sich an euch gehalten?"

„Weil es Darrell Spaß gemacht hat, die Regeln zu brechen, und weil es ihm gefiel, ein paar Freunde zu haben, die er als Sündenböcke bloßstellen konnte." Grady warf ihr einen finsteren Blick zu, der ihren Mund vor Verlangen trocken werden ließ.

Offensichtlich hatte sie sich in der Highschool in den falschen Jungen verguckt.

„Wir hingegen haben es genossen, einen Freund zu haben, dessen Daddy uns nicht gleich ins Gefängnis wirft, sobald einer unserer Pläne schiefgeht. Allerdings gab es dafür einen Preis zu zahlen."

Und Grady war natürlich derjenige gewesen, der ihn hatte zahlen müssen.

„Ihr seid alle Polizisten geworden."

„Das sind wir." Er verlagerte ein Gewicht, als sei ihm das Thema unangenehm. „Saul ist nicht lange geblieben, aber ich habe meine Berufung gefunden, was für manche Leute eine gewisse Ironie darstellt. Was ist mit dir?"

„Ich?"

„Ja, ich lege hier meine Seele offen." Er rollte mit den Schultern. „Was hast du in der Highschool gemacht?"

„Absolut nichts." Das war deprimierend.

„Keine Saufpartys?"

Sie schüttelte den Kopf. „Ich lese gern.“

Er schnaubte. „Während du betrunken bist, hoffe ich?“

Sie grinste. „Manchmal. Ich habe es dir ja gesagt. Ich war langweilig. Ich lebte auf dem Land. Meine Eltern haben mich gewarnt, dass sie mir das Auto wegnehmen würden, wenn ich mich jemals betrunken hinter das Steuer eines Wagens setze. Nicht, dass ich das je in Erwägung gezogen hätte. Langweilig eben.“

„Lesen. Was für eine Rebellin.“

„Manchmal fühlt es sich wie eine Rebellion an. Nicht mit dem Strom schwimmen und all den Erwartungen hinterherlaufen, die die Leute sich gegenseitig stellen. Ich habe getan, was ich wollte, und das war Ruhe und die Möglichkeit, mit einem guten Buch abzuhängen.“

„Das College hat das geändert?“

Sie presste die Lippen zusammen. Leider waren ihre College-Erinnerungen untrennbar mit ihrem Ex verbunden. „Ich bin fernab von zu Hause aufgeblüht und habe dort wohl die Party-szene mitgemacht. Aiden war in der Wasserballmannschaft der Uni. Aber ich war schon immer ein ziemlicher Nerd.“ Sie zuckte mit den Schultern. „Ich ziehe Ruhe und Frieden immer noch jedem Club vor.“

„Scheiße, ich war in keinem Club mehr, seit ich zum FBI kam. Ich hänge mit meinen Teamkollegen in dieser Bar ab, in die wir gern gehen, oder bei uns zu Hause –“ Seine Stimme stockte.

Angesichts seines gequälten Gesichtsausdrucks legte sie ihm eine Hand auf den Arm. „Was?“

Er räusperte sich. „Wir, äh, haben diesen Monat ein paar Leute verloren. Eine Explosion und ein Flugzeugabsturz.“

„Oh mein Gott, du warst in Houston?“

Er zuckte zusammen, und sie wünschte, sie hätte nichts gesagt. „Ich habe in den Nachrichten gesehen, dass das FBI einen Mann verloren hat.“

Er nickte leicht.

„Mein herzliches Beileid.“

„Ja.“ Er räusperte sich. „Scottys Frau hat zwei kleine Kinder und ist mit Nummer drei schwanger. Es ist sein Jeep, den ich fahre. Ich habe ihn mir von Grace geliehen, während das Labor meinen Truck untersucht."

„Ihr standet euch offensichtlich nahe. Es tut mir so leid."

Er nickte erneut und sah aus, als wollte er nicht darüber reden. Sie verstand das vollkommen. Sie saßen ein paar Minuten lang in geselligem Schweigen da.

„Hast du schon etwas vom FBI gehört?", fragte sie.

Sein Kopf schnellte herum, aber sein Blick war leer.

„Über die Fahrerflucht und deinen Truck?" Sie sprach leise, da sie das Bedürfnis verspürte zu flüstern, obwohl sie allein im Raum waren.

Er schnaubte. „Das Labor ist überlastet. Mein Chef hat mir gesagt, ich soll abwarten und meinen Urlaub genießen."

„Vielleicht ist es genau das, was du tun solltest."

Die himmelblauen Augen waren auf ihr Gesicht gerichtet. „Hast du etwas Bestimmtes im Sinn?"

Der Blick, den er ihr zuwarf, ließ ihr den Atem stocken und ihre Wangen heiß werden. „Ich –"

Die Tür öffnete sich und der Bann war gebrochen.

Eine Frau in einem weißen Kittel trat ein und streckte eine Hand aus. „Ich bin Dr. Vilamitjana. Ich habe gehört, dass Sie den Bearded Collie zur Behandlung hergebracht haben?"

Grady stand auf. „Das ist richtig, Doc. FBI-Operator Grady Steel. Das ist Miss Brynn Webster. Sie hat den Hund eingefangen."

„Mit Keksen und Schinken", fügte Brynn hilfsbereit hinzu.

„Ist Ihnen seine Pfote aufgefallen?", fragte Grady die Tierärztin. „Sie sieht entzündet aus."

Die Tierärztin war jung und hübsch, mit tiefen, fast schwarzen Augen und warmer brauner Haut. „Ich habe eine Glasscherbe entfernt, die dort steckte, und die Wunde gereinigt, genäht und verbunden. Er braucht ein Bad, Pflege, nahrhaftes Futter, Impfungen und eine Entwurmung."

„Im Allgemeinen ist er aber gesund?"

Brynn gab sich Mühe, sich nicht überflüssig zu fühlen,

während die beiden so schnell über den Zustand des Hundes sprachen.

„Ich muss weitere Tests und Röntgenbilder machen." Dr. Vilamitjana hob unbeeindruckt eine Augenbraue. „Er ist noch nicht einmal ein Jahr alt, aber er ist stark unterernährt und scheint seit Monaten auf der Straße zu leben. Ich muss ihn auf Herzwürmer und Borreliose untersuchen. Ich behalte ihn über Nacht hier und gebe ihm intravenöse Antibiotika, um die Infektion an der Pfote zu bekämpfen." Ihre Stimme wurde härter. „Sie sagten, Sie wissen, wer sein rechtmäßiger Besitzer ist?"

Draußen ertönte Geschrei.

„Ja. Ich glaube, er ist hier." Gradys Lächeln war breit, reichte aber nicht bis zu seinen Augen.

Dr. Vilamitjana straffte die Schultern und öffnete die Tür zum Empfangsbereich.

Brynn folgte ihnen und war überrascht, ihre Kellnerin Jackie neben einem wütend dreinblickenden Caleb Quayle stehen zu sehen.

Caleb wandte sich an Grady und stieß ihm mit dem Finger auf die Brust. „Was zum Teufel machst du mit meinem Hund?"

Grady verbreiterte seinen Stand. „Das, was du die ganze Zeit hättest tun sollen."

„Gehört Ihnen der Bearded Collie, der in den letzten Monaten als Streuner in der Stadt unterwegs war?" Dr. Vilamitjana versuchte mutig, die Situation in den Griff zu bekommen, während die Empfangsdame zum Telefon griff, vermutlich, um die Polizei zu rufen.

Grady sah völlig entspannt aus, aber Brynn ließ sich nicht täuschen.

„Ja. Er gehört mir." Caleb spannte den Kiefer an und ließ seinen Blick über sie schweifen, um den Gegner einzuschätzen. „Er ist abgehauen. Ich konnte den kleinen Scheißer nicht einfangen." Er hob sein Kinn und kniff die Augen zusammen. „Wo ist er? Der kleine Bastard wird nicht wieder rauskommen."

Brynn schreckte vor der Drohung in seinem Tonfall zurück.

„Ich fürchte, so einfach ist das nicht", entgegnete Dr. Vilamit-jana streng.

Jackie trat vor. „Geben Sie ihm seinen Hund zurück. Sie können ihn nicht behalten. Oder machen Sie gerade einen Haufen Tests, um eine teure Rechnung zu rechtfertigen, deren Zahlung Caleb nie zugestimmt hat?"

„Ich bezahle nichts, was ich nicht genehmigt habe." Caleb erhob seine Stimme, damit die Empfangsdame nicht auf dumme Gedanken kam.

„Ach ja?" Dr. Vilamitjana steckte die Hände tief in die Taschen ihres weißen Kittels. „Mr. Quayle, nicht wahr?"

Caleb nickte. Dann warf er Brynn einen Blick voller Abscheu zu. Sie lächelte ihn süß an.

„Ich fürchte, Ihr Hund wurde in einem erbärmlichen Zustand zu mir gebracht und musste wegen einer Schnittwunde und einer Infektion notfallmäßig behandelt werden. Außerdem hat er Flöhe und möglicherweise Räude."

Brynn verbarg ihre Reaktion. Sie hasste Parasiten, aber noch mehr hasste sie Tyrannen.

„Er ist weggelaufen", knurrte Caleb. „Wie soll ich denn –"

„Diese beiden Leute haben ihn gefunden und es in wenigen Stunden geschafft, ihn zur Behandlung zu mir zu bringen."

Caleb schniefte. „Ich habe versucht, ihn zu rufen. Er wollte nicht kommen, auch nicht, als ich ihm Essen brachte."

Er war sich offenbar der Gefahr bewusst, dachte Brynn mit zusammengekniffenen Augen.

„Haben Sie ihn angemeldet, bevor er weggelaufen ist? Hatte er alle Impfungen bekommen?"

Caleb grinste höhnisch. „An die glaube ich nicht."

Die Tierärztin lächelte, als sei er ein Idiot. „Wie dem auch sei, Hunde anzumelden ist Pflicht, und es ist gesetzlich vorgeschrie-ben, Ihren Hund gegen Tollwut zu impfen. Glauben Sie an die Tollwut, Mr. Quayle? Denn ich kann Ihnen versichern, dass es eine wirklich schreckliche Krankheit ist."

Caleb sagte nichts, aber seine Augen funkelten.

„Die Röntgenbilder deuten außerdem darauf hin, dass dieser Hund wiederholt misshandelt wurde." Die Ärztin bluffte, denn sie hatte noch keine Röntgenbilder gemacht.

„Ich habe ihn nie angefasst." Caleb reckte den Kopf näher zur Ärztin, aber sie blieb standhaft. Brynn war beeindruckt. Grady machte einen halben Schritt nach vorn. „Wenn Sie etwas gefunden haben, wurde er wahrscheinlich von einem Auto angefahren."

„Diese Wunden sind älter und stammen wahrscheinlich aus der Zeit, als er ein junger Welpe war – als sei er wiederholt getreten worden."

Jackie sah Caleb stirnrunzelnd an.

„Ich habe ihm nur gezeigt, wer der Boss ist. Vielleicht hat ihn jemand anderes getreten."

Brynn wich zurück.

„Wie auch immer, ich werde Sie beim Veterinäramt melden müssen –"

„Das werden Sie nicht wagen." Caleb schubste die Ärztin einen Schritt zurück.

Grady streckte eine Hand aus, um Caleb abzuwehren. „Das ist Körperverletzung, Kumpel."

Jackie kreischte und packte ihn am Arm. „Caleb, hör auf!"

„Ihr könnt mir meinen Hund nicht wegnehmen. Eher verpasse ich ihm eine Kugel, als dass ich ihn euch Arschlöchern überlasse."

Nun, Caleb war eindeutig kein Salomon.

„Du kannst doch nicht jemanden tätlich angreifen, nur weil er etwas sagt, was dir nicht gefällt", warf Brynn ein.

Calebs Kopf schnellte zu ihr, und er schlug sie ohne Vorwarnung.

Der Schmerz durchzuckte sie wie ein weißer Blitz und überwältigte sie, während ihr warmes Blut aus der Nase über die Vorderseite ihres Shirts floss.

„Oh mein Gott! Caleb, was zum Teufel? Brynn. Brynn. Ist alles in Ordnung mit dir?" Jackies Stimme war schockiert.

Brynn spürte Hände, die sie in einen Sitz bugsierten. „Mir geht's gut. Dein Arschloch von Freund hat hier das Problem."

Brynn öffnete die Augen und sah Caleb auf dem Boden liegen, während Grady auf seinem Rücken kniete. Er zog einen Kabelbinder aus seiner Gesäßtasche, während er sie anschaute. „Geht es dir gut?"

Seine Stimme war sanft, entschlossen und durchbrach den Lärm, als ein Streifenwagen vor der Tür anhielt.

Sie nickte. Sie konnte nicht glauben, dass sie von diesem Idioten ins Gesicht geschlagen worden war.

Jemand drückte ihr ein Taschentuch in die Hand, das sie sich an die Nase hielt. Dann beugte sie sich über eine Schüssel, kniff die Nasenlöcher zu und spuckte das Blut gemäß den Anweisungen der Tierärztin aus.

Na großartig.

Dr. Vilamitjana bat sie aufzublicken und leuchtete ihr dann in die Augen, bevor sie zurücktrat. „Ich glaube nicht, dass Sie eine Gehirnerschütterung haben, aber da Sie kein Fell haben, sollten Sie sich von einem Arzt untersuchen lassen. Halten Sie Ihren Kopf über die Schüssel und atmen Sie durch den Mund."

Darrell York stolzierte durch die Tür, und sein Blick erfasste die Situation, bevor er auf Brynn zusteuerte. „Geht es dir gut, Brynn? Hat dich jemand geschlagen?"

Brynn gefiel es nicht, wie er Grady ansah. „Caleb hat mich geschlagen, weil er ein Tyrann ist. Grady hat ihn festgenommen. Caleb hat auch Grady und die Ärztin gestoßen."

Darrell brummte.

„Diese junge Frau hat sich für mich eingesetzt." Dr. Vilamitjana zeigte auf Brynn. „Ich will, dass dieser Mann wegen Körperverletzung, Tierquälerei und allem anderen, was Ihnen einfällt, angeklagt wird."

Caleb begann zu schreien, dass sie seinen Hund gestohlen hätten. Jackie kauerte in einer Ecke und sprach mit einem anderen Deputy. Sie warf immer wieder besorgte Blicke auf Brynn. Brynn musterte sie und fragte sich, ob die junge Frau morgen zur Arbeit erscheinen würde. Oder ob sie selbst überhaupt noch wollte, dass sie kam.

Ihr Puls pochte, und ihr Kopf tat weh.

Der Sheriff kam zu ihr und berührte ihre Schulter, während er ihre geschwollene Nase untersuchte.

„Du kannst von Glück reden, wenn du morgen kein blaues Auge hast." Er lächelte, und sie sah den jungen Mann aufblitzen, von dem sie vor einem halben Leben so angetan gewesen war. „Wir brauchen deine Aussage, wenn du Anzeige erstatten willst."

„Wird er seinen Hund zurückbekommen, wenn er sich offensichtlich nicht um das arme Tier kümmert?", fragte sie.

„Ich kenne noch nicht alle Fakten." Darrell stemmte die Hände in die Hüften.

„Die Entscheidung scheint mir ziemlich leicht zu sein." Sie gab sich keine Mühe, die Bitterkeit in ihrem Tonfall zu verbergen.

Grady bewegte sich auf sie zu, als ein anderer Deputy Caleb auf die Beine half und aus der Tür beförderte.

Darrell schob seinen Körper zwischen sie und Grady. „Soll ich dich nach Hause fahren, damit du dir Eis auf dein Gesicht legen kannst? Oder in die Notaufnahme?" Er legte erneut eine Hand auf ihre Schulter.

Sie schüttelte ihn ab. „Ich mache mir mehr Sorgen um den Hund. Ich will sicher sein, dass er nicht in den Quayle-Haushalt zurückkehrt und gut versorgt wird."

„Ich hätte dich nie für eine Hundeliebhaberhin gehalten, Brynn."

„Du kennst mich nicht sehr gut, oder, Darrell?"

„Ich wollte es", murmelte er leise.

„Und ich habe nein gesagt." Das Hämmern in ihrem Kopf wurde stärker.

Er trat zurück. „Warum bist du überhaupt so an diesem Streuner interessiert? Hat es etwas damit zu tun, dass Caleb der Besitzer ist?" Darrell legte die Hände auf seinen Ausrüstungsgürtel. „Ich habe gehört, dass du gestern Abend in der Bar einen Wortwechsel mit ihm hattest."

„Wo er und zwei seiner idiotischen Freunde Grady *angegriffen* haben."

Darrell zog die Oberlippe zurück. „Grady ist ein hochqualifizierter FBI-Agent. Ich bin mir ziemlich sicher, dass er es nicht nötig hatte, dass du dich einmischst oder ihn verteidigst."

Sie blinzelte durch den Schleier der Schmerzen. „Willst du damit sagen, dass ich kein Recht habe, etwas zu sagen, um einen anderen Menschen oder gar einen Hund zu verteidigen?"

„Das habe ich nicht damit gemeint –"

„Natürlich nicht." Sie spürte, wie sie den Mund verzog. „Gesehen, aber nicht gehört. Schwanger und barfuß in der Küche. Bist du der Meinung, dass Frauen dorthin gehören, Sheriff York?"

„Ich habe nicht gesagt –" Darrell holte tief Luft. „Worum ging es bei dem Streit gestern Abend?"

Sie verschränkte die Arme vor der Brust. „Was hat *das* damit zu tun, dass er mir ins Gesicht geschlagen hat? Warum bin ich überhaupt diejenige, die dazu befragt wird?"

Darrell rückte seinen Hut zurecht. Er stand immer noch viel zu nah bei ihr. „Ich versuche herauszufinden, was hier vor sich geht. Ihr drei taucht immer wieder bei Störungen der öffentlichen Ordnung auf. Läuft da etwas, von dem ich nichts weiß?"

„Was zum Beispiel?" Brynn hatte keine Ahnung, worauf er hinauswollte. „Er und zwei seiner Freunde haben Grady in der Bar angegriffen. Sie beschuldigten ihn, Milton getötet zu haben. Ich habe Caleb zur Rede gestellt und ihn darauf hingewiesen, dass er genauso verdächtig ist, und Caleb hat mir gegenüber etwas Verletzendes über meine Mutter gesagt, als ich ihm lebenslanges Hausverbot für das Café erteilt habe."

„Was hat er gesagt?"

Brynns Mund wurde trocken vor Wut, dass er sie zwang, es zu wiederholen. „Dass ein lebenslanges Verbot nicht lange halten würde, da meine Mutter sowieso bald stirbt."

Darell presste die Lippen aufeinander.

Grady trat um den Sheriff herum und reichte ihr einen in ein Papiertuch eingewickelten Eisbeutel. Die Unterschiede zwischen den beiden Männern, die nebeneinanderstanden, waren eklatant. Beide sahen auf ihre Art gut aus, aber Grady war schlank und durchtrainiert, während Darrell bullig und breit war, wie sein Vater.

Außerdem zeigte der eine echte Besorgnis. Der andere wollte die Situation ausnutzen, um sich in ihre Gunst und schließlich in ihre Wäsche zu schleichen.

Sie drückte den Eisbeutel auf die Stelle zwischen ihren Augen und spürte, wie die Kälte den pochenden Schmerz zu betäuben begann.

„Was passiert jetzt mit Quayle?", fragte Grady.

Darrell antwortete zögernd. „Wir werden ihn wegen Körperverletzung anklagen. Die Tierärztin will ihn zusätzlich wegen Tierquälerei anzeigen, aber ich weiß nicht, ob wir genug in der Hand haben, um das durchzusetzen."

„Das soll wohl ein Scherz sein." Brynn wollte vor Frustration schreien. „Er darf also Tiere besitzen, obwohl er sich offensichtlich nicht um sie kümmert?"

„Solange es keine eindeutigen Beweise für Misshandlungen gibt, kann ich nicht viel tun", erwiderte Darrell ungeduldig.

Gradys Augen wurden schmal. „Was passiert jetzt mit diesem Hund?"

„Warum seid ihr beide so sehr an diesem verdammten Hund interessiert? Habt ihr vor, ihn zu adoptieren?"

Sie wartete darauf, dass Grady etwas sagte, aber obwohl sich die Muskeln in seinem Kiefer anspannten, schwieg er.

Der Sheriff schnaubte spöttisch. „Ist das nicht etwas zu viel Verpflichtung für dich, Grady?"

Brynn begegnete Gradys Blick, aber der Mann sagte immer noch nichts.

„Es gibt sicherlich hundert bessere Orte, als ihn auf der Straße leben zu lassen", bemerkte Grady schließlich.

Darrell seufzte. „Sag das mal all den Hunden, die im Tierheim festsitzen oder eingeschläfert werden, weil niemand sie haben will."

„Dann ja, ich nehme ihn", knurrte Grady, als Brynn gerade dasselbe sagen wollte.

Sie würde auf keinen Fall zulassen, dass dieser Hund eingeschläfert wurde.

Darrell hob eine fleischige Schulter. „Wir werden sehen. Er
wird hierbleiben, bis die Tierärztin ihn freigibt. Dann werden wir
mit Caleb sprechen und ihn fragen, ob er freiwillig seine Besitz-
rechte aufgibt. Andernfalls muss der Hund vielleicht im Tierheim
bleiben, bis das Gericht die Sache geklärt hat."

„Das ist barbarisch", sagte Brynn leise. „Du steckst den Hund
praktisch ins Gefängnis, weil sein Besitzer ihn misshandelt hat."

„Angeblich misshandelt", korrigierte Darrell sie mit
Nachdruck.

Brynn legte sich eine Hand an den Kopf und runzelte die Stirn
über die Absurdität der Situation.

„Geht es dir wirklich gut?", fragte Grady.

„Mir geht es gut. Ich bin wütend. Aber es geht mir gut." Sie
stellte die Schüssel beiseite und warf das blutige Taschentuch in
einen Papierkorb, bevor sie sich auf wackeligen Beinen aufrich-
tete. „Brauchst du noch eine offizielle Aussage oder reicht die von
Dr. Vilamitjana?"

„Um überhaupt eine Anklage erheben zu können, brauchen
wir offizielle Aussagen von allen Beteiligten."

Sie knirschte mit den Zähnen. „Da ich morgen arbeiten muss,
möchte ich es jetzt und so schnell wie möglich hinter mich
bringen."

„Wir können sofort in mein Büro fahren." Darrell nahm ihren
Arm, aber sie löste sich von ihm. „Dann bringe ich dich nach
Hause."

„Ich fahre mit Grady. Wenn es dir nichts ausmacht?", fragte sie
besagten Mann.

„Es wäre mir ein Vergnügen", antwortete Grady feierlich.

Ihr entging nicht der wütende Blick, den Darrell Grady
zuwarf, aber sie war keine Trophäe oder ein Spielzeug, um das es
zu kämpfen galt.

„Gut", lenkte Darrell ein. „Ich treffe dich dort in fünfzehn
Minuten, nachdem ich mit der Empfangsdame gesprochen habe."

„Geht es dir wirklich gut?", fragte Grady erneut, als sie draußen in der kalten Winterluft waren.

„Ja." Sie nahm einen tiefen Atemzug und spürte, wie ihr Gesicht pochte. „Wenigstens haben wir dem Hund eine vorübergehende Gnadenfrist verschafft."

„Caleb wird den Hund nie wieder in die Finger bekommen. Nicht wenn ich es verhindern kann."

„Mach keine Versprechen, die du nicht halten kannst."

Diese intensiven blauen Augen mit ihren dunklen Wimpern schauten sie eindringlich an. „Das tue ich nie, Brynn. Das tue ich nie."

33

G rady stand vor dem Montrose County Sheriffsdepartment, in dem er einst in einem scheinbar anderen Leben gearbeitet hatte. Er wartete darauf, dass Brynn ihre Aussage abgab. Ihm war nicht entgangen, dass Darrell sich persönlich um Brynn kümmerte, während er und die anderen Zeugen von einem jungen Deputy abgefertigt wurden, der noch so neu war, dass Grady ihn leise an das richtige Vorgehen erinnern musste.

Äußerlich hatte sich die Abteilung in den letzten Jahren kaum verändert, aber die meisten der alten Hasen, die zu Beginn seiner Laufbahn hier gearbeitet hatten, waren inzwischen im Ruhestand. Ein paar der Gesichter, die er erkannte, schenkten ihm ein unbehagliches Lächeln. Die meisten vermieden es, seinen Blick zu erwidern.

So viel zum Heldenempfang.

Aus irgendeinem Grund war sein Ruf in dieser Stadt in den letzten acht Jahren in den Keller gegangen, und er war nicht einmal hier gewesen.

War seine Schwester daran schuld – oder Darrell? Oder beide?

Er war von einer der besten Strafverfolgungsbehörden der Welt nicht nur als Agent, sondern auch als Mitglied des Geiselrettungsteams aufgenommen worden. Die beste taktische Einheit unter allen Strafverfolgungsbehörden der USA. Offenbar hatten es die Klatschtanten vor Ort trotzdem geschafft, seinen guten Namen zu beschmutzen und seine harte Arbeit auf Glück und schlechtes Urteilsvermögen seitens des FBI zu reduzieren.

Hatten Darrell und Crystal sich mit ihrer kleinlichen Eifersucht und ihrer Abneigung gegenseitig unterstützt, bis die Stadt glaubte, er sei eine Art Schurke? Seine Spezialeinheit duldete keine Agenten, die sich nicht an die Regeln hielten oder nicht im Team arbeiteten – oder die nicht wirklich anständige Menschen waren.

Natürlich war die erfundene Geschichte mit der Fahrerflucht nicht gerade hilfreich. Auch nicht die Tatsache, dass sein Vater wegen Mordes im Gefängnis gesessen hatte. Seine allgemeine Situation machte es ihm besonders schwierig, nach Insider-Informationen über Eli Kane zu suchen, aber Agenten des Geiselrettungsteams lebten von Herausforderungen.

Kane war verdammt schlau. Er hatte einen IQ jenseits der Norm und Eier aus Stahl.

Auch Grady hatte Eier aus Stahl. Seine Augen wurden schmal, und seine Lippen verzogen sich zu einem flachen Lächeln. Er war damit geboren worden.

Wie Ropero schon gesagt hatte, befleckten Kriminelle wie Kane die Organisation, die er liebte, mit dem Bösen und schürten das Misstrauen – was es so verdammt wichtig machte, ihn zu fangen. Und Grady wollte Teil des Teams sein, das ihn zu Fall brachte. Jetzt war es etwas Persönliches. Er wollte Kane in einem Gefängnis sehen, und er wollte einer derjenigen sein, die ihn dorthin bringen würden.

Stolz.

Keine besonders nützliche Eigenschaft, aber sie war ihm zusammen mit seinen stählernen Eiern in die Wiege gelegt worden.

Er beobachtete, wie Jackie Somers das Sheriffsdepartment verließ, den Arm ihrer Mutter um ihre Schultern gelegt.

Die Mutter Julie warf ihm einen Blick zu, der sich in ein

Lächeln des Erkennens verwandelte. Vielleicht hassten ihn nicht alle hier. Sie waren in der Highschool befreundet gewesen. Er erinnerte sich, dass sie vor dem Abschluss schwanger geworden war, aber er konnte sich nicht erinnern, wer der Vater war. Er beabsichtigte, das herauszufinden und diesen Ermittlungsansatz der Suche nach Kane hinzuzufügen.

Er lächelte zurück, versuchte aber nicht, ein Gespräch anzufangen. Die vorherigen Ereignisse hatten ihn zu nervös gemacht.

Die Tatsache, dass Brynn körperliche Schmerzen hatte, weil jemand sie in seiner Gegenwart angegriffen hatte, machte ihn wütend und verursachte ihm ein schlechtes Gewissen.

Grady hatte erwartet, dass Caleb auf die Tierärztin losgehen würde, zum einen, weil sie diejenige war, die die Regeln aufstellte, und zum anderen wegen ihrer dunklen Hautfarbe. Grady erkannte einen Rassisten und Frauenfeind, wenn er ihn sah.

Calebs Familie lebte in einer kleinen Gruppe von Häuschen, die auf einer kleinen Waldlichtung etwa fünf Meilen außerhalb der Stadt standen. Sie waren alle schwer-trinkende, harte Kerle. Holzfäller, Bauarbeiter, Eisenbahner. Eine rauere Sorte von Arbeitern als Gradys eigene Familie, es sei denn, man zählte seinen Arschlochvater dazu, was Grady nicht tat.

Grady hatte sich so platziert, dass er einen Angriff auf Dr. Vilamitjana leicht abfangen konnte. Er hatte es nicht riskieren können, Caleb anzurühren, bevor der andere Kerl diese Auseinandersetzung vor Zeugen auf ein kriminelles Niveau hatte eskalieren lassen. Grady wollte nicht von einem übereifrigen Sheriff verhaftet werden, der nur nach einer Ausrede suchte.

Er hatte gewollt, dass Caleb eindeutig im Unrecht war, damit das arme, verschüchterte Tier, das er heute zum Tierarzt gebracht hatte, nie wieder unter den Händen seines Besitzers leiden musste.

Als Caleb stattdessen Brynn geschlagen hatte, war Grady völlig unvorbereitet gewesen. Und er war schockiert gewesen von der Wut, die ihn durchfuhr. Er hatte Caleb in den Boden prügeln wollen, aber seine Ausbildung hatte gesiegt. Grady hatte Caleb festgenommen, ohne ihm auch nur einen der gewünschten Schläge ins Gesicht zu verpassen.

Aber egal, wie stolz er sich fühlte, weil er die Kontrolle behalten hatte, Brynn war dennoch körperlich angegriffen worden, und das bereitete ihm Bauchschmerzen.

Grady wusste, dass es ihm letztlich mehr Befriedigung verschaffen würde zu wissen, dass der Kerl für seine Taten echte Konsequenzen würde tragen müssen, aber ein kleiner Teil von Grady wollte dieses Arschloch trotzdem zu Brei schlagen.

Brynn war verdammt stoisch gewesen. Seine Bewunderung für sie wuchs stetig weiter.

Sein Telefon klingelte. Cowboy. „Was gibt's?"

„Ich habe mich gefragt, warum du wie übler Gestank vor dem Büro des Sheriffs herumhängst. Gibt es Ärger?"

Grady blickte sich um und entdeckte seinen Teamkollegen im oberen Turmfenster des Hotels, dann sah er wieder weg. „Nichts womit ich nicht umgehen könnte."

„Wie geht's dem Kopf?"

„Hässlich wie immer. Habt ihr heute etwas herausgefunden?"

„Die Pizzeria serviert eine anständige Pizza für Fleischliebhaber und Donnelly sägt mit ihrem Schnarchen den ganzen Wald ab."

Grady hörte den vehementen Protest einer weiblichen Stimme im Hintergrund. „Irgendwelche Neuigkeiten bei den Bildern?"

„Bisher hat keine unserer Aufnahmen irgendwelche Treffer ergeben."

„Auch nicht bei den beiden Russen?"

„In unserem System ist noch nichts aufgetaucht." Ryan Sullivan senkte seine Stimme zu einem leisen Murmeln. „Irgendetwas an ihnen macht mich allerdings verdammt misstrauisch, und es ist nicht der Akzent."

„Vielleicht sollte einer von uns einen Blick in ihr Zimmer werfen, wenn wir wissen, dass es leer ist", schlug Grady vor.

„Vielleicht sollte das einer von uns tun", stimmte Cowboy zu. „Was hast du heute Abend vor?"

„Vermutlich nicht das. Ich wollte mir das gute Essen im örtlichen Golfclub schmecken lassen und schauen, ob ich jemanden erkennen kann, der auf Kanes Beschreibung passt oder vielleicht meinem Gedächtnis auf die Sprünge hilft."

„Hast du etwas Passendes zum Anziehen? Ich glaube nicht, dass ich dich jemals in etwas anderem als einem T-Shirt gesehen habe."

Ein Lächeln umspielte Gradys Lippen. „Mach dir keine Sorgen, Mom. Mir wird schon was einfallen. Sie servieren dort fantastische Steaks – zumindest haben sie das vor zehn Jahren getan."

„Ich schaue mal, ob ich einen Tisch für mich und meine Freundin reservieren kann."

„Wir sehen uns später."

„Ich bin der laute, unausstehliche Typ mit dem Cowboyhut, falls du mich nicht erkennst."

„Im Gegensatz zu was genau?" Grady sah zu, wie Brynn durch die Tür trat. Sie blickte auf, und ihr Gesicht entspannte sich vor Erleichterung, als sie ihn dort stehen sah. Sie lächelte, und er spürte eine leichte Bewegung in seiner Brust. Ein Teil von ihm fand merkwürdigerweise seinen Platz.

„Sei vorsichtig mit dem Rotschopf", warnte Ryan.

Cowboy legte auf, bevor Grady ihn anschnauzen konnte, er solle dasselbe mit Donnelly tun.

Vorsicht mit dem verdammten Rotschopf, oh ja.

„Alles in Ordnung?" Grady steckte sein Handy in die Tasche und ging auf Brynn zu, wobei er Ryan hinter dem Rücken heimlich den Finger zeigte.

„Mir geht's gut." Der Wind zerzauste ihr feuerrotes Haar und wehte es ihr in die Augen. Sie war blass, aber die Rötung und Schwellung ihrer Nase war etwas zurückgegangen. „Es ist das erste Mal, dass ich körperlich angegriffen wurde. Das hat mich aus dem Gleichgewicht gebracht –"

„Ich hätte ihn aufhalten sollen."

Sie legte eine Hand auf seinen Arm und packte sein Handgelenk. Ihre Stärke überraschte ihn. „Das hast du. Du hattest nicht vorhersehen können, dass er mich schlagen würde. Auch wenn ich nicht empfehle, einen Schlag einzustecken, ist er jetzt wenigstens eingesperrt. Ich habe mit meinem Vater gesprochen. Er sagt, dass er Caleb verprügeln wird, wenn er rauskommt, dass die ganze Familie lebenslanges Hausverbot im Café hat und Jackie gefeuert wird, wenn sie ihn nicht abserviert."

„Er ist offensichtlich stinksauer."

„Das ist er. So wie ich."

Dazu hatten sie jedes Recht.

Schuldgefühle nagten an ihm. „Wie wäre es, wenn ich dich zum Abendessen einlade, als Dank dafür, dass du nicht nur einen Streuner mit Flöhen in dein Haus gelockt hast, sondern auch als Entschuldigung dafür, dass du von seinem Besitzer angegriffen wurdest?"

Ihre Augen wurden groß. „Wie ein Date?"

Er zögerte. Die Vorstellung ließ Verwundbarkeit in ihm anschwellen, auch wenn sein Gewissen zu rebellieren begann.

Er durfte ihr nicht die Wahrheit sagen.

Er war undercover.

Er spielte diese Rolle nicht, weil er ein Arschloch war. Er jagte einen der zehn meistgesuchten Flüchtigen des FBI, der in den letzten siebenundzwanzig Jahren dem Gesetz entkommen war. Mit Brynn essen zu gehen war eine gute Tarnung – solange er seinen Auftrag nicht vergaß.

Die meisten Menschen würden die Notwendigkeit einer Täuschung verstehen, aber Brynn war schon einmal verletzt worden ...

Wenn Kane gefasst wurde oder sie feststellten, dass er nicht mehr in der Gegend war, könnte er Brynn wahrscheinlich die Wahrheit sagen – oder einen Teil davon. Sie würde es verstehen.

Und vielleicht musste er die Sache nicht komplizierter machen als ein Abendessen.

„Ja, aber ein Date ohne Druck, nur um mich zu bedanken, weil du fantastisch bist, kein Date, bei dem du dir Sorgen machen musst, dass ich dir an die Wäsche will." Er spürte, wie ihm die Hitze in die Wangen stieg.

Warum zum Teufel hatte er Sex erwähnt?

Vielleicht wollte sie mit einem Typen wie ihm gar nichts haben, das einem Date ähnelte. Laut ihrer Aussage hatte es niemanden mehr gegeben, seit ihr Arschloch-Ex sie verlassen hatte. Warum sollte er der Mann sein, der ihre Durststrecke beendete?

Scheiße.

Und da erwähnte er ausgerechnet, ihr an die Wäsche zu gehen.

„Wir laufen zum Haus, ziehen uns Klamotten an, die nicht blutverschmiert sind und suchen uns etwas Anständiges zu essen, bevor ich verhungere."

Sie blinzelte ihn an, und er war sich ziemlich sicher, dass sie abwinken und sagen würde, sie sei müde, habe Schmerzen oder sei einfach nicht interessiert.

Sie lächelte. „Sehr gern."

34

Brynn wählte ein grünes Kleid, das ihrer Figur schmeichelte und ihr rotbraunes Haar strahlen ließ. Dazu zog sie Strümpfe und hohe schwarze Stiefel an, die ihr ein fantastisches Gefühl gaben. Sie wusch schnell ihr Gesicht und trug etwas Make-up auf, um die blauen Flecken zu verdecken. Dann legte sie Lippenstift, Lidschatten und Wimperntusche auf, um sich nicht mehr wie eine verwaschene Hexe zu fühlen.

Jackies Mutter hatte angerufen, um sich für ihre Tochter zu entschuldigen und Brynn mitzuteilen, wie schrecklich die junge Frau sich wegen des Vorfalls fühlte.

Brynns Mutter und Vater waren wütend und sprachen von einer Zivilklage. Aber wenn dieser Vorfall sie dazu brachte, an etwas anderes als den Krebs zu denken, dann hatte sie nichts dagegen. Sie hatten darauf bestanden, dass ihre Tochter heute Abend nach Hause kommen und dort schlafen sollte, aber Brynn hatte abgelehnt.

Sie hatte andere Pläne.

Ihre Nase tat weh, war jedoch nicht gebrochen. Die Schmerzmittel hatten die Kopfschmerzen vertrieben. Das Make-up kaschierte den Rest.

Das Klopfen an der Verbindungstür zwischen Keller und

Erdgeschoss hallte in ihrem Brustkorb wider. Sie legte eine Hand auf die Brust und schluckte.

„Eine Minute!" Es machte sie nervös, ein Date zu haben.

Ein Date mit Grady Steel, der verdammt heiß war und viel netter, als man es ihm zutraute.

Sie hatte nicht vor, sich emotional auf ihn einzulassen. Sie wusste, dass dies nichts als ein kurzes Intermezzo war. Er würde zu seinem Leben zurückkehren, sobald das FBI die Ermittlungen beendet hatte, und sie würde zu ihrem Leben in Boston zurückkehren, wenn …

Ja.

Daran wollte sie jetzt auch nicht denken. Sie wollte die Gelegenheit nutzen, die Gesellschaft eines Mannes zu genießen, ohne Druck und Erwartungen.

Aiden war mit einem Flittchen zusammen, seit er sie verlassen hatte, aber Brynn hatte nicht an Dates denken können, solange die Scheidung nicht vollzogen war. Nicht, dass sie jemanden getroffen hätte, an dem sie auch nur annähernd interessiert gewesen wäre.

Aber jetzt, endlich, war diese kleine Andeutung von Möglichkeit wieder aufgetaucht, und zu ihrer Überraschung erschreckte sie sie nicht halb zu Tode. Es war einfach da. Etwas, das man erforschen konnte oder auch nicht, und nichts, vor dem man schreiend wegrennen musste, um es sich auf der Couch mit einem guten Buch bequem zu machen.

Sie rieb ein letztes Mal die Lippen aneinander, bevor sie den Lippenstift in eine kleine Handtasche warf, sich ihren dicken Wintermantel schnappte und die Treppe hinaufging, um die Tür zu öffnen.

Sie betrat die Küche. Die Anerkennung in Gradys Augen, als er sie sah, brachte sie innerlich zum Glühen. Er hielt ihren Mantel, während sie hineinschlüpfte, und die Berührung seiner Finger auf der nackten Haut ihrer Arme ließ sie erschaudern.

„Du siehst fantastisch aus." Sein warmer Atem streifte ihren Hals.

„Danke." Wenn man bedachte, dass sie nur eine Viertelstunde gebraucht hatte, um sich zurechtzumachen, fühlte sie sich verdammt gut. Sie drehte sich zu ihm um. „Du auch."

Er trug ein gebügeltes blassblaues Hemd, welches das Blau seiner Augen betonte, eine dunkelblaue Krawatte, eine beigefarbene Hose und auf Hochglanz polierte Schuhe.

Ihr Atem stockte angesichts des Interesses, das sie in seinem Blick sah. Dann knurrte ihr Magen und unterbrach die plötzliche Spannung. Sie legte eine Hand darauf. „Ich habe seit heute Vormittag nichts mehr gegessen. Ich habe dem Hund meine ganzen Kekse gegeben."

„Ich bin mir sicher, dass der Hund sie genauso zu schätzen wusste wie du, wenn nicht sogar mehr."

„Stimmt. Hast du schon entschieden, wie du ihn nennen willst?"

Seine Miene verfinsterte sich. „Noch nicht."

„Das Tier verdient ein gutes Zuhause."

„Er würde sich über jeden freuen, der ihn mit Keksen füttert." Grady bedeutete ihr, vor ihm durch das Haus und die Treppe hinunter zum Jeep zu gehen. Seine Berührung brannte sich durch alle Kleidungsschichten hindurch auf ihre Haut, als er ihr half, in den Wagen zu steigen.

Er stieg ebenfalls ein und ließ den Motor an. Dann zögerte er. „Es ist nicht so, dass ich ihn nicht will ..." In seiner Stimme lag ein leiser Hauch von Sehnsucht.

„Dann nimm ihn. Sei sein Mensch."

Seine Augen waren besorgt. „Ich bin viel unterwegs."

„Es muss doch jemanden in deinem Freundeskreis geben, der auf ihn aufpassen kann, wenn du weg bist?"

Er sah sie stirnrunzelnd an, dann hellte sich seine Miene auf. „Es gibt jemanden, der das könnte. Ich werde sie fragen müssen."

Das *sie* ließ Brynn innehalten. Hatte Grady jemanden, der in Quantico auf ihn wartete?

Sie hatte keine Antwort auf diese Frage, also zwang sie sich zu fragen. Sie wollte sich nicht mit jemandem einlassen, dem sie nicht vertrauen konnte, nicht einmal auf zwanglose Art. „Eine Freundin?"

Seine Augen weiteten sich vor Überraschung, dann wirkten sie amüsiert und gequält zugleich. „Nein. Die Witwe eines Team-kameraden."

Die Frau, von der er ihr zuvor erzählt hatte. „Mein herzliches Beileid." Die Worte fühlten sich hohl an, aber was hätte sie sonst sagen sollen?

„Danke." Er stellte die Heizung an, und endlich kam ein wenig Wärme durch die Lüftungsschlitze.

Trotzdem war es immer noch kalt, und sie war gerührt, als Grady auf den Rücksitz griff, eine Decke hervorholte und sie ihr reichte.

„Danke." Sie breitete sie über ihren Schoß und ihre Beine aus.

„Grace hat in der Vergangenheit darüber gesprochen, sich einen Hund anzuschaffen, aber ich weiß, dass sie im Moment alle Hände voll mit ihren Kindern zu tun hat. Aber wenn der Hund mit den Kindern klarkommt und sich gut benimmt, bin ich sicher, dass sie mit einer Teilzeitregelung einverstanden wäre. Ich kann einen Hundeausführer engagieren, der mit ihm Gassi geht, wenn ich auf einer Mission bin."

„Ich bin sicher, er wird ein toller Familienhund sein." In ihrem Hals bildete sich ein Kloß, als ihr die Tatsache bewusstwurde, dass sie selbst den Hund nicht mit nach Hause nehmen würde, aber sie war sechs Tage die Woche bis spät am Abend im Café, und in ihrer „Freizeit" führte sie ihr eigenes Geschäft. Ihr Vater könnte ihn tagsüber nehmen, aber er müsste sich um seine Hühner sorgen.

Es könnte ihrem Vater hingegen guttun, einen Hund zu haben, besonders wenn –

Ihr Verstand hielt abrupt inne. Sie wollte auf keinen Fall über diese Zukunft nachdenken.

Sie würde mit ihrem Vater reden. Ein gemeinsamer Hund könnte ihnen allen viel Freude bereiten.

Sie fuhren aus der Stadt hinaus. Die Straßen waren vereist,

aber der Allradantrieb kam gut mit den Bedingungen zurecht, und Grady war offensichtlich ein guter Fahrer. Für morgen war ein Schneesturm vorhergesagt, was keine schöne Aussicht war, vor allem da ihre Mutter fast täglich zur Behandlung gelangen musste. Vielleicht würden sie ein paar Nächte in Bangor bleiben.

Brynn verdrängte das alles aus ihrem Kopf. Sie konnte sich nur über eine bestimmte Anzahl von Dingen gleichzeitig Gedanken machen, und sie war schon fast am Limit.

„Wohin fahren wir?"

„In einen Club."

„Wie bitte?"

„In einen Golfclub."

„Ha. Witzig." Um ebenfalls vom Touristenmarkt zu profitieren, erlaubte der örtliche Golfclub Nicht-Mitgliedern, dort zu speisen, besonders in der Nebensaison. Der Januar in Maine war absolute Nebensaison. Die Fahnen waren schon lange aus den Löchern herausgezogen worden und die Anlage unter einer dicken Schneeschicht mit Schutzfolien bedeckt.

Sie erreichten das Clubhaus, das eine prächtige Steinfassade hatte. Brynn faltete die Decke zusammen und war überrascht, als Grady zu ihrer Tür kam und sie öffnete. Als er ihre Hand nahm, wurde sie nervös.

Das Funkeln in seinen Augen deutete darauf hin, dass er es auch spürte, obwohl keiner von ihnen etwas dazu sagte. Sie gingen durch die Tür und gaben ihre Mäntel an der Garderobe ab. Drinnen war die Beleuchtung gedämpft, und die Tische waren mit weißen Tischtüchern und Kerzenhaltern gedeckt.

Es war sehr romantisch.

Plötzlich wurde ihr bewusst, dass sie das letzte Mal, als sie hier gewesen war, mit ihren Eltern und Aiden zu Abend gegessen hatte.

Sie blieb stehen.

Grady legte eine warme Hand auf ihren Rücken. „Ist alles in Ordnung?"

Sie schluckte. „Ja. Tut mir leid. Ein paar unerwartete Erinnerungen."

Seine Augen wurden besorgt. „Wir können woanders hingehen."

Sie schüttelte den Kopf. „Nein. Ich würde gern ein paar dieser Geister auslöschen. Heute scheint eine gute Gelegenheit dafür zu sein."

Die hübsche Empfangsdame wartete mit einem geduldigen Lächeln an ihrem Tisch. Brynn zwang ihre Füße, sich vorwärtszubewegen.

Grady hielt ihr den Stuhl hin und nahm dann den Platz mit dem Rücken zur Wand und mit Blick auf den Raum ein. Der Dame ging weg, um den Kellner zu holen.

Der ehemalige Sheriff der Stadt, Temple York, saß auf der anderen Seite des Lokals mit seiner Frau, seiner Schwiegertochter und einer kleinen Gruppe von Freunden. Brynn konnte die Neugierde in ihren Blicken spüren, als sie abwechselnd hinüberschauten.

„Kommst du oft mit deinen Eltern hierher?", fragte Grady.

„Ja, früher. Sie spielen beide gern Golf, und dieser Ort ist für sie näher als die Stadt, also waren wir regelmäßig hier. Aber Mom ist seit ihrer Diagnose nicht mehr so gesellig."

Grady nickte. „Steht ihr euch nahe?"

„Ja. Sehr." Brynn blinzelte. „Meine Eltern sind großartig. Wir haben es immer geschafft, gemeinsam als Familie Spaß zu haben. Ich bin mir nicht sicher, was wir tun werden, falls ihr etwas zustößt."

Er griff nach Brynns Hand und drückte sie. „Ich erinnere mich noch gut an sie, und sie ist eine Kämpfernatur. Wenn es jemand schaffen kann, dann sie."

Brynn erinnerte sich daran, dass er seine eigene Mutter in jungen Jahren verloren hatte und fühlte sich egoistisch, keine Rücksicht auf seine Gefühle genommen zu haben.

„Erinnerst du dich überhaupt an deine Mutter?"

Er zog seine Hand zurück, um die Speisekarte zu nehmen. „Kaum."

„Das muss wehtun."

Er sah überrascht aus, dass sie darüber nachgedacht hatte.

„Was ist mit ihr passiert?"

Sie beobachtete, wie sich sein Adamsapfel auf und ab bewegte, bevor er sprach. „Ein Hirnaneurysma. Es ging schnell. Sie hat nicht gelitten. Zum Glück waren wir zu der Zeit bei einem Babysitter, sodass ich sie nicht gesehen habe ..." Sein Mund wurde zu einer harten Linie. Dann zeigte er ein Lächeln, aber es erreichte nicht seine Augen. „Tut mir leid. Ich spreche nicht oft darüber. Es war hart. Meine Mutter hatte uns ein glückliches Zuhause geschaffen, nachdem mein Vater von der Bildfläche verschwunden war. Sie in so jungen Jahren zu verlieren, hat meine Welt erschüttert." Er presste seine Lippen aufeinander. „Als Kind tat es weh zu sehen, dass alle anderen liebevolle Eltern haben, weshalb ich mich manchmal beschissen verhalten habe. Heutzutage denke ich nicht mehr oft an sie."

„Es muss furchtbar gewesen sein."

„Es war nicht leicht." Sein Gesichtsausdruck veränderte sich. „Versteh mich nicht falsch, Gran war großartig. Besser als großartig. In ihrem Bankschließfach fand ich heute einen Haufen Familienfotos, die mich an die guten Zeiten erinnert haben. Sie hatte die Fotos für mich aufbewahrt, und ich war so ein Idiot, dass ich gar nicht daran gedacht hatte, nachzusehen."

Sie konnte sehen, dass ihn der Fund berührt hatte. „Zum Glück hat der Bankräuber sie nicht gestohlen."

„Sie sind mir mehr wert als die Urkunden für das Haus. Sag es nicht Crystal." Seine Mundwinkel zuckten. „Wurde dir bei dem Überfall etwas gestohlen?"

„Nein. Meine Eltern bewahren dort nur gerade ihr Testament und die Eigentumsurkunden auf. Der ganze Papierkram. Keine Goldbarren oder Familienerbstücke – leider."

Der Kellner kam herüber und sie bestellten.

Steak für Grady, Nudeln mit Hummersoße für Brynn. Sie sah,

wie der große Cowboy und seine Freundin hereinkamen und lautstark nach einem Tisch fragten. Dann bemerkte sie, dass Darrell York hinter ihnen erschien, noch immer in Uniform. Er brauchte einen Moment, bis er sie entdeckte, aber als er es tat, steuerte er direkt auf ihren Tisch zu.

Sie fluchte.

Er nahm seinen Sheriffhut ab. „Brynn. Du siehst gut aus. Fühlst du dich besser?"

„Ich fühle mich besser, seit dieses Tier eingesperrt ist, und damit meine ich nicht den Hund."

Ein Stirnrunzeln zeichnete sich auf Darrells Gesicht ab. „Quayle hat Kaution gestellt."

„Du hast ihn freigelassen?" Ein Schauer lief ihr über den Rücken und sie ließ sich in ihrem Stuhl zurücksinken. „Na, das ist ja großartig."

„Der Richter hat die Kaution bewilligt. Da kann ich nicht viel machen." Er schenkte ihr ein verschmitztes Lächeln. „Vielleicht solltest du deinen Freund dazu bringen, hierher zu ziehen, um dich zu beschützen."

Versuchte er, ihre Lüge aufzudecken? Ihre vorgetäuschte Beziehung zu Bowie an Grady zu verraten? Oder wollte er ihre Fähigkeit anzweifeln, als Frau für sich selbst zu sorgen? Es schien, als hätte er alle drei Aspekte abgedeckt.

„Ich hatte gehofft, dass die Polizei ihre Arbeit machen und sich darum kümmern würde. Mein Fehler."

Darrell errötete vor Wut. „Das Gesetz funktioniert nicht immer so, wie Zivilisten es erwarten."

„Was ist mit Berufskollegen? Der Typ hat ihr ins Gesicht geschlagen und hätte jeden in diesem Büro ernsthaft verletzt, wenn er die Gelegenheit dazu gehabt hätte." Grady ließ die Worte einen Moment lang im Raum schweben.

„Zum Glück warst du ja da, um die Lage zu retten." Die Abfälligkeit in Darrells Tonfall war nicht zu überhören.

„Wann bekomme ich meine Waffe zurück?", fragte Grady.

„Warum die Eile?", erwiderte Darrell.

„Weil es Bullshit ist, dass du sie konfisziert hast, und ich kenne meine Rechte."

„Sobald wir die Ergebnisse aus dem Labor haben, kannst du sie abholen – vorausgesetzt, die Ballistik stimmt nicht überein."

„Womit?" Grady nahm sein Wasser und trank einen Schluck. „Ich habe gehört, dass die Kugel für einen Vergleich zu stark zersplittert war."

„Von wem hast du das gehört?" Darrells Augen wurden schmal.

Grady sagte nichts, aber ein kleines Lächeln umspielte seine Lippen.

„Du bekommst sie zurück, wenn du sie zurückbekommst." Darrell rollte mit den Schultern und hob eine Hand zum Tisch seiner Familie. „Ich bin sicher, dass ein hochqualifizierter Profi wie du nicht einmal eine Waffe braucht."

„Kommt drauf an, mit wem ich es zu tun habe." Der Hohn in Gradys Tonfall war eindeutig gegen den Sheriff gerichtet.

Darrells Lächeln wurde boshaft. „Nun, leider entlastet dich dein Alibi nicht vom Mord an Milton Bodurek, also warte ich auf den offiziellen Ballistikbericht. Der Gerichtsmediziner sagt, dass die Leiche wahrscheinlich nur ein paar Minuten im Wasser lag und noch warm war, als er sie untersuchte. Du hättest genügend Zeit gehabt, ihn zu erschießen, wenn du wolltest."

Brynn wurde schlecht. Wie nah war sie dran gewesen, Zeugin des Mordes zu werden?

Grady wirkte nicht besonders besorgt. „Dann muss ich wohl meinen Anwalt einschalten, es sei denn, du hast alle Handfeuerwaffen in der Stadt konfisziert?"

Der Cowboy lachte laut mit seinem Kellner und zog damit Brynns Aufmerksamkeit auf sich. Die hübsche, dunkeläugige Frau, die bei ihm war, fing ihren Blick auf. Das direkte Starren ließ Brynn unbehaglich auf ihrem Stuhl herumrutschen.

„Du weißt, dass ich mich zu einer laufenden Ermittlung nicht äußern kann." Darrell zog seine Hose hoch. „Ich lasse euch zwei dann mal weiter essen."

Grady schenkte ihm ein weiteres träges Lächeln. „Grüß deine Frau von mir."

Darrell erstarrte, dann nickte er knapp und ging mit finsterem Blick davon.

Brynn beobachtete, wie Darrell sich in einer seltenen öffentlichen Liebesbekundung zu Lorraine hinunterbeugte, um sie auf die Wange zu küssen. Lorraine schaute überrascht, bevor sie errötete.

Brynn wandte sich an Grady und fragte misstrauisch: „Warst du mit Lorraine zusammen, bevor sie Darrell geheiratet hat?"

Grady grinste. „Das ist lange her. In der Highschool. Aber sein Interesse an dir ist nicht der Grund, warum ich dich heute Abend eingeladen habe", versicherte er ihr schnell.

„Ich bin mir sicher, dass es eine Rolle gespielt hat", entgegnete sie trocken. „Wenn ich mich recht erinnere, gibt es nichts Besseres als Konkurrenzkampf, um den Appetit anzuregen."

Er schnaubte. „Kann schon sein. Aber ich nehme niemandem das Mädchen weg."

„Ich bin niemandes Mädchen", erwiderte sie scharf. „Ich gehöre keinem Mann und will es auch nicht. Schon gar nicht einem verheirateten Mann."

„Und ich mag unabhängige Frauen." Grady lächelte sie mit diesen verruchten Augen an und Brynn spürte einen Blitz bis in die Zehenspitzen.

Ihre Haut fühlte sich schon bei diesem einen Blick heiß an.

Sie widerstand dem Drang, sich Luft zuzufächeln. Als das Essen kam, merkte sie plötzlich, wie hungrig sie war. Auf Essen. Aufregung. Auf das Leben.

35

G rady hatte beim Essen nicht viel herausgefunden, außer dass er Brynn Webster mochte. Und zwar sehr.

Sie war klug, unabhängig und sagte, was sie dachte. Sie wirkte auf ihn direkt und ehrlich. Auch das bewunderte er an ihr.

Aber sein Gewissen begann ihn ernsthaft zu plagen. Er wollte mit ihr auf einer persönlichen Ebene tiefer gehen. Er begehrte sie. Er wollte sie *wirklich*, aber er lebte eine Lüge, und sie würde verletzt werden, wenn sie die Wahrheit erfuhr.

Sie waren fast mit dem Hauptgang fertig, als die beiden russischen Touristen hereinkamen.

Grady tauschte einen kurzen Blick mit Ryan aus, der Donnellys Hand ergriff, küsste und sie ansah, als wolle er sie über den Tisch zerren und zum Nachtisch verspeisen.

Mistkerl.

Aber Grady wusste, was der andere Mann vorhatte, und als Ryan und Donnelly ein paar Minuten später darum baten, ihr Essen zum Mitnehmen einpacken zu lassen, sah es eher so aus, als seien sie bereit für ein heißes Schäferstündchen als für einen heimlichen Einbruch.

Brynn entschuldigte sich, um auf die Toilette zu gehen.

Grady beschloss, dass es an der Zeit war, Temple York und

seinen Kumpanen Hallo zu sagen. Er wollte herausfinden, ob einer von ihnen der Flüchtige sein könnte, den er suchte, oder ob ein Gespräch mit ihnen irgendwelche Erinnerungen hervorrufen würde.

Er schlenderte hinüber, sich völlig bewusst, dass der ehemalige Sheriff ihn sofort ins Auge fasste. Der Mann war immer ein taktisch guter Gesetzeshüter gewesen, auch wenn seine Moral fragwürdig war.

Grady streckte eine Hand aus und schüttelte die seines ehemaligen Chefs. „Temple. Schön, dich zu sehen. Rose." Er nickte Temples Frau zu, die ihn mit zusammengekniffenen Augen anlächelte. Er schaute in die Runde und erkannte einige der Gäste. Brian Gesbriecht, der Bürgermeister, und seine Frau, Constance Fenneck, eine lokale Schriftstellerin, und ihr Mann, der ungefähr das richtige Alter und die richtige Größe für Kane hatte.

In dieser verdammten Stadt gab es viel zu viele weiße Typen mittleren Alters.

Alle drei Paare hatten Schließfächer bei der Bank.

„Lorraine." Grady nickte.

Das Mädchen, mit dem er in der Highschool ausgegangen war, war durch eine Frau mit weichen Wangen und müden Augen ersetzt worden. Er wusste, dass sie jetzt drei Kinder hatte und bezweifelte ernsthaft, dass Darrell viel Zeit mit aktiver Erziehung verbrachte, weil er zu sehr damit beschäftigt war, sich anderen Frauen in der Stadt zuzuwenden.

Sie lächelte. „Grady Steel. Wie er leibt und lebt. Ich habe gehört, dass du in der Stadt bist."

Grady nickte. „Ich hatte ein wenig Zeit."

„Das habe ich gehört." Temple lachte schallend.

Rose schnaubte hämisch. „Wir haben es alle gehört."

Grady ignorierte die Anspielungen, während er in Gedanken Agent Ropero in die Tiefen der Hölle schickte und gleichzeitig hoffte, dass sie etwas über das Paar herausfand. „Ich dachte mir, dass das Labor ein paar Wochen brauchen würde, um das Fahrzeug zu bearbeiten und meinen Namen reinzuwaschen, also beschloss ich, herzufahren und mit Crys zu besprechen, was mit Grans Haus geschehen soll. Ich habe gehört, dass der Immobilienmarkt hier gut läuft."

Er hielt Roses Blick und beobachtete, wie ihr Gesichtsausdruck flackerte.

Interessant.

„Die Marktpreise steigen immer noch. Lass dich nicht von Crys unterbieten, wenn sie deinen Anteil aufkauft, obwohl ich dachte, das hätte sie schon getan." Temple beugte sich vor und nahm sein Weinglas in die Hand.

„Ich bin ein stiller Teilhaber."

„Niemand hat je von deiner Schwester behauptet, still zu sein."

Das Lachen zerrte an Gradys Nerven. Sie mochten sich nicht besonders gut verstehen, aber Crystal war die einzige Blutsverwandte, die er noch hatte und das bedeutete etwas. Er verzog seine Lippen zu einem leichten Lächeln, das sein Gesicht schmerzen ließ.

„Vielleicht behalte ich das Haus und ziehe in ein paar Jahren, wenn ich in Rente gehe, in diese Gegend. Ich werde das Gleiche wie ihr tun. Ein Stück Land kaufen und ein Traumhaus bauen. Habt ihr einen Bauunternehmer, den ihr empfehlen könnt?" Er bemerkte den Blick, den sich Temple und Rose zuwarfen.

Da war eindeutig etwas faul.

Hatte es etwas mit Kane zu tun oder ging es um Steuerhinterziehung oder ein Insidergeschäft?

Grady kümmerte sich nur um Kane, aber er würde lügen, wenn er behauptete, dass er sich nicht freuen würde, die Leute ein wenig in die Knie zu zwingen. Leute, die gelogen hatten und bereit gewesen waren, ihn zu Gunsten eines der ihren zu opfern. Und dann ihre Versprechen nicht gehalten hatten, bis er sie dazu hatte zwingen müssen.

Stolz.

Er war voll davon.

Er warf einen Blick über die Schulter und sah, dass Brynn

wieder an ihrem Tisch saß, wo sie in ihrem figurbetonten grünen Kleid einfach fantastisch aussah.

„Entschuldigt mich. Ich gehe besser zurück zu meinem Date." Er hielt Darrells Blick, um den Kerl absichtlich zu provozieren.

„Schönen Abend noch, Grady. Achte auf der Heimfahrt auf die Straße." Darrells glänzende Augen funkelten bösartig. „Du willst doch nichts überfahren."

„Darüber weißt du natürlich am besten Bescheid, nicht wahr, D?" Er warf Darrell und Temple einen scharfen Blick zu.

Grady ging zurück zu Brynn, deren Augen amüsiert funkelten.

„Hast du Ärger gemacht?", fragte sie mit einem unterdrückten Lachen.

„Vielleicht."

„Was ist mit deinem Hinterkopf passiert?"

Er hatte die Verletzung vergessen. Zaghaft berührte er die Wunde, die von seinem kurzen Haar nicht ganz verdeckt wurde. Sie heilte gut. „Ich bin gestern Abend spazieren gegangen, um herauszufinden, wo sich der Hund versteckt hatte. Ich bin auf dem Eis ausgerutscht und habe mir den Hinterkopf aufgeschlagen. Am Ende bin ich in die nächste Notaufnahme gefahren, um sicherzugehen, dass ich keine Gehirnerschütterung habe."

Ihre Augen waren weit aufgerissen. „Du hättest mich wecken sollen."

Er verzog das Gesicht. „Du hast schon genug um die Ohren, und ich kam mir wie ein Idiot vor." Er hasste es zu lügen, aber er hatte sich für diese Mission entschieden. Es hatte keinen Sinn, sie jetzt zu vermasseln. „Wahrscheinlich war es nicht klug, in diesem Zustand zu fahren, aber die Ärzte haben mich wieder zusammengeflickt und gesagt, dass es mir gut geht."

Das russische Paar aß immer noch, und so sehr er auch von hier verschwinden wollte, musste er dafür sorgen, dass sie noch eine Weile hierblieben.

„Ich weiß nicht, wie es dir geht, aber nach dem, was wir in den letzten Tagen durchgemacht haben, haben wir uns einen Nachtisch verdient." Er winkte dem Kellner und fragte erneut nach der Speisekarte. „Tendierst du eher zu Sahneschnittchen oder bist du ein Blaubeertarte-Mädel?"

Brynn schnaubte. „Ich stehe eher auf Tod durch Schokolade, absolut bereit, meine Seele für ein Stück dreischichtigen Schokokuchen zu verkaufen." Sie biss sich auf die Unterlippe. „Aber ich bin bereit zu teilen."

Grady riss seinen Blick von Brynns praller Unterlippe los, dann räusperte er sich, damit die Lust nicht in seiner Stimme mitklang. „Sie haben die Dame gehört", sagte er zum Kellner. „Und bringen Sie besser zwei Löffel mit – vielleicht ist heute ja mein Glückstag."

36

„Willst du erst das Kleid ausziehen?" Ryan wusste nicht, woher Donnelly das kleine Schwarze so kurzfristig herbekommen hatte, aber je eher sie eine taktische Hose und ein Hemd anzog, desto besser.

„Eigentlich schon, aber wir müssen uns beeilen. Wir haben vielleicht nicht so viel Zeit."

Er ergriff ihre Hand, als sie durch die Tür ins Hotel trat. In der anderen Hand trug er ihre Tüte mit dem Essen. *Spare in guten Zeiten, so hast du in schlechten Zeiten.* Steak war immerhin Steak.

Sie eilten die Treppe hinauf wie zwei Menschen, die so schnell und so hart wie möglich vögeln wollten.

Hitze strömte aus ihm heraus, obwohl er wusste, dass dies Theater war. Ein Schauspiel für die Öffentlichkeit.

Sie erreichten ihr Zimmer und er öffnete schnell die Tür. Drinnen angekommen ließ er ihre Hand los und stellte das Essen auf die Ablage.

Sie schloss die Tür, während er in seine Tasche griff, den elektronischen Überwachungsdetektor herausholte, den TacOps kürzlich entwickelt hatte, und ihn einschaltete.

Er identifizierte sogar die energetisch inaktiven Geräte, die nur sporadisch sendeten. Novak wollte sichergehen, dass niemand ihre Operation ausspionierte.

„Irgendwas?" Donnelly hatte die zierlichen High Heels abgestreift und stand mit den Händen in den Hüften da, was seine Aufmerksamkeit leider auf ihre Figur lenkte.

„Nichts." Er ging ins Bad, um von ihr wegzukommen und nach weiteren Wanzen zu suchen. „Alles sauber. Was ist mit unseren Sachen? Hat sich jemand daran zu schaffen gemacht?"

Sie hatten ein paar Freizeitklamotten und Toilettenartikel im Kleiderschrank und im Bad ausgepackt, um wie echte Touristen auszusehen. Außerdem hatten sie einen Teil ihrer Ausrüstung – ein paar Wegwerfhandys und ihre gefälschten Pässe – in den Hotelsafe gelegt, den ein Dreijähriger knacken könnte. Ihre von der Regierung ausgegebene taktische Ausrüstung, Elektronik und Waffen hatten sie in speziell angefertigten Koffern zurückgelassen.

Er beobachtete, wie Donnelly mit einem Stab über das Bedienfeld des Hotelsafes und dann über das Schloss der Koffer fuhr. Das Gerät suchte nach Fingerabdrücken und warnte den Benutzer, wenn sich das Muster von dem der letzten Überprüfung unterschied.

„Alles in Ordnung."

Ihm fielen fast die Augen aus dem Kopf, als sie den Stab weglegte, sich von ihm abwandte, ihr Kleid abstreifte und ein schwarzes, langärmeliges Hemd und eine schwarze Hose anzog.

Sein Mund wurde so trocken, dass er zu einem festen Block zu verschmelzen drohte. Sie hatte geschwungene Linien und schlanke Muskeln, und ein Tattoo lugte aus einem schwarzen, durchsichtigen Höschen hervor, das kaum größer als ein Taschentuch war.

Er ignorierte sein Kleinhirn, zog seinen Hut und sein Hemd aus und warf sie auf den nächsten Stuhl. Dann öffnete er die Schublade und holte ein schlichtes schwarzes Hemd heraus, wie das, das Donnelly trug. Seines und ihres. Sie waren auf einer Mission und nicht im Urlaub, also war das okay.

Er drehte sich schnell um und sah, wie Donnelly ihn anstarrte.

Er hob eine Augenbraue. „Was?"

„Nichts."

„Bereit?"

Sie steckte ihre Waffe in ein Holster auf ihrem Rücken. „Bereit."

Er warf ihr eine Skimaske zu. „Für den Fall, dass sie eine Kamera in ihrem Zimmer haben."

Sie zogen sich Nitrilhandschuhe an, bevor sie hinausgingen. Als er sicher war, dass die Luft rein war, öffnete er die Tür ganz für Donnelly und sie trat hinaus. Sie gingen gemeinsam den Korridor entlang. Die Russen wohnten ein Stockwerk tiefer und auf der anderen Seite des Hotels.

Es war noch früh am Abend, und das Hotel war ruhig, da viele Leute wegen des Sturms früher abgereist waren und andere aus demselben Grund storniert hatten.

Der Hotelbesitzer war darüber gar nicht glücklich und beklagte sich gleichermaßen über die Wirtschaft und das Wetter. Ryan hatte ihn mit Geschichten über die Viehzucht unterhalten, als es draußen minus dreißig Grad gewesen war, während der Preis für Rindfleisch immer weiter sank. Der Typ hatte endlich aufgehört zu jammern, aber Ryan vermutete, dass das nicht lange anhalten würde. Harry Butler war von Natur aus ein Jammerlappen, aber er würde leicht zu bestechen sein, wenn es nötig wäre. Immer gut zu wissen.

Als sie den Raum erreichten, versperrte Donnelly die Sicht von einer Seite, während er sich mit dem Schloss beeilte.

„Vergeudete Jugend?", fragte sie.

Er hob den Blick zu ihren dunkelbraunen Augen. „Vergeudetes Leben."

Sie zogen beide die Skimasken über das Gesicht, bevor sie hineinschlüpften.

Er hob eine Hand, damit sie stehenblieb. Er wollte sich erst ein Bild von dem Raum machen. Über der Lehne eines Stuhls hingen

Klamotten. Ein Laptop und ein paar Taschenbücher lagen daneben.

Er holte seinen Wanzendetektor heraus, als sein Handy summte. Er überprüfte es. „Sie haben gerade den Golfclub verlassen."

Donnelly zog die Augenbrauen zusammen.

Wussten die Russen, dass sie in ihrem Zimmer waren, oder war es Zufall, dass sie das Restaurant genau in dem Moment verließen, als er und Donnelly das Zimmer betraten?

Der Apparat zeigte keine Überwachungsgeräte an.

Donnelly begann, vorsichtig die Schubladen zu durchwühlen. Ryan hielt sie auf, bevor sie die unterste Schublade öffnen konnte. Er deutete auf das Haar, das über einem der Griffe hing. Er hob es auf und hielt es fest, während sie den Inhalt, ein paar T-Shirts, sorgfältig durchsuchte. Sie tastete darunter. Nichts.

Sie schob die Schubladen wieder hinein, und er legte das Haar vorsichtig wieder an seinen Platz. Rudimentär und altmodisch, aber eindeutig Spionagepraxis.

Das waren keine Touristen auf Erkundungstour, aber das erklärte nicht, wer sie waren oder was sie hier wirklich taten.

Er und Donnelly suchten noch fünf Minuten lang, fanden jedoch nichts Ungewöhnliches.

Donnelly zerrte an seinem Hemd. „Wir müssen gehen."

„Wir übersehen etwas." Er schaute sich im Zimmer um, dann entdeckte er etwas unter dem Fensterrahmen und ging hinüber.

Er spähte nach draußen.

Die Gäste hatten eine Plastiktüte aus dem Fenster gehängt. Er griff nach der Tüte mit behandschuhten Fingern und öffnete das Fenster.

Er und Donnelly warfen einen Blick auf eine kleine Parfümflasche. Donnelly runzelte die Stirn und wollte sie in die Hand nehmen. Ryan hielt sie zurück.

„Denk daran, was mit Sergej Skripel und seiner Tochter passiert ist."

„Du glaubst, das ist *Nowitschok*?" Donnelly wirkte schockiert.

Ryan zuckte mit den Schultern. „Wer zum Teufel hängt Parfüm aus dem Fenster?"

Ihre braunen Augen musterten ihn. „Was sollen wir tun?"

So sehr er es auch mitnehmen und neutralisieren wollte, er durfte es nicht tun. Nicht jetzt. Nicht ohne es vorher mit seinem Boss zu besprechen.

„Fotografiere es. Schnell."

Donnelly machte Fotos aus so vielen Winkeln, wie es mit ihrem Handy möglich war.

Dann hängte Ryan die Tüte mit äußerster Vorsicht wieder vor das Fenster, während Donnelly das Schiebefenster schloss. „Hauen wir hier ab."

Sein Herz hämmerte, als sie zurück in ihr Zimmer gingen. Schweiß rann ihm den Rücken hinunter.

Drinnen angekommen, rief er Novak an. „Du musst das Team zusammenrufen. Wir haben ein Problem."

37

Brynn war satt und hatte so viel Spaß wie schon lange nicht mehr. Grady war amüsant, aufmerksam und verführerisch. Und er war letzte Nacht unterwegs gewesen, um einen streunenden Hund zu suchen und nicht, um einer anderen Frau an die Wäsche zu gehen.

Sie seufzte zufrieden.

Der Schokoladenkuchen, den sie gegessen hatte, war das, was sie in den letzten Jahren dem Sex am nächsten gebracht hatte, und das war in der Tat eine sehr traurige Tatsache.

Ihr wurde klar, dass sie es vermisst hatte.

Sie hatte die Aufregung und den Nervenkitzel einer wachsenden Anziehungskraft vermisst. Die Vorfreude. Die nervöse Achterbahn der Gefühle.

Sie hatte gedacht, sie hätte die Fähigkeit verloren, es zu genießen.

Sie hatte gedacht, sie hätte es für immer verloren.

Er hielt ihren Mantel, während sie mit den Armen hineinschlüpfte, und sie spürte, wie die Erregung an ihren Sinnen leckte.

Sie war sich nicht sicher, was als Nächstes passieren würde – und das war in Ordnung.

Zum ersten Mal war es in Ordnung, dass ihr Leben nicht Minute für Minute, Sekunde für Sekunde verplant war.

Er öffnete ihr die Autotür, und dann standen sie da und starrten einander mit Verwunderung an. Das Geräusch von weiteren Gästen, die das Restaurant verließen, brach den Bann, und er trat zurück, ging um das Auto herum und glitt auf den Fahrersitz.

Im Inneren räusperte er sich. „Danke für den Abend, es war –"

Sie griff nach seinem Hemdkragen und zog ihn zu einem Kuss zu sich, der alles andere als höflich war.

Und diesmal erwiderte er den Kuss. Er zog sie an seine Brust, und seine Zunge duellierte sich mit der ihren.

Er schmeckte wie die schokoladige Sünde.

Sie war über die Konsole gestreckt, seine eine Hand war unter ihrem Mantel und packte ihren Hintern, während seine andere in ihren Haaren vergraben war und ihren Kopf nach hinten zog, damit er ihren Mund besser erreichen konnte.

Er verschlang sie.

Sie stöhnte, und er knurrte zurück.

Es war wild.

Es war unbändig.

Es war *göttlich*.

Er küsste sie mit dem Selbstbewusstsein eines Mannes, der genau wusste, was er tat. Keine Schlamperei. Kein amateurhaftes Gefummel. Nur pure, überwältigende Lust. Sie sehnte sich verzweifelt nach mehr. Sie wollte sich im Jetzt verlieren, anstatt sich über die Zukunft oder die Vergangenheit Gedanken zu machen.

Ihre Lippen erkundeten seinen Mund, seinen Hals. Sie spürte ihn hart und bereit an sich.

Er fluchte und zog sich zurück. „Nicht hier."

Sie wich zurück und stieß einen zittrigen Atemzug aus.

„Nicht hier", stimmte sie zu.

Er legte den Gang ein, während sie sich anschnallte.

Ihr war nicht mehr kalt. Nicht einmal annähernd. Verlangen kribbelte in ihr. Eindringlich. Fordernd. Gierig.

Die Spannung dehnte sich zwischen ihnen aus.

Gradys Kiefer war verkrampft. Seine Fingerknöchel waren weiß, während er das Lenkrad in einem Todesgriff festhielt. Sie erwartete fast, dass er irgendwo im Wald anhalten würde, damit sie es miteinander treiben konnten.

Als hätte er ihre Gedanken gelesen, sagte er: „Ich will dich in einem Bett haben."

Sie erschauderte bei seinen Worten. Sie wollte ihn überall haben.

Sie überholten ein Fahrzeug, als sie die Stadtgrenze erreichten. Grady trat auf die Bremse. Er wirkte genervt, langsamer fahren zu müssen.

Sie wusste genau, wie er sich fühlte. Ein Schauer lief ihr über den Rücken. Ihre Haut kribbelte wie gebürsteter Samt. Ihre Nerven wie stromführende Drähte.

Sie fuhren an der Tierklinik vorbei, und Brynn warf einen kurzen Blick in Richtung des Gebäudes und fragte sich, wie der Hund mit seiner erzwungenen Gefangenschaft zurechtkam.

Ein orangefarbenes Flackern veranlasste sie dazu, sich aufrecht hinzusetzen. „Stopp."

„Was?" Grady drehte sich überrascht zu ihr, mit keinem geringen Maß an Enttäuschung in der Stimme.

„Stopp. Dreh um. Fahr zurück zur Tierklinik."

Er bremste heftig. „Sie ist geschlossen."

„Ich dachte, ich hätte etwas gesehen." Angst durchfuhr sie und verdrängte die Lust.

Grady widersprach nicht, was sie zu schätzen wusste. Er machte eine Kehrtwende und fuhr zurück zur Klinik. „Was hast du gesehen?"

„Ich weiß es nicht." Ihr Mund wurde trocken. „Ich dachte, ich hätte drinnen ein Flackern gesehen."

„Ein Flackern?", fragte er scharf.

Sie begegnete seinem Blick. „Eine Flamme."

Er drückte seinen Fuß fester auf das Gaspedal, um es voll durchzutreten. In Sekundenschnelle waren sie bei der Klinik angelangt. Grady fuhr um das Gebäude herum und hielt auf der Rückseite an. Sie sprangen beide hinaus.

Zuerst dachte sie, sie hätte einen dummen Fehler gemacht. Vielleicht wollte ihr Unterbewusstsein ihr eine Ausrede liefern, um der Leidenschaft, die zwischen ihnen entbrannt war, Einhalt zu gebieten. Dann ließ der Geruch von Rauch sie einen Schritt nach vorn machen.

„Wähl den Notruf." Grady lief bereits um die Ecke.

Sie schnappte sich ihr Handy und tippte die Nummern ein.

Der Notfalldienst meldete sich, als Grady wieder auftauchte, und sie nannte der Frau die Adresse und die Art des Notfalls. Sie beobachtete, wie Grady eine Waffe aus einem Knöchelholster zog und mit dem Griff die Scheibe einschlug, bevor er die Hintertür aufschloss. Sie blinzelte überrascht über die Tatsache, dass er bewaffnet war, obwohl sie es eigentlich hätte erwarten müssen.

Rauch quoll aus dem Eingang, als er die Tür mit einem großen Blumenkübel offenhielt.

Er zog seinen Mantel aus, dann riss er sich das Hemd über den Kopf und wickelte es um seine untere Gesichtshälfte, bevor er sich die Lederjacke wieder anzog.

„Bleib draußen", warnte er. „Ich will dich nicht auch noch suchen müssen."

Brynn stand da und sah entsetzt zu, wie er in dem brennenden Gebäude verschwand.

38

Flammen leckten am Boden und an den Wänden des Empfangsbereichs, und der Gestank von Benzin war noch stärker als die giftigen Dämpfe, die den Raum erfüllten. Ein Rauchmelder fing an zu plärren, was wiederum dazu führte, dass die Tiere vor Verzweiflung zu heulen begannen.

Verdammte Scheiße.

Der Lärm war ohrenbetäubend.

Hustend schnappte er sich den Feuerlöscher von der Wand und benutzte ihn, um das Feuer zu bekämpfen. Die Jalousien und die Stühle hatten sich entzündet, sogar der Empfangstresen und die Papiere, die ihn und die Wände säumten.

Der Feuerlöscher war schnell leer, aber die Flammen sprangen immer höher, bis zu den Dachziegeln.

Scheiße.

Er sah draußen nach einem Löschfahrzeug, aber es war nichts zu sehen.

„Verdammt."

Er warf den leeren Feuerlöscher weg und lief den Korridor zurück, wobei er alle Türen öffnete. Die abgeschlossenen trat er ein.

Die meisten waren leer. Schließlich erreichte er den Bereich, in dem die Tiere in Käfigen eingesperrt waren. Einige erholten sich offensichtlich von Operationen oder Eingriffen. Viele kratzten verzweifelt an den Metallstäben ihrer Käfige.

Grady spürte jemanden neben sich.

„Hier drüben sind ein paar Transportboxen und Leinen." Brynn lief in die Ecke und warf ihm einen kleinen Transportkorb zu.

Verdammt noch mal. Er wollte sie nicht hier drin haben.

„Kümmern wir uns zuerst um die kleineren Tiere." Sie hatte ein paar Handschuhe gefunden und griff bereits nach einer Siamkatze, die jämmerlich miaute.

Grady zog sich ein Paar lange Lederhandschuhe an, die oben auf dem Käfig lagen. Er griff hinein und schnappte sich eine feindselige Katze, setzte sie in den Transportkorb und schlug die Tür zu. Sie arbeiteten Seite an Seite, ein Tier nach dem anderen, wobei sie versuchten, sie nicht noch mehr zu traumatisieren, aber sie konnten nicht warten, bis sie sich beruhigten, da der Rauch immer dichter wurde. Sowohl er als auch Brynn husteten mittlerweile.

„Bring die Katzen nach draußen", rief er. „Ich fange mit den Hunden an. Bleib draußen."

Die meisten Menschen starben an einer Rauchvergiftung und nicht am Feuer selbst. Er wollte Brynn nicht mehr als nötig in Gefahr bringen.

Er konnte den grauen Hund – seinen Hund – nirgends sehen, aber er versuchte, die aufkommende Panik zu ignorieren.

Panik war tödlich.

Brynn nickte und begann, so viele Trageboxen zu nehmen, wie sie greifen konnte, bevor sie das brennende Gebäude verließ.

Grady schnappte sich eine Leine und musterte einen großen Deutschen Schäferhund, der ihn misstrauisch beäugte. Er entdeckte ein Glas mit etwas, das wie gekochte, gewürfelte Leber aussah, und nahm es in die Hand. Dann holte er eine Handvoll davon heraus, öffnete den Käfig und wickelte die Leine um den

Hals des Hundes, um eine Schlaufe zu bilden. Keines der Tiere trug ein Halsband.

„Ich nehme ihn." Brynn war zurück und bereit zu helfen.

Er presste die Lippen zusammen. Keine Zeit zum Streiten.

Er reichte ihr die Leine. Sie lockte den Hund durch die Tür und an die frische Luft. Zwanzig Sekunden später war sie mit der Leine zurück.

Er hatte keine Zeit, um Fragen zu stellen. Sie brachten schnell alle Hunde aus diesem einen Raum, und Grady öffnete eine weitere Tür. In diesem Bereich sahen viele der Hunde aus, als seien sie betäubt worden.

Und dort, in der Ecke, war sein Freund mit einem brandneuen Haarschnitt und ängstlichen Augen.

„Hol unseren Freund dort. Ich trage die anderen hinaus."

Als Erste kam eine alte braune Labradorhündin, die so tief schlief, dass Grady zuerst dachte, sie sei tot, bis er ihre warme Flanke berührte.

Als er sanft die Hände unter sie schob, öffnete sie ihre braunen Augen und blickte ihn an.

Er eilte in die kalte, frische Luft und legte die Hündin auf die Decke, die Brynn aus seinem Jeep geholt hatte.

Er schaute sich nach den anderen Hunden um und stellte fest, dass sie alle im Jeep saßen und nach draußen schauten, als würden sie gleich zu einem Abenteuer aufbrechen.

Seine Mundwinkel zuckten.

„Bleib hier bei ihnen", wies er sie an. „Ich hole die anderen raus."

Aber sie band den grauen Hund an der hinteren Stoßstange des Jeeps fest und folgte ihm trotzdem hinein.

Der ferne Klang einer Sirene durchbrach schließlich die Stille der Nacht, aber die Feuerwehrleute waren zu weit weg, um zu helfen. Die Flammen schlugen bereits aus dem Dach.

Die Hitze war immens, als sie wieder ins Gebäude eilten.

Sie liefen wieder in den letzten Raum, wobei sie in geduckter Haltung blieben, um nicht in den Rauch zu geraten. Brynn machte ein Handtuch im Waschbecken nass und wickelte es um ihre untere Gesichtshälfte, während Grady einen dreibeinigen Hund hochhob, der eine frische Schnittwunde am Hinterteil hatte.

Er war vorsichtig, aber der Hund knurrte ihn an und schnappte nach ihm. Grady ignorierte die Zähne und die zitternde Angst und hielt ihn sanft in den Armen. Brynn hielt einen anderen. Einen Welpen.

Sie eilten nach draußen und legten die Hunde auf die Decke. „Bleib bei ihnen." Er legte ihr einen schweren Arm auf die Schulter und drückte sie. „Es ist nur noch einer übrig. Ich komme allein mit ihm klar."

„Er ist groß." Brynn wollte widersprechen.

„Bleib hier, oder wir gehen beide nicht rein." Seine Berührung wurde sanfter, während das Feuer hinter ihnen tobte. „Die Tiere werden dich brauchen, wenn das Feuerwehrauto ankommt und sie zu Tode erschreckt."

„Beeil dich", erwiderte sie widerwillig.

Er wartete nicht auf mehr. Er sprintete zurück ins Gebäude und spürte, wie die Hitze seine Haut versengte. Er sah, wie ein Balken in den Empfangsbereich fiel.

Er schlitterte in den Raum und erblickte den größten Hund, den er je in seinem Leben gesehen hatte.

Rasch öffnete er die Käfigtür und legte dem Mastiff eine Leine um den Hals, aber der Hund rührte sich nicht.

Grady entdeckte ein weiteres Glas mit Leckerlis und gab dem Hund eines. Der Hund fraß es auf, dann noch eins. Grady schüttete einen kleinen Haufen auf den Boden direkt vor dem Käfig. Der Hund stand wackelig auf.

„Komm schon, Junge." Grady wusste nicht, welches Geschlecht der Mastiff hatte, aber das war egal. „Komm schon. Ich bin da."

Ein Krächzen erregte seine Aufmerksamkeit. Ein Papagei flog in seinem Käfig herum. „Scheiße." Das war die letzte Gelegenheit. Die Flammen waren zu stark, um noch einmal zurückzukommen. Grady sah ein Handtuch an der Seite. Er öffnete den Käfig und benutzte das Handtuch, um den Vogel einzufangen. Grady wickelte ihn ein und klemmte den zappelnden, pickenden Kämpfer unter seinen Arm.

Der große Hund drehte sich um, als wollte er zurück in seinen Käfig gehen, und Grady konnte nicht länger warten. Er stupste den Hund von hinten an und zwang ihn, auf die Flammen und den Lärm zuzugehen, obwohl er Angst hatte.

Er schob das massige, pelzige Tier mit aller Kraft über das Linoleum zur Hintertür hinaus und dann standen sie beide keuchend an der frischen Luft, die Flammen im Rücken.

Das Löschfahrzeug war schon da, und die Feuerwehrleute rollten gerade die Schläuche aus.

Grady zerrte den großen, schwerfälligen Mastiff zu der Decke, auf der Brynn kniete, während sie versuchte, die Tiere zu beruhigen. Die Hunde im Jeep bellten vor Aufregung.

Er reichte Brynn die Leine des Mastiffs, aber der Hund legte sich ohne Drängen zu ihren Füßen nieder. Sie hatte den dreibeinigen Hund auf dem Schoß und streichelte den braunen Labrador, der an ihrer Seite lag.

Der Vogel biss Grady, und er zuckte zusammen.

„Du blutest." Brynns Blick war besorgt.

„Ja." Er zog den eingewickelten Sittich unter seinem Arm hervor und wich dem scharfen Schnabel aus, der das Tuch durchbrochen hatte.

„Kannst du den Kerl mal kurz halten?" Seine Stimme war heiser, als er Brynn den Vogel übergab und sein Hemd wieder anzog. Der fiese kleine Scheißer hatte ihn ein paarmal gepickt, und es gab ein paar kleine rote Flecke auf der Haut, wo Funken auf ihm gelandet waren. Es tat weh, war aber nicht lebensbedrohlich. Er würde diese Stellen später zu Hause versorgen.

Dann zog er seine Jacke wieder an, bevor die Feuerwehr mit ihren schlammigen Stiefeln noch darüber lief.

Er wackelte mit den Augenbrauen und starrte auf Brynn hinunter, die rußverschmiert und zerzaust auf der Decke lag. „Was für ein erstes Date, hm?"

Sie lachte, auch wenn es ein wenig weinerlich klang. „Auf jeden Fall ein aufregendes." Ihre Finger ruhten auf dem weichen Fell des Labradors. „Willst du deinen Vogel zurück?"

Er nahm ihn, obwohl er ihn nicht mochte. Dann warf er einen Blick auf den grauen Hund, der an seiner Leine zog, die an seiner Stoßstange befestigt war. Grady ging hinüber und strich ihm mit der Hand über das geschorene Fell auf dem Kopf. „Du gehst nirgendwo hin, Kumpel, nicht ohne mich." Er löste die Leine und hielt sie fest, als einer der Feuerwehrmänner zu ihm kam.

„Sind noch mehr Tiere drinnen?", rief ein Mann.

„Ich hoffe nicht, verdammt."

Sie sahen beide zu, wie ein Teil des Daches einstürzte. Schläuche ließen jetzt Wasser auf das Gebäude regnen, aber es war nicht mehr zu retten.

„Warum habt ihr so lange gebraucht, um herzukommen?" Grady versuchte, jegliche Kritik aus seinem Tonfall herauszuhalten. Sie hätten bei einem anderen Feuer sein können.

„Der automatische Alarm muss ausgefallen sein. Wir hörten erst durch Brynns Anruf davon. Als wir die Nachricht erhielten, machten wir uns sofort auf den Weg."

„Es kam mir wie eine Ewigkeit vor", gab Grady zu. Wahrscheinlich waren es jedoch nur wenige Minuten gewesen.

Der Feuerwehrmann legte eine Hand auf Gradys Arm. „Wenn Sie nicht hier gewesen wären, wären die Tiere alle umgekommen. Wer weiß, wie lange es gedauert hätte, bis jemand anderes den Brand gemeldet hätte."

Die Tierarztpraxis befand sich etwas außerhalb der Stadt, ein Stück von der Stadtgrenze entfernt und abgelegen.

Wenn Brynn nicht gewesen wäre, wären die Tiere alle verbrannt.

Er war zu sehr damit beschäftigt gewesen, über Sex nachzudenken und hatte nichts anderes tun können, als sie anzusehen.

Eli Kane hätte mitten auf der Straße stehen und eine rote Fahne schwenken können, und Grady wäre einfach um ihn herumgefahren, um rasch nach Hause zu kommen.

Er blickte in den schwarzen Himmel, als ihn der Selbstekel übermannte. Er hatte gewusst, dass es ein Fehler war, sich von einer persönlichen Beziehung zu Brynn ablenken zu lassen, und er hatte es dennoch getan.

Er hatte es vermasselt.

So viel zum Thema Ausbildung. So viel zum Thema Selbstbeherrschung. So viel zu seiner gottverdammten Mission.

Der Hund wimmerte und Grady drückte ihn mit einer Hand gegen sein Bein. Den Vogel hielt er vorsichtshalber außerhalb der Reichweite seines Schnabels.

„Du wirst einen Namen brauchen, Kumpel." Er schaute auf den Jeep, der voller ängstlicher Hunde war, und auf Brynn, die diejenigen beruhigte, die zu krank oder betäubt waren, um sich zu bewegen.

„Wo ist Dr. Vilamitjana?"

„Die Zentrale hat sie angerufen. Das wird ihr das Herz brechen."

Grady nickte und sah dann einen Geländewagen, der eben die Straße entlang raste und um die Ecke bog.

„Das wird sie wohl sein." Der Feuerwehrmann wollte weggehen.

„Sie rufen besser den Sheriff an. Ich habe Benzin gerochen, als ich hineingegangen bin."

Die Augen des Feuerwehrmannes wurden hart. „Jemand hat das Gebäude absichtlich in Brand gesetzt, in dem Wissen, dass sich Tiere darin befanden?"

Grady nickte. Der Rauch in seiner Kehle trocknete ihn förmlich aus.

„Wer zum Teufel würde so etwas tun?", fragte der Mann.

Grady sagte nichts, während er zusah, wie die Tierärztin vorfuhr und dann zu Brynn eilte, um die Hunde zu untersuchen. Aber er wusste genau, wer so etwas tun würde.

Er hoffte, dass der Scheißkerl bereit war, dafür zu büßen.

39

Gradys Handy klingelte. Er manövrierte den Sittich in die Innentasche seiner Jacke und ignorierte das Zwicken des starken Schnabels selbst durch den dicken Stoff hindurch. Er wusste nicht, was er sonst tun sollte, um den Vogel zu beschützen. Er nahm ab, obwohl die Wut in ihm tobte, so wie es das Feuer getan hatte.

„Wir haben ein Problem", sagte Novak geradeheraus.

Grady fuhr sich mit dem Handrücken über die Stirn. „Ich auch. Was ist eures? Habt ihr ihn gefunden?"

„Noch nicht. Der Ausflug von Cowboy und Donnelly hat dazu geführt, dass wir sofort in einem anderen Gebiet aktiv werden müssen."

„Sag schon." Grady war außer Hörweite. Er wollte nicht riskieren, belauscht zu werden.

„Sie haben einige Hinweise darauf gefunden, dass wir es mit ein paar SVR- oder GRU-Agenten zu tun haben *könnten*. Aber die Hauptsorge gilt der Frage, warum jemand eine Parfümflasche in einer Plastiktüte vor das Hotelfenster hängen würde."

Grady durchzuckte blanke Angst. „Nervengift?"

„Wir wissen es nicht genau."

„Warum zum Teufel sollten sie sonst –"

„Ich weiß es nicht", unterbrach Novak ihn gereizt. „Vielleicht, damit wir das denken und auf die Bremse treten?" Novak klang müde.

Grady zügelte seine Wut, seinen Frust und sein Bedürfnis nach Antworten. Sein Chef würde schon daran arbeiten. „Wie lautet der Plan?" Er hörte sich an, als sei er gewürgt worden, und seine Kehle fühlte sich genauso an.

„Wir werden die beiden Verdächtigen festnehmen."

„Kane wird es herausfinden–"

„Nicht unbedingt. Wir wollen uns mit Cowboy und Donnelly im Hotel treffen und haben eine Gefahrenstoff-Ausrüstung dabei. Anscheinend hat das Hotel nicht viele Gäste. Cowboy hat für seine ‚Freunde' noch zwei Zimmer auf dieser Etage gebucht und die Schlüssel abgeholt, weil wir erst nach Mitternacht ankommen werden. Es gibt einen Hintereingang, den wir benutzen können, um den Barbereich zu umgehen. Hoffentlich sind alle anderen schon im Bett und schlafen, wenn wir ankommen und die beiden verhaften. Wir schnappen sie uns schnell und leise, bevor sie merken, dass wir ihnen auf der Spur sind. Lassen die Flasche analysieren und wischen jeden verdammten Türknauf im Gebäude mit Test-Kits ab."

„Und wenn jemand ein Team von FBI-Agenten in Schutzanzügen bemerkt?", fragte Grady.

„Darum kümmere ich mich, falls und wenn es passiert. Wir werden die Verdächtigen nach Bangor und dann nach DC bringen. Die Spionageabwehr will sie unter die Lupe nehmen. Wenn sie unschuldig sind, werden wir uns später um die Folgen kümmern."

Ja, tut uns leid, dass wir Ihren Urlaub ruiniert haben, aber das mit dem Parfüm…

„Eine Sache noch. Dank des Laptops, den du in die Finger bekommen hast, haben wir herausgefunden, dass das Letzte, was Milton Bodurek vor seinem Tod von seinem Computer abgerufen hat, eine Kopie des Versicherungsberichts war. Er enthält eine Liste mit den Besitzern der Bankschließfächer."

„Sind die Russen etwa auf der Suche nach Kane hier?" Grady rieb sich den Nacken. „Warum? Und woher zum Teufel wussten sie, dass er hier ist, wenn der einzige Grund, den wir kennen, ein markierter Fingerabdruck ist? Gibt es eine undichte Stelle im FBI?"

„Genau das versuchen Dobson und Ropero herauszufinden."

Grady blickte zu Brynn und dem zerstörten Gebäude hinüber, das hinter ihm noch immer brannte. Der Hund an seiner Seite winselte. Der Papagei pickte.

Er musste bei seinen Teamkameraden sein, aber seltsamerweise wollte er auch die Tiere in Sicherheit bringen.

Sein Job hatte Vorrang. Das musste er. „Soll ich mich bereitmachen?"

„Nein. Wir schaffen das schon. Bleib verdeckt und halte dich heute Abend von der Hotelbar fern. Mit ein paar mutmaßlichen russischen Agenten werden wir schon fertig."

Grady schaute sich um, als ein Streifenwagen des Montrose County Sheriffsdepartment auf den Parkplatz fuhr. „Auch wenn ich jetzt gern ein Bier hätte, glaube ich nicht, dass es ein Problem sein wird, die Bar zu meiden."

Er erzählte Novak von dem Feuer.

„Könnte es etwas mit Kane zu tun haben?"

„Das bezweifle ich. Ich denke, das Arschloch, das Brynn heute ins Gesicht geschlagen hat, wollte sich für seine Verhaftung rächen. Wenn er den Hund nicht haben kann, kann ihn niemand haben." Grady biss die Zähne zusammen, als der Hund, den er an der Leine hielt, den Kopf an seinem Oberschenkel rieb. Grady kraulte den Hund hinter dem Ohr. Es war wirklich knapp gewesen.

„Das gefällt mir nicht", meinte sein Chef leise.

„Mir gefällt es auch nicht. Sag mir Bescheid, wenn ihr die anderen Verdächtigen in Gewahrsam habt."

„Verstanden. Grady ..." Sein Chef zögerte. „Sei vorsichtig."

———

Brynn war aufgewühlt und fror, während sie auf der groben Wolldecke saß und versuchte, nicht nur die Tiere, sondern auch sich selbst zu beruhigen. Ihre Füße waren kalt, da sie nur Strümpfe in ihren Stiefeln trug, aber das riesige, pelzige, schwarze Tier, das an ihnen lehnte, wärmte sie schnell auf.

Dr. Vilamitjana untersuchte jeden einzelnen Patienten und versuchte, Plätze in der Klinik einer Nachbarstadt für sie zu finden. Die Feuerwehrleute versorgten die Tiere mit Wasser und schnitten Seile zurecht, um provisorische Leinen herzustellen. Die Katzen miauten laut, aber sie konnte nicht viel tun, um sie zu beruhigen, ohne zu riskieren, dass sie wegliefen.

Als Brynn aufblickte, kam Grady mit rußverschmiertem Gesicht und grimmigem Blick auf sie zu.

„Ist das ein Papagei in deiner Tasche oder freust du dich nur, mich zu sehen?" Ihre Stimme klang heiser, als sie diesen schrecklichen Witz äußerte.

Er fluchte und holte den Vogel, der schreckliche Angst haben musste, vorsichtig aus seiner Innentasche und übergab ihn der Tierärztin.

„Es tut mir leid. Ich wusste nicht, wohin ich ihn sonst stecken sollte", entschuldigte er sich.

Er sah erschrocken aus, als die Tierärztin sich ihm an den Hals warf und zu schluchzen begann. „Sie haben sie alle rausgeholt. Ich danke Ihnen. Ich danke Ihnen so sehr."

Grady tätschelte mit seiner freien Hand ihre Schulter. „Es war Brynn, die das Feuer entdeckt hat. Sie ist die wahre Heldin."

Brynn zog die Schultern hoch und spürte, wie der alte Labrador neben ihr zitterte. „Grady ist derjenige, der ins Gebäude gestürmt ist. Ich hätte wahrscheinlich auf die Feuerwehr gewartet." Diese Erkenntnis missfiel ihr.

Dr. Vilamitjana wischte sich das Gesicht ab und trat einen Schritt zurück. „Ich bin Ihnen beiden dankbar. So unglaublich dankbar." Sie drehte sich zu dem verwüsteten Gebäude um. „Ich hätte es nicht ertragen, wenn eines der Tiere unter meiner Fürsorge auf diese Weise gestorben wäre. Ich kann nicht glauben, dass die Elektrik in einem Gebäude, das erst ein paar Jahre alt ist, defekt war. Oder dass der Alarm nicht direkt an die Feuerwehr gegangen ist, wie er eigentlich sollte."

Grady räusperte sich. „Ich glaube nicht, dass es ein Kabelbrand war."

Dr. Vilamitjana runzelte die Stirn. „Ich verstehe nicht …"

„Ich glaube, jemand hat Benzin im Gebäude verschüttet und es angezündet."

„Was?" Dr. Vilamitjana fiel die Kinnlade herunter.

„Und derjenige könnte auch den Alarm ausgeschaltet haben. Vielleicht sollte das Sheriffsdepartment das überprüfen." Er kraulte den Kopf des Bearded Collie an seiner Seite.

„Jemand wollte, dass diese Tiere sterben?" Dr. Vilamitjana zog ihren Mantel enger über das, was wie ein rosa Schlafanzug aussah. „Wer würde so etwas Abscheuliches tun?"

Brynn tauschte einen Blick mit Grady aus.

„Sie denken, es war dieser Quayle." Dr. Vilamitjana erschauderte, bevor sie die Schultern straffte. „Der Mann ist gefährlich, und die Polizei lässt ihn frei herumlaufen."

Grady zuckte mit den Schultern. „Ansonsten scheint es ein verdammt großer Zufall zu sein. Fällt Ihnen sonst noch jemand ein, der so etwas tun würde?"

Sie schüttelte den Kopf, und alle drehten sich um, um zu sehen, wie Sheriff Darrell York auf sie zuschritt.

„Soll ich im Tierheim anrufen und fragen, ob sie heute Abend noch Plätze frei haben?", fragte Darrell.

Die Tierärztin sah überrascht aus. „Ja, bitte. Wenn sie mir versichern können, dass sie meine Patienten von den Hunden trennen können, die ein neues Zuhause brauchen. Ich möchte meine Kunden nicht noch mehr verärgern, als sie es ohnehin schon sind." Sie rieb sich die gerunzelte Stirn. „Ich muss sie alle anrufen, bevor sie auf anderem Wege davon erfahren. Einige Patienten können nach Hause gehen. Einige können hoffentlich zur Tierklinik in Sedgwick gebracht werden, aber sichere Zwinger für diejenigen, die keine ernsthafte tierärztliche Versorgung brauchen, könnten sehr nützlich sein. Vielen Dank, Sheriff."

Darrell nickte und wandte sich ab, um einen Anruf zu tätigen.

„Ich kann Ihnen beim Telefonieren helfen, wenn Sie mir ein paar Nummern geben", bot Brynn an, die merkte, dass der Stress des Abends die andere Frau überforderte. Es musste schon schwer genug sein, über die geschäftlichen Aspekte dieses Vorfalls nachzudenken, ganz zu schweigen von den Tieren selbst.

„Wirklich?" Die tiefbraunen Augen der Frau schimmerten vor Rührung.

Brynn nickte.

„Wir können beide dabei helfen, dass alle einen sicheren Platz für die Nacht finden", bot Grady an. „Ich nehme den hier mit nach Hause, bis mir jemand etwas anderes sagt, wenn das okay ist?"

Der Hund saß gehorsam an seiner Seite, was Brynn zum Lächeln brachte.

Dr. Vilamitjana blickte auf den Hund hinunter. „Ich werde ihn in Ihre Obhut geben. Die meisten seiner Tests wurden abgeschickt und die Impfungen verabreicht. Ich werde morgen die Ergebnisse bekommen." Sie bedeckte ihren Mund. „Ich schätze, auf meinem Laptop. Verdammt."

„Ich hoffe, Sie sind versichert", warf Brynn leise ein.

„Das bin ich, aber es ist immer so furchtbar, sich damit auseinanderzusetzen. Es ist, als würde man immer wieder traumatisiert, bis man blutend wegkriecht."

„Haben Sie so etwas schon einmal erlebt?", fragte Brynn erstaunt.

„Nein." Die Ärztin schüttelte den Kopf. „Jemand hat mir einmal im Urlaub die Kamera gestohlen." Ihr sanftes Lächeln ließ alle grinsen und in Gelächter ausbrechen.

Als sie sich schließlich beruhigt hatten, schlug Grady vor: „Eins nach dem anderen. Wir kümmern uns um die Tiere, während die Polizisten sich um den Tatort kümmern."

„Tatort?" Darrell York war wieder zu ihnen herüberkommen.

„Wie kommst du darauf, dass das Feuer vorsätzlich gelegt wurde und kein Unfall war?"

„Ich habe Benzin gerochen, als ich reingegangen bin."

Darrell zog die Oberlippe zurück.

„Und ich möchte, dass Sie überprüfen, ob die Alarmanlage manipuliert wurde", fügte Dr. Vilamitjana entschieden hinzu. „Es hätte automatisch mein Handy und die Feuerwehr benachrichtigen müssen, aber das ist nicht geschehen. Ich werde mit der Firma sprechen, aber wenn es Brandstiftung war, muss es eine Untersuchung geben. Sie müssen den jungen Mann befragen, der mich heute bedroht hat."

„Ich weiß, wie ich meinen Job zu machen habe." Darrell nickte. „Ihr müsst alle aufs Revier kommen und eine Aussage abgeben."

Brynn lachte rau. „Wir wissen, wie es läuft."

„Morgen. Nachdem wir alle meine Patienten untergebracht haben, Sheriff. Ich bin mir sicher, dass keiner von uns eine Klage von einem verärgerten Besitzer will."

Sein Gesichtsausdruck änderte sich und er wischte sich über die Stirn. „Auf jeden Fall. Lasst mich wissen, wie ich helfen kann."

„Wie wäre es, wenn du den offensichtlichsten Verdächtigen verhaftest –"

Darrells Blick huschte zu Brynn. „Wir dürfen keine voreiligen Schlüsse ziehen. Ich werde alle Beteiligten befragen und den Schuldigen finden, wenn sich herausstellt, dass es sich um Brandstiftung handelt. Wir dürfen nicht zulassen, dass Gerüchte und Spekulationen die Situation eskalieren."

„Gerüchte und Spekulationen sind nur erlaubt, wenn Grady im Mittelpunkt steht, was, Darrell? Es scheint heuchlerisch, dass du andere mit anderen Maßstäben misst."

Darrells Augen wurden hart und leer. „Ich habe es mit einer Reihe von schweren Verbrechen zu tun, *Ms. Webster*. Und soweit ich weiß, servierst du Kaffee und arbeitest nicht als Gesetzeshüterin, also bleib bei dem, was du am besten kannst."

Brynn zuckte zusammen.

Er schritt davon, bellte Befehle und sah wichtig aus.

„Nun, der hat es Ihnen aber gegeben, Ms. Coffeepants." Dr. Vilamitjana starrte dem Sheriff kopfschüttelnd hinterher. „Wenn ich daran denke, dass ich früher so viel Vertrauen in das System hatte."

In Gradys Augen spiegelten sich die Flammen wider. „Wir werden herausfinden, wer das getan hat, Dr. Vilamitjana. Das verspreche ich Ihnen in meinem Namen und im Namen des FBI. Dieser Mistkerl wird nicht ungestraft davonkommen."

Die Augen der Frau schimmerten, als sie schluckte und eine Hand auf die Brust presste. „Bitte, nenn mich Kalpa." Sie blickte auf Brynn hinunter. „Und ich bitte im Voraus um Entschuldigung, aber ich werde deinen Freund jetzt küssen."

Brynns Augen weiteten sich, als sie Gradys erschrockenen Gesichtsausdruck bemerkte, während die Frau ihn auf die Lippen küsste.

Brynn öffnete den Mund, um zu leugnen, dass er ihr Freund war, mehr aus Gewohnheit als aus dem Wunsch heraus, die Sache richtigzustellen, aber etwas in seinem grimmigen, aber verletzlichen Gesichtsausdruck ließ sie innehalten.

Der Mann war in ein brennendes Gebäude gelaufen, aber im Moment sah er wirklich verängstigt aus.

Der Gedanke an eine Beziehung war beängstigend, aber nur wegen dem, was Aiden mit ihrem Herzen gemacht hatte. Es war beängstigend, weil sie ausnahmsweise sehen wollte, wohin es führte. Sie wollte die Sache gemeinsam mit ihm erforschen und all die Bestandteile finden, die Grady Steel ausmachten.

„Solange ich ihn als Nächste küssen darf." Sie lächelte über den Blick, den er ihr zuwarf, als Kalpa sich zurückzog.

„Jederzeit, *Ms. Webster*." Lachfalten entstanden auf seinen Wangen, als er ihren Blick festhielt. „Jederzeit."

40

VOR SIEBENUNDZWANZIG JAHREN

Sommer

Es war Ende Juni und die Sonne schien heiß auf die Erde. Die Party fand dieses Mal auf einem Anwesen auf dem Lande statt. Zum Schutz vor neugierigen Blicken war ein Dach über dem Poolbereich und der Rückseite des Hauses errichtet worden.

So entstand die Illusion von Privatsphäre, die alle in ein falsches Gefühl der Sicherheit wiegte.

Alles war vorbereitet. Er wusste genau, was er wegen seiner Frau tun würde. Er wandte sich von jeglichen Gedanken an die Jungs ab. In den letzten Monaten hatte er sich von ihnen gelöst. Er war zu sehr mit der Arbeit und der Planung beschäftigt. Er hatte sie einmal geliebt, aber jetzt nicht mehr.

Es drehte ihm den Magen um, sie auch nur anzusehen und ihren Spionage-Handler, ihren Liebhaber in den Augen der beiden zu sehen.

Eli vergnügte sich mit einer Rothaarigen in einem der Zimmer, die die Organisatoren ihnen zur Verfügung gestellt hatten. Er sorgte dafür, dass er ein Kissen so warf, dass es die Nachttischlampe umwarf. Er kicherte, als sei er betrunken.

Hinterher verließ die Rothaarige mit einem Klaps auf den

Hintern und einem Lächeln im Gesicht das Zimmer, während er sich frisch machte.

In dem Wissen, dass sich noch eine weitere Kamera im Zimmer befand, hatte er seine eigene sorgfältig unterhalb und außerhalb des Blickfelds der ersten Kamera angebracht. Sie befand sich in einem kleinen flauschigen Kätzchen, das er aus der Tasche seiner Anzugjacke zog und auf den Stuhl in der Ecke setzte.

Dieser Raum war seine erste Station gewesen, also sah es nicht seltsam aus, dass er immer noch seine Kleidung trug. So ziemlich jeder zog sich schnell aus und verstaute seine Habseligkeiten irgendwo in einer Ecke. Er rückte den Nachttisch zurecht und stellte sicher, dass ihre Kamera noch den größten Teil des Bettes aufnahm. Er wollte nicht, dass sie hier hereinkamen und das Stofftier sahen.

Zufrieden vergewisserte er sich, dass er alle seine Habseligkeiten bei sich hatte und betrunken wirkte, aber nicht zu betrunken, als er das Zimmer verließ.

Er trug nichts außer einer schwarzen Fliege, die lächerlich aussah, aber auch eine kleine Kamera enthielt. Die Batterie würde nicht lange halten, aber er brauchte nicht viel, ein Blick auf bestimmte Leute in Aktion würde ausreichen.

Er achtete darauf, nur eine blaue Pille aus der Schale auf dem Wohnzimmertisch zu nehmen, obwohl er sich ein Glas Champagner gönnte, das er sich aus einer frischen Flasche einschenkte.

Er hob sein Glas auf den Richter, der gerade von einer kaum pubertierenden jungen Frau einen geblasen bekam.

Darauf würde Eli nicht mehr hereinfallen. Ein Pädo zu sein stand nicht ganz oben auf seiner To-Do-Liste. Die Organisatoren mochten zwar behaupten, dass alle hier mündige Erwachsene waren, aber wenn man bedachte, dass dieselben Organisatoren kompromittierende Informationen über hochrangige Persönlichkeiten sammelten, glaubte er kein Wort davon.

Er achtete darauf, lange genug zuzusehen, um das Gesicht und die heranwachsenden Brüste des Mädchens aufzunehmen. Er streichelte sich selbst, denn das Einzige, was in einem Raum wie diesem auffallen würde, war, dass ihn die Aktivitäten der Menschen um ihn herum nicht anmachten.

Als Nächstes suchte er nach dem Senator und fand ihn auf den Esstisch gefesselt vor, mit einem Ballknebel und einem Penisring, während eine Domina in einem Lederoutfit und hochhackigen schwarzen Stiefeln um ihn herumging. Sie peitschte die Oberschenkel des Senators und warf Eli einen kurzen Blick zu, bevor sie das Leder am Ende ihrer Gerte ableckte.

„Sag mir Bescheid, wenn du spielen willst." Sie lächelte freundlich, als sei sie ein Croupier, der ihn fragte, ob er beim Blackjack mitspielen wolle.

„Schmerz ist nicht mein Ding."

Sie biss sich auf die Unterlippe. „Du kannst immer auch derjenige mit der Peitsche sein."

Sie grinste ihn an und versetzte dem Senator einen weiteren Peitschenhieb, der so nah an seinem Schwanz vorbeiging, dass Eli zusammenzuckte. Er schüttelte den Kopf, leerte sein Champagnerglas und ging los, um sich Nachschub zu holen.

Wo war Lisa?

Er fand sie in der altmodischen Bibliothek, wo sie ihren Geliebten ritt, einen KGB-Agenten namens Sergei Lushko, während er auf einem Ebenholztisch lag, der so niedrig war, dass sie mit beiden Füßen auf dem Boden stand. Kein Wunder, dass sie diese Partys liebte.

Sergei war in den USA, angeblich als Botschaftsdrohne, aber Eli kannte die Wahrheit.

Eli beobachtete seine Frau und sah genau den Moment, in dem die beiden bemerkten, dass er den Raum betreten hatte. Sie verbargen die Zuneigung in ihrer Miene und stellten stattdessen pure Lust zur Schau.

Eli war ein Idiot, es nicht vorher gesehen zu haben.

Er hatte sich immer gefragt, wie sie eine Einladung zu einer so exklusiven Veranstaltung bekommen hatten, aber jetzt war es offensichtlich. Es lag nicht daran, dass Lisa so unglaublich schön war und jeder sie haben wollte. Es lag daran, dass er das Opfer war, der Betrogene.

Wut stieg in ihm auf, als er seinen Champagner trank und zu den beiden Liebenden am Tisch hinüberging. Es waren noch andere da. Eine ältere, weiße Frau wurde so hart von hinten genommen, dass ihre hängenden Brüste wackelten. Der Kerl, der es ihr gab, sah aus wie neunzig, und beide schienen sich zu amüsieren, also hatte Eli kein Problem damit, dass sie sich gegenseitig befriedigten. Solange es ehrlich war. Solange es legal war. Solange es einvernehmlich war.

Eli glaubte fest an das Einverständnis und hatte sich an ein paar weitere Details von der letzten Party erinnert. Es waren zwar nur Bruchstücke, aber sie ergaben jetzt einen Sinn. Bruchstücke, die Wut in ihm aufsteigen ließen.

Er nahm eine Flasche Gleitmittel von der Seite und gab reichlich davon in seine Hand. Er stellte die Flasche zurück ins Regal, ging zu seiner Frau hinüber und gab ihr einen Kuss auf das Ohr.

„Ich will mich euch anschließen."

Sie warf ihm einen leicht genervten Blick zu, bevor sich ihre Lippen zu einem Lächeln verzogen.

„Natürlich, Liebling." Sie wollte aufstehen, aber er drückte sie mit einer Hand auf der Schulter wieder nach unten.

„So. Während du deinen anderen Liebhaber fickst."

Sie verkrampfte sich unter seiner Hand. Er ließ sich nichts anmerken außer einem dämlichen Grinsen.

Er drückte sie nach unten. „Küss ihn. Ich möchte, dass du uns beide in dir spürst."

Er fand ein Kondom. Sie lagen überall herum. Er zog es mit einer Hand über, während er noch immer das Gleitgel in der anderen hielt.

Er bewegte sich, bis er hinter ihr stand. Dann tropfte er das Gleitmittel auf ihren Hintern und sah zu, wie es über sie beide lief. Er bemerkte, wie Sergeis Griff um die Schenkel seiner Frau fester wurde.

Der Kerl war besitzergreifend, aber er war gezwungen, sie zu teilen. So zu tun, als ob. Eli verstand das sehr gut.

Es war wirklich traurig. Gezwungen zu sein, dieses falsche Leben zu führen.

Das wirklich Traurige war aber, dass sie ausgerechnet ihn in ihre kleine Falle gelockt hatten. Eli hatte schon immer ein Problem damit gehabt, verarscht zu werden.

Er schmierte seinen Schwanz mit Gleitmittel ein und nahm dann seine süße Frau von hinten. Er war sanft und langsam. Rücksichtsvoll. Er spürte, wie sie seinen Schwanz so fest umklammerte, dass es gut war, dass er bereits mit der Rothaarigen gekommen war.

Es dauerte eine Minute, bis er ganz in ihr steckte, dann benutzte er sie gleichmäßig, bis sie heftig kam. Er konnte auch den anderen Mann spüren, wie er um Platz kämpfte.

Eli zog sich ganz heraus und positionierte sich, bevor er in den Mann glitt, der auf dem Tisch lag.

Er hatte zwar keine Einladung erhalten, aber in der Liebe und im Krieg war nun mal alles erlaubt.

Eli nutzte seine Position und sein Gewicht, um Lisa zwischen ihnen einzuquetschen, während er sich in Sergei hineinzwängte.

Sergei erstarrte mit einem Blick des Entsetzens, dann des Schocks.

Seine Muskeln umklammerten Eli wie ein Schraubstock.

„Ist das in Ordnung?", fragte er schnell, jedoch viel zu spät. „Ich dachte, du hättest es letztes Mal genossen ..." Er verstummte vor Verwirrung, während er innehielt.

Die schokoladenbraunen Augen des anderen Mannes weiteten sich. Sergei hatte nicht erwartet, dass er sich daran erinnern würde, da Eli so betrunken gewesen war.

„Natürlich."

Eli zwang sich, betrunken zu lachen, obwohl er nichts als Wut empfand, als er immer wieder in den Mann eindrang. Eli beobachtete, wie Sergeis Augen ausdruckslos wurden und er eine Hand schützend um Lisa legte, was dazu führte, dass Eli sie beide noch mehr hasste.

Das war ihre Schuld. Sie hatten ihm das angetan. Sie hatten ihn zerstört, und er beabsichtigte, sie beide ebenfalls zu zerstören.

Er spürte, wie sich sein eigener Höhepunkt aufbaute, während er den Blick des anderen Mannes festhielt. Sie versuchten beide, den anderen zu überdauern, aber Sergei war immer noch in Lisas enger kleiner Muschi, und Eli wusste genau, wie unglaublich sich das anfühlte.

Eli stieß hart genug zu, um den Tisch zu bewegen.

Lisa begann zu kommen oder tat zumindest so. Sie hatten schließlich eine Show vorzuführen.

Eli stieß immer wieder zu und sah schließlich, wie Sergei mit einem Schrei über den Abgrund stürzte. Er nahm Eli mit, aber das kümmerte Eli nicht.

Nicht mehr.

Er hatte keinen Stolz mehr. Keine Ehre. Keine Skrupel.

Er war nur noch eine Hülle des Mannes, der er einst gewesen war, und das war ihre Schuld.

Er zog sich heraus und küsste die Stelle zwischen den Schulterblättern seiner Frau, die auf dem anderen Mann erschauderte.

„Danke. Das war fantastisch." Er schaute sich um und hob sein Glas auf. „Das sollte jeder wenigstens einmal versuchen."

Er hob sein Glas auf einen wohlhabenden Geschäftsmann, der mit dem Schwanz im Mund einer Frau zugesehen hatte. Der alte Knacker schob die Frau beiseite und ging auf Lisa und Sergei zu, die wie schlafend auf dem Couchtisch lagen.

Eli war ein wenig übel, aber das war ihm egal. Er wartete nicht ab, was als Nächstes passierte. Stattdessen ging er ins Badezimmer und spülte das Kondom herunter. Heutzutage war er sehr vorsichtig mit seiner DNS.

Es war fast vorbei.

Er würde verschwinden, und diese Leute würden ihm helfen. Von ihm aus konnten Lisa und Sergei glücklich bis ans Ende ihrer Tage leben. Er machte sich auf den Weg zum Pooldeck, um zu sehen, welche skandalösen Ausschweifungen er noch finden konnte.

41

GEGENWART

Ryan ließ seine Teamkollegen durch die Seitentür des Hotels herein.

Nash, Keeme, Griffin und Novak kamen schnell hinein. Ein Angriffsteam sollte genügen. Novak war ein ehemaliger Green Beret und ein registriertes Mensa-Mitglied. Der Rest von ihnen hatte jahrzehntelange Erfahrung im Geiselrettungsteam. Sogar die Neulinge waren keine Versager. Griffin hatte in erweiterten SWAT-Teams in Atlanta gearbeitet und Donnelly war in der 82nd Airborne Division gewesen.

Er brauchte sich keine Sorgen um sie zu machen.

Sie würde schon klarkommen.

Niemand sprach, als er sie durch die leeren Gänge zu einem Zimmer drei Stockwerke unter den Russen führte.

Er klopfte leise an die massive Holztür. Donnelly öffnete, die Waffe in der Hand. Sie eilten hinein.

Nash, Keeme und Griffin warfen die schweren Ausrüstungssäcke auf das Bett, und alle begannen leise, in schwarze Nomex-Fluganzüge zu steigen. Darüber zogen sie einen Bioschutzanzug und dünne Handschuhe an. Anstelle von taktischen Helmen trugen sie Gefahrenstoff-Helme mit Kommunikationssystem.

Das Ganze sah aus wie eine Invasion von Außerirdischen, und

die abschreckende Wirkung dieser Anzüge versetzte ihm immer wieder einen Angststoß ins Herz.

Ryan konnte sich nicht zurückhalten, als er Donnelly betrachtete und sich vergewisserte, dass sie die Atemschutzmaske richtig angelegt hatte. Dasselbe tat er bei Griffin und sagte sich, dass er nur ein guter Teamkollege und Anführer sei.

Klar.

Sie alle überprüften ihre Waffen so leise wie möglich.

Dann kauerten sie dicht beieinander, obwohl sie Ohrstöpsel trugen, durch die sie jegliches Flüstern in der ganzen Stadt deutlich hören konnten.

„Donnelly und Griffin, ihr übernehmt die beiden Enden des Korridors. Haltet Ausschau nach Zivilisten und blockiert die Flucht der Russen, falls einer von ihnen an uns vorbeikommt", sagte Novak.

Ryan ignorierte die Erleichterung, die ihn mit dem Wissen überkam, dass Donnelly nicht mehr in das betreffende Hotelzimmer zurückgehen würde.

Es war chauvinistisch und falsch. Donnelly würde ihn dafür aufspießen.

„Wir wollen sie möglichst lebendig, aber wenn sie zu einer Waffe greifen – auch zu etwas, das auf uns gesprüht oder geworfen werden könnte – legen wir sie um. Bedenkt, dass die Wände dünn sind und die Kugeln weiterfliegen werden. Wir wollen weder zivile Opfer noch dass ein ausländischer Akteur ein Nervengift auf amerikanischem Boden freisetzt."

Das wäre eine Kriegshandlung.

Ryan verschränkte die Arme. „In den angrenzenden Zimmern ist niemand untergebracht."

Nash zückte das Handradar. „Sehen wir noch einmal nach, wo sie sind, und dann überlegen wir uns, wie wir das angehen."

Ryan schritt auf dem Teppichboden umher und wartete darauf, dass sich das Gerät einschaltete.

Nash richtete es auf das Zimmer der Russen. Er runzelte die Stirn. „Ich sehe niemanden."

Die Spannung im Raum verpuffte, als hätte jemand eine Nadel hineingesteckt.

„Scheiße", stieß Ryan zwischen zusammengebissenen Zähnen hervor.

„Seid ihr sicher, dass sie vom Golfclub hierher zurückgekommen sind?"

Ryan nickte. „Wir saßen in der Bar, nachdem wir weitere Zimmer gebucht hatten, und sahen, wie sie auf dem Parkplatz vorfuhren und gegen zehn Uhr das Hotel betraten. Die Frau kam in die Bar, bestellte zwei Whiskys zum Mitnehmen und unterhielt sich mit einigen Einheimischen, sodass wir den Mann für etwa zehn Minuten aus den Augen verloren haben. Nachdem die Frau gegangen war, kamen wir fünf Minuten später getrennt hierher und hielten abwechselnd Wache, um sicherzugehen, dass sie ihr Zimmer nicht verlassen. Scheiße." Ryan wollte auf etwas einschlagen. „Wir haben ihnen etwas Freiraum gelassen, weil wir sie nicht aufschrecken wollten."

Donnelly warf ihm einen kurzen Blick zu. „Ihr Auto steht noch auf dem Parkplatz."

„Sie konnten nicht wissen, dass wir ihre Zimmer durchsucht haben oder ihnen auf der Spur waren. Wir haben nichts bewegt und sogar das Haar wieder über den Griff an der Kommode befestigt."

„Alte Schule." In Nashs Tonfall schwang eine gewisse Anerkennung mit.

„Wir haben die elektronischen Übertragungen blockiert, damit sie uns nicht sehen konnten, selbst wenn sie eine Wanze platziert hätten."

„Vielleicht haben sie das Fehlen des Signals bemerkt?" Nash richtete das Handradar auf die nahen Hotelzimmer.

„Das Auto ist hier, also könnten sie einfach einen Mitternachtsspaziergang gemacht haben", warf Griffin ein.

„Was auch immer der Grund dafür ist, dass sie gerade nicht in ihrem Zimmer sind, wir müssen es durchsuchen und die Parfümflasche finden", betonte Ryan mit Nachdruck. „Wir können es uns nicht leisten, dass sie anfangen, Menschen mit Nervengas zu vergiften, selbst wenn das Kane warnt."

„Er hat recht", stimmte Donnelly zu seiner Überraschung zu. „Wir müssen die chemische Waffe sicherstellen und uns dann darum kümmern, sie festzunehmen. Die Russen können nicht weit gekommen sein, wenn sie zu Fuß unterwegs sind. Die Einheimischen sollen eine Fahndung herausgeben."

„Wir warten mit der Fahndungsmeldung, bis wir alles haben." Novak nickte. „Keeme. Beobachte ihr Fahrzeug." Novak warf Malik Keeme die Schlüssel zu ihrem gemieteten SUV zu. „Berühre nichts mit deiner bloßen Haut, bis wir uns vergewissert haben, dass es sicher ist, auch nicht unser eigenes Fahrzeug. Nash und Griffin werden alle Räume auf dieser Etage auf Wärmesignaturen überprüfen und sicherstellen, dass niemand aus einem anderen Zimmer entkommt, während wir beschäftigt sind. Wir drei werden das mutmaßliche Gift bergen."

Novak warf ihnen allen einen Blick zu, der trotz seiner Maske leicht zu deuten war. „Wir brauchen hier heute keine Helden. Lasst euch Zeit und seid vorsichtig, aber versucht, nicht gesehen zu werden."

Ryan knirschte mit den Zähnen, weil Donnelly nun doch in die heiße Zone kam, aber er ließ es auf sich beruhen. Sie waren gut ausgerüstet. Sie waren gut vorbereitet.

Er ging voran und Donnelly blieb hinter ihm, mit einer Hand auf seinem Rücken. Novak stand ihm gegenüber. Ryan atmete langsam, um seinen Herzschlag zu beruhigen. Er dachte an die Ranch an einem Sommertag. Dachte an das Lächeln seiner Tochter.

Novak nickte ihm zu, und Ryan machte sich dieses Mal nicht die Mühe, das Schloss zu knacken. Er trat zurück und brach die Tür auf. Novak stürmte herein, Ryan dicht auf den Fersen. Donnelly bildete das Schlusslicht.

Das Zimmer sah aus, als sei es von einem Wirbelsturm getroffen worden. Alle Schubladen waren durcheinandergeworfen und jegliche Kleidung war verschwunden. Genauso wie der Laptop und die Reiseführer.

Ryan schritt zum Fenster, wobei er die ganze Zeit seine Umgebung auf der Suche nach Fallen durchforschte. Er spähte durch das Glas, und Enttäuschung und Entsetzen machten sich in seinem Magen breit, so schwer und unangenehm wie ein Amboss.

Die Plastiktüte war verschwunden. Er öffnete das Fenster trotzdem. Beugte sich hinaus, um nachzusehen. Nichts.

Er ließ es offen. Nur für den Fall.

Er drehte sich zu Novak um, der gerade aus dem Bad kam. „Es ist weg."

Novak nickte. „Wir brauchen die Spurensicherung hier, aber zuerst..." Er schob seine Waffe beiseite und zog ein kleines, verschlossenes Röhrchen aus seiner Tasche. Er schüttelte es. Aus einer anderen Tasche zog er eine Plastiktüte mit Tupfern heraus. „Das Verteidigungsministerium hat sie kürzlich für den Kampfeinsatz entwickelt. Wir tauchen die Tupfer in diese Flüssigkeit und testen dann die Oberfläche, die unserer Meinung nach am wahrscheinlichsten kontaminiert ist. Die Tupfer färben sich lila, wenn ein Nervenkampfstoff enthalten ist. Wenn das passiert, verschwinden wir und evakuieren das gesamte Gebäude."

„Chemische und biologische Waffen lösen in mir den Wunsch aus, jemandem furchtbar wehzutun", zischte Ryan.

„Am sinnvollsten ist es, Türklinken oder Lichtschalter zu überprüfen, aber wenn sie das Hotel nicht in einem Aufzug wie dem unseren verlassen haben, bezweifle ich, dass es irgendwelche Spuren geben wird."

„Damit habe ich kein Problem", murmelte Donnelly.

„Ich auch nicht", stimmte ihr Ryan zu.

Jeder von ihnen nahm einen Tupfer und untersuchte verschiedene Stellen im Zimmer, darunter auch den Türknauf vom Flur. Die Fensterbank.

„Nichts." Ryans Erleichterung war riesig, und er spürte, wie ihm der Schweiß den Rücken hinunterlief. Er wünschte sich, er hätte sich die Parfümflasche geschnappt, als er die Gelegenheit dazu gehabt hatte. Er dachte, sie hätten es im Griff. Aber offensichtlich hatte er sich geirrt.

„Verschwinden wir von hier, und Ropero soll den Rest der Untersuchung organisieren, unter welchem Vorwand auch immer."

„Wir müssen herausfinden, warum sie anscheinend alles wissen, was wir tun, bevor wir es tun", murmelte Ryan, wohl wissend, dass die Wände Ohren haben könnten und sie das Zimmer noch einmal nach elektronischen Überwachungsgeräten absuchen sollten, bevor sie frei sprechen konnten. „Was sollen wir tun? Die Undercover-Rollen aufgeben?"

Der Gedanke, noch mehr Zeit allein in Donnellys Gesellschaft zu verbringen, war die reinste Folter, und wenn er diese Tatsache verriet, würde Novak ihn endlos quälen – oder ihn aus dem Team werfen.

„Bleibt vorerst in euren Rollen, aber überprüft euren Türknauf, bevor ihr reingeht, denn ich traue diesen Mistkerlen nicht über den Weg – auch wenn ihr Ziel hier wohl kaum das Töten von FBI-Agenten ist. Achtet darauf, was die Einheimischen morgen von den Ereignissen halten. Ob unsere Aktionen heute Abend bemerkt wurden oder zu Spekulationen geführt haben, die wir zu unserem Vorteil nutzen können."

Ryan verbarg seine Enttäuschung, aber Donnelly stupste ihn am Arm an. „Ich glaube, ich wachse dir ans Herz, Cowboy."

„Du wächst wie ein Pickel", antwortete er trocken.

42

Als sie zum Haus zurückkamen, war es bereits nach sechs Uhr morgens, und Brynn war völlig übermüdet.

Grady hatte die Haustiere, die ständige medizinische Versorgung brauchten, in die Klinik einer mit Dr. Vilamitjana befreundeten Tierärztin gebracht. Dr. Vilamitjana – Kalpa – hatte den meisten Tieren erlaubt, mit ihren Besitzern nach Hause zu gehen, mit dem Versprechen, am nächsten Morgen nach ihnen zu sehen. Brynn und Kalpa hatten drei der Hunde, darunter die riesige, flauschige Tibetdogge, beim Tierheim abgegeben, da ihre Besitzer nicht erreicht werden konnten. Dort würden sie in der Zwischenzeit in Sicherheit sein. Die Mitarbeiter liebten Tiere offensichtlich und waren froh, ihnen helfen zu können.

Inmitten all der Gewalt und Zerstörung hatte Brynn heute eine Freundin gefunden. Sie hoffte, dass Kalpa in der Lage war, sich wieder aufzurichten und dem Bastard, der ihre Klinik zerstört hatte, zu zeigen, dass sie sich nicht einschüchtern ließ. Dass sie nirgendwo hingehen würde.

Brynn fiel es schwer zu glauben, dass jemand die Klinik absichtlich in Brand setzen würde, im vollen Bewusstsein, dass sich dort Tiere befanden. Caleb Quayle war der offensichtliche Übeltäter. Sonst wäre es einfach ein zu großer Zufall.

Was sah Jackie in ihm? Waren sie immer noch ein Paar?

Brynn schüttelte die Gedanken ab, die in ihrem Kopf herumwirbelten. Sollte doch der Sheriff alles herausfinden, wenn er dazu überhaupt in der Lage war.

Grady folgte ihr ins Haus und führte den grauen Hund an der Leine, der sich gleich darauf auf den Teppich neben der Couch legte. Er war offensichtlich noch nicht bereit, sie allein zu lassen und das wollte sie auch gar nicht.

Auf dem Küchenboden stand noch eine Schüssel mit Wasser vom Vortag, obwohl sie allen Tieren zuvor etwas zu trinken und Leckerlis gegeben hatten.

„Hast du dir schon einen Namen für ihn überlegt?" Sie nickte dem Tier zu, während sie zwei große Gläser Wasser einschenkte. Ihr Hals schmerzte vom Rauch, aber die Sanitäter hatten sie nach einer Sauerstoffbehandlung wieder entlassen. Grady hatte es schlimmer getroffen.

Grady sah den Hund an, der bereits zu schlafen schien und wahrscheinlich noch erschöpfter war als sie selbst. „Ich habe an Murphy gedacht."

„Ich liebe Murphy. Passt zu ihm." Sie hielt ihm ein Glas hin. „Bleibst du?"

Grady schloss die Tür und begegnete ihrem Blick, als er abschloss. „Willst du das?"

Brynns Puls beschleunigte sich, als er mit einem eindringlichen Gesichtsausdruck auf sie zukam, bei dem sich ihre Zehen krümmten. Sie stellte die Gläser ab, bevor sie sie noch fallen ließ. „Ja."

Er küsste sie mit einem rauchigen Kuss auf den Mund, sodass sie sich an ihn schmiegte. Seine Hand glitt über ihren Rücken und zog sie noch näher an sich heran.

Sie griff nach oben und packte sein Hemd. „Ich habe noch eine Stunde Zeit, bevor ich zur Arbeit gehen muss. Komm mit mir ins Bett."

Er legte seine Stirn an ihre. „Was ich vorhabe, wird viel länger als eine Stunde dauern."

Ihr Blut kribbelte.

Er wollte sich zurückziehen, aber sie hielt ihn fester. „Dann mach schneller."

Er starrte sie einen Moment lang an, seine Pupillen weiteten sich. Er schien das Verlangen in ihren Augen zu lesen, die Forderung.

Er grinste. „Sehr wohl, Ma'am."

Er hob sie hoch, und sie schlang einen Arm um seinen Hals und streckte sich, um ihre Lippen auf die seinen zu pressen.

Kurz darauf stieß er ihre Schlafzimmertür auf, blieb aber nicht am Bett stehen. Er ging ins Badezimmer und ließ sie herunter, ohne den Kuss zu unterbrechen oder die Hände von ihr zu nehmen. Er griff in die Duschkabine, drehte das Wasser an und prüfte mit seiner Hand die Temperatur, während sie die Knöpfe seines schmutzigen Hemdes öffnete und es ihm von den Schultern schob.

Er zuckte unter ihren Fingern zusammen, und sie wich zurück und starrte auf die üblen Kratzer und Striemen, die seinen sonst so perfekten Oberkörper zierten.

Sie öffnete den Mund, um etwas zu sagen, aber er drehte sie herum. „Wo zum Teufel ist der Reißverschluss an diesem Ding?"

Sie hob ihren Arm und er fand ihn, zog ihn vorsichtig herunter und half ihr, das Kleid über den Kopf zu ziehen. Sie stand da in ihrer besten Unterwäsche und halterlosen Strümpfen, die schmutzig und voller Laufmaschen waren.

Seine Augen weiteten sich anerkennend, als er mit der Fingerspitze über den Spitzenstoff ihres schlichten schwarzen BHs strich. „Du bist wunderschön."

Sie kämpfte gegen den Drang an, die Arme zu verschränken. „Ich fühle mich nicht wunderschön."

Und das lag nicht an dem Rauch, dem Schmutz und der schlaflosen Nacht. Das kam von innen, wo die Dämonen lebten.

Seine Augen waren voll scharfer Aufmerksamkeit, als er ihren Blick erwiderte. „Dagegen müssen wir etwas tun."

„Therapie oder Hypnose?", scherzte sie, während sie ihre ruinierten Strümpfe auszog und zur Seite schleuderte. Dann öffnete sie ihren BH und schlüpfte aus ihrem Höschen.

Seine himmelblauen Augen funkelten, als er sie ansah. „Wie wäre es mit ein wenig positiver Bestärkung?"

Er hob sie hoch, umfasste mit seinen starken Fingern ihre Taille und stellte sie unter die Dusche. Sie schnappte nach Luft, aber das warme Wasser hatte die perfekte Temperatur, als es ihre Haare durchnässte. Es war heiß, aber nicht brühend heiß.

Mit einem Seufzer gab sie sich dem prasselnden Strahl hin. Ihr war so kalt gewesen. Stundenlang hatten sich ihre Füße wie Eiszapfen angefühlt. Sie hatte sich nicht passend für das Wetter angezogen. Sie hatte sich für ein Rendezvous angezogen.

Und endlich kam sie dazu.

Sie lehnte sich gegen die kalten Kacheln und öffnete die Augen gerade rechtzeitig, um zu sehen, wie er sich seiner Hose und Unterwäsche entledigte. Er drehte sich um, aber nicht bevor sie weitere Verbrennungen und Blasen an seinem Hals entdeckte. Mit der Wunde in seinem Haar sah er aus, als sei er in einem Kriegsgebiet gewesen.

„Du bist verletzt."

Diese hellen Augen sahen sie an. „Nichts Ernstes. Ich kümmere mich später darum. Zuerst", er holte ihre Seife aus dem Regal, „will ich mich um dich kümmern."

Sein Selbstbewusstsein war verdammt sexy, und das gefiel ihr. Sie wollte einen Mann, der wusste, was er wollte. Jetzt jedenfalls.

In diesem Moment.

Vorübergehend.

Er schäumte die Seife auf, während sie sich zurücklehnte und ihn beobachtete. Das Wasser plätscherte über seinen Körper, sodass Ruß und Rauch in Schlieren über seine Haut liefen. Er war heute Abend so unglaublich mutig und geschickt gewesen. Er hatte nicht gezögert, ein brennendes Gebäude zu betreten, um die Tiere zu retten und sie in Sicherheit zu bringen.

Ein Held.

Ein echter Held.

Sie war sich nicht sicher, ob sie schon einmal einen getroffen hatte.

Er wusch sie, als sei sie etwas Kostbares, und seine gezielten Berührungen entfachten ein wahres Feuer in ihren Nerven. Er gab Shampoo in ihre Haare, legte ihren Kopf zurück und küsste ihren Mund, während er die nassen Strähnen einseifte.

Sie könnte in diese Küsse versinken und nie wieder auftauchen. Sie waren wie eine Droge, von der sie nicht mehr loskommen wollte und die ein immer größeres Verlangen in ihr auslöste. Ein Sturm braute sich in ihrem Blut zusammen.

Nach mehr.

Nach allem.

Sie nahm die Seife und begann ihre eigene Erkundung. Sein kurzes Haar, die starken Knochen seines hübschen Gesichts. Die weiche Unterlippe. Sein Hals und seine breiten Schultern. Die breite Brust mit all den Hügeln und Tälern, die ihre Finger zum Tanzen brachten.

Sie drückte einen Kuss neben jede Brandwunde und jeden Kratzer, in einem vergeblichen Versuch, den Schmerz zu lindern. Sie hatte eine Blase an ihrem Handgelenk, die höllisch wehtat, also wusste sie, dass er trotz seines hartnäckigen Leugnens Schmerzen haben musste.

Ihre Hände wanderten hinunter zu seiner schlanken Taille, bis zu seinem Hüftknochen. Sie legte eine seifige Hand um seine harte Länge und beobachtete, wie sich seine Pupillen weiteten.

„Ich habe kein Kondom." Seine Stimme klang rau vor Rauch und Bedauern.

Sie nahm zwar die Pille, weil ihre Periode unregelmäßig und schmerzhaft war, aber sie war nicht bereit, ungeschützten Sex zu haben. Sie ging keine Risiken mit ihrer Gesundheit ein – nur mit ihrem Herzen, wie es schien.

„Ich habe welche in meiner Nachttischschublade."

Er ging, ohne sich um das Wasser zu scheren, das von seinem nackten Körper tropfte, und kam mit der ungeöffneten Schachtel zurück.

Er riss sie auf und schnappte sich ein Päckchen. Dann stieg er zurück in die Dusche und küsste sie erneut. Dann arbeitete er sich an ihrem Körper hinunter und konzentrierte sich schließlich auf all die Stellen, die sich nach seinen Berührungen sehnten und die er bisher absichtlich gemieden hatte. Er nahm ihre Brustwarze in den Mund und saugte so stark daran, dass sie zusammenzuckte, bevor er auf die andere Seite wechselte. Er nahm ihre Brust in die Hand, nahm eine der beiden Brustwarzen zwischen Daumen und Zeigefinger und drückte sie, gerade fest genug, dass die Lust durch ihren Körper bis zu ihrer Muschi schoss, die sich vor Verlangen zusammenzog und pochte.

Konnte eine Frau einen Orgasmus bekommen, indem nur ihre Brustwarzen berührt wurden?

Er sank auf die Knie, bevor sie es herausfinden konnte.

Er schaute auf.

Rinnsale von Wasser liefen an ihrer Vorderseite hinunter und tropften von ihrem Körper auf seinen.

Er fuhr mit der Zunge fest über ihre Klitoris. Die starke Empfindung traf sie wie eine Pistolenkugel. Er sah zu ihr auf, sein wilder Blick glänzte vor Verlangen. „Nass gefällst du mir."

Ihre Knie zitterten, als er sich wieder an die Arbeit machte.

Gott.

Er schob ihre Beine weiter auseinander, und sie sah zu, wie er an ihr leckte, wobei die rauen Stoppeln an seinen Wangen ihre weiche Haut auf eine Weise kratzten, die unglaublich erregend war. Sie wollte sich gegen ihn drücken. Seine Zunge war magisch, und seine Finger kamen hinzu, bis sie spürte, wie sie über den Abgrund fiel und ihr ein Schrei entfuhr, begleitet von einem Schaudern.

Sein zufriedenes Grinsen war selbstgefällig, aber er hatte es sich verdient.

Sie löste sich von ihm, und er stand auf. Dann stieß sie ihn zurück, bis er an der gekachelten Wand lehnte, und machte nach, was er mit ihr gemacht hatte. Ganz genau. Langsame, absichtliche Folter, bis seine Knie zitterten, als sie ihn in den Mund nahm. Sein Griff um ihr Haar wurde fester, als ihre Hände umherwanderten. Es dauerte nicht lange, bis er stöhnte und fluchte. Er zog sie sanft weg und auf die Beine.

Das Wasser begann abzukühlen. Er drehte es ab.

Seine Augen funkelten, als er sie ansah.

„Sie spielen mit dem Feuer, Ms. Webster."

Sie neigte den Kopf zur Seite. „Ich weiß nicht, was Sie damit meinen, Agent Steel. Ich bin nur eine unschuldige Zuschauerin." Sie strich mit ihrer Hand an seinem pochenden Schwanz auf und ab. „Ich kümmere mich nur um meine eigenen Angelegenheiten."

Sie schnappte überrascht nach Luft, als er sie herumwirbelte und sie mit dem Gesicht zur Wand stand. Sein warmer Atem kitzelte ihren Hals, während sich seine Zähne sanft in die Stelle bohrten, wo dieser auf ihre Schulter traf. Er zog ihre Hände hoch über ihren Kopf und fixierte sie dort.

Ein Blitz der Erregung schoss durch sie hindurch, als sie seine Härte an sich spürte.

„Einen FBI-Spezialagenten zu behindern ist eine Straftat."

Sie schluckte. „Ich –"

„Nicht bewegen." Seine Stimme wurde rau. „Ich muss dich durchsuchen."

„Oh…" Sie zitterte erwartungsvoll.

Seine Hände hielten inne und sein Griff wurde fester. „Sofern ich nicht deine Bürgerrechte verletze?" Er zögerte lange genug, um es zu einer wirklich süßen Bitte um Erlaubnis zu machen.

„Hmm." Sie räusperte sich. „Ich schätze, wenn du mich durchsuchen musst, musst du mich eben durchsuchen." Ihre Stimme zitterte, aber das war ihr egal.

Sie spürte sein Lachen, als er die Nase an ihrem Hals vergrub, bevor er mit den Zähnen sanft über die Haut unter ihrem Ohr strich. Ein Schauer der Lust lief ihr über den Rücken.

Seine Hände strichen sinnlich über ihre Arme und seine flache

Hand streifte die Seite ihrer Brüste, bevor er mit der flachen Hand über ihre harten Brustwarzen glitt. Dann stellte er einen Fuß zwischen ihre und tippte auf ihre Knöchel.

„Spreizen.“

Sie schmolz vor Lust dahin.

43

———————

G rady konnte sich nicht erinnern, wann er das letzte Mal so erregt gewesen war. Und er hatte noch nie Spiele gespielt. Das Leben war immer zu verdammt ernst für Spiele.

Aber nach allem, was heute Abend passiert war, und nach der Art und Weise, wie Brynn auf ihn reagierte, beschloss er, weiterzumachen.

Er hatte gehört, dass Sex Spaß machen soll.

Normalerweise war er sich des Minenfelds an möglichen Fehlern, die danach auf ihn warteten, zu bewusst. Im Moment konnte er nur an Brynn denken und daran, dass sie sich gut fühlte.

Ihr Körper war weich und üppig. Er fuhr mit den Lippen über die Kurve ihres Halses, die im Moment seine Lieblingsstelle war. Sie roch nach Kräutershampoo und schmeckte so süß wie ein Versprechen.

Er nahm eine perfekte Brust in die Hand und zwickte die Brustwarze, bis sie sich zu einer festen, dunkelrosa Knospe formte. Seine andere Hand glitt zwischen ihre Beine und fand ihre geschwollene Klitoris. Sein Schwanz pochte gegen ihren Hintern, aber er schob seine eigenen Bedürfnisse beiseite. Er wollte nicht, dass es vorbei war, bevor es begonnen hatte. Sie hatten nicht so viel Zeit, wie er es sich wünschte, aber er wollte es verdammt gut für sie machen, bevor es zu Ende war.

„Du hast das Recht zu schweigen."

Sie stöhnte, als er den richtigen Druck fand, um sie zu berühren, und legte ihren Kopf zurück an seine Schulter. Der Blick ihren Körper hinunter war das Erotischste, was er je gesehen hatte.

„Oh Gott." Ihr Gesicht verlor sich in der Lust.

Er lächelte gegen ihr nasses Haar, als er sie dort küsste.

„Alles, was du sagst, kann und wird vor Gericht gegen dich verwendet werden."

„Ich will dich in mir spüren." Ihre Stimme klang rau.

„Das ist offenbar ein Versuch, einen Bundesagenten zu bestechen. Das bedeutet Gefängnis, Lady. Du hast das Recht auf einen Anwalt, der vor und während des Verhörs anwesend ist."

„Ich glaube nicht, dass sie in die Dusche passen." Sie lachte und stürzte dann mit einem erschrockenen Keuchen über den Abgrund, wobei sie so heftig zitterte, dass er dachte, sie würde ihm aus den Armen gleiten.

Das würde er nicht zulassen.

Sein Griff wurde fester, dann drehte er sie um und hob sie über seine Schulter, schnappte sich ein Handtuch und das Kondom, bevor er zurück ins Schlafzimmer ging.

Er stellte sie sanft auf die Füße und wickelte das Handtuch um sie.

Sie legte sich aufs Bett, nahm ihm das Kondom aus der Hand und zog ihn nach unten, damit er sich neben sie auf die Bettdecke legte.

Sie grinste ihn an, und er glaubte nicht, dass er jemals eine schönere Frau gesehen hatte. Dann riss sie die Packung auf und streifte das Kondom über seinen pochenden Schwanz, während er ihr tief in die rauchigen, graugrünen Augen blickte. So etwas hatte er noch nie gefühlt. In gewisser Weise wusste er, dass es ein Fehler war, dies jetzt zu tun, ohne dass alle Fakten auf dem Tisch lagen. Aber er glaubte nicht, dass diese Fakten Einfluss auf das hatten, was hier zwischen ihnen beiden vor sich ging. Was sie füreinander empfanden. Es gab nichts, was er in diesem Moment mehr wollte als Brynn Webster.

Sie ging auf die Knie, und er rollte sich auf den Rücken, da er wusste, was sie brauchte. Kontrolle. Sie musste das Sagen haben, denn andere hatten ihr das genommen und ihr Selbstvertrauen zerstört.

Sie setzte sich rittlings auf ihn und ihr heißer Körper nahm ihn in sich auf. Die Herrlichkeit dieses Gefühls drohte ihn zu zerstören, aber er biss die Zähne zusammen und beobachtete, wie sie ihren perfekten Körper über seinem bewegte und ihn in ihren Bann zog.

Sie ritt ihn wie eine sinnliche Göttin. Wie eine Frau, die genau wusste, was sie wollte.

Er griff nach oben und berührte ihre Brust. Als er sah, wie sehr ihr das gefiel, tat er es immer wieder. Er beobachtete ihren Gesichtsausdruck, als sie sich auf die Unterlippe biss, und dann schnappte sie nach Luft, als sie wieder ins Leere stürzte.

„Du bist so schön." Seine Stimme kam in einem gebrochenen Grollen heraus, seine Kehle war rau.

Plötzlich verlor er die Kontrolle, bewegte sie über sich und glitt tiefer, während er ihre Oberschenkel umklammerte, wohl wissend, dass er loslassen sollte – aber er konnte es nicht.

Er konnte es nicht.

Brynns Mund öffnete sich, ihre Augen fielen zu, und er spürte, wie sie sich um ihn herum anspannte, in der langen Welle eines nicht endenden Orgasmus. Seine eigene Erlösung durchströmte ihn, und er konnte nichts mehr sehen. Der Höhepunkt traf ihn wie ein Schlag auf den Kopf und riss ihn aus seinem Körper, als weißes Licht durch sein Gehirn schoss.

Sie brach auf ihm zusammen, und er schlang seine Arme um sie und drückte sie an sich.

Langsam hob sie ihren Oberkörper und blinzelte ihn an, als erwache sie aus einem tiefen Traum.

Sie löste sich von ihm, suchte das Handtuch und wickelte es um sich. Das war der Teil, in dem er normalerweise versagte.

„Wow", sagte sie.

„Ja." Sein Herz pochte. „Wow."

Verwirrung bildete Falten zwischen ihren Augenbrauen.

Er nahm ihre Hand und küsste ihre Knöchel. Er mochte vielleicht nicht hundertprozentig ehrlich sein, aber er log nicht, wenn es darum ging, was er für sie empfand, auch wenn diese Gefühle größer waren, als er erwartet oder in der Vergangenheit erlebt hatte.

Sie strich sich die Haare hinters Ohr, und zum ersten Mal bemerkte er eine Verbrennung an der Innenseite ihres Handgelenks.

Er setzte sich auf. „Du bist verletzt."

Sie neigte die Hand, um die Verletzung besser sehen zu können. „Die Blase ist zwar klein, aber sie tut weh."

„Hast du einen Erste-Hilfe-Kasten?" Er sprang auf die Füße und ging ins Bad, wo er sich des Kondoms entledigte.

„Ich habe eine Reiseapotheke. Unter dem Waschbecken."

Er fand sie und zog sie heraus. Dann überprüfte er den Inhalt. „Das wird reichen."

Er ging zurück und setzte sich auf das Bett, nackt.

Sie stand neben dem Nachttisch, auf dem sie eine schöne kleine Springfield Hellcat RDP aufbewahrte. Hoffentlich hatte sie nicht vor, sie an ihm zu benutzen.

„Setz dich."

„Ich habe nicht viel Zeit –"

„Setz dich", befahl er. Er war in Erster Hilfe ausgebildet und wusste, was er tat.

Sie setzte sich grummelnd. Gehorsam streckte sie ihre Hand aus, jedoch nicht, ohne zu schmollen.

Glücklicherweise war die Haut nicht durchbrochen.

„Wir machen ein wenig Steroidcreme drauf und wickeln die Wunde in einen sauberen Verband." Sie war steif vor Anspannung. Er ging behutsam mit der Salbe und dem Verband um, wusste aber, dass es nicht der Schmerz war, der ihr zu schaffen machte. Es war die Tatsache, dass sich jemand anderes um sie kümmern musste, obwohl sie es gewohnt war, alles selbst zu tun. Sie brauchte eine Minute, um sich zu entspannen, aber er spürte, wie sich eine Wärme in ihm ausbreitete, als sie es tat.

„Siehst du?" Er hob ihre Finger wieder an seine Lippen und hielt ihren Blick. „Schon fertig."

Es war viertel vor acht, und wenn sie sich beeilte, würde sie nicht zu spät zur Arbeit kommen.

„Was ist mit dir?", fragte sie.

„Mir geht es gut. Ich kümmere mich gleich um die Verbrennungen. Du musst ins Café."

Sie runzelte die Stirn. „Steh auf und dreh dich um."

Er war sich nicht sicher, warum sie das von ihm verlangte, aber er richtete sich auf und stellte sich hin, nackt und angespannt.

Sie nahm den Behälter mit der Wundsalbe in die Hand, und er blinzelte überrascht.

Ihre Finger waren sanft und die Salbe kühl auf seiner heißen Haut. Ihr Atem strich mit der Sinnlichkeit einer zart zeichnenden Feder über seinen Körper. „Manche davon müssen wirklich wehtun."

„Im Moment tut mir gar nichts weh", murmelte er. Das war eine Anspielung auf den Sex, den sie gerade gehabt hatten. Die Endorphine, die durch seinen Blutkreislauf flossen, waren besser als jedes künstliche Narkotikum.

Ihre Finger zögerten und strichen dann sanft über eine andere Wunde.

Vielleicht empfand sie nicht dasselbe. Vielleicht hatte sie nach dem Sex nichts weiter gewollt. Vielleicht hatte sie nur einen schnellen Fick gewollt, um dann in Ruhe gelassen zu werden. Plötzlich kam es ihm unpassend und anmaßend vor, dass er immer noch nackt in ihrem Schlafzimmer stand.

Sie trat vor ihn und begegnete nach einem Moment seinem Blick. Aber sie sagte immer noch nichts, und Zweifel schwirrten in ihm herum.

Sie behandelte schweigend jede einzelne Verletzung und Blase, und er spürte, wie sich seine Muskeln anspannten, weil er auf die Ablehnung wartete, die mit Sicherheit kommen würde.

Dann stellte sie sich auf die Zehenspitzen und küsste ihn auf den Mund.

„Du hast recht." Sie löste sich von ihm und suchte seine Augen. „Im Moment tut gar nichts weh."

Ihre Worte waren eine Wiederholung der seinen, aber der Schmerz, der ihren Blick überschattete, war allein Brynn Webster und ihr idiotischer Ex. Sie drehte den Deckel der Salbe wieder zu.

„Ich muss gehen."

Er räusperte sich. „Brauchst du heute Morgen Hilfe im Café?"

Ihr Lächeln strahlte wie die Sonne. „Das würdest du für mich tun, nachdem du die ganze Nacht wach warst?"

Er grinste, ignorierte jedoch die Antwort, die ihm über die Lippen kommen wollte. Er würde alles für sie tun, wann immer sie es wollte.

Sex hatte ihn in einen Trottel verwandelt.

„Klar. Ich habe ein paar Stunden Zeit." Er war sich ziemlich sicher, dass es heute noch eine Teambesprechung geben würde, aber in der Zwischenzeit konnte er sich genauso gut nützlich machen.

Murphy winselte und kratzte an der Tür.

„*Nachdem* ich mit meinem Hund spazieren war." Es fühlte sich gut an, das zu sagen. Er hatte einen Hund. Zumindest so lange, bis Caleb Quayle eine formelle Beschwerde einreichte, was er mit Sicherheit tun würde. Obwohl, Caleb war der Hauptverdächtige des Brandanschlags von letzter Nacht, also sollte er zu sehr damit beschäftigt sein, verhaftet zu werden, um für das Sorgerecht des Hundes zu kämpfen. Vorausgesetzt, Darrell war in der Lage, einen Fall auf die Beine zu stellen.

Grady hatte letzte Nacht darüber nachgedacht, Quayle aufzuspüren und sich für seine Taten zu revanchieren. Aber er erinnerte sich daran, dass er einen Job zu erledigen hatte und sich um die Tiere kümmern musste.

Ganz zu schweigen von Brynn…

Und vielleicht hatte er die Erinnerung für sich selbst gebraucht, dass er nicht mehr der junge Hitzkopf war. Er war nicht sein Vater. Er gehörte zu einem taktischen Eliteteam von Strafverfolgungsprofis, die wussten, wie man Befehle befolgte und die Regeln gerecht durchsetzte.

Er ging hinüber und hob sein dreckiges Hemd vom Badezimmerboden auf. Es stank nach Rauch. Er wollte es nicht wieder anziehen, aber er wollte auch nicht nackt nach draußen gehen und den Klatschbasen neues Material liefern.

Brynn musterte ihn amüsiert. „Ich habe ein T-Shirt, das dir passen könnte."

Dann fiel ihm ein, dass er die Verbindungstür nicht abgeschlossen hatte, nachdem sie gestern Abend ausgegangen waren. Er sammelte seine Kleidung, Schuhe, Brieftasche, Waffe und Schlüssel ein. „Ich treffe dich in etwa dreißig Minuten im Café."

Er lief die Treppe hinauf, nackt wie an dem Tag seiner Geburt, und klimperte mit den Schlüsseln. Murphy folgte ihm, und Grady wusste, dass er den Hund schnell nach draußen bringen musste, wenn er ein Unglück vermeiden wollte.

Er öffnete die Tür und trat ein, woraufhin er Sheriff Darrell York in seiner Küche gegenüberstand. Der Sheriff wirbelte herum und zog seine Waffe.

44

—————

„Hey. Immer mit der Ruhe, Sheriff." Grady hielt seine Habseligkeiten vor sich. „Ich lege das jetzt langsam auf den Boden, damit du keinen Fehler machst, den wir beide bereuen würden."

Grady legte den nach Rauch stinkenden Stapel auf den Boden, seine Waffe versteckt, aber in Reichweite, falls Darrell zu den Bösen gehörte und mit Kane oder den Russen unter einer Decke steckte.

Könnte Darrell Milton getötet haben? Vielleicht war er deshalb so erpicht darauf, Grady die Schuld in die Schuhe zu schieben.

Grady hielt die Hände hoch und spreizte die Finger weit. Murphy schnüffelte in der Küche herum.

„Was ist hier los?" Grady musterte Darrells zuckenden Finger und sein verschwitztes Gesicht. „Ich bin definitiv unbewaffnet." Ganz zu schweigen davon, dass er sicher keine verdeckte Waffe tragen konnte.

„Runter auf den Boden. Runter auf den Boden!", schrie Darrell, der eine Schussposition einnahm.

Ein weiterer Deputy kam an die Tür und Grady entspannte sich ein wenig. Irgendetwas war im Gange, aber wenn nicht die

318

ganze Abteilung Dreck am Stecken hatte, würde er nicht erst erschossen und dann verhört werden.

Der Vorteil, als Weißer geboren zu sein.

Er kniete nieder und legte sich dann auf die kalten Fliesen. Darrell ruckte mit dem Kopf in Gradys Richtung, um anzuzeigen, dass der Deputy ihm Handschellen anlegen sollte. Darrell hielt seine Waffe starr zwischen Gradys Augen gerichtet.

„Du machst hier einen schweren Fehler." Die Handschellen waren eng und drückten schmerzhaft in seine Handgelenke.

„Ist das eine Drohung?" Darrell brauchte zwei Versuche, um seine Waffe wieder in sein Holster zu stecken.

„Eher eine nüchterne Beobachtung", erwiderte Grady trocken. „Du musst wissen, dass ich eine Handfeuerwaffe in dem Kleider-haufen habe. Egal, worum es hier geht, ich habe dich nicht erschossen, obwohl du bewaffnet und uneingeladen in meiner Küche standest."

Der Deputy trat die Waffe weg, als würde Grady gleich danach greifen.

Er warf dem Kerl einen scharfen Blick zu. Er biss die Zähne zusammen und hoffte inständig, dass der Sheriff und seine Deputys das Haus nicht durchsucht hatten. Er rechnete aus, was sie finden würden. Etwas Munition. Eine weitere Waffe. Seinen Seesack, den er notfalls rechtfertigen könnte. Überwachungsge-räte. Er könnte sagen, dass er sie auf seinem Grundstück instal-lieren wollte. Und sein Laptop. Die gesamte Elektronik war Regierungsware, auf die Zivilpersonen keinen Zugriff hatten. Oberflächlich betrachtet hatte er nichts, was zu viel verriet.

„Ich hoffe, du hast einen Durchsuchungsbeschluss, um hier reinzukommen. Was zum Teufel ist hier überhaupt los?"

Ropero würde entweder ihn oder Darrell umbringen. Er entschied sich für Darrell. „Kann ich eine Jogginghose oder so bekommen? Es ist verdammt kalt, wenn die Tür offen ist."

Das Wetter wurde immer schlechter. Der Kälteeinbruch, den sie vorhergesagt hatten, setzte nun vor dem arktischen Tief ein, das auf dem Weg zu ihnen war.

Darrell hockte sich neben ihn. „Ich habe dich immer für einen bösen Mistkerl gehalten, aber die letzte Nacht war selbst für dich verkorkst."

Letzte Nacht?

„Wenn du versuchst, mir die Schuld für das Feuer zu geben, bist du auf dem Holzweg." Grady runzelte die Stirn. „Hey, jemand sollte den Hund an die Leine nehmen, bevor er wieder wegläuft."

Darrell stieß ein amüsiertes Lachen aus und richtete sich auf. „Du sorgst dich mehr um dieses Tier, als du es je bei etwas anderem getan hast."

Das stimmte nicht.

Grady hatte Menschen in seinem Leben, die er liebte und um die er sich sorgte. Nur nicht seinen alten Highschool-Kumpel, der ihn unter dem Deckmantel der Freundschaft bedrängte, um ihn zu manipulieren und zu kontrollieren, und dessen Vater versucht hatte, ihn zu verarschen. Darrell und Temple hatten an diesem Tag nicht gerade auf der Seite der Gerechtigkeit gestanden. Grady würde das nie vergessen.

Er hörte ein Geräusch hinter sich und schloss die Augen, als ihn die Demütigung übermannte. *Verdammt.*

Er drehte den Kopf. Er sah, wie Brynn mit Murphys neuer Leine die Treppe hinaufstieg. Sie trat über Gradys nackten Hintern und reichte die Leine an den Deputy weiter. „Führst du den Hund bitte zum Pinkeln nach draußen, Lee?"

Der Deputy nickte höflich.

Brynn drehte sich zu Darrell um. Sie trug jetzt eine dunkle Jeans und einen kirschroten Pullover, der den roten Glanz ihrer Haare hervorhob. Dazu passende Socken und schwarze Stiefeletten.

„Was ist hier los, Sheriff?"

„Grady Steel, du bist verhaftet wegen der Morde an Caleb, Colin, Dick, Hap und Tom Quayle. Und wegen der unrechtmäßigen Gefangennahme von Hetty und Susannah Quayle."

„Was zum Teufel ..." In Gradys Magen wirbelte die Säure herum. „Wovon zum Teufel redest du da?"

Brynn schlug die Hand vor den Mund. „Jemand hat sie umgebracht? Sie alle?"

„Ja, dein Freund hier", spottete Darrell, die Augen voll bitterer Feindseligkeit. Er wusste genau, was Brynn und Grady unten getan hatten und war höllisch eifersüchtig. „Kennst du noch jemanden, der ein Hühnchen mit diesen Leuten zu rupfen hat?"

„Du glaubst ..." Brynns Mund öffnete sich vor Schreck und sie schüttelte den Kopf. „Das ist unmöglich. Wir waren die ganze letzte Nacht beschäftigt." Verlegenheit färbte plötzlich ihre Wangen.

Grady drehte sich weg. *Scheiße.* Er hatte sie nicht in Verlegenheit bringen wollen.

„Wie wurden sie ermordet?", stieß Grady hervor.

Die Lippen des Sheriffs kräuselten sich. „Als wüsstest du das nicht."

Grady machte sich nicht einmal die Mühe, die Augen zu verdrehen. Was hatte das zu bedeuten? Wer hatte sie umgebracht? Warum?

Darrell zerrte Grady unbeholfen auf die Beine, und Scham regnete auf ihn herab, obwohl er wusste, dass das alles Blödsinn war.

Von einem der besten Freunde seiner Kindheit nackt in der Küche seiner Großmutter verhaftet zu werden, war die ultimative Demütigung.

Er hörte die Stimme seiner Schwester, die draußen etwas kreischte, und schloss die Augen. Also *das* war wirklich das Sahnehäubchen auf dem Scheißkuchen.

„Grady war bei mir, die ganze letzte Nacht und den ganzen Morgen", erklärte Brynn lautstark. So laut, dass jeder draußen sie gehört hätte. „Er war nicht lange genug außerhalb meines Blickfeldes, um eine Fliege zu töten, geschweige denn eine ganze Familie."

Grady warf ihr einen überraschten Blick zu.

Als Darrell seine Handschellen herauszog, spürte Grady, wie eine Wut in ihm explodierte, die er seit seiner wilden Jugend nicht mehr erlebt hatte. Er versuchte, sich zwischen den Sheriff und Brynn zu drängen.

„Fass sie nicht an. Fass sie verdammt noch mal nicht an. Sie hat mit dem, was passiert ist, nichts zu tun." Grady sah sich plötzlich wieder von zwei großen, übereifrigen Deputys auf den Boden gedrückt. Er könnte versuchen, sich aus ihrem Griff zu befreien, aber er traute dem Sheriff durchaus zu, ihm eine Kugel zu verpassen und es als Notwehr zu bezeichnen.

Außerdem stand Brynn in der Schusslinie. Das war das Risiko nicht wert.

„Sie hat selbst zugegeben, dass sie die ganze letzte Nacht bei dir war." Darrell befestigte die Handschellen an Brynns Handgelenk, und Grady sah, wie sie zusammenzuckte, als die Handschellen gegen ihre verbundene Brandwunde drückten.

Grady verlor die Fassung. „Dafür werde ich dich auf die Knie zwingen, du Arschloch. Du führst einen Rachefeldzug gegen mich? Mach das mit mir aus, allein. Du ziehst sie da nicht mit rein."

Darrell trat einen Schritt zurück. „Jemand sollte diesem Verlierer eine verdammte Hose anziehen. Wir nehmen ihn fest."

„Sprich nicht ohne einen Anwalt mit diesen Typen, Brynn. Sie sind im Moment nicht deine Freunde. Der Sheriff ist nichts weiter als ein verzweifelter Mann, der einen Blick auf die Statistiken hält und die Verbrechenswelle nicht in den Griff bekommt", schrie Grady Brynns Hinterkopf zu, als sie sie aus dem Haus führten.

Der Tritt in die Magengrube überraschte ihn. Das hätte er nicht tun sollen. Der zweite Tritt raubte ihm den Atem. Darrell und die anderen Deputys zerrten ihn auf die Beine.

Grady grinste den Kerl höhnisch an. „Ist das alles, was du auf Lager hast, Darrell? In der Highschool hast du noch härter zugeschlagen."

Der Schlag auf den Mund ließ seine Ohren klingeln.

Grady lachte. „Ihr Deputys dürft euch darauf vorbereiten,

unter Eid zu Polizeigewalt und Angriff auf einen Bundesbeamten befragt zu werden." Er fletschte die Zähne in einem wilden Grinsen. „Ich freue mich schon richtig darauf."

Die beiden Männer tauschten nervöse Blicke aus.

„Er ist ein Nichts. Er ist abgehalftert. Nicht einmal das FBI will ihn." Darrell schlug ihn erneut.

„Oh, dafür wirst du bezahlen, Arschloch." Grady spuckte Blut auf die weißen Kacheln. „Du wirst für alles bezahlen, vor allem dafür, dass du Brynn Handschellen angelegt hast, nur weil sie nicht mit dir schlafen wollte, als du sie unter Druck gesetzt hast. Wie wäre es, wenn du dein kleines Hirn einschaltest und deinen Job machst, anstatt einen Mann zu verprügeln, der sich nicht wehren kann?"

Darrell sah plötzlich unsicher aus, als Grady weiter Befehle gab.

„Jemand muss den Hund zur Tierärztin bringen, Dr. Kalpa Vilamitjana. Sie schuldet mir noch etwas für letzte Nacht." Außerdem schien sie ihn tatsächlich zu mögen. „Wenn du schon dabei bist, warum lässt du sie nicht mein Alibi bestätigen? Obwohl ich letzte Nacht etwa drei Minuten Zeit hatte. Ich bin sicher, ich könnte eine ganze Familie auslöschen. Verdammt, du hast das Verbrechen aufgeklärt, Sheriff York. Du kannst dich selbst belobigen." Grady schüttelte den Kopf. „Verdammtes Arschloch. Und ich will meinen gottverdammten Anruf. Sofort."

45

Brynn war noch nie verhaftet worden. Hatte noch nie eine Polizeizelle von innen gesehen, außer im Fernsehen. Es war eine bemerkenswert ineffiziente und unangenehme Erfahrung, die durch den leichten Geruch von Erbrochenem, der in der kalten Luft hing, noch unterstrichen wurde.

Es hatte mehr als eine Stunde gedauert, bis ihr Foto und ihre Fingerabdrücke bearbeitet worden waren.

Linda hätte sie in einer Viertelstunde abfertigen können. Diese Typen brauchten eine bessere Organisation und einen Tritt in den Hintern.

Danach musste sie auf dieser kalten Betonbank sitzen, wo sie nichts zu tun hatte, außer nachzudenken.

Drei Stunden lang.

Drei lange Stunden saß sie hier nutzlos herum, obwohl sie eigentlich etwas zu tun hatte.

Wie hielten die Menschen das ein ganzes Leben lang aus?

Ihr Hintern tat weh. Ihr Hals schmerzte immer noch von dem Rauch, den sie letzte Nacht eingeatmet hatte. Zu denken, dass sie sich in dem Glanz gesonnt hatte, einer der Helden der Stunde zu sein. Nun, das hatte nicht lange angehalten.

Sie hatte ihren Anruf benutzt, um Linda zu erreichen. Sie bat sie, das Café zu öffnen und sagte ihr, sie solle Kalpa anrufen, damit die Frau ihre Alibis bestätigte. Brynn hätte wahrscheinlich einen Anwalt einschalten sollen, aber sie wusste, dass Linda sich auch darum kümmern würde.

Brynn hatte Linda außerdem auf ihr Leben schwören lassen, ihren Eltern nichts zu sagen, bis sie hier raus war. Sie wollte nicht, dass sie sich Sorgen machten.

Wo war Grady? Ging es ihm gut?

Ein Teil von ihr wollte diesen Morgen bereuen, aber sie konnte es nicht. Es war unglaublich gewesen. Umwerfend. Nicht nur körperlich, sondern auch geistig. Sie hatten ihre Geister vertrieben und sie glauben lassen, dass sie eine neue Chance auf Liebe haben könnte.

Nicht, dass sie in Grady Steel verliebt war.

Nein.

Liebe brauchte Zeit und Mühe, um zu wachsen und sich zu entwickeln, und er war nicht der Typ, der sesshaft werden wollte. Er würde zu seinem aufregenden Leben in Virginia zurückkehren und sie würde zurückbleiben, um das Café ihrer Eltern weiterzuführen.

Das war für sie in Ordnung.

Sie schniefte.

Vollkommen in Ordnung.

Sie wollte sowieso lieber allein sein. Aber verdammt, sie würde den Sex so lange und so oft nehmen, wie sie konnte, bevor er fortging.

Und er hatte auf keinen Fall jemanden mit seinem Truck umgebracht und dann versucht, die Tatsache zu vertuschen. Das hatte sie schon nach wenigen Tagen ihrer Bekanntschaft mit Bestimmtheit gewusst.

Er war ein Held.

Er konnte gar nicht anders.

Sie lächelte vor sich hin.

Er schien in letzter Zeit wirklich viel Pech zu haben. Darrell hatte es definitiv auf ihn abgesehen, was mehr über Darrell als über Grady aussagte.

Die Tatsache, dass jeder in der Stadt wissen würde, dass sie miteinander geschlafen hatten, beunruhigte sie nicht so sehr, wie sie es befürchtet hatte. Es ging niemanden etwas an, und sie würde lügen, wenn sie es nicht sogar ein wenig genoss, zur Abwechslung mal kein Objekt des Mitleids zu sein.

Die arme Brynn. Ihr Mann hatte sie wegen einer anderen Frau sitzen lassen. *Wahrscheinlich ist sie nicht besonders gut im Bett. Wahrscheinlich weiß sie nicht, wie man sich um einen Mann kümmert. Zwinker, zwinker.*

Ja.

Genau.

Sie fühlte sich so lebendig wie seit Jahren nicht mehr. Mit Aiden war es nicht so gewesen. Es war nicht so *glühend* gewesen. Die Gefühle, die sie für Grady empfand, fühlten sich im Vergleich dazu größer an. Größer und beschleunigt.

Wahrscheinlich sollte sie das alles einzügeln, aber das wollte sie gar nicht. Das Leben war zu kurz.

Was sie daran erinnerte, warum sie hinter Gittern eingesperrt war.

Sie konnte nicht glauben, dass fünf Mitglieder der Familie Quayle tot waren. Das musste ein Irrtum sein. Wenigstens die Frau mit dem kleinen Mädchen, die in den Wintermonaten regelmäßig ins Café gekommen waren, hatten überlebt. Sicherlich konnte Hetty Quayle den Polizisten helfen, den Mörder zu identifizieren?

Brynn hatte noch nie wirklich mit den anderen Männern aus Calebs Familie gesprochen. Sie hingen nicht in Cafés herum, wenn es in der Nähe Bars gab.

Grady konnte letzte Nacht niemanden getötet haben. Er war weniger als eine Stunde außerhalb ihres Blickfeldes gewesen, während er nach Sedgwick fuhr, um die Tiere zu übergeben, die medizinisch versorgt werden mussten, und dann zurückkehrte. Er hatte auf keinen Fall Zeit zum Morden gehabt. Noch wichtiger war, dass sie ihm so etwas gar nicht zutraute. Entgegen dem, was die Stadt gern dachte, war er ein guter Mann. Sie spürte es in ihren Knochen.

Sie rang die Hände. Ihre Knochen hatten sich schon einmal geirrt …

Konnte sie ihrem eigenen Urteil trauen?

Sie hatte Aiden geheiratet, um Himmels willen.

Er hatte sie betrogen, und sie hatte es nicht einmal bemerkt. Sie löste ihre Finger und ballte sie zu Fäusten. Presste sie zusammen. Sie hatte nicht vor, denselben Fehler noch einmal zu machen, aber die Sache mit Grady war anders. Sie würden nicht heiraten. Sie wollten einfach nur Spaß haben, während sie sich besser kennenlernten.

Und wenn sich der ‚Spaß‘ wie ein gigantischer Rausch der Vorfreude anfühlte …?

Sie würde damit klarkommen. Sie würde ihre Gefühle zügeln, bevor sie sich in eine Richtung bewegten, die sie nicht mehr kontrollieren konnte.

Ungeduldig stand sie auf und ging auf und ab. Wann würde sie endlich hier rauskommen?

Ihr Blick fiel auf die Toilette in der Ecke der Zelle. Eine Stahltoilette ohne Sitz. Bei dem Gedanken, so lange hier zu sein, dass sie sie benutzen musste, drehte sich ihr Magen um.

Wenn sie hier drin würde pinkeln müssen, weigerte sie sich, auch nur ein einziges Mitglied des Montrose County Sheriffsdepartments im Café zu bedienen, bis … *in alle Ewigkeit.*

Sie setzte sich wieder hin. Tränen wollten aufkommen, aber sie hielt sie zurück. Es waren Tränen der Wut, nicht der Trauer. Sie war empört. Besonders über die Art und Weise, wie Grady behandelt worden war. Die Testosteronwelle half ihr, die Angst in Schach zu halten.

Sie befriedigte ihr unmittelbares Bedürfnis nach ausgleichender Gerechtigkeit, indem sie ihre Rache an all den Beamten plante, die an ihrer und Gradys Verhaftung beteiligt gewesen waren. Man sollte nie jemanden verärgern, der für das Essen verantwortlich war, das man zu sich nahm.

Sicher, sie machten nur ihren Job.

Aber Darrell York hatte es zu einer persönlichen Auseinandersetzung gemacht. Sehr persönlich. Die Tatsache, dass sie ihm körperlich wehtun wollte, war wahrscheinlich nicht die gesündeste Art, mit ihrer Wut umzugehen, aber sie dachte sich, dass sie bestimmt lernen würde, danach mit sich selbst zu leben. Er war ein weiteres Beispiel für ihr schlechtes Urteilsvermögen. Als Mädchen hatte sie für ihn geschwärmt, und er hatte sie nur für Sex gewollt. Sie war keine Person für ihn. Sie war eine Lücke auf seiner Punktekarte. Eine Herausforderung.

Gestern Abend hatte er sich über ihre Fähigkeiten lustig gemacht, weil sie das Café leitete, als sei das ein Maßstab für ihre Intelligenz. Sie würde sehen, für wie schlau er sie hielt, wenn er das nächste Mal versuchte, etwas von ihr zu kaufen. Und vielleicht würde sie ihn für immer auf die schwarze Liste des Cafés setzen, damit er wusste, dass auch sie die Angelegenheit persönlich machte.

Eine Tür schepperte und Schritte näherten sich.

Und da war der Mann selbst. Sheriff Darrell York. Idiot.

Er näherte sich mit dem Polizeibeamten, der sie eingesperrt hatte. Stan Noble. Sie schlossen die Tür auf und traten zur Seite.

Sie kam langsam auf die Beine. Sie weigerte sich, als Erste das Wort zu ergreifen.

„Du kannst gehen", verkündete Darrell ohne eine Spur von Reue.

„Was ist mit Grady?"

Darrells Lächeln war grimmig. „Er wird noch befragt. Wir haben deine Aussage. Du kannst jetzt gehen. Ruf deinen anderen Freund an, Bowie."

Es fühlte sich an, als würde Dampf in ihr aufsteigen und aus ihren Ohren herausstieben wie bei einer Zeichentrickfigur. Ein Teil von ihr wollte die beiden anschreien, aber das würde nichts bringen außer persönlicher Befriedigung.

Erhobenen Hauptes wollte sie an Darrell vorbeigehen, aber er packte ihren Arm und drückte schmerzhaft zu. „Ich untersuche den Mord an fünf Menschen, Brynn, Milton Bodurek nicht mitgezählt. Ein kleines Mädchen und seine Mutter wurden gefesselt und mit Klebeband über dem Mund in einem Raum zurückgelassen. Als die Deputys eintrafen, dachten die beiden, der Mörder sei zurückgekommen, um sie zu erledigen. Sie hatten schreckliche Angst." Er sog die Luft ein. „Ich kann es mir nicht leisten, jemanden zu bevorzugen."

„Bevorzugen?", knurrte sie. „Die Tatsache, dass du auch nur einen Moment daran gedacht hast, dass ich oder Grady Steel etwas mit ihrem Tod zu tun haben könnten –"

„Was glaubst du denn, was Grady beim FBI macht?", spuckte Darrell ihr entgegen. „Er trainiert, um Menschen zu töten. Jeden. Tag."

Sie trat näher, bis sich fast ihre Nasen berührten, um ihm zu zeigen, dass er ihr keine Angst machte. Nicht mehr. „Und du bist so eifersüchtig auf ihn, dass du nicht über deine eigenen Unzulänglichkeiten hinwegsehen kannst, um zu erkennen, dass er nie jemandem wehtun würde, der es nicht verdient hat."

„Vielleicht ist er der Meinung, dass jemand, der eine Tierklinik abfackelt, es verdient hat."

„Ja, vielleicht würde er das denken. Aber er würde das nicht auf eine ganze Familie ausdehnen oder *ein kleines Mädchen terrorisieren*." Sie schrie mittlerweile und ihre Worte prallten an den Wänden ab.

Sie entdeckte die wunden Stellen an Darrells Knöcheln, und ihr fiel die Kinnlade herunter. Sie riss ihren Arm aus seinem Griff. „Du hast ihn geschlagen."

Darrell ballte seine Hand zur Faust und öffnete sie wieder. „Er ist in sie hineingelaufen, als er versucht hat, sich der Verhaftung zu widersetzen."

„Du bist ein verachtenswertes menschliches Wesen, Darrell York." Verflucht sei er. „Ich werde dafür sorgen, dass jeder, mit dem ich bis zur Wiederwahl spreche, genau weiß, was für ein Mensch du bist." Ihre Augen verrieten ihm, dass sie das alles ernst meinte, alles.

Er trat einen Schritt zurück. „Vielleicht solltest du dich daran erinnern, wer von uns sich die guten Anwälte für eine Verleumdungsklage leisten kann, und wer nicht?"

„Oh. Ha." Sie schüttelte den Kopf und schritt auf den Ausgang zu. „Du solltest dich daran erinnern, wo alle jeden Morgen zum Kaffee anstehen. Und ich glaube nicht, dass dein Daddy begeistert sein wird, wenn du mit *seinem* Geld deinen beschissenen Ruf verteidigst." Sie drehte sich um und sah ihn an. „Nicht, wenn jeder weiß, dass es wahr ist. Ich bin sicher, dass ich nicht die einzige Frau bin, der du in den letzten zehn Jahren mit deinen sexuellen Annäherungsversuchen Unbehagen bereitet hast."

Darrell beugte sich vor. „Flachgelegt zu werden macht die meisten Menschen milder, Brynn. Grady zu vögeln hat dich zu einem richtigen Miststück gemacht."

Stan lachte auf.

Auch er hatte lebenslanges Hausverbot.

„Der Sex mit Grady Steel war die beste Erfahrung meines Lebens. Und es hat mir klar gemacht, dass ich nicht mehr so tun muss. So tun, als seist du kein Widerling, der versucht, in mein Bett zu kriechen. So tun, als hätte ich keine Angst, dass du deine Dienstmarke benutzt, um mich zu bestrafen, wenn ich nicht kapituliere. So tun, als sei die Art und Weise, wie du deine Frau betrügst, alles andere als ekelhaft."

„Ich betrüge meine Frau nicht." Darrell fuchtelte wütend mit einem Finger vor ihr herum.

Stan wandte den Blick ab. Sie wussten alle, wer von ihnen die Wahrheit sagte.

„Erzähl du ruhig deinen Unsinn, aber niemand wird dich ernst nehmen. Ich habe Verbrechen zu lösen. Echte Verbrechen. Du bist rachsüchtig, weil ich meinen Job mache. Das zeigt, wie oberflächlich du wirklich bist."

Sexuelle Belästigung war ein echtes Verbrechen. Aber er hatte auch Recht damit, dass es andere schwerwiegende Vorfälle zu untersuchen gab. Sie hasste die Vorstellung, dass ein Mörder in einer Stadt mit Menschen, die sie liebte, frei herumlief.

Bevor sie die Tür erreichte, hielt sie inne. „Wir hatten sechs Morde in den letzten Tagen ..."

„Ja, sechs Morde, seit Grady Steel nach Hause gekommen ist."

„Stimmt." Sie nickte langsam und mochte diesen Zufall überhaupt nicht.

46

———

G rady hatte seinen einzigen Anruf genutzt, um Ropero zu kontaktieren. Nachdem sie geflucht hatte, hatte sie ihm gesagt, er solle den Mund halten und sie würde jemanden schicken, der ihn so schnell wie möglich da rausholte.

Das war schon einige Stunden her, und er hatte es langsam satt, wie ein gewöhnlicher Krimineller behandelt zu werden, obwohl er nur seine Arbeit machte. Etwas, das sichtlich nicht in den Zuständigkeitsbereich der örtlichen Polizisten fiel.

Darrell stolzierte in den Verhörraum, obwohl Grady ihm gesagt hatte, dass er sich auf sein Recht berufen würde, zu schweigen, während er auf seinen Anwalt wartete.

Aber es gab einige Fragen, auf die er Antworten brauchte. „Wo ist Brynn? Hast du sie schon entlassen?"

„Ms. Webster singt wie ein Kanarienvogel und erzählt uns alles, was ihr beide letzte Nacht gemacht habt."

„Das bezweifle ich ernsthaft." Gradys ständiges Lächeln veranlasste Darrell dazu, die Lippen aufeinanderzupressen. Verdammt, es sollte ihm nicht so viel Spaß machen, den Kerl zu ködern. Doch Darrells Trick war so offensichtlich, dass Grady sich nicht zurückhalten konnte. Plötzlich ungeduldig, trommelte er mit den Fingern auf die Tischplatte. „Wenn sie das täte, hättest du mich schon freigelassen. Hast du mit Dr. Vilamitjana gesprochen?"

„Sie sagte, dass du zwischen zwei und drei Uhr morgens allein nach Sedgwick gefahren bist."

Grady schüttelte den Kopf. „Ich bin die ganze Zeit gefahren und habe die Hunde und Katzen bei der anderen Tierärztin abgeliefert, die mich dort getroffen hat. Ich bin dann direkt zurück nach Deception Cove gefahren."

Er lehnte sich nach vorn, da er hier raus wollte.

Hatten diese Morde etwas mit den Russen zu tun, die laut einem kurzen Telefonat, das er während derselben Fahrt mit Cowboy geführt hatte, letzte Nacht geflüchtet waren? Was war mit dem Mord an Milton Bodurek oder dem Banküberfall? Oder mit allen dreien?

War Eli Kane der Täter? Oder die Russen? Oder war jemand anderes, von dem das FBI nichts wusste, im Spiel?

Grady wollte seinem Team helfen, das herauszufinden, aber er saß hier fest, weil er es mit dem verdammten Darrell York zu tun hatte, der ihn immer übertrumpfen wollte und dabei immer versagt hatte.

Es war zum Verzweifeln.

Scheiße.

„Glaubst du wirklich, dass ich mich zu den Quayles geschlichen habe, um Caleb und seine idiotische Familie zu ermorden?"

„Du warst gestern ziemlich wütend auf Caleb."

Grady hielt die Klappe. Mit dem Kerl ließ sich nicht reden.

„Wir haben eine weitere Waffe in deinem Haus gefunden. Und Messer. Wir werden sie alle testen."

Grady hob sein Kinn und runzelte die Stirn. „Die Quayles wurden erstochen?"

Darrell wandte den Blick ab.

„Du hast die Kleidung gesehen, die ich heute Morgen getragen habe. Es ist dieselbe, die ich gestern Abend bei dem Brand getragen habe. Das einzige Blut darauf war meins, und wenn ich so viele Menschen erstochen hätte, wäre ich damit durchtränkt gewesen." Grady starrte ausdruckslos auf den Tisch.

Wollte ihm etwa jemand eine Falle stellen?

Er musterte seinen alten Highschool-Kumpel nachdenklich.

Könnte es sein, dass Darrell für diese Morde verantwortlich und deshalb darauf erpicht war, jemanden zu verhaften? Der Gedanke, dass Darrell mit der Waffe schneller sein könnte als fünf Männer, die nach Gradys Erinnerung allesamt zwielichtige Typen waren, erschien ihm unwahrscheinlich.

Grady musste herausfinden, ob Ropero Darrells Bewegungen überprüft hatte, nachdem er gestern Abend im Golfclub gegessen hatte und am Samstagabend, als Milton Bodurek von jemandem wie bei einer Hinrichtung getötet worden war.

Im Golfclub hatte Grady nach dem Grundstück und dem Bauunternehmen gefragt, das Darrells Eltern mit dem Bau ihres Hauses beauftragt hatten. Könnten die Yorks ein Komplott geschmiedet haben, um ihn loszuwerden? Hatte Milton auch etwas geahnt? Hatte er sich dafür eine Kugel eingefangen?

Vielleicht war das ganze Tohuwabohu um Grady nichts weiter als der Versuch eines verzweifelten Mannes, seinen oder den Arsch seiner Eltern zu retten. Und Grady hatte ihre Pläne durchkreuzt, weil er ein stichhaltiges Alibi hatte, während sie wahrscheinlich davon ausgegangen waren, dass er allein gewesen war.

Es klopfte an der Tür und jemand trat ein, ohne auf Erlaubnis zu warten. Die Frau war etwa fünfzig, dunkelhaarig und umwerfend attraktiv. Sie trug einen roten Wollanzug, der wahrscheinlich mehr kostete als Gradys monatliche Hypothekenzahlung, und sie hatte eine lederne Aktentasche, die nach echtem Alligator aussah. Sie passte zu ihren Schuhen. Und zu ihrer Einstellung.

„Ich bin Estelle Koba, die Anwältin von Operator Steel. Was ist mit Ihrem Gesicht passiert?", fragte sie mit hartem Blick.

„Dasselbe, was mit meinen Rippen passiert ist. Der Sheriff hat mich angegriffen."

„Ihr Mandant hat sich der Verhaftung widersetzt." Darrell zuckte mit den Schultern, und das Lächeln, das er ihm schenkte, löste in Grady den Wunsch aus, ihm die Scheiße aus dem Leib zu prügeln. Grady nahm einen tiefen Atemzug.

Darrell reizte ihn absichtlich, in der Hoffnung auf eine Reaktion.

„Mein Mandant wird eine formelle Beschwerde einreichen." Die wunderbare Estelle sprach für ihn mit einem leichten mexikanischen Akzent.

„Tun Sie sich keinen Zwang an, Schätzchen."

„Schätzchen?" Ihr Ton war so kalt wie eine Skalpellklinge, die über die Haut einer Leiche gleitet. „Ich werde ebenfalls eine offizielle Beschwerde einreichen, *Sheriff*. Sie können mich mit Ms. Koba, *Esquire*, anreden. Ich schlage vor, dass Sie meinen Mandanten freilassen, denn Sie haben keinen Grund, ihn festzuhalten. Er hat ein Alibi für die fragliche Zeit und trotz eines kürzlichen Missverständnisses einen tadellosen Leumund."

Darrell lehnte sich in seinem Stuhl zurück. „Wenn Sie das sagen."

Ihre Augen wurden groß, dann holte sie ein Bündel Papiere aus ihrer Aktentasche. Sie knallte sie auf den Tisch.

„Ich bin es nicht, die das sagt. Deshalb habe ich mich ein wenig verspätet, Operator Steel. Ich bitte um Entschuldigung." Ihre schwarzen Augen leuchteten vor Belustigung. „Ich habe mir Kopien Ihrer Belobigungen besorgt, sowie schriftliche Bestätigungen Ihrer Vorgesetzten in Ihrer gesamten Laufbahn. Und jetzt ..." Sie stand stolz da, die Hand in die Hüfte gestemmt, und Grady fragte sich, warum er sich nicht auf der Stelle in sie verliebte. Aber ein anderes Gesicht tauchte in seinem Kopf auf, und die Erkenntnis ließ seinen Mund trocken werden. „Ich schlage vor, dass Sie Operator Steel sofort freilassen, es sei denn, Sie haben tatsächliche rechtliche Gründe, ihn festzuhalten. Lassen Sie ihn frei oder klagen Sie ihn an, Sheriff, aber versuchen Sie nicht, zu bluffen oder mich zu hintergehen."

Darrell sackte in sich zusammen. Grady grinste und bewies damit, dass er nicht großmütig war.

„Was ist mit Brynn?", fragte er.

Darrell rieb sich erschöpft die Augen. „Ich habe sie vor einer Stunde entlassen. Ich habe vielleicht noch mehr Fragen an dich, also verlass die Stadt nicht."

Ms. Koba, Esquire, schnaubte. „Meinem Mandanten steht es frei, so viel zu reisen, wie er möchte oder muss. Er erklärt sich bereit, alle Fragen zu beantworten, die sich ergeben, und wir können bei Bedarf eine Videokonferenz abhalten." Estelle nahm ihre Aktentasche und wartete darauf, dass Grady sich ihr anschloss.

Grady stand auf. „Wo ist der Hund?"

Darrell schaute weg. „Warum fragst du nicht deine Freundin, Dr. Vilamitjana?"

Darrell wirkte völlig niedergeschlagen. So kurz vor dem Beginn der Ermittlungen in einem Massenmord sah es für ihn nicht gut aus, um den Mörder zu fassen.

Grady hielt inne. „Weißt du, wenn du deinen Stolz für fünf Minuten ablegen würdest, würde ich dir gern helfen–"

„Fick dich, Steel. Hau ab, solange du noch kannst."

47

Grady schüttelte den Kopf und folgte Estelle aus dem Raum, um die Entlassungspapiere zu unterschreiben. Er musste mit Novak und Ropero sprechen. Er musste seinen Hund finden. Vor allem aber musste er Brynn sehen, um sicherzugehen, dass es ihr gut ging.

Er stellte nichts in Frage. Er bedankte sich überschwänglich bei seiner fantastischen Anwältin und verabschiedete sich dann von ihr. Noch bevor er versuchte, seinen Chef wegen des wichtigsten Falls seiner Karriere anzurufen, sprintete er die Main Street entlang zum Sea Spray Café.

Er stand ein paar Sekunden lang vor dem Fenster und beobachtete, wie Brynn einen Kunden bediente, jedoch ohne ihren gewohnten Funken. Er sah zu, wie eine ältere Frau Brynn am Arm anstupste und auf ihn zeigte, wo er auf der Straße stand. Er hielt den Atem an, als sie zu ihm hinübersah, und fragte sich, ob er Wut in ihren Augen sehen würde – Wut darüber, dass er zu ihrer Verhaftung beigetragen hatte. Oder Abneigung, falls sie bereute, was heute Morgen zwischen ihnen passiert war.

Stattdessen erhellte ein Lächeln ihr Gesicht und entfachte etwas in seiner Brust. Er ging hinein und ignorierte die Blicke der Cafégäste.

Die Kellnerin, Linda Callow, geborene Pritchard, an die er sich jetzt erinnerte, ging mit einem breiten Lächeln an ihm vorbei und sagte: „Wenn du ihr wehtust, bringe ich dich um."

Er zog eine Grimasse.

In Anbetracht der Tatsache, dass ein Mörder frei herumlief, wollte er kein Risiko eingehen, aber andererseits hatte er auch nicht vor, Brynn etwas anzutun. Irgendwann würde er ihr die Wahrheit über seinen Job sagen. Wenn er die Erlaubnis dazu bekäme.

Sie würde es verstehen.

Er nahm ihre Hand und zog sie hinter den Tresen, dann den Korridor entlang und in eine Art Besenkammer.

Er knipste das Licht an und schloss die Tür hinter ihnen.

Mit zitternden Händen schob er ihr die Haare aus dem Gesicht. Einen bewaffneten Kriminellen konnte er ohne Weiteres zur Strecke bringen, aber das hier machte ihm eine Heidenangst. Was, wenn er es falsch anstellte? Was, wenn er es vermasselte?

Sie umklammerte seinen Unterarm und starrte ihm in die Augen, während sich eine Million Fragen auf ihren nachdenklichen Zügen abzeichneten.

Dann presste er seinen Mund auf ihren und küsste sie. Er ignorierte das Brennen seiner aufgeplatzten Lippe. Den Schmerz in seinen Rippen.

Ihr Geschmack war frisch wie Limette, der Geruch ihrer Seife von der Dusche am Morgen erinnerte ihn an sie beide zusammen, nackt, und es war so gut gewesen. Sie fühlte sich weich und geschmeidig an, heiß und einladend, und er wollte in ihr versinken und alles in sich aufnehmen, was sie ihm bot, solange er noch die Chance dazu hatte.

Sie erwiderte seinen Kuss gierig und packte sein Hemd so fest, dass es wehtat, aber er wollte mehr. Viel mehr.

Er zwang sich, sich zurückzuziehen. Daraufhin lehnte er seine Stirn gegen ihre. „Bist du okay?"

Sie nickte. „Kalpa hat eine eidesstattliche Aussage über den Zeitpunkt unserer Bewegungen abgegeben, ebenso wie die Tierärztin in Sedgwick. Es wäre dir nicht viel Zeit geblieben, um das zu tun, was sie dir vorwerfen. Tatsächlich haben alle errechnet, dass du die gesetzliche Höchstgeschwindigkeit weit hast überschreiten müssen, um in der kurzen Zeit dorthin zu gelangen."

„Nur auf dem Rückweg, nachdem ich die Patienten abgesetzt hatte." Er grinste. „Sag es nicht dem Sheriff. Ich will nicht wegen eines Verkehrsdelikts verhaftet werden." Er ließ seine Hände auf ihre Taille gleiten.

„Darrell York ist ein Vollidiot", erwiderte sie.

„Ein totaler Vollidiot, aber da draußen läuft ein Killer herum, Brynn, und ich mache mir Sorgen. Ich werde mit meinen Kontakten sprechen und sehen, was ich herausfinden kann, aber du musst mir versprechen, dass du nirgendwo allein hingehst."

„Ich?" Ihre Augen wirkten entsetzt. „Du glaubst doch nicht ernsthaft, dass ich in Gefahr bin. Warum sollte ich das sein?"

Grady bemerkte, dass sie ein paar blasse Sommersprossen um die Augen hatte, sah aber auch die Anspannung von der schlaflosen Nacht und dem, was sie vorhin durchgemacht hatte. Er atmete tief durch. „Ich habe keinen Grund zu glauben, dass du in größerer Gefahr bist als alle anderen, aber die vielen Leichen in dieser Stadt machen mich nervös."

Genauso wie die Tatsache, dass möglicherweise russische Agenten mit Nervengas herumliefen und sich einer der meistgesuchten Kriminellen des FBI in der Gegend aufhielt. Ganz zu schweigen von all den anderen Widerlingen, die in den stillen Ecken und Winkeln eines jeden Staates leben.

„Wann hast du Feierabend?", fragte er.

„Wahrscheinlich erst gegen zehn."

Sie sah jetzt schon erschöpft aus.

„Ich denke, du solltest deine Chefin anrufen und sie bitten, früher zu schließen."

Sie kicherte und biss sich auf die Lippe. „Ich schätze, ich könnte schon um sieben hier raus sein. Es ist ja nicht so, dass die Leute es nicht verstehen würden, und das Geschäft blüht jedes Mal, wenn ich mit der Polizei spreche. Um sieben haben wir vielleicht schon nichts mehr zu essen. Und da der Sturm früher als erwartet aufzieht, ist das sogar eine kluge Entscheidung. Ich war zu müde, um daran zu denken."

Er strich ihr mit einer Hand über das Haar. „Ruf mich an, wenn du für heute fertig bist. Ich hole dich ab und sorge dafür, dass du sicher nach Hause kommst. Vielleicht können wir eine Pizza bestellen oder so …"

Sie nahm einen zittrigen Atemzug und lächelte. „Okay, das würde mir gefallen, aber ich bringe etwas zu essen mit." Sie runzelte die Stirn. „Einige Wetterfrösche sagen bis morgen früh fünfzig Zentimeter Schnee voraus. Vielleicht werden wir einge- schneit."

„Das hört sich fantastisch an." Grady würde nichts lieber tun, als eine Woche lang mit Brynn eingeschneit zu sein, aber er wollte zuerst diese russischen Agenten verhaftet sehen. Außerdem hatte er das Gefühl, dass Kane jetzt von der Anwesenheit des FBI wusste. Wenn er nicht schon verschwunden war, wurde das Zeit- fenster, um ihn zu fangen, immer kleiner. Dieser Sturm könnte ihnen helfen, den Bastard in die Enge zu treiben. Er könnte die Fluchtwege auf die Hauptstraßen beschränken, die sie beobachten konnten …

Es sei denn, der Kerl hatte ein Schneemobil oder war bereits in Kanada oder auf einem Boot, Gott weiß wo.

Aber im Moment sah Brynn ihn mit Fragen in den Augen an. Hatte sie herausgefunden, dass er ihr nicht die Wahrheit darüber gesagt hatte, warum er in der Stadt war? Sie war klug. Er würde es ihr zutrauen.

Er wollte sie wieder küssen, da er der Verlockung ihrer Lippen nicht widerstehen konnte. Aber er hielt sich zurück und schob sie ganz weg, damit er sie nicht berührte. In einer Besenkammer mit ihren Kunden zu knutschen, war nicht das, was er für sie wollte, egal wie sehr er sich zu ihr hingezogen fühlte.

Er wollte nicht, dass sie sich für das schämte, was zwischen ihnen war. Er wollte ihr den Respekt erweisen, den sie verdiente.

„Hast du Murphy schon zurück?", fragte sie und ließ eine

Hand über sein Brustbein gleiten, um sie über sein schlagendes Herz zu legen.

„Noch nicht. Ich bin direkt vom Büro des Sheriffs hergekommen."

Daraufhin strahlten ihre Augen ein wenig.

„Ich werde zu Kalpa fahren und ihn gleich abholen." Er schaute auf seine Uhr. „Ich muss vorher noch ein paar Besorgungen machen."

Sie nickte. „Du musst dich auf den Sturm vorbereiten."

„Ja." Die Lüge hinterließ einen schlechten Geschmack in seinem Mund. Er würde noch ein paar Vorräte besorgen, um die Lüge zu entkräften und besser vorbereitet zu sein – eine Handfeuerwaffe wäre verdammt nützlich, jetzt, da Darrell ihm alle drei und wahrscheinlich auch Brynn die Waffe abgenommen hatte.

Ein Schneesturm war nichts, was man auf die leichte Schulter nehmen sollte. Wo zum Teufel hatten sich die Russen verkrochen? Es musste ein warmer Ort sein. Irgendwo, wo sie geschützt waren. Er ging zur Tür und öffnete sie.

„Grady?", hielt Brynn ihn zurück.

„Ja?"

„Sei vorsichtig."

Ein Kloß bildete sich in seinem Hals. Wann hatte sich das letzte Mal jemand außerhalb seiner Einheit darum geschert, ob er vorsichtig war oder nicht? Er nickte und war einen Moment lang unfähig zu sprechen.

„Brynn –"

„Schhh." Sie drückte einen Finger auf seine Lippen und stellte sich auf die Zehenspitzen, um ihm einen kleinen Kuss auf den Mund zu drücken. „Sag nichts. Sonst wird es noch verhext."

„Aber –"

„Ich weiß." Ihre Augen wirbelten wie Rauch. „Ich *weiß*."

Die Gefühle, die ihn überkamen, waren die beängstigendsten, die er je empfunden hatte, und er sah sie in Brynns strahlendem Blick widergespiegelt. Ein Teil von ihm wollte die Gefühle packen und sie zu etwas Festem, etwas Greifbarem formen. Denn er war es nicht gewohnt, auf diese Weise überrumpelt zu werden, und das gefiel ihm überhaupt nicht. Gleichzeitig war er von einer seltsamen Freude erfüllt.

Er hatte keine Übung darin, ein Risiko einzugehen, das dazu führen könnte, dass ihm das Herz aus der Brust gerissen wurde.

Aber er wollte ihr Versprechen, obwohl er nicht bereit war, selbst welche zu machen. Nicht wenn sein Herz auf dem Spiel stand. Nicht wenn er ihr nicht die Wahrheit sagen konnte, warum er hier war.

Noch nicht.

Er nickte langsam und trat einen Schritt zurück, wodurch eine Lücke entstand. Eine Lücke, die er nicht wollte, die aber notwendig war, damit er seine Arbeit machen konnte und sie ihre. Als er die Tür öffnete, stand der Koch da und funkelte ihn an.

„Angus. Brauchst du etwas?" Brynn drängte sich an Grady vorbei in den Korridor.

„Ich wollte nur sehen, ob es dir gut geht." Angus' Stimme war ein raues Knurren. „Bei all den Morden, die hier passieren."

Grady erwiderte seinen prüfenden Blick.

„Grady ist nicht für die Morde verantwortlich, genauso wenig wie du."

Ein Ausdruck des Entsetzens überzog das zerfurchte Gesicht des Kochs. „Ich will nicht, dass du wieder verletzt wirst, Brynn."

Brynn tätschelte seine Wange. „Lass Grady in Ruhe. Ich mag ihn."

Sie ging weg und ließ den großen Kerl mit rotem Gesicht zurück, während er Grady weiter anfunkelte.

„Den Letzten mochte sie auch", murmelte Angus. „Er war ein Arschloch." Er zeigte mit dem Finger auf Grady.

Grady machte sich nicht die Mühe, sich zu verteidigen, sondern hielt nur Angus' Blick stand.

Könnte Angus Eli Kane sein? Wusste er, dass Grady verdeckt arbeitete, oder war er wirklich nur um Brynns Wohlergehen besorgt?

Der große Mann ging mit einem letzten Blick auf ihn zurück in die Küche. Grady trat in den Korridor und sah ihm hinterher.

Als er sich umsah, bemerkte er, dass Jackie Somers nicht hier war. Hatte der Sheriff sie befragt? Was wusste sie über den Tod ihres Freundes?

Sein Handy begann zu summen. Er überprüfte die Uhrzeit, als er die Nachricht las. Drei Minuten vor Mittag. Es fühlte sich eher wie fünf Uhr nachmittags an. Er ging zur Hintertür hinaus. Der Hafen war heute leer, aber das Tatortband flatterte noch immer vor Miltons Segelboot. Feine Schneeflocken tanzten in der Luft, Vorboten des Sturms, vor dem die Meteorologen gewarnt hatten, sodass sie morgen um diese Zeit damit beschäftigt sein würden, sich den Weg freizuschaufeln.

Es war frustrierend, vom Wetter aufgehalten zu werden, aber vielleicht würde der Sturm ihnen den nötigen Freiraum verschaffen.

Die örtliche Polizei war mit dem dritten großen Tatort innerhalb weniger Wochen völlig überfordert, aber auch das FBI hatte die Lage nicht im Griff.

Grady lief zurück zu seinem Haus und sprang in seinen Jeep. Er rief Kalpa an, aber sie ging nicht ran, also hinterließ er ihr eine Voicemail mit der Bitte, ihn zurückzurufen.

Er wollte seinen Hund zurückhaben, aber zuerst musste er noch einen Job erledigen.

48

Nicht lange nachdem Grady gegangen war, kam ihr Vater herein.

„Linda hat mich angerufen." Er umfasste ihre Oberarme und starrte ihr aufmerksam ins Gesicht, um ihre blauen Flecke zu begutachten, die sie mit Make-up abgedeckt hatte, nachdem sie das Sheriffsdepartment verlassen hatte. „Geht es dir gut?"

Sie waren den ganzen Tag beschäftigt gewesen. Allbekanntheit war bessere Werbung als eine bezahlte Anzeige.

Brynn grinste, da sie sich trotz all der schrecklichen Dinge, die in ihrem Leben und in Deception Cove passierten, seltsam glücklich fühlte. „Das erste Mal in einem brennenden Gebäude und das erste Mal als Mordverdächtige in einer Gefängniszelle, aber es geht mir gut."

Die Sorgenfalten um den Mund und Augenwinkel ihres Vaters waren deutlich sichtbar. „Das gefällt mir nicht. Ärger verfolgt den jungen Grady Steel wie ein übler Geruch."

„Du sagst das so, als sei er zwölf Jahre alt." Sie lachte und zog sich zurück. Sie warf einen Blick auf die Kunden, aber außer dem Paar, dem Linda die Rechnung brachte, musste niemand sofort bedient werden. Brynn brauchte einen Moment, um wieder zu

Atem zu kommen, und das Gespräch mit den Menschen, die sie liebte, war zur Priorität geworden.

Ihr Vater kratzte sich am Kopf. „Das letzte Mal, als ich ihn gesehen habe, war Grady ungefähr sechzehn. Ich habe ihn angeschrien, weil er mit seinem Geländemotorrad die Main Street rauf und runter gefahren ist wie ein Ganove."

„Runter von meinem Rasen." Brynn senkte die Tonlage und schüttelte ihre Faust.

„Ja, ja. Ich bin ein alter Knacker. Ich weiß schon."

„Dieser Ganove ist jetzt ein FBI-Agent, also musst du dir keine Sorgen machen."

„Ich habe gehört, dass er suspendiert wurde."

„Er hat das, was ihm vorgeworfen wird, nicht getan, Dad. Er ist ein guter Kerl."

„Bist du dir da sicher?" Ihr Vater schaute sie mit dieser beunruhigend direkten Art an, die er manchmal an den Tag legte.

Denn sie hatte Aiden auch vor ihren Eltern verteidigt, und er hatte sich als Idiot erwiesen.

Sie räumte den Geschirrspüler ein, um das Gefühlswirrwarr, das aufgrund der fraglichen Person in ihr herrschte, nicht zu verraten. Sie war sich nicht sicher, was sie fühlte, nur dass es *groß* war. Größer als ihr lieb war. Größer als dass irgendjemand es erfahren sollte, vor allem Grady und ihr Vater. Sie war noch nicht bereit, es genauer zu untersuchen. Sie wollte es erst einmal eine Weile genießen.

„Ein Mann, der in eine brennende Tierklinik einbricht, um Tiere zu retten, ist nicht der Typ, der jemanden überfährt und tot am Straßenrand liegen lässt. Er ist auch nicht jemand, der fünf Männer ermordet, weil einer von ihnen mir ins Gesicht geschlagen und wahrscheinlich die Klinik in Brand gesetzt hat."

Paul Webster sah nicht überzeugt aus. „Vielleicht ist er auf Rache aus."

Sie stemmte eine Faust in die Hüfte. „Wow. Du klingst genau wie der Sheriff."

„Autsch. Du brauchst mich nicht zu beleidigen. Ich bin dein

Vater, um Himmels willen." Er lachte und hob kapitulierend die Hände. „Gut, ich halte die Klappe."

Sie schlug ihn mit dem Geschirrtuch und stellte dann die Frage, die sie bisher gemieden hatte. „Weiß Mom, dass ich wegen der Morde verhört wurde?"

Ihr Vater schüttelte den Kopf und begann, die Geschirrstapel in die höheren Regale zu stellen. „Ich habe diese Frau in den letzten sechs Monaten mehr belogen als in unserem gesamten Eheleben."

„Du beschützt sie. Das ist ganz natürlich. Sogar lobenswert."

„Vielleicht, aber irgendwann findet sie es heraus, und dann muss ich dafür büßen." Er täuschte ein Schaudern vor.

„Das Internet hat eine Menge zu verantworten."

Er schnaubte. „Linda ist schlimmer als das verdammte Flitter oder wie auch immer das heutzutage heißt. Aber ich habe den Router ausgestöpselt, damit deine Mutter nicht auf einer ihrer vielen Online-Seiten etwas über die Vorfälle von letzter Nacht erfährt. Keine Sorge, sie kann immer noch mit ihrem Handy anrufen", ihr Vater hatte Brynns besorgten Blick richtig gedeutet, „aber du weißt, wie sehr sie es hasst, ihr Datenpaket zu benutzen." Er presste die Lippen zusammen und wischte mit einem Tuch über den Tresen. „Ich denke, damit kommen wir bis morgen durch, bevor sie das Gerät überprüft, und bis dahin hat der Sturm hoffentlich das Signal für ein paar Tage lahmgelegt. Vielleicht ist bis zum Abklingen des Sturms und den Aufräumarbeiten alles vorbei."

„Fünf Menschen wurden ermordet und die Tierklinik angezündet. Ich glaube nicht, dass das in absehbarer Zeit aus den lokalen Nachrichten verschwinden wird."

„Vielleicht nicht", gab er zu und sah sie scharfsinnig an, „aber deine Beteiligung könnte es sein."

„Das wollen wir auch hoffen", gab sie vehement zurück.

„Was heckt ihr beiden da aus?" Linda kam um die Ecke und drückte ihrem Vater einen schnellen Kuss auf die Wange. „Wie geht es unserem Mädchen heute?"

„Nicht so gut, ehrlich gesagt. Sehr müde und schwach." Der Adamsapfel ihres Vaters ging in seinem Hals auf und ab. „Ich will ihr unnötigen Stress ersparen und versuche, sie von den Nachrichten und dem Internet fernzuhalten."

Linda entging der spitze Blick nicht, den beide ihr zuwarfen.

„Okay, okay. Ich gebe mich geschlagen. Ich werde sie nicht anrufen und ihr alles erzählen, aber sobald sie es weiß und anfängt, Fragen zu stellen, werde ich sie nicht anlügen."

„Gib ihr erst einmal ein paar ruhige Tage. Sie muss sich auf ihre Genesung konzentrieren." Paul Websters Stimme stockte. „Ich habe Angst, dass sie die Chemo abbricht, weil sie so verdammt hart für sie ist." Er spannte den Kiefer an, dann erhob er die Stimme. „Ich will nicht, dass sie aufhört. Ich will nicht, dass sie sich Sorgen macht. Ich will, dass sie sich ausruht und diese verdammte Sache besiegt." Brynns Vater zuckte zusammen. „Tut mir leid."

„Wie wäre es, wenn du dich für eine halbe Stunde nützlich machst und ein paar Kunden bedienst?", schlug Brynn sanft vor.

„Ich muss nach Hause zu deiner Mutter ..."

„Und Linda braucht eine Pause. Jackie ist wieder nicht aufgetaucht."

Ihr Vater zog die Augenbrauen zusammen. „Wie ist es mit dem neuen Mädchen gelaufen?"

„Pru. Sie ist großartig – so wie Linda. Aber sie konnte heute nur ein paar Stunden arbeiten. Ich habe sie kurz gesehen, nachdem ich aus dem Gefängnis kam."

Ihr Vater runzelte die Stirn. „Der Sheriff ist ein Idiot. Wenn du das nächste Mal mit ihm sprichst, solltest du einen Anwalt dabeihaben. Ich meine es ernst."

Brynn grinste. Ihr Vater war überfürsorglich, aber dieses Mal hatte er wahrscheinlich recht. „Pru hat gesagt, dass sie morgen Nachmittag ein paar Stunden mehr bleiben kann, falls wir bei diesem Schneesturm überhaupt öffnen. Nächste Woche fängt sie ganztags an."

Ihr Vater lächelte breit. „Das ist fantastisch. Aber du hast recht.

Es lohnt sich vielleicht nicht, morgen zu öffnen", stimmte ihr Vater zu. „Weißt du was? Häng ein Schild an die Tür und verbreite die Information in den sozialen Medien. Sag allen, dass wir morgen wegen des Wetters geschlossen bleiben. Das ist das Vernünftigste."

Brynn lächelte. „Ich habe auch vor, heute Abend früher zu schließen."

„Gut. Willst du mit zum Haus kommen und die Sache mit deinen Alten durchstehen?"

Brynn schüttelte den Kopf.

Ihr Vater sah enttäuscht aus.

Linda stupste ihren Vater im Vorbeigehen am Arm an. „Dein Mädchen hat ein heißes Date mit Grady Steel und *Pizza*."

Brynn fiel die Kinnlade herunter. „Du hast uns belauscht!"

„Kein Wunder, dass du den Kerl verteidigt hast." Ihr Vater warf ihr einen reumütigen Blick zu.

„Junge Liebe." Linda schnappte sich ihre Jacke und ihre Zigaretten und ging zur Hintertür hinaus, solange sie die Gelegenheit dazu hatte.

Die Augenbrauen ihres Vaters hoben sich, als erwartete er, dass sie Lindas Ankündigung weiter ausführen würde.

Stattdessen drückte Brynn ihrem Vater eine Schürze in die Hand. „Tisch drei will seine Rechnung, und gerade sind zwei neue Gäste reingekommen. Hopp, hopp", drängte sie ihn, als er zögerte.

„Gut. Ich schenke dir eine halbe Stunde meiner wertvollen Zeit", grummelte er gutmütig und zog sich die Schürze mit der Leichtigkeit an, die Menschen eigen war, die schon oft zum Helfen herangezogen worden waren. Dann hielt er einen Moment inne und schaute ihr tief in die Augen. „Ich hab' dich lieb, Brynn. Eines Tages wirst du jemanden treffen, der deiner würdig ist. Aiden war nichts weiter als ein mieser Gauner."

Bei der Erwähnung ihres Ex zuckte sie zusammen, aber es war mehr ein Reflex als ein stechender Schmerz. „Ich will das, was du und Mom habt."

Er lächelte sanft und schluckte. „Das wünsche ich mir auch für dich. Du wirst jemanden finden, der all die Dinge liebt, die dich so einmalig machen, Brynn Webster. All deine Macken und Eigenheiten."

„Meine Güte, du lässt es ja fast so klingen, als sei ich ein richtig guter Fang."

„Du bist ein guter Fang. Du bist das Tausendfache der meisten Menschen wert."

Die Rührung schnürte ihr unerwartet die Kehle zu. Ihr Vater zeigte seine Zuneigung normalerweise nicht so lautstark. Die Krankheit ihrer Mutter hatte sie alle verändert. Vielleicht zum Besseren. Vielleicht, weil sie wussten, dass sie möglicherweise nicht die Zeit haben würden, mit der sie gerechnet hatten.

„Geh und kümmere dich um die Kunden. Ich schneide dir ein Stück Apfelkuchen und mache dir einen Tee."

Er verließ sie mit einem Lächeln, und sie fragte sich, wie er ohne ihre Mutter überleben sollte. Wie jeder von ihnen überleben sollte.

49

Grady betrat das Hotel durch die Hintertür, die einer aus dem Team heimlich einen Spalt offengelassen hatte. Er eilte die Treppe hinauf zu Zimmer 33 und klopfte an die Tür mit dem Code, den sie normalerweise untereinander benutzten. Er freute sich, dass Donnelly eine Waffe in der Hand hielt, als sie öffnete.

Sie trat zurück, und er schlüpfte hinein.

Fünf seiner Teamkollegen hatten sich in den Raum gedrängt. Unterwegs hatte er im Vorbeifahren Griffin auf dem Vordersitz ihres gemieteten Geländewagens entdeckt. Nash und Keeme lagen beide nebeneinander auf dem Bett ausgestreckt.

„Ihr gebt ein süßes Paar ab", bemerkte Grady.

Nash schleuderte ihm so heftig einen Schokoriegel entgegen, dass dieser ihn wie ein Geschoss mitten in die Brust traf. Grady fing ihn auf, packte die Schokolade aus und nahm einen Bissen.

„Dasselbe könnte ich über dich und die sexy Rothaarige sagen, Steel", erwiderte Nash trocken. „Wir haben heute Morgen unzählige interessante Dinge über den Polizeifunk gehört."

„Was ist mit deinem Gesicht passiert?", fragte Novak mit einer Schärfe, die Grady als wütenden Papa Bär erkannte.

„Der örtliche Sheriff würde dir sagen, dass ich mich der Verhaftung widersetzt habe." Er hob sein Hemd, um die dunklen

Blutergüsse sowie die kleinen Verbrennungen und Schürfwunden der letzten Nacht zu zeigen.

Novak spannte den Kiefer an. „Das FBI wird sich mit dem örtlichen Sheriff beschäftigen, wenn diese Operation abgeschlossen ist. Zeugen?"

„Ein paar unerfahrene Deputys, die eine gründliche Demonstration in schlechten Polizeimethoden erhalten haben."

„Mit ihnen werde ich mich auch befassen. Ich will bis zum Ende des Tages einen vollständigen Bericht und Fotografien all deiner Verletzungen. Ich will, dass die Verletzungen, die der Sheriff verursacht hat, festgehalten werden. Einer der Jungs soll deinen Rücken fotografieren."

„Es ist nicht so einfach, einen vom Volk gewählten Beamten loszuwerden", wandte Nash ein.

„Wenn Daniel Ackers herausfindet, was passiert ist, wird er die Sache in der Nahrungskette nach oben weiterleiten, bis jemand in DC die Bezirksbeauftragten mit einer offiziellen Beschwerde kontaktiert. Diese werden sich dann an den Gouverneur wenden. Dieses Arschloch wird für seine Taten büßen. Ich will *alles* wissen, was gestern Abend passiert ist." Novak warf Grady einen strengen Blick zu.

Grady spürte, wie ihm die Hitze in die Wangen kroch. *Auf keinen Fall.* „Klar, Boss."

„Hey, Grady, ich glaube, du hältst den Rekord, wie oft du als Mitglied des Geiselrettungsteams verhaftet wurdest." Cowboy blickte aus dem Fenster auf den eisengrauen Himmel, der schwer über dem zinnfarbenen Meer hing. Ein paar Schneeflocken wirbelten vor dem Fenster herum und tanzten mit den Seemöwen. „Wahrscheinlich sogar unter allen aktiven Special Agents. Hanssen wurde nur einmal verhaftet."

„Vergleiche mich nicht mit diesem Verräter." Grady steckte sein Hemd wieder in die Hose, dankbar für die Zerstreuung, die Ryan absichtlich geschaffen hatte, um Novak abzulenken.

„Nun, er war damals sicherlich nicht nackt", fügte Donnelly grinsend hinzu.

„Du brauchst dich nicht zu freuen. Die Polizei hat mich erwischt, als ich aus der Dusche kam."

„Ja, aber wessen Dusche?", stichelte Keeme gutmütig.

„Und wie bist du dorthin gekommen?", murmelte Cowboy aus einem Mundwinkel heraus.

Grady verpasste ihm einen Klaps auf den Hinterkopf.

„Im Ernst, ich mache mir Sorgen um dich, Grade." Cowboy rieb sich die Kopfhaut, als er sich zu ihm umdrehte. „Was weißt du wirklich über diese Frau?"

„Mehr als du über die meisten Frauen weißt, mit denen du ins Bett gehst", schnauzte Grady.

Scheiße.

Ryan presste die Lippen zu einer dünnen Linie zusammen, reagierte sonst jedoch nicht. Wenn man es nicht besser wüsste, würde man denken, dass es ihn nicht interessierte.

Grady wusste es besser. „Tut mir leid."

„Von ihrem Ex-Mann hat man nichts mehr gehört, seit er sie verlassen hat. Ist das für dich kein Grund zur Sorge?"

„Er hat ihr eine Postkarte aus Belize geschickt."

„Das behauptet sie."

Grady runzelte die Stirn. „Er lebt irgendwo untergetaucht, wahrscheinlich mit der Frau, für die er Brynn verlassen hat. Er ist nicht der Erste, der verschwinden will."

„Das erscheint mir sehr verdächtig."

„Was willst du damit sagen? Dass sie ihn umgebracht hat?" Ihre Worte kamen ihm wieder in den Sinn, zusammen mit dem Schmerz und dem Schatten, den er in ihren Augen gesehen hatte, und der Kränkung und Scham darüber, auf diese Weise sitzengelassen worden zu sein.

Cowboy hob fragend eine Augenbraue. „Das ist schon vorgekommen."

„Brynn ist nicht so."

„Wie ist sie denn dann?", hakte Cowboy nach.

„Sie ist lustig und nett. Mutig genug, um im Januar nachts in den Hafen zu springen und eine Leiche herauszuholen."

Ihm entging nicht der bedeutsame Blick, den Nash und Keeme austauschten.

„Sie hat einen scharfen Verstand und einen fantastischen Sinn für Humor."

Cowboy verschränkte die Arme. „Nicht der alte ‚Guter Sinn für Humor'-Schwachsinn."

Grady stieß seinen Teamkollegen mit der Schulter an. „Das ist kein Schwachsinn." Er entfernte sich und ging auf und ab. Er wollte nicht sagen, dass er sie für die hübscheste Frau an der ganzen Ostküste hielt und sie die faszinierendsten Augen hatte, die er je gesehen hatte, mit der Farbe von Tornados und Magie. Oder dass ihr Körper weich und üppig war und sich angefühlt hatte, als käme er nach Hause, als er in ihr gewesen war.

Auf keinen Fall.

„Wir haben ihre DNS überprüft, erinnerst du dich? Sie ist nicht mit Kane verwandt." Grady fuhr sich mit einer Hand über das Gesicht. „Ich weiß, dass ich mich nicht vom Fall ablenken lassen sollte, aber ich habe meine Pflichten nicht vernachlässigt."

Seine Teamkollegen sahen ihn alle mehr oder weniger beunruhigt an.

Was sollte er denn noch sagen?

Im Moment nichts.

„Ich habe ihr nicht gesagt, warum ich hier bin, also macht euch nicht ins Hemd." Er drehte sich um und sah Novak an. „Sie weiß nichts über den Fall."

Sie würde wütend sein, wenn sie herausfand, dass er sie angelogen hatte, aber das war sein Job. Über die meisten Fälle, an denen er arbeitete, durfte er nicht sprechen.

Er würde sich um die Folgen mit Brynn kümmern, wenn der Zeitpunkt gekommen war. „Können wir die Suche nach dem bescheuerten Ex-Ehemann verstärken, damit Ryan mich in Ruhe lässt?" Grady funkelte den Mann an.

Novak stieß sich von der Kommode ab, an der er gelehnt hatte. „Ich werde Ropero bitten, einen Analysten aus dem Hauptquartier zu holen, um tiefer zu graben – damit du keine Probleme bekommst, falls ihr beide ein Paar werdet, sobald diese Sache zu Ende ist."

Die Idee war erschreckend und verlockend zugleich.

„Grady hat eine Freundin. Grady hat eine Freundin", trällerte Donnelly neckend. Aber es war nicht böse gemeint, und als sie ihm sanft auf den Rücken klopfte, merkte er, dass seine Teamkollegen sich wirklich Sorgen um ihn machten. Diese Erkenntnis rührte ihn so sehr, dass er seine Verärgerung beiseiteschob.

„Irgendein Zeichen von den Russen?" Grady wollte nicht, dass das Team über ihn nachdachte, wenn es wichtigere Dinge zu erledigen gab.

„Scheißrussen", murmelte Nash.

Novak schüttelte den Kopf. „Nichts. Und auch keine Spur von einem Nervengift, Gott sei Dank."

„Wir müssen davon ausgehen, dass sie genauso hinter Kane her sind wie wir", schloss Grady.

Alles andere machte keinen Sinn.

Ein weiteres Klopfen an der Tür machte alle nervös. Donnelly gab sich wieder die Ehre. Sie schaute durch den Spion, bevor sie Ropero und Dobson hereinließ.

Ropero sah blass und angespannt aus. Sie wartete, bis Donnelly die Tür geschlossen hatte, bevor sie sprach. „Wir haben herausgefunden, woher die Russen wissen, dass Kane in Deception Cove ist, und warum sie ihn möglicherweise finden wollen."

Keeme setzte sich auf und zog seine Füße zurück, bevor Ropero sich auf das Fußende des Bettes setzte. Sie hielt ihr Gesicht in den Händen. „Es war meine Schuld."

„Es war nicht deine Schuld", unterbrach Dobson sie. „Jemand, vermutlich aus Moskau, hat ein Abhörgerät in Roperos Wohnung platziert."

Ropero fluchte und knirschte sichtlich mit den Zähnen. „Ich verstehe, wenn Sie alle wollen, dass ich von dem Fall abgezogen werde. Ich bin allen anderen wegen undichter Stellen auf die Nerven gegangen, und dabei war ich diejenige, die ihnen die ganze Zeit Informationen geliefert hat. Ich war schlampig. Ich habe einen Fehler gemacht."

„Haben Sie wirklich einen Fehler gemacht?", fragte Novak leise. „Oder hat Moskau eine Grenze überschritten, indem sie einen FBI-Agenten aktiv abgehört haben?"

Ropero presste die Lippen zu einer dünnen Linie zusammen. „Ich hätte die Wohnung durchsuchen lassen müssen. Ich hätte ahnen müssen –"

„Warum?", fiel ihr Novak ins Wort. „Wussten Sie überhaupt, dass die Russen an Kane interessiert waren? Ich gehe dabei davon aus, dass Sie wegen Kane ins Visier genommen wurden und nicht wegen eines anderen Falls."

„Es hatte zweifellos etwas mit Kane zu tun." Sie schüttelte wieder den Kopf, ihre Miene säuerlich. „Ich habe endlich Kanes alten Chef dazu gebracht, mit mir zu reden. Lionel Perkins ist ein echter Hoover-Ära-Typ der alten Schule. Es stellte sich heraus, dass das FBI bei den Ermittlungen zu den Morden an Eli Kanes Frau und Kindern herausfand, dass die Kanes einem Sexclub in DC angehörten. Richtiges Swinger-Zeug."

„Wir wissen, dass die Sowjets dort gern *Kompromat* gesammelt haben", bemerkte Novak angewidert.

„Ich habe mit Ridley Branson gesprochen, dem Leiter der Spionageabwehr, nachdem ich mich mit Perkins unterhalten hatte. Er hat schließlich alles zugegeben und glaubt, dass mehr als nur ein Swingerclub dahintersteckte."

Grady nahm sich Kaffee aus der Kanne, die neben ihm stand. Wie alle anderen war er die ganze Nacht wach gewesen und brauchte einen Koffeinschub, auch wenn das Gebräu beschissen schmeckte.

Dobson holte ein Foto aus seiner Aktentasche. „Sergei Lushko war ein mutmaßlicher russischer KGB-Agent, der ein paar Jahre vor Kanes Verschwinden in die Botschaft in Washington eingeschleust worden war. Es wird angenommen, dass Lushko auch an diesen Partys teilgenommen hat, obwohl natürlich keiner der Teilnehmer seinen richtigen Namen benutzt hat. Laut Aussagen, die damals von Personen gemacht wurden, die sich nur widerwillig dazu äußerten, wurden Kanes Frau und Lushko bei diesen Partys mehrfach beim Sex gesehen, während Kane mit anderen Frauen zusammen war. Eine Person deutete an, dass die Kanes bei einer denkwürdigen Gelegenheit einen Dreier mit Lushko auf dem Kaffeetisch der Bibliothek hatten."

„Eli Kane gehörte zur UdSSR." Grady nahm einen weiteren Schluck von seinem Getränk und versuchte, es nicht mit dem Kaffee in Brynns Café zu vergleichen.

„Ob er es wollte oder nicht", stimmte Dobson zu.

„Seine Frau wurde, was? Von einem russischen Spion verführt? War sie eine Schachfigur? Oder eine Agentin für Moskau?"

Ropero leckte sich über die Lippen. „Die Außenstelle in Washington vermutete Letzteres, aber als sie tot aufgefunden wurde, ermordet von einem ihrer eigenen Leute, beschlossen sie, dass es klug wäre, die Aufmerksamkeit nicht auf diese Tatsache zu lenken. Sie dachten, es würde sich negativ auf das FBI auswirken, das Opfer eines Familienmordes als russische Spionin darzustellen."

„Ist die Vermutung, dass Kane irgendwann gegen die Vorstellung rebellierte, von Moskau benutzt zu werden? Er wusste, dass die Russen ihn an das Justizministerium verraten würden, wenn er in Washington bliebe. Er wäre wegen Hochverrats lebenslang ins Gefängnis gesteckt worden – vorausgesetzt, er hätte ihnen etwas verraten."

„Er hat ihnen tatsächlich Informationen gegeben. Soweit wir wissen, waren es nur Kleinigkeiten, aber genug, um sie hinzuhalten, vermutlich, während er seinen Fluchtplan schmiedete."

Grady stieg Galle in die Kehle. „Während er den kaltblütigen Mord an seiner Frau und seinen Kindern plante."

„Wie kann ein Mann seine eigenen Kinder ermorden?", fragte Cowboy angewidert.

„Manche Menschen scheren sich einen Dreck um andere, selbst wenn sie blutsverwandt sind", erwiderte Grady mit ruhiger

Stimme. Er hatte keinen Zweifel daran, dass sein Vater ihn und seine Schwester genauso leicht getötet hätte. Er hatte nur keinen Grund dazu gehabt, bevor er im Gefängnis landete.

„Eine Sache, die wir herausgefunden haben, lange nachdem die ersten Ermittlungen zu den Morden abgeschlossen waren, könnte etwas Licht in diese Sache bringen." Ropero schaute sich im Raum um, und ihr Blick blieb auf Grady hängen. „Kane hat seine Spuren so gründlich verwischt, dass das FBI Kanes Eltern exhumieren musste, um seine DNS-Abstammung zu erhalten. Das war zu der Zeit sehr umstritten. Als die Labore vor ein paar Jahren die DNS-Proben der toten Frau und der Kinder untersuchten, stellten sie fest, dass die Kinder nicht mit denen übereinstimmten, die wir von Kane hatten. Sie waren nicht seine leiblichen Kinder."

„Und in den Gräbern waren definitiv seine leiblichen Eltern?", fragte Grady.

Ropero nickte. „Wir sind so sicher, wie wir es ohne eine verifizierte Probe sein können."

Grady runzelte die Stirn. „Hey, gib mir das Foto, das du von unseren russischen Touristen aus der Bar hast und vergleiche es mit dem alten Foto von Lushko."

Donnelly zückte ihr Handy und schickte das Bild an ein großes iPad, um das sie sich versammelten. Dobson legte den Ausdruck von Lushkos Gesicht daneben.

„Seht euch die Ohren und die Form der Nasenlöcher an. Das könnte derselbe Mann sein", meinte Grady.

„Warum ist er nicht im System aufgetaucht?"

„Vermutlich hatte er eine Gesichtsoperation, die den Algorithmus durcheinandergebracht hat", antwortete Ropero. „Und weil Sergei Lushko angeblich zur gleichen Zeit wie Lisa Kane gestorben ist."

Grady runzelte die Stirn. „Hat Eli Kane aufgeräumt?"

Ropero schüttelte den Kopf. „Laut Ridley war der KGB oder SVR oder wer auch immer damals für Lushko verantwortlich war, sauer, dass eine Operation, die sie mit großem Aufwand vorbereitet hatten, so dramatisch gescheitert war und einige ihrer anderen verdeckten Operationen zu vereiteln drohte."

„Der Kalte Krieg ist nie wirklich zu Ende gegangen, oder?", kommentierte Nash trocken.

„Sie ließen Leute so tief undercover gehen, dass sie heirateten und Familien mit einer Zielperson gründeten?" Grady zuckte angewidert zurück. Ihm drehte sich der Magen um, aber er fragte sich, wie groß der Unterschied zu der Lüge war, die er Brynn über den wahren Grund seines Aufenthalts in der Stadt erzählt hatte. Dennoch ging es hier um ein paar Tage, nicht um ein ganzes Leben. Aber er war sich nicht sicher, ob sie das auch so sehen würde, nachdem sie Sex gehabt hatten. Und schon gar nicht, nachdem sie von ihrem Ex betrogen worden war.

„Wenn dieser Russe Lushko ist, aber Lushko tot sein soll, warum riskiert er dann, erkannt zu werden, indem er Kane verfolgt?", warf Nash in die Runde.

„Vielleicht haben die Russen seinen Tod vorgetäuscht, damit er irgendwann verdeckt zurückkehren kann", meinte Dobson. „Wir wissen, dass der Kreml sehr nachtragend sein kann."

„Oder vielleicht war das etwas Persönliches ..." Grady schaute auf. „Waren die Kane-Jungs Vollgeschwister?"

Ropero nickte und kam herüber, um die beiden Bilder zu betrachten.

„Könnte Lushko hinter Eli Kane her sein, weil er Gefühle für Lisa Kane hatte, Gefühle, die er nicht haben sollte?"

„Wenn er in Lisa verliebt und die Kinder von ihm waren ..." Cowboy nickte. „Es wäre logisch, dass er aus seinem Versteck kommt, um ihren Tod zu rächen. Ich würde es tun. Ich würde alles niederbrennen, um ihn zu finden."

„Vielleicht handelt Lushko also nicht auf Anweisung aus Moskau", schlussfolgerte Grady. „Vielleicht ist er abtrünnig geworden." Er sah Ropero an. „Es wäre ein Leichtes für ihn gewesen, die FBI-Agenten im Fall Kane nach dem Australien-Debakel zu identifizieren. Er beschließt, einen von ihnen zu beschatten." Er warf Dobson einen kurzen Blick zu. „Er hat von dem Fingerabdruck gehört, der am Tatort eines Banküberfalls in Deception Cove gefunden wurde, als Sie es zu Hause erwähnt haben, vielleicht am Telefon. Vielleicht, als Sie geplant haben, mich in diese Sache hineinzuziehen."

Ropero schüttelte den Kopf. „Ich war nicht mehr in meiner Wohnung, seit ich erfahren habe, dass es einen aktiven FBI-Agenten gibt, der eine Verbindung zu dieser Gegend hat."

Grady nickte. „Gut. Wenigstens wissen sie nichts von meiner Existenz, auch wenn sie geahnt haben, dass das FBI ihnen auf der Spur ist." Er ging auf und ab. Er dachte am besten nach, wenn er in Bewegung war. „Vielleicht hat Moskau Lushko nicht umgebracht. Vielleicht haben sie nur behauptet, er sei tot. Vielleicht ist er geflohen. Vielleicht ist er mit all dem pikanten *Kompromat* abgehauen und hat seitdem einige der anderen Mitglieder des Swingerclubs ausgenommen. Vielleicht hat Kane aber auch selbst Informationen gesammelt und so seine mutmaßliche Gesichtsoperation und sein neues Leben finanziert."

„Das FBI-Team, das Kane jagt, wird wegen dem Fingerabdruck benachrichtigt, und aufgrund der elektronischen Überwachung von Ropero kommt Lushko in die Stadt. Ist Lushko die Person, die die Einheimischen tötet?", fragte Cowboy.

„Warum hat er die Parfümflasche mitgebracht, die vielleicht Gift enthält?" Novak lehnte sich wieder an die Kommode.

Es gab einfach nicht genug Platz für so viele große Erwachsene in diesem Hotelzimmer.

„Was wissen wir über die Russin?", erkundigte sich Grady.

„Ich habe einen Analysten, der nach ihr sucht, aber wir sind überfordert." Ropero legte ihre Stirn in Falten. „Wir müssen mehr Leute hinzuziehen."

„Der Einsatz eines *Nowitschok*-Wirkstoffes in den USA würde Russland in die Scheiße reiten", fügte Dobson hinzu. „Entweder wollen die Russen eine Botschaft an alle senden, die sie verraten, oder dieser Lushko nutzt Kanes, wie er hofft, schmerzhaften Tod, um sich an seinen früheren Chefs zu rächen."

„Weil sie die Frau, die er liebt, dazu gezwungen haben, ihr

Leben mit einem anderen Mann zu verbringen und seine Kinder großzuziehen, ohne dass sie je von seiner Existenz erfahren", schlug Grady vor.

„Von dem Laptop, den Sie uns gegeben haben", knüpfte Ropero an, offensichtlich tief in Gedanken versunken, „wissen wir, dass Bodurek auf seinem Boot als Letztes eine Kopie des Berichts ausgedruckt hat, den er an die Versicherung geschickt hatte. Der Bericht enthielt eine Liste aller am Tatort gesammelten Beweise, die Überwachungsaufnahmen des Vorfalls, ein Inventar der entwendeten Gegenstände und eine Liste aller Besitzer der Schließfächer der Hearst-Bausparkasse …"

Grady drehte sich langsam zu Ropero um. „Wenn wir davon ausgehen, dass Lushko und seine Komplizin Milton Bodurek getötet haben, um an diese Liste zu kommen, dann bedeutet das, dass sie keinen Zugang zu unseren Akten haben."

„Was eine gute Nachricht ist", fügte Nash hinzu.

„Vermutlich haben sie die letzten Tage damit verbracht, so viele Verdächtige wie möglich ins Visier zu nehmen." Grady versuchte, wie ein alter KGB-Handlanger zu denken, was sich ohne deren tiefsitzenden Größenwahnsinn jedoch als schwierig erwies. „Sie haben die Liste auf die gleiche Weise wie wir eingegrenzt."

„Wir könnten die verbleibenden Verdächtigen direkt ansprechen und sehen, wie sie reagieren." Dobson kaute auf seiner Unterlippe.

„Das können wir nicht riskieren, solange wir nicht genug Leute haben, um sie danach alle zu überwachen", argumentierte Ropero. „Und die haben wir nicht, es sei denn, wir ziehen die örtliche Polizei hinzu."

„In diesem Fall könnten wir genauso gut eine Anzeige aufgeben." Grady versuchte, seine Ungeduld zu verbergen. „Holt unsere gesamte Einheit her, und wir riegeln den Ort ab, damit die Wichser nirgendwo hingehen können."

„Warum sind die Russen verschwunden?", gab Donnelly zu

bedenken. „Haben sie Kane schon gefunden oder haben sie herausgefunden, dass wir ihnen auf der Spur sind?"

Der Gedanke, Kane an die Russen zu verlieren, stieß Grady sauer auf.

„Vielleicht wussten sie irgendwie, dass jemand ihr Zimmer betreten hatte. Oder es war reiner Instinkt", meinte Grady. „Vermutlich ist Lushko schon fast so lange auf der Flucht wie Kane. Er würde das Jucken zwischen seinen Schulterblättern, das ihm sagt, dass er beobachtet wird, nicht ignorieren, selbst wenn er dadurch Kane verlieren würde."

„Darauf würde ich nicht wetten." Cowboy schüttelte den Kopf. „Diesen Typen interessiert im Moment nur, dass der Mistkerl, der seine Familie umgebracht hat, dafür büßt. Entweder haben die beiden Kane bereits erwischt und füttern ihn in diesem Moment mit *Nowitschok*-Sandwiches, oder sie halten sich irgendwo versteckt und warten."

„Diese Quayle-Familie letzte Nacht?", fragte Ropero in den Raum hinein. „Haben die Russen sie getötet? Könnte es sich bei einem dieser Männer um Eli Kane handeln?"

Grady zuckte mit den Schultern. Mein Gott, er war müde und sein Kopf schmerzte. „Quayles hatte kein Schließfach in der Bank. Es ist wahrscheinlicher, dass er seine Sachen im Wald vergräbt, als sie in einer Bank zu deponieren. Ich wüsste nicht, warum einer von ihnen in den Banktresorraum gehen sollte."

Dobson presste die Lippen zusammen. „Ich habe Caleb Quayle und seine Familie überprüft, nachdem er einer der Leute am Tatort war, als Bodureks Leiche geborgen wurde. Wir haben die DNS von zwei der toten Onkel, Colin und Dick, im CODIS. Keine besonders angenehme Familie, aber die beiden passen nicht zu Kanes wahrscheinlichem DNS-Profil. Caleb war zu jung."

Sie riefen die Informationen zu den beiden anderen Opfern auf. Ein Mann, Hap Quayle, war gemischtrassig. Der andere, Tom, kam von Alter und Größe her für Kane tatsächlich in Frage.

Grady erinnerte sich nicht an viel über Tom Quayle. „Das

passt für mich nicht. Warum sollten die Quayles Kane bei sich wohnen lassen?"

„Wegen des Geldes?", schlug Nash vor.

„Können Sie sich Toms DNS vom Gerichtsmediziner besorgen?"

Dobson nickte. „Sie wurde bereits unter dem Deckmantel einer Ermittlung durch die Steuerbehörde angefordert. Ich habe sie heute Morgen von einem Agenten abholen lassen."

„Es passt nicht, dass der Russe die Quayles ermordet hat, weil er dachte, einer von ihnen sei Eli Kane", argumentierte Cowboy. „Wer auch immer die Quayle-Männer umgebracht hat, hat weder die Frau noch das kleine Mädchen getötet. Wenn es Lushko war, der sich rächen wollte, dann hätte er sie zuerst getötet."

Ropero murmelte: „Es sei denn, er konnte sich einfach nicht dazu durchringen, Unschuldige zu töten. Was glauben Sie, wer es war, Steel?"

„Scheiße." Er rieb sich mit einer Hand über das Gesicht. „Bei der Art und Weise, wie der Sheriff es mir und Brynn anhängen will, obwohl wir beide ein gutes Alibi haben, stellt sich die Frage, ob nicht er vielleicht dafür verantwortlich war."

„Sheriff York?", fragte Dobson.

Als Grady nickte, runzelte Dobson die Stirn. „Es gibt ein paar große Bareinzahlungen auf die Bankkonten seines Vaters, die wir nicht zurückverfolgen können. Das muss natürlich nicht zwingend etwas mit illegalen Aktivitäten zu tun haben."

Oder doch. Je mehr Grady darüber nachdachte, desto mehr war er davon überzeugt, dass der ehemalige Sheriff Dreck am Stecken hatte. War Darrell auch bestechlich, oder wollte er nur seinen alten Herrn schützen?

„Wir haben die Erlaubnis, heimlich auf alle Ermittlungsberichte im Internet zuzugreifen und mitzuverfolgen, was für einen Fall er aufbaut. Unser Berater, Alex Parker, überprüft immer noch alle verfügbaren Bilder der Überwachungskameras in der Stadt. Bis jetzt hat sich nichts ergeben."

„Aber wenn es nicht die Russen waren, die nach Eli Kane

suchen, wer sollte dann die Quayles töten wollen?", fragte Nash. „Warum?"

Grady schaute sich im Raum um, als seine Gedanken schließlich zueinander fanden. „Um mir eine Falle zu stellen? Um mich aus dem Weg zu räumen?"

Novak verschränkte die Arme vor der Brust. „Du glaubst, jemand weiß, dass du beim FBI und nicht so suspendiert bist, wie wir es alle glauben machen wollten?"

Grady zuckte mit den Schultern. „Ich hatte am Tag vor ihrer Ermordung eine Auseinandersetzung mit einem der Männer, also muss die Polizei mich zwingend ins Visier nehmen." Er kniff die Augen zusammen. „Etwas, das Darrell York gesagt hat, ließ mich glauben, dass sie erstochen und nicht erschossen wurden. Der Bastard hat mir wieder meine Waffen weggenommen."

Novak stieß einen langen Seufzer aus und ging zu einer großen schwarzen Tasche hinüber. Er holte eine Glock 17 und eine weitere 1911 heraus.

Er reichte ihm beide zusammen mit der Munition. „Wenn er versucht, sie dir abzunehmen, erschieß ihn."

Grady knurrte. „Mach keine Witze darüber."

„Wer sagt, dass ich Witze mache?" Novak sah wütend aus. „Ich bin sogar bereit, ihn selbst zu erschießen."

Ropero starrte aus dem Fenster auf den eisigen Ozean. „Ich würde mir gern den neuesten Tatort ansehen, bevor der Sturm die großen Schneemassen mit sich bringt." Sie sah Dobson an. „Hast du Lust auf einen Ausflug dorthin? Wir können unsere Ausweise zeigen. Wer auch immer den Tatort bewacht, wird uns sicher nicht wegschicken."

„Dann verraten Sie definitiv, dass das FBI in der Stadt ist, und dann wird Kane tatsächlich verschwinden", warf Novak ein.

„Es ist schade, dass wir nicht das ganze Team hier haben. Wir hätten die Drohnen in die Luft bringen und uns das Ganze bequem von unserem Hotelzimmer aus ansehen können." Cowboy war so subtil wie ein Brunfthirsch, aber er wusste genau, wie er etwas unmissverständlich klar machen konnte.

Ropero atmete schwer aus. „Das war eine Fehlentscheidung, und ich bin schuld daran. Ich gebe es zu. Wie lange würde es dauern, bis sie ankommen?"

Novak schüttelte den Kopf. „Bei dem vorhergesagten heftigen Sturm? Frühestens morgen am späten Nachmittag, und auch nur, wenn die Piloten zu fliegen bereit sind."

„Warten wir den Sturm in der Stadt oder in Bangor ab?", fragte Nash, der seine Stiefel untersuchte.

„Bangor", entschied Ropero.

„Hier", sagte Novak.

Sie öffnete den Mund, um zu widersprechen.

„Ich lasse nicht zu, dass Angehörige meines Teams von der wenigen Unterstützung, die sie haben, abgeschnitten werden."

„Wenn Kane flieht –"

„Vielleicht sehen wir die Sache völlig falsch. Vielleicht ist es an der Zeit, eine Warnung oder eine Medienerklärung herauszugeben. Zwingen wir diesen Mistkerl, seinen Zug zu machen", schlug Grady vor.

Ropero presste nachdenklich die Lippen aufeinander. „Wenn er nicht schon abgehauen ist, könnte er versuchen, den Sturm als Deckung zu nutzen."

„Und wenn alle Strafverfolgungsbehörden im Bundesstaat und jenseits der Grenze wissen, dass sie nach ihm Ausschau halten sollen, haben wir vielleicht Glück. Es werden viel weniger Leute auf der Straße sein."

Dobson nickte. „Vielleicht ist es wirklich an der Zeit, diesen Anruf zu tätigen."

Ropero stemmte die Hände in die Hüften. „Ich werde eine Pressemitteilung verfassen und sie an das Hauptquartier schicken, um sie zu bestätigen und zu genehmigen."

Cowboy verdrehte die Augen. „Ich bin mir sicher, dass sie rechtzeitig zu Weihnachten fertig sein wird."

Sie warf Gradys Kumpel einen finsteren Blick zu. „Ich fürchte, so läuft es eben. Alle Entscheidungen, die dieses Thema und die

Öffentlichkeit betreffen, müssen von der neuen Direktorin genehmigt werden."

„Geben Sie mir ihre Nummer, falls wir in eine Schießerei geraten und ich ihre Erlaubnis brauche, um das Feuer zu erwidern."

Um die beiden sturen Agenten davon abzuhalten, sich weiter zu streiten, unterbrach Grady sie. „Ich sollte der Freundin von Caleb Quayle einen Besuch abstatten. Sie ist heute nicht zur Arbeit im Café erschienen." Er schaute auf seine Uhr. „Vielleicht weiß sie etwas, das sie der Polizei verschweigt."

„Glaubst du, sie wird mit dir reden?", fragte Novak misstrauisch.

„Ja." Grady nickte. „Ich denke, das wird sie. Ich bin mit ihrer Mutter zur Schule gegangen."

„Wir werden erst einmal Fotos von deiner Brust machen", beharrte Novak und warf Cowboy sein Handy zu.

„Meinetwegen, ich opfere mich dafür, Grady nackt zu sehen", neckte Cowboy.

Donnelly nahm ihm das Handy aus der Hand. „Er ist *mein* Partner. Komm schon, Steel."

Grady fluchte leise vor sich hin, bevor er sein Hemd auszog. „Machen wir es gleich hier, damit Cowboy sehen kann, wie ein richtiger Mann aussieht."

Donnelly verzog das Gesicht, als sie ihn genauer ansah. „Mein Gott."

Cowboy grinste.

„Ich meine, ich weiß, dass du gut gebaut bist", Donnellys Blick wurde mitfühlend, „aber du hast bestimmt zwanzig kleine Verbrennungen und diese Prellungen … Bist du sicher, dass du dir keine Rippe gebrochen hast?"

Plötzlich drängten sich alle seine Teamkollegen um ihn herum und untersuchten ihn.

„Es ist nichts gebrochen", beteuerte er. „Du hast es wahrscheinlich schlimmer abbekommen, als du letzte Woche gegen diese Felswand geprallt bist."

Donnelly grinste. „Gut abgelenkt, Steel." Sie warf Cowboy einen spöttischen Blick zu. „Ich werde dir meine blauen Flecke *nicht* zeigen."

„Spielverderber."

Donnelly begann Fotos zu machen, während Grady so verlegen dastand wie eine nackte Jungfrau in einem Striplokal.

„Zieh deine Hose aus", befahl sie, während sie versuchte, ein Foto von einer Prellung an seiner Hüfte zu machen.

Er packte den Knopf seiner Hose und starrte auf seine Teamkollegin hinunter. „Nur über deine Leiche."

Donnelly grinste und gab auf.

Sobald sie sich von ihm abwandte, wurde er mit Salbe eingeschmiert, begleitet von unterschiedlichen Ratschlägen. Jemand pikste ihn in den Brustkorb und er wollte schon knurren, als er merkte, dass es Novak war.

Sein Chef musterte ihn kritisch. „Desinfiziere es. Bandagiere es. Mach es nicht nass."

„Keine Duschen mehr für dich." Donnelly schnalzte mit der Zunge.

Cowboy grinste, aber Grady sah die Sorge im Blick seines Freundes. „Pass auf dich auf. Jemand hat letzte Nacht fünf Männer ohne mit der Wimper zu zucken getötet. Ich will nicht noch einen Teamkameraden begraben müssen."

Sie wurden alle schnell wieder ernst. Grady nickte. Nie hatte mehr auf dem Spiel gestanden als jetzt.

50

VOR SIEBENUNDZWANZIG JAHREN

Herbst

E li fuhr den Volvo, den er vor ein paar Wochen extra für diese Reise gekauft hatte.

„Warum fahren wir in diese Richtung?", fragte Lisa gereizt.

Sie mochte das Auto nicht. Es war braun und anscheinend hässlich. Es gefiel ihr nicht, dass er ihren Dodge Colt Turbo zum Händler zurückgebracht und gesagt hatte, dass sie ihn sich im Moment nicht leisten könnten. Er hatte ihr die Kreditkarte und den Zugang zu ihren Konten gesperrt. Sie hatte ihn bereits ausgenommen, also war das vielleicht ein unbedeutender Zug. Aber er wollte sie isolieren. Er wollte sie unglücklich machen.

„Ich habe es dir gesagt. Ich habe eine Überraschung."

Ihr Mund wurde schmal. Er wusste nicht, ob er immer unerträglicher wurde, oder ob sie es satthatte, sich zu verstellen.

Er hatte sein Bestes getan, um sie dazu zu bringen, ihn zu verlassen, sie sogar um die Scheidung gebeten, aber Lisa hatte ihm versichert, dass sie ihre Eheprobleme lösen könnten. Sie war hingebungsvoll, das musste er ihr zugutehalten.

Er wünschte, es wäre nie so weit gekommen. Die Schlampe hatte ihm alles genommen. Er würde es sich zurückholen.

Es war schon fast völlig dunkel. Er hatte den Zeitpunkt genau richtig gewählt.

Er bog vom Highway ab und fuhr auf die Wilderness Road. „Ich habe uns eine Hütte für die Nacht gemietet. Ich dachte, wir teilen die Reise in Etappen auf."

Ihre Finger krampften sich in ihrem Schoß zusammen, und sie holte ihre schwere Handtasche aus dem Fußraum.

„Ich dachte, wir sehen uns morgen früh den Gap Cave an, bevor wir nach Süden fahren. Das wird den Jungs gefallen." Seine Stimme brach fast.

Nicht seine Schuld. Nicht sein Spiel. Nicht seine Jungs.

„Sie wären lieber in einem Vergnügungspark", zischte Lisa. „Achterbahn fahren."

Er verdrängte sie aus seinen Gedanken.

Er nahm eine weitere Kurve, und die Reifen rumpelten über das immer unwegsamer werdende Gelände. Dann riss er das Lenkrad zur Seite und würgte absichtlich den Motor ab.

„Scheiße. Ich glaube, wir haben einen Platten."

„Fluch nicht vor den Jungs."

Es ärgerte ihn, dass diese Frau, die ihn in ihr Leben gelockt und zu ihren Ausschweifungen verführt hatte, mit dem einzigen Ziel, ihn zu vernichten, ihn wegen etwas so Banalem wie Schimpfwörtern rügte.

„Sie schlafen." Wütend stieß er die Tür auf und öffnete den Kofferraum. Seine Finger legten sich um die Pistole mit Schalldämpfer, die er dort verstaut hatte. Er steckte sie hinten in seine Jeans.

Seine Frau stieg aus dem Auto und kam zu ihm, immer noch mit ihrer Handtasche in der Hand. „Ich will nicht, dass sie Kraftausdrücke hören."

„Vielleicht ist es mir scheißegal, was du willst."

Ihr Kopf schnellte hoch wie der eines Raubvogels, der Beute witterte – oder einem Erdmännchen, das Gefahr roch.

„Deine KGB-Kumpel haben mich vor ein paar Monaten ausgenommen."

Sie öffnete den Mund und ihre Stirn legte sich hübsch in Falten. „Ich habe keine ‚KGB-Kumpel'. Ist etwas auf der Arbeit los? Steckst du in Schwierigkeiten?"

„Du brauchst dich nicht mehr zu verstellen, Lisa. Ich weiß Bescheid."

„Ich habe keine Ahnung, wovon du redest."

„Um Himmels willen, hör auf. *Gib es auf.*"

„Was aufgeben? Bist du krank?"

Sie sprachen im Flüsterton.

Sie wollte die Kinder nicht wecken.

Er wollte keine Aufmerksamkeit erregen.

Er riskierte seinen Kopf. „Ich *weiß Bescheid.* Ich habe dich und diesen kranken Bastard Sergei seit dem Frühjahr verfolgt. Ich weiß es. Ich weiß *alles.* Ich wusste es schon auf der letzten Party. Dachtest du wirklich, ich wäre so betrunken?"

Er sah, wie sie leer schluckte. Die Rücklichter unterstrichen ihre perfekten Gesichtszüge.

„Ich schäme mich zu sagen, wie sehr ich diesen Dreier genossen habe. Ich wette, ich habe euch beide eine Zeit lang ganz schön fertiggemacht."

Ihr Kiefer wurde hart.

„Aber nicht halb so sehr wie du mich, hm."

Ihr Blick wanderte zu den Kindern, die jedoch bewusstlos waren. Er hatte ihnen etwas in den Orangensaft getan.

„Was ich nicht verstehe, ist, warum du ausgerechnet mich ausgewählt hast." Seine Finger krümmten sich um den Griff der Waffe, bevor er sie herauszog, aber er hielt sie hinter seinem Rücken versteckt. Er mochte vieles sein, aber ein Verräter war er nicht. „Warum hattest du es von allen beim FBI ausgerechnet auf mich abgesehen?"

Ihre Augen blitzten auf, die erste echte Ehrlichkeit, die er sah.

„Weil du arrogant warst. So arrogant, dass du nie geglaubt hättest, du könntest getäuscht werden. Und wenn du die Wahrheit herausfändest, wärst du zu stolz, um deinen Fehler zuzugeben. Du hättest gelogen und betrogen, um dein Gesicht vor deinen Kollegen zu wahren. Und genau das hast du getan, nicht wahr?"

Es war demütigend, dass sie ihn so genau eingeschätzt hatten, wenn auch nicht genau genug.

„Was ist jetzt dein Plan? Der Eiserne Vorhang bröckelt. Er ist ein Relikt aus einer anderen Zeit. Der Kalte Krieg ist vorbei."

„Der Kalte Krieg wird nie vorbei sein." Ihre Augen funkelten, als sie eine Hand in ihre Handtasche steckte und einen Revolver herauszog und entsicherte.

Er spürte, wie sich auf seinen Lippen ein kaltes Lächeln bildete, als sie abdrückte. Einmal. Zweimal. Er trat vor und nahm ihr die Pistole aus den zarten Fingern.

Es war gut zu wissen, dass sie ihn ohne mit der Wimper zu zucken getötet hätte.

Das machte alles, was noch kommen würde, viel einfacher.

„Ich vergaß zu erwähnen, dass ich auch deine Treffen mit dem guten alten Sergei *mitgehört* habe. Ich habe alles mitbekommen. Ihr hättet ein Vermögen mit Pornofilmen machen können. Ich habe dich sagen hören, dass du dir wünschst, ich wäre tot, damit du nicht – wie hast du es formuliert, Mrs. Schmutziges Mundwerk? Oh ja, damit du nicht ‚jede Nacht dieses widerliche Stück Scheiße vögeln musst'."

Er warf den Revolver in den Kofferraum. Er hatte die Kugeln entfernt, bevor sie losgefahren waren. Sie war schlampig geworden.

„Ich gebe dir eine letzte Chance, auszusteigen. Lauf, Lisa. Lauf mit den Jungs weg. Du und der gute alte Sergei. Flieht. Lebt ein gutes Leben und zieht eure Familie groß. Ich bin sicher, dass ihr beide wisst, wie man spurlos verschwindet."

Ihr Lachen war höhnisch. „Denkst du, wir wurden dazu gezwungen, unsere Rollen für Mütterchen Russland zu spielen?"

„Ich weiß, wie der Kreml seine Entscheidungen präsentiert. Ich weiß es aus erster Hand, dank dir."

Für einen Moment war ihr Blick entsetzt.

Konnte sie nicht sehen, dass er ihr eine Chance gab? Um sich selbst zu retten. „Du liebst ihn. Ich weiß, dass du ihn liebst. Du hast zwei Kinder von diesem Mann."

Sie schloss die Augen und hob ihr Gesicht zum Nachthimmel. „Er würde niemals zustimmen. Er würde niemals sein Land verraten. So wie du deines verraten hast." Ihr Ton wurde spöttisch.

Hass begann in seinen Adern zu kochen. „Die Informationen, die ich ihnen gegeben habe, waren nutzlos."

„Aber du hast sie ihnen gegeben, nicht wahr?" Ihr Lächeln war abschätzig. „Du hast sie ihnen gegeben, und sie werden jeden Schritt aufgezeichnet haben. Willst du die anderen Gründe wissen, warum wir dich ausgewählt haben? Und ja, ich hatte ein Mitspracherecht bei der Entscheidung, denn ich war diejenige, die dich regelmäßig würde vögeln müssen."

Wut breitete sich in seinem Gehirn aus. Dass sie ihn so sehr verachtete, obwohl sie diejenige gewesen war, die ihn zu Fall gebracht hatte.

Sie umklammerte ihre Tasche wie einen Schutzschild, aber es funktionierte nicht. Sie erwartete, dass der Transponder darin ihren Retter zu ihr führen würde, aber Eli hatte die Wanze an der ersten Tankstelle, an der sie anhielten, an einem Lastwagen angebracht. Hier waren sie sowieso außerhalb der Reichweite jeglicher Abhör- oder Ortungsgeräte. Sie war ganz auf sich allein gestellt, aber auch völlig frei, vielleicht zum ersten Mal in ihrem Leben, ihre Meinung zu sagen.

„Weil du schwach, eitel und erbärmlich bist. Was wirst du tun, Eli?" Sie sprach seinen Namen voller Abscheu aus. „Weglaufen? Sie werden dich finden. Du kannst mich nicht töten, ohne die Jungs zu töten und du hättest nicht die Eier–"

Das leise Zischen von vier Kugeln, die auf die Rücksitze abgefeuert wurden, ließ sie aufschrecken.

„Sie haben nichts gespürt. Ich habe ihnen vorhin Schlaftabletten in den Saft getan."

Ihr Gesicht verzerrte sich vor Entsetzen und Wut, als sie sich auf ihn stürzte. Er schoss ihr in die Brust, woraufhin sie zu Boden fiel.

Er hockte sich neben sie.

„Du hast meine Babys getötet." Endlich sah er Trauer in ihren Augen. Die Zerstörung.

„Wie fühlt es sich an, zu wissen, dass alles umsonst war? Das ganze Theater mit mir. All die Sexpartys, das Ficken von Menschen für die gute alte UdSSR, die kurz vor dem Zusammenbruch steht – jeder Idiot kann sehen, dass das alles bald zusammenbricht. Sie zu vögeln, weil Sergei es so angeordnet hat."

„Nicht Sergei."

„Wer dann?"

Tränen liefen ihr über das Gesicht. „Glaubst du, wenn du es herausfindest und sie zu Fall bringst, lassen sie dich wieder ins FBI?" Sie lachte, während sie auf die Wunde drückte, auf der das Blut herausfloss. „Du bist wirklich ein Narr."

„Wenn ich nicht deine Brut erschossen hätte, hätte es vielleicht funktioniert. Aber du musstest mich ein letztes Mal reizen, nicht wahr?"

„Du bist ein Monster." Tränen füllten ihre Augen... Wut. Verzweiflung.

Es war die Verzweiflung, auf die er gewartet hatte. Das Wissen, dass er sie gebrochen und zerstört hatte, so wie sie ihn hatte brechen und zerstören wollen.

Aber er hatte andere Pläne.

Er stand auf und zielte auf ihren Kopf. Es war an der Zeit, dieses erbärmliche Kapitel seines Lebens abzuschließen.

51

GEGENWART

Grady wollte Murphy bei Kalpa abholen, die von zu Hause arbeitete, bis sie eine geeignetere vorübergehende Klinik gefunden hatte. Ein Rudel Hunde fing an zu bellen, als er zur Haustür hereinkam. Alle Formen und Größen. Ein paar Katzen waren auch dabei, und er bemerkte den teuflischen Papagei in einem großen Käfig in der Ecke des Wohnzimmers.

Es war das reinste Chaos.

Murphy lag auf einer Frau auf der Couch, sprang aber herunter, als Grady hereinkam. Er wackelte mit dem frisch geschorenen Hintern und leckte Gradys Hand ab.

Die Erkenntnis, dass dieser Hund und so viele andere in der letzten Nacht gestorben wären, wenn Brynn und er nicht gewesen wären, versetzte ihm einen Stich ins Herz.

Scheiße.

„Was ist mit deinem Gesicht passiert?", fragte Kalpa stirnrunzelnd.

Er musste schlimmer aussehen, als er gedacht hatte. Er warf einen Blick in den Spiegel neben der Tür und zuckte zusammen. „Laut Sheriff York habe ich mich der Verhaftung widersetzt."

Die Tierärztin spannte den Kiefer an und schüttelte den Kopf. „Das ist meine Partnerin Muriel."

Kalpa musterte ihn misstrauisch, als könnte er sich negativ über ihr Leben oder ihre Sexualität äußern. Als ginge ihn das etwas an.

Er hielt ihr die Hand hin. „Schön, dich kennenzulernen, Muriel. Danke, dass du dich um den Kerl hier gekümmert hast, während ich wegen mehrfachen Mordes kurzzeitig hinter Gittern saß." Er kraulte Murphy am Kopf.

„Sheriff York ist ein Idiot", murmelte Kalpa. „Wenigstens hat die Versicherungsgesellschaft ihren eigenen Ermittler für den Brand hergeschickt. Die Chancen, dass der Sheriff einen Mörder fängt, scheinen gering zu sein, was uns allen eine Heidenangst macht."

„Ich verstehe, warum er mich befragen musste. Nach gestern." Grady zuckte mit den Schultern. „Die Polizei wird den Mörder finden." Er sagte nicht, welche Polizei.

Muriel stand auf und klopfte ihr T-Shirt ab. „Der Hund ist wirklich niedlich. Wenn du ihn nicht behalten willst –"

„Ich behalte ihn", unterbrach er sie fest.

„Das solltest du auch", flüsterte Kalpa, als Muriel in die Küche ging und das Rudel ihr folgte. „Wir werden uns keinen weiteren Hund zulegen. Wir haben schon drei. Und eine Katze." Sie deutete vage auf die sich zurückziehenden Tiere.

„Hast du schon alle Besitzer kontaktiert?"

„So gut wie." Ihre Miene verfinsterte sich. „Ich bin mir nicht sicher, ob ich den finanziellen Schaden verkraften kann." Die Anspannung verhärtete ihre Gesichtszüge. „Ich brauche wahrscheinlich einen Überbrückungskredit, und ich bin mir nicht sicher, wie der neue Bankmanager über die kürzlich eingetroffene braune, lesbische Tierärztin in der Stadt denkt."

Als jemand, der genau wusste, wie voreingenommen die Leute in der Stadt sein konnten, selbst wenn man ein weißer, heterosexueller Mann war, konnte er das gut nachempfinden. „Ich rufe sie an. Ich werde ein gutes Wort für dich einlegen", schlug Grady vor.

„Das würdest du wirklich tun?"

„Natürlich." Er runzelte die Stirn. „Ich bin mir nicht sicher, ob es dir helfen wird, aber ich werde Edith von deiner Situation berichten und hoffen, dass es etwas bewirkt."

Kalpas dunkle Augen funkelten. „Danke." Ihre Mundwinkel zuckten, und sie wackelte mit den Augenbrauen. „Du bist vor weniger als vierundzwanzig Stunden in mein Leben getreten, und seitdem ist nichts mehr so, wie es war. Wenn wir nicht beide schon in andere Menschen verliebt wären …"

Er zuckte zusammen.

Sie hielt sich den Mund zu. „Oh, das tut mir leid. Das war unpassend."

Er rieb sich den Nacken und runzelte die Stirn. „Wie kommst du darauf, dass ich in Brynn verliebt bin?"

„Könnte es die Art und Weise sein, wie du deine Augen nicht von ihr abwenden kannst, wenn sie in der Nähe ist? Oder wie du ihre Bedürfnisse vor deine eigenen stellst? Oder die Art und Weise, wie ihr Glück dir wichtiger ist als das der anderen?"

Er brummte.

Kalpa lachte. „Hey, wenn es dir hilft, so wie ich es gestern beobachtet habe, empfindet sie dasselbe für dich."

War das überhaupt möglich?

„Sie ist in der Vergangenheit tief verletzt worden."

In Kalpas Augen lag eine unergründliche Weisheit. „Jeder ist irgendwann einmal verletzt worden, Grady. Sogar Caleb Quayle begann sein Leben als Unschuldiger, dem irgendwann beigebracht wurde, ein lauter, tyrannischer, grausamer und unausstehlicher junger Mann zu sein. Gott sei seiner Seele gnädig."

„Meine frühen Vorbilder waren seinen nicht unähnlich."

„Dann bist du vielleicht ein Beispiel für Veranlagung und Umfeld. Ich weiß es nicht." Ihre Lippen verzogen sich zu einem süßen halben Lächeln. „Ich weiß nur, dass ich meine zweite Chance auf Liebe nicht vertan habe, auch wenn sie aus einer Richtung kam, die ich nie erwartet hätte."

Muriel kam zurück ins Zimmer und reichte ihm eine Tüte mit

Hundefutter. „Damit du durch den vorhergesagten Schneesturm kommst."

Kalpa verdrehte die Augen. „Bei dem ganzen Trubel, den sie veranstalten, werden es wahrscheinlich nur zehn Zentimeter sein, die bis morgen früh sogar geschmolzen sind."

Grady lachte und hob die Tüte mit demselben Arm, der die Leine hielt, die Muriel ihm gereicht hatte. „Wie auch immer das Wetter wird, ich würde mich darauf vorbereiten, die nächsten vierundzwanzig Stunden die Luken zu schließen. Haltet die Türen verschlossen."

—

Brynn war so müde, dass sie dachte, sie würde halluzinieren, als Jackie zur Hintertür hereinkam und sich eine Schürze umband.

Brynn blinzelte, aber das Mädchen war immer noch da.

„Hey, ich dachte, deine Mutter hat gesagt, dass du nicht kommen kannst."

Jackie schniefte. Ihre Augen waren gerötet, ebenso wie ihre Nase. „Ich habe etwas geschlafen und fühle mich schon viel besser."

Angus ging zu ihr hinüber und stellte sich neben sie. Linda kam um die Ecke, die Augen in ihrem schmalen, listigen Gesicht zusammengekniffen.

„Dann habe ich darüber nachgedacht, wie du und dieser Grady die ganze Nacht wach wart, um mit den Tieren zu helfen, und alle sagen, dass es Caleb gewesen sein muss – das Feuer, meine ich. Und Mom hat gesagt, dass Grady Steel nicht der Typ ist, der jemanden ermordet, egal was dieser Idiot Darrell York denkt – sie sind alle zusammen zur Schule gegangen." Sie schniefte, und weitere Tränen bildeten sich. „Es ist alles so ein Durcheinander, und ich habe das Gefühl, dass es meine Schuld ist, also dachte ich mir, das Mindeste, was ich tun kann, ist herzukommen und zu helfen."

Brynn war sich nicht sicher, wie viel Hilfe das Mädchen sein würde, aber ihr Herz wurde angesichts ihrer offensichtlichen Bemühung weich. Brynn berührte sie sanft am Arm. „Jackie, dein Freund wurde letzte Nacht ermordet. Du brauchst nicht zur Arbeit zu kommen."

Das Mädchen schnappte sich ein Taschentuch und putzte sich die Nase. „Wir haben Schluss gemacht – nachdem er dich geschlagen hat." Ihre Augen waren groß und voller Scham. „Ich konnte nicht glauben, dass er das getan hat, Brynn, ganz ehrlich. Ich war entsetzt."

„Er hatte dir gegenüber nie gewalttätige Tendenzen gezeigt?"

Jackie schüttelte den Kopf.

Wenigstens gab es einen kleinen Trost.

„Wir waren gerade mal ein paar Wochen zusammen. Ich war nur einmal bei ihm zu Hause, vor ein paar Tagen." Sie zog eine Grimasse. „Ich kannte Hetty und die kleine Susie, weil sie manchmal ins Café kommen, also dachte ich, es wäre okay, weißt du? Aber sein Vater und seine Onkel haben mir eine Heidenangst eingejagt." Sie zitterte.

Angus' Miene verfinsterte sich hinter Jackies Rücken.

„Sie wollten nicht, dass ich im Haus heraumlaufe. Sie sagten Caleb, er solle ein Auge auf mich haben, als sei ich eine Art Dieb. Als Mom herausfand, dass ich dort war, sagte sie, ich dürfe nicht mehr hingehen. Wenn ich Caleb wirklich sehen wolle, könne er zu uns nach Hause kommen." Sie wischte sich wieder über die Nase. „Sie lässt nie jemanden zu uns nach Hause kommen, also war das eine große Sache."

Jackie schaute über ihre Schulter, als Angus wieder den Topf mit Fischsuppe umrührte, der auf dem Herd stand. Das war das Lieblingsessen von Brynns Mutter, und sie hatte zwei Schüsseln von der letzten Portion für ihren Vater beiseitegestellt, damit er sie mit nach Hause nehmen konnte.

Eine plötzliche Welle der Sehnsucht stieg in ihr auf. Sie wollte ihre Mutter sehen. Sie auf die Wange küssen. Ihr sagen, dass sie sie liebhatte.

Jackie senkte die Stimme. „Mom hat mich gezwungen, die

Pille zu nehmen. Und mir einen Haufen Kondome gegeben." Die Wangen der jungen Frau wurden knallrot. „Ich habe ihr gesagt, dass wir, dass *ich* es nicht getan hatte, aber sie hat mich schwören lassen …"

Brynn wusste, dass Jackies Mutter in der Highschool schwanger geworden war. Sie wollte offensichtlich etwas anderes für ihre Tochter. „Es ist klug von deiner Mutter, sich um deine Gesundheit und dein Wohlergehen zu kümmern."

Jackie nickte. „Ich weiß. Sie kann hart sein, aber sie liebt mich. Sie hat es meinem Stiefvater gegenüber nicht erwähnt. Ed würde ausrasten, wenn er wüsste, dass Caleb mich auf diese Weise angefasst hat …"

Brynn fielen beinahe die Augen aus dem Kopf und Jackie lachte. „Ich meine nicht, dass er ihn tatsächlich *umbringen* würde."

„Jemand hat es aber getan, Schatz." Linda tauschte einen Blick mit Brynn aus. „Hast du mit dem Sheriff gesprochen?"

Jackies Miene verfinsterte sich. „Er kam heute Morgen zu uns nach Hause und hat mich befragt. Er hat versucht, mich dazu zu bringen, zu bestätigen, dass du eine Art Rachefeldzug gegen Caleb führst, aber das stimmt nicht. Mom war auch da. Sie sagte ihm, dass du und Grady die unwahrscheinlichsten Mordverdächtigen in der ganzen Stadt seid. Aber dann hat Darrell darauf hingewiesen, dass dein Arschloch von Ex – er hat sich so ausgedrückt, nicht ich – ‚verschwunden' sei. Mom hat ihm gesagt, dass sie bei der nächsten Wahl als Sheriff kandidieren und gewinnen würde, wenn ihm nichts Besseres einfiele als ihr beide."

„Ich würde auf jeden Fall für sie stimmen." Brynn lief es eiskalt über den Rücken bei dem Gedanken, dass Darrell die Sache mit Aiden wieder anfachte. Als hätte sie nicht schon genug Demütigungen erlebt, wenn es um ihren Ex ging.

Jackie schnäuzte sich. „Egal, Mom ist besser als jeder Anwalt. Zum Glück war Dad draußen, um nach den Hummerfallen zu sehen, bevor der Sturm kommt. Er ist jetzt zu Hause."

Jackies Vater, Ed, wäre Brynns Hauptverdächtiger, wenn sie Polizistin wäre. Er war ein furchterregender Mistkerl. Aber

Darrell York war anderer Meinung. Darrell verhaftete die Managerin des örtlichen Cafés und einen FBI-Agenten, den er einmal als Freund bezeichnet hatte. Und es hörte sich so an, als würde er versuchen, alten Dreck auszugraben, um seine albernen Theorien zu untermauern.

Der wachsende Lärm auf der anderen Seite des Tresens deutete darauf hin, dass jemand gerade gehen wollte und jemand anderes gerade angekommen war. Brynn warf einen langen Blick auf das tränenverschmierte Gesicht des Mädchens. „Bist du sicher, dass du bleiben willst?"

Jackie nickte.

„Okay. Du übernimmst den Tresen. Linda und ich kümmern uns um die Tische."

„Sobald ich eine kurze Pause gemacht habe." Linda umarmte die beiden und eilte davon, um sich ihre Jacke anzuziehen.

Jackie wischte sich über die Augen. „Es tut mir wirklich leid, Brynn."

Brynn stieß das Mädchen leicht mit der Schulter an. „Komm schon. Ich will nicht, dass die Leute denken, dass ich das Personal zum Weinen bringe."

Jackie lachte. „Es tut mir so leid, was gestern passiert ist."

Brynn nickte. „Vergiss es." Ihre Nase schmerzte ein wenig, aber es war kein wirklicher Schaden entstanden, außer an ihrem Sicherheitsgefühl. „Und es tut mir leid wegen der Quayles. So sehr ich in den letzten Tagen auch mit Caleb uneins war, er hat es nicht verdient zu sterben."

Jackies Miene wurde wieder traurig, und Brynn wusste, dass sie das Falsche gesagt hatte.

„Führen wir diese Leute an den Tisch und bedienen wir sie", knüpfte sie schnell an. „Du teilst alles auf, was in den nächsten Tagen gegessen werden muss, und wir können alle etwas mit nach Hause nehmen." Sie blickte hinaus auf die dünne Schneeschicht. Die Atmosphäre fühlte sich an, als stünde sie plötzlich am Abgrund, als würde der Sturm gleich losbrechen. Aber er könnte sich genauso gut in Nichts auflösen.

Vielleicht würden die Warnungen dem Sturm nicht gerecht werden, aber die gute Ausrede für einen freien Schneetag würde ihr nichts ausmachen.

„Diese Leute sind die Letzten, die die volle Speisekarte bekommen. Jeder, der danach kommt, kann ein Getränk und Gebäck bekommen, aber keine Mahlzeiten, es sei denn, sie möchten Brot und Suppe. Dann gehen wir alle früher und sind sicher zu Hause, bevor der Schneesturm kommt.“

52

———————

Ryan Sullivan gähnte herzhaft, als er im Sea Spray Café
Platz nahm. Donnelly hatte den besten Platz mit Blick auf
die Tür ergattert, und er musste wie ein Anfänger aus dem
Fenster schauen.

Und das nur, weil er ihr die Tür wie ein Gentleman aufgehalten hatte.

„Ich kann nicht glauben, dass du bei all dem, was passiert ist,
immer noch an deinen Bauch denkst." Donnelly entledigte sich
ihrer Jacke, zog ihre süße Wollmütze ab und legte beides auf den
Stuhl neben sich.

Sie war bis an die Zähne bewaffnet, was man ihr jedoch nicht
ansah. Ihr Gesicht wirkte eher wie das einer Studentin als wie das
eines Mitglieds einer taktischen Eliteeinheit.

„Was?", fragte sie schnell und wischte sich über den Mund, als
hätte sie Angst, dort etwas zu haben.

„Nichts." Er schaute zum Hafen, wo er die Spitzen der Schiffs-
masten erkennen konnte. Dann lehnte er sich näher an sie heran,
fest entschlossen, die seltsame Wirkung zu ignorieren, die sie auf
ihn hatte. „Ich denke nicht an meinen Bauch, wie du es so
eloquent ausgedrückt hast, obwohl ich sehr wohl etwas essen
könnte."

„Du kannst immer essen.“

Er warf einen Blick zur Seite, und in Donnellys Augen dämmerte Verständnis, als Brynn Webster mit einem Notizblock an ihren Tisch kam.

„Hi! Ihr habt uns gerade noch rechtzeitig erwischt. Wegen des Sturms machen wir heute früher zu. Was kann ich euch beiden bringen?“

Ryan bestellte Fischsuppe und einen Salat mit extra Brot. Donnelly bestellte einen Chicken Burger und Pommes.

Bevor Brynn weggehen konnte, fragte er: „Glauben Sie wirklich, dass man sich über diesen Schneesturm Sorgen machen muss?“

Sie war attraktiv. Sehr attraktiv. Aber sie hatte auch eine Zurückhaltung und Distanz, der er nicht ganz traute.

Sie verzog den Mund leicht auf eine Seite. „Ehrlich gesagt, es könnte so oder so kommen, aber hier oben ist es immer klug, auf die Vorhersage zu achten. Bis zum Morgen könnte es fünfzehn Zentimeter oder zwei Meter schneien, und wenn man unvorbereitet da draußen erwischt wird, kann es sehr gefährlich werden.“

Er lächelte. „Wie zu Hause in Montana.“

Brynn verschränkte die Arme, offensichtlich darauf bedacht, ihre Bestellung zum Koch zu bringen, aber auch eine gute Gastgeberin zu sein. „Dann wissen Sie genau, wie es ist – trügerisch.“ Ihre Augenbrauen wackelten ein wenig. „Wie die Stadt.“ Sie setzte ein strahlendes Lächeln auf. „Wann wollen Sie denn abreisen?“

„Übermorgen.“

„Die Straßen sollten bis dahin wieder befahrbar sein, aber ich würde in den nächsten vierundzwanzig Stunden keine Wanderungen durch die Wildnis unternehmen.“

Ryan lächelte Donnelly an. „Ich habe vor, drinnen zu bleiben und es mir mit meinem Schatz gemütlich zu machen.“

Donnelly trat ihn unter dem Tisch. Brynn überraschte ihn, indem sie sich näher zu ihm lehnte und flüsterte: „Ich auch. Jetzt werde ich die Bestellung aufgeben, bevor der Koch die Küche schließt."

„Wenn du mich noch einmal ‚Schatz‘ nennst", warnte Donnelly, nachdem Brynn Webster gegangen war, „schlitze ich dir im Schlaf die Kehle auf."

„Wenn man bedenkt, dass der Sessel, in dem ich schlafe, etwa vierzig Jahre alt ist, wird das nie passieren, Liebes."

Sie kniff die Augen zusammen. „Dann schlaf im Bett. Ich werde nicht beißen. Ich schlafe sogar in dem verdammten Sessel, wenn du dann endlich aufhörst du jammern, *Bärchen*."

Er öffnete den Mund, um zu sagen, dass er sie auf keinen Fall im Sessel würde schlafen lassen, aber sie überging ihn einfach.

„Ich weiß nicht, was daran so schlimm sein soll. Hast du Angst, im Schlaf durcheinander zu geraten und mich für eine deiner Eroberungen zu halten?" Sie zog die dunklen Augenbrauen zusammen. „Glaub mir, es würde nicht lange dauern, dich daran zu erinnern, dass ich das nicht bin."

Er knirschte mit den Zähnen. „Das ist es nicht."

„Was dann? Was ist dein Problem? Scheiße, es geht doch wohl nicht darum, dass ich dich letzte Woche wie eine Idiotin angemacht habe?"

„Das ist es auch nicht." Er wandte den Blick von ihren eindringlichen Augen ab, da er es nicht länger ertragen konnte. Vielleicht war das ja eine Lüge, aber es war nicht der einzige Grund. Draußen verwehte der Wind den Schnee und die Möwen segelten auf den Windböen. Drinnen war das Café warm und ruhig – ein Zufluchtsort, der sich so sicher anfühlte wie ein Fangeisen. Er räusperte sich. „Wenn du es unbedingt wissen willst, ich habe seit dem Tod meiner Frau mit keiner Frau mehr in einem Bett geschlafen."

Donnelly starrte ihn an. Ihr schockierter Gesichtsausdruck war fast den Preis für dieses Geständnis wert. Fast.

„Aber du hast doch *ständig* Sex." Sie senkte ihre Stimme so weit, dass er sie kaum hören konnte.

„Das ist leicht übertrieben", erwiderte er ausdruckslos, „und normalerweise schlafe ich währenddessen nicht."

„Also stehst du einfach auf und gehst? Vielen Dank auch, Ma'am?"

Er zuckte mit den Schultern und nahm das Glas Bier, das eine andere Kellnerin vor ihm abgestellt hatte. „Vorausgesetzt, ich schaffe es mit der betreffenden Dame in ein Bett, was seltener vorkommt, als du denkst. Aber sicher. Ich stehe auf, ziehe mich an und küsse sie zum Abschied."

„Das ist kalt."

„Von wegen."

„Die meisten Frauen mögen es zumindest, wenn man ihnen vorgaukelt, dass sie mehr sind als ein Mittel für dein Vergnügen."

Ein Mittel für dein Vergnügen?

„Willst du mich verarschen?" Er lächelte Brynn grimmig an, als sie seine dampfende Suppe, den Salat und Donnellys riesigen Haufen Pommes brachte.

Er stahl eine Fritte.

Als sie wieder allein waren, zischte er: „Die Frauen, mit denen ich Sex habe, wissen genau, was Sache ist, und ich sorge dafür, dass sie vor mir kommen. Verdammt. Und ich kann nicht glauben, dass wir dieses Gespräch führen."

„Diese Frauen, die du anmachst." Donnelly zog die Stirn in Falten, während sie ihr Essen kaute. „Verkündest du deine Regel der Zwanglosigkeit und des Nicht-Übernachtens vor oder nach dem ersten Kuss?"

Er hob die Schultern. „Normalerweise lasse ich die Frauen zu mir kommen. Wenn sie dann vorschlagen, dass wir uns irgendwo amüsieren, sage ich ihnen, dass es eine einmalige Sache sein wird und ich nicht viel Zeit für eine Afterparty habe."

Sie sah furchtbar verwirrt aus. „All diese Eroberungen, all diese Verabredungen, von denen die Jungs immer reden. Es sind die Frauen, die dich anmachen?"

Ryan schenkte ihr sein gewinnendstes Lächeln. „Ich sage nicht, dass ich keine Signale aussende, wenn ich an jemandem interessiert bin oder mich zu ihr hingezogen fühle, aber normalerweise lasse ich sie den ersten Schritt machen."

„Warum?"

Die Frage ließ ihn leer schlucken. Er zögerte die Antwort hinaus, indem er einen weiteren Löffel der leckeren Fischsuppe aß. Als klar war, dass sie immer noch auf eine Antwort wartete, sagte er leise: „Dann fühlt es sich weniger wie Fremdgehen an."

Donnellys Augen weiteten sich, und sie ruckte mit dem Kopf nach hinten. „Du fühlst dich immer noch mit ihr verheiratet, nicht wahr? Mit deiner toten Frau."

Er zuckte zusammen. Nickte. „Das tat ich. Eine lange Zeit."

„Und jetzt?"

Warum zum Teufel stellte sie all diese Fragen?

„Und jetzt?" Er riss ein Stück Brot ab und kaute langsam. „Ich schätze, das ist eine weitere meiner schlechten Angewohnheiten."

„Du nimmst heute Nacht das Bett, selbst wenn ich dich betäuben muss."

Er ergriff ihre Hand, als Brynn wieder auf sie zukam. „Ich wurde dazu erzogen, ein Gentleman zu sein. Ich kann das nicht einfach abstellen. Du nimmst das Bett."

Ihre Augen blitzten ihn an. „Sieh mich als Teamkollegen, nicht als Frau."

„Das tue ich." Er sah sie als beides. Das änderte jedoch nichts an seiner grundsätzlichen Einstellung.

„Alles in Ordnung?", fragte Brynn. Dann wurde ihre Aufmerksamkeit von etwas unten am Hafen abgelenkt. Sie schüttelte es ab und drehte sich wieder zu ihnen um.

„Ja. Danke", antwortete Donnelly. „Köstlich."

Brynn lächelte, während sie das Geschirr einsammelte. „Tee? Kaffee?"

„Kaffee." Er musste wach bleiben und wollte so lange wie möglich vermeiden, zurück ins Hotel zu gehen, obwohl seine Kollegen jetzt auch dort waren. Alle anderen waren in verschiedenen Zimmern untergebracht, um nicht aufzufallen. „Kann ich die Dessertkarte sehen?"

Brynn nickte. „Und Sie?", fragte sie Donnelly.

Donnelly tätschelte ihren Bauch. „Für mich nur einen Americano, danke. Das war köstlich."

„Ich werde das Kompliment an den Koch weitergeben."

Ryan sah zu, wie Brynn wegging.

„Warum magst du sie nicht?", fragte Donnelly. „Sie scheint nett zu sein."

„Es ist nicht so, dass ich sie nicht mag. Ich ..."

„Du bist überfürsorglich gegenüber deinen Freunden."

Er funkelte sie an. „Ich bin nicht überfürsorglich. Grady ist ein großer Junge. *Muskelbepackt* sogar."

Sie schnaubte.

„Ich finde es ist verdächtig, was ihrer Aussage nach mit ihrem Mann passiert ist." Die letzten Worte formte er lautlos mit dem Mund, da Brynn kam, um das restliche Geschirr abzuräumen und die Dessertkarte zu bringen.

Sie hob alles auf und runzelte dann wieder die Stirn, als sie auf den Hafen hinunterblickte. Sie drehte sich um und ging zurück in die Küche.

Ryan stand auf, folgte Brynns Blick und versuchte zu erkennen, was ihre Aufmerksamkeit erregt hatte. Der Hafen war voll von Booten. Fischdampfer und Segelboote waren festgemacht, um das schlechte Wetter abzuwarten.

Das gelbe Absperrband hing über der Seite des Bootes des toten Bankiers. Dann sah Ryan es. Aus einem der Schächte des abgesperrten Segelbootes stieg Dampf auf. Die Heizung war eingeschaltet.

Jemand war an Bord des Bootes.

53

———

Bei Jackie Somers machte niemand die Tür auf, also nahm Grady Murphy mit zu einem kurzen Lauf unten am Strand. Der Schneefall wurde immer dichter, aber er brauchte dieses Ventil, ebenso wie der Hund, vor allem, wenn sie für die nächste Zeit eingesperrt sein würden.

Es war widersinnig, aber Grady freute sich sogar darauf. Hoffentlich blieben alle Bösewichte in ihrem Versteck, während die FBI-Analysten herausfanden, wer und wo Eli Kane war. Seine Einheit könnte den Kerl abfangen, sobald der Schneesturm sich legte.

Und bis dahin würde Grady mit Brynn abhängen ...

Er erreichte den Strand und wünschte sich, er könnte Murphy von der Leine lassen, aber noch nicht. Es würde Zeit brauchen, bis sie lernten, einander zu vertrauen.

Irgendwie ließ ihn das wieder an Brynn denken.

Konnte er wirklich in sie verliebt sein?

Wie konnte man das mit Sicherheit wissen?

Es würde das nervöse, verwirrte Gefühl in seiner Brust erklären, das er noch nie erlebt hatte. Die fast überwältigende Angst, es zu vermasseln.

Dass sie für einen Typen wie ihn dasselbe empfinden könnte

… Vielleicht war das aber auch nur Wunschdenken von ihm und Kalpa.

Als er um eine Ecke bog, schlug ihm der Wind wie eine Wand entgegen.

Was wusste ein Typ wie er schon von der Liebe? Die Ehe seiner Eltern war ein Kriegsschauplatz gewesen, der die Vorstellung in ihm verstärkt hatte, dass Liebe eine gefährliche Schwäche sei. Sein Vater hatte sie alle mit Wut und Angst beherrscht. Auf keinen Fall wollte Grady eine Frau verletzen, die schon mit ihrem Ex durch die Hölle gegangen war.

Er zog eine Grimasse. Würde sie ihm verzeihen, dass er sie getäuscht hatte? Er war sich nicht sicher.

Wie lange würde es dauern, bis er es riskieren konnte, ihr die Wahrheit darüber zu sagen, warum er wirklich in der Stadt war?

Er wollte es heute tun.

Er würde es aber nicht tun. Er durfte es nicht tun. Aber er wollte es.

Sein Handy klingelte. Er wurde langsamer, um ranzugehen und war überrascht, als Edith Bodurek sich meldete.

„Mr. Steel, ich weiß, dass ich nicht anrufen soll, aber ich habe gehört, dass die Polizei Sie freigelassen hat, und ich wollte wissen, ich *muss* wissen, ob Sie dem Sheriff von dem Laptop erzählt haben, den ich Ihnen geliehen habe, oder ob er bei der Durchsuchung Ihres Hauses gefunden wurde?"

Der eisige Wind raubte Grady den Atem, während er am Ufer stand und dem Tosen des Atlantiks zusah. „Nein."

„Sind Sie sicher?"

„Er ist nicht zur Sprache gekommen, Mrs. Bodurek, und ich habe diesen Umstand nicht angesprochen. Da Sheriff York versucht, mir fünf neue Morde anzuhängen, hatte ich keine Lust, Informationen preiszugeben, die mich mit dem sechsten in Verbindung bringen könnten."

„Oh, das ist gut, nehme ich an. Ich hatte Angst, er könnte denken, dass ich etwas mit dem Mord an meinem Mann zu tun habe, und ich glaube nicht, dass ich das verkraften kann, nachdem ich bereits Milt verloren habe." Sie klang, als würde sie am seidenen Faden hängen. „Allerdings frage ich mich jetzt, ob Sheriff York Junior auch nur annähernd in der Lage ist, den Mörder meines armen Milt zu finden."

„Geht es Ihnen gut?"

„Nein. Nicht wirklich. Haben Sie irgendetwas herausgefunden, das helfen könnte, seinen Mörder zu finden?"

Manchmal vergaß man leicht, dass Fälle nicht einfach nur Puzzles waren, die man lösen musste. Echte Menschen waren davon betroffen. Leben wurden ruiniert.

Er dachte an die Russen und Kane. Er log. „Noch nicht."

„Ist es möglich, dass dieselbe Person, die Milt getötet hat, auch die Quayles ermordet und die Bank ausgeraubt hat?"

Grady starrte auf die tosenden Wellen, als seine Gedanken zu verschmelzen begannen. Es musste da eine Verbindung geben. Aber welche?

„Ich weiß es nicht, Mrs. Bodurek, aber ich verspreche Ihnen, dass ich es herausfinden werde."

„Glauben Sie, ich bin in Gefahr?"

„Das weiß ich ehrlich gesagt auch nicht, aber schließen Sie alle Türen ab und bleiben Sie drinnen."

„Ich habe gehört, dass Sie sich mit dem Webster-Mädchen treffen. Brynn", unterbrach sie ihn schnell.

Grady antwortete nicht.

„Es ist in Ordnung. Es geht mich zwar nichts an, aber es ist in der ganzen Stadt bekannt, dass sie Sie heute Morgen energisch verteidigt hat."

„Sie sollten es besser wissen, als auf Klatsch und Tratsch zu hören."

Sie seufzte. „Sie haben recht, aber es war schön, etwas Romantisches zu hören und nicht nur etwas über den Tod."

Grady fröstelte, als sein Körper auskühlte. Er war zum Laufen angezogen, nicht zum Herumstehen und Telefonieren.

„Ich habe sie vor ein paar Wochen mit ihrem Vater in der Bank gesehen. Ich hatte Milt zum Mittagessen besucht, und sie wurde als Unterzeichnerin für das Geschäftskonto eingetragen. So eine reizende junge Frau. Es tut mir aufrichtig leid, was diese Familie durchmachen muss. Ich bin froh, dass sie Sie hat."

Grady wusste nicht, was zum Teufel er darauf erwidern sollte.

„Bitte lassen Sie mich wissen, wenn Sie etwas herausfinden. Mein Gehirn dreht sich endlos im Kreis, wenn ich hier sitze, auf Neuigkeiten warte und zusehe, wie die Welt weitergeht, während meine in Trümmern liegt." Ihr stockte der Atem. „Ich kann ihn noch nicht einmal beerdigen. Mein armer Milt."

„Es tut mir leid, Mrs. Bodurek–"

„Edith. Nennen Sie mich Edith."

„Es tut mir leid, Edith." Vielleicht gab es eine Möglichkeit, die Frau von ihrem eigenen Elend abzulenken. „Hören Sie zu, es gibt da eine Sache, die neue Tierärztin –"

„Ich habe gehört, dass ihre Praxis niedergebrannt ist. Schrecklich. Einfach schrecklich."

„Es war Brandstiftung", erklärte Grady. „Jemand wollte sie aus der Stadt vertreiben." Oder vielleicht Grady ein offensichtliches Motiv geben, Caleb Quayle zu töten. Das machte mehr Sinn als alles andere ... Er fragte sich, ob Ropero schon einen Todeszeitpunkt für die Quayles hatte.

„Das ist furchtbar. Einfach furchtbar." Sie holte tief Luft. „Ich habe gehört, dass Sie und Brynn alle Tiere gerettet haben."

„Wir hatten Glück, dass wir gerade dort vorbeikamen." Er starrte auf die schwarzen Augen seines Laufgefährten hinunter, und die Vorstellung, dass dieser Hund hätte sterben können, war wie ein körperlicher Schlag. „Aber die Tierärztin wird Unterstützung vor Ort brauchen, um das durchzustehen."

„Kann ich irgendetwas tun, um zu helfen?"

„Vielleicht können sie eine Art Spendenaktion organisieren. Ihr helfen, eine vorübergehende Unterkunft für ihre Klinik zu finden. Die Bank dazu bringen, ihr einen Überbrückungskredit anzubieten, bis die Versicherung zahlt."

„Das kann und werde ich alles tun. Es tut mir leid, dass ich nicht selbst daran gedacht habe. Ich hätte mich melden sollen ..."

„Sie hatten viel um die Ohren."

Edith schniefte und Grady war sich ziemlich sicher, dass sie weinte. „Ja, aber das ist keine Entschuldigung."

Er gab ihr Kalpas Handynummer. „Halten Sie sich warm und aus dem Sturm heraus, Edith. Ich verspreche, dass ich alles tun werde, um Miltons Mörder zu finden." Er hasste es, Versprechungen zu machen, die er vielleicht nicht halten konnte, aber in diesem Fall war er zuversichtlich. Alles spitzte sich zu. „Ich muss los."

Er legte auf, schnalzte mit der Zunge, um Murphys Aufmerksamkeit von einem Stück Treibholz auf sich zu ziehen, und sie machten sich im Eiltempo auf den Weg zurück in die Stadt.

Als er sich dem Haus von Saul Jones näherte, wurde er langsamer.

Er vermutete, dass sein alter Freund ihm nicht alles erzählt hatte. Jetzt wäre vielleicht ein guter Zeitpunkt, ihm auf den Zahn zu fühlen. Grady klopfte an die Haustür und beschloss, die Türklinke auszuprobieren. Die Tatsache, dass abgeschlossen war, ließ ihn zögern.

Er runzelte die Stirn und beschloss, zur Rückseite zu gehen. Vielleicht waren die Jones' wegen dieser Morde besorgt.

Das sollten die Leute auch sein.

Oder vielleicht hatte Saul etwas zu verbergen.

Grady überlegte, ob er anklopfen oder einfach reingehen sollte und entschied sich für Ersteres. Er wartete volle zehn Sekunden und drückte, nachdem er keine Antwort erhalten hatte, die Klinke herunter.

Diesmal schwang die Tür auf. Irgendetwas fühlte sich nicht richtig an. Grady hielt Murphys Leine in einer Hand, während er die andere auf seine geliehene Glock legte. Er trat ein und blieb stehen, als der Lauf einer Waffe auf seinen Kopf gerichtet wurde.

54

„**K**omm schon." Ryan stand auf, holte sein Portemonnaie heraus und legte genug Geld auf den Tisch, um die Rechnung und ein großzügiges Trinkgeld zu zahlen.

„Was ist mit dem –"

„Jetzt, Donnelly. *Beweg dich.*" Er zog seine Jacke an und setzte sich seinen breitkrempigen Hut auf den Kopf.

Ihre Augen weiteten sich, bevor sie die Worte als das erkannte, was sie waren. Ein Befehl.

Sie stand auf, zog sich ihre Pudelmütze und ihren Mantel an. Er nahm ihre Hand und zog sie durch den Hintereingang auf die hintere Terrasse, obwohl auf einem großen Schild stand, dass die Kunden durch den Vordereingang gehen sollten.

„Tut mir leid", rief Donnelly dem finster dreinblickenden Personal zu.

Er ging die Gasse hinunter und ließ ihre Hand nur widerwillig los.

„Was ist los?", fragte sie.

„Da ist jemand auf dem Boot des Toten." Er legte eine Hand auf seine SIG unter der Jacke und suchte den Hafen nach Bedrohungen ab.

„Könnte die Familie sein oder jemand, der es putzt oder so."

„Die Polizei hat den Tatort noch abgesperrt."

„Könnten Polizisten sein."

„Das könnte sein, deshalb kann ich da nicht einfach reinstürmen, ohne mir das genauer anzusehen."

„Lass uns Novak anrufen. Mal sehen, was er dazu sagt."

„Du rufst Novak an. Ich werde einen Spaziergang zum Ende des Piers machen. Du wartest hier und hältst mir den Rücken frei."

Er hörte, wie sie zum Widerspruch ansetzte, aber er hatte keine Zeit zu verlieren. Er schlenderte den Hafen entlang, die Schultern gegen die bittere Kälte hochgezogen, den Kopf gesenkt, um sein Gesicht vor den jetzt stechenden Schneeflocken zu schützen. Das metallene Sicherheitstor des Yachthafens stand offen, also ging er einfach hindurch. Er ging gemächlich dem Kai entlang und schaute sich alle Yachten an. Vor dem vierten Liegeplatz flatterte gelbes Absperrband. Die Yacht des Bankiers war eines der größeren Boote, mit denen man sogar um die Welt segeln konnte, wenn man es wollte.

Außer dem Dampf, der aus dem Lüftungsschacht kam, gab es keine offensichtlichen Anzeichen von Leben im Inneren. Vielleicht wurde die Heizung von einem Thermostat gesteuert? Jegliche Fußspuren wären durch den heftigen Wind und die dünne, frische Schneedecke verwischt worden. Auf einem separaten Steg auf der linken Seite lagen Fischerboote in einer Reihe. Ryan schlenderte zum Ende des Stegs und starrte in das tintenschwarze Wasser. Es sah ungefähr so verlockend aus wie kastriert zu werden. Die Tatsache, dass Brynn Webster am späten Freitagabend allein dort reingesprungen war, ließ sie in seiner Einschätzung plötzlich etwas besser erscheinen.

Grady war kein Idiot, aber Ryan wusste, dass er verwundbar war, so wie sie alle verwundbar waren. In Herzensangelegenheiten.

Er wollte nicht, dass sein Kumpel verletzt wurde.

Ryan drehte sich um und starrte zum Café hinauf. Er entdeckte Donnelly, die windgeschützt an der Wand eines nahen

Gebäudes lehnte und SMS auf ihrem Handy schrieb, als würde sie sich langweilen.

Ryan wusste mit plötzlicher Gewissheit, dass sich entweder die Russen oder Eli Kane auf dem Boot versteckt hielten und sie wahrscheinlich vorhatten, in See zu stechen, sobald es dunkel wurde oder sich der Sturm etwas gelegt hatte.

Er musste die Truppe zusammentrommeln.

———

Grady hob einen Arm und schlug Saul die Waffe aus der Hand. Die Waffe ging los und die Kugel trat direkt durch die Küchenwand nach draußen. Murphy geriet am anderen Ende der Leine in Panik, aber Grady ließ nicht los. Er ignorierte den verängstigten Hund, als er Saul auf den Boden zwang und sich auf seinen Rücken kniete.

Der Kerl bockte. „Geh verdammt noch mal runter von mir, Grady! Runter von mir!“

Grady stieß gegen die Tür, sodass sie zuschlug. Dann ließ er Murphys Leine los und hob die alte 1911 von Sauls Vater vom verblichenen Linoleum auf.

Sie war entsichert und geladen.

„Was ist hier los, Saul?“

„Ich habe mir Sorgen wegen der Morde gemacht, das ist alles. Ich dachte, du seist einer der Mörder.“

„Warum sollten die Mörder hinter dir her sein?“ Grady entdeckte die Krücken, die am Küchentisch lehnten, und eine Tasche auf dem Tisch. Auf dem Boden neben der Tür lag ein Koffer. „Wohin gehst du denn so eilig? Weißt du nicht, dass ein Schneesturm aufzieht?“

„Pah“, spuckte Saul. „Das ist gar nichts.“

„Deinem Bein scheint es viel besser zu gehen.“ Hatte der Kerl so getan, als sei seine Verletzung schlimmer, als sie es in Wirklichkeit war?

„Ich heile gut, aber nicht wenn ein großer Trottel auf mir sitzt. Geh *runter von mir*.“

Grady ließ von ihm ab und schaute in die Tasche auf dem Tisch. Bargeld.

„Nicht falsch verstehen, Grade. Als Brandy mich verließ, habe ich vielleicht ein wenig die Details darüber frisiert, wie viel sie von den Bankkonten abgehoben hat.“

Grady schüttelte den Kopf. „Glaubst du, ich bin von gestern? Wo ist deine Mutter? Hast du sie umgebracht, so wie du die Quayles und Milton Bodurek umgebracht hast?“

„Was? Nein.“ Trotz der Kälte in der Küche standen Saul Schweißperlen auf der Stirn. Er hielt die Hände hoch, die Finger weit gespreizt. „Ich habe niemanden umgebracht. Ich schwöre es.“

„Dreh dich um. Hände an die Wand.“

„Grady, ich schwöre –“

„Dreh dich um, verdammt noch mal.“ Die Emotionen erdrückten ihn. „Ich will dir nicht wehtun, aber ich werde es tun, wenn du dich wehrst.“

Er öffnete die Küchenschublade, die in ihrer Kindheit ein Sammelsurium gewesen war, und fand einen Kabelbinder.

Saul tat wie ihm geheißen. „Ich flehe dich an, Grady. Lass mich gehen. Sag, du hast mich nie gesehen. Ich werde das Geld mit dir teilen –“

„Versuchst du gerade ernsthaft, einen Bundesagenten zu bestechen?“

„Ich habe nichts getan! Ich schwöre es. Hör mir zu.“

Grady fesselte die Handgelenke seines Jugendfreundes hinter dem Rücken. „Setz dich.“ Er schob ihm einen Stuhl hin. Saul ließ sich darauf nieder.

Murphy winselte an der Tür, und Grady hielt lange genug inne, um den Hund zu streicheln und ihn zu beruhigen.

Dann ging Grady vorsichtig in das Wohnzimmer. Er hielt den Atem an, als er Mrs. Jones unbeweglich in ihrem Sessel in der

Ecke des Raumes sitzen sah. Eine Decke war über ihren Schoß und ihre Brust gelegt.

Er überprüfte ihren Puls. Er schlug stark und gleichmäßig.

„Ich liebe das alte Miststück. Ich habe ihr nicht wehgetan. Ich habe eines der Beruhigungsmittel, die mir die Ärzte zum Einschlafen gegeben haben, in ihren Kaffee getan", sagte Saul von der Tür aus. „Ich brauchte ein paar Stunden, um die Stadt zu verlassen, und zwar ohne dass sie die Polizei ruft oder …"

„Oder was?"

Sauls Augen blitzten auf. „Oder dass sie von demjenigen verhört wird, der Milton und die Quayles getötet hat."

„Warum denkst du, dass sie herkommen könnten, um Informationen zu bekommen, Saul?", fragte Grady mit erzwungener Geduld. „Warst du an dem Bankraub beteiligt?"

Saul schüttelte den Kopf. Er versuchte, sich die Nase an der Schulter zu kratzen. „Nein, war ich nicht."

Grady wollte an ihm vorbeigehen, nicht gewillt, sich irgendwelchen Schwachsinn anzuhören.

„Hör zu, ich habe es herausgefunden, nachdem ich mit dir gesprochen hatte. Mir wurde klar, wer der Räuber war. Ich bin zu dem Gelände am Catfish Crossing gefahren. Ich sagte Colin Quayle, dass er mir etwas dafür schuldet, mir ins Bein geschossen zu haben, sonst würde ich zur Polizei gehen. Ich zwang ihn, mir einen Teil des gestohlenen Geldes zu geben." Saul blickte auf das verblichene alte Linoleum. „Zehn Riesen. Genug, um woanders neu anzufangen. Ich sagte ihm, wenn mir etwas zustoßen würde, gäbe es Sicherheitsvorkehrungen und alle Details würden an den Sheriff gehen. Colin lachte nur und sagte, dass Darrell York nicht mal eine Schnecke fangen könne. Dann habe ich ihm gesagt, ich hätte dich informiert, woraufhin er mich etwas ernster genommen hat."

„Ich bin mir nicht sicher, ob es dir Pluspunkte einbringt, meinen Namen für ein Verbrechen zu benutzen. Wann hast du mit ihm gesprochen?", schnauzte Grady.

„Ein paar Stunden, nachdem ich mit dir geredet hatte."

„War Milton an dem Banküberfall beteiligt?" Hielt Edith Informationen zurück, die sie und ihren toten Mann belasten könnten?

„Nicht dass ich wüsste. Das Arschloch war zu puritanisch, um seine eigene Bank auszurauben." Saul verzog verbittert das Gesicht. „Nach dem, was er zu mir gesagt hat, als ich im Krankenhaus lag, dachte ich mir, dass ich der Bank nichts schuldig bin. Nicht, wenn ich für lausige vierzig Riesen im Jahr ins Bein geschossen wurde. Die Versicherung wird für sein Geld aufkommen. Die einzige Person, die an diesem Tag etwas verloren hat, war ich."

„Hast du Milton erschossen?"

Saul fiel die Kinnlade runter. „Scheiße, Grady. Nein. Nein, ich habe niemanden erschossen."

„Haben die Quayles Milton getötet?"

Saul schüttelte den Kopf. „Sie sagten, sie hätten es nicht getan, und ich habe ihnen geglaubt. Sie hatten genug Geld, um ein Jahr oder länger durchzuhalten. Sie hatten keinen Grund, jemanden zu töten und sich selbst unter Verdacht zu bringen."

„Du hattest einen Grund. Das hast du mir selbst gesagt."

Auf Sauls Stirn bildeten sich Schweißperlen.

„Ich bin kein Mörder. Es hat mich viel Mut gekostet, zu den Quayles zu gehen. Ich mochte Bodurek nicht, aber ich hätte ihn nie umgebracht." Er hielt Gradys Blick. „Ich würde niemanden umbringen. Das weißt du."

„Wer war es dann?"

Saul zog die Oberlippe zurück. „Laut Darrell York warst du es."

Gradys Lächeln fühlte sich so tödlich an wie eine Klinge. „Nun, unter diesen Umständen solltest du hoffen, dass das nicht der Fall ist."

Saul seufzte. „Ich weiß, dass du es nicht getan hast. Du hattest schon immer einen klaren Sinn für Recht und Unrecht, schon als Kind. Ich und Darrell haben immer gern getan, was uns in den Sinn kam, aber du hast nie bestimmte Grenzen überschritten."

So hatte Grady seine Kindheit nicht in Erinnerung. „Hast du

irgendetwas Verdächtiges im Quayle-Haus gesehen, als du dort warst?"

Saul schniefte. „Sie haben mich nicht ins Haupthaus gelassen. Aber zwei Touristen kamen durch, als ich dort war. Sie behaupteten, sie hätten sich beim Wandern verlaufen."

„Touristen?"

„Fremde."

„Fremde? Franzosen? Deutsche? Kanadier?"

Saul schüttelte den Kopf. „Osteuropäer. Colin hat ihnen gesagt, dass sie von seinem Land verschwinden sollen, und hat mit einer Schrotflinte in die Luft geschossen, um sie zu verscheuchen." Saul kniff die Lippen zusammen. „Ich habe mir fast in die Hose gemacht, da ich dachte, er würde als Nächstes auf mich schießen."

„Was haben die Touristen getan?"

„Der Mann starrte jeden der Quayles lange an, und ich dachte schon, es würde Ärger geben, aber dann hob er die Hand, entschuldigte sich und wich zurück. Hap verfolgte sie zurück bis zu ihrem Fahrzeug."

„Was war es für ein Fahrzeug?"

Saul schüttelte den Kopf. „Ich weiß es nicht. Hap hat es nicht gesagt. Colin ging in die Scheune und kam mit dieser Tasche voller Geld zurück. Er sagte mir, wenn ich es offen verprasse oder sie verpfeife, bin ich tot und meine Mutter auch."

Der Gedanke schien ihn zu entsetzen. „Ich sagte ihnen, sie sollten sie da raushalten, aber sie meinten, ich hätte sie mit hineingezogen, indem ich sie ausnehme. Ich kam nach Hause und verbrachte eine schlaflose Nacht damit, mit dem alten Gewehr meines Vaters in der Hand auf die Tür zu starren. Als ich hörte, dass sie alle tot waren ... wusste ich ehrlich gesagt nicht, was ich denken sollte. Erleichterung, was zugegebenermaßen schrecklich ist. Für Mom und mich. Dann fragte ich mich, wer das den Quayles antun würde, die die furchterregendsten Scheißkerle waren, die ich je getroffen habe – Anwesende ausgenommen –, und wenn ihr Mörder herausgefunden hatte, dass ich etwas von dem Geld aus dem Bankraub bei mir hatte, war ich vielleicht der Nächste. Da gab ich Mom das Schlafmittel und fing an zu packen. Bitte bring mich nicht zur Polizei, Grady. Wenn ich in den Knast komme, habe ich noch weniger als jetzt."

Grady packte seinen alten Freund vorne am Hemd und schüttelte ihn. „Du hast ein Dach über dem Kopf und eine Mutter, die dich liebt. Du hast Freunde, und abgesehen von deinem verletzten Bein bist du bei guter Gesundheit."

„Bitte lass mich nicht verhaften." Saul fing an zu weinen. „Es tut mir leid. Es tut mir leid, dass ich das überhaupt versucht habe."

Grady spürte, wie seine eigenen Gefühle hochkamen. Keiner von ihnen hatte in der Jugend viele Möglichkeiten gehabt. Grady hatte die, die er bekommen hatte, ergriffen und war abgehauen. Saul war sich selbst überlassen zurückgeblieben.

Grady atmete tief durch. Die Sache war, dass er die Geschichte glaubte, die Saul erzählte. Sie war zu komplex, als dass Saul sie sich hätte ausdenken können. Der Mann war noch nie besonders einfallsreich gewesen.

„Ich kann dich nicht gehen lassen, aber ich kann etwas für dich tun. Steh auf. Wenn du das tust, was ich dir sage, wird es viel einfacher für dich sein, und ich bezweifle, dass du in den Knast kommst. Erzähl Darrell, wie du bei den Quayles Holz geholt hast, um die verfaulte Eingangstreppe zu reparieren. Als du dort warst, hast du Colin von dem Überfall wiedererkannt. Colin hat dich bedroht, als er merkte, dass du ihn erkannt hast. Dann versuchten sie, dich mit Bargeld zu bestechen. Du hattest Angst und wusstest zuerst nicht, was du tun sollst, also hast du das Geld angenommen, aber du hattest vor, heute Morgen zum Sheriffsdepartment zu gehen und ihnen alles zu erzählen. Dann hast du von den Morden gehört und hattest Angst, dass er denken könnte, du hättest die Quayles ermordet. Deshalb hat es ein paar Stunden gedauert, bis du dich gemeldet hast. Pack deinen Koffer aus. Bringe jeden gestohlenen Dollar zum Sheriffsdepartment und erzähle deine Geschichte jedem, der dort zuhört, nicht nur Darrell."

Grady benutzte das Messer in seinem Stiefel, um den Kabelbinder zu zerschneiden. „Wenn du das alles so erzählst, kommst du vielleicht nicht ins Gefängnis. Wenn du versuchst, mit dem Geld zu fliehen, werde ich dafür sorgen, dass das FBI dich aufspürt und für lange Zeit einsperrt. Verstanden?"

Hoffnung und Niederlage kämpften in Sauls Augen. „Okay. Okay. Ich werde es tun. Genau das. Danke."

Gradys Handy klingelte.

Es war Cowboy.

Grady entfernte sich von Saul. „Ich muss da rangehen. Ruf die Zentrale an und bitte um einen Termin mit Darrell, bevor ich dieses Telefonat beende. Dann pack aus. Und dann mach dich so schnell wie möglich auf den Weg dorthin."

„Was wirst du tun?"

Das Handy hörte auf zu klingeln. *Verdammt.* „Ich habe keine Zeit, wieder festgenommen zu werden. Du hast mich nie gesehen, verstanden?"

Sauls Augen weiteten sich, dann wurden sie schmal. „Du bist nicht wirklich suspendiert, oder?"

Grady antwortete nicht.

Saul lachte. „Oh Mann, jetzt bekommt Darrell endlich, was er verdient, nicht wahr?"

Grady schnappte sich Murphys Leine und steckte Sauls 1911 in den Bund seiner Laufhose. Er hatte seinen Bericht über die gewaltsame Verhaftung von heute Morgen bereits verfasst und ihn zusammen mit den Fotos an Novak geschickt. „Ruf das Sheriffsdepartment an und stell dich. Vielleicht hast du Glück und bekommst einen Platz in der ersten Reihe für den Rest der Show."

Als er zur Hintertür hinausging, bemerkte er, dass er einen weiteren Anruf von Brynn verpasst hatte. Er musste zuerst mit Cowboy sprechen.

Er wählte seinen Freund an. „Was gibt's?"

55

Ryan war gerade dabei, Grady auf den neuesten Stand zu bringen, als sich auf dem Boot etwas bewegte. Sein Körper spannte sich an, als die russische Frau auf das Deck der Yacht kam. Sie duckte sich gerade unter dem Tatortband hindurch, als ihre Blicke sich trafen.

„Erwischt." Er ignorierte Grady und steckte das Handy in seine Tasche.

Ein Auto fuhr am Kai vor, als Donnelly über die Straße zum Eingang des Yachthafens schritt.

Wo war der Mann? Wo war Lushko?

„Howdy, Ma'am." Ryan lüftete seinen Hut, denn sie waren sich schon ein paarmal begegnet. „Ich wusste nicht, dass Sie Matrosin sind." Vielleicht konnte er sich mit einem Bluff aus der Sache herauswinden. Aber irgendetwas musste ihn verraten haben. Vielleicht die Hand, die er versteckt hielt und die sich um seine Waffe legte.

Die Frau kramte in der Plastiktüte, die sie bei sich trug, und holte die Parfümflasche heraus, die er gestern Abend entdeckt hatte. Grauen erfüllte ihn. Donnelly erreichte das andere Ende des schmalen Steges. Die Frau wusste, dass sie in der Falle saß.

„Wissen Sie, was da drin ist?" Ihr Akzent war jetzt deutlicher.

401

In ihren braunen Augen war zu erkennen, dass sie seine fehlende Überraschung bemerkt hatte. „Ich habe mich schon gefragt, ob Sergei nicht zu paranoid war, als er behauptete, dass Sie und Ihre dämliche Freundin mehr als nur ein paar dumme Touristen sind, aber offensichtlich war sein Instinkt richtig. Das ist wohl eher sein Gebiet als meins."

„Und was ist Ihr Gebiet, Ma'am?"

„Ich?" Sie ging ein paar Schritte auf ihn zu.

„Bleiben Sie, wo Sie sind, Ma'am. Warum sagen Sie mir nicht, was in der Flasche ist?" Er warf einen besorgten Blick auf Donnelly. Sie befand sich direkt in der Schusslinie, sollte eine Kugel durch die Frau hindurchgehen oder sollte er durch eine unvorstellbare Wendung des Schicksals sein Ziel verfehlen. Seine Möglichkeiten waren begrenzt. Donnelly musste da *weg*.

„Mein Gebiet und das, was in der Flasche ist, sind miteinander verbunden." Die Russin schaute auf die Parfümflasche. „Ich bin von Beruf Chemikerin. Streng geheimes Zeug." Sie stieß ein wildes Lachen aus, aber es klang unecht. Diese Frau wusste genau, was sie tat.

„Wo ist Ihr Partner? Wo ist Lushko?" Aus den Augenwinkeln beobachtete er das Auto im Leerlauf und erkannte, dass der Fahrer auf jemanden wartete. Könnte es Lushko sein, der gerade diese Frau abholen wollte? Das Timing passte. Oder versteckte sich der alte KGB-Agent im Boot und hatte ihn bereits im Visier, während der Mann im Auto ein unschuldiger Zuschauer war?

Als die russische Frau einen weiteren Schritt auf ihn zukam, ließ er jegliche Höflichkeit fallen.

Er zog seine Waffe. „FBI. Runter auf die Knie. Auf die Knie und legen Sie die Flasche vorsichtig zu Ihren Füßen ab, oder ich werde Sie erschießen."

Sie lächelte ihn an und nahm den Verschluss ab. *Mist.* Ryan hatte kein freies Schussfeld, weil Donnelly direkt hinter der Frau stand. Dann sprühte die Russin etwas davon auf ihr Handgelenk und warf die Flasche auf den Steg, wo sie ein paar Meter von dort entfernt zerschellte, wo er eben noch gestanden hatte.

Ryan tauchte bereits in das eiskalte Wasser.

Er hörte Schüsse und spürte, wie ihn eine noch tiefere Angst durchzuckte. Er schwamm schnell zum Ufer, wobei er so lange wie möglich unter Wasser blieb. Er sah, wie Donnelly in Schussposition ging, als jemand auf sie schoss. Als sie zu Boden ging, blieb sein Herz stehen.

Ryan konnte sich den Schrecken nicht erklären, der sich mit spitzen Fingernägeln in jeden Teil von ihm krallte, aber er wusste, dass er ihn schon einmal gespürt hatte.

Verdammte Scheiße.

Er tauchte wieder auf und erwiderte das Feuer, während er sich an einem nahen Fischdampfer festhielt. Seine Feinmotorik mochte eingeschränkt sein, aber er konnte immer noch die Seite eines Autos auf zwanzig Meter Entfernung treffen. Das Fahrzeug fuhr mit quietschenden Reifen davon. Ryan zog sich schnell zur Leiter, die Donnelly am nächsten war, und kletterte aus dem Meer, obwohl seine Hände und Beine völlig taub waren.

Die Erleichterung, die er empfand, als er sah, dass Donnelly nicht an einer Schusswunde gestorben oder vergiftet worden war, überkam ihn wie eine Flutwelle.

Er packte sie am Arm und zerrte sie so weit wie möglich von der zerbrochenen Flasche des Todes weg.

„Ich bin auf einem Stück Eis ausgerutscht. Ich kann nicht glauben, dass ich ihn habe entkommen lassen."

„Wir müssen die Polizei rufen, damit sie den Bereich absperren, und müssen das Nummernschild an das Team weitergeben."

Seine Zähne klapperten und sein Körper war eine Wand aus Schmerz. Sie taumelten über die Straße, und er stützte sich mit den Armen an einem Gebäude ab, während sie ihren Chef anrief. Die Leute kamen aus ihren Türen oder auf die Terrasse, um zu sehen, was los war.

Er stieß sie sich von der Wand ab. „Bleiben Sie zurück. Im Yachthafen ist Gift ausgetreten. FBI. Bleiben Sie zurück."

Die Leute sahen ihn an, als sei er verrückt geworden, aber niemand versuchte, der Frau zu helfen, die auf dem Steg lag. Sie war bereits tot. Durch das Gift und die Tatsache, dass Donnelly ihr zwei Kugeln in die Brust verpasst hatte. Unter den gegebenen Umständen war das wahrscheinlich eine Gnade.

„Du musst trocken werden", bemerkte Donnelly.

Ryan drehte sich zu ihr um, während ihn die Wut übermannte. „Ich konnte sie nicht erschießen, weil du in meiner Schusslinie warst."

„Ich habe ihr den Fluchtweg abgeschnitten."

„Ich weiß. Verdammt, ich weiß. Aber du hättest zur Seite treten sollen. Ich hatte sie, ich hatte sie verdammt noch mal, aber ich… *Scheiße*." Er schnappte nach Luft und für einen Moment erstarrten sie beide vor Schreck. Dann schluckte er und hielt eine Hand hoch. „Ist schon gut. Nur meine Eier in meinem Hals. Kein tödliches Nervengift."

„Na hoffentlich."

„Ich hoffe es verdammt noch mal." Er hörte, wie seine Teamkollegen eintrafen und ging zu ihnen, um zu erklären, was passiert war und wo das potenzielle *Nowitschok* verschüttet worden war. Sie brauchten ihre Gefahrenstoffausrüstung, bevor sie überhaupt versuchen konnten, die Frau und das Boot zu untersuchen.

Er verdrängte den absoluten Schrecken, den er erlebt hatte, als er sah, wie Donnelly zu Boden ging. Er war heute an eine sehr wertvolle Lektion erinnert worden. Das würde er nicht noch einmal durchmachen. Auf keinen Fall. Lieber würde er an dem tödlichen Parfüm der Russin schnuppern.

Es war an der Zeit, diese seltsame Besessenheit für Donnelly aus seinem verdammten Kopf zu bekommen.

Sie war seine Teamkollegin. Nicht mehr und nicht weniger.

Es war höchste Zeit, sich das hinter die Ohren zu schreiben.

———

Unten am Hafen war einiges los. Brynn war sich ziemlich sicher, dass sie vor ein paar Minuten Schüsse gehört hatte. Jetzt liefen schwarz gekleidete Männer mit Gesichtsmasken herum. Der große Cowboy, der seine Freundin von hier weggeschleppt hatte, war in den Hafen gesprungen.

Sie wusste genau, wie kalt ihm sein musste und überlegte, ob sie ihm eine Kanne Kaffee und eine Decke hinunterbringen sollte. Doch bevor sie sich dazu aufmachen konnte, stieg er in einen Geländewagen und fuhr davon. Die Freundin blieb zurück und ... streifte sich jetzt einen schwarzen Anzug über ihre Kleidung, bevor sie sich eine Gasmaske über das Gesicht zog.

„Ich glaube, wir sind von Außerirdischen überfallen worden", bemerkte Brynn wie benommen.

Linda, Angus und Jackie standen neben ihr und starrten nach draußen.

„Das ist besser als Fernsehen." Jackie blinzelte schnell.

„Nur sieht es so aus, als sei jemand verletzt worden", warf Brynn leise ein. Von hier aus war es schwer zu erkennen, aber sie vermutete, dass es die Touristin war. Die Männer in Schwarz näherten sich ihr vorsichtig.

Was hatte sie dort unten zu suchen gehabt? Hatten sie und ihr Mann sich illegal auf dem Boot von Milton Bodurek aufgehalten? Hatten sie etwa Milton umgebracht?

Zwei Personen betraten das Segelboot. Einer der schwarz gekleideten Männer untersuchte die liegende Person auf ihren Puls, fand aber offensichtlich keinen.

Anstatt auf den Sheriff oder den Gerichtsmediziner zu warten, legten zwei Personen die Leiche in einen Leichensack und schoben diesen in einen zweiten.

Eine weitere Person stellte einen seltsam aussehenden Kanister auf dem Steg ab. Dann schütteten sie eine Substanz auf das Holz.

Brynn erschauderte. Die ganze Sache war surreal.

Die drei verbliebenen Kunden, Fancy Lucette, Bürgermeister Brian Gesbriecht und seine Frau Shannon, standen ebenfalls da und starrten aus dem großen Panoramafenster.

„Ich wette, das ist das FBI", sagte Linda nachdenklich. „Wohl irgendeine Art von Menschenhändlerring. Der heiße Cowboy und sein Mädchen waren verdeckte FBI-Agenten, die aus dem Café gelaufen sind, um die bösen Jungs zur Strecke zu bringen."

„Das ergibt keinen Sinn." Brynn wandte sich vom Fenster ab. „Grady hätte sie erkannt."

Angus stieß ein schnaubendes Lachen aus. „Es gibt Tausende von FBI-Agenten, Brynn." Er sah jedoch nachdenklich aus. „Es sei denn, Grady ist auch undercover."

Brynn starrte angestrengt auf die Szene. „Warum sollte er das sein?"

„Grady Steel ist eine Schande. Vielleicht sind sie hier, um gegen ihn zu ermitteln." Der Bürgermeister warf ihr einen missbilligenden Blick zu.

„Grady Steel ist ein netter junger Mann, der seinem Land gut gedient hat. Vielleicht ermittelt er wegen Wirtschaftsverbrechen. Korruption?" Fancy hob ihre silbernen Brauen zu einem arglosen Lächeln, das niemanden täuschte.

Das Gesicht des Bürgermeisters verzog sich. „Er wird sich noch heute im Gefängnis wiederfinden, das können Sie mir glauben."

„Das bezweifle ich, Bürgermeister." Brynn wandte sich an den Mann. „Sie scheinen vergessen zu haben, dass ich gestern Abend bei Grady war und er die Quayles auf keinen Fall umgebracht hat, warum sollte er also ins Gefängnis?"

Der Bürgermeister streckte die Nase in die Luft. „Es kann kein Zufall sein, dass er in der Nacht, in der Milton starb, hier ankam."

Die Andeutung ließ Brynn übel werden. Sie schüttelte den Kopf, um ihn freizubekommen. Sie wollte den Kerl rausschmeißen, aber wenn sie so weitermachte, würde sie jedem in der Stadt Hausverbot erteilen, und ihre Eltern hätten keine Kunden mehr. Aber sie musste sich auch nicht seinen bösen Tratsch anhören. Nicht, wenn er ihren und Gradys Ruf so in den Schmutz zog.

Der Bürgermeister war noch nicht fertig. „Er kommt aus schlechten Verhältnissen –"

Fancy stand mit einem tiefen Atemzug auf. „Ich kenne Grady Steel, seit er ein kleiner Junge war, und obwohl sein Vater ein schlechtes Vorbild für Menschlichkeit sein mag, ist der Rest seiner Familie gut und gehört zu den Gründern dieser Stadt. Seine Familie ist schon seit Jahrhunderten hier ansässig, und Sie sollten etwas mehr Respekt haben." Sie war noch nicht fertig. „Grady Steel hatte es als Kind verständlicherweise schwer, mit einem gewalttätigen Vater, den er sich nicht ausgesucht hatte, und einer Mutter, die auf tragische Weise früh starb."

Der Bürgermeister öffnete den Mund, um etwas zu erwidern, aber Fancy unterbrach ihn. „Sie haben einem seiner Jugendfreunde, der auch Dreck am Stecken hat, bereitwillig eine weitere Chance als Sheriff gegeben. Warum haben Sie solche Angst vor Grady?"

Der Bürgermeister stotterte. „Ich habe keine Angst –"

Fancy unterbrach ihn. „Vielleicht liegt es daran, dass er zu einer der besten taktischen Eliteeinheiten der Welt gehört und Unrecht nicht auf sich beruhen lässt." Ihre scharfen Augen richteten sich auf Brynn. „Er war ein Spätzünder, aber es hat sich mehr als gelohnt, zu sehen, was er aus sich gemacht hat, nachdem er die geringsten Chancen hatte."

Brynn lächelte die Frau an, da sie offenbar die Anerkennung von mindestens einer der Stadtältesten erhalten hatte.

„Wisst ihr", Brynn rieb sich die Hände, „ich habe keine Ahnung, was da unten vor sich geht, aber es fühlt sich wie ein Zeichen an. Es tut mir leid, aber wir schließen früher. Ich kann euch allen To Go Becher für die Getränke geben."

Die Frau des Bürgermeisters schaute finster drein, aber Fancy lächelte und zog sich ihren Mantel an.

„Ich spendiere jedem noch ein paar Schokoladen-Brownies oder einen Muffin für die Unannehmlichkeiten."

Die Frau des Bürgermeisters sah etwas besänftigt aus, obwohl ihr Ausdruck immer noch säuerlich war. Er war immer säuerlich.

Verdammt. Brynn wollte auf keinen Fall so enden. In angenehm wohlhabenden Verhältnissen, aber ein totales Miststück. Sie wollte lieber arm und glücklich sein.

„Reisende soll man nicht aufhalten, *Brian*", murmelte Linda leise vor sich hin.

„Ihr drei geht nach Hause", wies Brynn ihr Personal an, als die Kunden aus der Tür schlurften. „Ich habe das im Griff. Vergesst nicht, eure Suppe und die Speisen aus dem Kühlschrank mit nach Hause zu nehmen, und wir sehen uns am Donnerstag."

Es dauerte weitere fünf Minuten, bis sie die Tische noch einmal abgewischt und die Küche ein letztes Mal durchgesehen hatte. Sie überprüfte das Thermostat, das sie bei Bedarf auch von ihrem Handy aus bedienen konnte.

Dann zog sie ihre Jacke und Mütze an und öffnete den Kühlschrank, um ihr eigenes Essen zu holen. Überrascht hielt sie kurz inne. Ihr Vater hatte vergessen, seine Tüte mit Suppe, Brötchen und anderen Leckereien mitzunehmen. Sie verdrehte die Augen. Das war so typisch für ihn.

Sie schnappte sich beide Pakete, bevor sie durch die Hintertür auf die Terrasse trat. Der Wind raubte ihr den Atem, aber der Schnee war wirklich noch nicht so schlimm.

Unten am Hafen wuselten die Leute immer noch herum, und Brynn wusste, dass etwas Schlimmes passiert war. Vielleicht hatten sie die Person gefunden, die für all das verantwortlich war. Vielleicht war es endlich vorbei.

Sie hoffte es. Sie hoffte es wirklich.

Eigentlich sollte sie Grady anrufen, wenn sie fertig war, aber es war noch hell draußen, also dachte sie sich, dass sie zuerst schnell die Sachen zu ihren Eltern bringen würde. Sie würde dennoch Stunden vor der Uhrzeit zu Hause sein, die sie Grady genannt hatte. Wenn er zu Hause war, könnte er sie vielleicht auf der Fahrt begleiten. Die Vorstellung, dass er ihre Eltern traf, und sei es auch nur für fünf Minuten, machte ihr keine Angst.

Was hatte es damit auf sich?

Sie unterdrückte ein Gähnen. Oder vielleicht würde sie in sein Bett schlüpfen und dort auf ihn warten, mit nichts weiter an als einem Lächeln.

Man durfte doch wohl noch träumen.

56

Grady setzte Murphy beim Haus ab, schnappte sich seinen Wagen und fuhr so schnell zum Hafen, dass der Jeep auf den glatten Straßen ins Schleudern geriet. Er fuhr ans Ende der Hafenstraße, etwa hundert Meter von Miltons Boot entfernt, das im Wasser trieb.

Grady hängte sich seinen Ausweis um den Hals und spürte dabei, wie sich eine gewisse Ruhe in ihm breitmachte. Er brauchte sich nicht mehr zu verstellen.

Er ging an zwei Deputys vorbei und wirbelte herum, als der eine seinen Arm packte. Er riss sich los und hob den Ausweis auf Augenhöhe.

„FBI. Wenn du mich noch einmal anfasst, breche ich dir den Arm." Er blickte erbarmungslos in die wilden Augen eines der Deputys, der ihn heute Morgen festgehalten hatte, während Darrell York ihm mit der Faust ins Gesicht schlug.

Langsam dämmerte es ihm, und der Kerl stotterte: „Aber du arbeitest doch nicht mehr für das FBI."

Grady erlaubte sich ein boshaftes Lächeln. „Ich habe immer für das FBI gearbeitet, Arschloch."

Er schüttelte den Typen ab und ging auf Novak zu, der am Eingang der engen Gasse stand, die zu Brynns Café führte. Keiner der Jungs trug ein Atemschutzgerät, also musste es in dieser Entfernung sicher sein.

Grady schaute zum Café hinauf, aber die Lichter waren aus, abgesehen von den fröhlich blinkenden Lichterketten, die am Fenster hingen.

Hatte Brynn früher geschlossen?

Er hoffte es.

Er hoffte, dass sie jetzt wohlbehalten zurück im Haus war. Vielleicht schlief sie auch ein wenig, denn er hatte Pläne für sie beide, sobald er heute Abend hier fertig war. Hoffentlich, nachdem er ihr die Wahrheit darüber gesagt hatte, warum er wirklich hier war, damit es keine weiteren Lügen zwischen ihnen geben würde.

„Was ist passiert?", fragte er, als er nah genug war, um nicht die Stimme heben zu müssen.

„Cowboy war am Ende des Piers, als die Frau an Deck kam. Sie hat ihn dabei erwischt, wie er sich das Boot angesehen hat." Novak zog die Augenbrauen zusammen. „Ungefähr zur gleichen Zeit fuhr ein Auto vor. Die Frau sprach mit Ryan und nannte dabei Sergei beim Namen. Dann warf sie die Parfümflasche nach Cowboy. Sie zerschellte auf dem Holz, aber Ryan war schon im Wasser. Donnelly erschoss die Verdächtige."

Grady nickte Donnelly zu, die blass aussah. Einem Menschen das Leben zu nehmen, konnte so etwas bewirken.

„Ist Ryan okay?", erkundigte sich Grady.

„Es schien ihm danach gut zu gehen. Er war im Wasser, bevor die Flasche den Steg traf."

Erleichtert nickte Grady. Der Gedanke, noch einen seiner Freunde zu verlieren, brach ihm beinahe das Herz.

„Er war ziemlich wütend." Donnellys Lippen waren zusammengekniffen.

Novak presste seine ebenfalls zu einer dünnen Linie zusammen. „Der Sanitäter hat ihn im Hotel untersucht. Sein schnelles Handeln hat ihm das Leben gerettet."

Donnelly sah verärgert aus. „Ich habe es vermasselt. Ich war in seiner Schusslinie. Er konnte sie nicht erschießen, ohne zu riskieren, mich zu treffen."

„Mir scheint, einer von euch musste sich bewegen, und du warst diejenige, die sie in Schach gehalten hat." Grady zuckte mit den Schultern, obwohl Ryan dem Tod gefährlich nahegekommen war – vorausgesetzt, die Parfümflasche hatte tatsächlich Gift und kein Eau de Cologne enthalten. „Wenn du so ein schlechtes Gewissen hast, ihn zum Baden gezwungen zu haben, kannst du ja ebenfalls reinspringen, wenn das hier vorbei ist."

Ihr Lächeln zitterte. „Ich weiß nicht, ob ich mich *so* schlecht fühle. Es scheint eiskalt zu sein."

„Ist es auch", stimmte Grady zu. „Sonst wurde niemand verletzt?"

„Alle Boote an dem Pier waren zum Glück leer. Nash hat es mit dem Handradar überprüft. Auf einem der Fischerboote war ein Mann, aber wir konnten ihn mit einer Maske und einem Schutzanzug in Sicherheit bringen – als Vorsichtsmaßnahme." Novak blickte zu den dicken Wolken hinauf. „Der Landwind und die schlechten Wetterbedingungen sind uns zugutegekommen. Und dank Cowboys und Donnellys Aufklärungsarbeit haben wir das Neutralisierungsmittel gestern Abend einfliegen lassen und es in der Nähe und über dem Leck verteilt. Das Militär will eine Einheit aus Fort Detrick schicken, die mit dem Team aus dem Hauptquartier zusammenarbeiten soll. Sie werden wahrscheinlich alle Holzplanken entfernen und das Boot zu Testzwecken mitnehmen, obwohl die Russen anscheinend ohne Maske oder Handschuhe an Bord gelebt haben, sodass wir davon ausgehen, dass es unbedenklich ist. Wir haben Proben zur Analyse entnommen, und der Feldtest hat bestätigt, dass es sich wahrscheinlich um eine Art Nervenkampfstoff handelt."

„Lushko wollte, dass die Welt erfährt, wer Kane getötet hat, falls und wenn er ihn findet", vermutete Grady.

„Oder die Russen haben den Anschlag angeordnet. Sie würden es ja sowieso nicht zugeben, also sind ihre Dementis bedeutungslos." Novak stemmte sich mit den Schultern gegen den Wind. „Vielleicht verhilft Lushko ihnen zu glaubhafter Bestreitbarkeit – sie können behaupten, er hätte auf eigene Faust gehandelt. Wie auch immer es ausgeht, er und seine Partnerin hatten einen Vorrat an tödlichem russischem Nervengas. Jemand muss dafür zur Rechenschaft gezogen werden."

Grady war gerade besonders froh, kein Spion zu sein.

„Nash hat das Boot mit einer Kamera und in voller Gefahrenstoffschutzausrüstung vorläufig untersucht und wird gerade von Keeme und Griffin in unserer tragbaren Dekontaminationseinheit abgeschrubbt, obwohl er nichts an Bord entdeckt hat. Die Luft scheint frei von dem Toxin zu sein. Wir hatten großes Glück, dass heute niemand sonst verletzt wurde."

Grady sah Ryan Sullivan die Gasse hinunterschlendern.

Ryans Haare waren feucht, aber er trug trockene Kleidung – eine schwarze taktische Hose, ein Hemd und eine Weste sowie eine dunkle Einsatzjacke mit gelbem FBI-Schriftzug auf dem Rücken. Auch er war voll ausgerüstet. „Gibt es etwas Neues?"

Novak schüttelte den Kopf.

Grady schaute sich um und bemerkte den wütenden Blick von Darrell York, der auf der gegenüberliegenden Seite des Hafens mit seinen Deputys sprach. „Ich schätze, der Undercover-Teil der Operation ist offiziell vorbei?"

Novak nickte. „Ropero und Dobson sind im Hotel und koordinieren unsere nächsten Schritte, aber das hier ist ein FBI-Tatort. Ich habe so viele Agenten wie möglich aus den drei nächstgelegenen Außenstellen angefordert, vorausgesetzt, das Wetter erlaubt ihre Anreise." Er schaute auf seine Armbanduhr. „Lushko ist auf der Flucht. Wir haben die Marke und das Modell des Fahrzeugs, mit dem er zuletzt gesehen wurde, ein silberner Subaru Forrester mit Einschusslöchern in der Fahrer- und Beifahrertür."

„Könnte er verletzt sein?"

Ryan nickte. „Wir haben unser Bestes getan, aber gleichzeitig zu schießen und zu schwimmen ist schwer."

„Versager." Grady grinste.

„Können wir den Einheimischen vertrauen, dass sie den Tatort bewachen, während wir den nächsten Schritt planen?", fragte Novak ihn.

„Ich bin mir nicht sicher, ob wir eine Wahl haben, bis wir andere Agenten herbringen können. Die Möglichkeit eines bioterroristischen Angriffs sollte ausreichen, um ihre volle Kooperation zu gewährleisten. Weiß der Gerichtsmediziner, womit er es zu tun hat?", wollte Grady wissen.

Die Sicherheit des Personals stand an erster Stelle.

„Ja. Sie wissen, wie es ablaufen muss. Wir haben die Leiche doppelt eingesackt und zwischen den Säcken dekontaminiert", antwortete Novak und ging hinüber, um Sheriff York um Unterstützung zu bitten.

Je weniger Grady mit dem Kerl zu tun hatte, desto besser. Könnte Darrell mit Kane zusammenarbeiten? Grady wusste es nicht.

Gradys Handy klingelte. Er sah nach und spürte einen Stich der Enttäuschung, dass es nicht Brynn war. Er wollte mit ihr reden, auch wenn er nicht viel Zeit hatte, ihr die Details zu erklären. „Grady."

Es war Ropero. „Hey, erinnern Sie sich an die Zigarettenstummel, die Sie in der Nacht, als Ihnen der Kopf eingeschlagen wurde, vor dem Café aufgesammelt haben?"

Grady grunzte. Er hatte sie völlig vergessen.

„Eine stammte von Kane."

„*Was?*" Grady schritt die Gasse hinauf, bis er das Tor erreichte, an dem er angegriffen worden war. Sein Blut war noch auf dem Boden.

Ryan folgte ihm. Grady sah sich um. „Von hier aus hätte er einen guten Blick auf den Hafen gehabt."

„Den Hafen *und* das Café." Ryan betrachtete die Rückseite des Gebäudes mit zusammengekniffenen Augen.

Grady spürte, wie etwas an ihm nagte. „Wen haben wir noch auf unserer Liste der Verdächtigen mit Schließfächern?", fragte er Ropero.

„Angus Hubner, Kent Callow, Allan Grogan und Bürgermeister Brian Gesbriecht. Wir haben noch nichts gefunden, um einen von ihnen endgültig auszuschließen."

Der Chefkoch des Cafés, der Ehemann der Kellnerin, der Schwiegervater seiner Schwester und der Bürgermeister der Stadt. Wenn das FBI auch nur einen von ihnen verhören würde, würde Gradys Beliebtheit in der Stadt weiter sinken. Nicht, dass das von Bedeutung wäre.

„Können wir alle vier ins Visier nehmen? Oder die Erlaubnis für eine Überwachung bekommen?"

„Ich bin mir nicht sicher, ob ein Richter die Überwachung aller vier mit so wenig Anhaltspunkten zulassen wird." Sie atmete aus. „Dieser Sturm wird alles lahmlegen. Ich denke, wir sollten die Einheimischen bitten, das Gebiet abzusperren und eine Streife dort zu lassen. Wir treffen uns wieder im Hotel und gehen die Daten noch einmal durch. Vielleicht sollten wir den Sheriff in die Ermittlungen einbeziehen, ihn aber überwachen."

„Haben Sie *irgendetwas* über ihn oder einen der anderen herausgefunden?"

„Ich bin noch am Nachforschen. Der Sheriff scheint sauber zu sein, aber sein Vater hat diese dubiosen Finanztransaktionen in seiner Vergangenheit."

„Er ist aber nicht Kane. Er wurde zum ersten Mal gewählt, bevor Kane verschwand."

„Von den anderen kamen alle vier in die Stadt, *nachdem* Kane verschwunden war. Alle haben nach Kanes Verschwinden geheiratet, mit Ausnahme von Angus Hubner, der Junggeselle ist."

Grady gefiel die Tatsache nicht, dass zwei der Verdächtigen enge Beziehungen zu Brynn hatten. „Ich werde Brynn anrufen und nach ihr sehen. Sie hat das Café heute früher geschlossen. Ich will ihr einen Teil der Wahrheit erzählen. Es ist nicht so, als würden es nicht alle in den nächsten dreißig Minuten erfahren, dank der toten Russin, die im Hafen liegt, und dem plötzlichen Auftauchen einiger Mitglieder der Geißelrettungsgruppe vom FBI."

„Das erinnert mich an etwas." Roperos Stimme wurde leiser.

„Seit dem Verschwinden ihres Ehemannes vor zwei Jahren gibt es keinerlei Aktivität bei Kreditkarten, Handy, Reisepass, Steuererklärungen und Sozialversicherung. Ich meine *null* Aktivität."

Grady starrte in Richtung der toten Frau, deren verpackter Körper langsam vom Schnee bedeckt wurde. „Sie denken, Brynns Ehemann ist verstorben?"

„Das habe ich nicht gesagt, aber wenn er noch lebt, dann lebt er tief unter dem Radar. Sehr, sehr tief. Sie hat sich von ihm in Abwesenheit scheiden lassen." Es folgte eine lange Pause. „Seien Sie vorsichtig, okay?"

Dass Ropero dachte, Brynn könnte etwas mit dem Tod ihres Mannes zu tun haben, war lächerlich, aber andererseits kannte sie Brynn auch nicht so gut wie er.

Grady dachte an Saul. „Scheiße, das hätte ich fast vergessen. Ich habe heute mit jemandem gesprochen, der mir sagte, dass es die Quayles waren, die die Bank überfallen haben. Die Quelle berichtete, dass sie gestern Nachmittag auf dem Gelände von Catfish Crossing war. Die Russen seien auf dem Quayle-Grundstück herumgelaufen, und einer der Quayles habe ihnen mit einer Schrotflinte gedroht."

„Die DNS des unbekannten Quayle kam zurück. Er ist nicht Kane, aber die Russen konnten das nicht wissen." Ropero wurde nachdenklich. „Wer war Ihre Informationsquelle, Brynn Webster?"

Ihr Tonfall machte ihn wütend. „Nein. Saul Jones." Er wappnete sich, einen Kollegen anzulügen und fragte sich, ob Saul es wert war. „Er hat gestern herausgefunden, dass die Quayles die Bank ausgeraubt haben, und als er sie zur Rede stellte, gaben sie ihm Geld, um sein Schweigen zu erkaufen. Er hatte einen Sinneswandel, als er vor einer Stunde mit mir sprach."

Ropero schnaubte. „Ich wette, das hatte er."

„Ich habe ihn überredet, sich zu stellen", räumte Grady ein. „Wenn er das nicht tut, wird er nicht schwer zu finden sein."

„Okay. Glauben wir, dass die Russen die Quayles getötet haben? Warum?"

Grady schüttelte den Kopf. „Keine verdammte Ahnung."

„Es kommt mir trotzdem nicht richtig vor, es sei denn, er hat in letzter Minute gekniffen, die Frau und das Kind zu töten", fügte Cowboy hinzu, der dem Gespräch gelauscht hatte.

Grady fröstelte. Warum hatte Kane vor kurzem an dieser Stelle gestanden?

Plötzlich kamen ihm Ediths Worte wieder in den Sinn.

„Hey, Sie wissen, dass wir Brynns Vater aufgrund ihrer DNS entlastet haben."

„DNS, die Sie uns zur Verfügung gestellt haben", erinnerte Ropero ihn.

Er biss sich auf die Lippen. Es fühlte sich an wie ein Verrat an Brynn, aber was, wenn …

„Ich habe vor etwa einer Stunde mit Edith Bodurek gesprochen. Sie sagte mir, dass Brynn und ihr Vater kurz vor dem Überfall in der Bank waren, um Dokumente für das Geschäft zu ändern, damit Brynn ebenfalls unterzeichnen kann. Ihr Schließfach ist auf der Seite, auf der der Abdruck gefunden wurde."

„Ja?" Ropero spürte offensichtlich dasselbe, was ihm durch den Kopf ging.

„Brynn hat mir neulich etwas erzählt, was mir nicht aufgefallen war. Sie wurde nicht hier geboren. Sie sind hergezogen, als sie zwei war. Tun Sie mir einen Gefallen. Sehen Sie nach, ob Sie mehr Informationen über –"

„Moment. Moment, ich habe es." Ropero klang jetzt aufgeregt. „Wir haben uns ihre Geburtsurkunde besorgt, als wir tiefer gegraben haben, aber ich war noch nicht dazu gekommen, sie zu prüfen. Ich habe mir den Ex angeschaut, nicht sie. Ich hatte keine Zeit, weil alles so schnell ging."

Sie fluchte.

„Sagen Sie es mir", bat Grady, der sich fühlte, als würde er gleich ins Herz gestochen werden.

„Ihr Vater ist nicht auf der Geburtsurkunde aufgeführt."

Er runzelte die Stirn. Das war seltsam. Er hatte das schreckliche Gefühl, zu wissen, warum. „Hat Paul Webster sie adoptiert?"

„Nicht, soweit ich das beurteilen kann. Aber er wird definitiv nicht namentlich aufgeführt ... Kommen Sie her, während ich mir Paul Webster anschaue."

„Nein." Grady hielt Ryans Blick. „Nein. Ich werde Brynn suchen."

„Grady –"

„Ich werde Brynn suchen. Ich werde ihr nichts von Kane erzählen. Orten Sie ihr Telefon. Dann tauchen Sie tiefer in die Websters ein." Er gab Ropero Brynns Handynummer, während er durch die Gasse zurück zu seinem Jeep ging. Ryan klebte an seiner Schulter und telefonierte mit Novak.

Das war es. Das war die Spur, auf die sie gewartet hatten, und es war seine Schuld, dass sie sie zuvor übersehen hatten. Seine Selbstüberschätzung.

„Paul Webster ist Kane. Da bin ich mir sicher."

Konnte er sich auch bei Brynn irren? Nein. Das glaubte er nicht.

Er raste zurück zu seinem Haus, und obwohl er am liebsten hineingestürmt wäre, gingen er und Ryan mit gezogenen Waffen vorsichtig hinein.

Wenn Paul Webster Eli Kane war, und der Russe das herausgefunden hatte, würde Sergei Lushko Brynn wollen, um den anderen Mann so zu peinigen, wie er gelitten hatte.

Auch wenn sie nicht Kanes leibliche Tochter war, so war sie dennoch Kanes Kind.

Grady spürte, wie sein Herz hämmerte und verdrängte die Verzweiflung. Er erinnerte sich an seine Ausbildung und behandelte das Ganze wie eine Übung, damit er klar denken konnte und nicht in ein Chaos aus Sorgen verfiel.

Angst half niemandem, also schob er sie beiseite, auch wenn sie ihm in den Knochen steckte.

Er durchsuchte zuerst ihre Wohnung, dann den Rest des

Hauses, Raum für Raum, und kraulte im Vorbeigehen Murphys Ohren.

Das Haus fühlte sich leer an, aber sie durchsuchten es dennoch systematisch.

In seinem Schlafzimmer blieb er stehen und zog sich schnell seine taktische Ausrüstung an.

„Ich habe einen Zettel in der Küche gefunden." Cowboy schaute ihn an, als sei er eine Granate, bei der der Stift fehlte. „Da steht, dass sie etwas Essen aus dem Café bei ihren Eltern abliefern will und bald zurück sein wird."

Grady schnallte sich seine kugelsichere Weste um, überprüfte seine Waffen und schnappte sich seine Kaltwetterjacke. „Ich weiß, du magst sie nicht –"

„Das ist es nicht", unterbrach Cowboy ihn. „Aber du bist mein Freund und Teamkollege, und du bist derjenige, auf den *ich* aufpassen und den ich beschützen möchte."

Scheiße. Grady stieß einen Seufzer aus. Es war schwer, mit einem Mann zu streiten, der ihm gerade praktisch gestanden hatte, dass er ihn liebte.

„Sie hat nichts damit zu tun, Ryan." Darauf würde er sein Leben verwetten. „Gehen wir."

„Willst du nicht auf die anderen warten?"

Grady schüttelte den Kopf. „Ich kann nicht. Wenn wir mit Webster richtig liegen und Lushko ihn findet, wird Brynn zum Spielball seines Racheplans werden." Er überprüfte Murphys Futter- und Wasserschüssel, bevor er zur Tür hinausging.

„Schade, dass wir kein Scharfschützenteam vor Ort haben." Grady sprang in den Jeep und bemerkte, dass seine Nachbarn in der beginnenden Dämmerung aus den Fenstern starrten.

Er wollte eine Hand heben. *Das ist, was ich bin. Das ist, wer ich wirklich bin. Nicht der Typ, der in Handschellen aus dem Haus seiner Großmutter geschleppt wurde. Nicht sein Arschloch-Vater. Ein engagierter FBI-Agent.* Aber die Sorge um Brynn übertrumpfte jede andere Überlegung.

„Novak hat eine Langwaffe dabei", bemerkte Cowboy.

„Sag ihm, er soll sie mitbringen.“

„Wenn du dich irrst, werden wir alle unsere Ressourcen auf einen Ort konzentriert haben.“

Sollte heißen, Kane und Lushko könnten beide entkommen.

„Und es wird eine fantastische Art, ihre Eltern kennenzulernen“, fügte Cowboy trocken hinzu.

Grady krallte seine Finger um das Lenkrad, dankbar für die Handschuhe, die er jetzt trug. „Wenn ich mich irre, wird Brynn wahrscheinlich nie wieder mit mir sprechen. Aber lieber das, als dass sie stirbt.“

Er nahm sein Telefon und rief sie an, aber sie ging immer noch nicht ran. Er drückte den Fuß auf das Gaspedal und ließ den Motor aufheulen.

57

———————

Brynn hielt sich am Lenkrad fest und biss die Zähne zusammen, während sie fuhr. Der Wind wurde immer stärker, je höher sie kam. Der Schneefall wurde dichter. Beinahe hätte sie umgedreht, aber sie war nur noch zwei Minuten vom Grundstück ihrer Eltern entfernt, und vielleicht würde sie sich den Pick-up ihres Vaters leihen, der einen eigenen kleinen Pflug an der Vorderseite hatte, um zurück in die Stadt zu fahren.

Sie bog in die Einfahrt ein und bemerkte, dass ihr Vater bereits einmal mit dem Pflug geräumt hatte, da die Schneedecke hier dünner war.

Sie hielt neben dem Pick-up, der im Leerlauf vor dem Haus stand.

Ihr Vater wollte wohl wieder aufbrechen. Vielleicht dreht er noch eine Runde bei den Nachbarn, wie er es sonst immer tat.

Sie nahm die große Papiertüte aus dem Fußraum und kämpfte sich aus dem Auto, während der Wind versuchte, ihr die Tür aus der Hand zu reißen. Sie mühte sich ab, schlug die Tür zu und umklammerte die Tüte mit den Speisen. Sie bezweifelte, dass ihre Eltern ihre Ankunft bei dem heulenden Wind hören würden.

Sie senkte den Kopf und ging ins Haus.

Sie stampfte mit ihren Stiefeln auf und rief. „Mom? Dad? Du hast euer Essen vergessen. Was dagegen, wenn ich –" Sie blickte auf und blieb erschrocken in der Küche stehen. Ihr Vater stand dort, eine tödlich aussehende schwarze Pistole in der Hand.

„Dad? Was ist hier los?"

Sein Blick schweifte nach draußen und blieb dann an der Tüte hängen, die sie trug.

„Du bist doch nicht etwa im Schneesturm hergefahren, weil ich die Suppe vergessen habe, oder?" Ihr Vater schaute hinter sie und ließ die Waffe sinken.

„Moms Lieblingsessen." Sie stellte die Tüte in den Kühlschrank.

Die Morde machten alle nervös, und sie wünschte sich, ihre eigene Waffe wäre nicht vom Sheriff konfisziert worden. Er hatte sie ihr noch nicht zurückgegeben. Wahrscheinlich wollte er warten, bis sich ihr Gemüt abgekühlt hatte.

„In der Stadt war es gar nicht so schlimm. Aber ich bleibe nicht. Ich wollte dich fragen, ob ich mir den Truck leihen kann, um nach Hause zu fahren, aber ich sollte mit dem Auto gut zurechtkommen. Ich sage Mom noch schnell Hallo." Sie ging auf ihn zu und sein Mund wurde hart, als sie ihn auf die Wange küsste.

Ihre Mutter saß auf dem Sofa im Wohnzimmer. Brynn ging zu ihr hin und küsste sie. Sie war blass, ihre Haut war straff über die Knochen gespannt. Ein Koffer stand neben der Tür. Ein Fotoalbum lag daneben.

Das Radio lief. Brynn zuckte zusammen. „Ich kann nicht lange bleiben, aber ich schätze, du hast es schon gehört?"

„Oh." Ihre Mutter klammerte sich an ihre Unterarme. „Ich habe es gehört. Ist alles in Ordnung mit dir?"

Brynn zwang sich zu einem Lächeln. „Mir geht's gut. Nur müde. Was ist das denn?" Sie zeigte auf den Koffer.

Ihre Eltern tauschten einen Blick aus.

„Wir haben beschlossen, in die Stadt zu fahren. Wir wollen

näher am Krankenhaus sein, damit wir keine Behandlung verpassen." Ihr Vater sah aus, als würde er seine Tränen zurückhalten.

Die dünnen Finger ihrer Mutter umklammerten die ihren schon fast schmerzhaft. „Wir rufen dich an, wenn wir dort angekommen sind."

„Okay. Ich hab' dich lieb." Brynn hockte sich an die Seite ihrer Mutter. „Ich fahre jetzt zurück in die Stadt. Mach dir keine Sorgen, aber versprich mir, dass du mich anrufst, wenn ..." Sie schluckte und zwang sich dann, es auszusprechen: „Wenn es dir schlechter geht, okay?"

Die Augen ihrer Mutter schimmerten, als sie mit einer Hand über Brynns Haare fuhr. „Das werde ich. Du fährst jetzt zurück und verbringst etwas Zeit mit deinem neuen Freund."

Brynn öffnete den Mund, um zu widersprechen, als sie ihre Mutter lächeln sah.

„Bei dem, was ich heute Morgen von Linda gehört habe, musste ich lachen und wollte gleichzeitig Darrell York ins Gesicht schlagen. Ich würde den Kerl am liebsten verklagen."

„Ja, aber die Einzigen, die bei einer Klage gewinnen, sind die Anwälte." Brynn stand auf und machte einen Schritt zurück.

„So zynisch." Die Unterlippe ihrer Mutter zitterte.

„Wir haben dich wohl doch richtig erzogen." Ihr Vater lächelte, als er zu ihr kam und die Hand seiner Frau nahm.

Brynn lächelte. „Ich schätze schon."

Die Musik aus dem Radio wurde abrupt von einer Eilmeldung unterbrochen.

„*Die Polizei hat eine Warnung herausgegeben und bittet die Einwohner, ihre Häuser nicht zu verlassen, während sie nach einem gefährlichen Flüchtling sucht, der sich vermutlich in der Gegend aufhält. Der ehemalige FBI-Agent Eli Kane verschwand vor siebenundzwanzig Jahren, nachdem er seine Frau und zwei kleine Kinder brutal ermordet hatte.*"

Brynn runzelte die Stirn. *FBI?* Hatte das etwas mit den Ereignissen am Hafen zu tun? Es musste so sein.

„*Kane ist auch verdächtig, an einer Reihe von Morden beteiligt zu sein, die die kleine Gemeinde Deception Cove in Maine erschüttert haben. Die Polizei rät allen, zu Hause zu bleiben und die Türen verschlossen zu halten. Eine weitere Person ist heute am Hafen bei einem ähnlichen Vorfall ums Leben gekommen. Das FBI ermittelt."*

Brynn erschauderte. „Nun, das ist beängstigend."

Grady war wahrscheinlich sauer, dass er die ganze Action verpasste. Er wäre froh, wenn er den Dienst wiederaufnehmen konnte, aber wenigstens hatten die beiden so die Gelegenheit, sich besser kennenzulernen. Sehr viel besser.

Ihre Eltern tauschten einen weiteren besorgten Blick aus.

Brynns Handy klingelte und sie holte es aus ihrer Tasche.

„Geh nicht ran", befahl ihr Vater scharf.

„Aber …" Sie sah mit großen Augen zu, wie er ihr das Handy aus der Hand riss, die SIM-Karte herauszog und das Handy auf dem Couchtisch zerschlug.

„Dad? Das ist mein Handy. Was zum Teufel ist bloß in dich gefahren?"

Er sah weg, schluckte und atmete schwer. „Wir müssen los, Gwen. Jetzt."

Ihre Mutter hielt ihm eine Hand hin. „Sag es ihr, Paul. *Sag es ihr.* Sie hat ein Recht darauf, es zu erfahren."

„Wenn wir nicht bald von hier verschwinden –"

„Ich habe ein Recht, was zu erfahren?" Misstrauen durchströmte Brynn wie eine kalte Welle. „Kennt ihr die Person etwa, nach der die Polizei fahndet?"

„Das könnte man so sagen." Der Tonfall ihrer Mutter war trocken.

„Ist er aus irgendeinem Grund hinter dir her?" Sie schlang die Arme um sich, aus Angst vor dem, was ihr Bauchgefühl ihr plötzlich sagte, obwohl es lächerlich war.

„Er ist nicht hinter uns her", stieß ihr Vater ungeduldig hervor. „Eli Kane ist für niemanden eine Gefahr."

Das FBI war offensichtlich anderer Meinung. „Dad?"

Ihr Vater wandte den Blick ab.

Die Erkenntnis setzte sich wie ein Stein in ihrem Magen fest. „Bitte sag mir, dass es nicht das ist, was ich denke."

Ihr Vater ließ die Schultern hängen, und ein trauriges Lächeln umspielte seine attraktiven Züge. „Es tut mir leid, Brynn. Ich fürchte, ich bin die Person, nach der sie suchen. Ich war einmal Eli Kane."

58

Brynn konnte nicht glauben, was gerade passierte.

„Das ist nicht lustig." Ihre Stimme zitterte, als sie versuchte, es zu begreifen.

Die Augen ihres Vaters funkelten mit dem bekannten belustigten Ausdruck. „Warum sollte ich lügen?"

„Ich weiß es nicht!", explodierte Brynn und schlug sich die Hände an den Kopf. „Ich weiß es nicht, aber das macht keinen Sinn. Eli Kane hat seine Familie getötet. Das FBI denkt, er hat ..." Sie brach ab, weil sie nicht glauben wollte, was sie ihr erzählten.

Ihr Vater stand da und schaute sie an. Ihre Mutter umklammerte sein Bein.

Brynn schaute von einem zum anderen.

„Aber heute noch hast du beteuert, dass du Mom nie angelogen hast, bevor sie die Diagnose bekam ..."

„Ich habe gesagt, dass ich sie in den letzten sechs Monaten öfters belogen habe als in unserer gesamten Ehe."

„Komm mir nicht mit Wortklauberei", fauchte Brynn, deren Stimme so scharf war, dass er zurückwich. „Erzähl mir keinen Mist. Ich will die Wahrheit wissen."

Gwen beugte sich vor. „Er hat mich nie darüber angelogen,

wer er ist. Niemals. Ich wusste es die ganze Zeit." Ihre Stimme war leise vor bitteren Emotionen.

Der Schock machte es Brynn schwer, zu Atem zu kommen. Die Erkenntnis, dass ihre Eltern sie ihr ganzes Leben lang getäuscht hatten, war wie ein erneuter Schlag ins Gesicht. Aber dieser Schmerz war dauerhaft und alles verzehrend.

„Wir haben uns kennengelernt, als ich in einem Lokal in Bethesda kellnerte, in das er regelmäßig kam." Sie lächelte ihn an, wobei die Liebe in ihren Augen erstrahlte. „Eines Abends im Frühling, als es ruhig war, habe ich ihn angemacht, aber er sagte, er sei verheiratet. Er klang jedoch nicht besonders glücklich darüber."

Brynn konnte nicht glauben, was sie da hörte.

„Ich habe mich zu ihm hingesetzt und fing an, mit ihm zu reden. Damals arbeitete er noch für das FBI. Er war immer noch ein FBI-Mann, genau wie dein Grady."

Ihr Grady?

Brynn wurde übel.

Der Mann würde jetzt nichts mehr mit ihr zu tun haben wollen, und sie konnte es ihm nicht einmal verübeln. Sie schloss die Augen und schluckte. Als sie sie wieder öffnete, lag ihre Welt noch immer in Schutt und Asche.

„Ich wusste, dass er vom FBI ist, weil ich einmal seine Waffe gesehen habe und ein wenig erschrocken war. Er bemerkte es und zeigte mir ganz ruhig seine Marke. Das hat mir einen unerwarteten kleinen Schauer über den Rücken gejagt." Die Stimme ihrer Mutter sprach von schönen Erinnerungen. „Wir unterhielten uns monatelang, immer platonisch, meistens spät abends, wenn es im Diner am ruhigsten war. Dann, eines Tages, erzählte er mir alles. Er plauderte aus, warum wir keine Hoffnung auf eine gemeinsame Zukunft hätten, und dass er fortgehen müsse. Dass er mich verlassen und nie mehr zurückkommen würde. Ich sagte ihm, ich würde sterben, wenn er das täte. Ich hätte es nicht ertragen."

Brynn zitterte. Ihre Mutter beschrieb eine Romanze, aber das wenige, was Brynn wusste, deutete darauf hin, dass Kane der Bösewicht und nicht der Held war.

„Ich dachte nicht, dass sie mir glauben würde. Die Tatsache, dass ich als Handlanger des KGB in die Falle gelockt worden war, klang wie ein Krimi. Ich wollte die Gefühle, die wir füreinander hegten, ersticken, bevor ich ihr zu sehr wehtat oder sie zur Zielscheibe machte." Er verschränkte seine Finger mit denen ihrer Mutter und küsste sie. „Ich dachte mir, dass ich so oder so wegen Hochverrats ins Gefängnis kommen würde. Ich wollte Gwen nicht mit mir in den Abgrund reißen."

„Aber ich habe ihm geglaubt. Jedes Wort. Dadurch passten alle Teile von ihm perfekt zusammen." Ihre Mutter schloss die Augen, Traurigkeit zeichnete sich auf ihren hageren Zügen ab, während sie seine Hand festhielt. „Wir waren der Liebesteil der Geschichte. Die zum Scheitern verurteilten Liebenden, aber wir haben uns geweigert, einfach aufzugeben." Als sie die Augen wieder öffnete, waren sie leuchtend blau.

Paul Webster beugte sich herunter und umarmte sanft die Schultern seiner Frau. „Ich hätte es dir nie sagen dürfen. Ich habe dich in Gefahr gebracht. Ich bringe dich immer noch in Gefahr, und wir *müssen* gehen."

Ihre Mutter lachte und schüttelte den Kopf. „Es gab nie einen Zeitpunkt in unserer Geschichte, an dem du mir nicht irgendwann alles erzählt hättest. Und das weißt du auch." Sie sah ihren Mann an, und Brynns Augen brannten angesichts der Tiefe der Gefühle, die sie dort sah. „Ich habe dich vom ersten Moment an geliebt, obwohl du einen Ehering am Finger hattest, und ich wusste, dass es falsch war, den Mann einer anderen Frau zu wollen."

„Dieses Miststück war nie meine Frau."

Brynn zuckte zusammen. Sie hatte ihren Vater noch nie so über eine Frau reden hören.

„Ich wollte mit dir zusammen sein, egal ob du verheiratet warst oder nicht. Es war mir egal. Aber ..." Dann sah ihre Mutter sie an und Brynn wurde klar, dass sie das Schlimmste noch nicht gehört hatte. „Ich musste an dich denken."

Der Schock erschütterte Brynn so sehr, dass ihre Knie nachgaben und sie sich auf den nächsten Stuhl fallen ließ. „Ich verstehe das nicht."

Mitleid erfüllte Gwens Blick. Kein Kummer. Mitleid.

„Wir haben dir nie gesagt, dass Paul nicht dein leiblicher Vater ist, und zwar aus mehreren Gründen, nicht zuletzt, weil er auf der Flucht vor dem FBI und dem KGB war und eine falsche Identität benutzt hat." Ihre Mutter lachte ein wenig, aber sie litt offensichtlich unter Schmerzen. „Teil einer Familie anstatt eines einsamen Mannes zu sein, war eine viel bessere Tarnung für ihn."

Jippie. Er wurde aber wegen Familienmordes und nicht wegen Steuerhinterziehung gesucht. „Schön, dass meine Existenz eine gute Tarnung für einen Flüchtigen war."

Und doch hatte dieser Mann sie mit bedingungsloser Liebe aufgezogen.

Brynns Gedanken waren verworren, und sie konnte sich keinen Reim auf all das machen.

„Wer ist denn mein leiblicher Vater?"

Sie tauschten einen Blick aus und ihr Vater – Paul, Eli oder wie auch immer er hieß – nickte.

Sie sah, wie ihre Mutter sich darauf vorbereitete, ihr etwas sehr Schlimmes zu sagen. Etwas Schlimmeres als die Tatsache, dass der Mann, den sie beide liebten, seine frühere Frau und seine Kinder kaltblütig ermordet hatte.

„Ich wurde eines Nachts im College vergewaltigt." Gwens Stimme zitterte.

Brynn zuckte zusammen.

„Ich habe es niemandem erzählt. Es war meine große Schande. Ich habe in einer Bar getrunken und mich amüsiert. Die Gesellschaft denkt, ich hätte es so gewollt, ja sogar verdient. All das ‚Me Too' in der Welt, und es hat sich im Laufe der Jahre nicht wirklich geändert." Die Bitterkeit war immer noch da, untermauert von Wut. „Ich schätze, es wurde mir so tief eingeimpft, dass ich dasselbe dachte. Ich gab mir selbst und meinem eigenen Verhalten die Schuld. Ich habe nie jemandem erzählt, dass ich gezwungen wurde. Ich habe die Konsequenzen verdrängt, bis es zu spät war."

Die Konsequenzen.

Sie.

Brynn wollte sich übergeben.

„Ich habe das College abgebrochen. Als meine Eltern dann herausfanden, dass ich schwanger war, warfen sie mich aus dem Haus." Sie biss sich auf die Unterlippe, ihre Augen schimmerten. „Sie haben mich einfach so rausgeworfen."

„Mom", sagte Brynn leise.

„Eine Wohltätigkeitsorganisation für junge alleinerziehende Mütter hat mir geholfen, wieder auf die Beine zu kommen und Arbeit zu finden, nachdem du geboren wurdest. Ich fand einen Job, der mir genug Geld einbrachte, um ein Zimmer in einer Wohngemeinschaft zu mieten. Dort gab es eine andere alleinerziehende Mutter, die sich um dich kümmerte, wenn ich auf der Arbeit war." Sie wandte sich ihrem Mann zu, und zum ersten Mal zeichneten sich Schuldgefühle auf ihren Zügen ab. „Oder wenn ich mit Eli zusammen war." Sie straffte die Schultern. „Es war mein Vorschlag, seine Frau zu töten."

Brynns Welt wurde erneut erschüttert, und sie war sich nicht sicher, ob sie noch viel mehr aushalten konnte.

„Ich hatte schon daran gedacht. Das wusstest du", argumentierte ihr Vater.

Brynns Mund wurde trocken. „Und die Kinder?"

Gwens Lippen zitterten, und sie sah weg.

„Das war meine Entscheidung. Deine Mutter hatte damit nichts zu tun." Paul sprach laut. Vielleicht hatte er Angst, dass er aufgezeichnet wurde. Er blinzelte, und Brynn war erleichtert, als sie sah, dass seine Augen feucht von Tränen waren. Wenigstens war er nicht der Psychopath, als den die Medien ihn darstellten. „Ich bin nicht stolz auf das, was ich getan habe. Es war ungeheuerlich. Aber ich habe es getan. Ich leugne es nicht, aber es waren nicht meine Kinder."

Brynn drehte sich der Magen um. *Sie waren unschuldig.*

„Lisa, meine Frau, hatte einen Liebhaber im KGB. Sie waren von ihm. Sie waren beide von ihm. Sie hat mich nur geheiratet, um mich zu kompromittieren. Sie hat mich nie geliebt. Ich war ein Opfer, ein Sündenbock."

Brynn fröstelte. Ihr war jetzt furchtbar kalt.

„Wenn sie nicht beschlossen hätte, mich zu zerstören, wäre sie nicht gestorben. Sie ließ mir keine Wahl. Sie hat mich ausgelacht. Mich verspottet. Ich bin ausgerastet."

Ihr Vater schritt durch den Raum und setzte sich neben sie. Sie wollte sich zurückziehen, aber sie konnte es nicht. Solange sie denken konnte, hatte sie diesen Mann mit ihrem ganzen Wesen geliebt. Sein geliebtes Gesicht war nah an ihrem. Seine Hände hielten ihre eigenen eisigkalten fest.

Sie zuckte zusammen.

„Ich habe Fehler gemacht. Ich habe schreckliche Dinge getan, Brynn. Ich weiß, dass du denkst, es gäbe keine Rechtfertigung dafür, aber die Sowjets haben mich in diese Situation gebracht, und ich konnte mir damals keinen anderen Ausweg vorstellen."

Benommen schüttelte sie den Kopf. Das konnte sie nicht akzeptieren.

„Lisa hat die Kinder an dem Tag in die Schusslinie gebracht, als sie sich entschloss, den Plan des KGB umzusetzen, mich zu verführen und zum Narren zu halten."

„Du sagst also, dass deine damalige Frau", *die, die du ermordet hast,* „dich nur geheiratet hat, um dich zu kompromittieren. Sie hatte Kinder, die sie als deine ausgab und die du als deine eigenen aufziehen solltest?"

„Ich habe es erst herausgefunden, als ich erfuhr, dass ich unfruchtbar bin. Das war der erste Moment, in dem ich auch nur auf die Idee gekommen war, dass sie mich belog. Ich war so ein Narr, Brynn. Sie hätte mich ein Leben lang belogen und dabei ihr und mein Leben verschwendet, um mich für den verdammten Kreml zu zerstören."

Die Erkenntnis traf sie wie ein Hammerschlag, dass Grady

deshalb hier war. Er ermittelte verdeckt und suchte nach Eli Kane. *Ihrem Vater.*

Wusste er es? Dachte er, sie sei mitschuldig? Wenn es noch nicht der Fall wäre, würde er es tun, wenn die Wahrheit herauskäme. Wie konnte jemand, der mit diesen Leuten aufgewachsen war, nichts davon wissen, es nicht einmal vermuten?

„Ich habe Lisa um die Scheidung gebeten. Ich sagte ihr, dass ich sie nicht mehr liebte, aber sie weigerte sich. Nicht lange danach sprach mich zum ersten Mal jemand vom KGB direkt an. Sie sagten mir, wenn ich wolle, dass bestimmte Aspekte meines Lebens nicht öffentlich werden, solle ich besser keine hohen Wellen schlagen. Im Nachhinein vermute ich, dass sie sie auf etwas Größeres vorbereiten wollten, nachdem sie mich ausgenommen und wahrscheinlich umgebracht hätten, indem sie es wie einen Unfall oder Selbstmord hätten aussehen lassen." Er stieß ein bitteres Lachen aus. „Wenigstens machen sie sich bei ihren eigenen Landsleuten nicht mehr die Mühe, es zu verbergen. Sie werfen den armen Kerl aus dem nächsten Fenster und blöken ‚Unfalltod', obwohl die ganze Welt weiß, dass es ein Auftragsmord war." Er warf ihr einen Blick zu, der sie innerlich erstarren ließ.

Es war ein Blick, den sie noch nie bei ihm gesehen hatte. Kalt. Abschätzend.

„Warum musst du weglaufen? Mom kann nirgendwo hingehen."

„Wir haben keine Wahl." Bitterkeit verzerrte seine Züge. „Ich habe einen dummen Fehler gemacht. Ich wurde schlampig. Oder mein Glück hat mich einfach verlassen." Er hob den Kopf, um sie anzusehen. „Erinnerst du dich an den Ausflug zur Bank als du wieder nach Hause kamst, um dich als Unterzeichnerin für die Geschäftskonten einzutragen?"

Sie nickte. Das war ein paar Tage vor dem Raubüberfall gewesen.

„Nach dem Überfall sammelte die Polizei Fingerabdrücke, obwohl der Räuber Handschuhe trug. Sheriff Darrell Yorks

Dummheit hat sich ausnahmsweise mal zum Wohle der Strafverfolgung ausbezahlt."

Er rollte mit einer Schulter. Da bemerkte sie, dass er unter seiner Jacke ein Waffenholster trug. „Ich hielt den Atem an und hoffte, dass es nicht so weit kommen würde. Als ich hörte, dass Milton ermordet worden war, war ich mir ziemlich sicher, dass die Russen die Spur aufgenommen hatten. Ebenso als Grady Steel *zufällig* wieder in der Stadt war." Er lachte erneut.

„Mom sagte, ich solle mit ihm schlafen. Habt ihr versucht, ihm eine Falle zu stellen?" Der Gedanke erschreckte sie bis ins Mark.

Ihre Mutter lachte schwach. „Nein. Ich wusste da nicht, dass sich dein Vater Sorgen machte. Ich habe eine Schwäche für FBI-Agenten und mochte das Lächeln auf deinem Gesicht, als ich ihn erwähnte. Du brauchst mehr Spaß in deinem Leben."

Brynn konnte ihre Mutter nicht einmal ansehen, ohne dass ihr die Galle hochkam.

Ihr Vater warf einen Blick aus dem Fenster, da er sich eindeutig auf den Weg machen wollte. Aber der Wind hatte wieder aufgefrischt und es war praktisch nur Weiß zu sehen. „Ich wäre sofort aufgebrochen, nachdem Milton getötet worden war, aber ich musste einen Ort finden, an dem deine Mutter ihre Behandlung fortsetzen konnte. Irgendwo, wo man keine Fragen stellen würde." Er schaute auf seine Uhr. „Wir müssen *jetzt* gehen. Komm mit uns", drängte er.

Brynn erstarrte vor Schreck. „Euch begleiten? Ich kann nicht einfach mit euch mitgehen. Ich habe ein Leben –"

„Du kannst dir ein neues Leben aufbauen. Ich kann dir helfen, dir eine ganz neue Identität zu erschaffen."

Ein neues Leben?

Die Vorstellung war wie Stacheldraht, der gegen ihre Haut drückte. Glaubten sie wirklich, dass sie ihnen verzeihen könnte? Das war unvorstellbar. Und der Gedanke, Grady zurückzulassen, wo sie doch endlich jemanden getroffen hatte, den sie wirklich mochte, vielleicht sogar mehr als nur mochte … Aber Grady würde ihr nicht glauben, dass sie nichts über die Vergangenheit ihres Vaters gewusst hatte. Er würde denken, sie hätte ihn angelogen.

Aber das hatte sie nicht. Sie war ahnungslos gewesen. Die ganze Sache war wie ein schrecklicher Albtraum, in dem sie gefangen war.

„Ich will nicht auf der Flucht sein."

Ihre Mutter ließ sich in die Kissen zurücksinken und beobachtete sie aufmerksam. „Ich erkenne diesen Ausdruck. Sie ist verliebt."

Ihr Vater starrte an die Decke und verdrehte die Augen. „Sie kennt ihn erst seit ein paar Tagen."

„Ich wusste es sofort, als ich dich sah."

„Es geht hier nicht um mich", protestierte Brynn. Aber ihr dämmerte die schreckliche Erkenntnis, dass sie recht haben könnten.

„Erinnerst du dich an das letzte Mal, als sie sich in jemanden verliebt hat? Dieses Arschloch, das sie geheiratet hat?" Der Mund ihres Vaters wurde hart.

„Nun, deine erste Wahl war ja auch nicht gerade ein Hauptgewinn, oder?", entgegnete Gwen spitz.

Ihr Vater warf ihrer Mutter einen kurzen Blick zu, woraufhin beide lachten.

Brynn starrte sie fassungslos an. Sie schienen wirklich nicht die Tragweite dessen zu erfassen, was sie getan hatten.

„Grady wird nie glauben, dass ich nicht die Wahrheit über all das wusste. Ihr müsst mit diesem Wahnsinn aufhören. Mom muss ins Krankenhaus gehen. Stell dich. Sieh der Sache ins Auge. Sag die Wahrheit über alles, was passiert ist."

„Niemand wird je akzeptieren, was ich getan habe."

Weil du zwei unschuldige Kinder ermordet hast.

„Aber vielleicht verstehen sie es dann etwas besser. Und du bekommst die Chance, deine Seite der Geschichte zu erzählen."

„Ich werde innerhalb weniger Tage tot sein, wenn sie mich verhaften", erklärte ihr Vater. „Die Russen sind noch mehr als die

US-Regierung daran interessiert, dass ich für meine Taten büße – zumindest einige von ihnen.“

„Warum musstest du die Jungs töten, Dad?“ Brynns Stimme brach. „Das ist, was ich nicht verstehe. Das wird niemand jemals verstehen. Warum bist du nicht einfach weggelaufen?“ *Warum hast du dich in ein Ungeheuer verwandelt?*

„Ich brauchte Vorbereitungszeit.“

„Du hättest sie irgendwo zurücklassen können, wo sie sicher sind.“

Ihr Vater stand auf und ging auf und ab. Ihre Mutter sah zerbrechlich aus, als könnte sie jeden Moment zerfallen.

Brynns Hände ballten sich in ihrem Schoß zu Fäusten. Sie war entsetzt über das Geständnis ihrer Mutter, aber auch erschrocken über den Gedanken, sie zu verlieren.

„Ich musste genug Zeit gewinnen, um das Haus von allem zu säubern, was beide Seiten benutzen könnten, um mich zu finden, während sie alle dachten, ich sei im Urlaub. Die DNS-Techniken wurden gerade erst zuverlässig genug, um vor Gericht verwendet zu werden. Ich wischte jede Oberfläche ab und wusch jedes Laken mit Bleichmittel. Ich hätte nie erwartet, dass sie meine verdammten Eltern exhumieren würden, um eine familiäre DNS-Übereinstimmung zu erhalten. Dagegen konnte ich nichts tun. Sie hatten meine Fingerabdrücke in den Akten. Ironischerweise hat mich das am Ende meinen Seelenfrieden gekostet.“

Gwen fing an zu husten und Paul ging hinüber, um ihr den Rücken zu reiben.

Tränen trübten Brynns Sicht. „Du hast zwei kleine Jungen getötet, um Zeit zu gewinnen?“

„Ich hatte keine andere Wahl.“ In der Antwort steckte jetzt ein Hauch von Ungeduld. „Kommst du mit uns oder nicht?“

„Du kannst doch nicht ernsthaft darüber nachdenken, mit Mom in diesem Zustand in einem Schneesturm zu fliehen.“

„Es wird schon gut gehen. Das wird alle anderen von der Straße fernhalten. Ich habe den Schneepflug am Wagen. Wir kommen schon durch.“

Ihre Mutter lächelte schwach.

„Ist es das, was du willst, Mom?" Brynn warf sich ihrer Mutter zu Füßen.

Gwen fuhr mit den Fingern über Brynns Kopf. „Ich weiß, dass du das nicht verstehst. Wir wollen dich nicht verlassen, Baby, aber ich muss jetzt mit deinem Vater gehen. Ich habe nicht mehr viel Zeit."

„Sag das *nicht*", erwiderten Brynn und ihr Vater gleichzeitig.

„Ich lasse dich nicht gehen, Mom. Das ist Wahnsinn." Brynn spürte, wie ihr die Tränen jetzt in heißen Strömen über die Wangen liefen.

Dann stand sie auf und schlang die Arme um die Taille ihres Vaters. Er war ein Mörder, ein gesuchter Mann und jemand, den sie ihr ganzes Leben lang mit jeder Faser ihres Wesens geliebt hatte. „Bitte. Ich will euch nicht verlieren. Ihr seid zwei der wichtigsten Menschen in meinem Leben."

Er küsste ihr Haar. „Ich weiß. Und vielleicht ist es an der Zeit, das zu ändern. Verabschiede dich jetzt von deiner Mutter. Ich sorge dafür, dass sie sich auf unserer Reise wohlfühlt, und sobald es ihr besser geht, melden wir uns bei dir."

Aber er hatte bereits bewiesen, dass sie keinem seiner Worte trauen konnte.

Hatte er sich gegenüber den beiden kleinen Kindern, die er aufgezogen und dann ermordet hatte, auch wie ein liebevoller Vater verhalten? Das Grauen zog sich wie Efeu durch ihre Knochen. Würde er ihr wehtun? Sie wäre naiv zu glauben, dass sie vor Gefahren gefeit war.

Brynn umarmte ihre Mutter, die sich in ihren Armen zerbrechlich wie Glas anfühlte. Sie löste sich von ihr und hob ihre Jacke auf. Sie würde zurück in die Stadt fahren und Grady suchen. Ihm alles erzählen. Er würde sie zwar für verrückt halten, aber egal. Sie hätte nie gedacht, dass sie eines Tages würde sehen wollen, wie ihr Vater wegen Mordes verhaftet wurde, aber es war an der Zeit, dass er zu seinen Taten stand. Der Welt die Wahrheit sagte. Und auch wenn sie bezweifelte, dass dies seine Strafe ändern würde, könnte es ihr helfen, mit sich selbst zu leben.

Die Bilder von zwei kleinen Jungen schossen ihr durch den Kopf.

Ihr Mund wurde trocken und sie versuchte zu schlucken. Was ihr Vater getan hatte, war unverzeihlich. Es war unmöglich, diese Untaten mit dem Mann, den sie kannte, in Einklang zu bringen.

„Sei glücklich, Liebes", sagte ihre Mutter zu ihr. „Nichts, was wir getan haben, fällt auf dich zurück. Wir beide lieben dich mehr, als wir je ausdrücken können. Du hast uns in all den Jahren so stolz gemacht."

Brynn nickte und stolperte davon. Sie konnte nicht sprechen. Sie ging in die Küche, ihr Vater auf den Fersen.

Trotz allem hatte sie nicht damit gerechnet, an die Wand gedrückt zu werden, die Arme hinter dem Rücken. Sie spürte, wie etwas ihre Handgelenke umschloss und sich fest zusammenzog.

Fesseln.

Ihr Vater hatte sie gefesselt und ihr eine Hand auf den Mund gelegt, damit sie nicht schreien konnte.

59

―――――――

G rady war gezwungen, langsamer zu fahren, um nicht von der Straße abzukommen.

„Ropero sagt, Brynns Handysignal ist ausgefallen." Cowboy hielt sein Handy ans Ohr.

„Wo?"

„Im Haus ihrer Eltern. Grady –"

„Sag es nicht."

„Sie könnte daran beteiligt sein. Das könnte ihr Fluchtplan sein. Vielleicht hat sie die ganze Zeit von ihrem Vater gewusst."

„Nein." Er weigerte sich, das zu glauben.

Und doch, was wusste er schon von ihr? Vielleicht hatte sie ihre Anziehung zu ihm nur vorgetäuscht. Ihn in der Nähe behalten, so wie man seinen Feind nahe bei sich hielt. Vielleicht hatte sie die ganze Zeit genau gewusst, warum er hier war und mit ihm wie mit einem verdammten Narren gespielt.

Das machte Sinn. Eine Frau wie sie, die sich mit einem Typen wie ihm einließ.

Und doch …

Und trotzdem hatte es sich nicht falsch angefühlt. Keine einzige Sekunde, seit er sie wiedergesehen hatte, hatte sich falsch angefühlt.

Sein ganzes Leben lang hatte er Gefühle verdrängt, aber nicht, seit er Brynn getroffen hatte. Er strotzte nur so von Gefühlen. Kribbelig vor Möglichkeiten. Versteinert durch Selbstzweifel.

Sie gab ihm das Gefühl, ein guter Mensch zu sein. Er. Nicht der Agent des Geiselrettungsteams. Der Mann.

Ihm wurde plötzlich klar, dass sein Job ein Schutzschild war, hinter dem er sich versteckte, um allen zu beweisen, dass er ein anständiger Mensch war.

Es war die Bezeichnung, die er hervorzog, wenn seine Integrität in Frage gestellt wurde. Die Institution, deren Werte er sowohl hochhielt als auch verkörperte.

Treue, Tapferkeit, Integrität.

Solange er die Regeln befolgte, würde ihn sein Job nicht verlassen. Er würde nicht sterben. Er hatte alles unter Kontrolle – so gut, wie man sein Leben unter Kontrolle haben konnte – und deshalb hatte ihn Roperos Nummer am vergangenen Freitag bis ins Mark erschüttert.

Deshalb war er auch so engagiert bei der Sache. Ja, er liebte seine Teamkollegen, aber sein Job war der Mittelpunkt seines Universums, weil er das Einzige war, auf das er stolz war.

Sein Job *bewies*, dass er nicht wie sein Vater war, aber dieser Beweis galt auch für seinen Charakter…

Er hatte so viel mit seinem Vater gemeinsam – die DNS, den ähnlichen Hintergrund, das Temperament, das Aussehen – dass er immer befürchtet hatte, er sei unrettbar verloren. Aber Grady sah jetzt, dass er diese grundlegenden Eigenschaften aufgenommen und sie so geformt hatte, wie er sie haben wollte. Er hatte all die potenziell schlechten Eigenschaften genommen und einen anderen Weg eingeschlagen. Er hatte sich *entschieden*, ein besserer Mann als sein Vater zu sein. Er hatte sich entschieden, einer der Guten zu sein. Und Brynn hatte das gesehen und erkannt, während sich nur wenige andere in dieser Stadt die Mühe gemacht hatten, ihm überhaupt eine Chance zu geben.

„Hör zu, ich weiß, dass du sie magst." Cowboy drehte sich zu ihm um.

Grady wusste nicht, was er für Brynn empfand, aber so simpel wie „mögen" war es nicht.

„Aber denk mal an den Ex –"

„Sie hat ihren Ex nicht umgebracht."

„Jemand hat es aber getan", erwiderte Cowboy.

„Wenn er tot ist, dann hat Kane ihn getötet." Grady lenkte seinen Blick nicht von der Straße ab, aber er wusste, dass der Gesichtsausdruck seines Freundes skeptisch war. „Das macht Sinn. Vielleicht hat der Typ ihn erkannt. Oder vielleicht wurde er umgebracht, weil das Arschloch Brynn verletzt hat ..." Er riskierte einen kurzen Blick auf seinen Freund. „Scheiße. Vielleicht hat Kane die Quayles getötet, weil Caleb Brynn gestern ins Gesicht geschlagen hat. Und die anderen haben die Bank ausgeraubt und ihm die ganze Scheiße angehängt. Aber die Frau und das kleine Mädchen konnte er nicht umbringen. Er ist milder geworden. Er ist weich geworden."

„Fünf erwachsene Männer mit einem Messer abzustechen, nur weil sie deinem Kind ins Gesicht geschlagen haben, ist nicht *weich werden*", argumentierte Cowboy.

„Was hält Ropero von meiner Theorie?" Sie hörte immer noch über Cowboys Handy mit.

„Sie ist hin- und hergerissen, ob sie dich für ein Genie oder einen Vollidioten hält."

„Willkommen im Club." Er näherte sich dem Webster-Grundstück. „Wo sind die anderen?"

„Ungefähr eine Meile hinter uns."

Grady fuhr an der Einfahrt vorbei, bemerkte jedoch, dass das Haus nicht direkt von der Straße aus zu sehen war. Stattdessen wurde es von einer Reihe hoher Bäume abgeschirmt.

Er bemerkte eine Fahrzeugspur, die in den Wald führte, und beschloss, ihr zu folgen.

„Nun, ich vermute, dass der silberne Subaru da vorn einem bestimmten, angeblich längst verstorbenen russischen Agenten gehört." Cowboy holte seinen H&K 416 Karabiner mit ein paar Ersatzmagazinen hinter dem Sitz hervor.

Lushko war nirgends zu sehen.

———

„Es tut mir leid, dass ich das tun muss, Brynn. Es tut mir so leid."

Ihr Vater zwang sie in ihr Schlafzimmer, stieß sie mit der Brust voran auf das Bett und setzte sich auf ihre Beine, während er ihre Knöchel mit einem Kabelbinder fesselte. Sie wehrte sich, aber er war stärker, als sie gedacht hatte.

„Ich schätze, ich sollte froh sein, dass du mich nicht einfach erschossen hast, hm."

„Glaub mir", erwiderte er grimmig. „So wie du dich verhältst, überlege ich es mir gerade."

Eiskalte Angst erfüllte sie. Er hatte die beiden kleinen Jungen ermordet. War sie die Nächste?

Er verließ sie für einen Moment. Dann kam er mit einer Rolle Klebeband zurück.

„Das kann doch nicht dein Ernst sein." Ihre Stimme zitterte.

„Es ist mein voller Ernst. Ich weiß, wie einfallsreich du bist."

„Du hast mir alles beigebracht, was ich weiß."

„Dir wird hier nichts passieren. Ich werde jemanden kontaktieren, sobald wir an einem sicheren Ort sind. Das wird höchstens einen Tag dauern. Sergei hat meine neue Identität noch nicht herausgefunden. Hier bist du sicher, auch vorm Schneesturm." Er riss einen Streifen Klebeband ab.

Hatte er etwa die Quayles getötet? Ein Angstschauer lief ihr über den Rücken. Dieser Mann war ein kaltblütiger Mörder. „Dad, warte. Dad, *bitte*."

Er hielt inne, aber sie sah die Entschlossenheit in seinen Augen.

„Du kannst nicht ewig davonlaufen."

„Das habe ich auch nicht vor. Nur bis deine Mutter ..." Er schluckte wiederholt und sah weg.

Selbst jetzt konnte er sich nicht der schrecklichen Realität stellen, die in Form der Krankheit ihrer Mutter auf sie zukam. Gwendolyn Webster war in abscheuliche Verbrechen verwickelt, und Paul war ein Monster, das sich hinter einer sanften Maske verbarg, aber die Liebe, die sie füreinander empfanden, war wahrscheinlich das einzig Ehrliche an ihnen.

„Ich würde dich mitnehmen, wenn ich wüsste, dass du uns nicht bei der ersten Gelegenheit verraten würdest."

„Ich werde mich nicht mitschuldig machen." Furcht stieg in ihr auf. Sie wollte ihre Eltern nicht verlieren, aber andererseits hatte sie das wohl bereits. Im Moment konnte sie es sich nicht leisten, diesen Mann zu verärgern oder ihn zu provozieren, damit er sie für immer zum Schweigen brachte. „Verletze niemanden mehr. Versprich mir wenigstens das."

Er zögerte, dann nickte er. „Es sei denn, es ist unvermeidlich."

„Verdammt, Dad." Sie bewegte den Kopf von einer Seite zur anderen. Sie wollte nicht geknebelt werden. „Tu Grady nicht weh. Wenn ihm etwas zustößt, werde ich ..."

„Verdammt. Deine Mutter hatte recht. Du bist in ihn verliebt."

Sie war überrascht, als er ihr den langen klebrigen Streifen von einem Ohr zum anderen über den Mund drückte.

Er küsste ihre Stirn, so wie er es eine Million Mal in diesem Zimmer getan hatte, als sie als Kind hier aufgewachsen war. Er hatte sich um sie gekümmert, sie mit so viel Liebe überschüttet, dass sie nicht einmal an ihm gezweifelt hatte.

„Ich liebe dich, Brynn. Du bist immer mein kleines Mädchen gewesen. Das alles tut mir sehr leid." Er zögerte an der Türschwelle. „Vor allem das mit Aiden tut mir leid." Und dann schloss er die Tür und war weg.

60

Grady und Cowboy sprangen aus dem Jeep und sanken knietief im Schnee ein. *Scheiße.*

Sie näherten sich in Formation, wobei sie die Umgebung komplett im Blick behielten, für den Fall, dass sie jemand von hinten angreifen sollte. Die Fahrertür des Subaru, der vorhin am Hafen gestanden hatte, war offen und eine Spur aus schnell verschwindenden, purpurroten Tropfen verunstaltete den unberührten Schnee.

„Er ist getroffen worden."

Cowboy nickte.

Sie hielten inne, um sich die Ohrhörer einzusetzen, und zogen ihre Gesichtsmasken herunter, um die Kälte des Windes zu mildern.

„Sag Ropero, dass wir in nordöstlicher Richtung zum Haus gehen, um es in Augenschein zu nehmen. Lushkos Fahrzeug ist gesichtet worden. Er ist hier."

Grady wartete nicht darauf, dass sein Teamkollege die Agentin auf den neuesten Stand brachte. Wenn Lushko hier war, war Brynn in Gefahr.

Servare vitas.

Leben retten.

So lautete das Motto seiner Einheit.

Er musste Brynn unbedingt retten, mehr als er atmen musste. Es war seine Fähigkeit, seinen Job zu machen, auf die er jetzt zurückgreifen musste.

Er verdrängte die Angst aus seinem Blut und fand den Teil seines Verstandes, den er brauchte, um bestmöglich zu handeln. Die Grauzone, die er durch sein Training immer und immer wieder angezapft hatte.

Er konnte es sich nicht leisten, Brynn als etwas anderes zu betrachten als eine gesichtslose Geisel, auch wenn sein Herz etwas anderes behauptete. Er schaltete seine Gefühle ab und versuchte, über den wehenden Schnee hinaus zu sehen. Über seine begrenzten Sinne hinaus.

———

Paul Webster half seiner geliebten Frau, durch das Wohnzimmer in Richtung Küche und in ein anderes, neues Leben zu gehen.

„Geht es Brynn gut?", keuchte Gwen.

„Sie ist aufgebracht. Natürlich ist sie aufgebracht. Sie hat herausgefunden, dass der Mann, der sie großgezogen hat, ein kaltblütiger Mörder und ihr leiblicher Vater ein Vergewaltiger ist. Obendrein nehme ich ihr die Mutter weg und habe sie gefesselt, um das tun zu können."

„Ich werde mit ihr reden, sobald du in Sicherheit bist."

Paul vergrub die Nase in den Haaren seiner Frau, als sie innehielt, um zu Atem zu kommen. „Nur du würdest dir im Moment mehr Sorgen um jemand anderen machen."

Schüsse zerschmetterten das Glas des Wintergartens.

Er fluchte.

Gwen umklammerte ihn fest, während er sie außerhalb der Schusslinie auf den Boden legte. „Brynn!"

„Es wird ihr gut gehen. Ihr Zimmer liegt hinter den Backsteinmauern des ursprünglichen Hauses. Zieh keine Aufmerksamkeit auf sie. Er wird nicht einmal wissen, dass sie hier ist."

„Bist du sicher?"

„Ja, ich bin mir absolut sicher." Er lachte, obwohl er eigentlich weinen wollte. Alles, was er je gewollt hatte, war in diesem Haus, und er war sich sicher, dass die Person da draußen sie beide bei der ersten Gelegenheit vernichten würde – es sei denn, Paul erwischte sie zuerst.

„Komm mit mir mit", drängte er in einer Pause des Trommelfeuers. „Kriech mit mir in die Küche." Sie war ebenfalls aus Backstein gebaut und besser geschützt. „Dann werde ich diesen Bastard los."

Sie schaute zu ihm auf, die Stirn schmerzerfüllt in Falten gelegt, als sie sein Gesicht berührte. „Ich kann nicht. Ich kann nicht weiter."

„Aber du musst, Gwen." Seine Stimme brach. Er legte seine Stirn an ihre. „Du musst."

„Ich kann nicht."

Eine weitere Salve von Kugeln zerschmetterte jede Scheibe Glas, die er so mühsam in ihrem Wintergarten angebracht hatte.

„Es tut mir leid. Es tut mir so leid." Da brach er zusammen. Nach all den Jahren brach er schließlich zusammen. „Das ist alles meine Schuld." Tränen liefen ihm über das Gesicht. „Er zerstört deinen Lieblingsort und es ist ganz allein meine Schuld."

Sie schüttelte den Kopf und starrte ihn mit diesen leuchtend blauen Augen an, die ihn von Anfang an durchschaut hatten. „*Du* bist mein Lieblingsort. Mein ganzes Leben lang warst du der Einzige, der mich je wirklich gesehen hat, außer Brynn." Sie berührte sein Gesicht und ignorierte den Lärm und die Gefahr. „Es ist zu spät für ihn, etwas von mir zu zerstören, außer dich und Brynn. Ich kümmere mich nicht um mich. Ich bin fast fertig mit diesem Leben, aber Brynn. Sie hat die Chance auf Glück verdient. Versprich mir, dass du versuchen wirst, ihr das zu gewährleisten, wenn du kannst."

Er wollte ihr widersprechen. Ihr sagen, dass sie noch jahrelang leben würde, wenn er sie zu den richtigen Ärzten bringen könnte.

Aber sie brauchte dieses Versprechen. „Ich werde nichts tun, um ihrem Glück im Weg zu stehen."

Paul schloss die Augen. Die Schüsse ließen nicht nach, aber das würden sie bald. Sergei Lushko konnte nur eine begrenzte Menge Munition durch diesen Schnee tragen. Die Frau, die mit ihm in der Stadt gewesen war, war offenbar tot. Der Mann war auf sich allein gestellt.

„Wir verschwinden von hier. Du und ich. So sorgen wir dafür, dass Brynn in Sicherheit bleibt. Wir werden ihn von hier weglocken."

Sie lächelte schwach, als lägen sie auf weichen Kissen und nicht auf dem rauen Teppich. „Du warst immer ein Träumer, Paul. Es tut mir so leid, dass sie dich ausgewählt haben."

„Mir nicht." Er wischte sich die Feuchtigkeit von der Wange. „Ohne sie hätte ich dich nie kennengelernt."

„Oh, wir hätten einander gefunden. Ein Liebespaar, das dazu bestimmt ist, sich im Laufe der Zeit zu treffen."

Er schüttelte den Kopf, als die Kugeln das Aquarellbild trafen, das sie vor ein paar Jahren bei einem seltenen Ausflug in Boston gekauft hatten. Sie waren dorthin gefahren, um Brynn zu trösten, nachdem ihr idiotischer Ehemann „verschwunden" war.

Ein paar Wochen zuvor war Aiden ohne Brynn vorbeigekommen und hatte versucht, ihn um Geld zu erpressen. Er hatte Gwen mit Gefängnis gedroht.

Gwen hatte nichts davon gewusst.

Aiden hatte eine neue Geburtsurkunde für Brynn bestellt, weil der Idiot die Originale verloren hatte. Brynn sollte nicht wissen, dass sie einen Reisepass brauchte, da er geplant hatte, sie mit einer Reise nach Belize zu überraschen. Eine Reise, für die Paul und Gwen anscheinend bezahlen sollten.

Paul hatte nie ganz verstanden, wie das Wiesel den Gedankensprung von ihm als Brynns leiblichem Vater zu Eli Kane geschafft hatte, aber Aiden war ein verdammter Narr gewesen zu glauben, dass er dafür etwas anderes als eine Kugel in den Kopf bekommen würde, vor allem, nachdem er Gwen gedroht hatte.

Die Schüsse hörten kurz auf, und Paul nutzte seine Chance, nahm seine Frau auf die Arme und lief in die Küche. Er sog gequält die Luft ein, als ihn eine Kugel in den Rücken traf und er zu Boden stürzte.

———

Als die Schüsse fielen, rollte Brynn vom Bett und fiel auf den Boden.

Es hatte ein paar Sekunden gedauert, bis sie merkte, dass die Kugeln die Wand erschütterten, aber nicht durchschlugen. Wer zum Teufel schoss da? Das FBI? Die *Russen*? Die ganze Sache kam ihr surreal vor.

Es spielte keine Rolle. Sie erwartete, dass eine Kugel sich wie jede andere anfühlte.

Während sie auf dem Teppich in ihrem Schlafzimmer lag, entdeckte sie eine Schere in ihrem Bücherregal und robbte wie eine unbeholfene Raupe über den Boden, um sie zu erreichen. Sie stach sich mit deren Spitze, bevor es ihr gelang, die Fesseln an ihrem Handgelenk zu durchschneiden. Als ihre Hände frei waren, war es ein Leichtes, ihre Füße zu befreien. Mit einem leisen Fluch über den Mann, der sie aufgezogen hatte, riss sie sich das Klebeband vom Gesicht und warf es zu Boden.

Sie ging zum Fenster und versuchte, es zu öffnen, aber es war verriegelt.

Kein Wunder, dass ihr Vater immer so sehr auf Sicherheit bedacht gewesen war, selbst hier draußen in der tiefsten Provinz.

Nicht, dass es ihnen im Moment viel nützte.

Sie könnte das Fenster einschlagen und hinausklettern, aber wo war der Schütze? Wie viele gab es? Bei dem Schneesturm war es unmöglich, etwas zu sehen.

Sie glaubte, eine bewaffnete Gestalt zu sehen, die sich draußen bewegte, und duckte sich außer Sichtweite. Ihr Herz pochte. Sie wollte nicht sterben.

Was war mit ihren Eltern? Waren sie noch hier?

Paul Webster war der einzige Vater, den sie je gekannt hatte. Sie liebte den Mann, für den sie ihn gehalten hatte, aber sie war sich nicht sicher, ob er sie nicht auf der Stelle erschießen würde, wenn sie ihm in die Quere käme.

Ihr Vater hatte eine Handfeuerwaffe im Küchenschrank. Wenn sie die holen könnte, hätte sie eine Chance, sich zu verteidigen – vorausgesetzt, ihr Vater hatte sie nicht an sich genommen.

Sie wappnete sich und schlich langsam aus dem Schlafzimmer in den Flur.

———

Grady und Cowboy liefen hinter einen großen Baum, als der Schütze mit einem Maschinengewehr auf das Haus der Websters und damit unbeabsichtigt auch auf sie schoss.

„Ich glaube, wir sind am richtigen Ort." Cowboy grinste.

Grady konnte nicht scherzen. Nicht bei dieser Sache.

„Brynn ist da drin." Er hatte ihr Auto gesehen, als sie der Spur gefolgt waren.

Das Trommelfeuer ließ ein paar Sekunden lang nach. Sie machten sich auf den Weg, um das Gebäude zu umrunden, damit sie den Schützen sehen konnten, aber das Haus war eine große L-förmige Konstruktion und der Schnee war hier tiefer. Sie kamen nur langsam voran.

„Woher weiß man, dass man verliebt ist?", wollte Grady wissen.

„Du kennst sie erst seit ein paar Tagen", knurrte Cowboy.

Sie versteckten sich hinter einem breiten Baumstamm, während sie beide wieder zu Atem kamen.

„Wie schnell wusstest du es?"

Cowboy wischte den Schnee von seiner Waffe. „Bei Becky? Ich wusste es sofort, als ich sie sah." Er begegnete seinem Blick. „Das würde ich niemandem wünschen, Grade."

„Ich werde sie nicht verlieren, Ryan." Er schaute auf und hätte schwören können, dass sich die Vorhänge in einem der Zimmer bewegten. Er glaubte, ein Flackern von rotem Haar zu sehen, bevor die Schießerei wieder losging und die Person – er war sich ziemlich sicher, dass es Brynn war – zu Boden fiel.

„Ich gehe rein."

„Verdammt, Grady. Gib mir wenigstens Zeit, auf die andere Seite zu gelangen und dir Deckung zu geben."

„Du hast sechzig Sekunden." Er begegnete Cowboys Blick.

Der Mann nickte. „Warten wir, bis er keine Munition mehr –"

Grady hörte Ryan fluchen, aber so lange würde er nicht warten, nicht, solange Brynn in Gefahr war. Grady ging näher heran und suchte sich einen anderen Baum, hinter dem er warten konnte, bis er feststellte, dass die Kugeln nicht aus diesem Teil des Hauses kamen.

Mit gesenktem Kopf lief er auf das Gebäude zu, ohne an die Gefahr zu denken, während er an der Wand entlangschlich und durch das nächste Fenster spähte. Enttäuschung erfüllte ihn. Der Raum war leer.

61

Die Schüsse hatten aufgehört, und Brynn lauschte dem heulenden Wind, der die Stille erfüllte, sich jedes Geräusches in diesem Albtraum bewusst, zu dem ihr Leben plötzlich geworden war.

Auf Händen und Knien kriechend erreichte sie die Küche und sah ihre Eltern auf dem Boden ausgestreckt, ihr Vater halb über ihrer Mutter liegend, einen dunkelroten Fleck auf dem Rücken.

„Dad. Mom." Sie eilte zu den beiden.

Sie überprüfte beide auf ihren Puls und stellte fest, dass sie noch lebten, aber bewusstlos waren.

Gott sei Dank.

Ihre Hände zitterten, als sie in den Taschen ihres Vaters nach seinem Handy kramte und es einschaltete.

Sie wählte den Notruf, obwohl sie sich nicht sicher war, ob der Anruf bei diesem Wetter überhaupt durchkommen würde.

Als sie das Geräusch von knirschendem Glas unter schweren Stiefeln hörte, ließ sie das Telefon in ihre Jeanstasche gleiten, während der Anruf noch verbunden wurde.

Sie stand auf und stürzte zum Schrank, in dem ihr Vater jahrelang eine Waffe aufbewahrt hatte – wegen der *Bären*, hatte er gesagt. Jetzt wusste sie genau, welcher Nationalität diese Bären angehörten.

Verdammt.

Die Waffe war weg.

Ihr Vater hatte sie wahrscheinlich bei sich, aber sie hatte ihre Chance verpasst. Sie schluckte unbehaglich, als sie sich zum Mann umdrehte, dem sie Essen serviert und dem sie vor ein paar Tagen auf der Straße geholfen hatte. Er stand da und schaute sie mit dunkelbraunen Augen und einem missmutigen Ausdruck an, der in die tiefen Falten seines Gesichts gezeichnet war. Er blutete stark aus einer Wunde auf Hüfthöhe.

„Ist er tot?" Er ruckte mit dem Kopf in Richtung ihres Vaters.

Sie wich zur Seite, aber es gab keine Fluchtmöglichkeit. „Ja."

Er rieb ein paarmal die Lippen aneinander. „Zu schade. Ich wollte, dass sie das beide sehen." Er hob eine Handfeuerwaffe und richtete sie auf sie.

„Moment! Ich habe nie darum gebeten, ein solches Leben zu führen", sagte sie schnell. „Ich habe erst vor fünf Minuten erfahren, wer mein Vater ist und dass Sie einen Rachefeldzug gegen ihn führen."

„Meine Jungs wussten es auch nicht." Er starrte einen Moment lang aus dem Fenster. Er schluckte einen Kummer hinunter, der heute noch genauso frisch wirkte, wie er es vor all den Jahren gewesen sein musste. „Sie kannten mich nicht einmal. Sie waren unschuldig."

„*Sie* haben sie in ein gefährliches Spiel gezogen. *Sie* haben sie zu Spielfiguren in einem Krieg gemacht, den niemand sonst wollte."

„Nicht ich." Er verzog das Gesicht. „Meine Chefs. Der KGB. Immer der verdammte KGB."

„Ich dachte, Sie seien beim KGB?" Brynn zitterte so sehr, dass sie sicher war, er könnte es hören. Sie wollte nicht sterben. Sie hatte gerade etwas gefunden, wofür es sich zu leben lohnte.

„Das war ich." Er grinste höhnisch. „Glaubst du, ich hätte bei Lisa oder unseren Kindern eine Wahl gehabt?"

„Ich weiß wirklich nichts über diese Welt, aber sie scheint kalt und grausam zu sein."

„Kane lebte in der gleichen Welt wie ich, kleines Mädchen. Er hat dieselben Spiele gespielt. Aber er war ein Narr. Wenn du jemandem die Schuld dafür geben willst, dann ihm." Das letzte Wort spuckte er voller Gift aus.

Sie gab ihm wirklich die Schuld. Sie gab ihnen beiden die Schuld. Und sie gab ihrer Mutter und Lisa die Schuld, die beiden Kinder in Gefahr gebracht zu haben.

Der ehemalige KGB-Offizier war stinksauer. Er mochte Eli Kane für einen Narren halten, aber Kane hatte diesen Mann und das System fast drei Jahrzehnte lang an der Nase herumgeführt.

Sie musste ihn hinhalten oder zu überzeugen versuchen – aber warum? Niemand würde ihr zu Hilfe kommen. Der Rettungsdienst würde sie niemals rechtzeitig erreichen. Dennoch musste sie es versuchen. „Wer war die Frau, mit der Sie im Café waren?"

„Alana Petrokova." Sein Mund wurde hart. „Sie war eine Chemieingenieurin mit, sagen wir mal, *besonderen* Fähigkeiten. Sie war außerdem Lisas Schwester. Lisa wurde mit ihren Eltern in die USA geschickt. Alana und ihr Bruder galten als zu alt und wurden vom Staat aufgezogen. Ich habe sie vor vielen Jahren kontaktiert und ihr die Wahrheit über ihre Familie erzählt. Der Staat hatte ihr gesagt, sie seien bei einem Unfall ums Leben gekommen. Sie kam mit Freuden her. Sie wollte sich an der Regierung rächen, die sie belogen hatte, und an dem Mann, der ihre Schwester und ihre Neffen getötet hatte. Wir hatten etwas ganz Besonderes für Eli geplant, wenn wir ihn fanden. Einen qualvollen Tod, der einen Krieg hätte auslösen können", er lachte, „aber das FBI hat sich eingemischt. Das wird reichen müssen."

Er hob wieder seine Pistole. Sie würde sterben.

„Es tut mir leid, was er getan hat, obwohl ich vermute, dass einer genauso schlimm war wie der andere. Sie sollen wissen, dass meine Mutter nichts damit zu tun hatte. Und ich war noch ein Baby." Das mit ihrer Mutter mochte eine Lüge sein, aber das war Brynn egal. Vielleicht würde er gehen, ohne sich zu vergewissern, ob ihre Mutter wirklich tot war.

Er lächelte sie traurig an. Sie schaute ihm in seine Augen, aber sie sah nur Müdigkeit und Entschlossenheit in ihren Tiefen. Kein Mitleid. Keinen Zorn. „Das spielt keine Rolle. Es geht um das Prinzip der Sache."

Fast hätte sie über sein Gerede von Prinzipien gelacht. „Er wird es nicht einmal wissen."

Der Mann warf ihr einen müden Blick zu, sein Gesicht blass und gezeichnet. „Aber ich."

Brynn hatte es satt, von Menschen benutzt zu werden – von Aiden, ihren Eltern. Und jetzt diesem Fremden. Sie würde nicht kampflos zusehen, wie er sie tötete. Sie war keine willenlose Spielfigur in ihrem altmodischen Spiel. Sie stürzte sich auf ihn und stieß seinen Arm in die Luft, bevor er abdrücken konnte. Plötzlich wurde sie niedergeschlagen. Sie rollte auf die Seite, während eine andere Gestalt mit dem Russen rang.

Grady.

Oh Gott. Die Person in Schwarz war Grady, und er war hier, um sie zu retten. Sie sprang auf die Füße.

Die Waffe ging los und sie erstarrte, aber Grady holte aus und verpasste dem anderen Mann einen Kopfstoß, der ihn bewusstlos werden ließ.

Grady taumelte zurück und hob die Arme, schlang sie um Brynn und hielt sie so fest, dass sie kaum atmen konnte.

„Grady. Grady. Oh mein Gott. Danke. Ich bin so dankbar, dass du gekommen bist!"

Sie wich zurück und stellte mit Schrecken fest, dass sie Blut an sich hatte. Sie starrte einen Moment lang schockiert auf den roten Fleck, bevor sie ihren Blick auf Grady richtete.

Er sackte auf die Knie.

Brynn schrie. „Grady! Grady ist angeschossen worden. Schicken Sie den Notdienst." Sie holte das Telefon aus ihrer Tasche. „Wir brauchen einen Krankenwagen. Und zwar schnell. Einen Rettungshelikopter. Ein FBI-Agent wurde angeschossen. Kommen

Sie so schnell wie möglich her. Pike's Turning." Sie schaute zu ihren Eltern und dem alten russischen KGB-Agenten. „Viele Menschen sind verletzt. Wir brauchen dringend Hilfe. Bitte."

Sie ließ sich neben ihm auf die Knie fallen. „Du darfst auf keinen Fall verletzt sein. Nicht wegen mir." Er begann zu schwanken.

Sie schlang die Arme um ihn, um ihn aufrecht zu halten.

„Bitte, bitte, bitte, ich habe noch nie gebettelt, aber bei Gott, stirb bitte nicht." Sie hielt seine Schultern fest und schaute in seine perfekten himmelblauen Augen. „Ich glaube, ich liebe dich, Grady Steel. Bitte verlass mich nicht. Auch wenn du nicht dasselbe empfindest. Bleib am Leben, damit du mich später auslachen und mir sagen kannst, dass ich nur ein Undercover-Einsatz war. Das ist mir egal, solange du nicht stirbst."

62

Schritte ertönten hinter ihr, und sie wappnete sich erneut für die Gefahr, als sie über die Schulter schaute. Sie war nicht einmal überrascht, den Cowboy aus dem Café zu entdecken, der ein tödlich aussehendes Sturmgewehr trug.

Sie hatte keine Zeit für Fragen. „Hilf mir, schnell. Grady wurde angeschossen."

Der Mann eilte mit einem kurzen Blick in die Küche nach vorn. Er fesselte den Russen und ihren Vater mit Kabelbindern, bevor er sich neben sie kniete. Er riss Grady die kugelsichere Weste vom Leib, und sie starrte entsetzt auf das kleine runde Loch an seinem Oberschenkel.

Sie hielt sich den Mund zu. „Ich habe den Notruf gewählt, aber ich weiß nicht, wie schnell sie hier sein werden. Ich weiß nicht einmal, ob sie mir geglaubt haben, dass es dringend ist."

„Habt ihr Verbandszeug im Haus?"

Brynn nickte. „Im Schrank. Ich hole es."

Sie kam schwankend auf die Beine und eilte zu dem Schrank, in dem ihr Vater immer einen großen Vorrat an Dingen für den Notfall aufbewahrte.

Jetzt wusste sie auch, warum.

Sie holte die große rote Kiste heraus und eilte zurück zu

Grady. Sie wusste, dass sie sich um ihre Eltern kümmern sollte, aber zuerst musste sie Grady helfen.

Seine Haut war blass und klamm, aber er ergriff ihre Hand und lächelte. „Geht es dir gut?"

„Ja, ja, mir geht es gut. Aber es tut mir so *leid*."

„Wie lange wusstest du schon, dass dein Vater auf der Liste der zehn meistgesuchten Flüchtigen des FBI stand, weil er seine Frau und die beiden Kinder umgebracht hat?", fragte der Cowboy scharf.

„Ungefähr so lange, wie ich weiß, dass er nicht mein leiblicher Vater ist. Zehn Minuten und es werden immer mehr."

Sie ergriff Gradys Hand und drückte sie. „Ich wollte ihnen etwas Suppe bringen und sie wollten gerade aufbrechen. Oh mein Gott. Das alles wäre nicht passiert, wenn ich einfach nach Hause gegangen wäre, wie ich es hätte tun sollen."

Tränen brannten ihr in den Augen, aber sie blinzelte sie weg. Sie hatte keine Zeit zum Weinen. „Ich hätte zu Hause bleiben sollen."

„Dann wäre vielleicht ein gefährlicher Flüchtling entkommen", gab der Cowboy in eisigem Tonfall zurück.

„Lass sie in Ruhe, Ryan." Gradys Griff um ihre Hand wurde fester, als der Russe zu sich kam. „Sie hatte einen harten Tag."

„*Sie* hatte einen harten Tag?", prustete der Cowboy los. „Du wurdest angeschossen und ich bin in den Hafen gesprungen, um nicht mit verdammtem *Nowitschok* getötet zu werden."

Brynn spürte, wie ihr beinahe die Augen aus dem Kopf traten. Das hatte der Russe also gemeint, als er sagte, sie ‚hätten etwas ganz Besonderes geplant'. „Deshalb bist du ins Wasser gesprungen?"

„Nun, es war nicht zum Spaß, Lady."

Brynn zuckte zusammen und wich zurück. Gradys Griff wurde fester.

„Lass sie in Ruhe."

„Grady, ich hatte keine Ahnung von all dem. Das verspreche ich dir. Ich erwarte nicht, dass du mir glaubst, aber ich wusste es nicht. Ich wusste nichts davon. Bitte stirb nicht. Ich mag dich wirklich."

„Du hast vorhin von *Liebe* gesprochen."

„Vorhin wurde ich auch noch nicht von Mr. Mürrisch angestarrt", murmelte sie mit einem zittrigen Lächeln.

„So schlimm ist er gar nicht. Hey, ich glaube, ich habe mich auch in dich verliebt. Das habe ich noch nie zu jemandem gesagt."

Bestürzt sah sie zu, wie seine Augen sich verdrehten und er bewusstlos wurde. „Nein. Bleib bei mir, Grady. Grady."

Der Russe öffnete ein wenig die Augen. „Vielleicht ist es schon Befriedigung genug, wenn du zusiehst, wie dein Liebhaber durch meine Hand stirbt."

„Halt's Maul, Arschloch." Ryan drückte eine Kompresse auf die Wunde an Gradys Bein und untersuchte dann die Rückseite von Gradys Oberschenkel. „Keine Austrittswunde. Die Kugel ist noch drin."

Er legte ihn wieder hin.

„Er wird nicht sterben." Brynn fluchte, als sie die blauen Flecken auf Gradys Brustkorb entdeckte.

„Dank deinem Freund, dem Sheriff." Der Blick des Cowboys war ernst.

„Nicht mein Freund", protestierte sie. Dieser Mann mochte sie überhaupt nicht, obwohl sie ihm nie etwas angetan hatte, außer ihm gutes Essen zu servieren.

Deshalb war das FBI hier ... Eli Kane. Hatten sie sie beobachtet? Wussten alle, was an diesem Morgen in der Dusche mit Grady passiert war? War dies Teil eines Plans gewesen?

Scherte sie sich überhaupt darum?

Nein. Nicht, wenn es echt gewesen war. Grady hatte gesagt, dass er dachte, er hätte sich in sie verliebt ... Sie scherte sich einzig und allein um das Wohlergehen dieses Mannes.

„Halte die Kompresse, während ich sie festklebe. Übe weiter Druck aus."

Brynn tat wie geheißen. „Ich glaube nicht, dass ein Krankenwagen durchkommen wird. Wir können Dads Truck benutzen, um in die Notaufnahme in Blue Hill zu gelangen."

Ryan schaute sich die herumliegenden Körper an.

„Es ist ein Pick-up mit einer Doppelkabine und einem Pflug vorne dran. Die beste Option, die wir haben."

Das Geräusch von weiteren Leuten, die ankamen, ließ Brynn erstarren.

„Mach dir keine Sorgen", murmelte Grady, der gerade aufwachte.

Gott sei Dank. Sie beugte sich über ihn, um ihn richtig zu hören.

„Es sind nur die Jungs."

„Okay." Sie küsste ihn auf die Wange. Sie wollte mit ihm zusammen sein. Der Gedanke, ihn zu verlieren, lag ihr wie ein Bleigewicht im Magen, aber sie wusste, dass dies wahrscheinlich das letzte Mal war, dass sie mit ihm zusammen sein würde. Er war beim FBI, und sie wusste, dass er seinen Job liebte. Sie war im Begriff, landesweit eine Ausgestoßene zu werden.

Sie überprüfte erneut den Puls ihrer Mutter und ihres Vaters. Beide waren noch am Leben, aber nur knapp. Der Russe beobachtete sie mit zusammengekniffenen Augen.

„Er ist nicht tot, oder?" Er begann wie ein Wahnsinniger zu lachen. „Typisch für mich. Ich habe so viele Jahre auf meine Rache gewartet, aber Kane ist immer noch nicht tot, und sein Miststück von Tochter hat mich angelogen."

Schwarz gekleidete FBI-Agenten strömten herein, und obwohl sie sich an Gradys Hand klammerte, musste sie sie loslassen. Ihr Mund wurde trocken, als ihr zum zweiten Mal an diesem Tag Handschellen angelegt wurden.

Schlimmer noch, sie brachten Grady von ihr weg, und sie hatte keine Ahnung, ob er aus dem Schneider war oder nicht.

Ihre Mutter stöhnte.

Sie versuchte, zu ihr zu gelangen, wurde jedoch zurückgehalten. „Meine Mutter hat Krebs im vierten Stadium. Bitte gehen Sie sanft mit ihr um."

Brynns Augen füllten sich mit Tränen angesichts des wilden Durcheinanders, das ihr Leben geworden war. Es war kein Selbstmitleid. Es war die Tatsache, dass jeder einzelne Mensch, den sie liebte, in Gefahr war zu sterben, und sie konnte nichts dagegen tun. Wenn Grady starb, würde sie sich das nie verzeihen. Niemals.

Aber anstatt zu helfen, musste sie nutzlos in Handschellen dastehen, während ein Schneesturm durch das zerstörte Haus ihrer Eltern fegte. Und war das nicht die perfekte Metapher für das, was aus ihrem Leben geworden war?

„Miss Webster?" Eine kleine, ernst aussehende blonde Frau in einem schwarzen Parka kam auf sie zu. „Agent Kelly Ropero. Wir müssen Ihnen ein paar Fragen stellen."

———

Gradys Teamkollegen trugen ihn auf den Rücksitz eines Trucks und legten ihn flach hin. Sie hatten ihm offenbar eine Infusion mit einem Schmerzmittel gelegt, denn er hatte keine Schmerzen mehr. Das, oder er lag im Sterben.

Nash setzte sich neben ihn und kontrollierte seinen Puls.

„Wo ist Brynn?"

„Sie wird verhört, Grade, das weißt du doch. Sie kommt schon klar."

Grady fluchte, während er auf die dunklen Bäume starrte, die vor einem blassgrauen Hintergrund vorbeirauschten. Der Schneesturm wurde immer heftiger. Die Meteorologen hatten zur Abwechslung mal recht gehabt.

„Nichts davon ist ihre Schuld. Sie erfährt diese Scheiße selbst zum ersten Mal."

„Woher weißt du das?", fragte Donnelly vom Fahrersitz aus.

„Ich weiß es einfach." Er war sich in seinem ganzen Leben noch nie so sicher gewesen, und er traf seine Entscheidungen nicht leichtfertig. Als er zu schweben begann, hörte er die panischen Worte seiner Teamkollegen, aber er hatte nicht die Kraft zu sprechen. Er hatte zu viel Blut verloren. Keine Ahnung, was die Kugel in seinem Inneren getroffen hatte.

Er begann, höher zu schweben und konnte nur daran denken, dass er seine Chance verpassen würde. Nicht, dass er seinen Job oder seine Kameraden vermissen würde, obwohl er das natürlich tun würde. Aber er würde sterben und seine einzige Chance auf Liebe verpassen.

Mann, das machte ihn vielleicht wütend.

63
___

Brynn saß mit Handschellen auf dem Rücksitz eines Geländewagens, der ein paar Krankenwagen und einem Schneepflug folgte, die auf dem Weg zur nächsten Notaufnahme waren. Grady war zuvor mit dem Truck ihres Vaters weggebracht worden. Sie fröstelte trotz ihres Mantels und der voll aufgedrehten Heizung.

Der Schock hatte sich in Trauer verwandelt. Die Trauer in Wut. Die Wut wurde zu glühend heißem Zorn, der sich langsam wieder in Trauer verwandelte. Es war ein Teufelskreis.

Sie konnte nicht so recht daran glauben, dass irgendetwas von dem, was passiert war, real war.

Aber die Brandwunde an ihrem Handgelenk drückte gegen das unnachgiebige Metall der Handschellen und Gradys Blut befleckte ihre Kleidung.

„Gibt es etwas Neues von Grady? Geht es ihm gut?"

Die blonde Agentin drehte sich auf dem Beifahrersitz zu ihr um. Ein anderer Mann fuhr. „Ich fürchte, ich darf keine Informationen über Operator Steel herausgeben, außer an enge Verwandte."

Das fühlte sich an wie ein Schuss in die Brust.

„Ernsthaft? Sie können seiner Schwester, die ihn abgrundtief hasst, sagen, wie es ihm geht, aber mir nicht?" Ihre Stimme brach. „Was auch immer Sie tun, geben Sie ihr keine Handlungsvollmacht. Geben Sie sie einem seiner Freunde oder so."

Angst vor den möglichen Folgen durchzuckte sie.

Sie warf einen Blick auf den großen Mann, der neben ihr saß. Er war schwarz gekleidet und für den Krieg gewappnet, so wie Grady es gewesen war.

„Ich meine es ernst. Crystal Grogan würde alles abschalten, was ihn am Leben erhält, wenn sie dadurch sein Grundstück in die Hände bekäme. Bitte", flehte sie sie alle an. „Reden Sie mit dem Krankenhauspersonal und sagen Sie ihnen, dass man Gradys Schwester keine Entscheidungsgewalt über seine medizinische Versorgung geben sollte."

„Aber Ihnen schon?"

Brynn entging nicht der skeptische Tonfall in der Stimme des Mannes.

„Ja, mir kann man vertrauen. Ich bin ein ehrlicher Mensch und ich will nur das Beste für Grady." *Und dass er mich liebt.*

Sie behielt diese letzten Worte für sich. Egal, was er zu ihr gesagt hatte, sie konnte sich nicht vorstellen, dass er sie überhaupt noch kennen wollte, wenn alles vorbei war und die Wahrheit öffentlich wurde.

„Wir werden gut auf Grady aufpassen", versprach der Mann neben ihr.

„Okay. Gut. Und meine Eltern? Können Sie mir etwas über sie erzählen?"

Die Agentin zögerte. „Die Ärzte sagen, Ihre Mutter ist sehr krank."

Brynn spürte, wie sich ein Kloß in ihrem Hals bildete. „Kann ich zu ihr, wenn wir im Krankenhaus ankommen?"

„Ich muss Ihnen erst ein paar Fragen stellen."

Brynns Finger krallten sich ineinander. „Und wenn sie stirbt, während sie mir diese Fragen stellen, deren Antwort nein lautete, ich wusste nicht, dass mein angeblicher Vater ein berüchtigter

Verbrecher auf der Flucht vor dem FBI und den Russen war – was dann?"

„Vielleicht drehen sich die Fragen eher um Ihren Ex-Mann."

„Meinen Ex?" Brynn atmete lautstark aus. „Wenn Aiden mich daran hindert, mit meiner Mutter an ihrem Sterbebett zusammen zu sein, werde ich ihn aufspüren und den Mistkerl umbringen."

„Darum geht es ja." Die Agentin hielt ihren Blick. „Wir können ihn nirgendwo aufspüren. Wir vermuten, dass er bereits tot ist."

Brynn öffnete den Mund, aber es kamen keine Worte heraus. Sie konnte hören, wie ihr Herzschlag plötzlich in ihren Ohren rauschte. „Das verstehe ich nicht. Aiden ist mit einer anderen Frau verschwunden."

„Es gibt keine Aufzeichnungen über ihn."

„Wo haben Sie nachgesehen?"

„Überall."

Schmerz begann hinter ihren Augen zu pochen, als sie sich daran erinnerte, was ihr Vater gesagt hatte, nachdem er sie in ihrem Zimmer gefesselt hatte. Dass ihm besonders das mit Aiden leidtäte.

Sie hatte gedacht, er hätte damit gemeint, dass der Bastard ihr wehgetan hatte, aber jetzt…

„Ich möchte mit meinem Vater sprechen."

Die Agentin schüttelte den Kopf.

„Sie können mich abhören. Es ist mir egal, ob Sie etwas mithören, das mich belasten könnte. Ich habe nichts zu verbergen. Ich will wissen, was mein Vater mit Aidens Verschwinden zu tun hat, wenn überhaupt. Er wird mit mir reden. Ihnen gegenüber wird er sich nicht öffnen. Danach möchte ich mich zu meiner Mutter setzen." Sie schluckte angestrengt. „Und ich möchte wissen, wie es Operator Steel geht. Ich gehöre zwar nicht zur Familie, aber ich … ich muss wissen, dass es ihm gut geht." Sie wollte so viel mehr als das, aber sie war nicht in der Lage, darum zu bitten.

Die Agentin starrte sie mit Misstrauen in den Augen an. Dann nickte sie. „Abgemacht."

———

Brynn verdrängte die Sorgen aus ihrem Kopf, als sie das Krankenhauszimmer betrat und die Gestalt anstarrte, die ruhig im Bett lag. Er hatte eine Operation hinter sich, aber sein Herz schlug gleichmäßig, wenn man dem Monitor glauben durfte.

Schlief er?

Ein leichtes Lächeln umspielte seine Lippen, als sie sich ihm näherte.

„Ich dachte, ich hätte dich verloren. Geht es dir gut?", fragte ihr Vater.

„Ob es mir gut geht?", fragte sie ungläubig. „*Gut?* Ich habe herausgefunden, dass du wegen mehrfachen Mordes auf der Liste der Meistgesuchten des FBI stehst. Ich wurde von einem Ex-KGB-Agenten bedroht, der uns alle töten wollte. Und der Mann, in den ich mich verliebt habe, wurde angeschossen, als er mich vor dem Tod rettete. Dazu kommt, dass du mich mein ganzes Leben lang belogen und mich dann auch noch gefesselt und wie eine Geisel in meinem Schlafzimmer abgelegt hast –"

„Zu deinem eigenen Besten."

„Ja, klar. Ich glaube nicht, dass du das noch bestimmen kannst. Tatsächlich wirst du nie wieder ein Mitspracherecht in meinem Leben haben." Die Erschöpfung wollte sie niederreißen, aber sie musste das durchstehen. „Außerdem geht es Mom nicht gut."

Das Lächeln verschwand und er runzelte die Stirn. „Ist sie auch hier?"

Brynn nahm seine Hand und wurde durch die Handschellen, die ihn an das Krankenhausbett fesselten, gewaltsam an ihre neue Realität erinnert. Wenigstens hatte man ihr die Handschellen abgenommen. Vorerst.

„Ja. Sie hält sich wacker, aber sie lassen mich nicht bei ihr bleiben. Wegen dir." Sie schluckte geräuschvoll. „Ich glaube, sie hat nicht mehr viel Zeit."

Sein Griff wurde fester. „Ich will bei ihr sein."

„Das liegt nicht in meiner Macht." Sie suchte nach einem

Stuhl, sich des Abhörgerätes in ihrer Tasche unangenehm bewusst. „Das FBI denkt, dass ich in deine Pläne eingeweiht war."

„Das tut mir leid." Seine blauen Augen waren erstaunlich klar für jemanden, der gerade operiert worden war. „Das meiste tut mir nicht leid, aber das schon. Wir haben früh beschlossen, dass es besser ist, wenn du so wenig wie möglich weißt. Es dir zu sagen, hätte dich zur Mitwisserin gemacht und das wollten wir beide nicht – außerdem wollten wir vergessen, dass dieser Teil unseres Lebens je passiert ist. Wie geht es deinem jungen Mann?"

Das Geräusch aus ihrem Mund war eine Mischung aus einem Lachen und einem Schluchzen. „Er ist nicht mein Mann." Obwohl er gesagt hatte, dass er sie lieben könnte ... *Mein Gott, was für ein Schlamassel.* „Ich weiß es nicht. Er wurde angeschossen, als der Russe hereinkam, um uns alle in der Küche zu erledigen. Du warst bewusstlos."

„Sergei Lushko." Seine Worte waren bitter vor unterdrückter Wut. „Als ich ihn das erste Mal persönlich traf, hat er mich auf einer Orgie, zu der Lisa uns auf magische Weise eine Einladung besorgt hatte, unter Drogen gesetzt und vergewaltigt. Ich war völlig betrunken. Einverständnis war damals kein großes Thema, vor allem nicht in dieser Branche, und wenn ich ehrlich bin", er verzog verbittert die Lippen, „war ich zu stolz, um zuzugeben, dass ich vergewaltigt worden war. Und wem hätte ich es sagen sollen?" Er lachte. „Ich war so ein gottverdammter Narr."

Ihr Vater wandte den Blick ab. „Es tut mir leid."

„Das muss es nicht." Seine Miene verhärtete sich. „Ich habe auf der nächsten Party dasselbe mit ihm gemacht, nur ohne die Drogen – ich wollte, dass er genau weiß, was passiert. Und dann habe ich noch viel, viel Schlimmeres getan."

Abscheu erfüllte sie. *Oh Gott.* Es war wirklich alles wahr. Brynn konnte es immer noch nicht fassen. Vielleicht lag es am Schlafmangel, aber sie fühlte sich, als würde sie zwischen zwei Welten schweben, von denen eine die Hölle war.

„Ich wünschte, ich hätte damals auch einen Weg gefunden, ihn zu töten." Er stieß ein leises Lachen aus. Er sprach über Mord mit der gleichen Leichtigkeit, mit der er über den Bau eines Hühnerstalls gesprochen hatte. „Anscheinend haben sie mich ausgewählt, weil ich arrogant war. Ich schätze, ich habe ihnen am Ende genau gezeigt, wie arrogant ich war."

Für Eli Kane, so wurde ihr klar, war es ein tödliches Spiel gewesen. Brynn starrte diesen Menschen an und versuchte, ihn mit dem Mann, der sie aufgezogen hatte, in Einklang zu bringen.

Es gelang ihr nicht.

„Du würdest nicht glauben, was für Leute auf diesen Partys waren, Brynn. Ich weiß, du willst dir nicht vorstellen, wie dein Alter Sex hat."

„Technisch gesehen bist du nicht mein Vater, aber du hast recht. Ich will mir dich nicht auf einer Sexparty vorstellen."

Er drückte ihre Finger so fest, dass es wehtat. „Ich bin der einzige verdammte Vater, den du je gekannt hast, und ich war gut darin, nicht wahr, Brynn? Ich war ein guter Vater."

Sie atmete laut aus. „Ja. Ja, das warst du. Ich habe dich geliebt."

Seine Augen waren leidenschaftlich. „Ich liebe dich. Seit jeher. Das war nie eine Lüge."

Wie konnte sie ihm vertrauen?

„Ich weiß nicht mehr, was ich glauben soll." Sie wollte ihn fragen, ob er sie auch getötet hätte, wenn sie ihm in die Quere gekommen wäre. Aber im Moment konnte sie mit der Antwort nicht umgehen. Stattdessen stellte sie eine andere Frage, die sich wie ätzende Säure durch ihr Gehirn brannte. „Du hast etwas über Aiden gesagt, als du mich in meinem Zimmer gefesselt hast..."

Sein Gesicht verzog sich zu einer Grimasse, und da wusste sie, dass ihr Ex-Mann tot war.

„Was ist passiert?"

Er seufzte. Dann erhob er seine Stimme. „Wenn jemand zuhört, ich erzähle euch alles, was ihr wissen wollt, solange ich im selben Raum wie meine Frau sein darf. Ich werde singen wie ein verdammter Kanarienvogel, aber nur, solange ich bei meiner Gwendolyn sein kann. Sie hat nicht mehr lange, und wenn sie stirbt …“ Er schüttelte den Kopf. „Dann wird mich alles ins Grab begleiten. Jedes verdammte Detail. Bringt mich zu ihr oder sie zu mir, und ich werde euch alles erzählen, was ihr wissen wollt. Ich muss nur“, seine Stimme stockte, „ihre Hand halten.“

Brynn schaute auf, als die blonde Agentin hereinkam. „Wenn wir sie herbringen, müssen Sie sofort anfangen zu reden. Ich werde nicht riskieren, dass Sie Ihr Versprechen brechen, wenn Ihre Frau stirbt und Sie Ihr Geständnis nicht zu Ende gebracht haben. Wir wollen alles wissen, sonst gibt es keinen Deal.“

Die Augen ihres Vaters waren glasig vor Tränen, als er den Kopf hob und die Agentin anblickte. „Deal.“ Er lächelte grimmig. „Wie hat Ihnen Australien gefallen, Agent Ropero?“

Ropero fluchte und verließ den Raum.

„Du warst in Australien?“

Er zwinkerte ihr zu. „Nein. Aber sie dachte, ich sei dort gewesen.“

Brynn zuckte zurück und richtete sich steif auf, da sie nicht in der Lage war, Witze über dieses Chaos zu machen. „Ich bin gleich wieder da.“

Sie übergab das Abhörgerät an einen Agenten vor der Tür und ging den Korridor hinunter zu einem Glasfenster, vor dem sie mehrere schwarz gekleidete Gestalten sehen konnte.

Das musste Gradys Zimmer sein. Sie hatten sich geweigert, ihr viel über seinen Zustand zu erzählen, nur dass er operiert werden musste.

Als sie auf die Schar zuging, richteten sich mehrere Blicke auf sie.

Der große Mann, neben dem sie im Geländewagen gesessen hatte, versperrte ihr den Weg.

Sie schaute auf. „Geht es ihm gut?“

Er presste die Lippen zu einem schmalen Strich zusammen und nickte mit prüfendem Blick.

„Kann ich ihn sehen?“

Nach ein paar Sekunden trat er zur Seite und ließ sie passieren. Sie stellte sich ans Fenster und drückte ihre Hand gegen das kühle Glas.

Grady lag im Bett und schlief. Er sah unglaublich blass aus. Seine Brust war nackt und zeigte die blauen Flecken und kleinen Verbrennungen, die er sich in den letzten Tagen zugezogen hatte. Die Monitore zeigten einen langsamen und gleichmäßigen Herzschlag an.

„Wie geht es ihm?", fragte sie die versammelte Gruppe.

Die dunkelhaarige Frau – diejenige, die sie an diesem Tag im Café bedient hatte – öffnete den Mund, um etwas zu sagen, aber der große Cowboy sprach über sie hinweg.

„Er hat eine Menge Blut verloren. Es stand eine Zeit lang auf der Kippe." Der Mann trat näher und beugte sich zu ihr hinunter, um ihr etwas ins Ohr zu flüstern. „Hör zu, Lady. Es tut mir leid, dir das sagen zu müssen, aber seine Verlobte wird jeden Moment hier sein. Es wäre vielleicht besser, wenn sie nicht herausfindet, dass seine Undercover-Tätigkeit eine gewisse Grenze überschritten hat. Wenn du weißt, was ich meine."

Brynns Augen weiteten sich vor Schreck.

Grady war verlobt?

Das Herz zersprang ihr in der Brust. Es klirrte wie zerbrochenes Glas. Sie hatte sich schon gedacht, dass er undercover gewesen war, aber sie war dummerweise davon ausgegangen, dass die Interaktionen zwischen ihnen echt gewesen waren. Hatte er ihr nicht eben noch gesagt, dass er sich in sie verliebt hatte, während er mit einer Schusswunde in der zerstörten Küche ihrer Eltern blutete?

Vielleicht war er einfach nur in dem Moment gefangen gewesen oder hatte immer noch unter dem Deckmantel gehandelt, falls die Behörden befürchteten, sie würde nicht die Wahrheit sagen.

Sie hob ihr Kinn und schluckte.

Natürlich hatte er sie angelogen. Wie jeder andere in ihrem Leben auch. Sie war dumm gewesen, ihm zu glauben. Aber wie konnte sie jemals ihrem eigenen Urteilsvermögen trauen, wenn es so aussah, als sei jeder, der ihr etwas bedeutete, darauf aus, sie zu betrügen?

Eine Verlobte?

„Oh." Tränen trübten ihre Sicht, aber sie blinzelte sie weg. „Wow."

Ihr Mund öffnete und schloss sich, weil sie nicht wusste, was sie sagen sollte. Sie war zwar nicht körperlich verletzt worden, aber innerlich fühlte sie sich völlig zerschmettert.

Sie trat einen Schritt zur Seite und räusperte sich. „Vielleicht kann mir jemand später etwas über seinen Zustand Bescheid sagen?"

Sie hielt ihr Kinn hoch. Sie alle wussten, was sie und Grady zusammen getan hatten, und sie durchfuhr die Scham, dass sie so dumm gewesen war, darauf hereinzufallen.

„Ich werde mich darum kümmern", beteuerte der große Mann mit den kühlen, aber neugierigen blauen Augen.

Sie unterdrückte den Drang, sich in sich selbst zusammenzurollen, und ging weg. Sie beschleunigte ihr Tempo, als sie sah, wie ihre Mutter in einem Bett in das Zimmer ihres Vaters gerollt wurde.

Sie musste sich jetzt auf ihre Mutter konzentrieren. Brynn mochte keine Ärztin sein, aber sie konnte an der blassen Haut ihrer Mutter ablesen, dass Gwen Webster nicht mehr lange zu leben hatte.

„Mom." Sie fand einen Platz neben ihrer Mutter, als ihre Eltern wieder vereint wurden, wahrscheinlich zum letzten Mal. Brynn durfte jetzt nicht an Grady denken. Er hatte sein eigenes Leben. Ein echtes Leben.

Ihr Herz fühlte sich wie pulverisiert an, aber sie konnte nur mit einer begrenzten Menge Dinge umgehen, bevor sie zerbrach. Sie musste Grady Steel vergessen. Sie musste alles vergessen, außer, wie sie das Chaos in ihrem Leben entwirren konnte.

Ihr Vater schloss seine Finger um die Hand ihrer Mutter. Und dann begann Paul Webster alias Eli Kane zu reden.

64

MONTAG, 1. FEBRUAR

8:00 Uhr, Morgenbesprechung des Geiselrettungsteams des FBI

Es war schon fast eine Woche her, dass Grady angeschossen worden war. Er lehnte sich mit verschränkten Armen in einem der Hartplastikstühle zurück, während der Big Boss die Teams über den Einsatz von letzter Woche in Maine unterrichtete.

Er wusste, was passiert war. Er war vor Ort gewesen. Ropero hatte ihm einige der fehlenden Teile des Puzzles erklärt. Das Gold Team hatte insgesamt Glück gehabt. Keine Todesopfer. Keine ernsthaften Verletzungen außer einer Kugel in seinem Oberschenkel, die entfernt worden war und außer dem großen Blutverlust zum Glück keine ernsthaften inneren Schäden verursacht hatte.

Nein – die waren dadurch entstanden, dass man ihm das Herz aus der Brust gerissen hatte.

Er war am Samstag aus dem Krankenhaus entlassen und hierher zurückgeflogen worden.

Brynn hatte ihn nicht kontaktiert.

Er war am Leben. Er erholte sich schnell. Er hatte seinen Traumjob, bei dem es zum Tagesgeschäft gehörte, aus Hubschraubern zu springen und Dinge in die Luft zu jagen. Er hatte Glück – aber das war nicht mehr genug.

Zuerst hatte er ihr ein wenig Freiraum gelassen. In den ersten vierundzwanzig Stunden war er bewusstlos gewesen. Sie hatte eine Menge um die Ohren. Ihre Mutter war gestorben. Ihr Vater saß in Haft. Das Haus ihrer Kindheit wurde Stein für Stein auseinandergenommen, um herauszufinden, welche Geheimnisse es enthielt. Sie hatte gerade herausgefunden, dass ihr Ex-Mann sie nicht verlassen hatte, sondern von ihrem nicht leiblichen Vater ermordet worden war, nachdem er dummerweise versucht hatte, Kane zu erpressen.

Außerdem hatte sie herausgefunden, dass ihr geliebter Vater fünf Männer ermordet und die Tierklinik in Brand gesteckt hatte, um Grady verhaften zu lassen und aus dem Weg zu räumen, nachdem es nicht funktioniert hatte, ihm eins über den Schädel zu ziehen.

Vielleicht war es schmeichelhaft, für eine so große Bedrohung gehalten zu werden, aber es bewies, dass Paul Webster trotz seines sanften Auftretens ein bösartiger Mörder war.

Und ihr leiblicher Vater war offenbar ein Vergewaltiger gewesen.

Das musste einen Menschen einfach mitnehmen.

Also hatte er ihr etwas Freiraum gegeben.

Sie hatte ihm gesagt, dass sie ihn liebte, und er hatte ihr gesagt, dass er genauso fühlte. Er hatte sich zurückgezogen und das FBI seine Arbeit machen lassen. Er vertraute dem System, sicher in dem Wissen, dass zum Schluss alles gut werden würde, auch wenn es im Moment beschissen war. *Sie liebte ihn.*

Und nachdem er drei Tage lang fast die Wände hochgegangen war, schrieb er ihr schließlich eine SMS.

Aber sie antwortete nicht.

Er hatte sich bei Ropero erkundigt und nachgehakt, ob sie ein neues Telefon hatte, da ihr Vater ihr altes zerstört hatte. Er schrieb ihr erneut eine SMS, nur um festzustellen, dass sie seine Nummer blockiert hatte.

Dann erfuhr er, dass Brynn aus dem Gewahrsam entlassen

worden war. Sie war nicht mehr inhaftiert. Es stand ihr frei, ihn zu besuchen.

Aber sie hatte es nicht getan.

Sie tat es nicht.

Es hatte lange gedauert, bis es ihm dämmerte.

Sie wollte ihn gar nicht sehen. Sie hatte herausgefunden, dass er undercover und dafür verantwortlich gewesen war, dass ihre Familie in Stücke gerissen wurde. Was war schon eine flüchtige romantische Liebe im Vergleich zu dieser Katastrophe?

Ackers kam zum Ende.

Grady spürte die Augen seiner besorgten Teamkollegen auf sich gerichtet, aber er weigerte sich, die Wunde zu zeigen, die in ihm eiterte.

Liebe machte die Menschen dumm.

Er sollte glücklich sein. Das Gold Team hatte geholfen, Eli Kane zu fangen. Den verdammten Eli Kane. Ganz zu schweigen von der Eindämmung eines Nervengifts, das viele Menschen hätte töten können und die Beziehungen zum Kreml weiter verschlechtert hätte. Ihre Einheit hatte sich mehr als bewährt. *Er* hatte sich mehr als bewährt. Aber innerlich war er wie betäubt.

Er hatte sein ganzes Leben lang auf dieses Gefühl der Akzeptanz und Zugehörigkeit hingearbeitet, aber es fühlte sich leer an. Wertlos.

Ironischerweise hatte Brynn ihm an jenem Abend in der Bar erzählt, wie es sich anfühlte, von jemandem verlassen zu werden, den man liebte – als würde man ausgeweidet. Jetzt konnte er es ihr nachfühlen.

Donnelly starrte ihn mit Besorgnis in ihren braunen Augen an.

Daniel Ackers räusperte sich. „Operator Steel, ich schlage Sie für die Tapferkeitsmedaille des FBI vor."

Schockierte Stille herrschte im Raum. Vor einer Woche wäre Grady noch mächtig stolz darauf gewesen. Jetzt war er einfach nur taub.

„Ich brauche keine Medaille, weil ich meinen Job gemacht

habe, Sir." Nicht wenn die Alternative gewesen wäre, Brynn sterben zu sehen.

„Trotzdem." Ackers legte den Kopf schief. „Ich schlage außerdem Operator Livingstone für die FBI-Medaille für verdienstvolle Leistungen für seine Arbeit im letzten Monat vor und SSA Montana für den FBI-Schild der Tapferkeit." Sein Schnurrbart bebte. „Es ist unwahrscheinlich, dass wir Kurts Leiche für die Beerdigung bergen können, aber die Familie plant eine Gedenkfeier für Ende des Monats. Außerdem habe ich im Namen der Familien von Operator Monteith und SSA Montana den FBI-Gedenkstern beantragt."

Die Stimmung im Raum kippte. Der Tod zweier Teammitgliedern hatte sie alle schwer getroffen. Medaillen konnten sie nicht ersetzen. Sie machten den Verlust nur noch greifbarer.

„Eine Sache noch." Ackers hielt inne und schaute Grady eindringlich an. „Vergessen Sie nicht, ihre Termine beim Psychologen zu vereinbaren."

Grady nickte widerwillig, aber die Vorstellung, dass ein Seelenklempner in seinem Kopf herumwühlte, war so verlockend wie das Trinken dieses russischen Parfüms.

Sergei Lushko wurde an einem geheimen Ort festgehalten. Grady vermutete, dass man ihm Immunität und eine neue Identität anbieten würde, wenn er seinem Heimatland den Rücken kehrte und ihnen alle schmutzigen Geheimnisse verriet.

Das FBI sollte besser dafür sorgen, dass er nie wieder in Brynns Nähe kam, sonst würde Grady beweisen, wie ähnlich er seinem alten Herrn wirklich war.

„Gute Arbeit, Leute." Ackers ging.

Die Truppe machte sich auf den Weg, um ihre Arbeit zu erledigen. Grady saß da und starrte ins Leere.

„Kommst du?" Shane Livingstone trat gegen seinen Stuhl.

Der Mann war seinen Gips los und trainierte wieder Vollzeit mit dem Team. Jetzt war Grady an der Reihe, sie vom Spielfeldrand aus zu beobachten.

Er wohnte im Gästezimmer von Grace, während er sich

erholte. Murphy war äußerst beliebt und kam so gut mit den Kindern zurecht, dass Grady nicht sicher war, ob er das Herz hätte, den Hund wieder mitzunehmen, wenn er zurück in seine kalte, leere Wohnung zog.

Cowboy murmelte ungeduldig etwas vor sich hin.

Donnelly fletschte die Zähne und gab Ryan einen Schubs. „Wenn du Brynn nicht erzählt hättest, dass Grady mit einer anderen verlobt ist, würde er vielleicht nicht so aussehen, als hätte jemand seinen verdammten Welpen erschossen."

Gradys Kopf schnellte herum. „Du hast *was* getan?"

Novak hob den Kopf. „Das hast du ihr also im Krankenhaus gesagt?"

Cowboy rollte mit den Schultern. „Ich dachte mir, dass es für alle besser wäre, wenn Brynn Grady in der Zeit danach ein wenig Freiraum lässt."

In Windeseile hatte Grady seinen Freund an die Wand gedrückt und seinen Unterarm auf seine Halsschlagader gepresst. „Du hast ihr gesagt, dass ich eine Verlobte habe? Obwohl du wusstest, was sie mir bedeutet?"

Cowboy versuchte nicht, sich zu verteidigen. „Zu diesem Zeitpunkt war ihre Verwicklung noch unklar. Ich wollte dir Zeit geben, über alles nachzudenken."

„Zeit, um über alles nachzudenken?" Grady drückte fester gegen Cowboys Hals und spürte, wie alle Anwesenden den Atem anhielten. „Zeit, um darüber nachzudenken, dass das Leben sich nicht mehr lebenswert anfühlt? Zeit, um darüber nachzudenken, dass die einzige Frau, für die ich jemals Gefühle zugelassen habe, ihre Meinung über mich geändert hat? Wahrscheinlich, weil ich geholfen habe, ihre ganze Welt zu zerstören? Oder Zeit, um darüber nachzudenken, wie schrecklich es jetzt für sie sein muss? Wie verdammt trostlos und furchtbar es ist, wenn einem alles, was man zu kennen glaubte, vor den Augen der ganzen Welt entrissen wird? Ist es das, worüber ich nachdenken sollte?"

Cowboy hielt seinen Blick mit zusammengebissenem Kiefer.

„Ich wollte, dass du darüber nachdenkst, wie beschissen es sich anfühlt, wenn alles zusammenbricht."

„*Ryan*, verdammt noch mal." Grady wollte den Kerl schlagen, aber stattdessen stieß er ihn weg. „Ich weiß, dass dir das Herz gebrochen wurde. Das wissen wir alle. Und das muss beschissen sein." Er fuhr sich mit einer Hand über den dicken Schorf auf seiner Kopfhaut, eine weitere Erinnerung an die Rücksichtslosigkeit von Eli Kane. „Ich kann mir nicht vorstellen, was du durchgemacht hast – aber warte, doch, ich kann es mir verdammt noch mal vorstellen, denn du hast mich *tagelang* durch den Dreck gezogen, und jetzt muss ich bei der Frau, die ich liebe, betteln, kriechen und beten, dass sie mir vergibt."

„Soll ich dich zum Flughafen fahren?", fragte Livingstone.

„Ich werde den Antrag für die Verlängerung des Krankenurlaubs einreichen. Es war sowieso zu früh für dich, um wieder zur Arbeit zu gehen." Novak starrte Cowboy an, als wollte er ihm die Scheiße aus dem Leib prügeln. Er würde sich hintenanstellen müssen. Aber zuerst musste Grady noch woanders hin.

65

Brynn parkte in der Nähe des Hotels, da es auf der Straße keine Parkplätze gab, und ging zum Sea Spray Café. Das FBI hatte ihr zum Glück ihr Auto zurückgegeben, sodass sie wenigstens ein eigenes Fahrzeug hatte. Sie sah ein paar Einheimische, aber niemand begegnete ihrem Blick.

Sie hob ihr Kinn an. Was kümmerte sie das?

Der Schnee des letzten Schneesturms war geräumt worden und türmte sich zwischen Bürgersteig und Straße auf. In der Stadt waren gut dreißig Zentimeter und im Landesinneren mehr als fünfzig hinzugekommen. Ein weiterer Sturm war im Anmarsch. Hoffentlich wäre sie schon weg, bevor es losging.

Das Café war vom FBI durchsucht worden, für den Fall, dass ihr Vater oder der Mann, den sie immer für ihren Vater gehalten hatte, dort etwas versteckt hatte.

Offenbar gab es im Abstellraum ein Fach, das hinter einer Trockenbauwand versteckt war und in dem einst Geld und Pässe für sie alle aufbewahrt worden waren. Paul Webster hatte sie in der Nacht, in der er Grady auf den Hinterkopf schlug, zu holen versucht.

So viel dazu, dass er auf dem vereisten Boden ausgerutscht war.

Ihr Vater hatte den Mann brutal angegriffen. *Ihr Vater* war derjenige, der ihr die warnende SMS geschickt hatte, nachdem er die beiden nach ihrem Drink in der Bar zusammen nach Hause gehen sah.

Ihr Vater hatte die Quayles aus Rache dafür getötet, dass sie die Bank ausgeraubt und, wie er sagte, sein Leben zur Hölle gemacht hatten, und auch als Bestrafung dafür, dass Caleb Brynn geschlagen hatte. Natürlich hatte er sie auch umgebracht und die Tierklinik angezündet, damit Grady der Hauptverdächtige in den Morden wurde, ins Gefängnis kam und vermutlich die Ermittlungen des FBI über den Verbleib von Eli Kane verzögerte.

In der egozentrischen Welt ihres Vaters hatte der Zweck jedes Mittel gerechtfertigt.

Es war schwer, Grady für seine Lügen böse zu sein, nachdem sie wusste, was er hier wirklich getan hatte. Ihr Vater hatte verabscheuungswürdige Verbrechen begangen und jahrelang alle hinters Licht geführt. Er verdiente es, verhaftet zu werden. Er verdiente es, den Rest seines Lebens im Gefängnis zu verbringen.

Er hatte die Hand ihrer Mutter gehalten, als sie gestorben war. Das hatten sie beide. Brynn war froh, dass sie das hatte tun können, aber jetzt musste sie ihre Trauer in einem Meer von ungewohnten Gefühlen bewältigen, die immer wieder aufeinanderprallten. Ein Teil von ihr hasste ihre Mutter dafür, dass sie zugelassen hatte, sich in Eli Kane zu verlieben. Ein Teil von ihr wollte immer noch nicht wahrhaben, dass die Frau, die sie angebetet hatte, in solch abscheuliche Gräueltaten verwickelt gewesen war. Ein Teil von ihr wollte sich übergeben, wann immer sie an das Schicksal der beiden kleinen Jungen dachte.

Sie schniefte und hoffte, dass ihre roten Augen und die fleckige Nase weniger nach Weinen aussahen als vielmehr nach dem kalten Wetter, das hier immer noch herrschte. Ehrlich gesagt hatte sie viele Gründe, unglücklich zu sein, aber sie wollte nicht, dass die Welt das Ausmaß ihres Schmerzes erfuhr. Ihr Vater hatte eine Menge Schaden angerichtet. Sie bezweifelte, dass ihr irgendjemand glauben würde, dass sie zu keinem Zeitpunkt die Wahrheit geahnt hatte.

Aiden war ermordet worden, um die Identität ihres Vaters zu schützen. Paul Webster hatte Aiden erst mit einer Prostituierten zusammengebracht und dann die E-Mails und die Postkarte aus der Ferne verschickt. Er war ein einfallsreicher Mann, dieser Paul Webster / Eli Kane-Hybrid.

Der Schmerz über diesen Verrat war fast zu groß, zu unerträglich. Ihr Vater hatte zugesehen, wie sie zusammenbrach, als sie glaubte, Aiden hätte sie ohne ein Wort verlassen. Es hatte sie am Boden zerstört, aber die Wahrheit war so viel schlimmer.

Die ganze Zeit über war sie Witwe gewesen. Sie hatte sich von einem toten Mann scheiden lassen, und ihr Vater hatte sie gewähren lassen. Er überschüttete sie mit Mitgefühl und zärtlichen Umarmungen, während er ihr sagte, dass er sowieso nie gut genug für sie gewesen sei.

Ihr Vater sagte ihnen nicht, was er mit Aidens Leiche gemacht hatte. Vielleicht hielt er Details für seinen Deal mit der Staatsanwaltschaft zurück. Er hatte zugegeben, dass er ihre gemeinsamen Bankkonten geleert hatte, um Aidens Verschwinden glaubwürdiger zu machen. Ihr Vater hatte das Geld auf ein neues Konto bei der Bausparkasse eingezahlt und es ihr irgendwann schenken wollen.

Wie großzügig von ihm.

Brynn trauerte um Aiden, und es war viel schlimmer als damals, als sie glaubte, er hätte sie verlassen. Ihr Vater hatte ihren Mann ermordet, und sie versuchte nun herauszufinden, was an ihrer Ehe wahr gewesen und was aus der Lüge entstanden war, ihr Mann habe sie wegen einer anderen Frau verlassen.

Es war ein rauer, schuldbeladener Schmerz, der durch die Erkenntnis, dass sie sich bereits in einen anderen verliebt hatte, noch verschlimmert wurde.

Aber dieser war vergeben.

Und vielleicht hatte er nie wirklich existiert – zumindest nicht der Mann, für den sie ihn gehalten hatte.

Sie hatte seine SMS gelöscht, ohne sie zu lesen und seine Nummer blockiert, weil sie es nicht ertragen konnte, dass er alles erklärte, vernünftig darlegte oder sich sogar *entschuldigte*.

Sie verstand es.

Das tat sie wirklich.

Es tat weh, aber er hatte nur seinen Job gemacht, einen wichtigen Job. Die beiden hatten sich vom Moment hinreißen lassen.

Die Leidenschaft war echt gewesen. Trotz allem glaubte sie, dass diese eine Sache echt gewesen war – echt genug, um ihn vergessen zu lassen, dass er zu Hause eine Verlobte hatte.

Aber egal, wie *richtig* es sich zwischen ihnen angefühlt hatte, sie waren eine unmögliche Kombination, und er hatte bereits jemanden in seinem Leben. Das würde sie ihm nicht ruinieren.

Die Parallele zwischen ihrer Situation und der ihrer Mutter ließ sie erschaudern – sie hatte sich in einen Mann verliebt, der bereits mit einer anderen Frau zusammen war.

Gwendolyn Webster hatte ihr alles bedeutet, und Brynn wurde traurig bei der Erinnerung an ihren Tod, der so abrupt gekommen war und so viele unbeantwortete Fragen zurückgelassen hatte. Brynn würde diesen Schmerz für den Rest ihres Lebens mit sich herumtragen, auch wenn sie Schwierigkeiten hatte, mit all den dunklen Geheimnissen umzugehen, die ihre Familie verborgen hatte.

Auf keinen Fall würde Brynn sich wissentlich mit einem verheirateten oder verlobten Mann einlassen. Sie verdiente jemanden, der sie für sich selbst wollte. Von Darrell über ihre Eltern bis hin zu Grady hatten sie alle versucht, sie zu benutzen.

Sie verdiente Besseres.

Die einzige gute Nachricht in diesem verdammten Albtraum war, dass ihr Vater Milton Bodurek nicht ermordet hatte. Anscheinend waren das Sergei und Alana auf der Suche nach ihrem Vater gewesen.

Ein Schauer lief ihr über den Rücken. Sie hoffte, dass sie den Russen für immer einsperrten. Sie hatte keinen Zweifel daran, dass ihr Vater für immer hinter Gitter bleiben würde. Sie hoffte, dass sie ihn nicht für seine Verbrechen hinrichten würden. Trotz allem hatte sie Mitleid empfunden, als er seine Geschichte erzählte. Abscheu für seine Taten – Mitleid mit dem Mann, der sich irgendwie eingeredet hatte, dass kaltblütiger Mord sein einziger Ausweg sei.

Er hatte sich geirrt. Aber er hatte daran geglaubt.

Brynn und Agent Ropero hatten eine Art widerwilligen Respekt füreinander entwickelt. Brynn hatte sich den Ermittlungen nicht in den Weg gestellt und geholfen, so viele Lücken zu füllen, wie sie konnte.

Sie war in Bangor geblieben, weil das FBI sie in der Nähe haben wollte, aber Ropero hatte heute Morgen angerufen und ihr mitgeteilt, dass sie das Café wieder öffnen dürfe. Auch ihre Mietwohnung sei wieder frei.

Das war eine Erleichterung, denn so sehr es ihr auch davor graute, nach Deception Cove zurückzukehren, so konnte sie jetzt wenigstens etwas tun, um weiterzuziehen und die Sache zu beenden.

Sie beschloss, das Chaos aufzuräumen, das das FBI im Café angerichtet hatte, und dann ihre Angestellten morgen zu einem schwierigen Gespräch zu bitten. Sie plante, das Café zu verkaufen. Irgendwo in einer Höhle auf dem Mars zu leben.

Zuerst war es aber an der Zeit, sich der Stadt zu stellen. Sollten sie ihre Schläge austeilen, bevor sie für immer wegzog. Sie verdienten die Gelegenheit dazu. Kalpa und ihre Partnerin Muriel hatten ihr Lebensmittel vorbeigebracht, worüber sie sich sehr gefreut hatte. Nicht jeder hasste sie.

Komisch, dass sich ihr und Gradys Ruf ins Gegenteil verkehrt hatte. Sie missgönnte es ihm nicht. Er hatte jedes Lob und die Anerkennung verdient. Der Typ war ein wahrer Held.

Ein großer weißer Geländewagen fuhr neben ihr vor.

Sie warf einen Seitenblick darauf und hielt widerstrebend an. Sie drehte sich zu Darrell York um, als er das Fenster herunterkurbelte.

„Sheriff."

„Brynn." Er ließ seine Sonnenbrille bis zum Ende seiner Nase rutschen.

„Was willst du?"

Ihr wenig höflicher Tonfall ließ seinen Mund hart werden. „Ich dachte, ich informiere dich, dass ich die Reporter vor deiner Wohnung wieder weggeschickt habe."

„Das weiß ich zu schätzen. Einen schönen Tag noch." Sie wandte sich ab, um wegzugehen.

„Brynn."

Sie atmete tief ein, während sie im Geiste bis drei zählte.

„Ich habe gehört, dass das FBI dich freigelassen hat."

Eigentlich war sie nie verhaftet worden, sondern nur verhört.

„Ich habe noch ein paar Fragen –" Sein Blick schweifte über die Straße. „Oh, sieht so aus, als sei das FBI noch nicht ganz fertig mit dir."

Das machte ihm wohl Spaß.

Sie knirschte mit den Zähnen.

Tatsächlich stiegen die Agents Ropero und Dobson aus ihrem schwarzen Geländewagen, zusammen mit zwei weiteren Deputys, die Brynn nicht kannte.

Ihre Schultern sackten in sich zusammen.

Was jetzt?

Die Gesetzeshüter gingen an ihr vorbei.

„Darrell York, steigen Sie bitte aus dem Fahrzeug." Ropero zeigte ihre Marke und öffnete seine Tür.

„Was zum Teufel ist hier los?", ereiferte sich Darrell.

Einer der Deputys hielt ein Stück Papier hoch.

„Das ist eine Anweisung des Gouverneurs." Ropero legte dem Sheriff Handschellen an und nahm ihm die Waffe ab. „Darrell York, Sie werden wegen Körperverletzung und diverser anderer Fälle von Machtmissbrauch festgenommen. Der Gouverneur des Bundesstaates Maine hat Sie Ihres Amtes als Sheriff von Montrose County enthoben."

„Das ist Blödsinn. Ich werde Sie verklagen, Lady."

„Für Sie Agent Ropero."

Darrell wehrte sich, aber Ropero hielt ihn mühelos unter Kontrolle.

Brynn lachte.

Darrell wirbelte zu ihr herum. „Oh, du wirst nicht mehr lachen, wenn ich dem FBI erzählt habe, dass dein lieber Grady Steel nur ins Sheriffsdepartment gekommen ist, weil er meinen Vater erpresst und damit in seiner Bewerbung beim FBI gelogen hat. Sie werden ihn rausschmeißen."

Ropero zog eine Augenbraue hoch. „Womit hat er ihn erpresst, Darrell?"

Schweiß stand Darrell auf der Stirn. Sein Gesichtsausdruck wurde stur. „Das geht nur mich und meinen Anwalt etwas an."

„Vielleicht", Ropero amüsierte sich sichtlich, „war es, als er die Schuld auf sich nahm, ein Fahrzeug in ein unbewohntes Gebäude gefahren und großen Sachschaden angerichtet zu haben, weil Sie, der eigentliche Fahrer, anscheinend weit über der zugelassenen Promillegrenze lagen?"

„Grady ist gefahren, und ich war nicht betrunken. Er hat gelogen."

„Wenn das so ist, wie genau hat Grady Steel dann Ihren Vater *erpresst*, um einen Job als Deputy zu bekommen?"

Darrell brauste auf. „Grady ist ein verdammter Serienlügner. Ich wette, seine Bewerbung war voll davon."

„Ja, das ist schon komisch. In seiner ursprünglichen Bewerbung legte Grady die ganze Geschichte dar, wie er als Jugendlicher eine falsche Aussage gemacht hat. Er und sein Kumpel Saul Jones sind Ihnen eines Nachts auf seinem Geländemotorrad gefolgt, weil sie besorgt darüber waren, dass Sie in einem solchen Zustand Auto fahren. Grady erklärte, wie er den Unfallort entdeckte und den Notruf wählte. Dann rief er Sheriff Temple York an, der auftauchte und persönlich die Kontrolle am Unfallort übernahm. Zum Glück wurden Sie nicht verletzt. Sie waren nur zu Tode erschrocken. Der Sheriff nahm Grady zur Seite und machte ihm das Angebot, Ihren betrunkenen Arsch zu retten. Wenn er die Verantwortung für den Unfall übernahm, würde der

Sheriff Grady einen Job geben, sobald er die Highschool abgeschlossen hätte. Aber als es an der Zeit war, sein Versprechen einzulösen, machte Ihr Daddy einen Rückzieher. Grady, ein misstrauischer junger Mann, nutzte die Existenz der Aufzeichnung der Notrufzentrale und eine Befragung mit dem Grundstückseigentümer, die er am Tag nach dem Unfall aufgenommen hatte, um Ihren Daddy davon zu *überzeugen*, sein Versprechen zu halten."

„Schwachsinn." Darrells Worten fehlte es an Überzeugung.

Brynn schüttelte den Kopf. Sie war nicht überrascht. Es war wahrscheinlich eines von vielen Dingen, für die Grady verantwortlich gemacht wurde, die er in Wirklichkeit gar nicht getan hatte.

„Das FBI wusste die ganze Zeit über die Wahrheit – schon als Sie sich beworben haben. Ich bin überrascht, dass sie Sie auf die Akademie gelassen haben. Sie haben das Recht zu schweigen ..." Ropero begegnete Brynns Blick über die Motorhaube hinweg und zwinkerte ihr zu. Dann fuhr Ropero fort, Darrell seine Rechte vorzulesen, während sie ihn zu ihrem Geländewagen führte und auf den Rücksitz setzte. Einer der Deputys sprang in Darrells Wagen, und sie fuhren alle davon.

Brynn blinzelte ihnen hinterher.

Das war das Beste, was sie seit Tagen gesehen hatte, und doch konnte es ihre Niedergeschlagenheit kaum lindern.

Sie erreichte das Café. Die Jalousien waren zu, was ungewöhnlich war, aber das FBI hatte sicherlich keine Zeugen für seine Arbeit gewollt, und die Reporter waren schon seit Tagen in der Stadt unterwegs. Sie bemerkte einen Flyer, der am Fenster klebte, und lächelte. Er war für eine Teeparty und eine Tombola im Gemeindehaus, um Geld zu Gunsten von Kalpas Tierarztpraxis zu sammeln. Brynn würde sicher eine großzügige Spende machen, sobald sie Zugang zu den Bankkonten erhielt, denn schließlich war es ihr Vater, der den Laden abgefackelt hatte.

Vorsichtig ging sie um die Rückseite des Gebäudes herum. Jemand hatte den Schnee geräumt und Sand gestreut, damit es nicht so rutschig war. Die Szene erinnerte sie daran, wie sie am Morgen nach dem Mord an Milton neben Grady gestanden und auf den Hafen hinuntergeschaut hatte.

Ein Fauchen ließ sie nach Luft schnappen, eine Hand auf der Brust. Der rothaarige Kater saß auf dem nahen Zaun und fletschte die Zähne.

„Du hast den Sturm überlebt, wie ich sehe. Gut." Sie musste mit Kalpa reden, um den Streuner einzufangen und ein gutes Zuhause für ihn zu finden.

Sie trat durch die Hintertür ein und blieb abrupt stehen.

„Brynn." Linda stand auf, nachdem sie auf Händen und Knien den Boden geschrubbt hatte.

Angus war in der Küche und brachte seine Töpfe und Pfannen wieder in Ordnung.

Jackie, die Schmutz vom Fingerabdruckpulver von den Wänden und Lichtschaltern wischte, drehte sich zu ihr um.

„Was macht ihr alle hier?", staunte Brynn.

Unterströmungen wirbelten durch den Raum wie eine Flutwelle.

„Wir machen sauber, damit wir morgen pünktlich öffnen können", sagte Linda entschlossen.

„Warum helft ihr mir, nach allem, was meine Familie getan hat?"

„Weil wir *dir* helfen wollen", antwortete Angus vorsichtig aus der Küche.

Brynn ließ sich schwerfällig auf den nächsten Stuhl sinken. „Ich dachte, ihr würdet sie hassen. Mich hassen."

Linda kam herüber und zog sie in eine Umarmung. Es war das erste Mal seit Tagen, dass jemand anderes als die Polizei sie berührte.

„Dummes Ding. Wie kannst du an etwas schuld sein, das deine Eltern getan haben?" Lindas Mund war vor Müdigkeit verkniffen. „Sie waren meine besten Freunde, und ich wusste es nicht. Heißt das, ich trage auch Schuld?"

Brynn schüttelte den Kopf. „Mom hat dich geliebt."

Linda strich sich die Haare aus dem Gesicht, und obwohl ihre Augen glänzten, weinte sie nicht. „Ich habe sie auch geliebt. Ich habe versucht, sie zu besuchen, aber sie haben mich nicht reingelassen. Sie haben niemanden reingelassen."

„Am Ende ging es schnell." Der Kloß in Brynns Hals war wie ein Keil aus Eisen. „Ich glaube nicht, dass sie sich dem stellen wollte, was passiert war, vor allem nicht dem, was jetzt mit Dad passieren wird."

Linda drückte ihre Schultern. „Sie haben einander geliebt. Das konnte jeder sehen." Sie strich Brynn eine Haarsträhne hinters Ohr. „Sie haben auch dich geliebt."

„Ich werde verkaufen." Ihre Stimme war kratzig.

Linda nickte. „Wenn du das willst. Aber nach dieser Sache wird der Laden richtig abheben. Wart's ab."

Brynn zog ihren Mantel aus. „Ich bin mir nicht sicher, ob ich skrupellos genug bin, um aus der notorischen Bekanntheit Kapital zu schlagen."

„Wenn du es nicht tust, wird es jemand anderes tun. So hast du wenigstens die Kontrolle über die Geschichte."

Brynn sah sich in dem von ihrer Mutter so geliebten Café um. Sie schüttelte den Kopf. „Ich kann es nicht, aber wenn ihr mich auszahlen oder den Laden leiten wollt, bin ich dafür offen. Es fühlt sich nicht mehr so an wie früher."

Linda presste die Lippen aufeinander. „Zeigen wir der Stadt, was wir draufhaben. Und allen potenziellen Käufern, dass dieser Ort ein florierendes Geschäft ist."

„Wir brauchen keinen Immobilienmakler zu engagieren. Ich werde es einem der Reporter erzählen, die mir ständig auf den Fersen sind, und dann wird es in den Nachrichten stehen."

Jackie kam herüber. „Was ist mit Grady passiert?"

Bei dieser Erinnerung klopfte ihr Herz hohl gegen ihr Brustbein. „Er ist weg." Sie wusste nicht, wann der Schmerz aufhören würde, aber sie konnte jetzt nicht daran denken. „Es war nicht real. Ich war nur ein Job für ihn."

Ihr entging nicht der wütende Blick, den die drei austauschten.

„Ist schon okay. Ich bin kein erstklassiger Fang, schon gar nicht für einen FBI-Agenten." Sie zwang sich zu einem Lachen. „Es ist in Ordnung. Ich komme schon klar. Ich kannte ihn sowieso nicht wirklich gut."

Die Worte hallten leer durch das Café und täuschten niemanden. Sie trieften förmlich vor Selbstmitleid.

Aber es war besser, ihr Elend für sich zu behalten, als alle anderen mit hinunterzuziehen. Es war besser, sich zu beschäftigen, als herumzusitzen und Trübsal zu blasen.

Angus fing an, laut mit seinen Töpfen in der Küche zu klappern. Linda drückte ihr einen Lappen in die Hand und wies sie auf die Kühlschränke hin, die alle abgewischt werden mussten. Brynn drängte die Sehnsucht und die Einsamkeit beiseite.

66

G rady mietete sich in Bangor ein Auto und fuhr direkt zum Café. Als er dort ankam, war es bereits dunkel und alle Lichter waren aus, sogar die Lichterketten um das Panoramafenster.

Er wusste nicht, warum ihn das so traurig machte, aber das tat es.

Sein Handy klingelte. Er ging ran, in der Hoffnung, dass es Brynn sei, aber es war Edith.

„Agent Steel."

Er bemerkte, dass er trotz allem lächelte. „Mrs. Bodurek."

„Ich wollte mich bei Ihnen bedanken." Sie klang müde. „Ich konnte Milton heute endlich beerdigen, und das verdanke ich vor allem Ihnen, da Sie Ihr Versprechen gehalten haben."

„Ich habe nur meine Arbeit gemacht, Ma'am."

„Unsinn. Nur wenige Menschen halten heutzutage ihr Wort, aber Sie haben es. Und Sie haben uns geholfen, diesen inkompetenten Sheriff loszuwerden."

Ropero hatte ihm vorhin eine SMS geschickt, dass die Verfügung des Gouverneurs angekommen war. Er hatte nicht gewusst, dass sie Darrell bereits damit konfrontiert hatte.

„Das nächste Mal sollten Sie jemanden wählen, der besser qualifiziert ist."

„In der Tat. Ich hatte mich gefragt, ob Sie für den Posten zur Verfügung stehen würden. Ich würde Ihnen meine volle Unterstützung geben und Ihre Kampagne auch finanziell unterstützen."

Grady hatte nicht gedacht, dass ihn noch etwas schockieren könnte, aber das hier tat es. „Ich fühle mich geschmeichelt, aber ich bin glücklich, wo ich bin."

„Nun, denken Sie darüber nach, wenn Sie sich vom FBI zurückziehen. Mein Angebot gilt so lange, wie ich noch da bin."

„Edith ..." Er wusste nicht, was er sagen sollte. Er hatte lange darauf gewartet, in dieser Gemeinschaft akzeptiert zu werden, und er war sich nicht sicher, wie er damit umgehen sollte, jetzt da es so weit war. „Ich bin froh, dass Sie herausgefunden haben, was mit Milton passiert ist und wir seinen Mörder festnehmen konnten."

„Ich auch, mehr als ich je sagen kann. Und ich bin dankbar, dass ich unsere neue Tierärztin kennenlernen und ihr helfen konnte. Das hat mir eine neue Aufgabe gegeben. Kalpa hat mich bereits dazu gebracht, einen Pudel in Pflege zu nehmen, der von einer illegalen Zucht kam. Armes Ding." Sie zögerte. „Ich habe gehört, dass Brynn Webster heute wieder in der Stadt war."

Grady biss die Zähne zusammen. Wenn jemand über Brynn schlecht redete –

„Ich denke, sie könnte einen Freund gebrauchen. Ich hoffe, Sie nehmen ihr das Verhalten ihrer Eltern nicht übel."

Grady kratzte sich am Kinn. „Ich mache mir eher Sorgen, dass sie mir meine Rolle in dieser Sache vorwerfen wird."

Edith lachte. „Dann werden Sie sie wohl vom Gegenteil überzeugen müssen, oder?"

Er lächelte. „Wünschen Sie mir Glück."

„Viel Glück, junger Mann. Kommen Sie mich besuchen, wenn Sie Zeit haben."

„Das werde ich." Er würde sie morgen besuchen und sie überraschen. Vorausgesetzt, er hatte Brynn bis dahin gefunden.

Sie verabschiedeten sich und er fuhr zu seinem Haus. Das Haus, in dem er aufgewachsen war. Das Haus, in dem seine Mutter aufgewachsen und in dem seine Großmutter gestorben war.

Er war sich nicht sicher, was er tun sollte, wenn Brynn nicht da war oder ihn nicht sehen wollte. Der Gedanke an diese Zurückweisung reichte ihm fast, um umzukehren und anfangen zu lernen, mit dem Schmerz des Alleinseins zu leben. Aber er hatte gesehen, was es mit einem machte. Ryan Sullivan war trotz seines verruchten Charmes und seiner vielen Frauen wahrscheinlich der einsamste Mensch, den Grady je getroffen hatte.

Er bog in die Einfahrt und stieg aus. Dann nahm er einen tiefen, mutmachenden Atemzug und ging zu Brynns Tür. Obwohl er einen Schlüssel hatte, klopfte er und wartete. Es passierte nichts.

Scheiße.

Unten sah es dunkel aus, aber durch die dicken Vorhänge an den kleinen Fenstern war das schwer zu erkennen. Im Erdgeschoss brannte jedoch Licht.

Er ging die Treppe hinauf, trat ein und sah sich seiner Schwester gegenüber, die gerade das Wohnzimmer staubsaugte.

Sie sprang auf und presste eine Hand gegen ihr Brustbein. „Hast du mich erschreckt!"

„Das wollte ich nicht." Er schaute sich um. „Hast du es wieder vermietet?"

Sie schaltete den Staubsauger aus. „Nein. Ich wollte dich deswegen anrufen."

Er wollte im Moment nicht darüber reden. Er musste Brynn finden.

„Ein paar deiner FBI-Kollegen waren hier untergebracht, als sie den Keller und das Café durchsucht haben. Ich wollte aufräumen, nachdem sie weg waren. Ich dachte, du hättest nichts dagegen." Auf seinen Gesichtsausdruck hin fügte sie hinzu: „Ich habe ihnen nichts berechnet."

„Okay." Er wollte ihren Arm berühren, um sie zu beruhigen,

aber sie zuckte zurück. Er seufzte. Er zwang sich, sie ruhig zu fragen: „Mein ganzes Leben lang hast du mich wie etwas behandelt, das du dir von der Schuhsohle abkratzen müsstest. Ich weiß, dass ich ein kleiner Scheißer war, aber ich kann mich nicht daran erinnern, dir etwas wirklich Schlimmes angetan zu haben. Aber wenn ich es doch getan haben sollte, tut es mir leid. Vielleicht können wir von vorn anfangen?"

Sie zog den Stecker aus der Steckdose und begann, ihn aufzuwickeln. „Du hast mir nichts Schlimmes angetan."

„Warum dann? Warum hasst du mich so sehr?"

Ihre blauen Augen blickten ihn überrascht an, und er dachte, sie würde es abstreiten.

„Weil du genauso aussiehst wie er." Sie hielt sich eine Faust vor den Mund.

Er runzelte die Stirn. „Wie Dad, meinst du? Unser beschissener Samenspender?"

„Ich weiß, es ist nicht fair. Ich weiß, es ist nicht deine Schuld. Aber du warst immer diese Mini-Version von ihm." Sie saugte die Lippen in den Mund. „Du warst noch ein Kleinkind, als er verhaftet wurde, aber ich war schon älter. Er schlug mich immer und schrie mich an. Ich war ein kleines Kind, Grady. Mom war immer auf seiner Seite. Genauso wie Gran immer auf deiner stand." Wieder sickerte Bitterkeit heraus.

„Das tut mir leid, Crys. Es tut mir so leid."

Crystal schnäuzte sich die Nase. „Ich weiß. Und ich weiß, dass es nicht deine Schuld war. Dass du wie er aussiehst. Dass Gran dich mir vorgezogen hat." Sie zog die Schultern hoch. „Ich schäme mich dafür, dass ich immer gemein zu dir war." Einige ihrer blonden Haare fielen aus dem Pferdeschwanz und sie schob sie zurück. „Ich muss dir sagen, dass es mir leidtut. Ich habe es schon einmal versucht, aber ich habe immer wieder Angst davor, das alles zuzugeben. Es ist so viel einfacher, zu hassen."

„Du hast Angst?", fragte er skeptisch. „Die furchterregendste Person, die ich kenne, hat Angst?"

„Ja." Sie lachte und wappnete sich. „Es tut mir leid, dass ich all die Jahre so eine schreckliche Schwester war." Sie hob den Kopf. „Ich habe mein eigenes Trauma verdrängt und es stattdessen an dir ausgelassen. Das ist nicht fair." Sie sammelte ihre Sachen zusammen und zog ihren Mantel an. „Du bist nicht wie er. Nicht, wo es wichtig ist. Innerlich. Ich werde dich nicht mehr belästigen, aber wenn du bei mir vorbeikommen möchtest, bevor du die Stadt verlässt, habe ich noch ein paar Sachen für dich aufbewahrt. Ich würde mich freuen. Sehr sogar." Sie lächelte. Das erste echte Lächeln, das er seit Jahren auf ihrem Gesicht gesehen hatte. „Und ich will Grans Haus nicht."

„Lügnerin", scherzte er zaghaft.

Sie schüttelte den Kopf. „Nein, es ist wahr. Bob und ich haben ein gutes Einkommen erzielt, aber es fühlte sich immer falsch an. Es *war* falsch."

„Ich bin dankbar, dass du dich um das Haus gekümmert hast, und Gran hätte nicht alles mir vermachen sollen. Es war falsch von ihr, das zu tun, Crys."

„Es gehörte ihr, sie konnte damit machen, was sie wollte." Crystal zuckte unglücklich mit den Schultern. „Das spielt jetzt keine Rolle mehr. Du kannst dich selbst um das Haus kümmern. Behalte oder verkaufe es. Bob und ich haben bereits ein Angebot für ein anderes Haus gemacht. Wir werden es ausbauen und renovieren." Sie stand unbeholfen da. „Du hast meine Nummer."

Er umarmte ihre steife Gestalt, und sie gab ihm einen schnellen Kuss auf die Wange.

„Brynn ist unten. Sie hat nicht mehr aufgehört zu weinen, seit sie vorhin vom Café nach Hause kam. Ich kann sie durch die Dielen hören. Armes Ding."

Das Mitleid in ihrer Stimme schien echt zu sein.

Der Schmerz in seiner Brust verstärkte sich und beruhigte sich gleichzeitig. Sie war hier.

Nachdem seine Schwester gegangen war, schloss er die Haustür ab und öffnete die Tür zum Keller.

Es lief Musik, aber jemand weinte auch.

Er ging die Treppe hinunter, ohne zu versuchen, leise zu sein.

„Crystal, ich habe es dir schon gesagt." Brynns Tonfall war verärgert und hatte einen warnenden Unterton. „Ich will nicht darüber reden –"

Sie hielt inne, als sie ihn erblickte. Für einen kurzen Moment blühte Hoffnung in ihren Augen auf, bevor Kummer in ihre Miene trat. Sie wirbelte herum und griff nach einer Schachtel mit Taschentüchern.

Er ging langsam auf sie zu.

Sie schnäuzte sich die Nase und wischte ihre Tränen mit den Fingern weg. „Tut mir leid. Ich wusste nicht, dass du zurück bist." Ihr Blick wanderte über seinen Körper zu der Stelle, an der er angeschossen worden war, dann sah sie ihm in die Augen. „Geht es dir gut?"

Er schüttelte den Kopf. „Nicht wirklich."

„Ich dachte, sie hätten dich entlassen. Setz dich. Ich dachte, die Wunde sei nicht so ernst wie anfangs befürchtet. Das hat mir Agent Ropero gesagt." Sie machte einen Schritt nach vorn und entfernte sich dann wieder, als würde sie ein gefährliches Tier umkreisen, oder wie Murphy es getan hatte, nachdem er verängstigt und einsam auf der Straße gelebt hatte.

Er beruhigte sich weiter. Er wusste jetzt, was er wollte. Er wusste, was er brauchte. Das hier war eine Frau, die sich um ihn sorgte. Selbst wenn sie ihm niemals verzeihen würde, sorgte sie sich um ihn. „Die Schusswunde heilt gut."

Zwischen ihren Augenbrauen bildeten sich drei feine Falten. „Ich verstehe das nicht."

Er hasste es, die Unsicherheit in ihren Augen zu sehen.

„Reist du ab?" Er deutete auf den Koffer und den Karton mit Essen auf dem Küchentisch.

„Ja. Ich fahre morgen weg. Das FBI hat gesagt, es sei okay."

Ihr abwehrender Tonfall ließ ihn zusammenzucken.

„Linda wird das Café leiten, bis ich einen Käufer gefunden habe. Ich dachte mir, ich fahre nach Boston. Ich werde mit der Person sprechen, die meine Wohnung untervermietet. Entweder verkaufe ich sie oder vermiete sie längerfristig."

Er verzog ein wenig das Gesicht, als er sich auf ihre Couch sinken ließ. „Wo wirst du hingehen?"

„Ich habe mich noch nicht entschieden." Ihre graugrünen Augen schimmerten vor Unsicherheit. „Das hängt ein wenig davon ab, was mit Dad passiert. Rechtliche Dinge."

Er nickte.

Sie räusperte sich. „Ich hatte nicht die Gelegenheit, mich bei dir zu entschuldigen –"

„Doch, das hast du. In der Küche deiner Eltern, als ich angeschossen wurde. Ungefähr zu der Zeit, als du gesagt hast, dass du denkst, du liebst mich."

Sie rang die Hände und wandte sich von ihm ab.

„Das tut mir auch leid. Ich hätte das nicht sagen sollen. Ich schätze, es war der Druck der ganzen Situation."

„Weißt du noch, was ich gesagt habe?"

Sie nickte. „Aber du musst dich nicht verstellen oder es mir schonend beibringen. Dein Freund hat mir von deiner Verlobten erzählt. Ich hoffe, ich habe dir keinen Ärger gemacht."

Sie war so steif, formell und korrekt.

„Ich habe dir gesagt, dass ich denke, dass ich mich in dich verliebt und das noch nie zu jemandem gesagt habe."

Sie warf ihr Taschentuch in den Müll und nahm ein neues. „Ich dachte, du wolltest nur deine Rolle beibehalten, um mehr Informationen aus mir herauszubekommen."

Er schüttelte ungläubig den Kopf. „So ein guter Schauspieler bin ich nicht."

Er beobachtete, wie die Emotionen über ihr Gesicht hereinbrachen. Kummer. Hoffnung. Verwirrung.

„Willst du damit sagen, dass du deine Verlobte nicht liebst?"

Er hätte über die lächerliche Vorstellung gelacht, wenn er nicht ihren offensichtlichen Schmerz sehen könnte. „Nein, ich liebe dieses wankelmütige Miststück nicht, aber ich weiß zu schätzen, wie du denkst."

Sie legte den Kopf schief. „Ich verstehe wirklich nicht."

„Ryan, mein sogenannter Freund, hat dich angelogen."

„Was?" Ihre Stimme war von Empörung durchzogen.

„Er hat gelogen. Ich habe keine Verlobte. Ich bin mit niemandem verlobt. Das war ich noch nie."

Sie ging ein paar Schritte zurück, bevor sie begann, auf und abzugehen. „Er muss mich wirklich hassen."

Grady streckte eine Hand aus. „Nein, aber er will nicht, dass ich verletzt werde."

„Warum solltest du verletzt werden?" Sie sah seine Hand an, als könnte sie beißen.

„Weil ich in dich verliebt bin, Brynn. Ich weiß, dass es stimmt, denn ich war in meinem ganzen Leben noch nie so unglücklich – als sei ich ausgeweidet worden. Als du mich nicht im Krankenhaus besucht und dann meine Nummer blockiert hast – das hat mehr wehgetan als jede Kugel."

Ihre Lippe bebte, aber ihr Gesichtsausdruck war nicht mehr so niedergeschlagen, als würde sie endlich anfangen zu glauben, dass seine Gefühle für sie echt sein könnten. „Ich bin zu dir gekommen. Kurz nachdem du aus dem OP kamst. Das war, als …"

Als Ryan ihr das Herz gebrochen hatte, so wie Grady befürchtete, dass sie ihm jetzt das seine brechen würde.

„Ich muss mich bei dir entschuldigen." Die Worte blieben ihm im Hals stecken. Was, wenn er es vermasselte? Seine Chance bei ihr komplett ruinierte? „Nicht nur dafür, dass Ryan ein Arschloch war, sondern für alles. Ich konnte dir nicht sagen, warum ich in der Stadt war. Ich sollte eigentlich verdeckt arbeiten. Das FBI war schon so viele Jahre hinter Kane her, dass wir es nicht riskieren konnten, es jemandem zu sagen, der nicht unbedingt davon wissen musste."

Das Kupfer in ihrem Haar fing das Licht ein, als sie aufblickte.

„Aber ich hätte nie etwas mit dir anfangen dürfen, während diese Unwahrheiten zwischen uns standen."

„*Unwahrheiten.*" Sie stieß ein verärgertes Lachen aus, aber sie weigerte sich, ihm in die Augen zu sehen. „Komisch, wie viele

Unwahrheiten mein Leben geprägt haben, ohne dass ich es gemerkt habe. Darf ich dich etwas fragen?"

„Ich werde dir alles sagen, was ich kann."

Sie hob ihr Kinn und begegnete seinem Blick. „Hast du dich mir genähert, weil du meinen Vater verdächtigt hast?"

„Nein. Nein, ganz bestimmt nicht." Er atmete tief durch, in dem Wissen, dass er ihr alles sagen musste, auch wenn sie ihn dann vielleicht noch mehr hassen würde. „Ich habe an jenem Morgen deinen Kaffeebecher aus dem Café mitgenommen und deine DNS mit der von Kane vergleichen lassen. Ich habe mir erst erlaubt, auf meine Gefühle für dich zu reagieren, als ich dachte, ich hätte bewiesen, dass du nicht mit Kane verwandt sein kannst."

„Dass Paul Webster nicht mein leiblicher Vater ist, war auch für mich ein großer Schock." Sie fügte den Worten einen Hauch von Belustigung hinzu, aber er wusste, dass dies eine weitere Sache war, die sie am Boden zerstört hatte.

„Ich hätte dich nie küssen dürfen." Sie umklammerte den Saum ihrer Strickjacke, als sei es ein Rettungsanker.

Er hasste es, dass sie das sagte oder sich Vorwürfe machte. Diese Küsse hatten ihn zum Leben erweckt.

„Du wusstest nicht, dass ich über meine Gründe, in der Stadt zu sein, gelogen habe. Du hast offen und ehrlich auf das reagiert, was zwischen uns passiert ist. Ich bin derjenige, der es vermasselt hat, indem ich deinen Kuss erwidert habe." Es stimmte. Er hatte eine Grenze überschritten. „Und ich hätte definitiv keinen Sex mit dir haben sollen."

Ihre Augen weiteten sich vor Schmerz.

„Aber ich konnte mich nicht zurückhalten. Mein Job ist mir wichtig, und ich bin gut darin, aber", er schüttelte den Kopf, „die Gefühle, die ich für dich empfand, waren völlig außerhalb meines Erfahrungsbereichs und wurden immer stärker, bis ich plötzlich merkte, dass es Liebe war. Zum ersten Mal in meinem Leben war ich verliebt, aber ich konnte dir immer noch nicht die Wahrheit sagen, warum ich in der Stadt war." Die Emotionen kratzten an seiner Kehle. „Stattdessen habe ich geholfen, deine Familie zu zerstören. Die einzige Person in dieser Stadt, die mich so gesehen hat, wie ich wirklich bin, jenseits meines Vaters, jenseits meiner jugendlichen Vergehen. Die einzige Person, die glaubte, dass ich zu den Guten gehöre, ohne einen verdammten Beweis zu brauchen." Seine Augen waren feucht, aber er hielt ihrem Blick stand. „Es tut mir so leid, Brynn."

Sie zog ihre Strickjacke fester um sich, eine fadenscheinige Rüstung gegen eine Welt voller Schmerz.

„Ich verstehe, wenn du mir nicht verzeihen kannst oder mich nicht mehr willst, aber du solltest wissen, dass das, was wir hatten, echt war."

„Wie kann ich dir jemals vertrauen?", platzte sie heraus. „Wie kann ich mir selbst jemals vertrauen?"

Sein Mund wurde trocken, weil sie ihr das angetan hatten. Ihr Selbstvertrauen zerstört hatten. „Du bist eine kluge Frau. Wenn dir das Gegenteil eingeredet wurde, dann geschah das durch meisterhafte Manipulation von Menschen, die mit deinem Leben gespielt haben, wozu wir kein Recht hatten. Und sieh nur, wie wir uns dabei alle in dich verliebt haben, ob wir wollten oder nicht – sogar ein eiskalter Killer wie Eli Kane."

Sie kniff ihre Augen gegen die Tränen zusammen, und er nutzte ihre Ablenkung, beugte sich vor, ergriff ihre Hand und zog sie neben sich auf die Couch.

„Ich liebe dich, Brynn. Ich habe keine Erfahrung darin, wie ich mich verhalten oder fühlen soll, und ich werde wahrscheinlich alles vermasseln." Er strich ihr eine seidige Haarsträhne hinter das Ohr. „Ich liebe dich. Ich will neu anfangen. Gib mir eine Chance, mich zu beweisen. Gib uns eine Chance …"

„Nein." Sie zog sich zurück und zerquetschte sein Herz mit diesem Wort mit vier Buchstaben. „Mit mir zusammen zu sein würde deine Karriere zerstören, Grady."

Die Spannung fiel von ihm ab. „Nein, das wird es nicht."

„Doch, das wird es. Ich kann meinen Vater nicht im Stich lassen. Ich bin alles, was er noch hat. Ich werde ihn besuchen gehen. Ich weiß, dass er ein Monster ist, aber er ist immer noch der Mann, der mich großgezogen hat. Ich hasse ihn für die schlimmen Dinge, die er getan hat, aber auf einer gewissen Ebene liebe ich ihn auch. Es ist alles ein verwirrendes Durcheinander in meinem Kopf, und ich brauche Zeit, um alles zu verstehen." Sie schien sich für dieses Geständnis zu schämen.

„Ich werde dich nicht dafür verurteilen, dass du deinen Vater liebst, genauso wenig wie ich erwarte, dass du mich verurteilst, weil ich meinen nicht liebe."

„Aber deine Chefs ..."

Er beugte sich trotz der leichten Schmerzen in seiner Hüfte vor und küsste sie.

Ihre Lippen verschmolzen mit seinen, aber dann zog sie sich wieder zurück. „Ich kann dir deine Karriere nicht vermasseln, Grady. Ich weiß, wie wichtig sie für dich ist."

Er umfasste ihren Kiefer. „Das wirst du nicht. Im Ernst, das wirst du nicht. Und wenn das FBI damit nicht klarkommt", er lehnte seine Stirn an ihre, „dann höre ich auf und kaufe mir ein Boot. Um diese Walbeobachtungstouren zu machen."

Ihre Augen wurden groß. Dann lachte sie, wie er gehofft hatte. „Meinst du das ernst?"

„Ich habe in meinem ganzen Leben noch nie etwas so ernst gemeint." Er spürte, wie sich sein Puls vor Nervosität beschleunigte. Eine bewaffnete Geiselnahme war für ihn vertraut. Er wusste jedoch nicht, was er tun sollte, wenn sie wieder Nein sagte.

„Glaubst du wirklich, dass wir zusammen eine Chance haben?" Ihre stürmischen Augen waren jetzt klar, als die Hoffnung sich zu festigen begann.

„Ich glaube es nicht. Ich weiß es."

Sie kniete sich neben ihn und küsste ihn zärtlich. Innerlich wollte er jubeln, den Champagner öffnen und die Partyknaller loslassen. Stattdessen küsste er sie und ließ alle seine Gefühle in diese innige Liebkosung einfließen.

Sie löste sich von ihm. „Ich dachte, ich hätte dich verloren.

Immer und immer wieder dachte ich, ich hätte dich verloren. Ich habe Angst, wieder zu glauben. Ich habe Angst, dass das hier ein Traum ist, und wenn ich aufwache, werde ich wieder allein sein …"

„Ich werde dich nicht im Stich lassen, Brynn."

Ihre Augen füllten sich. „Du hast mich nicht im Stich gelassen, Grady. Du lässt niemanden im Stich."

Er zog sie zu einem weiteren Kuss zu sich heran, und die Hitze zwischen ihnen baute sich so lange auf, bis die Tränen vergessen waren und ihnen die Luft wegblieb.

Sie lehnte sich auf die Fersen zurück. Lächelte. „Wenn man bedenkt, dass ich vor nicht allzu langer Zeit noch über den Mangel an Aufregung in meinem Leben geklagt habe."

„Ich wünschte, ich könnte dir versprechen, dass es immer aufregend sein wird, aber mein Job bringt es mit sich, dass ich lange Zeit von zu Hause weg bin. Ich muss in der Nähe von Quantico wohnen, um jederzeit einsatzbereit zu sein."

„Das ist schon okay." Sie seufzte. „Aufregung wird überbewertet."

Er lehnte seinen Kopf gegen die Rückenlehne der Couch. „Es wäre schön, wenn ich jemanden hätte, zu dem ich nach Hause kommen könnte …"

Sie blinzelte schnell. Ihre Stirn legte sich in Falten. „Willst du mich bitten, nach Virginia zu ziehen?"

Er zog sie an sich. „Ich bitte dich, *mit mir zusammenzuleben*."

Ihr Blick war nachdenklich. Sie hatte in der letzten Woche viel durchgemacht, und vielleicht war das alles zu viel, zu schnell.

„Aber nur, wenn du das willst. Wir könnten uns irgendwo ein Haus suchen. Irgendwas mit einem Garten für Murphy." Die Tatsache, dass er versuchte, den Deal mit einem Hund zu versüßen, verriet seine Verzweiflung. „Mal sehen, wie wir in der echten Welt zusammenpassen."

Sie fuhr mit den Händen sanft durch sein kurzes Haar und an den Seiten seines Gesichts hinunter, um seinen Kiefer zu umfassen. „Ich weiß bereits, dass du einen guten Kaffee kochst und ein hervorragender Küsser bist – neben *anderen* Dingen."

Er grinste, aber sie war noch nicht fertig.

„Ich weiß, dass du nett zu alten Damen und Tieren bist, sogar zu denen, die versuchen, dich zu Tode zu picken." Sie biss sich auf die Lippe. „Du bist mutig und ehrenhaft, fair, selbst wenn du ungerecht behandelt wurdest. Aber du hast gesagt, dass du nicht kochen kannst …"

„Ich kann Kochen lernen. Ich kann lernen, ein verdammter Konditor zu sein und Schokoladenkuchen zu backen, für den du nicht deine Seele verkaufen musst." Er umfasste ihren Hinterkopf und grinste, bevor sie ihn küsste. Kleine Kostproben, die ihn vor Lust langsam um den Verstand brachten.

Es würde nicht einfach sein, mit seinem verwundeten Oberschenkel Liebe zu machen, aber er hoffte, dass er die Gelegenheit bekäme, es zu versuchen. Bald.

„Was denkst du?", murmelte er an ihrem Hals.

„Ich denke, ich würde gern nach Virginia ziehen und mit dir und deinem Hund zusammen sein. Ich denke, ich liebe dich." Sie sah aus, als könnte sie wieder weinen, aber dieses Mal lächelte sie wenigstens.

„Ich liebe dich, Brynn Webster." Es fühlte sich gut an, es auszusprechen, wenn er nicht vor Schmerz im Delirium war. Er wollte üben, es jeden Tag seines Lebens zu sagen, mit Worten und Taten. Damit sie nie wieder an ihm oder an sich selbst zweifelte.

Er hatte endlich sein Glück gefunden, und er beabsichtigte, es zu pflegen.

Er hatte alles, was er je gewollt hatte, einschließlich des heimlichen Verdachts, dass seine Großmutter sich freuen würde, dass er sich mit einem Mädchen aus der Gegend eingelassen hatte, auch wenn keiner von ihnen die Absicht hatte, in Deception Cove zu bleiben.

Lies auch Toni Andersons preisgekrönten Romantik-Thriller *Ein kalter dunkler Ort*.

Lindsey Keeble sang den Song aus dem Radio mit und gab vor, keine Angst vor der Dunkelheit zu haben. Es war ein Uhr nachts und sie hasste diesen einsamen Streckenabschnitt des Highways zwischen Greenville und Boden. Der Regen drohte, in Schnee überzugehen. Die Windböen waren so stark, dass die plötzlichen Bewegungen der großen Bäume neben ihr auf dem Hügelkamm sie nervös in Richtung der mittleren Spur ausweichen ließ. Das Heck ihres Wagens kam leicht ins Schlingern, also verlangsamte sie das Tempo. Keinesfalls wollte sie ihr wertvolles kleines Auto ruinieren.

Sie arbeitete jeden Abend in einer Tankstelle in Boden. Es war ein ruhiger Job, sodass sie sich für gewöhnlich zwischen den Kunden mit ihrem Studium beschäftigen konnte.

An diesem Abend hatten offenbar alle beschlossen, ihre Vorräte aufzustocken, um sich auf einen verfrühten Wintereinbruch vorzubereiten. Man hätte glauben können, dass sie noch nie zuvor Schnee gesehen hätten.

Ihr Herz schlug schneller, als sie rote Lichter in ihrem Rückspiegel aufblitzen sah. Verdammt!

Sie war doch gar nicht zu schnell gefahren – einen Strafzettel konnte sie sich nicht leisten und Alkohol trank sie nicht. Sie blinkte und stoppte den Wagen auf dem Standstreifen. Lindsey lebte verantwortungbewusst, denn sie wollte einmal ein besseres Leben haben als sie es in ihrer ländlichen Heimatstadt hatte. Schließlich war sie keine Hinterwäldlerin. Sie wollte auf Reisen gehen und die Welt entdecken – Paris, Griechenland, vielleicht sogar die Pyramiden. Durch die vom Eisregen bedeckte Rückscheibe beobachtete sie, wie ein schwarzer Geländewagen direkt hinter ihr zum Stehen kam.

Eine große Gestalt kam auf ihren Wagen zu. Eine goldene Polizeimarke wurde gegen das Fenster getippt. Kalte Luft strömte in das Innere ihres Wagens, als sie das Fenster herunterkurbelte und sich ihre Jacke sogleich gegen den eisigen Regen enger um die Schultern zog.

„Führerschein und Fahrzeugschein", knurrte eine tiefe Stimme mit der Autorität, die Cops an sich hatten. Er trug einen dunklen Regenmantel über seiner schwarzen Uniform. Die Pistole an seiner Hüfte glänzte im Scheinwerferlicht seines Wagens. Sein Gesicht kam ihr nicht bekannt vor, allerdings konnte sie ihn kaum erkennen, da ihr der Eisregen in die Augen stach.

„Um was geht es denn?" Ihre Zähne klapperten, als sie die geforderten Dokumente aus dem Handschuhfach und aus ihrem Geldbeutel fischte und ihm reichte. Während sie wartete, legte sie ihre Hände wieder auf das harte Plastik des Lenkrades. „Ich bin nicht zu schnell gefahren."

„Es läuft eine Fahndung nach einem gestohlenen roten Neon, also muss ich Sie überprüfen."

„Aber dies hier ist mein Auto, und ich habe nichts falsch gemacht." Sie kannte ihre Rechte. „Sie haben keine Berechtigung, mich anzuhalten."

„Sie sind in Schlangenlinien gefahren." Die Stimme klang jetzt noch tiefer und irgendwie wütend. Sie zuckte zusammen. *Leg dich nie mit einem Cop an.* „Außerdem haben Sie ein kaputtes Rücklicht. Das ist Grund genug, Sie anzuhalten."

Lindseys Sorgen wurden langsam von ihrem Ärger verdrängt. Sie löste ihren Gurt und zog die Handbremse an. Ein Jahr zuvor war sie betrogen worden, als ein anderer Wagen auf einem Parkplatz mit ihrem zusammenstieß und der Fahrer gegenüber der Versicherung behauptet hatte, sie wäre schuld gewesen. „Als ich heute Nachmittag zur Arbeit gefahren bin, hat es aber noch funktioniert. Und in der Zwischenzeit ist ja nichts passiert." *Verdammte Scheiße.*

„Sehen Sie doch selbst nach." Der Cop trat einen Schritt zurück. Trotz seines harten Mundes und der noch härteren Augen, hatte er ein attraktives Gesicht. Vielleicht sollte sie ein bisschen mit ihm flirten, um sich den Strafzettel zu ersparen. Nicht, dass sie gut in so etwas war. Ihr Vater würde das Rücklicht reparieren, aber um den Strafzettel würde sie wohl nicht herumkommen. Das Geld, das sie heute verdient hatte, war sie also bereits wieder los.

Sie zog sich die Kapuze ihres Regenmantels über den Kopf und stieg aus. Die Scheinwerfer des Polizeiwagens blendeten sie, als sie ein paar Schritte auf ihn zuging. Sie schirmte ihre Augen mit ihrer Hand ab und legte die Stirn in Falten. „Ich sehe nichts, was kaputt…"

Plötzlich durchflutete Hitze ihren Rücken. Explosionsartig trat ein quälender Schmerz ein, der sie von ihren Ohrläppchen bis hinunter zu ihren Zehen erschütterte. Niemals zuvor hatte sie etwas Vergleichbares erlebt. Der heiße Schweiß auf ihrer Haut kämpfe mit dem Eisregen, als sie auf die Straße fiel. Brutale Hände schlangen sich um ihre Hüfte und hoben sie hoch. Sie konnte weder ihre Arme noch ihre Beine kontrollieren. Irgendetwas Unnachgiebiges bohrte sich in ihren Magen. Vollkommen verwirrt kämpfte sie gegen den Drang an, sich übergeben zu müssen.

Es dauerte einen Augenblick, bis sie sich einen Reim auf all das machen konnte.

Dieser Mann war kein Cop.

Die Auswirkungen des Elektroschockers sorgten dafür, dass sie nicht genug Kraft aufbringen konnte, um gezielt nach ihm zu treten. Sie versuchte, seine Knie zu treffen und ihm mit dem Ellenbogen in die Eier zu schlagen. Es half nichts, sie wurde auf die Rückbank des Geländewagens gewuchtet. Dann verpasste er ihr einen weiteren Stromstoß, bis sich ihre Innereien anfühlten als würden sie ihr jeden Moment hochkommen und ihre Blase sich entleerte.

Sie lag auf dem Bauch und die Welt um sie herum drehte sich. Ihr Gesicht wurde auf eine dreckige Gummimatte gedrückt, ihre Hände hinter ihrem Rücken festgehalten. Dann spürte sie Metall an einem Handgelenk und gleich darauf am anderen. Handschellen. *Oh, Gott.* Sie war gefesselt. Ein scharfer Schmerz meldete sich aus ihrer Brust. Wenn sie sich nicht schnell beruhigte, würde sie an einem Herzinfarkt sterben.

In der Dunkelheit wurde etwas abgerissen. Sie spürte, wie sie auf ihren Rücken gedreht wurde. Dann presste er ihr ein starkes Klebeband auf den Mund. Rücksichtslos wurden ein paar Haare mit eingeklebt. Es wieder abzunehmen, würde verdammt wehtun.

Irgendetwas sagte ihr, dass dies ihre geringste Sorge sein sollte.

Es gab keinen Grund für ihn, sie zu entführen, außer dass er ihr etwas antun wollte. Oder sie töten wollte.

Diese Erkenntnis blendete alles andere aus. Jede Bewegung. Jeden panischen Atemzug. Ihr Herz raste und Galle brannte in ihrer Kehle, als sie in diese kalten, mitleidslosen Augen starrte. Mit einem Grunzen schlug er die Wagentür zu und ließ sie in dieser entsetzlichen Dunkelheit zurück. Wie ein unheilvolles Trommeln schlug der Regen gegen die Karossiere des Autos. Sie hatte Angst im Dunkeln. Sie hatte Angst vor Monstern. Dazu kam die kalte Feuchtigkeit zwischen ihren Beinen, durch die sie sich zusätzlich gedemütigt fühlte. Wie hatte dies nur passieren können? In einer Minute war sie auf dem Weg nach Hause gewesen, in der nächsten…

Wo war ihr Handy?

Sie rollte sich auf der Rückbank herum und versuchte, es in ihren Taschen zu spüren. *Scheiße.* Es war immer noch in ihrer Handtasche auf dem Beifahrersitz ihres Wagens. Plötzlich ertönte ein krachendes Geräusch aus der Richtung der Bäume. Sie schloss die Augen gegen die in ihr aufsteigende Panik. Er hatte sich gerade ihres Autos entledigt. Ein Klumpen von der Größe eines Elefanten in ihrer Kehle drohte sie zu ersticken. Für dieses Auto hatte sie sich den Arsch abgearbeitet, aber all ihr Besitz und andere finanzielle Dinge waren vollkommen bedeutungslos, wenn sie diesen Albtraum nicht irgendwie überlebte. Dieser Mann würde ihr wehtun. Sie positionierte sich so, dass ihre Finger die Türschnalle berührten, aber die Tür öffnete sich nicht. Auch das Fenster zeigte keinerlei Reaktion, als sie mit ihren Füßen dagegentrat. *Wie kann er es nur wagen, mir so etwas anzutun?* Wie konnte er es wagen, sie zu behandeln als sei sie ein Nichts? Wütend wollte sie gegen diese Ungerechtigkeit ankämpfen, aber als der Geländewagen plötzlich losfuhr, war sie vor Angst wie paralysiert. Ihr ganzes Leben lang hatte sie dafür gekämpft, ihre Umstände zu verbessern. Für eine bessere Zukunft hatte sie gekämpft. Und dieser Mann, dieser Bastard, wollte alles zunichtemachen. Das war nicht fair. Es musste einen Ausweg geben. Es musste eine Möglichkeit geben, zu überleben.

Sie wollte nicht sterben. Und ganz sicher wollte sie nicht in der Dunkelheit und von der Hand eines Fremden sterben, dessen Augen kalt wie der Tod waren. Tränen schossen ihr in die Augen. Das war nicht fair. Ganz und gar nicht.

Ein kalter dunkler Ort (Buch #1). Heute noch lesen!

Melde dich für meinen deutschsprachigen Newsletter an und erhalte zwei kostenlose, exklusive „Kalte Gerechtigkeit"-Kurzgeschichten sowie Informationen darüber, wann meine nächste deutsche Übersetzung verfügbar ist.

NÜTZLICHE ABKÜRZUNGEN FÜR TONIS BÜCHER

AG: Attorney General – Generalstaatsanwalt

ASAC: Assistant Special-Agent-in-Charge – Rang beim FBI, eine Stufe über dem Supervisory Special Agent (SSA)

ATF: Alcohol, Tobacco, and Firearms – US-Behörde für Alkohol, Tabak, Schusswaffen und Sprengstoffe

BAU: Behavioral Analysis Unit – Abteilung für Verhaltensanalyse

BOLO: Be on the Lookout – Fahndung

BUCAR: Bureau Car – FBI-Auto

CIRG: Critical Incident Response Group – Zentrale Krisen-Interventions-Abteilung des FBI

CMU: Crisis Management Unit – Unterstützt die CIRG

CN: Crisis Negotiator – Krisenverhandler

CNU: Crisis Negotiation Unit – Krisenverhandlungsabteilung

CODIS: Combined DNA Index System – Nationale DNA-Datenbank der USA

CP: Command Post – Befehlsstelle

DEA: Drug Enforcement Administration – US-Drogenbehörde

DOB: Date of Birth – Geburtsdatum

DOJ: Department of Justice – Justizministerium

EMT: Emergency Medical Technician – Rettungssanitäter

ERT: Evidence Response Team – FBI-Spurensicherungsteam

FOA: First-Office Assignment – Erster Büroeinsatz bei Strafverfolgungsbehörden

FBI: Federal Bureau of Investigation – Zentrale Sicherheitsbehörde der USA

FO: Field Office – Außenstelle des FBI

IC: Incident Commander – Einsatzleiter

HRT: Hostage Rescue Team – Geiselrettungsgruppe, FBI-Spezialeinheit

HT: Hostage-Taker – Geiselnehmer

LAPD: Los Angeles Police Department – Polizei der Stadt Los Angeles

LEO: Law Enforcement Officer – Strafverfolgungsbeamter

ME: Medical Examiner – Gerichtsmediziner

MO: Modus Operandi

NAT: New Agent Trainee – Neuer Agent in Ausbildung

NCAVC: National Center for Analysis of Violent Crime – Nationales Zentrum für die Analyse von Gewaltverbrechen

NCIC: National Crime Information Center – zentrale Datenbank der USA zur Sammlung von Informationen in Zusammenhang mit der Kriminalitätsbekämpfung

NYFO: New York Field Office – FBI-Außenstelle New York

OC: Organized Crime – Organisiertes Verbrechen

OCU: Organized Crime Unit – Abteilung zur Bekämpfung von organisiertem Verbrechen

OPR: Office of Professional Responsibility – Büro zur Untersuchung von Fehlverhalten von beim Justizministerium beschäftigten Juristen

POTUS: President of the United States – Präsident der USA

RA: Resident Agency – Kleine Außenstelle des FBI

SA: Special Agent – FBI-Agent

SAC: Special Agent-in-Charge – Leiter eines FBI-Büros oder Region

SAS: Special Air Squadron (British Special Forces unit) – Spezialeinheit der britischen Armee

SIOC: Strategic Information & Operations – Weltweite Kommando- und Kommunikationsabteilung des FBI

SSA: Supervisory Special Agent – FBI-Teamleiter

SWAT: Special Weapons and Tactics – Besonders ausgebildete taktische Spezialeinheit

TC: Tactical Commander – Befehlshaber einer taktischen Spezialeinheit

TOD: Time of Death – Todeszeitpunkt

UNSUB: Unknown Subject – Unbekanntes Subjekt (im Sinne von unbekannter Täter)

ViCAP: Violent Criminal Apprehension Program – Programm zur Aufdeckung von Gewaltverbrechen

WFO: Washington Field Office

DANKSAGUNG

Wie immer möchte ich mich bei meiner langjährigen Kritikpartnerin Kathy Altman bedanken. Sie ist meine erste Leserin und die einzige Person, die meine Bücher jemals nackt gesehen hat. Am Ende des ersten Entwurfs hatte ich eine große Panikattacke, und Kathy hat mich beruhigt. Seitdem habe ich mich in dieses Buch und die verlorenen Seelen darin verliebt.

Danke an Rachel Grant und Jenn Stark für die tollen Beta-Lesungen. Ihr seid die Besten, wenn es darum geht, ein Manuskript mit 123.000 Wörtern mit einem Lächeln und Anmut zu bewältigen. Ich liebe euch!

Ich habe ein neues Lektorenteam für *Cold Snap* zusammengestellt. Vielen Dank an meine fantastische neue Entwicklungslektorin Lindsey Faber, meine treue Korrektorin JRT Editing und die unglaublich talentierte Pamela Clare für das fabelhafte Korrekturlesen.

Danke an die Public Affairs Specialists der National Press and Operations Unit des FBI, die mir bei einigen Details zu den FBI-Verfahren geholfen haben. Alle Fehler sind meine eigenen, entweder in seliger Unwissenheit oder im Streben nach guter Fiktion.

Ich bin so dankbar, dass ich eine so tolle Gruppe von Menschen um mich versammelt habe, die mir bei der Produktion und Verpackung meiner Bücher helfen. Ein großer Dank geht an meine Assistentin Jill Glass, meine brillante Coverdesignerin Regina Wamba und meinen großartigen Hörbuchsprecher Eric G. Dove.

Danke auch an mein Team für deutsche Übersetzungen:

Martin Wick, Stef Mills und meine wunderbare Beta-Leserin Antje.

Ich bin so dankbar für meine Familie, vor allem für Gary, die Liebe meines Lebens, und meine bezaubernde Tochter und meinen wunderbaren Sohn. Dies ist das erste Buch, das ich seit mehr als zehn Jahren ohne meine wunderbare Hündin Holly geschrieben habe *schnief*, aber ich bin so froh, Fergus zu haben, meinen albernen schwarzen Labrador, der jeden Tag zu einem guten Tag macht.

ÜBER DEN AUTOR

Toni Anderson schreibt düstere, heiße, romantische Thriller über das FBI-Milieu und ist *New York Times* und *USA Today*-Bestsellerautorin. Ihre Bücher haben viele Auszeichnungen gewonnen, darunter den Daphne du Maurier Award for Excellence in Mystery and Suspense, den Readers' Choice Award, den Book Buyers' Best Award, den Golden Quill Award, den National Excellence in Romance Fiction Award sowie den National Excellence in Story Telling (NEST) Wettbewerb. Sowohl im Vivian Wettbewerb als auch für den RITA Award der Romance Writers of America stand sie in der Endauswahl. Ihre Bücher wurden mehr als zwei Millionen Mal heruntergeladen.

Vor allem bekannt durch ihre „KALTE GERECHTIGKEIT"-Reihe, ist es vielleicht nicht überraschend, dass Toni in einem der extremsten Klimas der Welt lebt – in Manitoba, Kanada. Als ehemalige Meeresbiologin vermisst Toni das Meer, aber zum Glück kann sie zur Recherche für ihre Bücher viel reisen. Im Januar 2016 besuchte sie die Zentrale des FBI in Washington, D.C. und nahm an einer Führung durch die Weltweite Kommando- und Kommunikationszentrale des FBI (SIOC) teil. Sie hofft, aufgrund ihrer Google-Suchen nicht verhaftet zu werden.

Auf meiner Website findest du alle deutschen Übersetzungen meiner Bücher: toniandersonauthor.com/german

Melde dich für meinen deutschsprachigen Newsletter an und erhalte zwei kostenlose, exklusive „Kalte Gerechtigkeit"-

Kurzgeschichten sowie Informationen darüber, wann meine nächste deutsche Übersetzung verfügbar ist.

Toni liebt es, von Lesern zu hören:
E-Mail: toni@toniandersonauthor.com
Website: www.toniandersonauthor.com / german
Lerne Toni online kennen:

facebook.com / ToniAndersonDeutscheBucher
instagram.com / toni_anderson_autorin